檀香集

唐杰◎著

光明日报出版社

图书在版编目（CIP）数据

檀香集/唐杰著.-- 北京:光明日报出版社,
2023.12

(青青子衿/唐杰主编)

ISBN 978-7-5194-7684-7

I.①檀… Ⅱ.①唐… Ⅲ.①诗词－作品集－中国－
当代 IV.①I227

中国国家版本馆CIP数据核字(2024)第013338号

檀香集

TAN XIANG JI

著　　者:唐　杰

责任编辑:王　娟　　　　　　责任校对:许　怡　杨　雪
封面设计:悟阅文化　　　　　责任印制:曹　净

出版发行:光明日报出版社
地　　址:北京市西城区永安路106号，100050
电　　话:010-63169890（咨询），63131930（邮购）
传　　真:010-63131930
网　　址:http://book.gmw.cn
E－mail:gmrbcbs@gmw.cn
法律顾问:北京市兰台律师事务所龚柳方律师

印　　刷:三河市华东印刷有限公司
装　　订:三河市华东印刷有限公司
本书如有破损、缺页、装订错误，请与本社联系调换，电话:010-63131930

开　　本:145mm×210mm
字　　数:900千字　　　　　印　　张:39
版　　次:2024年8月第1版　　印　　次:2024年8月第1次印刷
书　　号:ISBN 978-7-5194-7684-7
定　　价:298.00元（全5册）

内容简介

　　本书是一部感悟人生社会的美诗、妙词、哲理文集。

　　本书分两个部分：第一部分，（1）字字珠玑的七言词条，七言的词句，全部按押韵格式撰写。按自然、哲理、历史、经济、文化、人性、人生、生活、家庭、伦理、为人、学习、励志、处事加以分类编排，涵盖了生活的各个方面。它是现实思考与理论概括的总结，既有哲理性，又有韵味性，读起来朗朗上口。（2）三字句，包括行为哲理唐童谣、唐三谣等。（3）哲学诗。这些对于人们，特别是青少年认识世界，激励奋发精神具有积极意义。

　　第二部分，前面是作者本人在2015年~2022年间，对生活感情的七律诗歌集，按时间顺序编排，对重大节假日、重大纪念日、外出观光旅游等都进行了描写、讴歌和赞美。其次是常用成语的七律艺术诗赋，四字成语最常用一千句，本书将一千句成语用七律的形式诠释、扩展成语，发挥它的诗歌艺术，史无前例，具有帮助读者更好理解成语，增长知识，学习诗词、陶冶情操的积极意义。作品一气呵成，涵盖浩瀚的自然、社会、思维的精神世界，既有深邃的哲理道喻，又有香怡悦目的抑扬诗歌，还有回味无穷的美妙词语和无限流芳的真知灼见。最后是嵌名诗，本书嵌名诗特点：每句首尾都有姓、名谐音，根据性别、年龄、职业、个性，情景意结合情况，由远至近、由外向里，由浅入深、由形至意来撰写，最后两句一般以其实名点题，反映他的人物个性特点。

目录
CONTENTS

第一部　红尘纷纭

作者的话 …………… 002
觅知音 …………… 004
一、自然篇 …………… 004
二、哲理篇 …………… 005
三、历史篇 …………… 006
四、经济篇 …………… 008
五、文化篇 …………… 008
六、人性篇 …………… 016
七、人生篇 …………… 018

八、生活篇 …………… 022
九、家庭篇 …………… 029
十、伦理篇 …………… 031
十一、为人篇 …………… 031
十二、学习篇 …………… 035
十三、励志篇 …………… 038
十四、处事篇 …………… 041
三字句 …………… 047
一、行为哲理 …………… 047

二、唐童谣 …………… 051
三、唐三谣 …………… 052
哲学诗 …………… 053
一、唯物论 …………… 053
二、辩证法 …………… 055
三、认识论 …………… 059
四、历史观 …………… 060

第二部　岁月如歌

作者的话 …………… 064
2015年诗歌 …………… 065
贺新年 …………… 065
年年歌 …………… 066
飞年 …………… 066
年轮 …………… 066
新一佳 …………… 067
圆缘 …………… 067

脸面 …………… 067
晨心 …………… 067
日游 …………… 067
春雷 …………… 068
宫墙 …………… 068
观长城 …………… 068
向阳 …………… 068
云雾 …………… 068

云逸 …………… 068
红云 …………… 068
风情 …………… 068
如风烟云 …………… 068
凌云峰 …………… 068
雾都 …………… 069
雾雨 …………… 069
橘洲焰火 …………… 069

山水	069	雾蒙	073	彩蝶	076
登山	069	惊雷	073	志成	076
比天	069	平等	073	生命本质	076
天水	069	系百姓	073	圆缘	076
花开	069	雷	073	红尘	076
花红	069	权利	073	英雄出少年	076
冰雪	070	绝句	073	生活	077
春雷	070	青清情	074	诗词菜	077
橘子洲头	070	极乐	074	瞅美	077
黑云雪	070	清空	074	愁	077
太阳红	070	春江爱	074	做人	077
情丝	070	柔骨	074	助人为乐	077
清明雨	070	刀嘴	074	珍重	077
春莲	070	梦	074	雾霾	077
春夏秋冬	071	孤独创世作	074	缘分	077
摇春	071	锅碗就是家	074	豪气	077
红太阳	071	圆月	074	共地球	077
月亮	071	春	074	无人理	078
元旦	071	云下凤	075	灵感升	078
圆圆	071	尘世果	075	过山仙	078
雨声	071	花蝶	075	满地金	078
黑云	071	紫云梦	075	生活战鼓	078
山沙水	071	诗心	075	月泪	078
白沙水	072	攀侠	075	昏昏日	078
石燕飞	072	闯	075	仁德	078
花艳	072	井蛙	075	生活	078
争艳	072	泪不断	075	情殇	078
雨枝	072	情恋	075	慈悲	078
浮萍	072	红尘如梭	076	情	079
草花	072	福路	076	微汇	079
藕断	072	四季轮回	076	激情	079
小草	072	心灵	076	时光	079
桂花香	073	自然爱	076	刚正	079
苦瓜	073	家	076	跃	079

悟	……………	079	温馨	……………	083	丑陋灵魂	…………	086
彩笔	……………	079	一鸣	……………	083	冷面	……………	086
昌	……………	079	心胸	……………	083	相扶	……………	086
香	……………	079	唱天下	……………	083	梦境	……………	086
倩影	……………	080	清明	……………	083	长流河	……………	086
老家	……………	080	山水	……………	083	自我王	……………	087
食	……………	080	悠闲	……………	083	雨愁	……………	087
梅雨不长夜	………	080	独秀峰	……………	083	权伤	……………	087
乐趣	……………	080	山与水	……………	083	时光	……………	087
执着	……………	080	诗酒菜	……………	083	缘相情	……………	087
风云	……………	080	红樱归来	…………	083	茫茫	……………	087
逍遥	……………	080	流过	……………	084	缘圆	……………	087
眼泪	……………	080	人	……………	084	倩月青丝	…………	087
星星	……………	081	情情情	……………	084	秋香人生	…………	087
花好	……………	081	梦香	……………	084	人景	……………	087
珍惜	……………	081	苦果	……………	084	同学情	……………	088
灯	……………	081	笑人间	……………	084	道悠	……………	088
游	……………	081	闪亮	……………	084	急急急	……………	088
花开花落	…………	081	仙径	……………	084	醉梦情	……………	088
春花	……………	081	行驶	……………	084	锅命	……………	088
风景	……………	081	做神仙	……………	085	心神	……………	088
古城	……………	081	泣泪涟	……………	085	同国庆	……………	089
故乡	……………	081	前程	……………	085	柴烧材	……………	089
城光	……………	082	蓦然而去	…………	085	爱心晴	……………	089
初春	……………	082	泪水	……………	085	几多景	……………	089
春雪	……………	082	网国	……………	085	几多情	……………	090
阳春	……………	082	虹绣	……………	085	万物长	……………	090
踏青	……………	082	月圆	……………	085	时光	……………	091
交替	……………	082	情曲	……………	085	神仙国	……………	091
迷花	……………	082	还情	……………	086	杯杯悲	……………	091
月	……………	082	未来	……………	086	征途	……………	091
月寒光	……………	082	同伞	……………	086	憧憬	……………	091
倦	……………	082	梦香	……………	086	熄灭	……………	091
天籁豪	……………	083	道	……………	086	身忧	……………	091

德昌	092	年字	097	清瑶	100
心舒	092	仙归	097	酒瑶	100
丝语	092	风景	097	同志	100
风雨人生	092	精神花	097	心胸	100
我自己	093	盘山	097	情长	100
风伴眠	093	一笑	097	盐粉	100
唐杰	093	看山	097	散天下	100

2016年诗歌　094

新年贺	094	红日恒	097	心海	100
地远情及	095	情调	097	风火	100
几骄	095	人生	098	彩虹	100
嫉妒	095	前途	098	月最情	100
盐味	095	风浪	098	情难越	101
秋海棠	095	圆	098	香浸碑	101
沃桑田	095	真情	098	情五代	101
奏风弦	095	卧龙	098	洗龙虾	101
天下任	095	真情	098	真谛	101
心园	095	花醉	098	风行	101
真假	095	曲折	098	浮云空	101
闲心	095	谁语我?	098	热血	101
鹰击雨	096	山道	098	颜面	101
古寺钟声	096	道悠	098	白云轻	101
诗当啤	096	情长	099	亮彩	101
嗷嗷哺	096	红花拔绿	099	韶华	101
原来	096	雨	099	倾盆大雨	102
蛙作词	096	秋叶	099	蝉影	102
热泪	096	山浪	099	夜晚	102
雨黏花	096	不悔	099	水	102
淹文儒	096	心境	099	情绕	102
花情	096	闲云	099	正义拼	102
争	096	蜗牛	099	云烟	102
休闲	096	待春蜂	099	青春岁月	102
苦读	097	清福	099	夏至	102
梦飞	097	山苑	099	伤	102
		共乐嬉	100	氤氲	102

盐	103	三尺讲台	107	青春老	110
善心	103	粉笔	107	思绪	111
醉花落	103	教师	107	飘	111
逛诗说	103	田园	107	心亲	111
天堂	103	存	108	心牵手	111
梦一旬	103	仙舞	108	春远	111
月少圆	103	醉	108	快乐	111
梦中	103	热血染山河	108	桂林行	111
男人酒女人泪	103	仙飘	108	月舟	111
眼中	103	石榴花	108	扰	111
三界	103	春艳	108	情滋	111
随酒	104	知己	108	花色	111
豆雨	104	衰草	108	时促	112
朦胧	104	心定	108	生命	112
爱仇	104	孤独	108	心宁	112
花好诗美	104	情怀	109	水藏天	112
寒风	104	通窍	109	美	112
母亲节	104	白云	109	法治天心	112
母亲	104	凯旋	109	不醒床	112
妈妈	104	美景扫千愁	109	夜长	112
延年	104	三心二意	109	闲活	112
昌	105	小草	109	再来	112
怡景	105	妖	109	夕阳红	112
饮景	105	天籁禅机	109	无泪	113
蛰伏	105	抽丝	110	永恒诗	113
忧悠	105	鹰击雨	110	禅道	113
开悠	105	万情韵	110	泪滴河	113
月盼	105	愿	110	惊怵	113
嘀嗒	105	琴道	110	依旧花	113
烛光	105	南柯一梦	110	心轻	113
志高	106	不停弦	110	龙虾	113
蓬莱	106	万寿	110	演梦圆	113
长理豪迈诗——七律		烟缘	110	飞鸟回巢	113
	106	天国	110	情寄天	113

唤梦想 ················ 113
梦境 ················ 114
彩云飞 ················ 114
新晃侗族 ················ 114
花情痴 ················ 114
没海天 ················ 114
精神银河 ················ 114
乐神仙 ················ 114
情绕山间 ················ 114
红一点 ················ 114
风雨 ················ 114
无影 ················ 115
情悟 ················ 115
童年 ················ 115
少年找 ················ 115
飞鸿情 ················ 115
天香 ················ 115
腾云轻 ················ 115
传统韵香 ················ 115
琴舞 ················ 115
挑灯 ················ 115
情不悔 ················ 115
雾中月 ················ 115
偏心 ················ 116
缥缈 ················ 116
花殃 ················ 116
六月涛水 ················ 116
无声 ················ 116
乐悟 ················ 116
尘埃扬 ················ 116
长夜 ················ 116
古井 ················ 116
尘飞逝 ················ 116
归圆 ················ 116

秀峰 ················ 116
桂林 ················ 117
桂林 ················ 117
红颜老 ················ 117
落沙尘 ················ 117
逍遥 ················ 117
镜子 ················ 117
镜子 ················ 117
傲骨 ················ 117
柳絮 ················ 117
花落 ················ 117
拍浪欢 ················ 117
中秋 ················ 117
重梦 ················ 118
夏夜 ················ 118
诗词 ················ 118
缘 ················ 118
乡情 ················ 118
暖人苑 ················ 118
李丽心灵家 ················ 118
湘园支部助学香 ······ 118
云鹏 ················ 118
燕 ················ 118
寒窗鸟出笼——高考结束
················ 119
亲友情 ················ 119
端午 ················ 119
粽子 ················ 119
吃粽子 ················ 119
不枉来 ················ 119
苍穹眷 ················ 119
仁义胜 ················ 119
神州魂 ················ 119
灰无烟 ················ 120

前世缘 ················ 120
萍水 ················ 120
吃苦胆 ················ 120
汴州西湖重开舞 ····· 120
清凉 ················ 120
醉海 ················ 120
红叶心 ················ 120
谈笑尘埃 ················ 120
红尘芬 ················ 121
懊恼 ················ 121
白眼 ················ 121
父亲 ················ 121
思乡月影游 ················ 121
恩情 ················ 121
独唱 ················ 121
浩荡入云 ················ 122
意千含 ················ 122
淡溪清 ················ 122
宁静 ················ 122
自欣赏 ················ 122
树与花 ················ 122
摘日 ················ 122
慢枝 ················ 122
蚂蚁飞天 ················ 122
蚂蚁梦 ················ 122
喜忧 ················ 122
人心恒 ················ 123
经年 ················ 123
幸福于心 ················ 123
又一拼 ················ 123
年轮 ················ 123
自耀红 ················ 123
空文花 ················ 123
抒情歌 ················ 123

清荷泥不染	123	庆七一	127	烈焰	130
返乡	123	天圆	127	红火焰	130
不留遗憾	124	情长绵	127	逍遥	130
长沙火城（其一）	124	忧风	127	阳光笑	130
长沙火城（其二）	124	笔墨撼世	127	方圆	130
月圆	124	烟消影不见	127	春水	130
无诗	124	花苿	127	酒鬼	130
刚强	124	万古存	127	走逍遥	131
三瑟	124	风景	127	骨魂	131
万长心	124	长痛	127	惜回眸	131
冢又堆	124	天河泪	127	不忘怀——党史馆参观有感	
人生缘	124	人生颜	128		131
土气	124	淡泊	128	光明	131
无风	125	月影荡	128	远飘	131
遥梦	125	荷塘大雨	128	不饶妖	131
教室（其一）	125	倾盆大雨	128	海琴	131
教室（其二）	125	掌盛	128	无轻闲	131
沐浴	125	醉梦香	128	车流	131
人心贤——被困电梯获救		争芳名	128	智慧	132
	125	奸佞众吐	128	不随风	132
穿心石	125	风云急	129	焰火	132
忍气吞声	125	春花雪夜	129	太阳雨	132
强	125	意远行	129	道永久	132
脸皮	125	蜂迷糖	129	诗彩虹	132
结识	126	酒杯荡天	129	龙游	132
自鸣唱	126	流芳	129	好阳	132
畅大海	126	荡心花	129	高铁	132
争一眼	126	一并飞	129	西江千户苗寨	132
精神青松	126	字中天地	129	小仙女	133
情颂	126	悠清	129	观光	133
佳赋	126	定海针	129	贵州小七孔	133
情难尽	126	风流	130	夜行	133
红杏报春	126	不落春	130	贵州风情	133
柔情侠骨	126	风不响	130	远光灯	133

美姿 …… 133

旅途（其一）…… 134

旅途（其二）…… 134

旅途（其三）…… 134

遵义观后感 …… 134

你我 …… 134

白云 …… 134

托阳 …… 134

立秋 …… 135

七夕 …… 135

血泪芳名 …… 135

禅花 …… 135

情熬心 …… 135

贵州镇远游 …… 135

好言 …… 135

盟 …… 135

翱翔 …… 135

万林鸣咽 …… 135

善恶自天 …… 135

红叶飘塘 …… 135

高铁 …… 136

鸣淹 …… 136

中秋 …… 136

云 …… 137

世风 …… 137

酒肉穿肠过 …… 137

心尘空 …… 137

崖边醉酒 …… 137

清心暖风 …… 137

春梦 …… 138

四季 …… 138

气爽 …… 138

寒冬磨 …… 138

锁冬 …… 138

红运 …… 138

无题 …… 138

青山 …… 138

绿水 …… 138

江山 …… 138

多娇 …… 138

国家 …… 139

狂风 …… 139

俯民间 …… 139

月灯 …… 139

重阳 …… 139

不枉名 …… 139

空 …… 139

山刺 …… 139

秋 …… 139

秋夜 …… 139

秋霜 …… 140

山雾 …… 140

秋果 …… 140

秋游 …… 140

情丝牵 …… 140

共影 …… 140

共度 …… 140

移步诗 …… 140

温馨 …… 140

苍脸 …… 141

家醉 …… 141

欢喜 …… 141

调船头 …… 141

摩天大楼 …… 141

天雨 …… 141

秋寒 …… 141

好生活 …… 141

寒绿 …… 141

老脸 …… 141

残阳 …… 141

身影 …… 142

天龙 …… 142

慧留 …… 142

浓雾 …… 142

杯碎 …… 142

坚守——交通劝导员
…… 142

歪枣 …… 142

路障 …… 142

坚强 …… 142

鸳鸯独只 …… 143

小屋 …… 143

恒 …… 143

天边圆 …… 143

寒风 …… 143

呼应 …… 143

天地广 …… 143

乔迁 …… 143

人神 …… 143

乐仙书——赞同事书画
…… 143

梅香来 …… 144

勤 …… 144

情我扬 …… 144

岁两样 …… 144

苏仙岭 …… 144

景——湘南学院 …… 144

人——湘南学院 …… 144

卧龙山——湘南学院
…… 144

赏月 …… 145

夜半水声 …… 145

无剩	145	趁机	148	2017年春节	153
空情	145	海香远	148	雪化	154
醉茅台	145	折伏	149	丰碑	154
山贤	145	寄情	149	万世芳	154
随风	145	居高	149	万世开	154
四季红	145	下班	149	道钟	154
美丽践行	145	冬晴	149	立春（其一）	154
倩舞	145	霜多	149	立春（其二）	154
亮歌	146	滔滔流年	149	错落	154
梦游	146	流芳	149	阴天	155
飞辉	146	无语	149	莲花	155
茉莉	146	红绿灯	149	昆仑	155
庭院	146	长情	150	无光	155
静夜	146	长浓	150	绿野	155
尽情	146	长悠	150	观中国诗词在奉有感	
红钱	146	风吹	150		155
南风	146	心高筑	150	时光	155
任由	146	笑中泪	150	天翼花谜	155
女人会	147	心背	150	长梦	155
冬至	147	瘦诗	150	长沙电信天翼未来城	
春梦	147	亮虹	150		155
郊游	147	去稚	150	天翼未来城	156
冷热	147	神形	150	浮云	156
兼程	147	落水悲	151	元宵节快乐	156
春魂游	147	菲红（其一）	151	香歌	156
微信	147	菲红（其二）	151	天堂	156
诗圣精	147	人生戏	151	诗奇	156
诗词奔放	147	禅让暗香	151	做鱼游	156
祝陈芬发言	148	2016年终	151	心声	156
国考	148	**2017年诗歌**	152	护蓝	156
圣诞·平安	148	2017年元旦	152	新灿	156
圣诞	148	新辉	152	苦水长	156
无缘	148	冬暖	152	万花	157
好圆	148	鸡	152	头	157

湖光	157	忆江南	162	笔伤	165
春诗	157	青山绿水	162	血撰经	165
春寒	157	真	162	墨舟	165
红艳—2017.3.5	157	低头学习	162	勤奋	165
靓女——庆三八	157	冥红	162	浪迎风	165
拔河	157	香扉	162	霜红犹	165
红桃	157	空香愁	162	暴雨	165
春恋	157	玉指黑月	162	酒雨	165
醉蝶	158	又修路	162	红雨	165
鹊桥	158	雨激雄鹰	162	歌雨	166
祝三八	158	清明祭祀	163	香雨	166
空骨	158	光阴	163	吻雨	166
春桃	158	早行	163	太阳	166
春游	158	苍痕	163	火阳	166
春	158	倒春寒	163	艳阳	166
春心灿	158	高傲	163	骄阳	166
虫龙	158	梅家	163	夕阳	166
月夜	158	一线天	163	真经	166
踏青——油菜园	159	金塔	163	观学校九云峰鼎	166
春雨	159	东流	163	相印	166
赏花	159	蝶梦开	164	千百度	166
冥来	161	三春风雨	164	千峰灿	167
缠纤	161	月夜	164	母亲节祝福!	167
月影诗	161	青翠	164	英姿彩	167
晨语	161	学生	164	泰山迎客松	167
大唐英	161	在天	164	孤岭	167
川江红	161	春桥	164	风雨醉	167
春笋鲜	161	滕王阁	164	小草	168
自斟	161	高铁行	164	空流	168
吞天水	161	手掌间	164	青春脚步	168
雨过心晴	161	崖台	164	汨罗市——端午吟诵	
红更芬	161	泪光阴	165		170
月光流	162	春游	165	庆六一	171
泗影	162	心春	165	六一感触	171

10

三日歌（童谣） ……	172	纪念七七事变 ………	180	祭孔子 ………	193
动物世界 ………	172	香衣情 ………	181	秋分（其一） ……	194
野兰花 ………	173	庆八一 ………	181	秋分（其二） ……	194
轮回 ………	173	诗琴润贫弹富曲 …	182	秋分（其三） ……	194
淬火 ………	173	一、激情征途 ……	182	国庆颂 ………	194
龙腾——观4D龙跃动画有		二、韵化地名 ……	182	山 ………	195
感 ………	173	三、诗化经济 ……	183	水 ………	195
棋 ………	173	四、扶贫工作艰辛 ·	184	州 ………	195
权 ………	173	五、致富喜悦 ……	184	国 ………	195
心计 ………	173	六、赞美山水 ……	185	民 ………	195
白云 ………	173	七、感受生活 ……	185	权 ………	195
科举与高考 ………	173	立秋 ………	186	路 ………	195
尘市 ………	176	寒露 ………	186	丝路 ………	195
无知 ………	176	八瓣花——配图 …	186	花 ………	196
岁月 ………	176	七夕 ………	187	2017年中秋 ……	196
哭 ………	176	红楼梦 ………	187	伟人 ………	197
泪 ………	176	永州行 ………	188	母亲八十大寿 ……	197
光阴（其一） ……	176	橘子洲 ………	190	金秋 ………	197
光阴（其二） ……	176	沧桑路 ………	190	秋辉 ………	198
余晖 ………	177	豪情志 ………	190	秋意 ………	198
时机 ………	177	孔方兄 ………	190	一叶知秋 ………	198
声 ………	177	山 ………	190	叶落秋高 ………	198
音 ………	177	马上 ………	190	寒露 ………	198
一组相片题照 ……	177	生日 ………	191	凝露 ………	198
三书诗 ………	177	毛泽东逝世纪念 …	191	桂花 ………	198
傲竹 ………	178	教师节 ………	191	庆祝十九大召开 …	198
渺 ………	178	路 ………	192	马上花 ………	200
醉佳的家 ………	178	雷雨 ………	192	重阳节 ………	200
父亲节 ………	178	湖南女子学院美景 ·	192	风雨路 ………	201
诗河 ………	179	2017年纪念"九一八"		秋游春意 ………	201
骨花 ………	179	………	193	获"优秀扶贫教师"感慨	
2017年庆七一 ……	179	美丽女神 ………	193	………	201
长沙暴雨 ………	180	莺歌燕舞 ………	193	评建掠影 ………	201
岁月 ………	180	美女施教 ………	193	考试 ………	202

脸面 …………… 202
史诗 …………… 202
秋红 …………… 202
秋风红潮 …………… 202
笑 …………… 202
笑铃 …………… 203
山石 …………… 203
风波 …………… 203
立冬 …………… 203
双十一 …………… 203
扬鞭 …………… 204
腾跃 …………… 204
同事蒋显荣老师对我的赞誉
…………… 204
槟榔情 …………… 204
律道 …………… 204
双十——千龙湖郊游
…………… 204
人 …………… 205
寒暖 …………… 206
寒雨 …………… 206
春花秋寒 …………… 206
长沙理工大学校运会
…………… 206
马院喜事连连 …………… 207
龙凤彩 …………… 207
喜得贵子 …………… 207
同日生中学同学 …………… 207
淋巴炎肿吊水 …………… 207
心怡情姬（手机）…… 207
南京三十万难祭 …………… 207
平安 …………… 207
伟人身影 …………… 208
上山下乡 …………… 208
长沙理工大学"学习十九大

精神唱响新时代强音"教职
工合唱比赛 …………… 208
2017年终曲回荡 …… 208

2018年诗歌 …………… 211
新春诗 …………… 211
海南岛 …………… 222
海南香 …………… 222
海角情 …………… 222
情长榑 …………… 222
雨 …………… 223
江 …………… 223
湖 …………… 223
团圆宴 …………… 223
诗律 …………… 223
生命 …………… 223
岁月 …………… 223
元宵节 …………… 223
惊蛰 …………… 224
三八节 …………… 224
踏青赏花 …………… 225
看好吃烂永吃烂 …………… 226
命运 …………… 226
蝶诱 …………… 226
春雷 …………… 226
逝（其一）…………… 226
逝（其二）…………… 226
眼光 …………… 227
清明祭 …………… 227
春分 …………… 227
梦缘 …………… 228
夜班女工 …………… 229
浮云 …………… 229
笔试 …………… 229
愚人节 …………… 229

容貌 …………… 229
月夜 …………… 229
牡丹 …………… 229
阳春游 …………… 229
宁乡一日游 …………… 229
评议 …………… 230
丹东凤凰山 …………… 230
庆五一 …………… 231
五四青年节 …………… 231
纪念马克思诞辰 …………… 231
乡魂 …………… 232
骨肉 …………… 232
雨（其一）…………… 232
雨（其二）…………… 232
母亲节 …………… 232
520 …………… 232
趣味校运会 …………… 232
广州 …………… 233
六一节 …………… 233
大美罗平 …………… 234
诸暨枫桥新貌 …………… 234
端午节 …………… 235
镜中玉颜，触景生情
…………… 236
父亲节 …………… 236
夏至 …………… 237
世界杯足球赛 …………… 237
美丽丹东 …………… 238
庆七一 …………… 238
李白颂 …………… 238
人生 …………… 239
同学旧照情怀 …………… 239
纪念七七事变 …………… 239
韩国风情 …………… 239

滇狂 ……… 239

周庄情 ……… 239

轻风 ……… 240

爱情——姻缘 ……… 240

庆八一 ……… 240

云游虎跳 ……… 241

生日自勉 ……… 243

教师节 ……… 243

赠罗月婵 ……… 244

咏中秋 ……… 244

爱有三 ……… 245

祭孔子 ……… 245

国庆颂歌 ……… 245

四十年改革开放 ……… 246

雨 ……… 247

秋雨 ……… 247

长沙铜官窑游 ……… 247

理工大第十六届校运会诗絮 ……… 247

祝贺钟芙蓉获得师德师风演讲比赛一等奖 ……… 248

马院之歌 ……… 248

同桌唱律 ……… 248

圣诞逍遥 ……… 248

纪念毛泽东诞辰 ……… 249

马扬飞雪腾旗红 ……… 249

丹霞 ……… 249

云山 ……… 249

长理元旦联欢会 ……… 249

2018年尾声 ……… 250

瑞雪迎新 ……… 251

悠情常青——敬献退休老师 ……… 251

2019年诗歌 ……… 252

元旦——新年启迪 ……… 252

寒战 ……… 253

对联 ……… 253

欢聚 ……… 253

战马嘯 ……… 253

蛰伏 ……… 254

蜀国新 ……… 254

2019年春节 ……… 254

春酒——寒天醉热酒 ……… 255

2019年春欢 ……… 256

钟情——情人节 ……… 257

元宵佳节 ……… 258

开学——儒学新姿 ……… 258

三春花色——贺三八 ……… 259

逍遥游 ……… 261

三八——云逸霞飞环校跑 ……… 262

清明祭 ……… 262

五一劳动颂 ……… 263

五四青年节 ……… 264

牡蛎 ……… 265

五一港澳行（抒情诗） ……… 265

红缨扬——研究学习风采兰 ……… 266

合欢曲——同学聚会 ……… 267

人大——聚义堂 ……… 267

政协成就 ……… 267

母亲节 ……… 267

爱·520 ……… 267

牯牛降、西黄山、九龙池楹联 ……… 268

仙怡园——湘西地质园 ……… 268

康百万庄园 ……… 268

青海湖游 ……… 268

磁山 ……… 268

六一童趣 ……… 269

端午曲 ……… 270

父亲节 ……… 270

辉煌成就绮丽国（庆七一） ……… 271

浏阳石牛寨 ……… 274

荷花 ……… 274

陶情 ……… 274

医院——康复乐园赞 ……… 274

瓷都游 ……… 275

韶山参观 ……… 275

咏龙 ……… 275

酷暑茶凉 ……… 276

心怡茶道 ……… 276

八一戟扬 ……… 276

沈阳研修风情芳 ……… 277

兰州理工大学 ……… 279

七夕情 ……… 279

孟秋 ……… 280

教师——传道授业夫子魂 ……… 280

中秋佳节 ……… 280

古夏新颜——国庆颂 ……… 281

礼赞国庆70周年阅兵游行及晚会 ……… 282

13

银川市文明公约 …… 282

银川宝 …… 283

勇猛英雄 …… 283

百果园 …… 283

灿果 …… 283

沧桑历史 …… 283

秋游开慧馆 …… 284

鼓浪屿 …… 284

悠悠同桌情 …… 285

监考遐想 …… 286

考研 …… 286

燕舞霓彩 …… 287

庐山游 …… 287

巾辉堂 …… 287

张家仙界 …… 287

秋收起义馆参观 …… 288

晨风笛曲 …… 288

2020年诗歌 …… 296

庆2020新年元旦 …… 296

春节——春风紫气 …… 297

二十四节气歌 …… 299

彭红（嵌名诗） …… 302

春雨——雨水节气 …… 302

三八花 …… 302

晨星 …… 302

晨曲 …… 302

万经颂 …… 302

湘潭 …… 303

石燕湖五一游览 …… 303

母亲节 …… 303

六一节 …… 304

苏南行 …… 304

教师国庆中秋节 …… 306

中秋节 …… 306

影珠山 …… 307

2021年29名"七一勋章"获

得者事迹 …… 307

2021年诗歌 …… 310

2021元旦颂 …… 310

平安夜 …… 311

牛年颂 …… 311

春节情赋 …… 311

党日辉苑 …… 312

元宵融 …… 312

同桌聚 …… 312

清明祭 …… 312

端午 …… 312

袁隆平——撒玉饱苍生

…… 313

六一醴孺 …… 313

汝城——半条被子 …… 313

高考 …… 313

血战湘江 …… 314

时光 …… 314

时光：闪烁的智慧光芒

…… 314

子曰（其一） …… 314

子曰（其二） …… 314

千年辉煌百诗歌 …… 314

贡院菜 …… 317

中秋节 …… 317

钱刀 …… 317

翰战 …… 317

月花情 …… 318

2021年国庆 …… 318

冬游靖港古镇 …… 318

田汉文化园 …… 318

情何老 …… 318

雪 …… 318

2022年诗歌 …… 319

元旦 …… 319

十二生肖 …… 320

鹅毛雪 …… 321

同窗情 …… 321

长理格言警句 …… 321

长理廉政 …… 321

浏阳小河乡游 …… 322

嘉兴考 …… 322

华夏党辉 …… 324

翰林银盘——中秋 …… 324

成语诗歌 …… 324

巧夺天工 …… 364

嵌名诗 …… 400

2016年嵌名诗 …… 401

2017年嵌名诗 …… 406

2018年嵌名诗 …… 409

2019年嵌名诗 …… 409

第一部 红尘纷纭

人生道路人性感悟

人生悟读相得益彰

作者的话

本书特点：

1.内容丰富，含有丰富的良言佳句。达到三千行左右的巨大篇幅。

2.所有诗文全部押韵。在人生、生活、诗情，甚至自然的概括方面内容丰富，且基本上都达到了押韵。如"龙飞山峰不觉威，虾游浅水不羞卑"。

3.分类编排，一目了然。从自然、哲理、历史、经济、文化、人性、人生、生活、家庭、伦理、为人、学习、励志、处事等方面进行分类，适用于不同人群。

4.价值引导性。思想反映现实生活才具有真理和价值性。本书本着真正为人们带来真知的原则，把真善美的真谛反映和提炼出来，鞭挞丑陋，教育社会，启迪人生，给我们带来更加美好的幸福生活。

本书内容不是简单的文字堆积，它是现实思考与理论总结，既有哲理性，又有韵味性，读起来朗朗上口。

曾几何时，我们迷茫、跌倒，不知所措，山高路险，前途茫茫，惶惶于惊恐与无奈中。我们空白地来到这个复杂的世界，面对荆棘、暗礁、坎坷，我们有时无力无助。

生活中，我们会承载太多的负担。在很多情况下，我们不得不面对各种烦恼和痛苦：事业上的竞争，经济上的压力，爱情上的坎坷，婚姻上的困惑，健康上的隐忧，与亲人的生离死别，遭受朋友的疏远，等等。在茫然失措、愁眉不展时，我们需要对自然、社会、人生有清醒的认识，需要更深刻地理解和体会社会关系、恩爱情谊、学习发展、为人处世，明白怎样以博大的胸襟去施爱于人，怎样在惶惑、烦恼、痛苦和失落时，获取知识、理解、感悟和慰藉来更好地生活。

今天所呈现的这部《檀香集》哲理词句，就是我们人生道路上必不可少的精神伴侣。无论是人生得意阶段，还是变故失落的彷徨时刻，都能让我们循着"道"的方向，掌控自己的人生。唐七言内容涉及自然、历史、经济、文化、学习、生活等重大人生问题，涵盖了生活的方方面面，有自然规律的解释、金钱泥坑的沉陷、幸福生活的感悟、涤荡心灵的历练、战胜挫折的勇气、闪烁光辉的美德、教育生活的智慧、荡气回肠的爱情、温馨感人的亲情、邪恶丑陋的鞭挞、谐友善的处事……每行每句都在讲述自然社会的韵律、美好的情感、人生的意义，生活的严酷，励志奋斗的艰辛，丰收硕果的喜悦。它让我们在生活上，修改错误，启迪心灵，照亮前程；在困惑无助时帮助你解除感悟上的困扰，抚慰伤痛，为受伤的灵魂提供避难之所；是你理解人性、了解社会、开拓创新的智慧灯塔。

一则启迪，催人奋进，帮你梳理纷乱的思绪，找到人生幸福的密码；一段箴言，为干涸的心灵注入勇气；一篇诗文，怡人性情，带去爱和希望。

觅知音

一、自然篇

1.乾坤万物道律运

大含小来小有大，无中生有有也无。
有限无限统一无，无中生有有无限。
无限存在于有限，有限衍生出无限。
变化无限律有限，组合无限素有限。
世间事物总有限，一边多来另小点。
极端即到对立面，小见大来无中有。
元素有限物无限，规律无限动无限。
世界本圆方稳静，矛盾对立动态平。
同性相斥异相吸，同出一源分各溪。
乱而不稳将新生，稳固不化定毁成。
有序漫长无序短，极度无律在两端。
无序有序都在律，万物皆有定数拘。

状态秩序相统一，状态突变则无序。
稳的不滚滚不稳，圆的不方方不圆。
要则不来来猛之，来则缓慢则长之。
特性精品稀有量，普通物品陪其旁。
世界原本出同一，为求个性而分离。
异性相吸缘统一，矛盾相对不可离。
出于其而受于其，制于其而助于其。
是什么是不知然，为什么才知之然。

未知而作是什么，已知则道为什么。
是作何之而未知，事做已知而神智。

物质衍生灵精神，规律制约浩宇动。
规律不知由谁定，推动世界动不停。
宏观概括微具体，万物都循宇宙理。
未有不变之乾坤，唯有规律恒道魂。
永恒不变的规律，无限变化的世界。
出于其而受制其，破于其而损于己。
太平洋中真自我，江水浪涛天流河。
远看成圆近是偏，绝非完美宇宙间。
远是一色近见麻，云雾下面满地花。

2.物精人慧行天道

物原动宇宙规律，命原动宇宙精神。
宇宙精神灵性魂，点燃生命闪光辉。
存在定意识始终，精神定意识形式。
实践并非有认识，规律必然经思维。
适应存在任自由，宇宙生命唱悠悠。
灵魂拷自生死间，精神游于有无限。
人分高下智有愚，命有好坏还在运。
命非物质简单合，万物灵性命之获。
顽石无命万年青，人生有魂百年情。
生命最强在发展，无论险恶都能长。
生命发展力无限，强大最终胜神仙。
生命源于同一命，相互竞争进化新。

生存本我最基本，超我友爱趋势奔。
多样造就生命网，无限生机在多样。
最奇莫过生命力，顽强生存和发展。
自然不生无用物，大地必有漏风屋。
大小包含有无轮，天道生律人生智。
山河大地是如来，人间烟火凤凰台。
盛极必衰波浪行，三十河东四十西。

天上众星皆拱北，世间无水不朝东。
大而虚来小而精，物欲过后要真情。
涓涓细流成大海，积少成多垒成台。
驱以动力而前行，规之有序而成形。
长江后浪推前浪，东边日出总是亮。
日落西山天空黑，明日红火问题恒。
囊萤映雪星指北，月满团圆光照白。

二、哲理篇

1.邪不压正天下公

倔倔相争恶恶报，忍忍谦让善福到。
毁誉由他自清明，眼前皓月天地白。
伟人挥手拨地转，农民挥锄掘地盐。
将士横刀挥意志，书生握笔倾心智。
乾坤间少豪杰骚，人世朝有奸臣冒。
帝王割亲得江山，黎民失情孤零惨。
水平映月池底明，公正无邪心里清。
侠义剑指不平声，热心救助黎民冷。

正义左右不邪气，公平上下谐一致。
街巷不问名流事，布衣何仰权贵施。
但得黎民净土悠，三餐有饱无它求。

青云吐日变乾坤，奸臣蒙君黑天下。
天网恢恢疏眼漏，独木岌岌难过桥。
不向朱门权贵媚，草堂吟诗墨喝醉。
青眼只向佳景眺，不对权贵舞魅腰。
忧贫忧道穷秀才，无忧无虑阔权贵。
腹肚利禄耗心肝，独有虚名空幻伤。

尘世浮名遮碧眼，期求埋名隐世艰。
名利沉重枷身锁，尘烟轻视方解脱。
富贵几多是微尘，金山权重南山身。
光宗耀祖献父母，功成名就怀虚谷。
眼里无沙乾坤朗，耳有民声天下康。
松立峭壁迎云风，沧桑墨尽显峥嵘。
黎民无福仙骨身，赤膊憨酒哪位神?

2.仗剑驾舟民为水

美梦难改山中草，遐想不变阵前兵。
无限欲壑深溜滑，跌入深井堪难爬。
有双手何需法雨，载良心岂恐邪恶。
名争欲夺罗浮山，香沾梦飞桃花源。
青山在侧去名利，黄鸟频现来仙境。
雁声远去名淡忘，尘烟散去梦一场。
艳色空钩桃花心，权杖紧吊名利欲。
霸业占山难控水，千年碑碎飘尘飞。
情思瘦于枝上花，热血溅身名利场。
同僚共盏远方亲，上下交觞左右灵。
夏去秋来几度春，人间名利冬化水。
名利难惊文人梦，荣华岂动墨客心。
功名不入五更梦，利禄难融三寸心。
几度虚名东逝水，万幻尘烟任随风。
权高位卑皆愤世，在朝无品俱叹怜。
残花玉榻何必伤，飞黄腾达万鬼仰。
横刀怎惧皇孙鬼，腹文分忧汗青危。

金钗点墨明天下，表奏文司誉满夏。
成败悲欢虽成烟，不惜碎骨撑门面。
不以难易论进退，应以成功推梦飞。
鼎盛华夏君子家，蝼蚁小洞鄙人窝。
得志小人焉守节，扪心君子宁安穷。
曾经傲立争输赢，勃缩之间又到零。
风云博弈由来激，人间悲歌天地惊。
鸿雁高飞成人字，青衫走马为红袍。

驱除邪恶当挥剑，扶植忠良高放歌。
一身正气香灵韵，两袖清风德芳婷。
两袖清风行云轻，一身正气沉梦馨。
月临浊水常有明，荷出污泥总纯清。
淡泊人生常有乐，浮躁度日时难过。
心系轻云任驾风，名挂野草随枯荣。
风雨一生山水路，云烟千里名利场。
淡泊名利心常泰，心存忧患志愈坚。
淡泊明志宁致远，时髦易逝经常存。
君子索道小人奸，知错得智就过险。
旁门勿进正道行，民心似秤史如筛。

社会形态心之态，社会之康人之泰。
历史现今的政治，政治未来的历史。
波澜起伏历史轴，民心向背水覆舟。
淡泊名利无以忧，追多逐利天天愁。
金钱不含仁义字，一片丹心国之资。
不以权力论地位，不以财富论生活。
先为人民去鞠躬，方得人民来鞠躬。
大小官员都来选，选贤任能不得偏。

莫以物质来享受，且以精神论富有。
莫以当官论地位，且以正直是否为。

莫以金钱论富裕，且以仁爱是否予。
莫以享受论获好，且以贡献是否到。

人随社会国由人，社会终是民心人。
人民历史人民创，顺应历史民主张。
阳光灿烂知了唱，正大光明人民赞。
天寒心寒人畏寒，天暖心暖天下安。
自然有序靠平衡，社会平等稳无恨。
同样条件同公平，不同条件难公平。
高山冲成广平原，公平终成天下愿。
世间雨水东流走，天下兴亡民载舟。
社会可徇个人情，法网不对个人亲。
忧名忧利无以清，有名有利无以情。

三、历史篇

1.潮流滚滚沧桑泪

历史悠悠不在现，未来留待后人见。
历史从不止于我，滚滚向前一路歌。
历史从来不重写，已过事情不假设。
历史不为个人写，将来自有公论解。
历史真相暂不知，终将大白天下示。
历史皆为后人写，后人都偏历史斜。
历史名著都是悲，人间生活都是痛。
历史已过情不割，生命续写新凯歌。
历史教训虽深刻，人性不免重蹈辙。
历史何曾惊相似，人性依然史再是。
历史好坏功与过，且看后人怎样歌。
历史伟人代代涌，江山代代伟人雄。
历史不记后人果，后人不忘历史过。
历史老人风残蚀，后人重新抹粉饰。
历史再现那一刻，岁月激情今日歌。

历史颠簸来回诗，皆是人性演绎史。
历史围绕真善美，可歌可泣催人泪。
历史再来今日歌，故人悠悠东流河。
历史自顾东流去，人情滔滔脱不除。
历史无情人有情，滚滚历史映人心。
历史悠悠时光游，情长绵绵不尽收。
历史人生趣五味，时光历程映人辉。
历史已去不复还，留下精神后人欢。
历史恩怨恨与仇，今日难化冰冻酒。
历史难回昔日景，滚滚车轮向前进。
历史洪流滔滔滚，爱恨情长波光涌。
历史回头又一笑，人性还是那样娇。

2.史书说尽天下事

摘英史河满袋蓝，一卷诗花天地香。
夜来灵感古今通，梦弄扁舟追唐宋。
墨溅文飞流史河，刀光剑影砌长城。
曲高和寡死于时，名垂青史活于世。
青史留名显光彩，魔鬼也要爬上来。
青史已去名不在，留待人间情与爱。
一部斑斑血泪史，说尽天下大小事。

前事不忘往日史，后事借鉴创新世。
人民群众创历史，英雄个人写历史。
乱世英雄草莽夫，历史功过短不护。
昔日辉煌今日荒，历史皇历今日黄。
过眼烟云昔日史，今日重演自己事。
沉浸他人过往史，悲伤自己不逢时。
前事不知后事史，后事难记史前知。
时光不停话不完，追求不止史不断。
光阴似箭历史梭，留待功绩不愧我。
太阳东升又西落，英雄谱写历史歌。

世人难留时光在，我赠青史一个爱。
是是非非美丑人，历史起伏波浪间。
只争朝夕迎大任，历史不缺雄伟人。
悠悠历史匆匆过，酸甜苦辣尝生活。
花开花落又一载，历史不再回头来。
历史滔滔人缘推，幸运浪尖能是谁。
滔滔流逝无限间，稳稳固扎精神根。
流失掉的是时间，留存的是精神。
自古英雄出少年，历史都在激情间。
滚滚浪涛人流史，几多沉浮搏浪池。

3.往事不忘后事师——历史

飞流直下三千尺，疑是银河落天池。
醒眼立于红尘世，只缘福命人间士。
意识萌发文字史，酸甜苦辣人生始。
璀璨社会文明史，聪明智慧花开释。
经济至上发财史，人们掉进金钱市。
激烈军事战争史，残酷生存争活死。
文化科学发展史，不断奔向幸福驶。
残暴丑陋肮脏史，皆是本性暴露示。
正义邪恶斗争史，人性斗争在此时。
罗马希腊大唐史，文明波浪起伏之。
人间烟火生活史，衣食住行起居食。
正史野史编年史，帝王将相英雄史。
上帝没有编历史，世人自己写自己。
前人留下厚厚史，都是悲壮辛酸字。
蹉跎岁月沧桑史，曲折历程悲惨辞。
历史都是现在史，古之诗韵当代释。
滚滚洪流滔滔史，无数沉浮搏浪池。
阴晴圆缺离合史，悲壮激情山河诗。

四、经济篇

1.无须财宝耀眼前

金钱不是万能的，没钱万万不能的。
物以稀贵多而贱，买卖需求供其间。
价值不在劳动时，稀缺珍贵也有市。
买货真来折本轻，买错卖错愿与情。
假货就怕货比货，不怕不到怕问倒。
财富不够拼命捞，财到多时人已老。

钱眼小来钱海深，钱海无边淹死人。
钱海盐深苦死人，钱纸书纸读死人。
无须财宝耀眼前，自在自足赛神仙。
处心积虑金钱算，人生劳累身体酸。

2.君子爱财取有道

黄金不及经书贵，礼少不比泰山轻。
泰山压顶不缩头，爱财有道且莫偷。
元宝金姓无名字，名声有姓无金赐。
君子爱财取有道，小人偷草拼命捞。
君子千钱不计较，小人一钱让人恼。
三贫三富不到老，人生煎熬火来烙。
不为物困精神长，不为名利梦里香。
功利实用是为首，信念说教梦里游。
天下皆因利而来，世人都为情而去。
物质满欲不满心，精神满心难满身。
钱不增乐情长多，悠悠呵呵潇洒脱。

3.元宝歌

金钱纸钱电子钱，本币外币大小钱。
辛勤劳动血汗钱，热心资助救命钱。

衣食住行生活钱，人间烟火命要钱。
借鸡生蛋钱生钱，借人钱财利加钱。
小人要钱不要脸，君子要脸不要钱。
金山银山遍地钱，临到终了不带钱。
百万英镑飘纸钱，一颗红心值千钱。
红尘皆是铜臭钱，桃花源里不见钱。
问君哪里最有钱，勤劳生出良心钱。
钱如粪土不值钱，爱心良心最值钱。

五、文化篇

1.乾坤由情而美丽

天作美来人来运，人作美来事来顺。
天公对谁都作美，律法对人应同味。
日月阴阳天地合，男欢女爱情长歌。
山清水秀心情悠，人逢喜事心不愁。
山峻水柔人高矮，大道通天各有爱。
山河依旧人古稀，壮志未酬人去西。

花红一时迎春晖，幽芬万古凝琼脂。
高峰凌云依基石，青松傲立根于己。
立于山顶人自大，卧于山底人自压。
人间天堂在胸腔，处处花开新篇章。
未入仙山早过山，进入仙山高过山。
高山急流突奇峰，刀山火海见雄风。
洪水任性冲破堤，决口流干水无力。
无限风光在险峰，持久弥香在久封。

阳光一色染大地，世人异议在心里。
没有阳光黑云厚，一片乌云天下愁。
太阳对谁都一样，人看太阳不同想。
太阳火辣命遭殃，人慈善良心有阳。

骄阳烈焰火热红，旺盛炽热青春风。
炽热阳光青青草，热情奔放心潮高。
烈焰不驱忧伤寒，花香不通愁闷胀。
晴朗灿烂阳光天，总有阴影郁闷添。
阳春三月待时日，寒风凛冽断手指。
盛夏过后防秋寒，盛极一时防算账。

风云变幻人入缝，大地恒心不随风。
天高云淡兴飞飘，阴云密布趣遭瓢。
云来云去运不来，走来走去运常在。
风云榜上无神仙，深山卧龙藏其间。
风云不测事不定，人生难料祸福行。
空作浮云世间行，戏水也点涟漪情。
秋风萧瑟不御寒，樟树下面好乘凉。
劲风虽折树枝腰，仍有小草苗壮摇。
轻风细雨润江南，和言悦耳暖心坎。

花花世界眼花花，清清山水清心茶。
红梅迎雪苦寒香，傲竹挺立节节上。
狂风暴雨枝折残，风霜雨雪蜡梅香。
枯木逢春枝露芽，老牛嫩草嘴香花。
香花好赏难食享，糙米不响饱腹香。
黄花香浪激心畅，醉生梦死上天方。
牡丹红艳人眼喜，鲜血淋漓人惊奇。
红花不艳霜寒天，怒发冲冠为红颜。

好花不在时令香，深得赏识回味想。
惜花低头香扑鼻，爱情弯腰暖心脾。
百花竞争红艳艳，香花愈毒色越鲜。
屏帐香花好神秘，犹抱琵琶遮艳丽。
山花好景好词汇，羞花闭门好思维。
莫等阳春三月花，数九寒风穿心刮。
万紫千红不觉春，青山绿水红一村。

2.风雨无阻鹏高飞

世事如云任舒卷，心存道义不随转。
人逢险处去寻路，事到危机才冲突。
电闪雷鸣风有声，人微言轻话有神。
大雾茫茫心不茫，前程茫茫行不茫。
大雁已去风声在，松柏中空傲骨材。
鸟儿高飞任翅展，出人头地任性张。
麻雀困笼养不熟，宁死不屈自由求。
满城夜灯胜萤火，满园尽缀黄金果。
金缕玉衣不觉暖，真爱随身永无怨。
冲击一搏为爱情，竭尽身心为生新。
昔日悠悠浓情诗，今日重重金钱纸。
睹物似人人亦物，万物之主终归土。
转眼一瞬另世风，新朝新人新式红。
鸟怕关羽喜张飞，人懂八戒过沙河。

3.美于心来享受情

美不在形在于心，福不在享在于香。
江山美丽人妖娆，自作多情折个腰。
神奇怪诞称新异，神秘莫测谓高深。
红火明亮暖人心，青烟雾霾阻人行。
思想嫁接成酸果，自我培育红花朵。
雕花在划心在花，画画在花心已花。
瞬间耀眼满心足，长久闪光亮人福。
来如疾风去无踪，时有时无梦情中。

千里迢迢情当线，万里飘雪暖来援。
藕断丝连根根牵，条条接着心意虔。
仙鹤西去声长悠，恋恋不舍情长留。
梦里人生精神戏，几多感慨几多棋。
无限美景挂天穹，无数好词人间送。
八月十五月正圆，天下好事喜如愿。

细水柔情能穿石，铁面无情不徇私。
流水不腐水常清，紧跟时代最流行。
开水不响响不开，满壶不响半壶响。
乌云蔽日总驱散，阳光终暖人心上。
脚踏昆仑望远方，百川归海不回山。
杞人忧天塌下压，大圣闹宫翻天下。
远看仙女一朵花，近见黄婆满脸麻。

5.立于巅峰凌云霄

立于高山超于山，高于上天于民善。
立于现实超现实，正视自己超自己。
出于其而超于上，青出于蓝胜于蓝。
青山英骨千千万，为国捐躯难以忘。
理想完美而痛苦，现实真切而惬意。
心胸狭窄天地暗，宽宏大量阳光灿。
无志插翅难飞池，无持无指无法试。
经济定上层建筑，能力定人生幸福。
抱诗卧词醉光阴，浮云飘雾悠宵庭。
内心真诚坦荡荡，乾坤晴朗明灿烂。
将心比心显心肠，痛快交谈来往畅。
将心比心换他位，善恶不可随便推。
用心治人劳受治，枉有知识受人指。
心胸狭窄小气人，斤斤计较小钱争。

有限文字无限思，无限情谊有限世。
心随情节起伏波，泪流他人感心窝。
心声雨声愁苦声，泪水雨水血祭神。
情无以藉系术强，练得本事为国昌。
物随云飘烟灰灭，情跟意存永凝结。
几多情感几多愁，几多追求几多忧。
时光可走情不悠，牵肠挂肚情不溜。

疾风吹过树啸叫，微微小草摆不跳。
山雨欲来风满楼，大雨带上无限愁。
狂风暴雨彩虹照，激情满怀幸福到。
三秋未见情依深，愁丝拂去恨还生。
三日不出世不同，一日无网世不懂。
山林处处有陷阱，生活处处骗真情。
话不在多在于精，一句震座无不惊。
一段故事一道理，一段人生一曲情。
跌跌撞撞悟道理，伤痕累累感人生。
强烈执着热爱献，满怀激情心意显。
平静海面起波浪，狂风骤雨有停狂。

6.一片灵感多彩云

一片灵感多彩云，及时抓住雨慧民。
灵来泉涌压不住，灵飞脑偏挤不出。
冥冥思泉来天庭，梦醒好句落天底。
曲枝直露雾里花，真而不露实而华。
亮丽鲜艳而短暂，朴实无华而悠长。
明亮在于他人暗，艳丽在于他人淡。
合而有形零而散，国而富来民则强。
错落有致方显美，高低不同方显能。

鲜血给智慧调色，痛苦给理性伴乐。
坟冢之上金銮殿，轰然塌下白骨填。
星星眨眼送天意，静思仰望得启迪。
黑夜里智慧明亮，迷茫中思想指航。
美被欣赏而有形，心让理解而有情。
贫居闹市无人问，富在深山有人闻。
恶人闹事尽皆知，贤圣高僧无人识。
忙在闹市赢挣钱，闲在深山静心虔。

梦中美景易飞逝，并步飞跃不为迟。
最想要的（真情）最难得，最珍贵

的（时间）最易失。

人老阅丰看不够，世界奇妙常回头。
眼里满是爱情影，内里全是苦涩心。
看破红尘而不过，享受天伦快乐活。
人静思绪激荡漾，静观未动心飞扬。
热血激情不等闲，敢教日月换新天。

独自一人任潇洒，情长牵挂系在家。
伴影对酒风当歌，无言以对自觉乐。
心事口出畅快淋，锁心闭嘴烦恼寻。
默契无语不在说，话不投机半句多。
无言面对则无心，无心面对将无形。
几多连理结红心，但看池中鸳鸯影。
狐朋狗友一大帮，不如知己热心肠。
无欲无求好是悠，无思无念无忧愁。

己所欲好他人厌，他人甜蜜自觉咸。
节欲止泪愁成花，万事顺心无牵挂。
心声之歌唱悠扬，悲欢离合情意弹。
当面难有真心话，公开场合虚饰花。
要以平安谋幸福，借以精神看人生。
为有牺牲多壮志，只有英雄挺身试。
柴米油盐酱醋茶，悲欢离合酸甜辣。
生老衰亡不由己，虚幻世界生奇迹。
往日不追来为日，昨日不悔今日飞。
人生自古谁无死，留作一曲好长诗。

先来后到哪个是，机会偏爱巧来时。
第一并非最优秀，首先初出好占有。
条件优越不是福，自身强硬方才虎。
天不裁人人踩人，人不爱人见刀刃。
生其长而扬其善，缺其短而避其伤。

物缺灵而无心痛，人有魂而情遭怆。
劳胫伤骨迟早来，及早强身备心态。
不在情理在自理，知之明之方有力。
不要过信情中谊，背里暗箭多生疑。
不到长城非好汉，及到长城亦遗憾。
不怕死来为功名，不辞辛劳不为利。
不见黄河心不死，要跳黄河不敢试。
无奈石头不及天，怎怪欲望高过天。

7.梦里诗赋赛李白

梦里韵诗赛李白，醒来不匹孙山陪。
梦里彩云好飘逸，酒里乾坤好作戏。
梦里美好生活恼，好词易找无奈扰。
梦里湿枕思连心，茫茫人海只一情。
福当饭享天天活，难当梦来醒来过。

古人被嘲不现代，先人遗憾德不在。
演者疯子笑者傻，不知人生为何啥。
眼睛不容一粒土，细致一点不马虎。
内伤裂身竟不知，外伤虽重尚可治。
损伤不及匕首刺，也耗元气衰身肢。
一斑可概全面到，一人可见社会貌。
一切问题在人性，解决一切靠人行。

逍遥路奔极乐宫，全然不觉到顶峰。
酒中狂言惊四座，一觉醒来惊下桌。
皮薄能包坚傲骨，脸薄难挡恶挖苦。
国无空地人有闲，贫穷忙碌富似仙。
一片乌云天下愁，菩萨慈心众人收。
如鱼得水止于水，得于其间难超飞。
买药吃苦健身强，积谷劳筋学问香。

人要脸面树要皮，骨要柔情暖心脾。

习惯优越至堕落，习惯艰险不争夺。
脚踩地板顶腰杆，践踏人身滚地躺。
忙中出错易遭祸，谨慎细致灾可躲。
鸿志高远空荡飞，脚踏实地收效回。

走过人群不见人，目中无视傲不仁。
保暖无须花哨着，穿戴皆为装扮做。
人不忍人人争能，强人相斗败不认。
嘴偏顶出刀枪棍，心偏创出天地昆。
且得且失难兼顾，任随本性天定夺。
夜半鸡叫黑逆天，夜哭郎叫人逆黑。
过街老鼠人人打，不留米饭鼠无家。

红心暖过冰美容，笑脸花美华饰臃。
他人美于己宽容，自己美于信心拥。
放纵自由看作痴，奔向自由视有志。
恶恶相报己难逃，害人害己厄运遭。
闹里看花看人相，静里看花看心相。
沉浸于他人故事，悲伤于自己命运。
井口之上世界大，心口之外天下家。
撑死胆大饿胆小，黑白颠倒让人笑。
落于市井操细心，不飘天空虚幻行。

词不够达情未尽，得不满足欲还兴。
愚昧无知而迷信，无能为力而崇拜。
良言一句三春暖，恶人也会把刀还。
美丽符号随手贴，本性之身不改色。

好吃不在食料精，手艺才是口味经。
米不在好在软滋，人不在高在心慈。
鸡爪烹成凤爪香，物尽其用善其长。
细嚼慢咽享滋味，囫囵吞枣味全飞。
事物各有其特点，不合口味不喜欢。

粗茶淡饭不会亡，没有情义无希望。
饥肠辘辘断粮时，梦香还是亲人至。

又丑又臭懒不溜，浑球混日难无忧。
气鼓气鼓血胀鼓，昏头昏脑无人服。
气鼓气胀不买账，四处碰壁好下场。
心火恼火怒冲火，火急火燎急死活。

8.雪山蜡梅映窗红

大树招风小草静，迎风折翅温室暖。
红颜蜂扰素静安，大树热风小草祥。
风折古柏三分韧，水滴石穿一味真。
尘烟流水飘逝去，酸甜悲欢轮流回。
无限远古眺未来，光阴哪比思绪快。
云沉塞北霜风恸，雨斜漏屋冷水寒。
碎珠揉成晶白玉，顽石琢成威武狮。
拈花留红胭脂香，鼠过油瓶滑嘴腔。
雪山蜡梅映窗红，幽灯寒书香暖风。
鞋底暗沙难攀山，心有阴云万忧伤。
细字长流漫大海，哲慧琳琅耀银河。

幽香未来激情开，禅钟虽过道犹存。
字水长长渊海深，情谊浓浓天地厚。
醉梦桃园虫化蝶，行走江湖不由己。
惬意飘成云里鹤，放飞化作梦中蝶。
坐拥紫殿万钟粟，不如蓝天一片云。
回寻浪花泡沫尽，探得好景看船行。
花艳芬芳引蝶飞，窈窕淑女君士追。
一日众人争相求，春花香过冷寒秋。
怒发冲冠为红颜，纵身汨江为尊严。
秋凉热语三春暖，盛夏恶语数九寒。
淅沥秋雨顺脸下，蒙蒙灰天压屋塌。
风云雷雨电闪亮，长江无语东流长。

叱咤风云翻乾坤，太平大洋江山吞。

往时巍峨今成海，高帽跌落遭脚踩。
蝇头小利败大事，品厚山高容有海。
顽猴喧嚣出风头，高僧静观云散走。
枯灯灰落忆隐约，寒风蜷缩忧泪落。
大隐静山传闹市，喧嚣都城无山名。
白头自慰夕阳红，落日只差一烛风。
帝神厌人欲火疯，碎化玉杯银河冲。

明珠久被尘劳封，一耀照破山河红。
当下风云尘土静，时今观云心腾惊。
松鹤井蛙高低云，各有洞天自滋润。
圣贤隶民眼不望，终湮尘世戏一场。
酒过千水诗万篇，豪迈天穹芳万年。
野岭无虎猴跃狂，荒亭空客雀跳梁。

圣贤高道情忧绕，欲念尘去万事好。
惹上春愁花落地，抛开秋怨草旖旎。
梧桐秋寒悲落叶，葵花无阳遭人截。
千峰在我随万象，松柏挺直任风云。
倾雨大海笑碧涛，蔽云苍鹰藐鼠跳。
溪水流石响轻铃，目光跃林悟光明。
纤指流弦飘情音，双目览景纳慧明。
三千世界尽泥沙，一浊凡间皆红尘。
春蕾怒放迎寒风，待到蝶舞遍地红。
烈日沉寂晚霞红，彗星消亡夜流光。
诗词佳赋彩霞笔，知心伴音素月琴。

井蛙自鸣天高宽，鸿鹄展翅无限远。
眉开竖山横水蓝，臂抱艳阳祥云欢。
沙场故地红又绿，悠闲南山恒春风。
明月白光水清凉，红花吐艳风情暖。

白云天岸沧海涯，青山绿水浪涛花。
红尘艳梦一阵风，俗世沧桑万般痛。
闲云追月痴情乐，碧水绕山浪漫趣。
风云不遂心意飘，月儿相伴空相遥。
红花争艳残落跌，绿叶静观青翠接。
尘世沧桑月轮回，人间万象风云幻。
一叶扁舟君逐去，蒙蒙细雨情渐来。

立似高山任风云，静如水央观波浪。
鹰姿傲岭鹏驾云，雷震电闪击顽石。
霜秋残红几处留，绵延温暖不放手。
轻云不由日做主，浪迹天涯自漂浮。
千江汇集奔大海，小溪入流无影还。
落叶一路随风颠，旅梦三秋伴树眠。
尘沙轻飘可蔽日，雄峰圆浑难顶天。
雄峰大度容细砂，尘埃潜心坌高塔。
彩虹飞来不放眉，材门玉案道光辉。
青山静寺修养心，幽院玉书悟天道。

直竹气节高竖立，童空无染真清纯。
红颜枯骨化尘埃，春红秋黄留香来。
情如昨梦灰吹尽，孤影徘徊曳秋影。
熙攘千秋终过客，红尘幻楼退无色。
秋光老去何眷恋，春色绿来花满园。
梦里春魂踏花香，杯中月影夜夜长。
青山叠嶂猛虎啸，碧海浪涛蛟龙跳。
两袖清风飘东去，留待馨香沁情雨。
旭日东升沿山赶，落晖红透梦艳阳。
梦中佳句仙来意，醒来词飞空叹息。
一枕黄粱炊烟散，千江冷泪东流伤。

残红化泥绿新叶，浪花隐水成海洋。
脱颖而出锋芒露，隐茧一现彩蝶扑。

荒庭花落葬尘灰，柳絮空向夕阳飞。
落地残阳血色红，斑鸠迎面顶飓风。
冷香吹落一年春，热情顶礼无限尊。
沧桑顽石饱风雨，铁头硬骨抗雷电。
相思恋成红豆词，残红渐落心田池。
徜徉诗韵不问天，乾坤极乐辞赋田。
餐位虚度折红英，黄叶飘落尘烟尽。
赏花饮酒香自流，滴滴醇醇醉梦悠。
花开花落香飘过，年来年去故事说。
又是一年枫叶红，青山难觅阿房宫。
潮来潮去漂萍世，日暮思朝清露滋。
炎凉陌路心何趣，床头温书美梦雨。

空游仙境凡俗身，把酒揽书飘ой神。
硬骨流年瘦佝偻，红笺长情娉婷邀。
落落美女清水秀，谦谦君子雄樱起。
云月无尘行无拘，凡夫俗子步履束。
平川心高空对月，山巅信步腾云跃。
悠云舒卷碧天长，心洁身坦花草香。
芳华雨露淹尘埃，不梦虚幻凤凰台。
真龙独飞不随鱼，虾兵成群跟尾羽。
浮云万象苍狗幻，南柯一梦锦程虚。
黄绿轮回终是叶，古往今来史留痕。

万千溪水归大流，翻江倒海道在手。
月影千潭一素白，湛清一江万恋红。
漫山黄叶嫁秋风，一江暖水带春来。
泪烛灰尽心灯息，残红入泥尘器静。
紫燕凌空鱼畅水，鲲鹏展翅龙驾云。
千江滚泪悲国破，万籁失声痛家亡。
氤氲紫气茶静心，浊黄火烈酒晕头。
苍岭居云分天地，礁石出水明浪静。
器张无力空干枯，狂风有雨方润泽。

影单平添三秋寂，梦乡难洗一夜愁。

落英纷飞随风舞，几度风华三春雾。
风尘渐远莲花清，思绪沧海撷珠玑。
梦心万里过苍穹，碧野经年秋枫红。
化蝶悠然飘一世，随风舒畅游八方。
犹忆魂飞眸一笑，无边春色罩江南。
清雨洗尘涤心垢，大地何处不飞花。
春花未改大地妆，回眸一笑成天堂。
春风如酒醉柳扬，游人似花迷蝶沾。
庭院画廊连花山，人在画中不知香。

沧海流年几度悠，一副容颜四处秋。
桃花不问人间事，只待春来一笑开。
山河当画绘桃园，日月作灯指航线。
星当诱饵月作钩，猫贪夜色入鱼肠。
峰顶一目尽天涯，欲壑万深黑眼瞎。
春来无香夜犹痴，冷雨倒添臆梦诗。
秋寒一恍春光逝，淡墨闲诗伴月痴。
云山无边海无尽，天外有天楼外楼。
冷艳无瑕月光花，霜露有缘空色家。
蓝天白云枫叶红，丹笺飘飘舞秋风。
鸟语林里天籁曲，心神不领它国语。
梦里好词金钩来，醒来无影九霄外。
蝶吹百花风有声，蛙噪千言荷见名。
风过耳鸣自觉噪，景飘眼幻空花桃。
蜡梅冷对千山雪，桃花笑迎彩蝶围。
枕山沐浴膝水流，春魂飘逸释心囚。
山美水美人醉美，景怡心逸人飘飞。

9.黄叶无悔花下老

情到浓处任绵延，一泻胸怀冲海边。
返璞归真幽梦书，修身养性岁月酥。

弹去尘埃见山水，碧绿方显云海真。
山水日月同是友，行于天地无以忧。
桃花飘飘不落顶，水中情竿能钓星？
瀑布纵崖千万丈，也留绝唱响人间。
烈焰猛火烤砂岩，余晖晚溪困日因。
黄叶入水下愁钩，钓得孤月空潭酒。
凭栏高楼围囚城，仰望天穹井蛙世。
月光入杯当酒醉，心有玉琼嫦娥偎。
黄叶无悔花下老，松子留金柏长青。
黄绿轮回依旧叶，残红入泥香不谢。

南柯美梦云海幻，沧海桑田长城影。
风折苍柏三分柔，雪寒红梅一剂凉。
三秋转眼青叶黄，四季弹指鬓毛霜。
枫嫁金秋红遍山，萧风霜露也花样。
风雨曾经弹指梦，山川一直默无声。
苍山从容静不语，清水深流默无声。
一叶扁舟影远去，万千情怀留山河。
漫天寒雨天亦愁，人间忧伤海不够。
云海难遮高峰岭，斜影不挡正气身。
雄鹰展翅蓝梦起，彩蝶恋花空瑶池。

一抹秋色诗染红，三叠白云心轻风。
得悟林泉闹市静，无争花叶碧空清。
寒雨残红几处留，枯灯梦飞空忧愁。
真水无香不闻茶，真心有意路无岔。
半弧玉轮单悬身，空房临窗月作灯。
溪随大流没深海，月独浩宇傲群山。
雪花柔姿美柳絮，怎会净色差梅花。
飘雪寒身调作味，春光过眼未留眉。
幽香淡去春魂在，英灵逝远丰碑存。
玉蕴昆山炼灵骨，洁润清水良民俗。
红伞携一缕香芬，借雨绽几街花容。

莫喜三春花似锦，转瞬千山黑云近。
柳丝凝翠情绿身，柳絮飘零竟作尘。
寻川找水觅诗句，风景总在笔头前。

青山鸟语添幽趣，坐钓花池不在鱼。
春雨点滴非是泪，缠绵红颜丝丝围。
玉心纵然洁无比，纯在华清雨后碧。
春风一笑绿山间，秋霜一横枯草遍。
花散芬芳迷蝴疯，蝶振诗韵桃杏红。
思绪无疆媚眼近，情海浪波馨香平。
夜幕何须悲白发，晨曦又亮满脸红。
姿色花红易老秋，平淡似水永长流。
红光万里终将暮，晴空碧野早移步。
纵是云黑万里天，傲梅红枝秀银川。
遐想能迷天上月，深思可悟韵中禅。
春梦未随晚霞老，夕阳红辉映山高。
白云漂洗长空碧，明月沁水江流清。

云空鱼水不看脸，凰天蚁穴荣耻颜。
卷帘不辨日月辰，心有道悟天辉生。
既是诗笺无一句，胸中思绪盛天雨。
心中如有桃园梦，水山皆飘杏香红。
竖立岩崖绝处生，沧桑墨尽展峥嵘。
扬帆诗海英名远，翻越墨山丰碑奠。
听曲当是流水韵，看景还得巫山云。
柳枝长钩飘絮花，残落流水空无话。

埃尘滚滚飘经年，影过无声送柳烟。
昨日桃花红山间，今朝骤雨满浊川。
有为仰首尽折腰，无花果落随飘摇。
胸湖有景心自豪，春风几度戏蓝涛。
孤琴虽伴一轮月，独玉却征百万尘。
树大自然满开权，枝繁叶茂盛花芽。

纵然玉佩千千万，难胜酒香心肺中。
悲时不见千金句，喜到月圆众星去。
白龙起浪千花涌，一剑长挥天地动。
黄叶满岭知霜劲，红残缀地念春情。
日抹粉黛挂春光，夜卸浓妆舒自然。
媚眼流芳醉暮亭，风花玉月惜光阴。
水秀山青月丽容，长帆浪里暗藏凶。
青山绿水生琴韵，青梅竹马结雨云。
万物玄机未参透，山冈浮云洗光头。
伴君伴虎戴刺花，翻云覆雨看东家。
雨雾暴袭落汤鸡，霞光乍辉尽灿奇。
一江春水流尘云，半世痴情入田润。
落入人间都是梦，飞向苍穹方恒终。
浊世乌雨淋黑身，银河倾尽洗心尘。
青山难留光影月，磐石恒生长青松。
长江畅游叹三千，五岳登高谓峰尖。
水吻青天含苍穹，山入云端悟道通。
雾里看花真香少，梦中品酒不嫌多。
黑云不期欲压城，苍天有眼泪悲人。
倘无霜炼松如草，若失林借虎成猫。
红炉难熔绿碧玉，苍蝇不点秋香菊。

六、人性篇

1.禀赋自由把瑶池

人

道衍万物慧觉人，德润灵性社会成。
水底之蛙井天大，奶水作娘钱是神。
相见热情冬九暖，人走茶凉三春冷。
白眼斜视花儿红，独揽玉娥赏月灯。

人性相同形不同，梧桐高过矮泡桐。

人性人形一个样，人心人行千万象。
人性本恶可教化，人学知识去愚化。
人性不随文明进，终极世界自落井。
人性社会人性样，人性升华社会昌。
个性任我张自由，随欲得我满幸福。

欲望非就最邪恶，自私无爱害人多。
出尔反尔小人性，君子一致讲言行。
灭绝人性夺他命，疯狂不要自己命。
东施效颦以为美，人性弱点总觉没。
时不待我情不移，本性不变欲不止。
急情急性急灵性，好景好心好悟性。
东边日出西边雨，人性也有两面性。
成骄败卑轮回兴，历史何曾改人性?

知人知面不知心，自己最识自本性。
知己知他知人性，斗他斗人斗自己。
知己知彼知他心，将心比心善良行。

2.心高苍穹藐天地

心无无物物空物，有物无物无心物。
心胸狭窄眼有沙，心胸开阔眼生花。
心杂事杂花难插，心一事易花一扎。
心生毒刺反倒戳，嘲笑到得泪满夺。
心飞高云脚踏步，沉重拖拉好痛苦。
心不倒人也不倒，心高人高飞天高。

将心比心都是心，莫向他人去逞凶。
不用揣测他人心，自己就是对方心。
人心长于肚皮上，人性跟随肚皮唱。
人心总有无限时，美好愿望不断试。
世界随心而长远，生命随情而长短。

企盼人心善良花，不如设墙阻狼爬。
挤挤挨挨心连心，磕磕碰碰离间行。
大盗小盗无人道，将心比心无人掏。
眼不顺里蛋有骨，话不投机茶也毒。
眼中难容一粒沙，愤怒难容一句话。
无耻无畏无所谓，无心无形无以为。
任其本性随其由，事到临头难回游。
身不由己随潮流，正直良心也打油。
怨天怨人怨自己，邪恶之心鼓中激。

人心逐利渐成黑，浑水摸鱼池成墨。
善心常战邪恶心，安稳还需约束行。
物欲浸身善不净，争得享受没了心。
深壑可填心难满，精神可慰情难断。
天空难填欲壑心，利欲熏心金钱性。
看似循规不安心，蠢蠢欲动暗中行。
心满物欲道而忘，情有道义物不染。
人没几何霸气冲，自有强人将其送。
目不对视心不真，目光邪视心不正。
智慧眼光望千里，愚钝眼光在心底。
有牵无挂孤往来，西山无银空酒菜。
眯眼人生一线点，亮眼生活无限宽。
身高七尺心齐天，人间烟火不离田。
无声没有大声喊，所得要求一样响。
头发不长胡须长，智慧头脑灵光闪。

强作笑脸披花衣，打脸充胖虚伪皮。
无以勤奋作云梯，心飞天翔脚爬地。
无耻无知死无谓，脸厚脸黑横肉堆。
楼高没有天地厚，天地没有人心高。
万丈高楼不及天，人心鼓胀顶过天。
天高皇远自做主，轻松自在逍遥图。

3.人非圣贤人无完人

人人都想做神仙，唯有精神如其愿。
人非圣贤无完人，处处完美难求全。
人看特点不求全，能办成事就是能。
人穷志短富骄奢，权重狂妄卑微贱。
人前显贵闹里夺，人后本性自然脱。
人前恭维背后骂，人虽臣服心不趴。
人坐一堆不自在，独自一人好优哉。
人循前辈观念活，不按后辈观点过。
人相爱来人相欺，人相携来人相骑。
不知其人却为人，知其为人不做人。

江山易变性难移，三岁看小老看七。
几多欢乐几多愁，快乐都占别人忧。
肉中有刺始觉痛，教训深刻方悟懂。
红尘滚滚不识破，生活痛苦不觉过。
人为财死偏要去，徒有虚名心甘服。
合得快之分更快，难能合者分更难。
表面上道貌岸然，暗地里男盗女娼。
愤世嫉俗怨不公，幸灾乐祸笑他钝。

噩梦醒来身还在，庆幸自己活过来。
侠客胆大小钱眼，英雄闻香脚发软。
个个眼中都有沙，人人身上都长刺。
林中他人是虎豹，亭院自己是花草。
骗人骗钱骗良心，终将失信步难行。

4.镜中人花醉酣美

人心莫测深如海，世态旁观勿乱猜。
知心少有多猎狗，贯耳无非是揭漏。
私心利己罪恶根，不恋自己虚幻尘。
四大皆空逍遥人，一心他人高贤圣。

白马金书人事重，玉帝不放蛇出笼。
高矮不同心一样，适度无悔简不累。
心甜桃香入刀山，入口不觉味梦想。
天有心来人当中，世有大来人心容。
关心他人实则己，内心宁静最美景。

猿猴成人千万年，人退愚猴一杯间。
人战多于天之战，人亡多因人之战。
若不自在我非我，除却相识谁是谁。
天下之大一人君，天下之小自我王。
身方得道觅本真，不惑能悟天命人。
套上面具心黑硬，卸去铠甲心柔轻。
无求任他酒价高，有需随我天地宽。

心无杂念天地宽，眉含气宇山河吞。
发染银霜心过尘，真经无字万皆空。
心藏暮气容颜老，胸开朝阳筋骨新。
心有春光脸有花，世间桃源何不家。
名胜瑶台风景地，刀光飞掠血影洗。
江水无意身边走，皓月有心满盈怀。
赏花闻香俯弯腰，见钱眼开仰头笑。
花有各色人各异，众口难调达统一。

世事如烟过眼云，牵肠挂肚不断情。
龙飞山峰不觉威，虾游浅水不羞卑。
这山望着那山高，好高骛远难达到。
爬于高山觉渺小，沉在井底蛙自大。
登高望远人渺小，权到高处人自大。
厌静思喧忆山，这山望着那山上。
看山看水看心情，观山观人观善心。
世事浮云飘过山，仙境那方不要喊。
游山玩水满猎奇，山水风光心中景。
物是人非身不回，道是不毁心不飞。

红尘

性相近然习相远，志不同则道不合。
酒不乱性人自醉，钱不扰心人自追。
人心红黑跟利姓，欺软怕硬见机行。
品头论足戏中人，可叹角色自我任。
明枪暗箭天天战，心力交瘁日日颤。
眼高手低心忧烦，清心寡欲人舒畅。
为气而气气鼓气，越气越急难出气。
笑己莫笑他人痴，他人是己好镜子。

多多

物多律多数更多，知多烦多忧更多。
心多事多麻烦多，钱多肉多疾病多。
欲多损多伤更多，助多乐多平安多。
学多用多做得多，想多创多发展多。
送多给多慈善多，贪多得多邪恶多。
朋多友多情更多，善多良多幸福多。

七、人生篇

1.松柏常青人易老

时光不待英雄汉，也留青史和芳香。
时光停滞人已逝，时光飞驰人有值。
时光泪水无以尽，痛苦辛劳无以停。
时光轮回人不回，流逝光阴难追悔。
时不待我我待时，大好光阴空流逝。
时光带走灵与魂，留下德律与香芬。
光阴不屑莫名人，时光只恋爱与仁。
光阴似箭日月梭，悟得人生任其索。
百岁思虑千年忧，人生短暂精神悠。
百岁老人不觉稀，朽木成玉怪称奇。
岁月流逝情不遢，光阴无情人情守。
月满一天春一季，花红百日人一时。

阳光早晚不同艳，皆都光彩照人间。
日落西山东再升，人归西天不再神。
日落西山霞光暗，人老珠黄凤光淡。
夕阳不烈霞光红，大器晚成照样疯。

往日凄凄未来茫，今朝有醉酒斟满。
今朝有酒今朝醉，明日愁来明日追。
几多欢乐几多愁，阴晴圆缺随风走。
几多西施有人瞧，无数美梦消人憔。
来日方长总企盼，只见发少须疯长。
无数风流在人间，几多名声随处捡？

2.正道沧桑艰辛路

人生成就显光彩，历史辉煌记一截。
人生味道在精彩，奉献满足收获在。
人世一生虽短暂，绵绵不绝情深长。
人生有运不信命，努力奋斗路光明。
人生无处不花飞，只缘心是怒放卉。
人生飘飘江河水，滔滔东流不可回。
人生一世不可回，白龙飞去彩云灰。
人生一世草一秋，及时行乐免忧愁。
人生难得一知己，缘分是天美作意。
人生最痛成孤独，一生最乐当人主。
人生一路遭痛苦，梦里仙境享幸福。

人生七十古来稀，天赐百岁难自理。
人生七十古来稀，长命百岁竹马骑。
人生阅历好教材，每日都是智慧菜。
人生过半才得明，及至老时才知命。
人生演戏一场梦，醒来已到西山峰。
人生短暂名声长，电光一闪照万丈。
人生短暂眼光短，超世伟人云上端。
人生苦短名声场，折腾磨难浑身伤。

人生苦短为利争，黄粱美梦几多呈。
人生悲壮鬼钦佩，英魂孤行谁作陪。
人生曲折多磨难，问心无愧良心善。
人世沧桑路弯曲，人生磨难志不屈。
酸甜苦辣悟人生，一帆风顺道难成。
没有痛苦非人生，没有曲折非生活。
巧巧书上戏人生，不巧人缘戏天神。
痛苦非得人生伴，磨难定要人生担。
机会只在未来史，人生难得几回试。
生死有无难轮回，珍惜时光不后悔。

好活好过非好货，好名好声非好活。
人非得活的命长，但人生非得精彩。
生活局局有险棋，人生处处有新机。
行于匆匆人生路，忙于碌碌生计度。
生活的步步脚印，真切的字字句句。
活的追求为永恒，生的目标竟死亡。
好事难得一人占，快乐大家来分享。

阳光道上如梦行，奈何桥旁方清醒。
芸芸世人浮云飘，几多圣贤功名耀。
死去活来争名利，人生就是一口气。
生死相隔不相连，唯有精神贯其间。
生为永恒生有限，死不复生死永恒。
生来红蛋死来唱，生死离别捧人场。
生不带来死不随，人生究竟为了谁。
世事如棋局局新，人生如梦难睡醒。

沧桑不改少年志，岁月难断儿女情。
临老方知人生败，青春一去不复还。
一生耕耘勤奋到，功名涨来早晚潮。
任凭个性自发展，世界处处飘花香。

感悟生命未升华，创造奇迹堪开花。
谋事在人成在天，问心无愧天有眼。
天不佑人诚不到，天不助人功不高。
一生塑座金尊像，任凭时光风蚀残。
人生只识一个字，平生只做一件事。

3.花红百日人一世

物质统统入泥土，精神飘扬永久驻。
万物有序人有运，世间位置早成韵。
万物重复循环生，人生光阴渐少剩。
物质永恒于存在，生命永恒于仁爱。
自然无限天悠悠，人生苦短无限忧。
无限时光空流逝，不及闪耀照人世。
亘古永律存精情，风云变幻总是今。
无限前程无限行，只有眼前看得清。
无钱加炭火不亮，人未离去茶已凉。
生前不捧一杯茶，死后来撒一土渣。
苍天无眼时常雨，人间有泪心中郁。
滔滔江河滚滚流，芸芸众生匆匆游。
滔滔江水流大海，芸芸众生归西拜。
滔滔江水滚滚人，绵绵延延情长连。
悠悠漫步散闲情，宽宽心情留年青。
悠悠钟声山间响，赫赫名声世界香。
茫茫四海人芸芸，几多人物能风云。
行云流水匆匆过，风云榜名总不脱。
风云榜无凡俗客，青山只映仙人阁。

风不随由太阳驱，人不由己社会趋。
短循长变时不待，你我灰飞不再来。
匆匆而过烟散去，忙忙散场人影无。
行将终止催后生，一轮新日更高升。
世事如云飘飘飞，人如尘埃飞飘飘。
世事浮云任风卷，几多雨滴打身边。

世间之大莫于心，时光之长莫于情。
世间不生无用物，魔高也助道高促。
世间大道通天宽，人生选择线条管。

日月星辰亘古转，人生百年一个圈。
浮云飘飘天阴晴，人生芸芸棋不定。
山水依故人非我，平地惊雷时常愕。
闹里花红蝶飞嘤，静里潇风寒刺冬。
春夏秋冬轮回转，人生只有一度春。
春夏秋冬循环转，人生轮回书中撰。
秋风寒雨落花愁，花好月圆喜事奏。
世上新人催旧人，后辈总比前辈强。

江山代代超前貌，世上朝朝伟人降。
一代更比一代强，一代更比一代难。
一花吐艳百花争，一人冲前背受箭。
树欲静而风不止，人欲安而痛不治。
树欲静而风不止，人生难得安宁时。
青松孤傲独树屹，只为绝壁崖顶立。
梨花芳香无闲闻，忙里偷瞥无时问。
花开花落春秋过，竹马拐杖伴凯歌。
红花自有天意情，狗尾花草摆难惊。
红橙黄绿青蓝紫，红尘含泪情那痴。
雾里看花都是靓，不破红尘都是香。

4.红尘纷纭任浊浪

生不由己身由己，山不随你爬在你。
尘烟不飘青云寺，海浪难击古刹钟。
几载江湖浪逐萍，几人曾许眼中品。
一年青黄荣枯间，三秋弹指两鬓霜。
富甲天下坟茔小，笔墨一滴字千斤。
我看江水东流逝，流水笑我无长诗。
悄悄而来静静去，黄尘烟散无声息。

福祸有知懂得失，轮回无意不思来。
先来机会后轮队，天赐良缘不容追。
到老方知时间贵，恩怨才觉真情唯。

沙漏流失空追悔，尖嘴窄心难轮回。
欲壑深渊淤泥浓，贪吃麻雀困樊笼。
知天命而循天道，按己性而任意操。
人生能有几多玩，青春一去枯叶弯。
乾坤无限人渺沙，拳心满胀天穹塔。
风华策马走江湖，白头慢步踱庭屋。
大梦醒眼苍老白，流光几转英华埋。
戏里人生扮演谁，酒中滋味翻肠回。
春华秋风落叶黄，红颜弹指青丝白。

流年易老空逝去，精神不断春润雨。
人生心香燃至烬，春华秋实满园馨。
一路风景故事读，千帆过尽历史书。
人海流年情难聚，萍水相逢笑相叙。
我看明月月望我，都是天涯孤影落。
未对今生说来世，画里花瓶不发枝。
诗篇千万不当饭，唯有孤月照影长。

流波多少漂萍影，随浪茫茫大江尽。
万事淡看溪过眼，三生时有月赏脸。
富贵人生坟到终，白云苍狗几多懂。
尘风吹皱朱颜老，清心滋润年华少。
少年至老迷津多，人间万象系因果。
炎凉世态尘门外，云水心境入画中。
三生蝶梦绕繁花，一世随缘结金瓜。
冷眼若从天上看，红尘名利尽空忙。
莫费此刻得意度，风云四海前因果。
往事如故尘作土，谁念当时风月主。
邂逅逢缘尘一抹，春秋前程天一各。

茫茫漂泊无绿洲，省悟方转回头眸。
轰轰隆隆热闹处，沉寂无声影孤独。
眼前邂逅一闪灯，转眼流逝悄无声。

5.梅开几度折红英

芳菲每恋落红泪，不禁潸然愁上悲。
铸造辉煌青史篇，人生难得几清闲。
世事流水去华章，寒夜梦断楚王疆。
花开几度再曾经，光阴箭飞折红英。
先烈不悔英魂雪，家乡黄土长青叶。
恩荫难袭后代身，伟人功业难秉承。
秋风吹皱朱颜老，冷落排挤芳华退。
汹涌波涛浪冲来，几多能上凤凰台。
流金华茂付三春，繁花看淡抿香醇。

春秋流离指间沙，岁月空逝水年华。
三生诺言浮萍飘，诚心横隔远长桥。
兰花冷香不尽流，再醒绮梦远飘手。
三生白雨一度红，千载难逢尽梦空。
三生白雨震天庭，一度红尘水流尽。
人生一梦谁酩酊，硝烟散尽知去径。
靓影渐远香犹在，人走物存情长留。
昔日流光不可追，如风往事化烟吹。
一瞬芳华流逝远，无以功名愁长恨。

天生我才无以用，诗酒梦花醉草丛。
桃恋春光再化蝶，人生芳华史一页。
人生不觉梦游景，大悟方醒憾猝停。
纷纭不惧再回眸，萧寒往事怅无由。
人生风雨逆流波，暗礁险滩曲折多。
流年每作春来计，老来红辉夕阳绮。
秋风吹皱芳华老，时光照耀智慧高。

坦荡人生无怨悔，无尘心田五谷肥。
灯下路人匆匆过，谁人留住长短影。
转瞬时物是人非，一念间人是物非。
草木秋黄入泥土，人老智慧留造福。
烟云散去万物空，俗世看破随尘风。
涧溪蜿蜒难出山，一生多折怎畅海。
经秋黄叶去还来，鬓毛斑白梦再青。
天穹有花轻飘云，人间有梦飞天云。
三生香梦一世春，一线姻缘几代魂。
死生在天勿惶恐，富贵有命自逍遥。
一趣流连书丛花，三生看破梦蝶衣。

红颜枯骨沧桑踏，几度春风树银花。
一路风景成故事，万象人生作趣谈。
根根青丝随流去，亮亮头顶闪慧来。
黑云压城天如冥，白雨浮窗人似萍。
莫作来世今日梦，镜花再好终是空。
莫向今生说来世，镜花纵好亦成空。
一轮明月千秋望，悲欢离合史书长。
百年人生千年虑，有限生命无限思。
千般精彩绘红尘，好梦一觉虚也真。

雄心虽在身枯老，热血空流王道中。
自古多情愁白首，今生几度欢红颜。
皆道红尘沧桑苦，再来已忘曾经路。
千秋万代汇成河，各色人生别样过。
世事沧桑知冷暖，人生坎坷见起伏。
梦晖
旷野小草寒霜淬，枝上桃花冷雨摧。
青衫瘦骨肩山累，粗茶陋室残灯偎。
囊空文涩羞愧愧，疾病情伤身恸悲。
敛眸莫羡他人贵，前世因缘今怨谁。
篱下屈尊别滴泪，仰立檐前不蹙眉。

拼争一分缺口碑，谦让一尺多恩惠。
寂寞无聊人难寐，吟风赏月诗酒会。
浊世奔流青丝褪，红尘博弈白发垂。
少时未惜春光媚，老迈尤珍暮日追。
几度春秋逐流水，一缕青烟已成灰。
抛开恩怨笑行归，修身扬善日生辉。
人生沧桑心无悔，岁月悠长梦有醉。

八、生活篇

1.烟花尘世迷眼乱

傲骨蓑衣卑颜绸，劳力含辛劳心悠。
不明纷事静观水，不破红尘居闹市。
仰天长笑忆脑后，一杯开怀醉九霄。
怜爱留花头上住，何妨白了青丝絮。
善意凌越高山智，良言堪胜汪洋识。
好处着想坏准备，灿烂生活总有泪。
忙无闲忧暇自愁，远飞南山鹤长寿。
孤独惆怅冷风嗖，万绪一言情暖手。
身高六尺心万丈，泰山压顶手移山。
无限情怀向山歌，忧忧泪水脸下落。
红丹出缝黑云嫉，人善遭欺马被骑。
明道至简无憎爱，天下纷事无忧来。

自己心爱在睡觉，他人珍宝却企要。
浊酒昏黄熏头晕，辣肠烧肚心清云。
历经风雨尘世外，惯看江河浪里拍。

难得山前同度过，莫求日后共灾祸。
若无细水涓涓渗，岂有长江滚滚腾。
疤痕处处集智慧，刀伤条条带功勋。
龙王不飞是道人，指运禅律便为神。

仁心非但霞光映，暴雨时打逆水行。
浊世黄埃风雨间，大江浪涛沧桑田。
尘世难得童心扬，人间尽是黄泥汤。

看破三生寻梦蝶，流连一趣丛花夜。
白日也醉桃花梦，只恐流年夜短痛。
春秋流年如隔世，辗转红尘情伊始。
经年漂泊望乡州，乡音未改起忧愁。
无染红尘吟自在，尽蚀翰墨赋清白。
无论红尘何处落，心悠凡间皆有歌。
龙虎相斗不得休，泪水千年不改流。

2.难得一片凡心静

天地固有繁华景，难觅优哉宁静心。
人间无数静安寺，难得一片凡心死。
地由云封马任缰，即使尖锥不入囊。
赖活不肯天堂驶，禅心从容对生死。
烟波无数飘客匆，尽在船夫笑料中。
纷乱终归无念寂，沉浮皆入空幻清。
闲愁莫画桃花脸，郁闷该随杨柳风。
梅妻鹤子甘小隐，菊篱柴门乐清平。
身轻飘云任舒卷，心事沉重水底闷。
见河言宽难江海，矜许地大是尘埃。
烟花一瞬或千年，灵光一闪万亿前。
远去尘嚣悠仙鹤，闭门闹市静白鸟。
百年恐难鱼自由，一醉梦里得方休。
龙韬豹略已沉心，惊涛骇浪过眼尽。
任凭狂风胡乱舞，心底红莲开似夏。
翻江伟业不为矜，走马人生宜自慎。
撷来清风吹红尘，留取净土保清正。
纵化游尘记华夏，骨销荒冢留乾坤。
平生碌碌日乾乾，碧血天凝月鉴心。
秋庭瘦影随孤月，沧海流年葬年华。

洞明世道幻无常，远去人间空嚣嚷。
流连小径浴灵风，萦绕道悟洗尘空。
心痴诚意连理枝，才觉无情藕断丝。
总与霜风结善缘，常遭暴雨淋透身。
笃信天公善作美，枕边金书玉娇飞。
艳阳天里恐炸雷，碧空万里来乌云。
梅不先红哪来春，血不染山怎见碑。
莫叹时光东逝水，秋风落叶梦里黄。

3.高山流水觅知音

高山流水觅心琴，人生能有几知音。
碌碌无为谋饭粱，满目嚣尘红心洁。
经年渐远鸿鹄志，凤愿破灭天伦滋。
云在青天水在瓶，雾里看花一心经。
心有余香留一瓣，出手多德皆小站。
月间酒醉梦盛唐，而今谁奏大华章。
鹤自清虚雀狂狷，风云如幻景如烟。
世人恐惧见生死，禅心从容对天升。
白驹过隙几春度，日暮常思早霞露。

三生诺言海萍漂，各奔东西不相瞧。
醉人心韵山花兰，悠然信步听风禅。
竹马跳绳已尘封，但得日落杯重碰。
一阵萧风吹骨冷，万箭穿心颤身寒。
明月千金有无售，萦绕身心溜出手。
无虑轻尘游天下，心事沉石困沼泽。
岂止幽香偏一隅，但挽倩影亮三春。
虽入黄埃心清静，何要飞雪银装洗。
枕上黄粱炊烟梦，东去江水冷泪流。
盛夏已送三春远，不忘桃花回眸缘。
谁明昙花夜来香，只为情开有缘张。
轻云无缰尘不染，何时修得此清凉。

往事烟飞剩残笺，谁记镜中红豆缘。
万事无须尽明了，一心肯定最清楚。
人随月影慢慢瘦，诗听溪曲渐渐清。
风吹云卷山压海，人老回头愿做孩。
无奈泪流《好了歌》，得意忘形有
志说。
清水梦醉禅悟悠，琼浆忧伤物欲因。
一生心香燃到尽，三世真言落花莹。

沧桑世道幻无常，一颗仁心对万难。
富贵沉重陷泥间，炎凉轻松悠云天。
过眼繁花归大梦，流年墨迹已无香。
墙根蝼蚁天鸿鹄，恒河沙界在心分。
滔滔江水流血泪，巍巍高楼叠肉骨。
风花春秋自得意，何妨世态炎凉情。
即使长情难会聚，多些微笑忘辛酸。

酒酣尽是真人话，梦醒才作假事言。
情系祖国河川洋，山山水水是家乡。
空与人说情怀老，清随明月芳年少。
曾经浩洁仍玉面，孤月空白不入泥。
骊歌沸血酒犹酣，郁闷积怨狂债张。
劝君莫忧悲伤运，从来感慨似烟云。
漫漫人海谁相度，桃花春梦迷无数。
心中但有心缘在，莫向空门问情牵。
残红落尽青叶在，名利散去情系怀。

白云已在红尘外，不问桃花为谁开。
春风桃粉飘裙罗，红袖兜来悲欢歌。
因果不由如来定，报应自是天酬勤。
竹屋篱墙空怨富，冰壶澹月莫笑贫。
雁行人字振名声，残红入泥留花情。

4.纷纭逐利尽空忙

纷纭尘世冷眼看，追名逐利尽空忙。
不惧霜花染白鬓，儿时梦幻色未轻。
尘事纷扰一大堆，时间多少都成灰。
今朝有酒无须醉，明日还得驾云飞。
明知世上相思苦，偏把红豆满园铺。
夜宵辗转思来世，未来迷漫烟花诗。
几片沧桑杨叶卷，一番细咀苦成甜。
天籁原从弦外起，无为便是有为心。
酒不解愁顺水悠，药有医心寡欲求。
身带春光神情好，常附秋烦病魔倒。
少年不知秋来滋，老将才明春光迟。

流连馨香醉红缘，梦绕桃园坠金莲。
尘世喧嚷闹哄天，我自耕耘默无言。
毁誉难抵空徒叹，功名诱惑皆随江。
名利淡泊非孤居，秋果红透待众享。
一夜春魂绕桂香，今生难忘一世长。
未雨绸缪须谨慎，豪言壮语莫大声。

自古英雄结美缘，吴起剑侠奔婵娟。
粗茶淡饭酒痴惜，一岁韶华一岁懂。
心远无疆坐月酒，横飞苍穹拨地球。
窗外瞬间云无影，蜗居老屋留春心。
千古风流榜无名，但得潇洒在身心。
鞠躬形怀宇宙阔，作揖平视天地远。

5.梦游仙境醉生死

红尘三伏身腥臊，儒茶一杯舒心爽。
朦胧海棠蕴幽香，夏雨泪庞释怀凉。
月老连线天作美，世间鸳鸯伴双飞。
汗晶彩结梨花玉，丹鹤宽羽悠青山。

高山清泉几折浊，绿茵攀岩微草苗。
萍水雁鸿连心桥，朦胧镜月见花枝。
霞光万丈浮云瞬，绿茵遍地芳永存。
转身鲐背鬓霜白，望眼彩卷霞骊道。
雁鸿碧波荡涟漪，绿茵相衬妆罗兰。
白蛇千年渡红线，牛女万分盼鹊桥。

白露随风轻烟去，汗晶凝穗结花枣。
霞光万丈蜃楼景，绿荷一片碧连天。
海市蜃楼空镜花，汗晶稻穗实腹华。
浮萍逐波蓬莱岛，雁鹭凌云红尘逍。
幽谷昙花情绽开，山峦雄鹰展翅来。
醉生梦死夜里香，酸甜苦辣昼来享。
梦里仙境好快活，肉休凡胎人间过。
梦里挣扎醒解脱，生活煎熬难得过。
沧桑皱纹爬满脸，满腹经纶塞满头。
坐台对饮一挥间，转眼白发额头前。
此一时来彼一时，从生高低逢时世。
世事难料心难测，前程未卜福难择。
西行路上吵着要，及到仙山空手笑。

长叹世间道不公，无奈石头难砸宫。
身在福中不知福，陷在祸中难免苦。
知足常乐好悠闲，天伦之乐赛神仙。
一心只在个性中，宇宙渺小时间终。
出生不由我做主，生命之戏我演出。
转过弯来还是弯，回过头来已是晚。
孑然而来什都抓，空手而去什无拿。

无声叹息气仰天，震天怒吼抖地颠。
声声叹息滴滴血，句句悲怆字字泪。
加入重组即为新，强大生命在新颖。
生命之花在盛开，常青枝叶为其抬。

五花八门人面相，唯独难见圣贤样。
远去思念牵肠挂，近来忙碌心烦加。
忧忧孤魂一半身，荡荡无配不得生。
物不随身情悠长，冥冥长配难对双。

少小老小两头小，嘻嘻哈哈不失少。
无钩钓鱼自得意，暗遭绳套落陷阱。
自以生活不如意，岂料脚下有人乞。
怨天怨人怨自己，一切都按命中依。
美味佳肴愈来鲜，人生品来道道酸。
吃不到葡萄说酸，吃到葡萄却是咸。
细细品来滋滋味，人生思来无限美。

有名无利圣贤德，有利无名凡俗得。
雁过留声人留名，谁懂仁爱永光明。
只争朝夕为功名，披星戴月不由命。
名声长存于世间，感情长牵于眼前。
发愤苦读知天下，天下不知无名虾。
过眼烟云名利场，刻骨铭心情谊长。
亮光闪烁不同时，生前死后各有迟。
情意绵绵三尺长，远隔亲人断弦丧。

红尘看破而不过，悠闲潇洒好生活。
精殚为国身心衰，至终不渝向东帅。
悟道人生空虚无，一切都是坦然度。
一日一觉空悟到，轻松方至极乐岛。
成败于一念之差，功名于一运之达。
洞房花烛榜题名，人生极乐幸福命。

天上智慧倒下来，贤人脑里全是爱。
上天赐我智慧泉，统统倒出流江海。
天不佑人急无有，食不济志增腹油。
两眼往前不长后，世事难料不在候。

智慧及到年龄到，后悔没有成熟早。
悠悠岁月满满智，岁岁悟觉年年知。
茫然不知遭人欺，学富五车受人嫉。
鞠躬尽瘁熬成汤，死而后已不伤感。
凌云壮志冲天帅，事业未成身先衰。
勇攀高山比天公，乍见他人更险峰。
傲视群雄自有力，只因得道多支持。
附着的是物质体，永伴的是恒精神。
念念不忘贴满金，生生世世唯长情。

肉体凡胎食烟火，人人都得循道活。
生来会睡不会吃，世间无处不知识。
大厦千间睡八尺，良田万顷食一升。
皇帝食人间烟火，名人吃五谷杂粮。
五谷杂粮人间火，衣食住行本生活。
五斗米里有枪弹，酸甜苦辣咸无糖。
哪个小孩不吃糖，换我恐比他还贪。
头秃显光智慧广，行迟名至命闪光。
苦尽甘来甜心坎，福去悲来伤心寒。
吃尽美味还是盐，各种人生都是咸。

奔甜而来弃苦去，趋利避害酸甜曲。
钱多钱少都要过，心情舒畅飞天鸽。
见钱起意顺手牵，盗贼本性就贪钱。
生命为钱遭痛苦，钱不守身一场空。
黄金价高身更优，时光悠悠情更久。
钱财不贴身体上，精神总在脑中想。
贫富贵贱都得病，名人小辈都有忧。

冲来如狂风暴雨，离去似微尘丝玉。
怎么来则怎么去，飘然一人飘然呼。
胆大妄为易遭殃，谨小慎微易淘汰。

挑剔生活窄人生，先苦后甜道路宽。
算计他人遭算计，关爱他人爱自己。
忙于生计拼命活，还得防害人戳。
好坏掺有喜忧伴，有无始终共圆盘。
白玉不失瑕疵美，完人不足仍光辉。
错失良机天地别，只怪命中跟头跌。

鸭子上架摆摆吓，无能上场颤颤吁。
不为铭记为情谊，不为所得为好喜。
薄纸难书厚情意，电波速递衷肠曲。
口不停吃肚膨胀，心高猛涨腿不长。
百年信誉毁一错，千年情怀断念多。
一人跌倒众人戳，众人跌倒无人呵。

纵欲过度则伤身，纵情过头则损名。
木然不知没有忧，麻木不觉没有痛。
妙药难医怨逆病，混财不富人命贫。
病中梦里也是病，贫穷近遭利滚利。
纹生额头智生脑，身体衰微精神高。
大事小事天下事，国事官事无咱事。
无竞无争最闲悠，无脑不思最无忧。
四面八方皆战场，双双眼睛射刀枪。
日出东海落西山，月有阴晴云集散。
一场笑声一片花，转眼倾盆大雨下。
岁月沧桑头渐光，发落人间智慧亮。

前辈不容后辈观，后辈不服前辈管。
代沟一尺时宽海，老人训诫难哄孩。
前人教训后人言，后人时常笑汗颜。
后人不知先人错，未来生活无法过。
少儿懵懂光阴流，老年挣扎时光留。
少儿无知老无力，青年创史老来忆。
白头偕老金婚羡，人生有限情无限。

返老还童欲年轻，无奈光阴不回请。
哪日难回阳关道，依依难割骨肉刀。

梦想老来享天年，龙钟还在苦种田。
儿孙都成白头翁，自己还当老顽童。
儿时自在成人羞，老来自在味没有。
儿女随我不随心，儿女随心不随我。
红粉佳人休便老，风流浪子玩不落。
知音飞过去无影，寻觅天下近在心。

6.一杯泪酒醉婵娟

痛苦过后方得乐，辛苦劳动才有果。
幸福尽在个性狂，只觉自己没有框。
煎熬中痛苦很痛，痛苦中煎熬更痛。
煎饼冒烟表面焦，生活煎熬心力憔。
安分守己平稳过，不如激荡唱新歌。
生活悠闲自在时，也是人生无用时。
忧愁烦恼是生活，痛苦伴着幸福过。

私欲至痛忧还伤，漫漫长夜苦自尝。
养兵千日用一时，为国捐躯等闲视。
一觉睡到阳光艳，好梦拉着继续演。
笑浪滔滔催人进，花香阵阵推人新。
泪花总有喜悦伴，黄河终到大海旁。
送君千里终有别，再叙情怀哪年边?

能力不同富不同，有命无福运不鸿。
能力大小非懒惰，不同擅长不同活。
学能技能活命能，掌的权钱社会能。
职业无论苦与乐，只随个性喜与恶。
人各有路循自道，天各有别浪花滔。
眼高手低山峰险，道路曲折苦难艰。
路逢险处难回避，事到临头不怕逼。
路漫步短无尽头，生短苦长难行走。
山路弯弯无直道，人生目的曲折到。
路面溜光易滑倒，油腔滑调易进牢。
条条道路通罗马，七十二行出状元。
世生各性走各道，心地善良都是好。
人才有棱处显角，五星八角任姿耀。
兴趣不为社会用，技艺高超也平庸。
生活错误改不丑，人生跌倒难回头。
辣椒老来也红发，人生时时可开花。
不惯习惯总不惯，惯不又惯终成惯。
节奏落后时代潮，步步紧追难于到。

7.青丝人生

丝丝细雨串串泪，凄凄惨惨生活累。
泪水流干河不干，一代一代苦命赶。
世事尽知难识命，前程未卜难料行。
安分守己保平安，循规蹈矩难发展。
自然不生无用物，边角废料也搭屋。
生命不只于过程，价值重在于亮灯。
世生万物各有质，人生百态皆有诗。
时事转世花不逝，人生衰老心不死。
你等我来我等他，寻寻觅觅无果花。

哭

哭哭笑笑颠簸来，唠唠叨叨颤抖去。
细细青丝缕缕情，根根脱落追情逝。
悠悠长歌飘山间，曲曲人生荡秋千。
凄凄惨惨泪湿襟，跌跌撞撞伤骨筋。
茫茫无边心连接，纷纷扬扬情作结。
恩恩怨怨世仇念，凄凄惨惨伤不断。
忙忙碌碌总是累，悲悲切切还是泪。
身累心累情还累，血泪汩汩天无泪。
生生息息人不断，缠缠绵绵情续缘。
飘飘情飞苍穹边，荡荡思念天地间。

几多欢乐几多愁，几多悠闲几多忧。
爱爱爱爱唉唉哉，累累累累泪泪水。
弯弯曲曲终将达，慢慢腾腾愿望落。
为痛而痛不惜痛，懂悟得动路路通。
痛痛痛痛心咚咚，哭哭哭哭心血枯。
哭哭哭哭向天诉，惨惨惨惨还是伤。

知己

独上高楼风啸霜，仰望圆月泪盈眶。
孑然身影依栏旁，呼呼风声知己伤。

8.红楼泪

经纶仕宦虚殿最，卸笔拢卉弃马队。
春风黛眉玉林翠，桃花怡院宝璨璀。
天赐良缘惜珍贵，两小无猜心腹推。
帅哥春慕拥宝贝，绛珠凝脂幽香桂。
钟情芳草献金翡，慕恋俊才露红蕊。
羞涩暗语锁心柜，豆蔻豪赋联凤慧。
桃花香薰夜难睡，只缘天降林玫瑰。
衣带渐宽终不悔，但愿缘修连理瑞。
今生蜜意沁脾髓，前世山盟岂可退。
箭雨雷炮云谲诡，寒霜冰雪淋玳瑇。

贾府真情鸳戏水，宝黛梅竹空欢杯。
观园姻缘蝶梦追，红花鸟楼寡巢碎。
怡苑英姿喜香榧，潇湘粉黛恋文魁。
菩提红线月老配，凡间恩怨善恶归。
黑白正邪颠倒锥，阴阳乾坤圆缺晷。
天堂轩辕裂宇毁，金陵篱笆檐下围。
朗日鸿天殃气晦，皎洁朗珠情堪背。
贾玉面庞慈心扉，黛墨白帕玑棠飞。
春花秋月冬寒梅，繁荣枯萎衰兰蕙。
兰蝶春光霜寒对，尘世玉花暗流悲。

华茂纤姿和煦吹，门第尊卑冷霜萎。
金钗插花他乡寐，三春妙缎茵枝亏。
晨光夜星嫁衣被，风流倜傥换妹妹。
闺房藏娇玉珠妃，空厢紫鹃凄筋陪。
梨雪葬花辛酸累，馋猫贼鸥恋心随。
枯木逢春再芽蕾，落英流水载芳晖。
红颜薄命色鬼追，嫉妒冤逼魂难回。
巾帼毛刺胜须眉，争宠吃醋竞艳葵。
辛辣凤姐垠雪堆，飞扬跋扈荒冢归。
前世修福今婚谁，魍魉牵手做魑魅。

笼灯悬花月影杯，侠义兄弟酒肉嘴。
衙门石狮金口贵，九品仕途铜板费。
牛鬼奸臣物以类，狐朋狗友肝肠霉。
朱门财阀世袭垒，权杖绳索脖颈勒。
官府不稽鸡鸭肥，心机不灵乌纱废。
行与不行官作为，好与不好管是非。
一句失言惹虎威，万阶凤台亏一篑。
金銮元宝八旗佩，烛灯悬梁蜀道馁。
风云榜单豪杰伟，奸佞谗言英茔灰。
晴空霹雳风雨雷，顶戴花翎落品位。

卧龙草堂髯下垂，瓦屋蓬荜生金辉。
鄙视草木贬人龟，众叛亲离皆乖睽。
怒目板脸竖戒规，违心逆愿小命危。
半夜敲门惊然虽，白昼惶恐讨钱催。
权钱上身酒疯威，丽质粉妆昂面薇。
柴门鼎元蜀仕道，皇亲国戚腾云遽。
儒道岱岳雄峰巍，不及唇枪舌剑锤。
昙花夜短乌鸦黑，红尘浊舫满筋泪。
功名利禄胭酒醉，悲欢离合哪解味。
樱桃彩蝶月做媒，红楼春梦千年岁。

红云泪

晨旭红光霞彩飞，海棠洁玉姣姿美。
煦媮融绕草葱茵，蝴蝶翩跹溪漾渼。
霹雳轰然浓雾霾，翠枝低哑兰花萎。
云姑忧悴泣珠流，江浪咆哮泻泪水。

红云舞

旭辉殷霁黛楼蜃，洋海浪珠映火波。
朵朵白棠勾蝶眼，弯弯琴豆引情歌。
设兵布阵三凤国，浓雾翻涛六郡戈。
摘下一姝含玉化，腾龙一舫逸银河。

9.觉悟

灵隐寺里清静悠，名利浮云双闲休。
千年修行配姻缘，凤愿连理结红莲。
诗为心声词拼句，悟道哲理方妙赋。
看淡功名心无疆，无求利禄宽体胖。
眸情似水清又香，翩跹婀娜君裹想。
透窗一览春秋景，伸手一勾多彩云。
尘海沉浮水中央，心吐块垒付清秋。
心居坐落白云岸，世海抛空青眼人。
清心超脱白云上，浊世沉淀黄泥沙。
风云叱咤震神州，一番霸业水东流。
孤影单钓扁兰舟，泪江苦水长东流。
柔心难锁慈悲扣，铁石紧扣英魂泪。
茵草桃花柳飘柔，春魂寻梦释心囚。
人生风雨逆流上，岂任时光蹉跎散。
菩萨难渡情缘牢，恋人玉佩心中烧。
晚霞暮落绪红丹，月勾星钩忆青兰。
蓬荜井小又何妨，皇家王陵亦土方。
童戏池鱼鱼戏水，月随身影影伴花。
流珠诗语美好晨，莫负春光立场争。
不枉尘世走一遭，苦乐美丑尽悟到。
世间纷纭几忧烦，炽热争斗何清凉。

身落红尘人已脏，是鬼是仙何须量。
道貌岸然伪君良，伏倒裙下似狗狼。
几载红尘心渐冷，人生百态似烟扬。
常恋鸳鸯戏春水，谁记中秋有红装。
秋去冬冷知旧岁，好景不过三五章。
不是娥娘情不至，却是珠黄花已映。
自古红颜多薄命，独吊黄叶万般苍。
今朝有酒今朝醉，何须孤灯伴寒窗。

桃花蝶恋才飘香，月下行乐醉春江。
盘古顶天立地墩，阴阳轮回定乾坤。
春秋青黄长有序，生老病故道规循。
仰慕九州千山色，抱得红颜贪昆仑。
人过中年凉千景，梦里时时花甲情。
病在旧床有温暖，身归乐土有祭坟。
春华易逝行如梦，风烛残年忆少童。
山清水秀百花艳，莫羡三国貂蝉裙。
能在寒楼共琴乐，才是繁华锦上纶。

九、家庭篇

1.不是永恒不同唱

百花争艳几多魅，不是好花不入美。
芸芸芳草几多情，不上心来不与亲。
两人感情几多深，不是恩爱不许身。
夫妻携手几多长，不是永恒不同唱。

2.世上父母真情好

家庭温暖避风港，自家总容不足缸。
家庭恩爱人生福，事业有成方能护。
家庭本是育儿窝，避风港里暖你我。

家庭小容一小家，社会之大容大家。
家庭怄气害大家，互相包容和谐家。
家家有本难念经，唇齿相依牙舌顶。
家家都为儿操心，终老还念孙儿经。
天下唯有父母好，世间到处豺狼嚎。
天下最亲父母恩，世界最爱夫妻情。
父母恩情最为深，夫妻恩爱最为重。
哭诉求友无以慰，家庭温暖解愁围。
姻缘牵情联成家，互助友爱连大家。

母爱子孝家温暖，家庭和睦大团圆。
安乐窝里闷着烧，家丑不扬黄连咬。
泪水不滴他人脸，心坎只牵自家连。
没有哪家不拌嘴，急到眼红都想吹。
相敬如宾夫妻爱，白头偕老悠悠情。
添儿方知父母情，脱发方有孝顺心。
清官难断家务案，谁叫血肉长骨上。
勤劳一生不用忧，和睦一家没有愁。
不孝公婆不好妇，不敬父母不当夫。
无论浪迹何天涯，儿女情长心中挂。
儿时个性任随意，为人父母知孝悌。
恩爱常生病与仇，贫穷自在无忧愁。
操心儿女事烦恼，面对儿孙不觉老。

3.巍山柔水男女配

夫妻有缘成双对，关系融洽在善为。
默默无语一座墙，卿卿我我一张床。
天生一体两对半，天生一对难陪伴。
条件婚姻无爱情，爱情婚姻难长卿。
无缘婚姻愁眉蹙，无钱家庭愁米煮。
热闹宴席终有时，夫妻合家长久持。
女人心眼不用猜，男人俊才有得爱。

他家温暖那般亲，怎比自家拳拳心。
左挑右选烂成缘，好高骛远莫埋怨。
理想婚成天仙配，笑梦泪醒湿衣被。
最暖归宿在家庭，最终归属在亲情。
再亲骨肉血缘情，自我事情自己拼。
长相不同各面颊，五百年前是一家。

前辈不享后辈福，后辈努力不成负。
没有血缘家家亲，哪来社会互友情。
数字加加难比家，你家我家成国家。
无猜怎需海作盟，真情不虑何当门。
选婿莫只选金钱，选女莫只看容颜。
兄弟同心金不换，妯娌齐心家有欢。
娶妻娶贤不娶色，交友交心交品德。
孝顺公婆自有福，勤劳努力自有谷。

青年爱美老爱心，青年任性老稳行。
年青性直话语直，年老性缓话无刺。
鸳鸯追爱同奔西，人间望爱银河堤。
为伊憔悴终不悔，南山那端有人陪。

4.难舍难分鸳鸯爱

云淡风轻不相知，驾风相迎缘相识。
风吹树摆花娇俏，男追女舞拥爱桥。
阳刚月阴天地合，男欢女爱人间和。
鸳鸯戏水缘相识，情人眼里出西施。
男直女曲刚柔配，男才女貌爱相陪。
生为财福活为情，知音伉俪倾芳心。
根根青丝绵绵情，人间最暖床头枕。

十、伦理篇

1.世态炎凉霜寒冷

滔滔江水吞黄尘，长长道义留青史。
世态炎凉霜寒冷，心盛慈爱沧海仁。
云山无尽海无涯，仁爱无限天下家。
始信诚意终有路，曾经马到走不通。
恪守操行扬正气，诚信道德宣清风。
崇贤敬德万古兴，尊老爱幼千年行。
风清不染德磊落，贤人克己俗放纵。
自古品德无价钱，德行修得好人间。
留得仁爱在人间，生命永恒得以见。
良心道德人之根，法律秩序政之本。

莫问前程只行德，仁义行善好报得。
行善积德莫生怨，一遭有难八方援。
道里无钱仁作舟，施与仁爱方无忧。
欲壑胃口深似海，仁义道德来做菜。
星光微弱指航向，仁义道德致福享。
防人害人皆害己，真诚友善同舟济。
天时地利与人和，善处能得天地贺。
儿女不孝父母忧，后代孝顺长辈悠。
惊弓之鸟各飞远，人间有难八方援。

2.行善积德好人缘

抡锤重砸伦理嘴，落齿金牙钱眼堆。
家庭伦理社会化，德法相辅良心花。
解铃还须系铃人，冤家宜解不宜结。
顽石冲刷成尘埃，海枯石烂情常在。
念念有如临敌日，害人不可须防人。
心地善良而容忍，心胸狭窄而偏激。

心里恶毒而狂妄，心中无私而高尚。
善恶最终都有果，怀心皆由红黑说。
人心善良大义行，防不胜防落陷阱。

好事不出恶事漏，隐恶扬善两端走。
扶助只救弱危难，善良只帮没路郎。
贫无众人来探访，病有高人说药方。
世事如云无论何，只道人生好样活。
万物皆灰飞烟灭，唯仁爱精神不谢。
仁义千金财粪土，如今仁义作画涂。
劳动欺骗掠夺有，金钱获得良心要。
外人不是自家亲，难入融融一家情。
人去楼空影无踪，无限情怀留其中。
丝丝牵挂割不断，根根相连扯更缘。
时代错误人不错，正邪颠倒善不过。

十一、为人篇

1.蟠桃沃草驱马奔

人言未尽只三分，话中有话推其份。
人恼莫过于心窄，人悦就在于心宽。
人际矛盾深记仇，到老都难解纠纷。
人怕三见树怕线，身正不怕月影斜。

人穷志高发愤强，敢教山河颜变相。
凡人不可以貌相，茅茨也出王公将。
怪人不知所以理，圣人告知因为由。
三人行必有我师，独自行必有我失。
求人须求英雄汉，济人须济甘露旱。
锋芒毕露易受辱，外圆内方要城府。
平生不做皱眉事，世上应无人切齿。

勤劳善良心无愧，清正一生不低眉。
路遥马力立不卧，相处久知人善恶。
君子之交淡之清，贤人蔑视钱如轻。
养犬熟知狗欢欣，伴人难知人本性。
见而不怪是成熟，恐而不惊则老至。

是言非者非为是，来说真者皆是诚。
放眼他人优点长，闭门扪心思己过。
身正令行速则达，身歪令止慢拖停。
无求则要心长悠，哪有无欲人空手。
人前莫争一时气，事后多思自过弊。
战天斗地难战人，斩草除根难免生。
半斤八两争高低，我将目光移凉亭。
勿让迷信麻意志，休当酒鬼醉灵魂。
不知山林藏卧虎，轻舞薄技乱狂呼。

2.仁慈大度通达远

防范猜疑小人心，仁慈大度菩萨肠。
不生一念害人意，恒有千般助人心。
静心极处思汹涌，风云激荡有幽径。
堪叹难为填海鸟，屈膝也作叩头虫。
柔心似水溶污渍，恶腹如厕纳垢物。
黄雀伺机螳螂后，鹬蚌相争云嬉笑。
无事不登三宝殿，有笑总是相求人。
纯得心灵同雪净，何忧容貌逊桃花。
未明红尘先观水，能耐喧嚣不想云。
大梦托童心不老，友情与松柏同春。
满目沧桑不留言，一腔苦水尽是声。
忧乐心存小洞井，康福广布天下众。
人事如江东流去，心田若海万众聚。
人有良知众人敬，胸存正气遐迩钦。

3.虚怀若谷谦君子

为人当求真善美，处事莫行假丑恶。
真有才华藏蕴藉，实从朴质见诚恳。
老骥奋蹄春无间，夕阳焕彩乐无限。
好向深层探本质，不图表面搞形式。
虚怀若谷谦君子，狂妄无天傲小人。
勿贪小利失大体，勿施公营徇私情。
平时不说刻薄话，每日多伸热情手。

俯首丹心照汗青，笼灯红烛芯光明。
有得夕阳无限好，何须黄昏空惆怅。
甘愿清凉冷板凳，不追热闹时髦潮。
不攀不媚不亢卑，无愧无亏无遗憾。
一碗应思来不易，一路当晓路艰辛。
知足常乐忍能安，荣毋昂首辱不屈。
乐从勤来贪自烦，知足自满得不狂。
小心行路大胆撞，知足常乐良心安。

三思举步不回头，人生沧桑是仙道。
才不轻人德受夸，深得信任诚是花。
丹心付良鄙邪恶，缄口防非慎有安。
虚心成器作有为，不谋耻事学有才。
广交谙世知学浅，庸人夜长忙人短。
老骥千里鹪一枝，德高远扬自一私。
书求甚解事认真，诚实为本信为基。
良书有架悔药无，世无净土情却真。

脚板当鼓热情赶，腿柱作琴正身拉。
人前莫夸后少议，责己恕人不自卑。
人无远虑有近忧，生于忧患死于乐。
要得人敬先敬人，要得人信先真声。
识人知事烦恼多，遭人烦恼无处躲。

相识是缘莫结怨，相怨是利莫与争。
相识纵贯天边际，相知寥寥也无几。
结交不易得罪易，相识容易知心难。

远亲友情手再长，不及邻里相助昌。
但留子孙方寸地，耕出勤奋与孝悌。
揭人短处伤心寒，扬人重彩心飞畅。
敬人一尺得一丈，动人一拳遭身伤。
敬人一尺受一丈，待人一丈得一方。
小人到处撒谣言，君子告人开口难。
真诚友善遇有德，好人幸福终有得。

缝里看人心眼窄，开门迎客天地宽。
谨慎他人直中直，须防受骗太幼稚。
逢人且说三分话，诚心易受奸诈猾。
杀人可憎情不容，作恶多端理不允。
世上好人虽为多，遇一恶人命遭夺。
对小人直还其道，对君子知恩图报。
当面说人最伤心，切莫直来就是行。

方便他人方便己，笑对他人迎笑脸。
好强在心不在口，好面在能不在斗。
骨气冲天不得傲，虚怀若谷多得道。
懊悔难改既成事，谨慎小心稳踏实。
行善积德非前程，为人处事须心诚。
天不赏脸小道边，自有小草绿人间。

4.篷上有风好行船

篷上有风好行船，努力前行浪上川。
各靠本事跳龙门，各展雄风显勇猛。
好人自有好运托，恶人自有恶人磨。
伤心至极无尽痛，快乐至癫无以冲。
说长道短是非多，最好少言求安乐。

家丑不可向外传，黄金见火也还原。
得风过河早收篷，急流勇退早回奔。
大雨滂沱伤心过，英雄流血泪不落。
此一时来彼一时，举目放眼观形势。

看花容易绣花难，说人容易好难当。
山水好是心情好，你我好是境界高。
高高低低不平坦，弯弯曲曲不顺畅。
顺水登舟早上岸，处处都有好风光。
百人可有一致行，一人难尽百人心。

不是码头不弯船，随机就势顺应变。
天宫自由绚丽花，人间欣赏美丽画。
莫听一边词有力，谁人不说自己理。
水流千里归大海，离奇迷案终究还。
山中有虎莫前行，路逢险阻要小心。
黑松林中有李逵，好汉不吃眼前亏。
善遇贵人有好报，善遇恶人祸难逃。
道于德上富裕到，富有德育方有道。
魔高一尺道长丈，邪恶遭厌促增长。
不懂自爱难爱人，善待他人方得爱。

人非贤圣谁无错，宽宏大量不计过。
君子小人不定性，常思己过君子行。
自欺欺人被人欺，骑马骑人被人骑。
怨天怨人怨自己，能力有限自无力。
隐恶扬善张正气，化敌为友争心集。
不求感恩有回报，不问前程好运到。
事到临头方着急，跌落低谷方鼓气。
雨水冲刷叶清新，仁义友爱德净心。

5.波澜壮阔伟人歌

天下棋盘轮坐庄，莫是哪家尽占专。

活着漫长去于瞬，痛苦熬煎不会顺。
能忍含沙不直射，能耐欺骗不抢夺。
无奈遗憾天无眼，若见皆是泪花脸。
东蹦西掉太阳悠，烈日炎炎黑人油。
昨日尊贵今日贱，最感炎凉人世间。
人限人来天限人，高山还陷地裂痕。
劳动修身又养性，安逸伤身还恶行。

桀骜不驯方龙种，敢为天下意气冲。
时常反省己所做，容忍谅解他人过。
让一步海阔天空，进一寸障碍重重。
贪婪嫉妒仇恨心，步步踏上邪恶行。
捞鱼不堆个人圈，携手共度稳当船。
只见桃花朵朵红，未闻桃病阵阵痛。
重手一下伤一时，恶语一句寒一世。
大人不计小人过，君子不同小人伙。
无肉任它啃撕咬，老骨脊梁也直腰。

唉声叹气命不济，岂料脚下叫花乞。
艳阳高照有说晒，太平盛世有说衰。
事上身来无以脱，煎熬磨难痛苦过。
专门挑剔他人错，难得找出自己过。
慈悲为怀莫怨恨，宽宏大量有人缘。
蓝色灵魂绿地球，珍惜生命长永久。
尊天顺道悟人生，敬人爱己为人正。

固执己见自以是，终究后悔无以治。
获得靠自己努力，公平要自己竞争。
退一步海阔天空，公道自在人间拥。
这山望着那山高，山山桃花都结桃。
暗中揣测他人意，概有八九会离十。
平淡无奇过生活，波澜壮阔伟人歌。
人随时光烟云散，光阴带走忧愁伤。

万事皆随行云去，暴雨过后彩虹曲。
谎言之上套谎言，心结外面打心结。
佛贴金装衣说话，人披玉带衣显华。
得一望十天不够，欲见嫦娥成天狗。
虚度光阴无所事，枉费人生白要吃。
从来没有空闲时，忙忙碌碌满心事。
沉默是金对毁谤，澄清事实清白案。

芸芸众生不见人，区区个人显人们。
天下自然本共有，内心欲得个人拥。
单调无聊内心烦，新颖花样心怒放。
年轻到处寻智慧，聪明自有经验会。
习惯习惯不想变，慌慌张张难应变。
时光总是易流逝，朱颜辞镜花辞枝。
山外有山天外天，与己无关心不念。

喝水不忘挖井人，知恩图报方有仁。
喜乐彩云飘飘过，忧伤滔滔滚滚波。
看尽人生千万家，自个小家不变化。
千姿万态人生命，风云榜上早有名。
行云流水东飘荡，唯有真情人间藏。
过去今日将来时，无私爱心永在世。
来时偶然缘必然，难得缘来惜花香。
缘来缘去缘分尽，原来怨来缘不亲。

前人斥责后无情，后人嘲笑前人痴。
少年清白老来黑，谁人都有话闲背。
机关算尽太聪明，聪明反被聪明误。
道不充饥情断肠，食不满意情忧伤。
穷途末路把命丧，祸及无辜害人殇。
号啕大哭为己响，默默无泪为他想。
死猪不怕开水烫，脸厚不怕他人讲。

内在根据外条件，借助外部成功建。
贪婪坟土追埋压，钱掉心上头被砸。
五谷杂粮育百姓，民族文化铸精神。
一人辛勤大家享，一辈功劳万世香。
错失机会勿烦恼，良机喜从天降到。

锲而不舍钻牛角，其二不择难以挑。
物其本性改非易，除非太阳不再移。
惧视老脸一张皮，愧对父母给身衣。
胜为王者败为寇，好坏皆由王定否。
习惯习惯之改变，变化变化之适应。
贪婪无知与残忍，天谴报应受严惩。
早晚来之散得快，前后都是士前卒。
没有永恒无限在，却有无限精神爱。

十二、学习篇

1.悟知慧觉行道通

学习知识方有技，不学茫然不知己。
学习有知便是佳，不学无术处受夹。
学习领会悟其道，生活行为不偏倒。
读书方知遵循道，理性生活不乱捣。
学技从艺终演艺，学人悟人掌人艺。
书到用时方恨少，书到多时用不了。
书到用时方恨少，识到多时年不少。

书中飘香精神华，赏心悦目悟道家。
天生我材必有用，适合社会顺天应。
精神财富永存世，物质财富随身失。
知书达理出好言，不学无知易恶语。
书夹金币非真知，潜心研究钱不耻。
哲人智慧于思考，伟人奇迹于时务。

礼义在于有文化，粗鲁皆因无知识。
一心只做专门事，一生终得功名史。
吸天地灵气而神，积世间知识而升。
多见广识行得智，闭门造车道不识。

道里淘宝面无找，入导深处感悟到。
执着追求无杂念，一颗恒心登山巅。
依葫画瓢牵强会，内心感悟得智慧。
看菜吃饭有口味，看书获益有品位。
十年寒窗求功名，吃苦乃为人间鸣。
官运亨通于人运，真才实学在耕耘。
瓜熟蒂落水到成，十年寒窗金榜呈。
小人肥口君益脑，广闻博见无烦恼。
见者易且学之难，恒心执着就能当。
青年鲁莽行凶落，学习长者智慧多。
老来明白人生道，意欲还童苦读早。

2.读书万卷下笔神

天书无字自寻觅，道行其中自己理。
过关斩将武士威，十年寒窗一举为。
苦读学习一辈子，不如点拨一下子。
读书万卷下笔神，想入非非神仙升。
不教不引其道路，不育不培其品德。
知多不如悟道多，悟多不如行动多。
自以为是真无知，虚怀若谷甚有识。
读书容易写书难，嘴上容易做事难。
赶鸭上架弄成拙，勉为其难适得反。

十年墨水腹囊响，一脚踏出串串香。
十年寒窗方知觉，跌于窗下才知醒。
十年寒窗无人问，改变命运非得文。
千锤百炼造性格，孜孜不倦成学问。
赏花容易绣花难，有心容易成事难。

考出精英也出愚，考试并非全合宜。
知识并非改命运，条条道路通罗马。
知识超前成伟人，智慧超前无人认。
智慧非随知识多，智慧跟随阅历获。

诗悟词雕文撰写，知学道思才勤携。
百川学海成海大，丘陵学山止难爬。
虚怀若谷泽大鱼，好为人师空架塔。
不学无知不思罔，白驹过隙流星箭。
尖刀大兵心眼小，毛竹文笔字天下。
无字书得惊人句，文儒秀才将大兵。
咀嚼诗词甜蜜心，乐道哲理酣酒淋。
尽管翻烂老庄道，未可轻抛孔孟经。

论道辩驳有师友，举杯亮心得帮手。
文章岂能乱字堆，功名不由盗窃为。
笔舞飞龙临墨卷，诗激沧海扬帆船。
宝刀落锈年华逝，玉案堆尘学业止。
书隔凡尘通天道，开卷有仙说逍遥。
天衣有缝云来补，书山有路勤来铺。
燃烛挑灯星早晚，韶华讲台月春寒。

流珠诗语诵良辰，莫负春光有限身。
笔墨凝顿山气宇，诗书灵蕴花娇曲。
诗赋常有灵泉滋，出山定会浪花腾。
花言草语皆有韵，笔尖墨酒醉天云。
书中自有花浪海，岂让人群孤草踩。
悸动风华呵秀章，诗似潇雪夏清凉。
书籍容我孔门身，红梅映雪趁良辰。
学习浮躁沙建塔，学不恒进逆行退。

3.腹充诗气凌云上

诗人颂阳又捧月，错失昙花香幽色。

学识渊博未鹏飞，任劳磨炼还坠溷。
星光璀璨一瞬间，蜡烛微光伴书远。
书隔凡尘清自在，诗润江河悠流畅。
腹充诗气凌云上，心闪佳灵天宇亮。
流连诗赋醉墨海，徜徉哲理游道河。
慧怀诗书德修贤，无尘净土天那边。
笔捣山川激墨浪，诗荡沧海起白帆。
飞龙舞笔临画卷，神仙沁珠入诗赋。
青莲傲骨不改梅，怒云文起海成诗。
学知有攀书山志，饱识定喝一墨池。
一绝诗就滕王阁，千德道经函谷关。
贤修已淡烟云事，清心何攀名利缘。
《论语》未曾见孔子，金书在手有
贤人。

铺宣才知功夫到，濡笔方晓底蕴真。
墨染诗山化春绿，心入大地荷花香。
春香入诗润花枝，仁义存心良风气。
春风诗笔起风骚，常将鸳鸯戏水笑。
扶草拙赋偷天韵，耕文磨墨弹诗琴。
诚贴金书耳两鬓，馨香为头洗斑白。
一支粉笔天地白，三尺讲台道四海。
这山望断那山接，书山有路峰不歇。

诗山得道酒悟真，酒至癫狂诗仙神。
一间陋室乾坤大，四壁清风稻花香。
苍松笔立柏参天，浓墨诗撒情满地。
三千经纬用烹饪，炒诗煮词配酒盛。
腹有诗书起花梦，步间踱出阳春红。
铜板上桌书无色，笔墨入水镜花月。
面壁寒墙研禅道，一书胜过万金高。

纵使儒生诗千万，不及桃媚笑一芳。
道光智慧入万物，心有灵犀方得悟。

万千诗人怜衰草，一盏孤灯忆花娇。
欲识苍穹真相面，须得解读老庄玄。
笔树古今丰碑塔，墨淘史河流金沙。
书山攀峰勤来登，学海泛舟苦桨划。
惊世佳作传千古，《增广贤文》晓万户。
书中琢玉献君子，笑里藏刀配小人。
经熬红烛甘洒泪，不耐清贫学难为。

莫学灯笼千眼瞭，当效红烛一心烧。
三尺书案五洲海，两寸粉笔古今来。
悟道极致禅卷老，学问深时尘心少。
学如逆水恐倒流，心似跑马放难收。
有书不算清贫族，无德只能浊臭富。
静里深思觅真乐，苍穹有道悟理觉。
儒家思想维纲常，传统美德扬仁义。
真心苦读天下少，不学无术古今多。
身无媚骨探真理，腹有痴肠寻道义。
读书苦苦过有福，守业难难过有功。
学贵有恒莫半废，才需积累非一功。
海天无涯师舟楫，学无止境勤风帆。
开卷有益知是力，光阴无价贵黄金。
书读万卷嫌觉少，德缺一点无耻多。
诗韵书斋增琴调，墨染山河添山色。
读书晓理事通情，善恶有报泾渭明。

4.才华横溢堪称才

才华横溢堪称才，好文飘香才算文。
秀才尽知天下事，全是书中所说史。
两耳不闻窗外事，开窗即是仙隐寺。
面壁思索错与过，行云流水冲菱角。
才疏学浅好张扬，老练城府深涵养。
有能无须红运赐，无能有路找人事。

巧方法事半功倍，真方法吃苦不亏。
一心一意成一事，三心二意啥不是。
少年不知世纷纷，及至醒悟日黄昏。
精英自会教化人，愚钝乃教而不化。
文人墨客无聊事，寻得诗词来消时。

天生我材必有用，空材难作扁担佣。
好学悟道心飞宇，厌学无道浊水鱼。
循其兴趣自发挥，废寝忘食不用催。
有劲顶牛使蛮力，有智诱牛可拉犁。
能伸能屈大丈夫，能弯能曲智折服。
天涯何处无芳草，世间到处龙涌潮。
天涯小草皆有花，世人皆有才艺画。
江山代代出人才，人才不是小碟菜。
长江后浪推前浪，不经疾风跌沙滩。
先人已去后人随，文明进步往前推。
超过前人非好汉，胜过对手才称强。
并非新人强旧人，时代造就强材人。

新物总比旧物好，熟人总比新人笑。
嘴上容易手上难，别人容易自己难。
单调枯燥扰人烦，潜心探究心不慌。
有钱再济难助人，有闲读书难捧书。
秀才在家知天下，不获信息就成瞎。
智者虚怀觉无知，愚者无知自为是。
来日方长秋寒冷，今日时暂春光艳。
书中道理事后悟，亲身感受真悟觉。
求财之心求学问，爱己之心爱他人。
孺子可教在引导，兴趣培养成人骄。
静坐思过悟明理，实践纠正行有益。

清晨太阳明亮光，扯出夜积灵光长。
梦里都在思考想，智慧结出花果香。

思想火花晨夕擦，茫茫之路不偏差。
火花擦出明亮光，智慧闪出人类长。
思想火花擦不到，空穴来风自然到。
知识不自成智慧，智慧需要知识会。
知识经验得智慧，大胆前行方有为。
词不达意辗转翻，陡然一词轻飘上。

一手挥出孔明珠，撒向人间都是福。
高雅好词不落俗，市井金钱不仰儒。
智慧不出神仙口，生活感悟智慧头。
智慧之果累年产，不是嫩草天天长。
精于门道善于骗，茫然无知易于骗。
脑袋虽小心胸大，自然简单心复杂。
头发稀疏知识密，头秃无发智慧披。
规律奇妙无人意，运用规律达心仪。
读书好学获得知，经验教训悟成识。
读万卷行千里路，思书理慧觉道悟。

粒粒小米养人生，片片知识悟道神。
一片浮云飘过来，一道灵光随心开。
固执己见井底蛙，刚愎自用无人搭。
自以为是不听谏，忠言逆耳难上前。
一句诋毁瞬间倒，一副好名千日造。
诗人气概神鬼钦，生活颠沛遭人欺。
打破砂锅问到底，上天也会问哭啼。

5.才材财
—— 权杖烧财财成才

哪个人儿不好财，哪个好财又成才？
哪个有财又有才，哪个有才又有财？
做官贪财作棺材，财多无智成蠹材。
财才同音不同拆，财才同形不同猜。
几多人才葬钱财，许多钱财压人才。

材才财才都是才，财才有才都是菜。
财才专长踩人才，材才专门创造财。
材才有才浑身才，材才无财便是才？

十三、励志篇

1.宝刀十年磨一剑

宝刀十年磨一剑，好酒百年酿一坛。
天道酬勤在吃苦，天不赐运人造福。
春花不飞秋来美，寒冬一样结蜡梅。
莺花犹怕春光老，岂有闲时瞎叨唠。
雨过天晴花灿烂，人经磨炼才成长。
山高水急路风险，善良勤快无人嫌。
日锄不出黄金薯，秋来总有地瓜熟。
日偏西山不在焰，晚霞依然彤彤颜。
不及飞流三千尺，细水长流也穿石。
粒粒汗水结珍珠，步步攀登成人主。
风霜雨雪结蜡梅，精雕细琢方才美。
鱼为奔波始化龙，劳其筋骨悟其中。
千锤百炼方成钢，历经沧桑成栋梁。
白桦迎寒挺拔高，灌木惧晒伴矮草。
枯木逢春犹再发，心态年轻常开花。

2.天生我材必有用

自然不生无用松，天生我材必有用。
天生我材必有用，世间真龙天上冲。
上天容易入地难，全在一颗红心上。
若要人生光彩照，日出曦须赶早。
莫道晨起人行早，只要做事人就好。
误春一年十年寒，错失良机终身憾。
一天当作两天用，一生应作永恒行。

日日勤奋兢兢业，邪念歪道无黑夜。
莫等夕阳匆匆过，再去燃烧激情火。
三十不立四十惑，七十重燃青春火。
吃一堑来长一智，最好老师来自己。
少不努力老大伤，及时醒悟老也强。
老无人追人自锤，年高不朽自不垂。
老年翻山不停步，愚公也得鞠个躬。
压力是最强动力，教训是最好先生。

3.世事不难有心人

世间万般皆下品，唯有发展在创新。
名利富贵非天命，努力耕耘方得鸣。
鸿志高昂飞来凤，迎风展翅跃险峰。
世事不难有心人，敢教山河换新颜。
秀才活为米折腰，死为真理不低头。
愤世嫉俗增忧烦，潜心修炼能流芳。
难者不会会不难，难手难脚心不烂。
自己跌倒自己爬，重新振作就不怕。
小船游海无边际，迎风破浪创奇迹。
苦药忠言利病行，坎坷磨难助人兴。

先苦后甜幸福来，安逸享受痛苦到。
耕耘自然有收获，懒惰必然不好活。
忙忙碌碌不觉时，一生辛勤最充实。
怨天尤人怨自己，功成名就靠努力。
诚心立志高过天，雄伟气魄心上添。
其实成功很容易，志向拼搏加毅力。
哀叹命运没出息，不畏艰难方转机。

父母养身自立志，前程万里靠自己。
跌倒重立原路起，翻身前行另有径。
最好动力是压力，最好智慧是教训。
依人之食不可靠，自食其力方得饱。

茫茫四海人芸芸，英雄好汉不靠运。
沙场练出威武士，厨房磨出巧媳妇。

不求上进则虚度，不求发展则饱肚。
人能能能处处能，无能无能无处能。
不经事情不获知，不经磨炼不得智。
不甘落后不停步，不断学习不落伍。
不畏艰险攀高峰，执着恒心愿成凤。
狮子玩耍获猎物，玩物丧志成猎物。
未雨绸缪先补漏，任你暴雨怎样流。
根深不怕狂风吹，真才实学不怕锤。
真金不怕炉火炼，真材不怕重压碾。
水滴石穿铁磨针，鸿鹄锐志磨成圆。
人生曲折不泄气，顺风得意更持意。
虽老不甘誓作赌，敢教太阳西边出。
梦醒总憾未竟业，睁眼忙碌又到夜。
逆水行舟水推后，不进则退淘汰走。
成事于心不在艰，万水千山只等闲。

陷于逆境而奔腾，死于绝地而后生。
卑躬屈膝去哀求，奋发图强别人忧。
嘴上道道耳边风，身陷逆境自发奋。
八仙过海各显勇，天生我材必有用。
一腔热血英气魄，几滴泪珠情妹舍。
丑鸭有志飞天鹅，骏马无鞭慢骆驼。
先贤已随流水去，我辈当扬海浪兴。
燕雀阡陌三径落，鸿鹄辽阔九天飞。
应知青丝易苍白，莫待遗憾驾鹤西。
修身不为墓志铭，养性善待脆弱命。
不以高台为眼界，勇于登峰见精神。
饱读诗书添匠气，鸿鹄大志跃高台。

鹰跃龙击沧海滔，策马挥剑扬尘超。

男儿志在四方天，昆仑脚下大地田。
人生风雨逆流波，岂能时光任蹉跎？
韶光驰骋过隙驹，腾云踏箭似龙鱼。
万水争腾海跃鱼，莫将光阴付吹嘘。
清心淤泥展荷蓬，志高云天任鸟飞。
心高不如手勤快，腾飞先壮强羽翼。

凿刻时光激扬林，磨砺胸中笔斧尖。
无边难摧踌躇志，有梦只顾日兼程。
拥览众山意蹈海，恣凌泰岳在拿云。
为有信念舍我身，再无诱惑动心肠。
胸无城府困迷雾，腹有诗书吹狂沙。
不隐千年大鸿梦，欲展鲲鹏遮天翅。
尖锥锋利必破囊，人中秀骨终大成。
骁勇当关千难开，儒文龙韬胜百万。
莫惧渺小不量力，敢将寰球捆绑来。
顽石硬岩总立根，寸心一夜可凌云。
拨开云叶向骄阳，任你天阴一路寒。
鸿鹄有翅腾云飞，小草无脚随春长。
侠肝义胆不畏惧，军人视死如毛轻。

苍鹰展翅翔天远，凌越高川瞰平原。
诗具风华墨韵浓，岂落人流孤岛中。
胸怀丘壑云山松，千般琐屑一秋空。
每自登山极远目，岂能嗟米困鸡笼。
挺直竹竿节气高，出泥莲花纯清白。
要学老牛勤耕田，莫学鹦鹉练嘴间。
胸怀天地云涯低，身正低谷人自高。
创业方知人生苦，挺立坚强不退缩。
紫燕凌空鱼畅水，兴致陡来驾诗飞。
立志像大树不倒，处事如小草随生。
英雄碧血凝丹霞，赤诚热心结红岩。
磨砺曲折且当餐，孤独冷梦暂作憩。

应将盲从幡然改，不信命中一卦中。
绝壁松柏势欲飞，我在翻腾白云上。

4.莫让年华空白头

雄观世相透三界，傲立天穹辉五洲。
急流向来抬我情，敢向青天一字横。
泪水不流先前功，汗滴润发未来果。
波涛拍岸走天涯，九曲黄河万里沙。
历尽沧桑风雨路，雄风搏击贯中华。
居山未必无寒暑，不逐炎凉任云舒。
到底蜡梅傲骨架，愈临寒露愈开花。
松柏不惧风吹叶，只卸肩头一片云。
天成风骨傲俗流，立身岂畏雪霜踩。
雪压不倒苍松绿，霜打难退枫叶红。

沧海横流显英雄，乱云飞渡识劲松。
柳絮妖柔无硬骨，梅花怒颜富有神。
骄傲浅薄狂无知，伟大于凡智来勤。
好事多难名人苦，饱经磨砺方得福。
有限人生勤努力，无限事业勇不停。
事多长恨时间少，志短总愁度日长。
须知岁月过隙驹，莫让年华空长须。
面壁十年破千卷，迎风百舸冲万浪。
决心须埋头苦干，大业乃笃志力行。
碌碌无为羞惭生，勤恳有成光彩活。
虾浮浅水鹰搏云，奋争生辉懒落凡。

勤劳励志俭修身，是事是非道通理。
难攻才有探求乐，险境方享天籁歌。
勇猛智谋才能将，解读审验真有学。
名套俗人利锁庸，勤俭有福善积德。
少年饱经磨砺炼，老来不畏风霜煎。
无志难成有心易，宁做凤翼不随鸡。

训教不严师之过，学问无成子之惰。
虎嗅桃花平阳落，鸭飞雪峰白成鹅。
一步之落隔一天，一天之后落一年。
香梦桃花丧意志，言勿乱发笔轻动。
跑马仰头渐落后，英雄骄傲会跌跤。

十四、处事篇

1.天地万物随人心

世界之大人最大，世界之小最小人。
世事如棋局局新，心态平淡万事行。
时代相隔不相识，代代都有风流事。
时运不济金成铁，运气来临腾飞天。
时来运去金铁转，悲喜交加笑人生。
时光老人爱啬鬼，随行方能得智慧。
每时都是思泉涌，留待人间万年用。

天时地利要人和，万事俱备东风过。
天不生无名之辈，地不生无路之人。
天上不掉空馅饼，施舍也钓利与名。
天庭不收顽童子，哪吒火轮天宫识。
天骄只在窈段子，英雄顶天豪气质。
众星不如孤月明，鹤立鸡群红冠顶。
神仙没有功名好，空忙一生时光耗。

阳光沐浴春光好，钱财散尽人气高。
阳光之下无霉气，光天之下无邪气。
太阳西斜拐杖偏，老眼昏花思想偏。
夕阳虽好即将离，一抹晚霞行千里。
晴天不去晒个透，直待大雨淋湿头。
阴影之下小人地，阳光之下君子天。
越亮孤影越无景，芸海无边更无情。

山中无虎猴称王，地头蛇也嚣张狂。
进山不怕虎压倒，只怕人情两面刀。
已覆之水实难收，到手之物难撒手。
画水空浪花不香，脚踏实地莫幻想。
易涨易退山溪水，小人之心任性随。
久逢甘霖遇故知，黄河也有澄清时。
故乡山水虽为美，世间哪处不生辉。

粒粒都是汗水结，字字都是血水凝。
阴影中有变色龙，暗地里有奸人蹲。
一枝红杏出墙来，脱颖而出有人摘。
阴影随着阳光降，须防好心假中假。
寒冬来临春还早，红心硬身强炉灶。
美丽花朵姹鲜艳，平庸流水大海淹。
雨滴床头才修屋，事到临头方悔悟。
黑云缝里太阳亮，小人堆中君子明。

麝过春山草木香，伴龙得雨捡得享。
初生牛犊不怕虎，醉中天空成酒壶。
鸟儿叽喳夜莺歌，贵人话少贫嘴多。
螳螂捕蝉黄雀后，暗算反遭他人候。
鸡肠肚眼小计较，幼稚小孩常跌跤。
狗急跳墙人生智，船到码头自然直。
蚂蚁虽小蚁群大，个人虽小社会强。
蚊嘴叮人遭人扇，祸从口出遭人嫌。
苍蝇不叮无缝蛋，谣言不激平静汤。

2.树正不愁月影斜

树正不愁月影斜，任你歪风来威胁。
树挪死去人挪活，英雄自有法过河。
根深不怕树动摇，任凭狂风来撕咬。
花开嘲笑花落断，花落方知花开短。
不是落红化泥土，花蕾吐艳瞠惊呼。

瓶花虽好不耐长，饭钵好用不中看。
赏花不理树皮糙，用人不求全能造。
捡了芝麻失了瓜，因小失大事情跨。
酒论乾坤壶度月，春去秋来时飞越。

名利富贵忧虑多，两袖清风神仙乐。
君子言来而有信，小人出尔则反尔。
君子爱财取有道，小人得利盗夜草。
君子动口不动手，有理要在事实有。
同伴伴苦不伴乐，险到危难无处躲。
升官发财不由己，平安健康在自己。
诗肩无力挑金砖，墨下重字稳国船。

3.元宝济渡九州航

嗜钱如命似割肉，吝啬小气终难守。
钱不生德财无心，心地善良德在行。
花钱容易得钱难，吃饭容易种田难。
俭入奢易奢难俭，殿堂难回茅草间。
贪小失大藐视法，捡了芝麻丢了瓜。
乞丐无粮因懒惰，贫穷不富劳不多。

富贵操劳终身忧，平淡轻松闲悠悠。
败家挥金贫积金，奢侈衰败俭朴兴。
富贵炎凉贫贱暖，亲者嫉妒甚仇人。
富不欺贫少嘲老，贫不卑富老轻少。
有钱难买子孙贤，有权总有臣媚献。
财富满盈碰在嘴，名声远洋掌在心。
勤俭节约家不败，谦恭谨慎平安待。

穷莫失志富莫狂，几经沧桑谁最旺？
富不奢侈而勤俭，贫不懒惰而立志。
贪小失大丢前途，舍近求远失国土。
意外之财勿贪念，东窗事发恐无脸。

背座金山爬天堂，步履蹒跚难以上。
索贫借钱一条命，索贫要钱一双手。
灵丹妙药在锻炼，精神愉悦在心宽。
千金良药贵在健，万顷良田好在康。
海水难填心胸房，博大仁爱心不慌。
近朱者赤墨者黑，黑脚仍是丹顶鹤。
泥潭沼泽吞鲁莽，三思慎行不瞎盲。
喜形于色功名中，烟消云散无影中。
喜上眉梢有好事，甜在心里有好处。
山绿水清风光秀，心淡人清行无忧。

4.舟行天道顺人心

志高远大行更大，胆大作为心愈细。
循天理要顺人心，依法度要讲公平。
热血沸腾不惧寒，身正不怕影歪撼。
岂能事事如人意，但求不愧吾心亦。
事不关己高挂起，空操烦心多生气。
后辈自有前程路，莫为晚辈空忙碌。
快不斟酌忙中错，乱不理顺糟一坨。
明人自断难断家，愚人官断好断法。
无限朱门生饿殍，风流纨绔败家嫖。
从来没有救世主，一切幸福靠自助。

不随风云任卷舒，酒壶自比乾坤大。
不是知音不与说，不是志同不道合。
水平不在嘴上挂，风流不用衣着佳。
不惧牺牲怕无名，精神无名死不瞑。
不想说是不投机，愿来说是显自己。

十指连心痛一时，心之受辱痛一世。
力微负重人被翘，言轻劝人不被瞧。
累身得康劳获食，跌跤明理伤悟思。
清心寡欲遭欺心，安分守己受严刑。

饱暖思淫饥起盗，贫富两端走乱道。
劳力者身累心舒，劳心者身轻心烦。

5.强中更有强中手

让人三分得七尺，敬人一尺得一丈。
强中自有强中手，恶人更有恶人收。
作恶多端终有报，企图逃脱难以保。
但将冷眼观螃蟹，看你横行到几时。
好事易做难一世，坏事难做坏一辈。
唇亡齿寒依相存，同舟共济提相助。
小人许善后变脸，君子口中无戏言。
愚者千虑有一得，智者千虑有一失。
莫把真心空计较，失信于人定跌跤。
成事莫急狂张扬，败事难收脸无样。
毫无目标好无聊，无以追求好不了。
脸无金字比金贵，心无天厚比天魁。

扬人长处莫揭短，施人恩惠莫报怨。
良言一句春风暖，恶语一顿遭人刃。
善恶恩仇终有报，历史不抹功过抛。
恶语伤人利毒箭，伤痕可迟辱难减。
话不多说有利行，声不在高有理信。
打破砂锅问到底，未必得到真实意。
当场不论后枉然，该辩不争自恭让。
当事迷而旁观清，跳出三界一切净。
当面点之是教人，背后指之是陷人。

窗外有人隔墙耳，说话还须三分慎。
扪心自问揣他人，观其颜色察友仁。
观言察色见其行，重在真心和诚信。
掌其性来控其道，察其心来引其要。
当面悦耳好言多，背后都是冷水泼。
话语说与自己听，后人只当历史情。

万事皆好是附和，凡事都错是仇祸。

眼见为实耳听虚，道听途说不可信。
偏听则暗兼听明，耳听是虚眼见实。
偏信而为其所欺，任信而为气所使。
见人富贵似火烧，莫生嫉妒勤奋到。
明镜照出衣冠整，良友指出哪不正。
暗处一灯更明显，别具一格方慕羡。

6.真金不怕炉火炼

真金不怕炉火炼，身正不怕影歪斜。
假作真来真也假，真真假假诚不佳。
莫待他人来指过，观言察色明己错。
路行方到事为成，西游获得经书真。
脚踏实地解近忧，高瞻远瞩排远虑。
无远虑必有近忧，无近谋必有远愁。
歪门邪道扶摇上，人间正道是沧桑。
退一步海阔天空，转一下柳暗花明。
穿洞找捷小人道，披荆斩棘君子挑。

英雄无战死钱坑，一生功名铜臭沾。
江湖薄命官道险，安分种田似神仙。
一夫当关万难开，一时脑热万事灾。
庶民只觉甘蔗甜，哪管甘蔗为何甜。

安乐莫嫌富不够，还有众多不如狗。
细水长流无忧愁，坐吃山空寒风秋。
水清无鱼淡有情，君子之交水纯真。
眼高手低烦恼心，知足常乐悠悠行。
游手好闲怨不公，衣食住行难以供。
得寸进尺无以度，否极泰来方知毒。
得来不易做来难，珍惜所获不偷懒。
器愈强愈难为己，情越深越忧自己。

得宠思辱安思危，念念不忘临敌威。

循规蹈矩求平安，开拓创新谋发展。
静思悟道修人性，改造发展创时兴。
求神拜佛托他人，最终还得靠自己。
用心感悟知宇宙，用心创出诺亚舟。
堕落消沉不争气，伤心悲哀生活凄。
激动疯狂无理性，冷静深思方践行。
欲出笼外心在里，隐姓埋名非躲离。
守株待兔空幻想，无功受禄恐生殃。
鬼哭狼嚎寒颤抖，奸人挡道勇难斗。
悲惨辛酸催泪下，深仇大恨把刀拔。
休言天上多欢乐，且有人间花一朵。

善勿责高当便行，邪须严压时时警。
十年一剑飞冲天，惊人一现百年间。
物不损人志丧物，道不获物助心舒。
君子若有通天道，小人便有小岔逃。
先甜后苦长命阴，先苦后甜好命运。
千言万语难表心，万千字句难写情。
急流勇退避风浪，适可而止避灾难。
石头打天砸头顶，鸡蛋碰石碎一地。
寡欲安作平民过，欲高不及活难过。

溺爱过度如养猪，放手锻炼自做主。
妄有善意天不佑，只能仰望时光流。
无限忧愁顺水流，滔滔江海泪满愁。
见怪不怪乃自怪，天下无奇不存在。
善恶终有恩怨报，日子一到恶难逃。
莫炫长来莫悲观，莫贪财来莫崇官。
难得糊涂都糊命，糊里糊涂命不糊。
高人谦虚不真露，无术骄傲狂飘浮。
英雄怒向妖魔扑，天下鬼怪尽蛰伏。

精神快乐铁开花，天下无处不潇洒。
几多欢乐几多愁，花红柳绿枯叶秋。

道里无不无道理，道里就是道不理。
苦果最好人生药，逆耳最好人生医。
登高一层心十层，纵情一年少十年。
千刀万剐剁死猪，百般谩骂无赖徒。
古之绝迹今之笑，今之奇迹后人料。

姜公钓鱼愿者来，多少无辜落网栽。
轻松得来吹拂痒，快心事过恐生殃。
货假真心真作假，真货假心假非真。
店里选花眼挑花，芸芸知己顺水滑。
挑来选去花落嫣，镜中岂有几多脸。
熟人矛盾恩怨多，新人易识易相说。
相识久来恩怨多，好事记得坏难抹。
初识好来久时坏，最后无奈默契在。
取长补短难接短，长短差距远更远。
知多慧眼方悟道，身在红尘心在挑。
昂首傲气遭树挡，低头迎风避险浪。
决心高不如心恒，唱得好不如做到。

都说其善上若水，但看其仁义在谁？
群来社会独来单，白昼属人晚归己。
处事莫争尘一点，心宽花开绿千林。
盛气凌人终作土，华盖作古遭盗墓。
良药苦口总有吐，甜言腻心仍纳服。
愚人形喜漏风信，贤者缄口守诚心。
诚实唯诺怯懦弱，奸诈妄为胆凶血。
多聚落单影更惨，一任逍遥自舒畅。
矜骄不知九州麦，敬畏或明万象玄。
雾里看花莫当真，镜中飘影虚幻身。
恩仇一笑江湖清，名利无求天地纯。

纷争示三分骨气，尘缘做一介书生。

尘俗随缘听妙语，南山松鹤得禅鱼。
挚友三聚话五夜，关张桃园义百年。
沧海同船共携手，桃花赏花恐结仇。
狡猾虎狐堪假借，无知鹬蚌竞相争。
棋临战罢明玄机，事后诸葛皆孔明。
三界风云不屑顾，九天雷电心不惊。
事如蛛网扯心烦，心轻万里碧空蓝。

宁可玉碎洁身响，不耻瓦全尘灰暗。
荷花出污白不染，浊世红心尘不掺。
红尘不了缚疑惑，欲得真情待瘦身。
见河即言江海宽，矜地大许是埃尘。
淡轻外物心无尘，远去尘嚣悠白鸟。
未羡金樽醉浊酒，不观水榭品石榴。
谪仙狂诗醉知己，关张携手园结义。
鱼畅鸟跃行天意，尘世几多悟禅机。
有信真对海盟誓，传情也待青鸟来？
阅世宜从放眼处，养心应在山溪间。
耻与群芳争媚眼，甘随溪石枕山眠。
相逢只笑今朝事，前世今生何有诗。
敢与山川争气概，诚让花卉逊风情。

待到翻船各游己，方知同路不同心。
真言假语空辩论，醉是聪明醒是疯。
人是人非人由言，自勉自强自有天。
处世何忧青白眼，虚怀自有博大天。
自古败落图快活，从来结怨为利夺。
江逢阔处水流缓，人放宽时心平远。
放荡并非风流傥，奢靡岂是潇洒扬。
礼让三分纳鸿福，心宽一寸高寿星。
待人处事诚作基，合作互利信为本。

自古横行遭折枝，从来谦让保身心。
追悔莫如重振旗，慎行自是勿盲进。
功成有求灿华茂，名利无贪霞晚晴。

言之高下在于理，道通古今唯其义。
逆耳忠言多善意，顺心妙语少真情。
身登峰顶天地高，眼避俗世人间纯。
话到口边三思好，事即将做再慎行。
小失当重智若愚，勤能补拙学治笨。
甜当思苦不忘忧，贫要节俭富不奢。
失意莫馁势休狂，事理通达心气和。
松静延年龟卫保，惹不起来退可跑。
容人有失责己过，耻做桀犬乐为牛。
砺德身正不拍马，无耻吹牛取喧哗。
岂可尽求索无愧，无私处事情待为。
世事常变能屈伸，为有抱负可高下。
百事须防究其因，事循天理言顺心。

静坐思过莫论人，燕雀应壮凌云志。
朋友千个都嫌少，冤家一个挡路多。
人君诚跳一颗心，奸臣鼓拍两张皮。
留得人情千日在，随时有缘一相逢。
好马不怕路遥远，好友不怕事难险。
结交要像长流水，莫学杨柳青无秋。
看面不如听其言，听言不如察其行。
人到难处莫激言，马到险处莫催鞭。
别看衣裳看心肠，少饰面容修德善。
残羹抛乞胜奖赏，雪中送炭最暖肝。
百言不如行一动，航标错指白费功。
蒿草急长半年绿，松柏稳健万年青。

真话一句值千金，谎言千句无一钱。
吉言一句三冬暖，冷嘲半句六月寒。

灵鸟三顾而后飞，贤人三思而后行。
好胜逞强易招祸，谦和谨慎得身安。
花言巧舌奴媚卑，实话耿直高尚正。
秤砣虽小压千斤，鱼刺不长穿喉茎。
蜜蜂怪小采花蕊，辣椒尖尖小辣人心。
一切都按规矩办，苍蝇难叮无缝蛋。
别人骑马咱骑驴，比上不足比下余。
高楼万丈平地起，凌云辉煌靠自己。

7.和为贵

遵规
道生万象运乾坤，点出苍穹衍神物。
对立苟同逐浪涛，阴阳极返循环拂。
一婷芳品百花姿，滴水见星无中佛。
吸纳重装新面浮，圆溜方稳直来屈。

行正
地韵苍生智慧人，春花秋月情相会。
风云聚散国分圆，玉碎海峰悲喜随。
有意柳无萍水逢，万灵竞泽雄鹰飞。
世间烟火君民戏，红尘月花黄土灰。

人安
兰榭牡丹婵玉酒，仙亭銮殿冕金旒。
雀燕鹅白亮天宇，蓑笠翎红耀紫楼。
云雾银台醉春梦，莺花黄叶空杯愁。
蹉跎岁月千年梦，风雨尘埃一子游。

缘分
犀角一通万紫苑，芸生百念一情挽。
眸含婵月爱添乌，马托青梅故缘婉。
萍水相逢志趣投，藕折丝牵怜随远。
南阳春旎玉门芳，尘世魂香心旭暖。

秩序
骨梯龙椅金銮殿，仗剑戟横南北疆。
坐拥山河黎庶地，揽怀云鬓满庭堂。
桌前谄媚草丛箭，当面温颜暗里伤。
一耀还乡几里长，百年荣府一坟场。

财富
金蛋鸾峰欲胆开，银河彼岸梦飞来。
挥刀夺取荆虹壁，称霸争抢铜雀台。
方寸盘缠装世界，拳头心脏孔兄胎。
寒冬元宝三分热，盛夏无银九冷哀。

世间
拥怀万福禄花瓷，相伴百年甘苦滋。
蜀道仕途几道槛，红桥线断两相思。
金珠玉骨寒风冷，酒肉笙歌落日衰。
山陡水浪南海静，乌云霓虹晚霞诗。

礼仪
灵慧塔身人世挑，佛碑忠字庙堂葆。
瑶池圣会敬蟠桃，孙圣横枪牛鬼扫。
丹赤炉膛经典熬，红尘慈善鹤仙老。
松山碧血浪河滔，蜀道竺城銮殿昊。

文化
夜灯辉映珠玑魅，金榜招摇驸马菲。
陌室碧瑜蓝梦幻，仕途翎带杖权威。
儒经墨道圣贤伟，智慧天堂傲宙微。
铁鸟情投眉月会，佛音禅律耀神晖。

雄威
寒光刀影锦旗挥，烟雾废墟尸骨泪。
水载庶黎箭带情，丹红报国击魔瘁。
三十六计鹅扇中，一浪民潮敌万骑。
重器策谋粮酒醪，柔心断剑战神魅。

三字句

一、行为哲理

1.自然

道精源，万种演，穹自点，天外天。
物两性，矛盾竞，阴阳吸，圆一点。
大小含，有无随，物能换，极返原。
质有限，变无限，重构新，属相远。
宏观序，微观麻，时不待，物非前。
否定否，循环变，相行静，动中衡。
始有终，盛极衰，方来静，动成圆。
大吞小，强凌弱，洞窥苍，虚透亮。
山碎尘，沙聚塔，静消无，动相撞。
星辰绕，阴晴圆，衍生克，复循环。

一复始，万象新，天轮回，龙椅转。
天有路，四面通，风云幻，祸福变。
星拱北，水朝东，顺天昌，逆天亡。
春花红，秋叶黄，水到成，瓜熟圆。
新生起，寂灭回，宽易变，窄难转。
珠川媚，玉山辉，夕阳好，不多艳。
尽人事，听天命，谋在人，成于天。
能运天，善润地，骤雨来，尘消烟。
鹰出头，箭射枭，幸运到，英名显。

善恶缘，心有怗，墙有耳，天有眼。

2.大地

地分合，金水火，土木循，五行轮。
沙漠枯，黄河涌，玉碎尘，海隆峰。
春夏芬，秋霜冬，贵贱转，世道轮。
人慧通，规律控，掌万物，宇灵魂。
霸争雄，百家鸣，诸侯裂，国又统。
叶不同，淮橘分，国并合，族多种。
霸王龙，万兽恐，一时凶，几浪峰。
花百红，人一世，叶黄落，物归终。
竭鱼尽，庭楼空，巢移蜂，何处东。
时光奔，沧海洪，风雨中，黄土冢。

山藏虎，海纳龙，燕冲喜，鼠钻空。
春光好，恐寒笼，青山在，处葱茏。
积跬步，行千里，差毫厘，偏苍穹。
有意栽，花不红，无意插，柳密浓。
瓶花艳，干枯颜，青胜蓝，近月宠。
满不响，半叮当，螃蟹蛮，能几横。
登高卑，涉远迩，浪峰头，急退洪。
城失火，殃池鱼，林大火，鸟各东。
江湖深，水无声，笋挺竹，鱼奔龙。

3.世间

百岁熬，名利扰，人一世，春一朝。
福禄寿，名利求，梦天骄，赛神道。
心天高，随云涛，儒礼貌，法随造。
趋利来，厄运逃，内讧骚，携手牢。
笑里刀，背里矛，自花好，他人草。
勤酬报，人运妙，腿出道，心术高。
心口言，酸甜倒，喇叭吹，名声遥。
脆精巧，刀伤手，慧多宝，知多恼。
苦后甘，甜后糟，逐利熬，遗憾老。
百年生，千年梦，万波涛，一尘杳。

雁留声，人留名，鸿鹄高，志天傲。
人要脸，树要皮，人脸耀，佛香遥。
水有清，人有运，知足乐，人生潇。
贼小人，智过君，说是非，是非谣。
人情薄，世棋新，人和笑，万事好。
他人短，己长娇，人要好，索要少。
君子交，淡若水，小人交，酒肉票。
白花头，犹竹马，月亏穹，光阴少。
山立地，人树志，虎不惧，恐人狡。

石化金，不满心，身形偻，心未老。
脊骨傲，肉心憔，万事难，一心到。
事不急，心难闲，心叵测，背后咬。
私心除，乾坤谐，良心高，岂恶少。
酒红脸，财动心，逆天理，亏心跳。
欲伤身，财累心，心天遥，楼难高。
循天道，顺人心，快心事，恐殃遭。
遥知马，久见心，岂如意，诚逍遥。
强大胆，逊慌心，知己彼，比心较。
胆欲大，心图小，害不可，心防狡。

心各见，人各言，人心齐，泰山移。
摸己心，知他心，心往神，真名利。
隔肚心，酒真言，心不虚，敲不惊。
责己任，仁他爱，存知己，涯比邻。
罗马遥，诚志到，泥染碧，酒伤志。
穷志短，富淫奢，穷励志，富娇气。
心不满，事不完，可夺帅，难夺志。
亏有光，断刀刚，瘦虎雄，不低嘶。
志宜高，身宜下，志不受，嗟来食。
父养身，自立场，怕有福，辱激志。

4.缘分

星云间，运相衍，天涯角，情结媒。
竹怀梅，才貌配，鸳鸯飞，蝶花追。
婚结钱，大限飞，情悠醉，年老偎。
三结义，好汉帮，礼诸葛，蜀国威。
志相投，趣相近，客座远，知音会。
结私党，联利邦，墙风倒，尘散飞。
兄弟账，婆媳难，芸众生，孤老耋。
风雨冷，父母暖，血缘亲，温馨围。

缘相会，千里连，情人眼，蕴西施。
邻不识，他乡见，逢甘霖，遇故知。
龙生龙，凤生凤，洞房夜，金榜时。
远亲遥，近月耀，送千里，终有离。
近得月，恩受宠，羊乳恩，鸦哺情。
家千好，埠万难，故乡好，港湾倚。
女百求，男家忧，儿孙福，马自骑。
妻贤家，夫祸少，子孝顺，父心宽。
初识亲，久来疏，自家亲，法外情。

红花火，秋黄落，史书薄，情长歌。
恩愈浓，严渐松，内精明，外浑厚。
今杯醉，明去忧，天地命，心怡豁。

7.人伦

争小可，失大道，天非遥，人难到。
方不转，圆动销，天循路，人择道。
根不尽，春又耀，三分桥，路搭遥。
得失交，玉琢翘，脸有娇，冰雪消。
花空目，枣实成，欺少小，恐悲老。
当不论，过后枉，祸水浇，碧血冒。
肚纳船，海比邻，情长悠，断愁熬。
众星朗，孤月明，凤尾草，鸡头高。
急生智，鞭策行，循规蹈，坦门敲。
攻勿严，责勿高，鼎盛傲，萎靡天。

买来金，卖去铁，青山在，有柴烧。
恭三暖，辱九寒，借如施，收如讨。
酒乱性，水载舟，饱思淫，寒引盗。
无远虑，遭近忧，晴不去，雨淋头。
事为成，行方到，善恶报，迟与早。
善可做，恶莫为，依本分，无烦恼。
骤雨来，微尘去，墙头草，风吹倒。
李报桃，海肚遥，尊礼老，水乳交。
祸从舌，病缺德，笑面虎，衣藏刀。
吃得亏，坐一堆，身价小，处得好。

穷不语，平不流，闻香酒，登月楼。
近墨黑，三思行，趋势利，恩将仇。
厦千间，眠八尺，田万顷，食一斗。
蝇叮缝，谣传瑕，言已出，水难收。
地头蛇，山中虎，陷沼泽，难自由。
争今日，虚来世，忍一时，免百忧。

5.秩序

大家国，剑分割，贵贱别，刀上桌。
治大乱，贤杰卓，造时势，英豪说。
长城石，身心搁，华表昂，廷轩骼。
群无首，天下乱，诸侯争，民遭祸。
国难当，儒上座，铠甲脱，奸狼多。
儒礼坐，川海合，贫富没，大同乐。

清无鱼，浊虾跳，上梁正，下梁真。
庶民富，社稷歌，天明镜，仕途森。
乱思将，穷思妻，笨先飞，器晚成。
蒿蕴兰，茅飞王，凭貌相，庶或神。

6.红尘

吃一堑，长一智，践行悟，智慧哲。
昼梦仙，夜情娟，桃源美，镜水月。
水穿石，棒磨针，天酬勤，运降德。
梅傲霜，香嫣红，雪中炭，温馨热。
德无品，慧有灵，赠玫瑰，芬报得。
道高魔，慎过桥，纵贪奢，鹤寿折。
好事炉，坏事传，墙有缝，壁有耳。
逆耳言，利于行，忠良语，味苦涩。
入虎穴，得虎子，套豺狼，许得舍。
色娇亲，色衰疏，藉以受，暖以给。

宠思辱，安忧危，防敌攻，慎桥过。
乍富俭，乍穷奢，量入出，积少多。
其欲灭，必先疯，扬慈善，隐邪恶。
祸出口，病口入，不知过，持傲多。
想不知，已莫为，强出头，烦恼磨。
峰有顶，海有岸，路漫长，终有获。
三杯酒，醉千愁，富有命，知足乐。

富忧多，穷自在，命里无，不强求。
经一事，长一智，老念书，穷断酒。
嘴无唇，齿有寒，恩有离，情终别。
闻过喜，知错改，俗易落，品难守。

一传虚，百传实，耳听虚，眼见实。
假作真，真亦假，智千虑，有一失。
诡辩歪，沉默直，是非终，止于智。
短护短，添一短，自为是，少一是。
偏信暗，兼听明，进思退，得忧失。
和来祥，乖致戾，满招损，谦受益。
清无鱼，浊水虾，枢不蠹，流水清。
怨乐少，嫉恨多，善被欺，马被骑。
智生知，识生断，当不断，受其乱。
门防盗，枷锁恶，穷出盗，富生礼。

黄金贵，安康乐，筋月兰，壶醉王。
雪中炭，救急无，晴备伞，饱充粮。
不怕问，怕倒问，在一行，熟一行。
祸得福，乐极悲，慈误子，溺爱亡。
钟敲响，话说明，难不会，会不难。
味是盐，暖在棉，得罪易，相好难。
三皮匠，赛诸葛，一好汉，三个帮。
德祥瑞，品德贤，书耀珠，僧占山。
功夫深，棒磨针，浪推浪，青胜蓝。

德扩疆，爱有民，刀压身，德征心。
山知鸟，水识鱼，一枝独，百花春。
骄自满，逊自卑，闻香来，恐臭去。
危许善，安后恶，两面套，善恶报。
画水浪，绣花香，书用少，行之难。
爽口物，易生病，甜腻苦，苦尽甘。
三分话，半隐心，虎易识，骨难画。

枉度春，莺花老，贫居闹，无人识。
先来君，后到臣，龙头耀，凤尾悲。
久令嫌，贫亲疏，情薄纸，世棋新。

8.文教

学习之，灵慧知，贤礼智，善灵性。
万般下，读书高，状元郎，天第一。
学优仕，栋梁才，繁人文，兴科技。
攀蜀道，跨海洋，苦当舟，勤作径。
柴房潜，龙门跳，尊才子，国强势。
潜学海，探深渊，立岱岳，观远琦。
旁有师，温知新，创新思，取真经。
盲嫉才，文相轻，探真知，重实事。
珠字金，心会意，挑灯明，运律识。
百家鸣，万鸟飞，悟道慧，鸿天境。

十年寒，无人问，一成名，天下知。
初读书，获良友，重读书，逢故知。
一席话，十年书，千斤书，万重字。
取其长，授其短，三人行，有我师。
见着易，学之难，须用意，字千金。
学恨多，用方少，熟生巧，业精勤。
光阴箭，莫蹉跎，少不学，老大泣。
行行出，状元郎，笨先飞，熟技精。
读古今，知天下，禅百念，珠万斤。
十年木，百年人，悟书斋，知天地。

9.矛盾

战略

矛头欲，盾圆身，攻火柴，守山熬。
利剑燥，赤手逃，盛国傲，弱邑夭。
战夺利，斗智慧，恫实力，毁史造。
斗攻心，打民心，战得胜，品尚高。

常念敌，恐行桥，英走险，贵行娇。
丰碑竖，碧血流，骨搭桥，功绩翘。
恨不锋，利伤指，分合挑，霸战啸。
乱枭雄，和天才，儒上珍，将为宝。
大狮扬，小虱让，官好战，黎民伤。
战养战，政令统，骁勇谋，丹心照。

策略

顺天时，据地利，拥人心，殿堂高。
兵千日，用一时，信必胜，旗不倒。
文武操，策略谋，乘机妙，尽数招。
千里眼，顺风耳，知彼此，幄运筹。
纵横捭，蛊迷惑，诈不恼，离间道。
弓箭好，刀枪炮，水陆空，操利刀。
备粮草，快马跑，明刺挑，暗箭扰。
长驱入，两翼包，闪如电，快飞枭。
出不意，攻不备，扼七寸，碎头脑。
实重歼，虚轻绕，合围剿，分心掏。

计谋

蝉脱壳，砖引玉，借刀杀，逸待劳。
借桑骂，趁火劫，擒贼王，关门铐。
打惊蛇，浑摸鱼，瞒过海，反间扰。
暗陈仓，调虎离，顺牵羊，李代桃。
无生有，东击西，树开花，笑藏刀。
假痴癫，擒故纵，走上策，围救赵。
假空城，苦肉计，反客主，攻远交。
上抽梯，偷梁换，美人计，连环套。
借还魂，隔观火，釜抽薪，伐借道。

二、唐童谣

1.天规

苍宇浩，阴阳矛，动静销，循环绕。

大含小，渺窥昊，无中有，虚实遥。
对立存，否定较，质变高，曲折道。
宏观序，微丝缪，平衡动，矛盾挑。
物极反，始终循，圆动跳，方稳槽。

2.地韵

春夏秋，冬寒啸，不竭烧，春红笑。
晨曦耀，晚霞骄，碧水淼，山富饶。
纵联捭，横结衡，分久合，风水滔。
天一日，月随阳，阴晴圆，雾雨飘。
石碎尘，海隆峰，高处寒，劲松傲。

3.人安

星拱北，鸟朝凤，水流低，人往高。
利禄剽，功名捞，康寿抛，岂福兆。
春花艳，秋枯老，花百红，人千好。
善恶调，防魔爪，英流芳，奸佞逃。
英碑倒，坟衮草，尘烟尽，极乐道。

4.礼仪

万般低，品位高，柄天下，流芳枭。
水载舟，顺民道，风水调，百姓笑。
父母官，黎庶拥，媚奉上，仕途渺。
官腔调，震塌桥，贪赃捞，法治矫。
国富强，布衣乐，同桌肴，殿堂耀。

5.财经

富敌城，财气粗，兵马肥，国盛豪。
金元甜，趋若鹜，不惜生，悬崖跳。
为钱捞，鬼磨跑，奸商淘，坑蒙敲。
和生宝，策有招，君爱财，取正道。
勤俭荣，懒奢耻，钱筑桥，谱九韶。

6.和谐

前世邀，今生找，缘分造，惜珍娇。
门户当，币吊桥，梅竹交，琼姻瑶。
伉俪恩，百年老，温馨家，父母好。
管鲍友，情手脚，儿女福，莫心操。
大限到，飞鸟逃，守护人，慈母焦。

7.世间

世如棋，局局新，识时务，俊杰骄。
天时机，地利优，人和助，功成浩。
权割分，大同公，一体造，政各岛。
云雾幻，宴席散，尘烟飘，功宜早。
旭日朝，物非骚，浪头跳，锦旗飘。

8.世律

人之道，天玄妙，世间路，仁义浩。
君循道，民轻徭，心操人，身操挑。
魔一尺，道一丈，山外山，楼外楼。
水载舟，顺民潮，得道助，躬礼貌。
权钱交，肮脏蚤，心逍遥，南山陶。

9.文化

知法宝，慧聪脑，如意招，逾神超。

柴门生，三甲宝，墨润河，描景灏。
光阴跑，卷秃毛，闻鸡舞，笃思考。
玉琢耀，寒梅香，水穿石，滴海滔。
儒珍宝，计策妙，国富瑶，科技酵。

10.英雄

仁护身，法御敌，屈人饶，儒道招。
恐过桥，常磨刀，勇有谋，倭寇倒。
马未跑，草先到，知彼此，攻千遥。
将帅才，帷幄谋，民心术，正义高。
强敌国，器高炮，卅六计，心德韬。

三、唐三谣

恭迎笑，拜请教，融洽交。
人往高，勤酬报，三元骄。
珠字宝，德儒道，汉唐高。
父母孝，珍玉娇，品性陶。
花百翘，人千好，莫空老。
山外楼，汗稻瑶，汇海滔。
否极否，善回报，正义高。
四海桥，仁义造，城安保。
丹心掏，民舟摇，强国颢。
名利抛，鹤发少，桃源遥。

哲学诗

一、唯物论

唯物

道生物律乾坤美，日月阴阳竞耀辉。
石碎海隆山庙慧，茧穿蝶化脑门徽。
灵胎借木炫凡眼，苦辣酸甜仍自巍。
紫梦魂消烟雾尽，残花入泥再回归。

存在

盘古斧挥混沌开，浩垠日月乾坤在。
身隆山麓血浆河，呼霭毛茵汗雨海。
存立彰彪岱岭松，无形观念概形载。
闭门造像南柯梦，庐岳雾消露璀彩。

物质与意识

盘公开物律规旋，苍昊星辰浩宇远。
亿万轮回聪慧光，一言道破玄机堰。
春花秋月寒冬梅，青少鲐黄魂断畈。
仙去梦消化燕泥，乾坤灵性按天愿。

物质

盘古挥开蛋孵乾，有形存在物先前。
星辰轮转循规律，思想信仰映道玄。
变异分离难湮灭，叶公梦否雾浮天。
春秋冷热极相反，落雁黄花回泥田。

朴素唯物主义

金木水火土为原，万物衍生由此端。
天地星辰寰宇浩，岳云海壑互桑番。
依存否定循环转，相克相生辩证观。
嫁接新枝果丰硕，五行根蒂世纷繁。

实践

盘古斧挥天地裂，生灵演化衍千姿。
龙河沧海桑田绿，甲骨铸文诗韵词。
铁鸟飞翔游宝殿，巧胜神琢蕴科知。
勤劳双手拨寰宇，山岳随心插柳枝。

意识

赵括高谈纸上兵，殷红碧血洒长平。
龙飞蛇窜愿飞凤，蜃阙桃源旗帜迎。
梦想实来真实路，吃亏长智必躬行。
苍鹰翔空依桦树，骏马天涯从地鸣。

主观

水中镜月识嫦娥，冥思涌泉浪海波。
聊阁奇花迷雾艳，纸鸢鸿舰梦霞多。
汗青涛卉流云逸，柴屋红颜蟋曲歌。
天马行空心阙玉，改乾换地任龙梭。

客体主体化

一花一草芳香名，万水千山留靓影。
苍浩极望开祖元，尘埃深探微灵境。
顽瓷纳木人模样，机器俨然人化靖。
沧海田肥神力奇，世间物质嵌人景。

主体客体化

佳馔纳肠增健强，德仁融脑益情商。
人间烟火熏幽思，五谷杂粮残寿康。
进口皆滋人汗馥，入瞳概有墨儒妆。
欲翻天地如来压，人造人来非像装。

意识能动

物道定弦律万物，聪灵禅智驾云雾。
昭王剑戟秦都雄，贞观向民唐盛路。
科举才优鼎元翰，唐寅笔韵秋波露。
儒教熏灼汉华强，马列震奇世界呼。

主观能动

出于土地凌时空，识得天机禅道通。
飞向苍穹牵玉兔，深潜大海拜龙宫。
民舟水载贞唐盛，驾驭云霞借旭风。
凤阙城招皇帝眼，桃花源引月娥冲。

运动

道蕴禅拨乾坤转，灵韵追欢万物长。
春煦暖吹桃艳笑，月光轻抚菊花芳。
风云雷电山河换，笔杆刀枪史浪扬。
荷卉莲池暗涟涌，沉香怒喷蝶飞狂。

静止

辰移斗转昆悠卧，风雨雷霆灯竖婷。
凤鸟高鸣苍松渺，雄狮怒吼碧天宁。
静中制动应千变，岱岳默嘲旋九星。
尘世纷纭山籁寂，驻留史册任流萍。

相对静止——寂静

卧舫奔江游翠峡，驾鹰环宇看星霞。
古今趣事静仓读，浩瀚山川身旁划。
窗外芸辰飘俗世，梦中春魄会天涯。
挥毫龙墨点桃画，将见漫坡蝶恋花。

闹中有静

菊瓣徐徐向日抬，桃花香诱蝶蜂采。
鹂莺鸣翠空山荡，泉碧弹磬拂绿苔。
朱阁酒歌路骨寒，岱峰秀岳怡心待。
姜公悠坐钓鱼台，流水滔滔静入海。

静止是运动的尺度——旁观者清

春绿秋黄蚕竭精，石头默笑蝶痴情。
三军压境空城静，一断弦音飞鸟惊。
藐视雄雌龙虎斗，姜公稳收钓鱼烹。
青山禅悟红尘薄，草萎花残荒冢生。

时间

春花秋月蜡冬梅，斗旋星移转相辉。
草翠兰凋枯又绿，缘来茧破蝶双飞。
光阴荏苒驹过隙，华茂鲐颜鬓发围。
江水淘净残碎叶，乾坤留影义仁晖。

光阴

残卉入泥枯叶散，春魂未醒雪霜扬。
始皇大业侧身灭，贞观长歌早退场。
革命未成英雄去，水流东逝岂回望。
光阴似箭华年少，心献汗青恒留芳。

旷宇——空间

天道律推宇宙诞，昊空张扬任膨胀。
无中生有点圆球，草地寸方眼难望。
微虱毫毛噬血偷，如来神掌苍穹长。
积沙聚塔寰瀛成，大海有边情越障。

空间

山外青山远山远，海中海水海中天。
无中生有有将尽，细小长粗大小缠。
沙积塔成心胀宇，鸿高乾竺宇短弦。
浩微随意路由脚，井眼蛙天荷叶圈。

二、辩证法

联系

和煦暖阳山水媚，樱红柳翠蝶绡琦。
溪缠雄岳弹琴石，鱼吻荷花翻绿漪。
舟绕青江撒浪卉，手拈兰蕙拢梅枝。
杯中月影勾春梦，池里莲波幻雁嬉。

联系——作用

春入玉门梅艳香，蕾喷幽馥蝶迷棠。
雨滋绿草秋园灿，溪汇涓流大海汪。
萤火星光元鼎翰，墨涂笔绘道经扬。

老骥伏枥蜀山越，愚伯毅然移太行。

联系的条件性

春姑回首情眸恋，彩蝶双飞梁祝眷。
进士翰林十载熬，昭君远塞姻亲牵。
桃园结义雄豪魁，恭鞠尽忠丹魄援。
贞观盛唐民水承，史河芳馥儒流馈。

根本联系——生死攸关

一片乌云笼海桑，四周烽火卷寒霜。
兵临城下众凝铁，破釜沉舟向虎狼。
碧血沙场留汉史，丹心华夏照銮光。
宁为玉碎铺阳道，不乞瓦全灰殿堂。

发展

陶伯酒醒云雾殿，惊嗟不识御桃山。
龙桥横跨江洋岛，铁鸟飞驰浩宇间。
广麦平川金果灿，富丽楼榭赋诗闲。
丰腴沧海诧贤圣，人世天堂现昊寰。

辩证法

青袅直升云挡顶，红花出院树遮晴。
蜀崖坡陡心梯上，海角路遥芳草情。
昨日披荆炎汉倔，今朝强盛华人迎。
沧桑驿道天涯远，大同高歌破浪行。

形而上学

偏隅南海独哼歌，风雨逍遥少浪波。
井底苍穹天最大，闭门幽静得且过。
日辰不变轮相映，世道如春长馥和。
夜郎障眉鸡国美，莲花塘里玉琼河。

规律

律蕴苍宇演乾象，万物灵生应道存。
山陷洋隆荒冢土，草茵枝茂艳花村。
漫漫途径曲折远，澎湃史河勤海奔。
一缕禅香清肺腑，凌霄云雾观尘坤。

矛盾

日星黑白轮绮丽，春绿秋黄转雨晴。
鹬蚌相争翁得利，螳螂捕逐雀儿赢。
机关算尽难如意，几数欢愉几楚鸣。
乾宇阴阳对分二，红尘纷扰有闲清。

主要矛盾

千山渺渺土生粮，万水滔滔仁舫扬。
笔杆栋梁銮殿灿，尖矛利剑固城墙。
海容江雨大胸腹，挚友天涯共衷肠。
与庶同杯清佞党，宏韬远略创辉煌。

共性

春风撩柳蝶迷花，茵绿萌芽树喜融。
银鸥黄蜂向南海，珠瑜元宝顶昆隆。
千军万马挤刀岭，一盏明灯引饿虫。
窥探孔斑明浩宇，红楼梦经悟禅通。

个性

岱岳雄峰九寨水，漓江清秀黄山翠。
汴京罗马东西琦，南橘北柑各酌醉。
蛟翳凤凰乾地丽，炮车兵卒占将帅。
仁心炽放春光暖，海角天涯花嫣媚。

内因外因

孙猴悟彻齐天圣，金石炉修铁打身。
借得观音菩萨性，降妖除怪炼诚臻。
唐僧虔敬佛慈蕴，仁义腾仙驾雾真。
师弟四人共患难，历经磨难德成神。

两点与重点论统一

公正慈尊包拯断，孝忠两满难如愿。
官民水乳交融谐，仁义诚信统相建。
川岳美人豪杰拢，贵妃吻别流江远。
金鱼熊掌不同兼，留取丹心汗青献。

量变

春花秋月蜡梅辉，草木一春人一岁。
滴水穿岩风雨随，十年苦读功名美。
仓皇对战寸金无，祈拜观音天不理。
神造乾坤七日时，我能快马追光晷？

质变

春笋破岩剑指霾，雏鸡振翅天鹅彩。
滴流琢石金刚开，愚伯移山达碧海。
十载寒窗烛火幽，一朝名就乌纱戴。
滔滔江水东南冲，滚滚史河智慧凯。

质量互变

长水涓流汇涌方，黄河九曲浪渊洋。
春红夏艳秋金橘，茧蛰蛾飞情激扬。
捭阖纵横逐兼并，统治战国属秦王。
漫漫千载汗青路，纵贯中华儒道昌。

肯定

晨雾迷茫旭日红，蜿蜒曲折水朝东。
枯枝落叶春来发，风雨电雷松傲冲。
山陷海升凌志仰，鸳鸯棒打再相拢。
浪涛息鼓大江去，尘世烟消情长隆。

否定之否定

雪退绿茵双鸟唱，春隆秋谢蜡梅香。
百花争艳红琦秀，鹏雁破囊鸾翅翔。
秦帝唐宗又思汗，茹毛智慧讽情长。
青葱胜绿峰超岭，人挺天高能更强。

条件

春风拂柳鱼欢跳，桃蕾芬芳蝶绕绡。
火喷曹营借祥气，贞唐康泰走人桥。
黄粱美梦一场空，得道升天七佛骄。
欲跃寒宫同月酒，腾云驾雾越凌霄。

因果

春姑温馥蝶花拥，梅艳傲霜朱绛笼。
金榜迎凤招驸马，鲤鱼一跳跃龙宫。
针磨石穿山移动，民载水舟唐运鸿。
因果报应非迟到，炸煎秦桧映忠红。
弱城矮小屈尊重，富国强兵威武风。

因果关系

春花蝶舞金秋灿，柳摆鸳戏对影欢。
挑烛寒耕秀才翰，勇夫当道万人难。
精忠报国红山水，诬陷良臣跪祭坛。
善恶奖惩早与迟，胸怀丹蕊殿堂安。

现象与本质

暴雷欲打雾云翻，浊水摸鱼搅水浑。
一语禅经尘世朗，九重山岭又逢村。
项庄舞剑意刘季，荆轲刺秦雪耻尊。
深入虎巢抓虎子，知心察性悟乾坤。

假象

猪笼草诱蜂坑阱，变色龙披假外衾。
杀雁惊猴借他手，辱东骂北乘西侵。
指鹿为马欺权诈，皇帝新装谎话阴。
矫诏焚烧洗冤屈，真相大白朗乾心。

透过现象看本质

天朝舟运藏玄佛，《论语》字符琴
妙音。
知己知他知秉性，看山观水觉花蕊。
俯瞰峰谷人卑小，识破红尘禅悟心。
道韵乾坤蕴其间，深思迷瘴探真金。

可能——梦想

一杯琼液映星空，婵月影浮浆中红。
驾鹤如飞乌托国，加旒似泳海龙宫。
天庭闲逛任潇洒，池畔对棋青柳风。
满口瑶浆酣酒灌，梦乡萦绕玉娟拢。

内容——腹诗气华

小草潜行青绿苔，春姑轻拂百花开。
滴流穿石溪分岭，九曲黄河漫海台。
勾践卧薪挥剑起，寒窗十载状元才。
柴门烛火砚图照，腹蕴诗书妙语来。

形式主义——好大喜功

花艳百朝枯谢零，牡丹空目枣甜馨。
叶公见虺丢魂魄，马谡书兵败守亭。
狐借淫威假威道，狼披羊套扮逢萍。
圆明园烧鸦熏醒，儒礼实才重汉庭。

必然

山麓清溪碧华夏，黄河九曲激洋涛。
水流低走人攀岳，天理酬勤劳智高。
兰草入泥生麦穗，洪江后浪助前滔。
红尘正道沧桑老，坎坷荆榛颞景豪。

偶然

戏燃烽火毁西周，蛊酒吞刀宋武收。
伦布误寻新大陆，萧何月劝韩信留。
守株岂有兔撞树，天降重任磨炼修。
世道酬勤殊遇得，成功于美缘机由。

归纳与演绎——芸尘渺耀

俯瞰丘陵人渺小，仰望峰顶山峦峤。
长江横扫九州城，黄水滔冲一海啸。
洪史浪淘千古沙，晶莹凝结华诗料。
芸芸众庶一红尘，凡间珠玑万年耀。

分析与综合

弱强六国概争雄，诸子百家俱钓风。
朝廷宗人好为仕，鲤鱼跃殿遂成功。
兵书于脑载胜战，德法同施乾朗通。
一部论经行弈世，千山万水礼周融。

抽象与具体——红尘滚滚

千山冰封蜡梅红，十月孕龙鸾啸冲。
剑立功勋刀刻史，墨涂岱岳笔描松。
朱颜未老仙飘去，静寺无名响禅钟。
滚滚长江东逝尽，芸芸众庶亲情浓。

历史与逻辑——命运

远察长江一条线，近看河道几蜿蜒。
洪流浪涌波涛滚，支水岂折东向延。
民水承舟旺贞观，集权瓦解拆分权。
新添棚架增园色，改革良方史更前。

新陈代谢

落红入泥化春芽，枯草扶桑梅艳花。
任内招亲让优选，唯才是举状元华。
一舟小称象山重，可畏后生长辈夸。
青翠出蓝蓝更强，长江后浪助冲涯。

主观辩证法

三国交锋争赤壁，一番智斗竞雄雌。
魏军浮蚁涟漪摇，吴蜀蛟龙浪底戏。
诸葛察明曹贼弱，周瑜实下火攻奇。
帷帏博弈善天道，借箭烧船杰睿思。

波浪前进

天鹅鹏运千迢远，黄水横州九曲遥。
夜阑萧城红杏落，鹭过焰岭羽毛烧。
山高心陟蜿蜒路，科举众黎挤独桥。
芸海苍生弯道跑，史河旋绕激滔潮。

前途光明

一轮旭日云间穿，万丈光芒破雾晟。
春去秋来堤岸灿，茧消蝶现舞双生。
寒窗挑烛鼎元翰，儒学千年华夏盛。
山谷雪丸鞋下泥，长征会合庆功成。

发展

——前途光明　螺旋上升波浪前进

旭日东升艳丽灿，登高远眺碧空阳。
长江一泻千秋长，黄水九折浪海扬。
翻岭越过渊谷险，春风吹拂玉门岗。
凌云意志腾昆岳，改月换辰创殿堂。

三、认识论

实践出真知

鸦睿投岩喝慧泉，兔灵三窟斗狼技。
一遭蛇咬十年惊，一摔跌坑百事记。
汉悟秦残休养民，唐明隋武施儒吏。
前车之覆后车师，吃一堑来长一智。

识为行——墨润桑田字筑天

墨润桑田字筑天，诗来乐曲赋鸿昌。
方框一语存真理，经念万行蕴善良。
书径盘旋通世道，学舟冲浪达南洋。
囊萤借读探前路，晨启高吟唱国强。

社会历史实践——历史脚步

帝欲仙灵长不老，丹丸一命呜呼早。
千秋世代百流芳，秦政二传亡折天。

西向乌邦南海梦，转身天竺火车道。
石碑画样字留神，功耀当今青史好。

认识——悟道

近靠山河识鱼鸟，花香蝶恋情缠绕。
嬴皇暴虐秦衰亡，汉帝恤生国富兆。
民载水舟旺九州，众占尊重献丹旄。
观言察色知人心，日月轮回明世表。

感性认识

橘生南北品便知，泰岳登峰激凌志。
耳听虚来眼实情，闻香喜玉春魂至。
甘甜心坎概佳肴，天籁聘振勾慕思。
五观感尝虽肤浅，见绳蛇跳最长智。

感觉

灵根开化观云路，捷足功名攀仕途。
满汉席全酣口味，罗裙鲜奶认娘呼。
杯弓蛇影魂难定，跌堑吃亏长智儒。
桃苑香闻空耳目，风舟笃行穿迷都。

推理

投岩喝水雀鸦睿，罗网诱兵孙子强。
小孔见穿睛察腹，众明司马篡权当。
乾坤天道黄河畅，华夏仁儒长江长。
尘世漫漫遮旷宇，拨开迷雾识庐冈。

理性认识

公婆街巷辈言斗，仁智墨珠辨睿智。
概念断判推理论，去粗取得本真字。
激情焚火阿房宫，诚信礼儒贞观治。
诸子百家争辑熙，道机人性善慈义。

唯理论

一丛《论语》走天下，赵括谈兵纸抹鸦。
籍藏字蕴颜娇卉，聊斋情姝鬼如花。
经书道德单人写，乾象风云万拜他。
金玉良言非有理，簿笺肤浅亲躬嘉。

经验论

江湖走马轻车路，翰苑挥毫龙墨舞。
吃盐多粱鬓慧骄，过桥超驿自为主。
刻舟求剑徒空回，待兔守株白讨苦。
逆袭春寒冻老牛，一跤长恨痛千古。

真理

灵魂出窍乌鸡国，幽幻西方极乐游。
贞观宗唐盼桃苑，黎民舟载实真求。
南柯梦寐贾戏辱，蓝景成楼美事优。
莫测行云皆假设，辛勤耕凿妙甄收。

谬误

一个筋斗东海飞，七十二变随心味。
魄魂西竺荒唐游，潇洒自由藉以慰。
赵括纸兵败长平，南柯梦幻嘲讥诽。
白哥太中纠神明，吃堑睿聪得宝贵。

真理相对性

一部《论语》走天下，礼崩乐坏裂周伤。
仁儒道理神符奉，万世秦朝二代殇。
昔日拜尊今日讽，金科玉律色斑荒。
风霜侵蚀石磐散，河曲迁移碧水常。

实践检验真理

闭门面壁空中车，纸上说兵长坪折。
正反唇枪实取甄，德信义礼儒家设。
仁诚辩驳各方词，投石问探真假别。
上下求征漫道蜿，感知印证悟深彻。

价值

蝶恋情缠橙菊馥，花香百日愿随风。
一离苦海云飘逸，九曲黄河洋抱拢。
追逐光明蛾赴火，眼望粟米鸟朝弓。
红尘本就血殷染，功利名誉映剑讧。

价值评判

儒法两家禅各景，岳川之妙直柔宜。
金木水火相生克，日月星辰轮转移。
矛盾阴阳仁智说，秋冬春夏概姿奇。
风云雨露论瑰丽，万水千山海阔池。

四、历史观

政治

利剑倾城寒影闪，横刀血浸鬼魂山。
北南戈戟扫黎庶，沧海桑田犁刃间。
皇极凌云治苍宇，政令阡陌雀从寰。
英豪枭兽争抢夺，混浊江河尘世患。

生产力

顽岩欲作猕猴蹦，狂贱梦鹏千里奔。
茹血夷蛮洞中穴，智能机械自开门。
哪吒车骑风驰行，火箭飞船翱太尊。
仙道宝瓶降魔怪，人工神器控乾坤。

生产关系

一担粟粮负养育，千丝锦绣报反哺。
双肩挑起联姻缘，两脚踏芳社会路。
生产安居织亲情，互帮友助携同住。
和谐笑嫣暗中证，你我难离牵手度。

生产决定关系

稻穗花嫣秦一统，秸枝枪硬汉朝鸿。
曹兵马朦六城并，贞观盛唐三彩虹。
犁镜破诸国闭，蒸机旋舞市场风。
农耕祭祀受天役，铁鸟人飞驾太空。

国家

氏族部居南北跨，炎黄两地合中华。
尧年禅让秦专制，黎庶戈挥帝阙沙。
民水载舟贞观盛，人心向背殿台斜。
君权神授扫门去，芳草桃源百姓家。

英雄

虎豹妖魔嚎大地，英雄仁术助民喜。
挥戈横向凶豺狼，珠字浸流山水旎。
千里胜奇帷幄筹，一禅天慧德仁理。
红楼锦绣立功名，福满人间留青史。

生产关系适应生产力

菩提高庙祈仁旺，贤圣书台翰墨香。
水可浮舟也翻橹，烽烟防敌亦逢场。
赢皇暴虐陈胜起，霸王分封泪别伤。
贞观赋轻民富裕，康乾方略国盛强。

社会方向

花粉艳丽蝶揽怀，太阳东跃水流海。

南柯云凌傲天翔，聊斋桃源硕果彩。
岱岳欲望箭火冲，飘游情激翼张在。
自由金梦掌乾坤，终有新人做主宰。

斗争

无中现形单裂二，乾坤天地暗阳磨。
苍穹两极对相否，酸楚人生苦辣多。
七国争雄三国杀，一江浊浪血殷河。
封神榜匾刀雕就，青史芳名泪水歌。

人生

灵蝴飞跃山峦间，闻粉采花橙穗前。
凌岳揽婵何畏险，狂风断翅跌深渊。
蜜闺相伴撞丛棘，蛇蝎虫咬曲折旋。
福禄金光诱蛾扑，落汤难忘留丝连。

价值

馥郁香花蝶喜爱，枯枝黄叶鸟难睬。
情人眼里出西施，丹杏于民恩似海。
无数帝王沉浪河，几多黎庶汗青载。
风沙万粒一枚金，芸众独枭百世彩。

必然王国——人间难

春粉秋黄霜露冷，残红青草间相生。
寒窗烛挑功名竞，权柄血流英杰坑。
饥腹三餐稻禾汗，情牵两手扰心清。
一番欣喜入凡俗，万劫难逃鳌瓮挣。

自由王国

一缕幽思凌越翔，花纷彩耀仙乡。
尊神平坐同樽畅，星月共燃浩宇光。
衣食无忧长寿乐，佳肴满桌玉琼香。
祥龙腾雾任心远，醒眼云霄宝殿堂。

第二部　岁月如歌

作者的话

诗是文字的，是美学的，是艺术的，是作为一个综合的体量存在的的。

诗从古代就开始生生不息地一代代繁衍下来，是什么魔力让它经久不衰？是它那博大精深的魅力。一个人的内涵是由诗体现的，轻叩诗歌的大门，可享受阅读中的快乐，领略诗歌的魅力。或行走于这个世界，或弥漫于这个世界，或渗透于这个世界。让我们走进诗海去领略诗的奥秘吧！

诗歌是文学宝库中的瑰宝，是语言的精华，是智慧的结晶，是思想的花朵，是人性之美的灵光，是人类最纯粹的精神家园。古今中外的诗人们，以其生花的妙笔写下了无数优美的诗歌，经过时间的磨砺，这些诗歌已成为超越民族、超越国别、超越时空的不朽经典，叩击着一代又一代人的心灵，给人们以思想上和艺术上的双重享受和熏陶。

人生质量需要不断熔铸，人生境界需要不断拓展。本书中的诗歌是我对知识的凝练，生活的感知，哲理的概括，悟道的升华。而阅读诗歌、体味诗歌，对于提升人生的质量、丰富人生的内涵，无疑具有不可言喻的意义。一个人在其一生中，阅读若干首优秀的诗歌，不仅可以拓宽自己的阅读视野，而且还能获得某种深刻的人生启示和积极的人生借鉴。优秀的诗歌，沉淀着人类灵魂深处承载的苦难与欢乐、幻灭与梦想、挫折与成功，折射着人类精神结构中永恒的尊严和美丽，体现了人类追求真善美、扬弃假恶丑的执着意念和高尚情怀。阅读优秀的诗歌，可以使我们在领略诗歌的语言美和韵律美的同时，感同身受，体会诗人所阐释的人生与社会哲理，获取在困境中生存的力量和与丑恶相抗争的勇气，从而不断超越自我、完善自我，在今后的人生征途中高扬理想的旗幡，跨越道道人生障碍，朝着理想完美的人生迅速迈进。

华夏五千年，二十四史间，中华思想文化，古代的著作文化让我们骄傲良多，铭表、辞赋、杂说、诗歌……在这万古奇妍中，唯有诗歌，是在这历史尘埃中绽放的绝世之花，是万古不倒的青松，是万千瑰丽的亮点，长存于世，永不消逝……

　　我喜欢和创作新诗，有格律但不愿受传统格律形式的束缚。我带着格律的"形式"，自由"装束"地舞蹈。诗虽有格律的形式，却又不拘泥形式的羁绊。经常能根据诗歌内容的需要，在平仄、韵脚、句式上灵活运用，既有继承，又有创新，既有古风韵味，又恪守格律范式。

　　希望对古曲诗词的借鉴，发挥儒风的现代风采，使那唐朝的一株柳，宋时的一尾鱼，元时的一首曲，明时的一股风，清时的浣纱女，在今天继续诗歌绝唱。

　　本书有部分哲学诗，是对专业理论哲学思想的诗词表达，既深刻又富有艺术性，通过巧妙的优美诗词来达到本质规律的深入领会，使枯燥的哲学道理变成高雅的诗歌艺术享受。

　　本书诗歌内容比较广泛，没有分门别类，大致按年代日期编排，以见岁月磨炼对人生感悟的升华。

2015年诗歌

贺新年

一心盼着新春念，
春雷阵阵迎新年，
一转一圈又一遍，
不觉鱼尾纹上脸。
昔日乐趣春光天，
转眼又是蜡黄面，
好在生活更美甜，
花开喜事天天添。
过去腰包那时扁，
现在体胖身腰变，
有钱老板开大店，
驾车逛遍天涯边。
高楼大厦天天建，
纵横交错高架联，
高铁火箭来上演，
天上宫殿现人间。
中国走在世界前，
经济速度最明显，
富裕生活天天见，
国富民强世界羡。
春暖花开阳光艳，
江边柳下情人恋，
照相摆着胜利剪，
脸上挂满喜悦圈。
年年有鱼年年捡，

天天数着花花钱，
梦里抿嘴笑开颜，
笑眯脸上不见眼。

年年歌

踌躇满志狂少年，
热血青年强壮年，
中流砥柱顶中年，
颠簸蹒跚衰老年。
天高心强行难念，
鸿志不逢时运天，
时时盼见梦中砚，
美美光影幻楼间，
泪水涟涟满脸脸，
顽强攀登不觉年，
发愤收获笑开颜。
投桃报李丰硕捡，
情投意合喜良缘，
关怀助人处处见，
驳得好评大家念。
年年有余愁年年，
年年忧愁余年年，
获取不在奢望间，
幸福满足拥天天。
年年想见不见脸，
年年相识不见年，
诚信友善把心连，
天长地久情意年。

飞年

房前屋后彩灯连，

火树银花不夜天，
坐卧游荡龙宫殿，
怀心长到玉帝前，
似到天宫享人间，
飞来满是光彩脸。
高铁东南穿云翩，
天下彩带联成片，
火箭飞达嫦娥边，
天天回家不用年，
深情激荡天睁眼，
精神升腾天空艳。

年轮

年轮一岁一枯荣，
日月星辰又一轮，
红尘滚滚浪涛涌，
年年花卉迎蝶蜂。
眼花背驼难拉弓，
步履蹒跚哪人问，
阳光灿烂天堂宫，
神州无处雪不封。
欲乘仙鹤滑彩虹，
醒眼还在被里闷，
心在天宫脚地冻，
仰望追梦跌惨痛。
满杯晕厥入酒瓮，
月圆一圈方悟空，
沧桑历史谁来论，
东边日出总是红。

新一佳

发现大陆建新家，
螃蟹横出首先夹，
要素重组与添加，
开弓一箭双雕下，
举世无双第一佳。
红杏出墙独具雅，
长江后浪推前沙，
江山代代人才花，
时间之旅路上滑，
风流人物今朝霞。

圆缘

终末方始又来圈，
有头有尾但许愿，
初一十五三十圆，
上下来回还是缘。
路漫修远心不怨，
善良施行好得捐，
飞奔月宫嫦娥园，
披荆斩棘情人援。

脸面

1

乾坤苍穹道有现，日月山河转来见。
魂魂彰显一张脸，面面可窥心灵间。
远似桃花近如麻，沧桑皱褶地纹花。
人间仙境最为美，天生容貌命里缘。

2

繁星点点布满天，芸芸众生懒人间。
山河大地见风光，熟人识人看脸颜。
不在形象心难许，门当户对看脸缘。
人不貌相却要像，不要钱面要脸面。

3

满面春风桃花来，世人皆仰美貌抬。
西施飘来东施效，僧面小溪佛面海。

4

西施黛眉贵妃捧，大卫潇洒裙倒疯。
哪个美女不思春，谁个男人不情钟。
窈窕淑女君好求，玉貌英俊人上龙。
英雄一生追脸面，女人漂亮一生红。

5

雾里看月玉娥靓，酒中赏花冰轮香。
遍山桃花迷彩蝶，梦里春娇下仙山。
千里有缘见心爱，如花恐成黄麻花。
岂能外表无品貌，只有心花香永长。

晨心

翠鸟惊梦日睁眼，东方遍红亮白天。
清香送爽风叶欢，晨起舒心霞彩艳。

日游

晨曦爬山吹云悠，伸手入海逐鱼游。
冰玉当空孤零独，素山大地白霜秋。
秋凌啸风卷叶落，樽杯单影月思愁。

夜坠幻梦日醉酒，风云之上飘无忧。

春雷

惊雷碎玉破瓦烂，春风香醇沁脾爽。
闪闪电击启光明，黑黑恶云悔泪淌。
暴风骤雨洗尘埃，荡涤污浊清心灵。
一声震响春一年，千呼呐喊世新样。

宫墙

千年学府一诗长，一僧凝视万思量。
人世沧桑川江浪，几多柳絮出宫墙？

观长城

长城蜿蜒万里长，万砖江山一路翻。
沙石移过无数岭，山坡遍骨无名男。
姜女寻夫哭倒墙，壮士一去不复还。
一点功劳朝臣揽，千桩苦难黎民扛。

向阳

一心向前无限追，孤单身影跟我随。
高低起伏山路回，崎岖艰难不后悔。
阳光前头是为谁，美好光景向你挥。
马不停蹄头不回，青山高原放光辉。

云雾

烈焰热蝉激鸣唱，灵犀相通火碰上。
千里迢迢云飘荡，另半身影不离散。
红润脸庞薄衣裳，夜半呵气嘴喷香。

云雾蒙蒙天旋伞，睁眼已到晴天灿。

云逸

鹅毛云逸蓝天穹，飞飘自在心轻松。
红尘雾罩忧难松，滋润翠绿情上涌。

红云

红尘福气颜似火，红云瑞祥喜添多。
红染天边远行过，红花吐艳云托果。

风情

云儿小憩托峰睡，太阳热情逢人追。
一缕炊烟温馨灰，几声鸟鸣寂静吹。
风婆扎袋无情飞，茫茫天边乌云堆。
龙王吝啬不浇水，花香无风喷为谁？

如风烟云

世事如云任卷舒，过眼云烟灰飞土。
茫茫尘世痛上苦，漫漫长夜终见曙。
昔日奴隶今日主，世事循环轮来福。
今朝有酒今朝煮，明日事来明日拂。

凌云峰

凌云峰顶仙禅说，傲视天下潇洒脱。
意与天公比高坐，勇攀天梯不惧落。
峰回路转寒气裹，心坚持意云上跺。
苦寒梅香白云锉，青天牌坊云送歌。

雾都

云漫青山峰天通，天地一色雾朦胧。
青草绿树翠滴葱，鲜花羞涩暗透红。
远望一片尘世笼，心系大山深情涌。
骑于山峦吟诗诵，逍遥悠笛美天宫。

雾雨

雾里看花不知艳，朦胧深处不透色。
窗外飘雨丝丝挂，根根牵系深情架。
那岸丽君眼前花，今日闻香丽身化。
趺趺撞撞缘梦哈，雨里未有彩虹答。
雨不停息心不下，汩汩泪挂为国花。
孔圣雨雾招手搭，送得悟道老人他。

橘洲焰火

徐徐夜风吹波光，湘江两岸霓虹闪。
彩树靓女翘首望，茫茫夜空将放灿。
巨响托出红太阳，天空白昼亮胸膛。
波澜起伏龙蛇舞，火树银花不夜空。
花里钻出花蕊伞，五颜六色映脸上。
焰火如花喷天堂，人间花园天上装。

山水

山水旖旎鸳鸯情，天山仙境美好景。
山形起伏随心境，空水镜花映情影。
朦胧山峦千姿形，水天花月暖温馨。
美形即在爽心兴，俱是情怀梦中欣。

登山

通天云道人借山，崖高万丈不惧寒。
悬崖绝壁难登攀，信心早超山顶上。
山回路转心不丧，梦中仙境奇峰荡。
尖顶人渺心自扬，恒心试比山威强。
放眼皆是石波浪，上天悟道仙雨汤。

比天

劈开昆仑做石柱，试与天公比高足。
抽取龙筋黄浪浊，搅动四海翻天肚。

天水

天上之水倒一听，人间之口接不尽。
天上落下满地金，地上之手嫌不勤。
天上飘忽榜上名，大家争得不要命。
天女下凡人间进，牛郎织女梦中镜。

花开

阵阵春雷催新芽，徐徐涌动激情发。
渐渐曙光山头露，漫漫前行展新路。
狂风暴雨猛烈闪，和风细雨弥香长。
白云映出霞光彩，红心透出仁义爱。
花开结果满地香，文明积淀后人享。

花红

藤缠枯树随风倒，绝壁崖缝新芽招。
烈焰毒射脸刺痛，柔和清风拂面松。

白云朵朵婷婷立，风卷云舒西施丽。
春花金秋寒蜡梅，酸甜苦辣人生味。
但闻雄鸡唱白天，未见昙花亮中艳。
巅峰过后无龙凤，另辟蹊径方是峰。
青山绿水芸芸魂，沧桑岁月花依红。

冰雪

漫雪托风舞花絮，万树垂头挂白须。
神州冰雕尘埃去，大地银河万里余。

春雷

春雷阵阵响天庭，电光频频蓝天明。
震撼打破天地静，众生精灵伏地惊。
狂风暴雨助雷劲，吹折无数鲜花茎。
山洪冲刷流石林，春笋吻雨伸头迎。
春雷一声去寒尽，天下从此暖人心。

橘子洲头

绿草清波树掩幽，庄亭曲花潺水遛。
洲头橘子黄缀球，天水一线美揽收。
垂柳俯笑水东流，故人悠悠不再留。
杜鹃迎红喜钱诱，楼台辉煌贴金鎏。
时来金币滚肥油，德行造化堪人忧。
今日又指江山秀，谁在划浪水上游。

黑云雪

寒风裹挟黑云吹，雪籽迎面对打锤。
天山蒙蒙白雪被，树枝披麻又为谁？
埋身厚雪陷双腿，压身飘雪使劲堆。

一身洁白雪难推，无法驱散黑云追。

太阳红

雄鸡催眼睁惺忪，哈气吹泡天空中。
晨曦泡生红灯笼，瞬间攀升艳阳冲。
公园处处白头翁，少年皆在被里闷。
花儿迎阳摆彩虹，鸟儿鸣叫唱欢颂。
晚霞天边红彤彤，人融山间遍染红。

情丝

青丝一树烟雨来，罗纱两段斜阳外。
翠鸟一对鸣相爱，并蒂莲结花拥苔。
青山相映凝视猜，心连何惧千山开。
挥手触及身不在，鸿宇任我情深怀。

清明雨

春雨丝丝不断线，情深绵绵不停弦。
雨滴串串晶心显，颗颗缀上深情献。
蒙蒙山雨山虔虔，拳拳情结情牵牵。
哗哗啦啦不停间，条条山路祭灵前。
潇潇清水荡思念，千山万水灵相连。

春莲

春雷惊蛰莲藕发，节节藕连节节爬。
盛夏烈焰莲蓬大，莲花底下清凉家。
秋风瑟瑟枝叶耷，藕断丝连情难挂。
藕语莲心连心话，清纯之王莲春花。
寒冬冰雪蜡梅画，白藕出泥莲花芽。

春夏秋冬

春风不觉秋风寒，寒冬企盼夏夜长。
夏日清风拂面爽，严冬刀风冷身寒。
冰封大地雪飞乱，寒风难挡春光暖。
金秋硕果挂满园，丰满充实不畏冷。
冬日阳光难下脸，机不可失及时捡。
大雪过后是晴天，寒冬必迎喜丰年。

摇春

牧童声声吹笛哨，少儿点头扭摆腰。
阳光笑脸热衣撩，风儿随我船头摇。

红太阳

初升太阳红彤彤，新生事物火红红。
太阳指引我前行，大地给我来助兴。
灿烂美景易于画，构筑美景不在花。
朝阳火喷红颜短，清月柔光一夜长。
早迎太阳观日出，晚归星伴赏嫦娥。
暖日迎来葵花妖，和颜悦色香客笑。

月亮

一轮明月清风过，一片白雾满地铺。
一月一回成玉盘，一心一意团团圆。

元旦

元始盘古开天圆，
元宝圆身串串圆，
元老团团坐成圆，
元朝江山最大圆。
元旦元首笑口圆，
元月好兆脸庞圆，
元宵汤圆红心圆，
元元方方愿皆圆。

圆圆

明月不见元宵圆，相拥花桃空成圆。
十五朋友坐一圆，汤圆甜蜜心里圆。
泪花一粒小小圆，忧忧链接串串圆。
他圆她圆月不圆，缘之缔结梦里圆。
睛含朦胧好似圆，晴天未见明月圆。
心圆人缘福寿圆，花好月圆字成圆?

雨声

窗外雨涮家洗衣，双洗双喜爽爽嬉。
雨声水声交手挤，好雨好风好心境。

黑云

一片乌云遮天下，一阵狂风树根拔。
太阳无奈黑云挡，寒风吹刹人心颤。
云层万丈不齐天，妖气迷漫难遮田。
天上星星亮晶晶，月亮明白我的心。
红艳霞光早晚现，阳光总在乌黑前。

山沙水

小小沙粒垒昆山，淡淡沙子画黄河。
长长泪水悠悠情，辗转反侧忧国心。

滴滴水响穿心过，句句话语口中磨。
水满不响响不满，实材不响竹哐当。
不见长江断过流，未见大海停过浪。
滔滔江河向海洋，滚滚浪花总荡漾。

白沙水

白沙沙水水无沙，
沙水无沙白无沙。
水沙白白无沙白，
水白沙水沙沙白。
白水无沙沙无水，
沙沙白水白沙水。

石燕飞

昆仑山上一飞石，错被下凡跌天池。
烈焰炙烤连雨淋，千年冲刷磨光棱。
今又雕琢垫台阶，任人踩踏辱其节。
默默仰望千万眼，石盼展翅燕飞天。

花艳

百花怒放悠悠香，大雁展翅啪啪响。
镜中红艳花退去，水上泪涟荡悲曲。
朵朵鲜花有香精，颗颗红心有暖情。
瓜熟蒂落不强拧，水到渠成自然形。
笋里选瓜眼挑花，果实甜美不是花。
鲜花盛开满园沁，礼仪文明社会晴。

争艳

花艳招蝶扬芬芳，插枝困于小书房。

阳光引蝶翩翩舞，小枝梦想围墙堵。
庭院百花怒争放，天生实材必用梁。
窗外参天顶天地，室内细枝曲美滴。

雨枝

青绿嫩芽细枝尖，晶莹水珠透新生。
狂风吹拂微微摆，抖掉雨滴亮粗身。

浮萍

浮萍随心轻轻飘，自觉美过仙女漂。
东也瞅来西也瞟，哪都没有如意飙。
身随流水心随云，或许遇到美丽鱼。
水面一个瓜水瓢，能有玉郎作腰镖？

草花

是草总开花，实成不虚华。
不要说大话，为人不狡猾。
难事成小化，成绩不喧哗。
光阴瞬间划，及时生活画。

藕断

藕断丝虽连，终是不再联，
丝丝心彼牵，心心相隔间。
拳拳红心虔，单单几缕线，
难续昔日弦，可怜心丝恋。

小草

丝丝枯黄草，不畏烈日烧。

待得甘露润，重得青丝摇。

桂花香

山川一萝桂花香，千里远洋异乡响。
星罗棋布引航向，海上明珠一指禅。
潜水箩筐捕龙虾，深山独枝桂树长。
迷恋桂花日日想，绫罗绸缎梦里衫。

苦瓜

瓜苦口苦心不苦，人甜口甜心不甜。
苦口良药利于病，甜言蜜语害于人。

雾蒙

漫漫夜里梦飞行，紫云把酒不尽兴。
楼下风光水风景，今日睁圆眼不清。
雾气朦胧阁楼亭，云雾缭绕仙山顶。
雾都车龙走走停，茫茫江山孤舟定。
脑海懵懂识不清，人海芸芸看不明。
污浊泥滚权钱利，萦牵不断揪心情。
乌云滚滚压清明，肮脏俗气染纯净。
红尘纷纷梦难醒，重回云山荡仙境。

惊雷

忽闻惊天雷一声，浑身哆嗦无六神。
乌云蔽日大雨深，岩壁洞里躲小身。
几轮闪电仍旧蹲，不知太阳何时升。
宇宙大地之严酷，人世淡凉与痛苦。
一生蹉跎与平淡，幻想来世是天堂。

平等

浓雾迷茫蒙眼前，心中太阳不偏斜。
钢铁意志铁面脸，法律面前人平等。

系百姓

蛰伏案前心入天，字里行间百姓言。
云山雾海悟道仙，酿造花蜜赠人间。

雷

炸雷轰天裂，银河从天跌，
良田泽国夜，灾民喊天爷，
震塌朽朝野，激荡民热血，
邪恶五雷轰，良心天空洁。

权利

趋利而来无利去，情投意合异难聚。
宇宙天地人做主，屋檐下面低头屈。

绝句

孔雀狮虎兽之顶，唐宋诗词绝唱停。
妙语绝句圣贤言，神钦鬼伏众人念。
诗不镶金含心字，心若含金诗无词。
金银堆成千万垛，不及好言一句多。
箴言欣赏哲理悟，科学技术社会福。
高深莫测甚膜拜，一旦知晓全明白。
字里行间凝智慧，句句绽放精神卉。
千年牵挂情长追，一夜风流梦中醉。

梦中美妙好词汇，一觉醒来纸上飞。

青清情

天蓝青青天放晴，眼珠黑黑眸闪情。
碧水潺潺流又清，肤肌白白纯又青。
绿叶青青映花蕊，人人纯纯天下亲。

极乐

潺潺绿波石上流，逍遥仙境画中游。
鲜花簇拥醉美酒，不回天宫人间留。

清空

梦中美景彩若虹，芸芸众生高不同。
美妙诗画空无风，沁入心海浪不动。

春江爱

惆怅一生几徘徊，花开花落不再来。
倾情何须红花爱，春光江水一并带。

柔骨

蜡梅傲骨战寒冬，翠竹虚心迎夏红。
大树挺拔天地通，小草柔软温情涌。
钢铁意志踏险峰，仁爱友善待民众。

刀嘴

心善话铁钉，砸人石头硬。
刀嘴豆腐心，伤人可不轻。

梦

幽思上九天，梦绕千万年，
光怪陆离灯，神奇怪诞演，
幻影阎王殿，构世涂新颜，
回溯远古前，飞驰太空远。
日有所思念，夜有所梦见，
芸芸众生缘，皆由己来牵，
缭绕怎迷乱，本我自来穿，
苍穹自做主，情怀系人间。

孤独创世作

孤独好感悟，寂寞好阅读。
清静好思索，独自好做主。

锅碗就是家

柴米油盐酱醋茶，锅碗瓢盆就是家。
钢锅嘴硬空摆架，饭菜饱暖红面颊。

圆月

圆月高挂淡淡光，微风徐徐送芬芳。
梦飞一跃山海关，遥望家乡绪漫长。

春

元宵花灯才亮灯，春娥赶赴拍翅腾。
细雨薄雾沿坡登，翠绿尽染满山涧。

回眸凝重畅开怀，歌舞升平今朝台。

云下风

云下人形蚂蚁影，行宫塔尖指天星。
龙飞凤舞天下兴，小草难挡狂风行。

尘世果

浮云飘荡人生过，历史滚滚流沙裹。
风云榜上功名说，成事在天人生果。

花蝶

叠花成蝶恋花贴，闻花舔花蜜花甜。
破茧化蝶碰嘴喋，翩翩飞舞漫山田。
蝶成花脸花似蝶，相映难分蝶花跌。
蝶追蝶吸花笑癫，比翼双飞天上殿。
蝶飞寄身有花垫，欲化花蝶成双叠。

紫云梦

紫云翻飞情怀涌，姹紫嫣红沁入胸。
清水绿柳笑梦拥，晚霞暖被红彤彤。
余晖送君温馨梦，清晨红光痒酣浓。
醒见牡丹成草丛，再斟一壶月波涌。

诗心

好诗如酒沁心脾，哲理益脑增智慧。
思想火花喷智慧，引导江河大海汇。
诗是人心词是形，山水画卷随人心。
小诗虽然是小花，一枝独秀出墙来。
字里行间心声语，百花争艳思想花。

攀侠

青山不望攀崖侠，寒风狂吹汗雨下。
湿岩光溜勇士滑，天庭大门心难夹。
难阻志高无畏爬，及到天顶神惊讶。

闯

有路去闯荡，成功在大胆，
只要有胆量，帆船迎巨浪，
挺身不投降，不怕万人挡，
不畏艰险闯，美梦能飞翔，
不愧自欣赏，才是人真相。

井蛙

井里一只蛙，涟漪美成花。
转圈一个家，抬头拥天下。

泪不断

泪在眼眶转，血冲心脏穿。
生活不停弦，伤痛总不断。

情恋

白云轻浮飘不定，红花恋地喷香情。
银河倾注激弦琴，不及酒辣冒金星。
天涯海角情侣影，海誓山盟不变心。
星移斗转人生行，奈河桥上情泪噙。

红尘如梭

回眸青春花开落，红尘穿行快如梭。
无数芳华凋敝脱，人生流连仰长歌。

福路

梦醉仙山得道悟，铁炼成钢吃得苦。
越过坎坷暗礁路，方有阳光康庄福。

四季轮回

残雪落花败春归，青绿芬芳引蝶飞。
金秋硕果蟠桃会，银花飘飞寒冬追。

心灵

离弦时光赛，悟道抢先摘，
海枯石烂坏，亲情永存怀，
心韵灵性开，仁爱情常在，
英名天空戴，不负苦心态。

自然爱

山花迎日晒，盆栽喜人抬，
大树挺风拍，鲜花恐人摘，
小草畏人踩，绿叶纯生态，
充满自然爱，生活放光彩。

家

昔日志梦扬天下，今时花须任霜打。
缠绵牵挂一个家，滔滔江水激情花。

彩蝶

寒窗烛光月影斜，黄金颜玉香书叶。
春蚕无声啃不歇，作茧缚身孕彩蝶。

志成

少时盼老成，老来忆年盛，
立志揽月神，定能腾云升。

生命本质

新陈代谢吸精气，传宗接代留锦旗。
扬帆远航创新意，仁爱永存宇宙奇。

圆缘

圆月高悬明亮灯，
两眼泪光映故人。
春风又绕柳树藤，
何日与君再重缘。

红尘

百花竞芳菲，芸芸梦腾飞，
红尘千百回，物是却人非。

英雄出少年

自古英雄出少年，不甘蓑衣茅草间。
不畏艰难志向坚，赴汤蹈火勇往前。

生活

行色匆匆车追人，起早摸黑忙熄灯。
志存远高云上腾，蹉跎岁月梦神仙。

诗词菜

诗当酒来词作菜，文字国里绚丽彩。
汉唐明清寻根来，乐悠思绪萦梦怀。
说文解字明事态，字里行间哲理摆。
常梦诗贤天上来，频与文豪切磋台。
不上京城配玉带，精神世界自由待。

瞅美

美丽一闪现，眼瞅自向前。
天工精巧匠，观止叹福浅。

愁

孤月空杯酒，两行热泪流。
浮云海上游，一肚心中愁。

做人

做人贤为师，孜孜求真知，
一生只剩字，一世一绝词，
花红字成诗，叶败醒悟世，
清明为人正，做事讲实事。

助人为乐

助人成它美，不为官低眉，
万事浮云飘，乐观没有悲。

珍重

女人一朵花，人见人爱她，
不随花瓶插，珍重受人夸。

雾霾

清晨雾漫天，万车齐亮灯，
慢慢穿梭潜，光明何时现？

缘分

月老红线牵过河，几多携手金婚贺。
天生一对偏难合，同床异梦独享乐。
同屋共吃一个锅，心唱异曲不同歌。
真情友爱美传说，月宫嫦娥仍单个。

豪气

惯与天公比高低，豪情奔放狂飞蹄。
竟与文豪争及第，鹰击长空三万里。

共地球

大地奇峰高突秀，世上英雄尽风流。
高山流水相挥手，梧桐灌木共地球。

无人理

鹰击长空三千里，跌落平阳被犬欺。
文学市场无价值，怀才不遇无人理。

灵感升

疏丝落枕寥几剩，灵感闪烁随性升。
久熬文坛字夹生，孜孜以求终将胜。

过山仙

崎岖险峻挡眼前，越过高山才得仙。
不畏刀山火海险，天宫瑶池蟠桃甜。

满地金

薄雾红彤苹果脸，牡丹招蝶吐花艳。
红日追风跑不闲，金橘飘香满地捡。

生活战鼓

战鼓咚咚枪炮敲，忙忙碌碌钢丝桥。
牡丹红樱风呼啸，拨浪偃息随风走。

月泪

静夜幽思月上弦，秋啸心寒风影旋。
孤怜单只梦盛宴，两行热泪掉心愿。

昏昏日

滑滑进大嘴，胀胀昏昏睡，
蒙蒙日月追，光阴不回退。

仁德

天穹光芒照四方，慈悲为怀入心腔。
你我本来纯清汤，苦海煎熬断肝肠。
拳心鼓胀越天堂，蝇头小利争相抢。
无端侵夺极奢望，兵戎相见伤痕惨。
心怀德性走天疆，仁爱天下名远扬。

生活

红装有求傲冲天，涂脂抹粉真假颜。
红樱嘴唇白粉脸，表里一致美人前。
山水花草不离砚，琴棋书画手上弦。
风花雪月诗人篇，锅碗柴米生活盐。

情殇

男俊女靓情绵缠，男才女貌爱几长。
山美花香非娇娥，不尽如意美不香。

慈悲

阴阳无常天公手，世物瞬息五味稠。
方寸肝肚藏乐悠，慈悲心肠化尽愁。

情

花言绝句好韵诗，入骨精髓难得识。
世间有道一个字，先知后觉在情义。

微汇

生命虽涓微，情长大海汇。
有缘来相会，喜酒醉成堆。

激情

凝眸盯不动，激情上心涌。
知己缘来碰，喜酒醉来鸿。

时光

鸿飞苍茫无限远，跨越时光亿万年。
遥远飘忽微光线，悠悠冲向地球端。
亿年沧桑孕生命，大地一绿换新颜。
灵性生命耀世间，人类奇创地变脸。
天神之子不纯洁，吞食禁果痛苦言。
光阴似箭人如烟，弹指一挥瞬不见。
希腊衰落无问津，楼兰消失不得缘。
阴晴悲欢磨砺险，酸甜苦辣咸味盐。
日月吞吐冕旒转，天下分合上下蹿。
物质腐朽道永久，时光远去名留岩。

刚正

仰天不见天眼眨，长啸未震大地嚓。
花开花落入泥化，留作长诗后人夸。

无福天命享荣华，可得宁静悠闲暇。
一身清正刚不阿，从不低眉屈权哈。

跃

飞岩陟朱雀，腾龙揽圆月。
溯流日继夜，芸芸人海跃。

悟

风云莫测心飘忽，前途未卜路险阻。
心中有道词不出，未到仙道会意浮。
每夜问仙得道悟，每日修行得善福。
鲜花只顾喷艳吐，唯有情钟花伴舞。

彩笔

风花雪月诗情悠，山清水秀描心绣。
碧波荡漾鱼自游，彩笔纵横任春秋。

昌

大地芳草处处香，招蜂引蝶先受伤。
手中棍成他人枪，下手为先强遭强。
龙虎争日从不让，风水轮流转着当。
生命本一共分享，黑白阴阳不同昌。

香

蜡梅傲气寒风响，昙花羞涩夜来香。
月满赏月月亏伤，月缺忧思月圆祥。

倩影

瞰玄彩天凤高翔，月娥翩舞飘清香。
朦胧圆月细端详，心中倩影印天堂。

老家

幽思往返茫茫间，前世飞驰来世前。
驾龙揽月苍穹弯，地球依然蓝如鲜。
亿年星远难相见，母汁百年恩不嫌。
电波一束寄丁香，宇宙老家地球缘。

食

禾谷带芒刺，糙米含沙子，
白米爽舌滋，道道辛劳事。
残羹味难吃，好饭操心思，
天上不掉食，全靠自我制。

梅雨不长夜

阴雨绵绵长似年，滴滴寒心愁眉添。
天空乌云黑一片，郁郁寡欢笼心田。
浓云不遮白昼天，云上总有阳光艳。
梅雨过后盛夏宴，阳光灿烂享果甜。

乐趣

快乐无忧童年趣，无暇思忧中年局。
无顾天忧老年娱，长恨永忧人生愚。

执着

蜡梅御雪春花枝，鲜花吐艳秋果实。
百年挺拔树笔直，滴滴执着水穿石。

风云

风云导雨来，相交致淘汰，
五湖四海菜，道道盐味埋，
水流入大海，人冲上云台，
物终落尘埃，情驻人间寨。

逍遥

鸡鸣天下白，牛羊马蹄拍，
草莓艳上彩，葵花迎日晒，
云儿随风摆，车水马龙排，
羽觞情满怀，游览天下海，
天堂宫殿外，今世乐极歪，
东西一转还，明日再来待。

眼泪

满含热泪感天赐，灵性生命来人世。
一粒眼泪挤眼出，哇哇大哭要奶吃。
二颗泪珠顺脸下，头悬锥刺读诗词。
三滴苦水到嘴边，辛苦忙碌为衣食。
串串泪水湿衣裳，人情冷落亲人逝。
再无眼泪浪水池，纵身飞天留情诗。

残花零落溪水沉，枯枝无叶风无声。

春花

潺潺溪水奏乐章，鸟儿蹦跳音符上。
吟诗诵唱舞花狂，歌声词韵蘸花香。
迷人花枝媚花样，人醉山转天灿烂。
山水有形却无心，一切美好于心善。

风景

脚踏轻风随景飘，两眼尽是浮云跳。
横看竖看都是条，生活景象没得挑。
上有富人坐高翘，下有穷人爬煤窑。
好山好水意境调，美好风景在心迢。

古城

枯叶冷雨落沼泽，孤舟劲风反身侧。
土屋滴漏秋寒夜，独木桥断毒蟒蛇。
呼呼风沙炊烟灭，哭哭凄惨空茅舍。
鼓雷天空乌云黑，孤苦伶仃苍白叶。
骨肉分离天地瑟，古堆山哀鸿遍野。
古城蒙蒙山围塞，谷底飘香不出色。
故城旧貌冷风月，睹物思情今念喋。

故乡

竹马过街捉迷藏，嬉戏打闹玩跳房。
青山不改羞涩样，墙瓦仍被灰蒙衫。
儿伴不随声影祥，前人已去情留长。
睹物思想昔日香，辜负乡情自未强。
事过境迁乡系肠，线线牵丝亲人想。

星星

繁星点点芸芸现，流星一划耀天边。
一闪一闪秋波掀，银河桥上爱情缘。
月明星稀无以争，北斗七星引行前。
你我星座哪个愿，但留苍穹永恒间。

花好

花引蝶来景引眺，山花摇摆人醉倒。
花满山坡情蜜枣，山峻水柔花妖娆。

珍惜

喟叹人生百岁奇，似同朝露任日晞。
红尘滚滚竞相骑，小草一春还珍惜。

灯

车灯蜿蜒龙门阵，霓虹街闪耀昌盛。
鱼灯柔风浪涛声，夜灯窗帘温馨深。
华灯伴舞疯狂旋，暗灯乞丐冷残羹。
彩灯附筝驾风转，星灯引我自由腾。

游

静夜思绪月上游，广寒宫里无忧愁。
极乐世界自由悠，醒眼桎梏脖箍咒。

花开花落

金香盛开苑温馨，庭前车马人流盛。

老街在目依旧昌，仙鹤载我离故乡。

城光

萤虫闪光美丽艳，漆黑亮点最耀眼。
屋里不叫外头响，外面宁静家温香。
房边藤蔓靠墙爬，墙边大树向阳长。
高楼林立不见蝶，哪去赏花观玉碟？
网络红线联彼此，知己遍布世界地。
黄金铁石无泪水，蜡烛泪水光明辉。

初春

阵阵春雷驱寒气，徐徐暖风翠绿滴。
寒冬数月惊蛰起，春姑舞柳化雪溪。
鲜花引蝶不识心，人入花丛自觉喜。
百花争艳人竞奇，春心沐浴秋好戏。

春雪

早春二月花上蝶，暖风拂梦鼾声叠。
艳阳忽遭乌云遮，雪花飞撒窗花贴。
春夏秋冬一日夜，上披薄纱下棉鞋。
桃花吐艳寒梅歇，春姑舞柳扫春雪。

阳春

绿水清波蓝天底，茵草红花艳长堤。
杨柳轻轻拂鱼皮，黄莺啾啾鸣凤笛。
闻香听风踏春泥，花摇人舞云雾滴。
山水旖旎仙中境，哪比春光伴侣嫡。

踏青

春梦不如踏青香，阆苑四季花儿样。
手拽青草脖花镶，脸上春光俏花强。

交替

滔滔江面日月浮，乾坤昼夜相吞吐。
英豪枭雄争相呼，阴晴圆缺悲欢福。

迷花

人迷花生媚，花美人而菲。
花为情长配，情系花不悔。

月

天路茫茫山苍苍，残月暗影瘦身长。
孤月寡人相互搀，苍天回荡寒月唱。

月寒光

情长月明亮，忧忧月影残。
花落暗月塘，粼粼月寒光。

倦

身心虽已疲，仍有站立力。
衰老志未褪，展翅愿难息。
不赖风媚送，甚恶鹊相欺。
久欲青云纵，一览九霄碧！

天籁豪

世出英雄江山摇，振臂一挥太阳照。
江水滔滔丹心照，人生一曲天籁豪。

温馨

有山有水有鱼鹰，有酒有肉有福临。
有诗有词有心情，有网有友有温馨。

一鸣

高山之巅麻雀无，曲高和寡熬孤独。
燕雀焉知鸿鹄路，一鸣天下伴来鼓。

心胸

高山巍峨顶天耸，江河蜿蜒沉海中。
胸襟万里天地通，心胸狭窄死胡同。

唱天下

鹰击长空傲天涯，挥诗歌唱天下家。
橹桨春秋波涛打，浪涌小诗粼光霞。

清明

1

清明山野雨蒙蒙，冷风冥币纸纷纷。
雨水泪水流阴间，天恸人痛无以分。

2

细雨沥沥流天忧，溪水哗哗泣花流。
冥币纷纷撒心愁，奈何桥上难离游。

山水

青山敦厚守岁月，桃花情愫染流年。
山河几度隆与折，山水相依与日长。

悠闲

景色不断人有限，看破红尘雾一片。
爬于高山跌危险，行走田间享悠闲。

独秀峰

黄莺鸣翠花欣喜，溪水叮咚草闲怡。
水依青山岭拔挺，柱峰独秀南天一。

山与水

山俯清水自觉优，水仰崇山畅快游。
山不留水水弃山，大海平原任风抽。

诗酒菜

劳累一天不忘怀，不倦诗赋书斋待。
忽闻窗外鸡唱白，急收一夜诗酒菜。

红樱归来

影返烟花林，静坐绿草茵，

徜徉红花樱，自我醉沉浸，
连绵花十亭，远飘香百里，
寻觅春诗境，趣味浪漫行。

流过

流水无情花自香，白云无心风自响。
暴雨过后彩虹光，大雁飞过空气荡。

人

人，人，人，
天穹揽月腾，
海洋潜艇钻，
宇宙天地神，
无极所不能。

情情情

人生恩情最为亲，从来没有谁来请。
老天有眼不开晴，大地有裂不开心。
夺眶泪水如雨倾，满心流淌无尽情。
撕心裂肺割生命，紧紧拥抱不分行。

梦香

昼看花枝夜闻香，青春美梦老翁想。
跑马插翅腾云上，金榜无名锣不响。
攀达泰山紫云祥，天池映照怪模样。
天宫黄袍加身缠，醒来跌落猪肚肠。

苦果

耕耘栽培擂战鼓，果果枝结果是苦。
落花跌枝独自孤，哀鸿凄惨路人哭。

笑人间

脚踩黄泥草帽冠，挑副扁担出乡间。
脚踩浮云游云端，红尘之上赛神仙。

闪亮

烟花眼前帘，多彩人生篇，
无须花样艳，只待一闪现。

仙径

美图尽在梦仙境，天堂之上更美景。
坐地观天笑仰枕，爬不上天痛戳针。
路漫漫兮劳骨筋，酸甜苦辣言不尽。
重回人生不想进，欲入美景无路径。

行驶

远景突闪横眼前，尘世退后不再现。
山头总在大山间，滚滚前行不停迁。
脚步缓慢时光先，落后淘汰遭人嫌。
马不停蹄闲莫恋，只争朝夕绽笑脸。
青山又绿花又鲜，前程远处能耀炫。

做神仙

夜半醒来入人间，翻身回梦又神仙。
仙人索要热香肠，递与苦瓜让品尝。
人间皆是苦来香，仙境都是梦中享。
黑里智慧亮胸前，迷中思想跨风险。
伸出双手不等闲，幸福总是勤劳建。

泣泪涟

凄凄泣泣痛无限，惨惨长长苦无闲。
千山万水情相连，茫茫四海亲人念。

前程

黑云层层心沉沉，狂风阵阵灰尘尘。
乌云滚滚雷声声，寒心颤颤泪涔涔。
远方蒙蒙雾渗渗，道路坑坑难乘乘。
恒心诚诚德增增，前程曲曲难成成。

蓦然而去

灯火阑珊蓦然间，宏宇牵缘蒙蒙线。
梦香那般相拥见，月老岂能儿戏脸。
望眼曾在秋波趣，月儿从不回首去。
身儿相隔心向趋，滔滔忧愁无以除。
无声红线灵犀通，荡气飞天谁在懂。
缘里不结树相拥，无限惆怅泪泉涌。
肉颤心绞灵魂痛，天地昏暗无力动。
悲惨不幸不是梦，企盼阳光照耀中。

泪水

滚滚泪珠伤心时，隆隆雷声雨丝丝。
阴晴圆缺多愁诗，泪水已尽戈壁湿。
滴滴眼水不穿石，拳拳恒心竟成事。
重上泰山信心拾，旗上岗峰载誉史。

网国

浓墨画映眼前窗，高楼林立困鼠仓。
甲虫穿梭人繁忙，红绣招牌无人张。
闭门宅内专注网，活于虚拟幻希望。
网络世界自国王，精神世界个性扬。

虹绣

云榜飘洒红绣球，掉落飞腾英雄手。
圆球旋转侠客抽，玉帝撰写彩虹绣。

月圆

十五中秋月明圆，
人生年轮又一圈，
生活蹉跎梦有愿，
来年月圆许得缘。

情曲

悠曲峦山荡秋风，情洒尽染映山红。
翠绿碧波沿坡涌，腾云驾升情山峰。

还情

千难万险驱使行，名利追逐马不停。
呕心沥血昼夜继，两鬓斑白仍操心。
海市蜃楼梦幻影，天宫蟠桃红尘镜。
风花雪飘日月星，江山美人还我情。

未来

未来遥远但可及，梦想终可成现实。
星球于掌手中丸，驰骋宇宙任我玩。
真理之水汇成河，深奥未知常识课。
天年无限人有限，浓浓深情弥人间。
元素激荡生命舞，情感岂是无情物。
曲曲折折未来塔，不知乐园什么家。

同伞

祸福利害联相依，城门失火殃池鱼。
有茶有酒多兄弟，急翻围墙无扶梯。
志同道合携手唱，不是知音莫与谈。
世间高低不同山，世人难共一把伞。

梦香

蜡烛泪干桃李香，敬业继日鬓白霜。
桌上宾朋满座厢，举杯相向荣誉奖。
梦里温情自然香，美好时光几多享。
夜半风声树沙响，不眠忧国联翩想。

道

山峦桃李各有投，枣莲滋味各配粥。
人生路分不同手，阳光小道国别州。
冥冥之中不由走，一醉方休去忧愁。
红尘滚滚人逍遥，通天大道自悠游。

丑陋灵魂

阳光照耀灵魂降，万物生长靠太阳。
一缕白光千万山，千奇百态物万祥。
太阳神让物丰产，生命变态互吞馋。
为获能量从不让，邪恶丑陋上天寒。

冷面

仰面无笑冷漠拱，不惧掘墓于天宫。
生无佑我自喷出，必有破天砖用处。

相扶

秋风渐起叶归土，步履蹒跚晚霞雾。
短短人生无尽路，相扶背影又一幕。

梦境

静夜梦入境，续演思想情。
本我天意心，不随自我性。

长流河

光明黑暗血与火，善良邪恶拼争夺。

醉生梦死酒中乐，泪流满面后悔药。
可歌可泣英雄歌，滚滚历史人性说。
金山难填深欲壑，情爱注满长流河。

自我王

独处陋室一间房，时空拥我来称王。
熙熙名利不企望，乐恋思绪燎燎香。

雨愁

一片乌云压城头，一雨成秋眉上流。
块块淤泥脚底油，片片湿漉痛苦愁。

权伤

各路英豪竞争权，玉玺一枚一个圆。
未上宝座忧伤怨，终身遗憾喷青天。

时光

时间不复古来香，细芽又绿老枝上。
那日还是红润面，转眼又是蜡黄脸。
万生灵气人升天，梦境生辉人间殿。
红面志气催人奋，扬鞭激马尘世风。

缘相情

相识相知遇知姊，
相互学习长知识。
相提相携勉励资，
相帮相助甜蜜诗。
相隔相离梦相思，

相缔相结藕连丝。
相亲相爱相守厮，
相恋相持显真挚。

茫茫

茫茫世界，世界茫茫。
茫茫历史，历史茫茫。
茫茫人海，人海茫茫。
茫茫人人，人人茫茫。
茫茫人生，我生不茫。

缘圆

循姻源，梦之圆，月下圆，醒时冤。
重温缘，笑着圆，清醒时，湿枕圆。

倩月青丝

皎洁月亮挂青丝，丝丝情绵谁能明。
明亮柔光迎烈火，火速奔波为轮圆。

秋香人生

秋色满园胜春艳，果实甜蜜挂满颜。
云雾深处暗美丽，拨开乃是心花莉。
苍老不失青春志，幸福还待激情持。
时光飞逝千万里，人老心青山绿晴。

人景

人生如星一眨眼，
弹指一挥皆飞烟。

梦醉飘游胜逸仙，
燎燎青云无人意。
春风不吹寒意心，
情暖心舒胜风景。

同学情

几十风雨几十晴，
几十友谊几十情。
君子之交淡之清，
同学鄙视钱当轻。
纹上额头身强劲，
黄脸徐娘粉妆青。
思恋同学不用请，
酒杯见底那般亲。
激情少年中流今，
改革创新风中擎。
美丽校花那时矜，
今日花艳仍是景。
再踏灰楼又靠寝，
惜日影像泪中噙。
同班老乡聊卿卿，
同桌叙旧满含衾。
合影留念情侵沁，
依依不舍难分心。
离别不少往日亲，
畅谈未来共欢庆。
相见再来同室寝，
携手共奏悠悠琴。

道悠

钱在身上溜，心在身上游，

道在身上悠，情在身上忧。

急急急

我急你急他不急，
他闲我忙干着急，
我急他闲不着急，
你急他悠无法急。

醉梦情

良宵金花伴，酒杯碰碟盘。
相拥醉梦境，开怀释豪情。

锅命

命里姻缘多欠妥，皆因孩子勉强拖。
夫妻不和不能脱，有人就当无人过。
大好时光自己歌，精神富有结硕果。
饭菜好吃心情果，饿则香来爽空锅。

心神

一轮红日冉冉升，
心中灵魂慢慢腾。
阳光普照身心暖，
接受慈爱力持援。
阳光照耀大地明，
人间爱心永不泯。
浓黑乌云变洁白，
太阳力量强不败。
漫漫长夜终天亮，
寒冬定迎暖春靓。

火红太阳难直视，
缘于凡人身自私。
上天有爱天堂美，
人间邪恶苦愁眉。
生命伟大在友爱，
丑陋自私太狭隘。
物质留与地球烧，
激情身随太阳召。
暗无天日黑夜长，
追随太阳光明昌。

同国庆

同桌携手聊卿卿，
同室相伴共同寝。
同班互助友上亲，
同为祖国献年青。
同奔事业全身倾，
同创明天迎天晴。
同学相聚联友情，
同心同德共国庆。

柴烧材

婆娑阴影小一斑，
一生奋力仍一般。
山高不过天地厚，
志存远高还在侯。
路漫漫兮长修修，
艰辛痛苦难以休。
留得青山还有柴，
天生必用烤有材。

爱心晴

上天仁爱给予赠，
人间邪恶及时收。
将心比心良心爱，
个人自私无以恨。
道路艰难总前进，
洪水猛兽也会退。
怨天尤人一片阴，
热爱光明总会晴。

几多景

世界原本出同一，发展缤纷现各异。
鹤因名来爬利去，东奔西忙终于地。
不觉孤独悟天意，远望高处知归颐。
芸芸众生千千万，哪个雁声谁与听。
公平正义合理竞，乌托邦里探真金。
人生渐短智慧长，蹒跚迟缓心不颤。
习惯自然成习惯，江山易变衣然冠。
天地有情滋养育，人间无情自不惜。
天涯有界情无边，天穹有顶心难贬。
枪林弹雨不惜身，太平盛世情缠绵。
只争朝夕时不够，浑浑噩噩嫌寿短。
滚滚历史滚滚前，我随历史影不见。
贵贱自得其中乐，行云流水各自欢。
灵隐寺伴雁声响，退避不减回荡气。
人生再长总有限，精神长存留人间。
看山看水看心情，悠悠忧忧都是景。

几多情

几十几十几多十，人生七十古来稀。
珍爱生活莫嬉戏，每天但做美梦惜。
追名逐利忘百姓，一朝跌落罪难幸。
世事如棋局局新，万变不离心正经。
三十河东四十西，莫作墙草跟风嘻。
人云亦云随大流，随波逐流难自由。
赠予钱财觉有用，释以安逸满心庭。
纸醉金迷孔方兄，人情淡薄谅心境。
纵情物欲任意行，枉度人生醉无醒。
莫恋春色眷花蕊，只争朝夕在当今。
幸福生活靠辛勤，精神慰藉月中影。
漫漫路遥孜孜进，开朗豁达乐津津。
天时地利要人际，福禄寿在命运济。
活惚虚幻忙疲筋，无了了无才思亲。
相伴最亲那时景，回首往事泪洒襟。
为人处事凭良心，相濡以沫终是晴。
世事如烟艳焰靓，待我及第云无影。
匆匆过于红尘镜，方笑人间是多情。

万物长

无序短暂有序长，终了其实始方长。
生求长存死永恒，稳定都是动平衡。
唯一不变是变化，人生在世求喧哗。
超大分裂小统一，万物最终归从一。
无中生有来自道，罗马征途条条到。
物质不灭情悠远，所有完美都成圆。
安逸堕落险成奇，人生终来把情寄。
热闹他人实则己，一切都是为自己。
事物有序人有命，广闻博见智慧明。
峰回路转险无境，看山看水看心情。
功成名就到处显，不是人物不与现。
一觉醒来仍还在，原来人生梦一载。
为名而来为利去，人走万事皆抛除。
不觉孤独悟意图，远望高处知归途。
浩气撼动天地容，功名榜上显光荣。
神圣伟大自庶民，寻常一样创光明。
生命不由我选择，痛苦却来我担责。
富贵享受阔生活，名人叱咤风云火。
无穷无尽痛苦世，快乐幸福在梦时。
最想得到美如意，最终获得靠坚毅。
历史清算姗来迟，罪恶报应严不慈。
春意暖融秋瑟寒，青壮朝气暮年憾。
时间飞驰无以追，思维神速光羞愧。
资源无论少与多，有用唱响生命歌。
宝石出土泥结晶，历史造就伟精英。
一切归宿虚空无，现实美丽翩翩舞。
时间流逝精神驻，宇宙万物人做主。
云雾山中一仙神，原来就是自本身。
出生只求有奶吃，长大什么都贪痴。
功名利禄烟消尽，啥都不着随身进。
青冢白骨魂孤独，蚂蚁爬虫陪身骨。
心比天高腿不闲，跑前走后为赚钱。
颠簸忙碌痛苦行，一身奔波感艰辛。
天生好玩要学习，父母鞭促不停息。
千军万马独木挤，屈指可数寥寥几。
心高桀骜就不驯，哀叹升迁路不顺。
钱少不及拼命捞，等到足时人已老。
含辛茹苦养小孩，两代观念隔大海。
碌碌无为盼来生，漫漫长夜泪涟呻。
忙里偷闲庆还在，原来仍是小瘪崽。
拄杖蹒跚心不勯，老态龙钟心仍灿。
好高能力却有限，人生轨迹早已先。

人世有限爱无嫌，眼光短浅钱心陷。
人生一世平安福，真诚友善大家富。
平淡无愧人生世，助乐情谊给人施。
钱多价高身不展，精神长存万古长。

时光

生灵初于天上石，及到世间才为食。
滚滚洪流滔滔史，苦辣一生从此始。
梦飞宫廷仰天视，日月星辰心中识。
美丽彩虹即展示，顺应天道方符实。
前车之鉴是为师，闭门反省用心思。
不是空幻神坐寺，愚公移山作勇士。
水中捞月天不施，丰硕果实自力拾。
明争暗斗磨刀试，争先恐后为自私。
名利场里争相嗜，角斗场上堆骨尸。
沧桑岁月辛酸事，祈求保佑双合十。
哄哄闹闹红尘世，悲欢折腾直离逝。
时不待我我待时，光阴总是悠悠诗。

神仙国

天心阁楼品酒酌，岳麓山上放飞鸽。
橘子洲头彩焰火，爱晚亭中唱欢歌。
火宫殿中围一桌，湘江游走争百舸。
五一广场游人多，黄兴路上购物乐。
文夕焦黑天心阁，今日芙蓉神仙国。

杯杯悲

杯杯不解凄凉悲，吹来总是寒风北。
颠簸不断遭时背，乌云何时才成白。

征途

一路轻风送征途，血肉模糊厮杀出。
披荆斩棘重围突，一山难容两强虎。
倒地屈膝心不伏，死做鬼杰魂在呼。
誓把锦旗插敌土，不惜一身作傲骨。

憧憬

不信其中境，只因心憧憬，
虽为虚幻影，却是梦寐萦，
不求今生用，但愿永恒情。
好花不常开，好景不长在，
山花可重栽，人生不重来，
珍惜青春彩，做个好人才。

熄灭

火是相识点烧燃，
花是相识知芳香，
心是相印俩叠加，
人是情谊无限长。
大火总有熄灭时，
幻觉终随夕阳逝。

身忧

忧不得志夜难寐，
天明时入仙境美，
策马扬鞭任驰骋，
桃园尝果不觉晨。
无数英雄随东流，

几多巾帼泪洒愁，
麻雀意欲随东游，
大声一吼树仍悠，
只叹天生身矮忧，
长恨天下公不周。

德昌

又溯时光忆往昔，浓云滚滚仍黑漆。
扪心坦荡仁慈济，枯树见我也发青。
营生一辈惨淡凄，未见好运灵光气。
德行修行努力继，企盼来日福昌吉。

心舒

红日东升照万里，登高望眼尽收底。
超凡脱俗明透理，心轻舒爽桃园地。

丝语

贴草丝丝语，攀树沙沙言，
青草伴随睡，大树遮身掩，
日月轮回照，明于天地间，
悟觉宇宙魂，修德万世贤。

风雨人生

人生如风轻飘移，
三脚两步到老稀，
江山青绿人苍劲，
飘逸柔发硬草茎，
昔日少年今黄青，
光洁月额皱纹印。

初来人世哗哗请，
养尊处优长辈敬，
学而优长争仕进，
上下沉浮循天命，
问心无愧良心性，
悲欢离合情心系。
男儿立志成大事，
勇攀高峰恒心持，
山势险峻艰难驶，
拼命搏击不畏刺，
残酷竞争不讲谊，
纵然败北悲壮诗。
山高路险脚底滑，
峰回路转不见顶，
愚公移山仍在屹，
蹉跎人生不尽意，
意想不到命运济，
人生戏曲好滑稽。
人生一颗红桃心，
有人喷出黑血腥，
心心相印未和音，
人人防范恐遭凶，
不管乌鸦多黑漆，
仁爱友善不可弃。
夫妻同林结伴骑，
比比皆是半路离，
为人父母方孝敬，
儿女前程繁似锦，
长辈常常牛马勤，
手足之情重于金。
身形阴阳两半斤，
红黑正邪两面印，
天地人间自有清，

问心无愧天有晴，
一身正气鬼神钦，
一代功绩万世名。
眨眼青发白两鬓，
枉觉一辈一盘棋，
酸甜苦辣味道齐，
娓娓道来忆欢欣，
不惧快马追人急，
开怀畅饮望天星。
跌宕起伏求索径，
浑浑迷茫往日昔，
痛苦欢乐深情侬，
重塑快乐今朝起，
一路风雨悟道义，
老来重开人生嘻。
晨迎太阳朝曦醒，
昆仑山峰触天庭，
挥手拽风吸清新，
脚踏冰雪飘山云，
黄昏晚霞彩虹霓，
梦香月儿伴枕眠。
无官一身轻松行，
无忧无虑冲前进，
酒壶胀大红尘晴，
天地逍遥紫云熏，
昨观天山仰望惊，
今踩云端笑命运。
驾鹤西游观风景，
无牵无挂身心轻，
两袖清风云海泳，
随心所欲好心境，
红丹太阳引我进，
留下一路彩霞影。

我自己

怨天怨人怨自己，说他说人说自己。
他人大家没自己，助人为乐不自己。
奉公利人无自己，为国为他才自己。

风伴眠

清甜娆花艳，粉白映红颜，
空惹相思缘，魂消泪满脸，
叶残惊梦断，香冷渺尘颠，
白发云山游，红尘闹市愁，
淡看云舒卷，闲听风伴眠。

唐杰

1

唐家文儒志长啸，杰出才气亮春晓。
一路高飞送歌谣，不惧翅折仰天笑。
好文喜字传道悟，爱作兴致益众家。
爱意虔诚诗词雅，平凡草莽今英豪。

2

上联：唐诗宋词传百世
下联：杰句妙语颂千年

3

唐朝贞观盛世杰，唐代中国耀世界。
唐三彩绘黑白睫，东西文化相互借。
昙花一现精彩卸，唐突一惊另眼斜。
糖衣炮弹不为接，堂而皇之清廉洁。
坦荡胸怀宽广结，堂堂正正公正爷。

唐僧西天真经解，唐诗宋词观止绝。
唐皇浩大舟上业，唐恩仁慈天下谢。
唐人街里灯笼节，唐瓷罗马遍地街。
荡荡世界文明史，唐人来把中国写。
唐山大地震天下，谈天说地唐人杰。

4

丹凤驾云从仙界，淌血为民痛苦解。
荡涤邪恶乾坤洁，坦然面对名利节。
弹指一挥时光谢，昙花一现地灵揭。
探究道悟历史写，唐人国里亮世杰。

5

珠字山林秀，玑句彩云游。
奇文止水流，妙章人传手。
相貌美俊秀，人品风范优。
坦荡走天下，唐字誉满球。
杰唐人生一百年，唐杰历史千万远。
不灭民族伟中华，最强中国唐人家。

6

广大世界口中姓——唐
水能载舟座右铭——杰

7

唐风汉韵育雄梁，杰出师儒翰墨香。
桃李满园誉南北，春光万里谱华章。

2016年诗歌

新年贺

蜡梅吐红映白鹭，湖光飘雪飞花芦。
枯木逢春又添绿，两岸鸟鸣欢歌语。

雪水化溪水噜噜，芽尖好奇探头露。
灯红酒绿霓虹舞，万紫千红光怪陆。
国威山雄人民富，世界和谐高歌赋。
年宴佳肴鸡鸭鱼，团团圆圆恭杯举。
俯首甘承骡马驴，恒心执着登山麓。

不畏艰辛勤忙碌，来日可有丰收余。
混浊甄辨马与鹿，坦诚友善真心与。
真才实学锋芒露，报效祖国丹心炉。
一路风尘彩虹雨，策马扬鞭享余晖。
前程漫漫不失路，终得圆满福寿禄。

地远情及

雨水总倒尽，黄河终流清。
天高崖有顶，地远情可及。

几骄

茫茫苍穹无限遥，人在其中算几骄？
若把青山吹瘦小，地球在我中心跳。

嫉妒

图中情侣心手牵，怒嫉相恋并蒂连。
手握裁刀不忍剪，任凭思绪断琴弦。

盐味

菜根嚼三昧，雁形一人飞。
酸甜苦辣咸，皆是一盐胃。
慢嚼品三昧，沉思悟道会。
尝尽天下菜，得到盐一味。

秋海棠

昨风流倜傥，今龙钟坐堂，
远思故里人，近念秋海棠。

沃桑田

霜抹绿草白成盐，日出枫林火红艳。
春风化雨桃花鲜，蜡炬成灰沃桑田。

奏风弦

一柱晴烟升眼帘，几朵白云入梦前。
一片薄幕演情缘，几缕思绪奏风弦。

天下任

雁升天空字飞人，人跨骏马跃奔腾。
将士横刀功成仁，书生握笔天己任。

心园

玉盘坠入情海苑，粼光破碎千年缘。
嫦娥梦里伴身边，皓月入怀当心园。

真假

真作假时假亦真，假作真时真亦假。
真真假假难辨瞎，假假真真难天下。

闲心

香引心花开，甜至激情来。
欲导争擂台，空怡闲心在。

鹰击雨

幽径流莺语，激流跳龙鱼。
山丘爬乌龟，狂风鹰击雨。

古寺钟声

钟声萦古寺，漱石响流溪。
静山闹鹊喜，木鱼敲菩慈。

诗当啤

信手挥毫笔，闲来赋诗比。
随口狂佳句，无聊诗当啤。

嗷嗷哺

春燕晨曦出，飞鸿暮归屋。
窝中嗷待哺，哇哇要饱腹。

原来

原来前世缘，缘来今生愿。
怨来后生嫌，愿来来世圆。

蛙作词

高雅鄙俗世，学浅敬古诗。
山高无云雀，井里蛙作词。

热泪

闲余案前赋，夜半长歌出。
曲尽酒杯空，热泪两腮浮。

雨黏花

雨黏花缠绵，风吹香扑脸，
情结景温馨，好梦青云烟。

淹文儒

悲欢离合骚客赋，山水花草墨香涂。
四书五经附身读，一坛文字淹文儒。

花情

鲜花香醇入情书，可赏可饮可诗赋。
一壶清酒尽兴呼，诗情画意满山湖。

争

国争丹心付，民争野匹夫。
闲聊高雅儒，棋争蛮粗俗。

休闲

心逐鸟飞远，意竞云天边。
百舸流争前，名利酬勤弦。

苦读

前人宏著宽海深，
知悉万一须半生。
休言立意刻新卷，
博学苦读挑夜灯。

梦飞

垂钓悠水边，飘荡山峦间。
貂蝉遥来现，弦断梦飞天。

年字

一字一时辰，万字千百年，
字字心血痕，句句留人间。
鲲鹏腾九天，俯瞰地球圆，
蝼蚁小不点，心高天上边，
自不羞矮偏，争斗不停闲，
天上走一圈，感悟天地宽。

仙归

鲲鹏登天飞，不畏骚虫追，
艰辛不后悔，及天得仙归。

风景

流水映雁影，静山响鸟鸣，
绿坡连天青，蜜蜂钻花蕊，
黄染高低岭，红迷乱叶林，
空山照斜径，蓝天白云轻，

淡泊尘世腥，宁静怡清心。

精神花

万籁寂静几声蛙，一片漆黑流星划。
烛光闪烁灵光擦，红日灿烂精神花。

盘山

曲径流幽鸣回转，瀑布直冲水荡欢。
云雾迷花绿连环，幽思寻道盘山幻。

一笑

青发红樱遮玉娇，回眸一笑魂魄销。
携手美酒眠芳草，不枉笙歌一生笑。
羞月低头眉不扫，黑眸一勾魂出窍。
弥香身酥神颠倒，不枉眼福走一朝。

看山

看山不见山，只觉云层上，
手托天庭塔，地球小西瓜。

红日恒

百年人生千年远，一度人生万世愿。
清水流逝情石守，星移斗转红日恒。

情调

心随明月千山遥，梦逐流云万里飘。
峦峰曲径怡情调，瀑布流泉洗愁消。

人生

白发登山巅，红颜薄尘缘，
青苔酸辣咸，天堂无苦盐。

前途

大江东去滔滔泪，万事西来滚滚雷。
来路茫茫依旧走，前途漫漫纸船推。

风浪

弯月小舟悠渡闲，古井波浪无风掀。
大树欲静风不止，石击人生荡水圈。

圆

江淮有隔云送暖，生离死别情长牵。
天地中分一日圆，人生有限社会远。

真情

人穷满腔热血志，歌长萦绕半句诗。
身在梦中浑不知，却待真情画人字。

卧龙

学富五车乘天风，五指山上做卧龙。
雄峰香飘诗水奔，嫩水清风醉柴门。

真情

云雾绕密林，高山流清溪，
相顾月儿影，携手传真情。

花醉

春风醉人花醉心，风景迷人情添韵。
红花入目香丝情，花伴绿叶享温馨。

曲折

九曲回肠逼通气，迂回盘山攀登顶。
蓦然道悟博弈棋，蜿蜒曲折扬精气。

谁语我？

泪滴飘诗雨，凄然恸天宇，
痛极流天河，上帝同我语？

山道

空山雁人行，密林燕雀鸣，
溪水下流浊，人盘山道清。

道悠

伏案探幽州，提笔画根由，
思泉醉柴门，仰天乐道悠。

情长

千古风飘旋，北斗金刚锻，
青烟随云远，情长留人寰。

红花拔绿

红花拔绿弹山笙，溪水带云顺流乘。
荷风轻拂钓蛙鸣，蝉啸耳悦激柳腾。

雨

雨滴落地碎玉锵，龙女撒手满天香。
丝条垂天雾帘望，直当尘世仙境享。
大小珠落满玉汤，着地笑开水荡漾。
花蕾待润雨汁畅，母亲河浇裂地旱。
大雨过后彩虹亮，山河一片清新爽。
黄河之水天流淌，滔滔向前东方扬。

秋叶

青叶枝高眉头翘，根底树干望不到。
盼春半世枯黄干，凄寒秋风伴根老。

山浪

白云戏日竞相逐，山浪激空峦起伏。
风吹柳枝花轻语，鸟鸣红花荡青绿。

不悔

诗歌佳肴空入目，头醉昏饱饿饥腹。

酒肉穿肠实填肚，今朝当醉后不悔?

心境

山花烂漫心作情，江山如画描梦境。
道理不平方圆整，近是麻花远似景。

闲云

风雨无阻高飞天，闲云好奇尘世圆。
溪水带云飘峰险，磐石漩涡转圆圈。

蜗牛

蜗牛一路泪水淌，蜿蜒曲折苦尽尝。
前途漫漫孤独爬，仰首挺胸不畏难。

待春蜂

红花无润梦难开，含苞待放春蜂来。
彩艳眠下芳香升，万古长存情常在。

清福

入眼奢华空梦睹，弹指苍穹日影孤。
女娲造人天漏哭，沧桑何处享清福。

山苑

寺老深山远，淳厚好人缘。
百鸟相啼闻，万草香山苑。

共乐嬉

清风舒爽花醉心，行云流水入梦境。
千古旧人若游回，遗梦今朝共乐嬉。

清瑶

少年赶不老，老年慢难少，
流水哗哗滔，心宽水清瑶。

酒瑶

人心浮躁红尘扬，欢声笑语伴酒觞。
月儿不随人影去，满江琼瑶千古唱。

同志

罗马之行志同来，西江月曲共樽台。
提壶灌饮三江雪，携手桃园叙情怀。

心胸

晨曦开幻梦，鸟鸣醒蒙眬。
绿水荡春风，红花透心胸。

情长

晨曦透红晚霞艳，山花引鸟鸣溪蜒。
南国翠绿北国鲜，江河海洋荡苍天。
入眼青山绿是言，满坡红花情缀颜。
万物随天星云转，浓浓情长围身边。

盐粉

酒肉香甜塞牙缝，蔬菜清淡润翔凤。
吃喝玩乐求味道，清淡苦咸盐作粉。

散天下

小孩哭长大，大人苦做肴，
辛苦拉扯家，老来散天下。

心海

纯净心轻轩宇开，杂念忧虑红尘来。
茫茫天地黑白在，大道自走通心海。

风火

大雨冲翻小叶荷，小漏熄灯酿大祸。
天随星月人按命，滔滔江水映风火。

彩虹

日出而作日落息，三更烛火五更鸡。
晨曦开来思绪飞，晚霞归来彩虹奇。

月最情

风云沧桑月最情，文人墨客广寒进。
花红柳绿明月光，醉生梦死伴月行。

情难越

最是多情云上月，广寒宫里醉酒悦。
婵娟共圆天下愿，星移斗转情难越。

香浸碑

书香入枕梦入被，诗词醉心酒添杯。
红尘纷纷情飞扬，灰飞散尽香浸碑。

情五代

世出众多相，一人万般想，
沙含三界小，情生五代长。

洗龙虾

龙游浅水遭虾戏，四海之王宴上席。
翻云覆雨薄云骑，净去苦盐清福喜。

真谛

红花随鸟鸣，青草长护堤，
随意题红叶，真诚画真谛。

风行

十年风雨情，一日阳光晴，
百年世太长，十年驾风行。

浮云空

风流曾唱牡丹红，常梦周郎战曹公。
深醉悟得大江流，半是浮云半是空。

热血

额头刻沧桑，疤痕记创伤，
悬梁寒窗长，鸡鸣舞剑郎，
阅历长智商，岁月酸辣汤，
红心表真情，热血历史扬。

颜面

青山花红鲜，镜中自我颜，
芸芸大众脸，儿喜最彩艳。

白云轻

梦圆仙飘情，有缘忘情境，
销魂星雨花，不醒白云轻。

亮彩

少年懒睡梦香长，老夫早起晨练畅。
青春梦想晚器成，晚霞谢幕彩更亮。

韶华

韶华春不老，兰室梦轻遥，
随性题红叶，抒情世一朝。

倾盆大雨

天水黄河释，银河灌天池，
落汤鸡扑翅，屋漏游泳室，
冲净天下渍，引流干枯湿，
落地开花丝，奏响钢琴诗，
圣水注宴酒，雨顺何愁吃。

婵影

眼瞟美妙龄，心爬月宫吟，
何处芳草身，能伴婵娟影？

夜晚

晚霞浮云亮，日落山峦鼾，
蛙声子夜明，荷花沁脾香。

水

雨滴虽小流不尽，水润晶莹滋百灵。
大火猛烈细水扑，红尘混浊唯其清。

情绕

富山嘲我诗肩瘦，小花喜草情趣逗。
自古书生柴门陋，满苑芳香伴身搂。

正义拼

临风鸣不平，仗剑挥为民，
不信天由命，正义不惜拼。

云烟

细雨斜风冷，云烟罩柳身，
蒙蒙人生面，尽在无语言。

青春岁月

沧海流年青春火，
朝阳初旭日月歌，
少英策马关山过，
人生摇曳心婆娑。
世事煎熬光阴磨，
荣枯得失水凌波，
梦里挥手操剑戈，
鸿心鹄志越山河。

夏至

春飞夏至似无声，霞卷云舒常有滋。
朝来清风拂嫩笋，午将山鸡湿扑翅。
轻烟雾绕笼山色，鸟雀跳跃弹竹枝。
流连青山拈红绿，花醉莫怕外人知。

伤

非秋草枯殇，酒涩愁满膛，
樽深浸月凉，知多烦恼伤。

氤氲

宿鸟迷烟景，蛛丝挂绵情，
风啸梧桐号，阑珊月影氲。

盐

纵横捭阖名利争，酸甜苦辣掺拌盐。
桃花看尽方无色，涩酒饮尽曲始成。

善心

雪花洁白善水结，古柏翠绿根深掘。
天时地利在人和，人缘好在善心借。

醉花落

浓香三百朵，为君一日过，
风琴布谷梭，玉液婵娟泼，
唐宋风流歌，雅韵情爱说，
拈花观月台，不省醉花落。

迸诗说

风吹卷云情来梭，雨敲心海意点歌。
不求八人抬悠乐，只愿沙滩迸诗说。

天堂

自古诗人多忧伤，才学难以报国强。
傲骨不屈寒风吹，终待梦里享天堂。

梦一晌

香夹粉脸庞，鼻勾桃嘴上，
旖旎夺春光，翻身梦一晌。

月少圆

鸿鹄飞天翅折断，醉生梦死随酒旋。
前程漫漫天道远，山路弯弯晕头转。
难得正午好梦缘，讨厌乌鸦来捣乱。
长恨春梦销魂短，叹息婵娟月少圆。

梦中

城市灯如星，疑浮天宫行，
自觉地狱冥，福中不知醒。

男人酒女人泪

男人酒来女人泪，多少忧愁伴苦味。
丈夫郁闷不得志，妻子伤心嫁后悔。
事无竟成爱亦冷，攀荣附贵错对郎。
烈酒烧心泪伤身，滔滔江水带梦飞。

眼中

瘦瘦诗人肩，款款君子谦，
张张纸币钱，没在眼中间。

三界

滴水穿石洞，涓涓汇海宏，
微小似无风，外静内运动，
茫茫一草芥，天数命运中，
红尘五情短，沙粒三界通。

随酒

红道天数论，甘霖随东风。
不慕红尘宦，甘为翠柏翁。
繁忙探幽州，闲暇卧花丛。
携酒随我饮，抛开万念空。

豆雨

豆雨击地琴，铿锵敲魔淫。
哗哗不留情，涤荡天下疾。

朦胧

朦朦胧胧看不清，迷迷糊糊最美丽。
近是麻花远是景，梦里逍遥好仙境。
来来往往过眼云，曲曲折折空荡行。
借酒消愁愁上心，空空无色好平静。

爱仇

本是情所爱，却为仇来栽，
根扎愈来深，欲焰越红海，
爱上一十年，恨上一百年，
不能没有爱，越爱越仇害。

花好诗美

好花好景好诗词，好诗好词好香吃。
江山江水江流逝，海阔海宽海心室。

寒风

狂风折树枝，雨打花落湿，
寒风夹身紧，艳妆裹素衣，
脖颈爬冰虫，袖口透冷气，
蜡梅迎寒霜，傲骨斗寒袭。

母亲节

母亲一声儿来响，迸出世间霞光祥。
狂风暴雨激沧桑，轻风薄雾润家乡。
不屈血性让儿强，慈母贤惠和八方。
生儿育女功劳高，圣节受拜天下郎。

母亲

嗷嗷待哺乳汁香，十年寒窗成龙望。
游子报国母亲盼，子孙满堂老母想。
黑发青丝添银斑，娇粉无艳蜡青黄。
身被母缝温馨衣，慈母恩情子难忘。

妈妈

女娲造人天有情，生儿育女母挂心。
日夜操劳妈身影，日月无光仍娘亲。

延年

文字不值钱，只当鲜花艳，
自我进乐园，益寿又延年。

昌

电闪雷鸣颤，狂风折枝响，
山崩地裂寒，旦夕祸福伤，
社会风云残，人生曲折暗，
心宁无以乱，仁善总得昌。

怡景

蓝天白云卷，大雁人字行，
杨柳随风旋，花红黄鹂鸣，
眸醉心生恋，情怡身忘返，
长停驻足观，秀色美酒饮。

饮景

风线放长鹰，柳丝钓青鱼，
花香迷彩蝶，黄莺戏沐浴，
坐于山之巅，尽览天下色，
心醉桃花境，景色畅饮舒。

蛰伏

幽境藏卧虎，茅庐出儒将，
身在浅水潭，真龙不露相。
平时蛰伏深，潜心内功练，
一旦出山跃，一鸣惊天响。

忧悠

忧悠一体分两手，左右端头飞开袖。
走过头去忧变悠，否极泰来另外由。

乐极生悲痛过休，痛定思痛不再愁。
中间心态平稳有，任你晃荡都是优。
忧悠两端无忧悠，越过远处外地球。
红尘过后空无收，苍穹尽只小星游。

开悠

窗外孤鸟飞，啾啾鸣心愁，
空屋独赏卉，满目凄凉忧，
山外红花堆，室内落叶秋，
忽见向日葵，迎光笑开悠。

月盼

雨打冷风寒，红伤遍地残，
远山孤雁航，漂泊形影单，
伴玉赏花蓝，婵娟不下凡，
诗酒醉香坛，梦飞月宫盼。

嘀嗒

嘀嗒时针格格走，慢慢细流滴水悠。
一分一秒带寿溜，毫不留情红香袖。
爱爱哀哀慢煎手，终了还身一人受。
我劝天公阴阳球，只有一个太阳久。

烛光

寒风卷枯叶，飘落满地烂，
静夜独书斋，阴冷催悲伤，
空中凝霜气，内心聚忧虑，
陈酒烧心焦，烛光斜影长。

志高

山峦傲大地，小草伏树荫，
大江浪涛底，小溪沿涧移，
险峰飞鹰少，平川浊水多，
志高攀崖顶，卑庸落草席。

蓬莱

雨粒荡尘埃，碧空蓝天开，
花草挂露珠，大地清新白，
鸟雀树林跳，彩虹腾上来，
心中无杂念，只恋此蓬莱。

长理豪迈诗——七律

1.长沙理工大学

长江九曲大洋奔，湘气一吹枫叶隆。
山路蜿蜒心里直，道坡坎坷用工通。
苍穹星月电驱转，四海隔离桥结融。
荣耀高堂彩珠摘，峰峦旗帜艳飘红。

2.长沙理工大学——嵌名诗

长龙翻滚潇湘涌，沙浪拍涯激海峰。
理世腾蹄骏马奔，工夫不负紫楼憧。
水流儒墨江山画，电挈铁车天堑冲。
大雁展鹏飞璧殿，学林翰院鼎元锋。

3.校训：博学力行守正拓新

博学通古孔庄齐，学道翰林儒礼艺。
力顶岱昆脊柱梁，行程万里经纶励。

守信奉德贤仁承，正大光明信义继。
拓展视瞻腾浩穹，新蓝问鼎展奇丽。

4.长理水电交通

南水千程北国缘，蜀坡万陡铁轮翩。
共工屈就放江涌，天堑途通沃野田。
山涧凤城四方客，丝绸海角一绫牵。
苍龙电闪霓虹路，昆岳桥横浩远连。

5.长沙理工大学马院——嵌名诗

长江之手湘溪缘，沙涌赤朝思政苑。
理道马原毛概论，工修灵德桃源婉。
大贤礼义仁知先，学海无涯勤奋远。
马不停蹄曦日前，院墙红杏展华烜。

6.校魂：九云方鼎

桃源碑石坐花丘，芳卉蝶翩茵草幽。
天鼎雄豪蒸日月，栋梁威武守神州。
仰观九昊云飘逸，俯视雅园学子悠。
鹏展朱翎越苍浩，揽怀星玉傲春秋。

7.孔圣塑像

书斋小屋虑天下，箴教大同世界家。
燃烛光辉启聪慧，讲台授道传中华。
仁和信义智明察，有学无差知德雅。
四海高徒一《论语》，三躬儒礼万
芳嘉。

8.云影湖

王母云飘长理城，桃源瑶醉耽情生。
浩穹霞霓天宫影，柳叶墨琼庭翠盈。
碧澜波漪朗声漾，蜂飞蝶舞鸟鸣笙。

翰林渊海深无底，湖畔书斋启鼓钲。

9.和谐

耳听天下鸟虫声，兼得日月轮辉争。
货比三家弥不足，卧薪一剑寒光冷。
洁白莲花婷碧池，仁义道德流芳史。
民主改革诚信守，和谐大唐又鼎盛。

10.长理马院

长臂一挥苍穹荡，沙尘滚滚搏击场。
马不停蹄冲天上，院出红杏远名扬。

11.长理马院

长仰傲头理鬓须，马不停蹄追晨曦。
学府载誉香书苑，满钵桃李彩虹雨。

三尺讲台

1

三尺讲台四洲海，一杯清茶倒出来。
两边窗户朗声开，一脸笔灰满心彩。
春风幼苗细心栽，秋来果香钓鱼台。
踱步方寸海学斋，柴门有材乐优哉。

2

三尺讲台学海舟，迎风破浪激鱼游。
小桌倾注渴望求，汩汩学酒肚海流。
尊坐高雅书斋悠，满眼尽是青松柳。
朗声笑语春又秋，鸟成凤凰披彩绣。

3

三尺讲台学风采，一笔绘出蓝天海。
春光花菇幼苗菜，金秋硕果满园开。
书斋孤影诗肩瘦，尽掌道悟于掌手。
四方小桌天韵拍，满脸笔粉开心怀。

粉笔

方寸短指万言长，宁为玉碎黑不染。
沃土花苑桃李芳，晨彩金秋满山香。

教师

额上无字肚有知，口里无金道不尽。
方寸书斋天韵兴，花苑园丁扶草勤。
幼苗参天栋梁强，满纹银丝笑花香。
学子仕途一路金，柴门有材乐悠林。

忠教

一脸热情青苗壮，万愿企盼幼树长。
忠教无悔学不藏，桃李满园天下芳。
纵它钱池蜜口馋，书山通天任游畅。
油光秃头照丹心，满纹智慧兴国强。

田园

风拂水波粼，青山满花盈，
碧水嵌倒影，白雾漫清晨，
曲越荡扁舟，心悦雅客巡，
田园胜仙境，抱朴性情真！

存

自作多情水酒淳，缠绵挂念不过春。
爱爱哉哉永恒在，红尘飘去藕丝存？

仙舞

清风拂柳阳光灿，美女仙柔众人望。
举手投足婵娟姿，翩翩起舞一片唱。

醉

春风拂面醉，飘荡随云追，
坐卧瑶池会，鸟惊牛粪堆。

热血染山河

东风狂呼吹，战鼓雷鸣轰，
少年摩拳撑，肩扛枪炮筒，
丹心照山河，不惜男儿身，
青春火热血，尽染山河红。

仙飘

飘窗鸟鸣曲，帘开醉熏风，
璃净摇竹椅，眼阔极天棚，
心悠阅韵赋，好文增仁性，
香书醉芳亭，灵诗仙飘涌。

石榴花

灼灼石榴妖，艳红映碧霄，

仙翁下凡瞧，墨客画中翘，
百花羞颜萧，千妇愧己憔，
奇葩香万里，蝶戏舞逍遥。

春艳

春浓花艳丽，漫步逛桃源，
青山绿千里，流江碧浪远，
东郡裁美景，墨客绘高原，
花香生活甜，尘世无以怨。

知己

知音倍难觅，道合谁共吟？
唯有诗词饼，伴月醉难醒，
寂寞行天际，忧愁付玉琴，
相思广寒寄，婵娟知己心。

衰草

明月寒光远，千山尽素颜，
萧萧风雨冷，百营枯黄艳，
人命衰草短，性格高山端，
纵然黄河险，宁淹不失脸。

心定

罗兰芭蕉花眼移，美酒佳肴无味饮。
百花簇拥情飘逸，寺庙钟声人心定。

孤独

孤单虽忧伤，雄鹰任飞翔，

静山鸟伴唱，独影书韵香，
风拂江水荡，文润人心畅，
伏案探道悟，思泉常青杨。

情怀

风激浪滔滔，雄鹰翱翔高，
心起澎湃潮，鸥鹭婉绵号，
敬佩虞姬烈，夸奖成吉豪，
思念常萦绕，情怀醉陶陶。

通窍

林间鸟鸣跳，籁曲对相交，
悟道无声笑，诗词心中敲。
峰尖静静挑，直指银河桥，
溪水哗哗叫，石拦不通窍。

白云

白云不着边，到处游好闲，
见势低腰弯，阻难圆成扁，
遇压曲身段，顺走不先前，
伸屈随机变，依流去旋转，
跟风不要脸，没有自己颜，
缺失心骨撑，风打飘飘软，
成雨泪潸潸，消失茫茫间。

凯旋

贫穷当自强，富裕莫耀阔，
名利如云雾，人情纸张薄，
勤劳好收获，懒惰田荒落，

壮志常怀有，胜利凯旋歌。

美景扫千愁

柳舞晓风柔，群鹅戏碧流，
河蛙歌雅悠，墨客弄扁舟，
逶迤青峰秀，蹁跹白鹭游，
神州行万里，美景扫千愁。

三心二意

怡景千里消万愁，一失则成千古臭。
二月春风剪刀手，三心二意万事忧。
事事顺来千虑红，人算不如天意心。
机关算尽东风尽，一切如意善心有。

小草

生于杂草堆，大树挡光辉，
小草矮不萎，高立心不灰，
风吹两边找，志在创新道，
未能扬天高，离离牛羊喂。

妖

心高志不倒，眼高心不老，
顽强老不憔，翠竹伴榕妖。

天籁禅机

白云飘飞无声迹，林中鸟鸣划天叽。
红花吸蝶悄无息，山风摇曳竹筒戏。
池蛙鼓噪水涟漪，寺庙古钟萦耳际。

静听天籁悟禅机，意中多少道痴迷。

抽丝

欲求多焦虑，清心无忧伤。
白云空脸面，铁锚钩河床。
浮华多伪劣，质朴少贪婪。
硕果因勤奋，抽丝学做蚕。

鹰击雨

松柏挂峭壁，山高鹰击雨，
征途弃瘦驴，近水养闲鱼，
骄奢多淫逸，质朴少寡欲，
五岳冲霄立，勤劳得富裕。

万情韵

一枝红梅百群蜂，千树梨雪万柳春。
一声雁响百回荡，一片美景万情韵。

愿

十年磨一剑，不在一时天。
直指苍穹间，还我中心愿。

琴道

夜阑人静听杏落，天穹遥看流星火。
江山一片银素裹，几处蛙声琴道过。

南柯一梦

世上好事书中印，天下美景寺占顶。
纵迹天涯游未尽，南柯一梦尽享情。

不停弦

一觉醒来八万年，物是人非不见脸。
轮回不断情长牵，恩爱眷恋不停弦。

万寿

口咸心不嫌，能战万难险，
不为金钱贱，得有千寿年。

姻缘

千里姻缘一线牵，有缘相会无缘嫌。
鲜艳万支一枝缘，牡丹山菊皆成眷。
移情别恋梦里寄，三心二意遭苦煎。

天国

蘸取青山画浓墨，舀泼云水润诗河。
站于苍穹望人生，悠在桃园享天国。

青春老

雄鸡唱白碧天晴，晨起锻炼花甲勤。
太阳进屋晒被窝，难烧年轻小伙醒。
青山不嫌青春老，旧宅厌倦白发新。
峨眉到顶台阶少，桃园陈酒浊难清。

思绪

放云空中飘，丢月水中泡，
思绪裁剪刀，任随心情操。

飘

风掀浪水溯九代，尘扬沧海飘五千。
穿眼三世空来风，过手万物压身钱。
心胸无边七尺高，梦悠长长一瞬间。
缘来怨去百年结，情飞苍穹无时限。

心亲

清樽一尽肝胆镜，雅琴三奏置腹情。
管鲍之交知己韵，天生缘分知心亲。

心牵手

牵手无心隔条河，同床异梦代差落。
移情别恋新生活，另起炉灶难生火。

春远

雨落碧瓦碎玉琴，风吹落红沾湿襟。
热浪腾腾嫩芽绿，落地残花春渐尽。

快乐

繁忙忘疼痛，无事百病落，
农田耕春乐，天堂争权座，
匆匆无轻松，悠闲生烦闷，

桃源养懒惰，快乐在劳作。

桂林行

独秀峰坐独秀亭，月牙池映月牙明。
桃花弄影春江夜，更有醉人芦笛音。

月舟

明月载千秋，夜夜风波舟，
收寄春光梦，未散秋雨愁，
希望星火点，黑云暗暗收，
大步日光走，阳光四海洲。

扰

看不到心潇，看得到心焦。
无求眉自高，有求脚自倒。
有得便是好，少了定要吵。
自由孤独老，无了万无扰。

情滋

长远不急功一时，小利不用老命试。
金钱在世名远世，物重于道情有滋。

花色

弥芳飘远随风携，射香千里诱彩蝶。
历经沧桑风雨夜，点燃红烛照绿叶。
幽幽梦思前世缘，不披青衣上红颜。
脱胎换骨重彩叠，只付嫣然一笑色。

时促

鸣笛破晓日曦初，万物轮回又一苏。
雄峰静观风雨露，流水匆匆慨时促。
松柏常青衰草枯，鸳鸯戏水忘时呼。
光阴情韵各把握，不留遗憾付作古。

生命

在世不可枉费名，不惜赤身火海拼。
不求舒畅但磨砺，炼得文才报国情。
吟诗不惧孤灯冷，静修任它尘嚣热。
功名利禄浮世影，真心为国甚生命。

心宁

世界随心而大小，人间随情而哭笑。
名利海洋激浪涛，赞他扬人自己耀。
友爱社会一家造，关心他人己要好。
无限风光在险峰，内心宁静最为高。

水藏天

红日盖世天穹边，雄峰傲仰天下间。
浮云轻风貌桑田，崖缝沟底水藏天。

美

花美落红泪，酒香醉苦累。
山水心境味，无色最为美。

法治天心

天外有天法无边，心中有法天不扁。
法网盖天疏不漏，天心有法普人间。

不醒床

依窗寒风孤影长，残烛泪光一片茫。
昔日月伴今无光，好随长梦不醒床。

夜长

柳拂清水塘，鱼涌涟漪荡。
粉黛随手扬，君子叹夜长。

闲活

红颜薄命花百艳，小草一春龟万年。
青春年华长久鲜，老朽空度赖活闲。

再来

来时红蛋去时响，平日默默无语腔。
尘土飞扬随风散，再来又是一好汉。

夕阳红

晨曦未唱天下雄，正午日当没热轰。
偏西跟随残云滚，黄昏自美夕阳红。

无泪

山河依旧美，生活照样累，
滔滔水不回，人生没有泪。

永恒诗

香飘万里落一池，流芳千古在一世。
叱咤风云震一时，道理明心永恒诗。

禅道

烈酒壮小胆，清茶润心畅，
刀光闪一寒，禅文道悟扬。

泪滴河

弄笛兰舟鲜花落，鸣琴绿苑少对歌。
春心常遭北风朔，庭院夜泣残叶脱。
一缕西风催老挪，三秋寒潮倦萎缩。
人生飘飘江水过，滔滔东流泪滴河。

惊怵

林涛声震谷，群鸟不惊呼。
黄莺唱无常，虎啸震天怵。

依旧花

有缘知己相与搭，古台月夜琴声拉。
莫道经霜蜡脸黄，入眸依旧昔日花。

心轻

蛙噪莲花静，月飘水无形，
思闪黑山夜，道重心里轻。

龙虾

长途征脚下，近路跟人踏。
险峰激义侠，浅滩龙成虾。

演梦圆

一支细笔流思泉，一片小画展心田。
一条琴弦唱心声，一块屏幕演梦圆。

飞鸟回巢

幽幽山谷群欢颜，各自尽享快乐园。
蓝天白云任飞翔，溪水随性自流闲。
大限来时各东西，乌龟不离青山间。
飞鸟回巢归旧树，老牛低头耕新田。

情寄天

人间天堂亮，天空星稀闪，
人多情掉落，还寄天穹上。

唤梦想

月躺荷叶上，星坠池水塘，
蛙鸣激思泉，夜莺唤梦想。

113

梦境

寂寞伴诗笔，揽烛作月影。
风啸陪心声，天涯荡梦境。

彩云飞

春暖香风吹，阆苑开花卉。
亭台燕儿归，人间满芳菲。
为人不心亏，管它妖魔鬼。
把酒狂举杯，醉梦彩云飞。

新晃侗族

新天一晃共同族，庆国独立拥花簇。
欣喜若狂翻身奴，同胞携手小康路。
猩红大字梦云出，强大侗州大地矗。
兴中强侗激浪促，旧貌换新改当初。
莘莘学子创新露，落后面貌来扫除。
信心十足农林畜，幸福满眼油盐醋。
形如西施同美虞，好客香醇沅水呼。
歆慕旖旎非凡俗，神仙驻足安乐宿。
夜郎虽小侗州大，无人不晓世大同。
杏花园里彩旗鼓，星光灿烂遍山舞。

花情痴

山亭梁柱爱情诗，岸边梅扭妩媚姿。
弥漫飘浮云西施，美梦不醒花情痴。

没海天

日射艳阳耀亮眼，月飘柔光韵心田。
三界争抢名利先，一水东流没海天。

精神银河

老树虽粗发枝单，小泉犹滴涌大江。
万物轮回随烟散，精神银河苍穹长。

乐神仙

喧嚣一时显脸面，吵闹不断争利前。
欢欣都伴痛苦言，淡泊堪称乐神仙。

情绕山间

山路弯弯水蜿蜒，一生缘分天定弦。
水绕大山不离涧，人心可变情不断。

红一点

誓言携手前，浪掀各两边，
夕阳红正艳，晚霞聚一点。

风雨

春风含情大地绿，寒气怒啸雪花雨。
秋香携手带红叶，夏焰云岸观浪鱼。

无影

高揽良田千山林，屈身冷冢一丘陵。
风云叱咤万古名，尘土飞扬不见影。

情悟

满脸泪花抽泣呼，念念不忘那阵哭。
永抹不掉昔日痛，情长记忆疼道悟。

童年

开裆跳绳麻雀瞅，掏鸟骑马捉泥鳅。
缺牙流涕笑红绣，错扣歪书打酱油。

少年找

日月沧桑老，记忆溯愈少，
昔日竹马骑，今时拐杖靠，
往事历历目，游走时光浮，
额纹留童趣，老来少年找。

飞鸿情

身在外乡家在心，远隔千山飞鸿频。
书信浸润亲友情，梦寐浮现家人影。

天香

瀑布震天流不响，花开无声遍天香。
喧嚣一时云烟散，精神万古无限长。

腾云轻

混浊天地本缘情，千变万化律其心。
满腹空灵通天境，一缕思绪腾云轻。

传统韵香

传统璀璨华夏祥，古柏新枝国盛强。
九流道化尘不染，三教礼仪人韵香。

琴舞

弦断绿绮弹牛呼，浮空虚受菩提悟。
茫茫人海常相握，谁与相知拥琴舞。

挑灯

破书千卷会，思涌万杯醉，
书海茫茫危，挑灯一点辉。

情不悔

看破千卷回，喝醉人海味，
红尘满天灰，迷漫情不悔。

雾中月

百花吐艳争红血，英豪论剑亮长夜。
红颜退去山风雪，青史归来雾中月。

偏心

杯中江山易醉倒，山中大树直亦高。
船摇偏心不正好，大地诚实随风潇。

缥缈

杯中江山随手摇，水中镜月顺手搂。
烟圈仙岛围头绕，酒翻入水影缥缈。

花殃

昨闻牡丹鲜艳香，今见伤红满地残。
世风突变晴雨场，可怜无情心花殃。

六月涛水

烈焰激涓似血胀，山洪万马冲江涨。
手拨浊流头顶浪，滚滚向前尽朝阳。

无声

眉边簇卉婵娟并，脚底茸草细风轻。
皓月千山缠绵影，荷花池水无声心。

乐悟

早望峰峦云卷舒，晚观天际霞飞舞。
忙里偷闲茶几壶，自得其乐书道悟。

尘埃扬

甜梦余香散，陋室冰冷床，
栏望晚霞暗，尘埃纷纷扬。

长夜

红豆相思撷，花开花落谢，
尘世花与月，梦中一长夜。

古井

口小度量大，夜郎是我家。
井底观世界，一眼见天下。

尘飞逝

晨烧烈焰炽，夕落晚霞寺。
千年滔滔史，远去尘飞逝。

归圆

秋风落断弦，苍云遮碧天。
天涯海角远，思亲终归圆。

秀峰

优美旖旎吸蝶蜂，秀才妙语挥诗丰。
悠春香醇溢清芬，秋高绿野缀红枫。
岫岩七星钻石缝，袖洞红绿涌纷纷。
修身养性桂林峰，羞花闭月施山粉。
遥指苍宇谁最雄，南天一柱不倒翁。

休闲仙鹤止风行，九龙漓江戏彩凤。

桂林

鬼斧神工世仙岭，桂花飘香弥山林。
龟头象身天雨淋，规整梯田龙脊岭。
葵花青草马蹄印，闺房七星岩玉玲。
贵香米粉誉四邻，阳朔鼻钓漓江鱼。
瑰丽山水映天庭，归心似箭赏美灵。

桂林

石象鼻钓漓江鱼，七星醉滴乳石雨。
龙脊桑田云梯路，山水一画天地出。

红颜老

昔日风光鲜花好，风作情思叶作稿。
秋风寒月残红掉，流年似水红颜老。

落沙尘

茫茫尘世芸芸生，功名利禄竞相争。
钱财粪土埋人去，浪得虚幻落沙尘。

逍遥

无情西风催人老，岁月东风激情号。
哭是悲伤也是闹，哭哭笑笑梦逍遥。

镜子

一见不长高，二看不云飘，

三来靓不到，四面都视好。

镜子

平整如水亮光明，一视同仁天地影。
笑里不刀美不耀，红尘一扫烟飞冥。

傲骨

马首是瞻马后扬，前世未有武大郎。
出人头地舍命上，一身傲骨留史芳。

柳絮

后依翠微前拂水，日沐阳光晚钓晖。
笑看滔滔江流逝，柔枝迎接春寒醉。

花落

花谢无颜月无光，伤红无声玉裂烂。
秋潇飘零万物霜，落花心碎情断肠。

拍浪欢

鹰击长空落雨天，花红百日秋无颜。
叱咤风云百年间，滔滔江水拍浪欢。

中秋

枯灯寒夜漂流年，乡土音容梦相牵。
荒冢凄凉秋寒逝，借光相思明月圆。

重梦

星移斗转山成海，时光轮回玉碎尘。
喧嚣市井名利禄，青云仙山梦又生。

夏夜

幽幽静夜夏，微光透碧纱。
书香迷梦幻，笔落红桃花。
酣热激情遐，思绪婵娟家。
情醉通宵夜，晨开一空画。

诗词

诗云腾高山，词舟游江海。
妙语道智慧，大树凉后代。
绝句惊天下，来人不再开。
醉人诗酒菜，梦飞尘世外。

缘

怒发为红颜，回眸待情缘。
南柯盼自由，丹心强国愿。

乡情

离乡经年千万里，不断情怀常流涕。
手足音容犹窗前，上前迎接不见影。

暖人苑

六月火红焰，高考热火天，
学生待检验，家长陪同煎，
湘园支部见，引入休息室，
李丽心灵间，温馨暖人苑。

李丽心灵家

递上一杯问候茶，给你一个鞠躬礼。
你来心灵温馨室，驶入避风港湾里。
迷茫忧虑陷不安，春风伴君快乐林。
黎明希望飞翔云，金秋辉煌灿美丽。

湘园支部助学香

明德学府声誉响，年年高考拥满堂。
莘莘学子考紧张，家长陪同等不安。
湘园支部热帮忙，送水送情送温馨。
有坐有聊有福喃，党的温暖沁心香。

云鹏

幽径禅道深，忧虑思绪腾。
清风导春梦，红叶留诗痕。
道悟心默契，相知不在语。
文芳沁心脾，醉飘白云鹏。

燕

清风拂大地，白云飘蓝天。
鸟雀跳枝头，百花艳阆苑。
翻飞托清风，来去遂心愿。
清香朝夕闻，何必空飞鸢。

寒窗鸟出笼——高考结束

笔橹江河扬水推，纸漂海浪逐云追。
横扫瑶池蟠桃碎，指点婵月扁圆亏。
书纸笔墨天池堆，名利福禄尘埃挥。
玉杯红酒逍遥会，闲花朝夕梦鹏飞。

亲友情

家有一宝上考场，亲戚家人全上膛。
目标靶射炮花响，累趴众友吊心胆。
全力携手助考香，支持鼓励操心安。
龙凤蔓草皆有祥，牵牵不忘亲情长。

端午

端杯剑起舞，直指奸佞扑。
屈圣泪江哭，苍天不应呼。
忠贞报国路，梦断良心苦。
诗魂启道悟，天国自构筑。

粽子

种下一粒子，秋收满仓池。
糯米聚一叶，团团密密滋。
人皆小一份，集结天不分。
忠心大群体，香溢四海诗。

吃粽子

黄米齐头聚，紧密不分居。
外披温馨衣，热闹享乐趣。

青叶飘香溢，龙王待赠予。
龙舟吞粽子，擂鼓飞梭鱼。

不枉来

潺潺流年声，匆匆过客尘。
陈锈覆金银，沧海淹家珍。
龙虫皆有灵，运各随天生。
不枉空来世，寻求自由身。

苍穹眷

浩浩尘星渺，悠悠弹指间。
江河流年啸，白云蓝天闲。
鸡肠小肚闹，市井不让钱。
不断情飘遥，茫茫苍穹眷。

仁义胜

不系风筝绳，驾云任自身。
井见唯吾哼，谁人同与争。
不唯马头仰，天道酬勤奋。
沧海浪峰腾，道握仁义胜。

神州魂

百花竞争艳，万物循年轮。
江河滚滚前，人生不甘沦。
试问日月高，华山挥剑论。
德才贤能兼，走遍神州魂。

灰无烟

开谢一春秋，荣枯一岁间。
转瞬梦谢幕，流年花无颜。
眨眼千万年，挥手轮回圈。
苍穹流星雨，瞬间灰无烟。

前世缘

初识缘来情，一眼定世亲。
打结缠不开，春意自来劲。
多情不开花，有缘自远来。
梦里美眉香，现世酸甜菜。

萍水

走马人间道，水湾山曲绕。
青云直上烟，江浪平原少。
险峰奇鸟到，平川浊水躁。
清溪瀑布响，萍水随缘漂。

吃苦胆

甜言蜜语溺馋缸，奢至简来苦不堪。
吃苦何惧破鱼胆，秋后桃李满园香。

汴州西湖重开舞

银河又落西湖湾，歌舞升平汴重欢。
碧水池畔贵妃影，林荫绿草红花冠。
清波荡漾轻舟移，龙亭盛宴蟠桃葡。

开封新河映天庭，神仙慕名奔来观。

清凉

沉浮学静水，舒卷如飘云。
昙花不争宠，香风夜来熏。
愁跌秋江水，乐蹦春风花。
名利烦心伤，尘扰清凉韵。

醉海

固步无新字，随机笔生缘。
勾文聊自遣，取乐捧书前。
烟云携浮尘，笔墨润情深。
当月空对酒，同舟醉海间。

红叶心

尘埃弹不尽，世风吹又腥。
闲云山起落，来去一身轻。
龙曲弹飞跃，静水流轰鸣。
浓浓秋云事，淡淡红叶心。

谈笑尘埃

十年寒窗夜，百年风花伤。
云飘自由碎，风追目标散。
清心乾坤朗，色空天地亮。
四海空花样，千秋梦一场。
携月沧海游，谈笑尘埃扬。

红尘芬

晨光蒸白露，夜幕降凉风。
静石披苔碧，清溪落山峰。
残花悠笑落，寂叶守痴黄。
心田绿洲青，红尘眼界芬。

懊恼

万事随云悠，千愁付东流。
云淡风又卷，泪水涌不休。
家乡美在梦，情牵心中留。
名利不去追，懊恼无限愁。

白眼

一等上等好耀眼，处处有人找留言。
三等下等无人见，随时都遭白眼尖。

父亲

1

曾经风云八方崇，敢为人先首当冲。
勋章挂满两肩耸，荣誉受赞最是红。
铮铮铁骨比钢强，忍辱承让不负众。
灯下促膝夜深长，呕心传授弯腰咏。
万里载道云海游，人生教诲道悟通。
千山不及父身高，万水无有父意长。
如今迟缓老龙钟，寿比南山安康永。

2

千山雪飘挑炭红，万水洪涛迎浪冲。
山峰巅顶指人生，大海深潜谙世风。
一身正气刚不阿，满头银发睿智涌。
沧桑皱纹刻英名，傲骨不老常青松。

3

仰头峰太高，低头海深奥。
依偎手掌心，徜徉天堂翱。
筋斗翻三遍，仍在你身边。
父爱高于天，儿女享福宝。

思乡月影游

寒风孤灯酒，书页情字流。
竹马骑风筝，山水风景优。
手足血脉连，南北春秋隔。
家乡幽在梦，心舟月影游。

恩情

病中梦不断，几度天堂登。
醒眼世界新，好似重生灯。
慰问声不断，萦绕骨肉仁。
名利随烟去，恩情只留人。

独唱

泉涌春溪水，鸟筑育儿窝。
花布紫阡陌，柳满长堤坡。
蝶舞圆诺言，枫传红叶说。
洪江一路流，独唱春秋歌。

浩荡入云

花满春江堤，香飘万林空。
鸟跳枝头舞，溪流绿山缝。
万事随云悠，千愁流水冲。
骑身驾仙鹤，浩荡入云风。

意千含

含苞待放迎蜂入，落英纷飞枝留香。
十指弹开情万种，一心羞闭意千含。

淡溪清

鸿雁高飞鸟不惊，卧龙蛰伏蛙噪鸣。
不争日红亮月白，悠闲山绿淡溪清。

宁静

蝉鸣消午睡，雀唱催晨醒。
香梦人难回，美景致尽兴。
风雨阻人退，尘埃蒙眼清。
花好月圆归，清悠水宁静。

自欣赏

柏树越高墙，菊花喜来香。
鼠猫共一床，恶虎血盆张。
花旦各彩样，角色自欣赏。
纷纷来登场，哄哄闹一响。

树与花

大树躯干栋梁依，花香温馨沁心脾。
花枝招展逗人亲，实干无声遭人欺。

摘日

男儿志四方，立当钢坚强。
一身热血汗，敢摘日落塘。

慢枝

大树不老枝又青，鲜花失红艳散尽。
莫摆青春弄风骚，好学长青慢枝兴。

蚂蚁飞天

秋空雁人字，密林情鸟音。
大鹏展翅影，衰草露雨噙。
天空龙凤兴，蚂蚁飞天行？

蚂蚁梦

能耐各异天性同，九品不等权欲拥。
龙凤虫草各天地，蚂蚁也做玉帝梦。

喜忧

天杀地杀吾最傻，来到人间遭罪罚。
尘扰清凉狂风打，花开花落喜忧加。

人心恒

树枯花落颜，人老心童年。
沧海岁月流，人心日月恒。

经年

流水滔滔又经年，花样年华重生颜。
碎玉风雨折柳枝，彩虹霞蒸叶新添。
鸿鸣蛙噪涟漪圈，震荡水空一瞬间。
轰轰喧嚣又起伏，烟飞尘土已无艳。

幸福于心

峰险不在高，信心不言低。
于情生眷恋，报国得英名。
卧草留毫末，鹏程飞远天。
山水美于形，幸福悠于心。

又一拼

隐林山乐趣，闹市人烦心。
田园得一静，舞台浪虚名。
雁声鸟不懂，虫草贵金银。
悠悠水流过，来世又一拼。

年轮

烛光一跳旭日升，鸟语花香紫气腾。
道悟禅机智开艳，年轮彩辉与日争。
方方扁扁随月圈，小小内窝满心圆。
流年似水情意牵，有心栽花总如愿。

自耀红

曲高和寡寂寞涌，虎落平阳遭戏弄。
对牛弹琴被顶撞，仙石不该自耀红。

空文花

清诗入墨香，浮词无饭享。
秀才浪虚名，空文花一场。

抒情歌

身尘难驾鹤，心榭飘银河。
俗世山沉重，蜃楼抒情歌。
名山不畏险，利海不惜淹。
祥云随飘荡，祸福天自落。

清荷泥不染

林空横雁人，黄染高低台。
芳香吸蝶舞，秀色引蜂来。
水梦漂倩影，月幻流情怀。
莺乐摇树摆，蛙鸣荷静待。

返乡

梦晓日光近，流年春江远。
老树发新枝，落花失香甜。
黑发日稀少，白须时多长。
岁月催人老，人心返乡田。

不留遗憾

人本一尘埃，自喻神仙胎。
衰草一荣枯，百岁庆天抬。
日月年年有，光阴不重来。
分秒都是爱，不留遗憾在。

长沙火城（其一）

旭日火球鸡怕鸣，正午烈焰火海命。
晚霞浪流蒸厣楼，夜间热炕煎肉饼。

长沙火城（其二）

红日不回夜歇亮，油上射火吹炉膛。
空巷大树不纳凉，洞里请阎作新王。

月圆

看似触手遥不及，圆到似球不可击。
眼中月婵梦重开，好愿好圆一时几。

无诗

归隐南山寺，离尘自赏识。
黄莺聊逸趣，红花佐闲事。
鸿雁空林跃，绿荷展舒姿。
万物自悠闲，清爽人无诗。

刚强

卷展滔天海，词填巫峰山。

墨染昆仑草，笔搅黄河浪。
八仙过大海，各显神威才。
女人柔花香，男人刚坚强。

三瑟

七颜花里藏四色，还有三姑羞面给。
含苞待放拥深情，一展定叫神也瑟！

万长心

甜到身里腻，苦到心腹灵。
人本一浮尘，不磨知何意。
顽石恒无情，化蝶赴双飞。
快乐一瞬间，忧伤万长进。

冢又堆

卧龙屈身柴门悔，小鸡仍未天鹅飞。
大鹏展翅鸟难追，青山杂草冢又堆。

人生缘

甜蜜嘴巴软，花香头晕圈。
苦涩身里酸，道悟谙深渊。
涩含多种味，归根都是盐。
喜忧酸甜亏，都是人生缘。

土气

秋风萧瑟红花稀，江边孤影观水奇。
滚滚泥水沉于底，浪涛不绝永不息。
我弃功名于粪土，功名弃我为尘浮。

无功无名暗生嫉，功成名就乡土气。

无风

只知山顶峰，不知山下隆。
求名不惜身，有名望长颂。
有名越长疯，无名痛苦涌。
扬尘一飘飞，皆随烟无风。

遥梦

辗转流年梦，几度风雨霜。
花枯蝶忧诉，流水飘灵光。
冷夜凝秋瑟，寒风扫尘荡。
冰轮近眼前，触手遥千旷。

教室（其一）

一方小屋容天道，万悟深奥藏内心。
满目尽是渴望眼，一心只在全世灵。
静坐云端观大千，笑里朗朗侃人生。
春花芬芳脸儿祥，秋果累累学堂盈。

教室（其二）

一座小房悟世界，满堂学子顶梁杰。
三尺讲台知识海，桃园硕果瑶池液。
滔滔不绝道理来，谈笑风生论真切。
教鞭指引不倦怠，安乐小屋天堂夜。

沐浴

沐浴春风撒情谊，胸怀太阳增信心。

登高山顶藐尘世，踱步书斋悟天行。

恭贺高老师有惊无险
人心贤——被困电梯获救

高悬一线走天险，脚下满堆名利堑。
飘然一晃掉钱眼，暗喜福降幸运捡。
醒眼一看空中悬，呼天喊地求命牵。
天门一开好人现，人命人贤胜金钱。

穿心石

冰轮落玉池，一海苦水汁。
忧诗涌眼眶，满杯愁酒词。
纷纷人间事，滔滔江洪撕。
刚强身似铁，泪伤穿心石。

忍气吞声

一马横刀战千夫，一媚吹倒英雄骨。
叱咤风云地球呼，忍气吞声裙下伏。

强

洪流浪涛滚滚翻，尘土飞扬一片茫。
谁知狼烟再起掀，黑云清风又相抗。
长江后浪推前浪，一代更比一代强。
欲飞天宫隐月寒，期待晨曦耀更强。

脸皮

脸皮薄纸张，尊严厚重山。
无价轻鸿毛，有值重泰阳。

货比三家重，人比自觉轻。
翻脸不认人，金钱冥币散。

结识

相识萍水逢，相知论剑锋。
缘结千里外，怨隔相邻通。
正午烈焰鼓，晚霞遭凉风。
夜半凝寒露，未到天明呼。

自鸣唱

树冲顶上长，草沿缝边伤。
雁击山空响，井蛙自鸣唱。

畅大海

云飘自在不由怀，草随风倒不折歪。
树傲挺直遭雷劈，溪水顺流畅大海。

争一眼

雨过晴开翠绿涌，百花盛艳紫嫣红。
仙女下凡荡青宫，争得一眼嘴不拢。

精神青松

英名湮虚空，冥币烟烧红。
荒冢枯草拥，情字不随风。
滔滔江水洪，万物随流冲。
时光日月钟，精神常青松。

情颂

身体疲劳痛，心灵忧伤风。
顽石无煎熬，生命有情颂。
雷雨岩裂松，灾难援助送。
大地冰冷石，人间温暖涌。

佳赋

一字万道禅，万言一情厢。
圆月天高远，恋人心中藏。
风景美于形，人品崇于山。
情舒花艳美，佳赋倾城唱。

情难尽

我待真情重千斤，他待情意鸿毛轻。
情谊重过皇冠金，灰飞烟灭影无音。
我视金钱如粪土，金钱视我乡农夫。
情满江流泪水盈，连绵不绝情难尽。

红杏报春

万簇红中绿点花，一轮明月众人夸。
青黄皆招祥风划，一枝红杏春到家。

柔情侠骨

柔情硬侠骨，刚强情谊驻。
城府深厚土，大智若愚夫。

庆七一

骑马奔腾添羽翼，奇迹瞩目举世一。
其乐融融人心齐，旗开得胜鸣得意。

天圆

叱咤风云非己念，一厢热情难情愿。
有心无能神不应，英雄造世天来圆。

情长绵

一去不回万难牵，灰飞烟灭不消念。
滔滔不绝长江水，不尽泪流情长绵。

忧风

祥云飘彩迹，爬虫无声息。
雁高自飞远，小草忧风疾。

笔墨撼世

诗肩雄担乾坤字，儒剑豪气锋芒刺。
笔撼尘世纷乱时，一墨倒出新疆池。

烟消影不见

淡情一柱烟，呛喉苦水咽。
转眼聚无连，烟消影不见。

花菜

一桌佳肴开胃肠，一圈美女笑容站。
菜花人花臭臭香，五只矮鸭搅花场。
眉来眼去比手画，口里滋味菜花上。
花仙丑怪聚一堂，最逗还是独角狼。

万古存

国色倾天城，佳赋拜心崇。
天香沁心脾，墨味喻道醇。
鲜花展情意，歌声送恋春。
美酒醉精彩，精神万古存。

风景

一路雁荡鸣空唱，几缕斜阳照水滩。
青松绿翠缀红染，藤蔓兰花相绕缠。
远眺球山云雾扇，彩云美女飘逸香。
静坐凉亭醉清风，一身天庭彩气祥。

长痛

沧海岁月风，袭人冷热疯。
大江浪涛涌，摇船随滔冲。
一路觅相送，相会好梦中。
滚滚不尽水，无泪也长痛。

天河泪

无尽泪水自天河，滚滚浪涛悲怆歌。
出日东升晒劳作，落日晚霞夕梦多。

晴空霹雳冤枉祸，狂风暴雨残花落。
只怨苍茫灵多过，放吾回山玩石座。

人生颜

人生一梦弹指间，转眼又到回家年。
少年展翅放风筝，春华跃马争当先。
中年砥柱承泰山，老睿衰微遭病残。
百年流星闪一画，彩虹浓墨皆有颜。

淡泊

懵懂叱咤至暮年，转瞬来世回家间。
尘世人钻金钱眼，嫉妒竞争不让贤。
前来猛虎后暗箭，名利抢夺无情言。
纷争于利只关己，淡泊宁静超度仙。

月影荡

日落西山幕黑颤，红花落地忧心肠。
四季轮回冷暖循，天寒地冻身易伤。
渺渺人何撼天地，尽任蹂躏叹悲怆。
春暖花开秋雨寒，月影梦长孤魂荡。

荷塘大雨

天水打鱼翻，碎玉击心颤。
银河水流尽，泽国鸡落汤。
洪浪灌荷塘，池蛙满地躺。
莲花尖不让，仰头迎雨枪。

倾盆大雨

苍天茫茫水雾张，串串珠丝不断肠。
水珠大雾争欢唱，闹得满地水汪洋。
横看水海竖枝冒，已无人声伤心喊。
银河落地戏水滩，女娲补天又一场。

掌盛

出气须有声，沉闷熏自撑。
一响天回荡，大地鼓掌盛。

醉梦香

天地轮回幻影场，歌舞升平演一唱。
及时逍遥不来世，只待春花醉梦香。

争芳名

一声长叹代泪出，落叶将归黄泥土。
狂风暴雨寒冬霜，蜡梅迎雪挺傲骨。
人生曲折多磨难，破茧化蝶爱相扶。
不争芳名留万古，枉费生灵来世途。

奸佞众吐

高山溪水清，平川流水浊。
险峰苍鹰飞，洼地麻雀呼。
曲高和寡少，狐朋狗友腐。
清正为民高，奸佞遭众吐。

风云急

山腰远眺车马行，花苑修炼道行智。
心清静观浪涛涌，闲情暗笑风云急。

春花雪夜

粒米诱百鸟，一石惊千飞。
春花聚鸳鸯，雪鸭散不陪。

意远行

暂别红尘喧，觅到鹤闲清。
心宽狭道坦，意静远空行。
流水顺自然，轻云舒心坦。
悠住凉爽地，何须惦声名。

蜂迷糖

婀娜柳枝逸，红装清风响。
柔声碧波绿，媚光景流芳。
肤如凝脂亮，唇含红梅香。
天许佳人至，眼瞟蜂迷糖。

酒杯荡天

金殿容一人，酒杯荡天盛。
高山揽天下，平川仰云腾。
大众坦途走，英雄险峰登。
名利众人贪，悠闲似仙神。

流芳

花红百日为情开，人生百年为名来。
怒发冲冠为红颜，舍生忘死流芳在。

荡心花

一剑走天下，一笔顶天塌。
云海如来飞，荒地草伏趴。
鸿鹄飞天涯，麻雀窝当家。
诗赋闲逸情，酒海荡心花。

一并飞

夫妻爱相随，火花闪一堆。
相敬自吃亏，永伴一并飞。

字中天地

字卷巨浪苍穹跨，酒荡大地天晕花。
诗心酒海舞乾坤，天地随我掌中拿。

悠清

宦海漂浮头脑晕，酒海沉沦话语真。
身心皆随名利转，悠得清静仙来情。

定海针

登于巅顶喊无应，一笔搅海闹云庭。
不得乾坤龙之运，便伸悟空定海针。

风流

晨起勾唐寅，夜梦情韵悠。
句句挂柳英，春江荡风流。

不落春

满园红花不觉春，独杏出墙撩情韵。
花开花落桃花风，情趣情去肤黑熏。
鲜花残红勾春思，陈年老酒浊更醇。
万绿丛中一点红，情有独钟不落春。

风不响

春花明媚十里香，荷青暗恋藕自享。
好景珍时不流淌，夜梦红花风不响。

烈焰

烈焰火红焦心烧，树木一触火花跳。
阳光刺眼眯成缝，皮肤遭灼红黑透。
火热爱情蜜上甜，炽热太阳开水浇。
盛夏盼望秋凉寒，更炼静心修行操。

红火焰

红烧肤肌火热天，蒸笼东坡肉汗颜。
大道行脚铁板烧，五脏六腑焦心钳。
刺眼强光眼迷线，无衣似被包火垫。
头顶烈焰坐火盆，手举太阳走铁板。
太阳喷火地烧穿，如今尽知红火焰。

逍遥

气呼云缥缈，鼾声震地摇。
一声惊群鸟，一剑斩魔枭。
眉皱天下颤，长笑世界仰。
苍穹脚下飘，挥手任逍遥。

阳光笑

眼见旭日梦飞杳，天宫飘逸回地窖。
陋室并非黄金屋，诗词做伴美玉娇。
绕步圆桌思乾坤，浊酒不醒心轻云。
一字砸海惊天地，但愿新晨阳光笑。

方圆

规矩成方圆，循道方致远。
心中黎民愿，终将换新颜。

春水

一路送东流，四处青绿油。
沿途玉臂秀，江水鸭畅游。
碧波引花香，清溪涤尘旧。
春水入大海，世界暖心悠。

酒鬼

一杯酒水菜，遍山花全开。
壶酒背身在，地球随心摔。
再灌腹水排，泥身任由摆。
泡于酒缸台，贪鼠不上来。

走逍遥

一举一媚一魂销，千山万水奔名翘。
怒发冲冠为红颜，鲜花盛开为情娇。
芬芳飘逸耀于形，浓脂凝香沁于心。
花红百日名缥缈，携手情缘走逍遥。

骨魂

醒眼丽人去，樽杯酒重来。
名利没上眼，情缘记心怀。
山清水秀娟，画挂瑶池台。
亭阁诗书兴，骨魂婵月彩。

惜回眸

西施众慕秀，东施颦眉丑。
春花催香梦，秋寒悲伤忧。
寒梅冬雪傲，百花低眉头。
好景珍花香，好梦惜回眸。

不忘怀——党史馆参观有感

苍茫大地战重开，真理主义帽子带。
旭日东升信念扬，仁人志士挥旗来。
烟雨风云正邪斗，刀光剑影生死爱。
不枉人生梦想求，砍头不惧理想在。
鲜血洒就阳光道，康庄平坦不忘怀。

光明

画浪无风滔惊海，纸花无香墨沁心。

诗词句轻话震天，酒醉好汉为国醒。
马蹄奋飞迎曦日，静苑修炼知道行。
山高水远路漫险，一线天开光明晴。

远飘

俗世云烟烧心焦，名利血汗断情熬。
带艘轻装自由船，殆尽尘埃悠远飘。

不饶妖

炸雷震房抖，闪电惊心跳。
天公念魔咒，不饶妖怪跑。

海琴

影沉流水生双影，意向路花遭欠情。
鸟鸣山间回荡曲，白云透日拨海琴。
绿草翠柏交相辉，山水相映龙点睛。
湖光艳丽鸳相伴，和睦家庭情相亲。

无轻闲

晨光挤梦幻，骄阳新一欢。
鹦鹉吟古诗，小狗摆尾转。
车水马龙驶，忙碌匆匆远。
人世无轻闲，生灵追梦酸。

车流

车龙阡陌游，人漂世间流。
弯曲旋转溜，高低颠心忧。
江水不息走，地球不停转。

利者生活求，名者芳香留。

智慧

旷宇物质汇，苍穹天道为。
一生二来飞，阴阳分合对。
长情短相随，匆匆一瞥追。
衣食艰辛累，名利苦辣味。
黄尘化金辉，时光凝智慧。

不随风

年年相似岁不同，岁岁相同道其中。
春夏秋冬日月轮，新芽老树叶落空。
一江春水向东流，人生匆匆一场梦。
花开花谢又一红，朝思暮想不随风。

焰火

一炮入云震天开，一花闪耀惊世骇。
万珠彩红映天空，白昼黑夜并列排。
火冲苍穹星光夜，天庭紫气人工彩。
一串白链落下来，一河银水坠东海。

太阳雨

太阳里下碎雨花，西边暴雨东虹挂。
转眼泪花笑开颜，一边喜来一边骂。

道永久

时光匆匆情长留，万物飞灰道永久。
名铸风骨不飘烟，孔方钱眼困活囚。

诗彩虹

跨步天穹挥笔开，翻倒诗坛入大海。
妙语连珠诗仙来，天上灵光放异彩。

龙游

龙游山涧戏鸟飞，穿山跃水忘宫回。
青山靓女循香追，碧波池畔当家归。
山道盘旋正卧身，禅坐浅水貌虾戏。
东海寂寞逛花市，正接婵娟落日辉。

好阳

蓝天烈焰青山翠，灼肤烧心热晕垂。
满心阳光草木追，内心黑暗见光畏。

高铁

眨眼高铁无踪影，瞬间南北贯通行。
风驰电掣东西挺，飘然荡过九州岭。
银弹飞梭悟空追，滚轮超快筋斗云。
一转地球几个圈，一挥览遍五洲星。

西江千户苗寨

脚踩山脊屋顶天，吊楼依山挂崖边。
一溪清泉青苗山，万绿峰峦壮国颜。
亮妹银光仙女降，牛角傲天耕良田。
云山触手天堂近，星罗棋布天庭祥。
晚霞篝火箫山涧，梦香苗寨蓝梅鲜。

小仙女
——送给三位精力充沛的小女孩

仙童醉香饱食囊，芬醇滋润神清爽。
花红百日惜时光，水鞋山衣化天妆。
难得下凡走一趟，美好时光日夜享。
人间烟火不觉香，友情陪伴红尘亮。

观光

山水美人脸，人多过草营。
锦绣望不到，满眼后背前。
欲来赏风景，花钱买苦添。
好在仙女云，不枉眼福缘。

贵州小七孔

王母玉琼绿清波，银河坠地瀑布落。
蓝天碧流鸳鸯歌，七孔桥头牛女坐。
雄山恩重揽白云，幽幽密林水缠绵。
青江纯清飘桥过，苗情遍流黔岭角。

夜行

1

青山凝重浓墨国，夜幕轻淡霓虹歌。
西征志同结梦缘，欢声夜撒黔东说。
漫漫路遥长长灯，默默咫尺悠悠情。
车灯星光璀璨行，无语月弦奏心乐。

2

夜以继日追我赶，马不停蹄迎旭日。
车轮滚滚蜗牛迟，昔日辉煌往日字。
风驰电掣心已至，恨牛无翅埋头持。
睁眼梦开灰飞尽，何不彻夜醉云诗。

3

夜沉梦升魂萦绕，羁旅他乡思亲熬。
千山万水丝不断，真身已至情人到。
星移斗转亿万年，海枯石烂一张脸。
身心两地一心操，五洲四海恩难刀。

贵州风情

云贵山脊步青天，凉风拂面清新颜。
举目突兀雄浑岩，阡陌六盘高峰险。
蜀道高铁穿梭飞，触手浮云醉神仙。
夜郎古城山寨醇，黔驴今香飘世间。

远光灯

一束远光无限亮，万众前行有指南。
茫茫黑夜似日光，堂堂光明不迷茫。
发光发热小灯盏，前程似锦大方向。
行有眼光不落难，心有光明景辉煌。

美姿

仙女惹尘凡间闪，大地生辉天地亮。
美女百姿众人仰，轻飘一路香四方。

旅途（其一）

翠绿满纳骄阳笑，山雀树枝对相叫。
两旁青山一串流，欢声轮转撒路遥。
百车争先竞日月，乘客时酣梦逍遥。
千里迢迢心一刻，万水千山信心超。

旅途（其二）

苍茫大地车甲虫，九州方圆一日风。
四面八方各自涌，前程似锦目标同。
歇息加油为前奔，慢停一步落时钟。
车轮滚滚不停顿，人生行程不停冲。

旅途（其三）

——车轮飞旋

车轮飞旋情不转，山花飘香情不添。
圆圈一心平稳端，忠贞不贰和睦欢。
佳肴味美入口鲜，情趣相投堪称缘。
世间万物皆可挑，唯有情缘不随选。

遵义观后感

1

刀光剑影树丰碑，血肉之躯建功名。
雄才大略扭世道，叱咤风云撑权柄。
一笔国开翻乾坤，万刀斩魔创新轮。
天降大任封神榜，苍穹道运兴在民。

2

龙游浅水蟊虾戏，柴门画浪滔江兴。
桑梓英骨泣鬼神，血墨风云民舟挺。
百世花香昔日熏，列祖祥地先彩云。
山河垂伟骄阳辉，大地磐石刻英名。

3

金沙浪淘英魂黄，坟冢蔓草随风荒。
春梦秋寒仙灵翻，樽酒醉亭不复返。
自古红颜多薄命，自古英豪多壮烈。
蛙井洞小自天地，芸芸尘埃情长芳。

你我

你我相近未必亲，你我相离未尽情。
山花浪漫添心境，猴猿意多马分心。
道出万物天地并，一生二来阴阳近。
卿卿我我一船行，默默无语牛角顶。

白云

惟妙惟肖百媚云，千姿百态展物韵。
天马行空仙鹤舞，海市蜃楼世人芸。
浮云有形无傲骨，随风飘荡跟势顺。
好学洁身自舒展，莫要柔软弱强军。

托阳

头顶青天手托阳，脚踩峰峦俯视山。
红丹太阳于掌心，乾坤世界身下荡。
不畏艰险追晨曦，恒心执着迎风上。
心高尘世天地宽，人善社会和谐扬。

立秋

一扫骄阳傲天气，万花低头垂泪泣。
百果归秋金添喜，千叶孝母回生地。

七夕

年长夜短好梦凉，秋风寒心愁思缠。
红袖随风情留长，轻云飘荡击心颤。
青山浮光无倩影，深情内心兰花香。
纵有一日归恋想，亦如清雨湿衣裳。

血泪芳名

千山迎雪萧素一，万水倾泻奔雨泣。
英灵飞去魂留地，洁美芳名血泪洗。

禅花

远上铁炉塔火香，祥云深处有禅房。
停车坐爱松林晚，芙蓉艳于早春花。

情熬心

一走云烟俱散尽，青山依我不留情。
魂飘苍穹梦中萦，世火煎熬焦心停。

贵州镇远游

青柳碧波龙舟移，红袖拂水桃花盈。
两岸笛声荡山间，蝶吻花迷人醉怡。

好言

洞里自我洞外天，楼外青山美心田。
花香味美因自鲜，于己有利出好言。

盟

灵生乐来魂致痛，你缘我来情美梦。
山水相信不分离，日月阴阳缘来盟。

翱翔

西风萧寒夜难寐，独上高楼望月陪。
众星绕月人仰望，婵娟不屑瘦笔绘。
水中双影梦玉圆，提笔墨泪染春妹。
傲梅雪红战冰霜，雄鹰单飞不懊悔。

万林呜咽

一夜秋风凉艳彩，一轮明月蒙霜腮。
千山待披素裹衫，万林萧寒呜咽开。
孤灯长影寂寞房，无限惆怅黯然怀。
蛀书虫得满口纸，尽是苦涩嘴里塞。

善恶自天

闲言碎语耳边过，不留一丝心头火。
往事如烟随风去，善恶分明天定夺。

红叶飘塘

余晖偏西树影长，尘落云散鸟悲腔。

嗖嗖秋寒山鸣唱，一飘红叶水淹塘。

高铁

青山甩后人随云，一箭飞弦东西迅。
朝发夕至谈笑间，一路风光驾云巡。

鸣淹

风云由天变，人生随缘转。
峰顶一人见，万马嘶鸣淹。

中秋

1.圆

元世缘，猿飞鸳，辕门鸢，冤深渊。
圆中愿，远风缘，源无怨，媛花园。

2.月色

轻风秋波月光艳，荷香涟漪鸳鸯缘。
银河玉轮姻缘红，灯笼彩照天下圆。

3.楹联

轻风秋波月光媚，荷香涟漪鸳鸯蝶。
玉轮飘河姻缘红，灯笼彩照天下圆。

4.十五圆

一洒千山银，一飘万目追。
山河灯笼飞，天下团圆归。
桂花香八月，明月十五圆。
玉盘正天中，乐福盛世伟。

5.中秋月夜

桂魄携兔荡高空，银光雾绕天山耸。
镜湖碧波两心通，柳叶羞扇一对碰。
千年仙缘一夜拥，一轮玉盘万情风。
圆桌举杯弥香涌，山河尽飘红灯笼。

6.月彩

银光飘逸仙阁台，玉盘洒丝满地白。
树叶戏光影徘徊，轻风撩草秋波来。
荷花洁白青池婷，玫瑰淡香花园韵。
嫦娥悠舞中天开，万家灯火月光彩。

7.圆满

一手画出个人愿，二人齐心合成圈。
三湘耕耘桑植田，四海共赏婵娟翩。
抬头仰望黑中白，茫茫透光梦成愿。
一年最亮十五月，大地夜灿天堂晏。

8.团圆

茫茫素裹千山远，荡荡皓白万空眼。
高天宏宙一轮圈，相思湖畔飘情缘。
八月桂花伴月香，十五月夜昙花敞。
碧盘当镜映心愿，围圈作情满团圆。

9.明月

一轮银盘亮中天，万目寻觅情人缘。
皓月当空牛女见，两情月老牵红线。
宝玉明洁天下白，冰轮不寒暖人间。
他乡共享一圆圈，世间同乐万福愿。

10.心月

孤月做伴不单影，苦闷有心上高境。
井中玉盘悠清静，天空唯有婵娟情。
轻风吹拂广寒宫，绮幔柔光映俩红。
醒眼天光射窗进，嫦娥飘飞来年迎。

11.寒月

朦胧桂花冷秋瑟，曾香美味今苦涩。
茫茫苍穹空孤月，圆脸无娇蜡白碟。
一杯已拥它飘疯，万醉飞云那相逢。
寒冬侵秋清风蛰，鬓毛已染霜白色。

12.笑月

皓空明镜无丝黑，一身净白傲青恪。
圆脸笑对磨难生，来年又迎满园色。

13.月光远

春魂秋魄遇月艳，蝶飞果香盛世园。
霜寒洁白红心暖，玉盘双影喜仙缘。
一圈轮回苦难咸，他乡羁旅梦成愿。
皓月明光千山白，茫茫长夜万水远。

2016.8.15

云

一身无力难承肩，轻薄随风流天边。
白云轻飘高寒冷，黑云压城恶煞脸。
冲冲而来黑风旋，飘飘荡荡散不见。
立于云端高瞻远，躺在云上梦好现。

世风

层峦叠嶂见青山，光怪陆离世纷样。
芸芸众生走过场，世事如风烟云散。

酒肉穿肠过

油手铜板嘴叼花，转瞬烟飞情崩塌。
华山峰崖云飘卷，夜梦风起浮云划。
名利恩情几多画，酒肉饱腹穿肠辣。
青烟云散一片跨，清静禅思观水哗。

心尘空

红尘苦难泪常涌，春梦不醒翠幔红。
岁岁朝华昏萦中，一觉晨光花甲翁。
知多烦多忧心多，无忧无虑悠闲过。
风云莫测雷滚滚，酒醺头昏尘心空。

崖边醉酒

薄雾雄峦突巫瘦，和风漫林淡香幽。
枫叶舞彩流光悠，翠竹垂柳黄鹂啾。
山高难超人脚跑，峰顶人飘大地渺。
一览岭下众小丘，崖飞亭边醉美酒。

清心暖风

清心无尘天高远，寡欲无求少烦怨。
轻风拂面精气爽，喜事添来东风暖。

春梦

一觉春梦秋寒风，懵懂暮年天道涌。
彩蛾残烛竭尽红，晚霞补天彩韵浓。

四季

一尺冰雪锁寒冬，几缕轻风吹春红。
桂花飘香夏醉浓，秋高气爽腾云龙。

气爽

一夜秋风万花落，遍地碎枝残红破。
丝丝凉意刺身戳，无限惆怅心头过。
寒冬即将飘雪飞，傲梅展枝向天挥。
黑云压城城宽阔，秋高总是气爽多。

寒冬磨

一夜秋风万叶哆，遍地残红花泣落。
激情火热盛夏过，春风再暖寒冬磨。

锁冬

春风幼苗迎风喜，秋寒花谢垂泪泣。
飞蛾残烛竭尽红，飘雪盖地锁冬九。

红运

蓝天轻风云，碧波荡漾韵。
红花绿草茵，幽香醉人晕。
万象添新迹，容光满面喜。

朗朗乾坤清，盛世享红运。

无题

漫天祥云山威海阔祖国强，
喜气洋溢满面容光一身香。

青山

山峦起伏荡天开，平川滑溜向大海。
昆仑屋脊世界抬，五岳揽入九州怀。
耸崖突兀扬高峰，长城大地舞龙凤。
青山遍野绿波排，大地葱葱紫气来。

绿水

汩汩细芽探头抬，银河入地戏龙海。
潺潺流水幽静怀，五湖泽丰鱼跃台。
长江蜿蜒神州通，黄河奔腾滔天涌。
绿水涟漪悠曲来，碧波荡漾风光彩。

江山

蓝天彩云阳光撒，金莲攀枝吹喇叭。
峰峦突兀顶天崖，波涛激荡海浪打。
车龙蜿蜒星城画，高楼耸立登天塔。
山依国势雄威壮，人逢盛世脸灿花。

多娇

一揽乾坤天下红，一轮圆月世大同。
千里江山五湖通，万里黄河四海颂。
情撒绿野阡陌远，心诚世界共方圆。

金秋十月清爽风，满园硕果艳香浓。

国家

盘古挥手天光擦，女娲绣出人间画。
甲骨开启伟华夏，大唐盛世响天下。
进门王字威风架，入口顿觉温暖家。
物彩人亮大地花，宽脸玉善德正塔。
黄河长江文化水，流向四海桑田穗。
歌声一路洪亮来，强盛中国全球夸。

狂风

一吹天眼开，横扫尘世埃。
再呼神仙来，乾坤翻江海。
秋风不觉凉，先颤愁悲伤。
寒雪未飘到，浑身已是哀。

俯民间

龙卧山谷地翻掀，鹰击海浪潇风旋。
壮志凌云冲天险，五洋捉鳖不等闲。
转眼老纹须白颜，不甘岁月流光年。
笔沉沧海浮青天，心飞高远俯民间。

月灯

千古流芳岁一百，万香簇拥己一人。
物是人非江山美，春花秋月冬寒冷。
一枝两鸣林欢唱，二人三界难绵缠。
星移斗转情不断，相思碧空望月灯。

重阳

秋高蓝天清爽风，艳阳重耀枫叶红。
高山泉水响叮咚，江边柳叶柔情浓。
陈年老酒香上醇，睿智仁慈众相颂。
丹霞最美夕阳红，人生醉乐寿长拥。

不枉名

火花燃天光，喧嚣闹世狂。
明灯辨方向，知音说与谈。
无觉宇宙荒，情谊天下香。
来世走一趟，不枉名一场。

空

物少嫌不够，乞怜哈巴狗。
累够老不少，撒手空溜走。

山刺

朗朗乾坤山威仪，艳阳树下玫瑰刺。
鹊鸣天下喜美滋，丰硕果实压弯枝。

秋

横林竖峰天地通，远霞近水心飘风。
雁行鸣对蝶舞凤，红枫白云绿青松。

秋夜

湾月银河渡仙星，龙灯车流穿城行。

萤火点点稻香沁，霓虹闪闪繁荣景。
大厦亭阁万彩韵，温暖小屋亮温馨。
采摘星火燎远境，遍地花星耀人间。

秋霜

秋风一横绿叶掉，冷飕几阵花草夭。
阴天沉沉枯树倒，黑云滚滚衰草叫。
涟漪秋波不妖娆，手脚冰凉寒气泡。
白露霜遍大地鸣，茫茫空野灰蒙绕。

山雾

一抹白雾遍林隐，万山墨画露尖顶。
迎面露珠凉清新，倒吸冷气醒世明。
漫漫云海蔽青天，悠悠白烟醉风仙。
天下茫茫众忙忙，吾往不盲阳光行。

秋果
——祝贺同事李雨燕当选副院长

雨燕展翅大鹏飞，青云得风飘逸魅。
秋风清爽景怡醉，红艳硕果喜上堆。

秋游

秋高碧空举目远，云淡风轻心随愿。
脚跨山崖揽天边，腾涛卷浪激桑田。
枯黄杂染青绿间，红枫林坡遍尽颜。
大雁展翅人字南，伸手人字天下宽。

情丝牵

一顿不惑须白颜，转眼鱼纹额上添。
一松滑溜转不见，万风自在缥缈间。
一晃已过千万年，重游故地难见面。
阴晴日月天象轮，人间烟火情丝牵。

共影

一台共船渡甘苦，各双眼睛异怀情。
同床异梦心各呼，不影相水东方行。
妖媚长飘秋波雨，素雅冷落翘红星。
黑白美丑尘世路，一阵清风冲无影。

共度

人生舞台俊美屋，千世有缘同船渡。
风浪前行牵手握，一把伞下共同呼。

移步诗

出口成章移步诗，一路风雨天下识。
珠字豪情拱山势，浓墨翻江涛海池。
一腔热血为国誓，一厢情愿为她死。
黑白点滴撒情意，纸黄成金铸名史。

温馨

西风过京刮龙椅，万象轮转星月移。
日出红丹幕黑雨，晚霞浓艳彩虹旗。
峰成沙粒海隆山，风云叱咤无踪迹。
一觉醒来还是梦，醉与月宫浸温馨。

雨过天晴亮虹彩，洗涮方有清白来。

苍脸

终不得名天无眼，两手空空憾而恨。
一声长叹世苦盐，两行老泪刻苍脸。

家醉

知了其中味，难脱苦海飞。
临终来后悔，已是万劫灰。
名利绣眼追，空空两手回。
尘世甘苦累，家庭温馨醉。

欢喜

毛嘴口里不在乎，柔心内在直叫哭。
眼界开阔难容沙，大量海肚凶江湖。
甜言蜜语不失笑，忠言逆耳总刺骨。
世人众口铜钱臭，见钱眼开欢喜呼。

调船头

高山少有突直陡，波浪起伏跌宕走。
人生进退曲折行，行驶及时调船头。

摩天大楼

一指挥手天宫摇，敢教日月随我调。
立定青山顶天地，傲视江海橹桨滔。

天雨

天盆倒江冲浪海，净洗大地洁尽白。

秋寒

秋寒未雪人悲伤，茫茫白霜青不长。
望眼叶落树孤单，满山枯黄凄楚凉。

好生活

风云不随我，细雨留声落。
万事纷争罗，冲入天涯角。
名利金钱多，皆是云烟过。
心中有把火，快乐好生活。

寒绿

秋寒不语霜打脸，千山万林素裹颜。
枯黄落叶飘冻田，鲜花干瘪倒风间。
溪水鸳鸯不露脸，鼓噪池塘静无声。
白茫冷雾一绿点，来年春红展妖艳。

老脸

沧桑皱纹智慧藏，天下道悟内心长。
秃头少发灵光亮，细缝眯眼看透墙。
默默无声一张嘴，一切尽在无言中。
细白羊胡道娓娓，一张老脸万事详。

残阳

一抹残阳西斜照，老牛破车村边绕。
两声乌鸦险恶兆，流逝江水难回滔。
转眼秋寒霜打脸，千山万林素裹颜。

傲梅将迎雪花扫，来年红春谁看到？

身影

阴幻长短不换身，紧贴跟随不逞能。
形影不离一颗心，挥手共舞御敌胜。
抛头隐含各弓长，虚实式样图一样。
浓墨映雪黑白拢，云飘倩影画长城。

天龙

雾阳余晖不失红，明月苍穹尽霜松。
蜡烛小芯热红彤，秋风枯叶冷落空。
凤凰无响亮天堂，麻雀叽喳静树烦。
万尘飘去碧空通，一丹红心映天龙。

慧留

笔下浓墨流，心中清明悠。
碧空云飘走，身轻宇遨游。
雨刷茵草新，淤泥红莲清。
光阴不回头，岁去智慧留。

浓雾

浓雾迷漫天铅灰，天宫蜃楼曲径回。
远山白云仙飘飞，白鹭声声南风吹。
荡涤污浊黄沙泥，白净尘世绿清衣。
湿润良心纯洁清，晴开一片艳丽辉。

杯碎

无月对酒杯中泪，空房影长烛光陪。

蹉跎岁月几厢回，流水带花浪花飞。
月娥遥望痴迷醉，梦萦幔帐飘香桂。
黎明枕湿鸡催醒，一脚踩空心杯碎。

坚守——交通劝导员

清晨朦胧一身影，靓丽交通愉快行。
指挥棒下车乖听，满脸灰尘无怨情。
冷热随车带烦唱，雨雪无阻心通畅。
归家霓虹伴笛鸣，车龙彩灯耀城明。

歪枣

歪枣心正甜，红果虫伤颜。
老树春新枝，幼芽遭压碾。
远行愁阴雨，春苗喜滋田。
圆月天下欢，苦闷孤独灯。

路障

飞蛾结晶红花伤，几多惆怅几多唱。
攀枝附叶结香囊，箭鱼飞梭是为赶。
路漫艰难修行长，翻山取经扑火汤。
为国忠诚亮胸膛，不惧奸人沿路挡。

坚强

凝眸深邃容四方，高挑腰段倩影长。
天塌重压肩顶扛，风吹浪打手阻挡。
勤劳双手创生活，贤惠关爱儿女享。
热情友善获美赞，仁心终得如愿偿。

鸳鸯独只

绿水清波鸳鸯梦，对双相拥花香喷。
彩娟诱得雄鹅飞，鸯守巢蛋不放松。
幻想苍老相携拢，鸡飞蛋打羽血红。
大限未来人先送，孤影长泪一江奔。

小屋

青青林中小草屋，风吹雨打坚稳固。
爱情栋梁强支柱，王母难拆牛女护。
妖气飘过竟倒炉，锅碗破碎房遭露。
经年小家散木架，妇孺冷风雨霜哭。

恒

芸芸浮萍白绿点，几多红花闪世间。
轻风尘土一阵烟，画圈轴上几张脸。
若隐若现纸黄宣，终流大海影不见。
一飘云腾灵升天，万世永存自觉恒。

天边圆

情眸西施眼，仁慈天地宽。
你我一个缘，携手天边圆。

寒风

黑风呜咽断残枝，金叶遍撒涟漪池。
寒雨斜窗小屋湿，雾山蜃楼国画诗。
冷嗖刺骨刮脖颈，大树抖擞小树摆。
衰草倒伏忧伤心，高秆迎吹飘彩旗。

呼应

疾风推身行，寒冷促快步。
秋寒呜咽哭，大雪冻死骨。
人生短暂路，四面嗖风鼓。
迎风向前冲，天下随应呼。

天地广

春红蝶飞秋叶残，知音无间独影长。
花香一时流水长，鸳鸯对拥行飞双。
金迷市井隔青山，林立高楼挡艳阳。
私心狭窄仁亮堂，不陷功名天地广。

乔迁

古稀青春旷世奇，乔迁新居昌运喜。
南山绿水伴巢依，车水马龙彻夜笛。
俯瞰大地王母惊，牵手月娥屋温馨。
宫廷异彩爽精气，千年基业万寿怡。
注：祝贺岳母大人乔迁新居。

人神

无翅飞天庭，珠峰插红旗。
抬手碎太阳，跺脚震星系。
来日人造月，星球任作棋。
一念变世界，转眼人神奇。

乐仙书——赞同事书画

金山深藏乐仙屋，蛇起龙凤腾空舞。

历史风云框裱中，人物山水宣纸呼。
浓墨江水滔海卷，淡雅细腻潺流涓。
一笔大地豪气握，万景心胸画天空。

梅香来

人情冷暖风云海，名利福禄岁月怀。
西风秋寒泪悲伤，东日春暖欢歌开。
匆匆人生驹过隙，千钟禄位杯影嬉。
情寄宏宇天祥彩，春花落去梅香来。

勤

仰头洒向天，萧眉两颊间。
撒向台桌边，剑拔指对前。
腾空斩乱奸，下海换月心。
沧桑一路行，绿荫一生勤。

情我扬

花无两次红，人无再度香。
怡笑云飘散，转眼石头烂。
它物灭我难，缺憾衰落场。
红尘影无长，灰飞情我扬。

岁两样

深秋不觉寒霜降，冷风入脖梦温香。
茫茫大地衰草伤，片片黄叶落地残。
天寒地冻鸳无双，惊鸟掠过形影单。
来年艳阳绿两岸，重逢春暖岁两样。

苏仙岭

桂香雾笼苏仙山，清溪蜿蜒欢流畅。
松鹤迎客引歌亢，狂诗豪笔岭彩祥。
万福金路迎难上，白鹿洞藏仙术汤。
卧龙盘踞灵气扬，玉袖佛慈祛瘟缠。
深林禅道少帅悟，黎民受惠敬神仰。
俯瞰郴州大地广，心高云轻天空蓝。

景——湘南学院

虎踞雄峰通天路，清香心湖含道悟。
层层尽染桂花绿，点点皆灿学子屋。
金玉帛书满院铺，朗声叠韵此起呼。
园丁挥汗桃李芳，红杏湘南耀昌都。

人——湘南学院

湘南绝秀国姿花，郴州大地美中画。
依山蕴学通天爬，俯瞰尘世文明达。
九曲回廊儒学塔，荷花池畔朗声划。
桃花满园传佳话，香溢大地众人夸。

卧龙山——湘南学院

卧龙腾雾顶山冲，伸手托阳带艳红。
起伏跌宕沧桑浓，青山翠竹绿轻松。
密林清泉天道涌，登高眼开万事通。
渺瞰尘点凡人匆，静卧不语暗笑疯。

赏月

朦胧玉盘半边镜，嫦娥飘荡黑白影。
月随吾行伴身亲，亦步亦趋难离情。
玉兔偶露笑脸形，可望不及萧瑟怜。
雪白娜树碧玉婷，婵娟梦萦至天明。

夜半水声

滴答清脆夜碎玉，落盘散珠交响曲。
龙口香润梦云雨，声声鼓动激情语。
小小一滴滋甘甜，绵绵长流润桑田。
似钟夜伴静催眠，柔水于心阔海鱼。

无剩

无垠寰中一粒尘，茫茫天地小微身。
翻云覆雨驾云腾，转瞬即逝烟无剩。

空情

云榜缥缈影，金榜无中幸。
满手皆是勤，归去空留情。

醉茅台

名贵酒字入眼帘，垂涎入杯自觉甜。
清香一滴鼻竖坚，满口辣嘴烧红脸。
穿心过肠腾云间，豪言无忌不避嫌。
茅台三分似神仙，抱坛梦游月兔园。

山贤

山挺雄势岭蕴仙，巅顶苍穹丘水田。
龙游峰脉灵气天，文墨山寺香满贤。

随风

春红柳绿秋黄收，雪化来年新芽悠。
山盟石碎海誓干，苍茫尘埃溜空手。
幼稚脸庞渐苍纹，长情忆梦春不留。
今日烟云旧时眸，桃花春梦随风走。

四季红

朝气蓬勃青春涌，风华正茂晨曦红。
中年有为栋中梁，辉煌人生夕阳浓。

美丽践行

窗外萧瑟室内舞，霓虹飞扬斗寒露。
婀娜多姿美跳鹿，翩翩起舞天鹅湖。
风华青春振臂呼，引吭高歌撼动屋。
目不暇接精彩睹，台下掌声阵阵鼓。
难忘今宵盛况酷，实践教学功在努。
革命精神今佳话，师生共赴前进路。

倩舞

九天琴曲荡云呼，霓虹美姿相红绿。
丽音萦绕雄风舞，高歌掌声轮换鼓。
影如春花飘南竹，画屏凝视无言处。
一落缤纷如梦幻，长留倩影笑今福。

亮歌

一堂融融亮丽歌，万姿翩翩仙女落。
长歌浪曲惊涛波，优柔段舞眼不梭。
天籁古音嫦娥乐，惊芳众客掌不说。
冬寒暖屋梅花哆，三春也来争今座。

梦游

春梦随风悠九州，佳缘云飘遇绣球。
千山红樱芳香手，万水金鱼待我留。
桃花牡丹映霞辉，鸳鸯蝴蝶比翼飞。
清风一醒樽瓶空，再入酒坛逍遥游。

飞辉

夕下冷露千林寂，日出红光万鸟飞。
烛心闪红漆黑亮，身轻天高云彩蔚。
红衣消得人憔悴，桂冠煎熬心酸累。
精灵荡气芳天地，江河长流日月辉。

茉莉

几缕悠风暗香绕，春魂恋情碧树抱。
洁白缀绿雪玉落，芬芳迷跳青蛙高。
亭亭玉立草仰望，回眸一笑羞愧草。
片片清纯心难飘，花韵染身不觉老。

庭院

庭院幽静清风香，山水壁画沿走廊。
曲径回转灯明暗，斑驳蚀刻岁月墙。

不期红花伴艳妆，净得心灵一味凉。
平生尽避繁华庄，但愿黄尘宁静祥。

静夜

月兔羞花闺房拢，树寂风停瞌睡虫。
千家沉睡鼾朦胧，万山寒露罩青松。
万籁俱静心鼓咚，江河止水血澎涌。
荒无人烟情伴同，漆黑一片心头红。

尽情

悲极无声仰天唱，荡击浪花水流长。
黑云狂风嚣张塌，那端彩虹尽情张。

红钱

红日照井田，明月飘窗间。
圆钱框心方，方圆天地钱。
相貌随缘长，黑白待心当。
花鸟春光样，寒梅傲志强。
诗歌不谈钱，只待有心缘。

南风

一股悠清暖热冲，万山遍红缀绿松。
松鹤声声荡南风，鸳鸯对对拨水碰。
飞鸟嬉林聚合拢，溪水曲流响叮咚。
瞰视匆行车水龙，雅兴自赏高居枫。

任由

幽思云梦天国宫，风火轮上铁头功。

人间黑白随心红，一念天穹任意动。

女人会

芸芸一堂吐红颜，纷纷缤落梦幻仙。
眼映灵水嘴含桃，脸抹粉脂发盘片。
嘻嘻眉飞袖飘舞，哈哈浪声荡香缘。
天心阁楼不夜灯，泪花哭笑不断弦。

冬至

轰隆一声顶塌洞，天冰坠地冷至冬。
白花飞飘满天舞，千山万水素裹浓。
蜡梅挺立傲雪中，脚印踏出一路通。
天地自此寒骨风，人间冷暖看心红。

春梦

和煦暖照午梦悠，一绿春风不知愁。
幽思梦幻蛹化蝶，灿烂山峦比翼游。
松鹤声声荡南风，鸳鸯对对拨水碰。
金銮殿上高挥手，夕阳偏西口水流。

郊游

嚣嚷红尘离城都，郊外清新好心游。
晨曦古道彤云红，田园阡陌野径幽。
山水自然绿油浓，纷纭旧事酒楼丢。
村庄有歇芳草香，懒向青松问福寿。

冷热

漫漫黑夜盼黎明，长长寒冬待春盈。

暖风香熏飘云天，雪裹霜打缩被衾。
盛夏不备秋露冷，数九奢望三月艳。
刺骨方知温馨舒，寒心珍惜热情殷。

兼程

名利追逐中，相争难停步。
钟摆不倒翁，乾坤洋中屋。
波涛推水划，洪流激浪花。
不问身沉浮，只赶兼程路。

春魂游

一路春魂梦飞翔，花儿处处喷幽香。
山峰皆成西施像，水影仙女飘下凡。

微信

微睁双眼摸手机，为看心恋一条信。
挥手狂欢摇手机，围睹新闻几震惊。
梦前不放握手机，归宿盼得桃报李。
慰藉冷漠咫尺情，唯有手机伴寂心。

诗圣精

倾身玉书无花怜，窗外飘香奢望情。
览文上下五千年，心游大地江山岭。
心藏妙词夜草香，口出惊语震天庭。
壮志凌云无以愿，但得无愧诗圣精。

诗词奔放

冥思苦想未有词，垂手拾得满地字。

江山绿野是历史，洪流滚滚奔放诗。

祝陈芬发言

红袖佛手仁慈飘，四方绅士敬仰翘。
巾帼靓妆媚一笑，今朝一睹哪生瞧？

国考

十年磨砺试刀刃，锋芒毕露将大任。
细细流淌大智慧，沙沙描绘鹏跃腾。
墨滴字字重千斤，笔尖铿锵比刀争。
悬头刺股攻此时，金榜题名看今人。

圣诞·平安

桃花盛开园丁艰，辛勤耕耘甜蜜钱。
人生路有好梦缘，生活美满不在钱。
喜怒哀乐酸辣盐，名利福禄红尘烟。
匆匆一年安一夜，圣诞享受乐一天。

圣诞

1

身忙一年劳累伤，深明道悟活一场。
伸出热情爱心扬，胜比天宫灿华诞。

2

圣贤佼佼人之榜，伸手前行指方向。
深明大义不争抢，神机妙算智慧强。
尘世纷纷烟云散，数九祛寒驱磨难。
身忙一年劳累伤，一度歇息欢乐祥。

无缘

若影桃花空入媚，孤影无眠湿枕泪。
月老红线随手挥，姻缘天意悲来悔。
青山错跨碧绿水，鸳鸯单只鹤难归。
红颜知己天仙配，来世再梦比翼飞。

好圆

情注玉书香花远，梦里诗文哲理篇。
青柳回眸弹指间，残红落地新芽鲜。
乾坤名利大梦尘，福寿舒心是为真。
快短漫长轮回转，智情人间美好圆。

趁机

心飞苍穹围窄井，梦随日月魂春锦。
大鹏高歌虫细吱，天生地数定阴晴。
万籁俱寂针响雷，喧嚣震天鼓无音。
悲欢圆缺红尘散，举杯狂饮趁年轻。
注：捷报惊醒，祝贺马院教学成绩
喜人。

海香远

金榜鸿名捷报喧，学府名海飘香远。
不负柴门薪火吹，园丁烛光亦彩灯。
注：名海，指张明海老师；香远，指
施湘元老师。

折伏

天下万般为心腹，人心无束便恶毒。
世风日下难复古，小草迎风遭折伏。

寄情

狂暴呼呼过窗响，寒风阵阵渗梅香。
孤灯长影空被凉，四肢冰冷忆暗伤。
魂飘云水到苍茫，电流情念到远方。
几片相思蝶恋图，寄予悲怆诉断肠。

居高

红尘茫茫独清凉，居高避喧视远瞻。
楼揽明月风卷阳，举目南山观音堂。
宫廷酒楼细泥丸，匆匆行人蝼蚁忙。
城市只在脚下走，不沾凡间俗气染。

下班

华灯抹脸红绿彩，车流长队舞龙排。
座上鼾声伴笛鸣，嘴里念叨工作来。
纷纭尘事车窗外，松弛一刻待情怀。
匆匆归巢脚步快，那碗温馨味香菜。

冬晴

噩梦远去晨曦到，暖意融融阳光照。
寒冬弩末柔风早，花香红梅至艳桃。
蓝天无染碧空浩，暖暖一轮红彤彤。
枯草吐芽热情侣，春姑裙飘预先兆。

霜多

宴曲重开聚新桌，流水折腾又跌落。
一片升平飞舞歌，独自悲凉无人说。
风萧萧吹雨寒寒，诗肩瘦弱多悲凉。
喜怒哀乐穿梭过，阴云秋寒霜打多。

滔滔流年

沧桑流年香魂梦，几度玉门看东红。
桃花一片春暖风，秋风横扫万林空。
蜡梅不屈傲寒冬，茫茫白雪几点红。
长江滚滚东流去，沉沙细说滔滔涌。

流芳

一步一顿悟，一行一诗呼。
出口成章篇，转身儒文出。
时光不复古，心开天有路。
另辟阳光道，雅文流芳睹。

无语

雁嘲树不挪，叶笑鸟飞落。
碑石绿又枯，山看水不说。

红绿灯

十字路口红绿灯，走走停停依次等。
你急我急他更急，礼贤谦让和风言。
以退为进人生路，凌驾超先遭压碾。
喜事红来不忘险，一路顺风要施贤。

长情

蹄奔铃，万里行，山高清，云远霓。
鹤西进，怀菩提，载仁心，风不停。
眼眸影，教诲熏，字里拼，悟道明。
江水亲，长流情，尘烟轻，桃香馨。

长浓

天雷降山峦，赤身红目远。
头旋乾坤清，挥手扬尘卷。
残红映绿鲜，长流绕峰转。
雁行风雨阻，却有声留言。

长悠

流星破穿苍穹夜，闪耀人间启明灯。
旷宇瞬间地万年，流芳浓郁香飘腾。
书斋长灯影犹在，亲切慈音萦绕环。
奈何桥上无须等，龙升天堂乐悠神。

风吹

风过疏竹空心响，雀奔南山自鸣唱。
小草无意仰天望，无奈狂风吹飘荡。

心高筑

红日冷月轮相出，蜿蜒曲折水长路。
春暖花开青楼鼓，秋寒风波故乡浮。
阴晴悲欢带心呼，香草月圆催情露。
山高心宽水流欢，尘寺庙宇总高筑。

笑中泪

月老随手多怨仇，一厢情愿隔窗瞅。
平静窝里蛋飞打，激情月楼秋波流。
远似鲜花近脸麻，靓装套面烂布搭。
佛要金装人要衣，笑脸含泪已尽收。

心背

一剑寒光罩六国，始皇二代连根割。
一夫挡道众难开，三军惨败心背隔。

瘦诗

诗字无铜钱，哪面都没脸。
词瘦弱无能，难攀高上权。

亮虹

痛痛心不松，挥手向前冲。
迎面寒风雪，雨晴亮彩虹。

去稚

曾经意气横沧海，无奈蹉跎白头来。
谷底再爬又高峰，第二人生真去孩。

神形

云梯直上天宫廷，缸酒李白叙旧情。
茫茫星花随手摘，滚滚银河任开行。
高处暖气可胜寒，极目远眺天远蓝。

身在地上已仙境，心在凡间已神形。

懦弱退守仁慈禅，不噪叽喳幽暗香。

落水悲

朔风黄叶旋翻飞，雨水洗面当悲泪。
一池苦水灌草木，不为来世牛马累。
胭香常飘红袖过，秋凉枯败残掉脱。
诗肩无力挑金砖，墨下重字落水悲。

菲红（其一）

春来鹊喜跳枝中，山林百草芳香浓。
秋风霜撒叶落空，情丝不断连心同。
雪飘热炕红火喷，温馨酒樽热闹碰。
来年菲红另相艳，记得曾酥那甜送。

菲红（其二）

春来鹊喜跳枝中，山林百草芳香浓。
来年再待桃花运，已非那枝鲜艳红。

人生戏

偶尔源自必然间，差之毫厘失千里。
天大过错不责己，轻罚难免恶毒性。
早到不如巧来及，得失平衡勿忧喜。
过程重于结果行，世道磨难人生戏。

禅让暗香

金鸡独立凤尾让，善与人亲赠圆蛋。

2016年终

1.寒热

春暖盛夏霜寒冬，桃花桂香蜡梅红。
残红秋黄长青松，鸳鸯雄鹰孔雀东。
高铁神速风火轮，飞船翱翔游月宫。
鱼跃猪欢酒杯冲，满手红票脸春风。

2.无终

数九凌霜傲雪中，蜡梅吐艳迎寒冬。
万山素裹枫叶浓，城市雪封冰灯红。
树林寂静无鸟虫，车队盘旋排长龙。
萧寒尘黄雾霾重，哈气无歇行匆匆。

3.冬雪

衰草冰封虫无声，贫瘠雪地冻骨剩。
权杖遥指万马腾，血汗铸造丰碑神。
残红落地渗泥香，洁白雪花遭人踩。
书生奋笔夜挑灯，豪宅热闹柴门冷。

4.回眸

蜡梅寒风傲飞雪，肝胆侠义喋身血。
梦里圆融尘世缺，书中闻香空花月。
心高目远天地宽，剑指苍穹破青天。
情撒桃李果满园，留滴清香人间悦。

2017年诗歌

2017年元旦

1

元极开启天地堂，旦暮升起艳阳亮。
圆缘原愿冤怨远，当党担当挡荡荡。

2

白雪山峰旭日升，一轮红日蒸蒸腾。
蜡梅傲雪吐红艳，硬竹铁青不畏冷。
大雁南飞催新芽，鹅鸭试水夹鱼虾。
人间无处不花灯，灿若仙境于今人。

3

红袍飘雪止行人，桃符满街映红尘。
朱黄紫绿万家灯，熙熙攘攘热闹腾。
高铁飞轮跨南北，飞船天穿揽月兔。
天庭落到人间城，上帝扮人我做神。

新辉

山峦素裹青绿水，城市红尘扬沙灰。
清僧静寺仁义信，凡夫俗子金钱追。
高楼难返陋农舍，高雅不走茹毛回。

乾坤泥丸任手捏，人间天堂随心辉。

冬暖

冬暖彤霞雪红烨，张灯结彩喜联贴。
高铁风轮南北梭，吊塔翻飞桃园结。
披红挂绿兴高采，灯红酒绿城不夜。
千年美梦伊甸灯，风华历史新绿叶。

鸡

1.咏鸡

鸡，鸡，鸡，一鸣天下醒。
傲头向天冲，俯身护温馨。
百鸟朝凤拜，鸡立自家门。
鸡冠为红颜，金蛋表圆心。

2

鸡头傲冲天，不屈附和言。
独立展媚姿，冠红为己艳。
尖喙向敌虫，展翅护雉儿。
不飞天门洞，蛋香留人间。

3

小头傲天高，不屈随风飘。
勇对恶意挑，自由跃飞跳。
懒飞云天潇，扎地实在笑。
红冠为情烧，亲人餐桌犒。

4

雄冠扇起火山焰，独立枝头傲世扁。
鸣令太阳亮世间，闻其起舞新一天。
小头不如凤尾大，尖嘴任戳不受怨。
搁下红蛋添孩喜，哪家无鸡能过年?

5

鸡鸡鸡鸡又鸡鸡，年年有鸡年年喜。
人间天堂富贵骑，一日无鸡堪稀奇。
鸡飞蛋打人怄气，嘴里含鸡笑脸嬉。
人迹所至鸡跟其，天涯何处无芳鸡。

6

绿草柳叶鸡相立，桃园田野鸟翠鸣。
不虚空道踏实地，百鸟散去你归心。
千种飞禽你最亲，赠予金蛋表忠心。
不甘尾随高傲挺，金鸡不开哪光明。

7

鹤凤院落独立昂，狗追猫扰尖喙挡。
天高云飘空虚寒，人间家园鸡入堂。

2017年春节

1

钱纸入烟花，烧红春光华。
团圆一个家，盛喜人人夸。
时运一年划，寒冬温暖话。
春节快乐哈，开启新景画。

2

才见桃花蜂蝶围，又到白雪漫天飞。
几缕轻烟飘怡醉，不尽红院纷事追。
梅开几度田野素，经年大雁不识归。
青蓝出蓝绿更翠，世风莫测神懊悔。
树轮秃头又一圆，山峦同我向天随。
数九寒冬坐岁夜，爆竹一声炸春晖。

3.人间春节

星光璀璨人间堂，王母瑶池移京广。
山清水秀人漂亮，仙女城市挑衣裳。
喜庆盛宴精神爽，玉帝下界凡人享。
春节不回天宫廷，尘世美酒佳肴尝。

4

爆竹声声炸春雷，酒杯叮叮划拳锤。
张灯结彩庆新年，车队长龙团圆归。
春华秋实冬来享，佳肴盛宴犒劳累。
春意盎然年景畅，气象万新予光辉。

5

璀璨烟花腾苍穹，醇香玉液众聚拢。

亲友拜访述旧情，热茶款待暖意浓。
锣鼓喧天耍狮舞，摇头旋转喷火龙。
灵猴献瑞踏吉风，金鸡报晓满地红。

6.春联

马到成功
博学奋蹄千万里，
仰头腾跃扬一鞭。
策马扬鞭奋蹄远，
红杏出墙春满园。
扬鞭奋蹄搏士气，
马到成功耀风采。

雪化

雪飘天涯白，蜡梅映山红。
残花化洁水，汗晶凝果浓。
风雨竹不倒，霜寒草又生。
轻装即来临，踏青香绿松。

丰碑

闹里炫耀，静处逍遥。
表面彩飘，内部毛糙。
铜表金心，浓情温馨。
时光溜跑，丰碑不倒。

万世芳

夜风卷身辗转床，浓墨漆黑心亮堂。
历史长河默默流，无序飘云任风向。
芸芸众生代代传，日复一日天久长。
梦醒晨光依然亮，时短情长万世芳。

万世开

蛟龙翻江终到海，翠绿两岸春意来。
一生艰辛日渐短，丰功辉煌万世开。

道钟

云雾苍松聆泉咚，尘世喧嚣寺道钟。
高山流水奏天籁，马啸鸟鸣荡穹空。
雪飘无息入地融，火山震天炸地洞。
残花落地无声响，化水绿树叶新红。

立春（其一）

雪梅换装树新芽，小小绿点满山崖。
石冰瘦身泉叮咚，微风拂面润脸颊。
鸭试江水叉鱼虾，雏鸟小翅赴天下。
沉寂山村炊烟起，蠢动城市再喧哗。

立春（其二）

石冰融溪蠢动城，檐凌水滴砸雪坑。
霜寒露珠压枯草，幼芽待挺出头争。
大雁南山观风向，黄鸭夹鱼试水暖。
哈气不凝暖雾起，素装套红青绿腾。

错落

鹏天任鸟飞，入地遭狗追。
同是灵犀人，却有龙蛇龟。
错落桃花枝，无奈春江水。
漫漫尘世埃，风吹飘烟灰。

阴天

如来腹兜一素布，跌落遮挡日月露。
漫漫天日无头出，阴云密布不少苦。
怨天怨人怨自己，前世没修好德行。
肚大圆肥辛劳鼓，雾霾散去晴好路。

莲花

根基污泥塘，青莲碧水上。
荷花遍身红，苦闷内心藏。

昆仑

屋脊世界陇，高原苍穹风。
峥峥山骨雄，滔滔雪水奔。

无光

大树枯落响，小草摆无浪。
名香毛亦长，无闻红不光。

绿野

平生欲做水云身，跌落凡间满身尘。
俗世铜钱埋亲情，吾待他人守真诚。
同为天涯沦落客，阳光小道不同人。
虽为蓬蒿小根草，年年绿色山野深。

观中国诗词在奉有感

——珠玑浪海

滔滔浪花击苍穹，点点珠玑抖文龙。
青壮高山绿水激，推沙击海万世红。

时光

仙灵远古来人间，驰不停蹄催往前。
叹息好马不回头，昔日红尘黄土填。
错失光阴无以追，但将光明智慧留。
放眼未来无限美，时日待我真神仙。

天翼花谜

元宵彩灯小区挂，天翼翅下灯笼花。
翠绿景色宜居城，未来城中添喜画。
左邻右舍谜欢乐，院内融融是一家。
谜底开出温情热，物业服务众人夸。

长梦

旷野悠然螳扑蝉，风卷残云草观望。
花缘落尽蝶飞散，鸟鸣空唱无回响。
缘来缘去终如愿，花开花落红又香。
仰天长笑忆脑后，一壶浊酒醉梦长。

长沙电信天翼未来城

电闪雷鸣卧龙升，信翁捷报天宫神。
龙腾天翼扬尘沙，流芳长香未来城。

天翼未来城

天降神宫芙蓉城，翼展雄翅牛角腾。
未几天桥坐地龙，来日不识东塘人。

浮云

看庭前花开花落，观天外云卷云伸。
一生一世一双人，半醉半醒半浮生。
缘来缘去缘终尽，花开花谢花归尘。
又善又恶任随心，难彻难悟难归真。

元宵节快乐

圆缘愿园满春彩，源远沿院学有才！
世间万事滔流水，一飘轻云任心开。

香歌

蝶扑芳芬振耳膜，蜂迷花蕊鼓心窝。
蕊舒徐展喃春情，靓妆喷香争相说。
满坡红绿莺声鸣，清风韵律奏四方。
香浸沁脾涟漪波，荡似琵琶弹情歌。

天堂

昆仑一指破上苍，汪洋一扫天地蓝。
鸿雁翅下卷万里，青蛙井底望天堂。

诗奇

学未精诚问鼎师，拓新创得众人识。

云帆手舞激沧海，火轮飞跃碾天旗。
雄鹰展翅大风起，凌云苍穹白马飞。
赋诗凝视文字间，一眼射出万世奇。

做鱼游

玉盘空悬照枯柳，把酒对天无接手。
杯中月影梦香人，愿沉江底做鱼游。

心声

咚咚铿锵自天穹，隆隆震聩入耳洞。
娓娓传来佛禅意，谆谆教诲道悟空。
时如涧溪过青石，也似巨浪迎海风。
山野俱寂唯心声，玄机不息神韵钟。

护蓝

红梅怒放迎寒雪，昙花悠然香一夜。
兰草挺立挡夏雨，蔷薇坚守护薄蓝。

新灿

残烛难有烈焰旺，再挑灯芯也闪亮。
虽过盛年难续志，兴许佳期有新灿。

苦水长

流年墨迹干无香，过眼繁华梦散场。
彩蝶迷途沧海茫，一脉苦水东流长。

万花

一怀幽梦锁流年，几口郁香不回仙。
数缕轻烟悠田园，百花丛中蝶采艳。
阡陌桃花满山遍，万般情怀醉人间。
柴门玉案青林悟，无限芳名留永恒。

头

眼波横水眉山前，口出天地苍脸圆。
鼻息灵性耳感心，发悟牙灵肺腑言。

湖光

晨雾散去空寂冷，雨打湖面静来声。
两只鸳鸯戏波鱼，一抹斜阳紫气升。
扁舟静卧水中央，大地于心天悠然。
繁星眨眼波光粼，夜风拂柳馨香真。

春诗

红笑黄翘蓝扭姿，遍山鲜花满心诗。
莺啼春树柳叶舞，漫入画中竟不知。

春寒

一股萧风冷香夜，遍山桃树泣无色。
谁说春寒黑花艳，两岸梨花白山叶。

红艳—2017.3.5

身许苍山落照间，风华历数心仍坚。

无望淤泥出白莲，但愿荷花红更艳。
寒风卷叶扫金秋，萧条满目怅无由。
流莺檐外鸣清歌，夜间花事几消磨。
花间卧醉桃柳梦，孤吟一曲泪残红。
雪花纷飞映诗笺，又结一段梅香缘。
一江入夜寒流奔，千山素被雪包拢。
青蛙池塘交响曲，搭肩入水鼓花泡。

靓女——庆三八

蜡梅隐去春花开，三八靓女冲擂台。
红底暗纹面武妆，秀美挺起刚强铠。
揽月捉鳖女汉子，穿针绣花闺女来。
今日不识木兰真，来日更待女神彩。

拔河

粗硬麻索缠细腰，纤手挥鞭舞长啸。
弹指绳曲妙龄笑，男士呼叫绣球飘。
浪随波涛上下摇，河东狮吼直蹦跳。
楚汉河伯愁难消，仙姑美女两都娇。
拔绳劈啪两边掉，遍地花开红缨翘。

红桃

三月桃花几妖娆，山川八方仙女飘。
清逢今欲红袖，武媚追赶时髦漂。
徐娘浸润西施水，娇妹浓抹胭脂膏。
烟雨丛中花蕾笑，街头巷尾尽红耀。

春恋

万人空巷挤凤台，一睹仙女英姿彩。

三御强敌木兰花，八仙过海红袖开。
靓妆倩影飘逸过，痴迷绣球桃花落。
艳彩幽香蝶恋追，鹊桥情眉对双来。

醉蝶

三枝桃花流暗香，八束康奈献心想。
婀娜仙姿惹凤怨，轻舞步态迷蜂沾。
莫待秋来寒风煞，山野烂漫春光赏。
今宵蝶情拥香囊，把樽拈花醉酒缸。

鹊桥

三生蝶梦绕春花，八辈情长挂金瓜。
三生八福女同胞，男子恋心鹊桥架。

祝三八

三只喜鹊报春晓，八哥摘花献喜桃。
山花烂漫艳阳照，巴蜀大地美人娇。
上天仙女舞翩翩，芭蕾旋姿靓妹耀。
善心慈母福缘到，普天恭祝女同胞。

空骨

空头作被皮当床，高士骨隐退华章。
无心早已空佛禅，此生何须认帝王。

春桃

阳春扇花舞柳风，碧江绿草树挂红。
鱼戏暖水荡波跳，桃香两岸醉陶翁。

春游

幸得东风吹雨散，俏佳人影映船上。
鲜花盛满缀天涯，最爱依旧是春蓝。
天地一色画中央，娇柔裙飘带仙香。
红梅桃花逊媚佳，樱嘴霓衣美胜阳。

春

青山黛眉云天长，莺歌鸟鸣雁飞翔。
柳钓鱼跃浪拍岸，彩蝶绕桃坠花囊。

春心灿

桃源画境布青阳，幼芽小叶惹春窗。
白云青山流水长，红花艳在心里灿。

虫龙

九天玉龙出华宫，传道解惑下梧桐。
振臂呼喊众人从，山川田埂春忙冬。
妖孽挡道阻高峰，南山鹤影远去空。
无力回天作芥子，且将诗技付雕虫。

月夜

风停浪止送晚霞，天边羞月露半牙。
草丛蟋蟀鸣夜曲，浊流史话入沉沙。

踏青——油菜园

马良画笔飘逸彩，八仙南游醉此台。
哪吒菜地翻龙浪，关公闻香刀不睬。
人摆花舞鸟伴唱，百草怀艳迎春姑。
桃花惊艳无人望，蝴蝶闻香远扑来。

春雨

1.香雨

细雨霏霏飘梦境，菜花婀娜姿芳婷。
阴云难抑春魂心，香韵熏开桃红晴。

2.天雨

蒙蒙浩荡宇无字，丝丝来授天神意。
滴滴灵魂入阳春，根根连心爱润滋。
条条富贵命中注，哗哗不断流长情。
噼啪叱咤风云榜，轰隆成功响天庭。

3.看雨

毛雨蒙蒙云雾画，弥漫旷野洗铅华。
芳菲飘逸水晶莹，身沾香珠温馨挂。
翠滴流溪奔河江，甘霖润物无声张。
一抹春雨透眉景，桃蕊扬粉蝶恋花。

4.听雨

细霏耳畔两无猜，卿我不分缠绵怀。
滴答惜时报晓曲，哗啦蝶拍春光来。
大小玉珠奏天盖，风卷雨榭凤凰台。
噼啪万马奔蹄狂，高山流水天籁开。

5.闻雨

雨奏叶曲天放白，凉爽清新扑窗台。
百花回报春雨滋，展艳喷雾空透彩。
丝雨飘落如酒滴，香漫碧野花遍山。
满地玉琼凝瑶池，醇以嫦娥扑宴来。

6.悟雨

无雨不成春，无泪福不醇。
阳光风雨后，汗水得饱温。
细细不断淋，浊流终有纯。
滴滴恒尽流，穿石水不逊。
烦雨时有停，好梦似愚蠢。
好雨知时节，英雄不时论。
阴晴圆有缺，富贵命里轮。
滋润春天送，红花艳人尊。

7.送雨

风雨叱咤当年中，谁忆华茂惜日红。
王侯将相无影闻，尘世浮云一阵风。
雄鹰凌空任苍狗，彩虹总在风雨后。
吾将泪流江水送，不叹荒山一坟冢。

赏花

1.油菜

桃源画境落青阳，玉面羞花半拢张。
油菜芬芳柳叶揽，青鱼浮萍碧波荡。
嫩叶眨闪西施眼，黄粉飘逸贵妃香。
蝶绕醇枝琵琶抱，蜂跳瓣片吉他弹。
人入菜地不见头，只有馨沁醉心狂。
两岸点点游人望，浑然不觉身南山。

2.拢花

天高碧野和煦风，纵横阡陌油菜浓。
彩蝶蜜恋吹花粉，絮飞弥漫飘满空。
芳菲引客醉梦中，近香熏得佳人芬。
雅黄缀山西施裙，跃入花蕊丽媚吻。

3.瑶池

山外青山楼外楼，花香漫花远香远。
黄帘一片映眼前，芳馨满坡醉心间。
蜂蜜亲吻入花蕊，彩蝶纵情绕芬旋。
我欲捧花细端详，不期飘至瑶池苑。

4.八仙赏花

一缕香诱蝶恋花，两岸油菜碧水跨。
三彩馨雾九霄漫，四面青山蓝天拔。
五色缤纷遍山灿，六韵地味慈母发。
七姑身影百艳染，八仙阳春此作家。

5.春瑰

蜜蜂嗡嗡循香追，蝴蝶拍拍绕红围。
青青草盖橙妆挂，扬扬芳粉回味醉。
三花聚顶元极升，四海博大无限远。
淡淡油菜一介草，黄黄大地满金辉。

6.福圆

寒素不敌风和暖，春晖有情日丽銮。
菜花富油佳肴香，温饱可口福满圆。
素雅清正刚强顶，黄袍轻云天空碧。
芬韵天地有蝶恋，馨香人间芳名远。

7.万里晴

红花有伴香来亲，黄叶秋风冷霜衾。
春光红颜舞风情，经年沧桑刻纹鬓。
芳芬鲜艳惹生嫉，倒春寒袭折红英。
清雅出泥身杆硬，笑迎碧空万里晴。

8.来客

芬菲惹眼诱空色，菜籽粒小富油奢。
馨香坠欲红尘烟，蓝天碧空淡雅悦。
艳丽美从田园春，青山绿水心灵栖。
雅芳名来蝶恋月，情长无间自来客。

9.中庸

红花妖艳遭人厌，白素惨淡无欲捡。
雅丽悠黄众人喜，中庸逢缘皆赏脸。
毒刺损身蜜汁骗，残红黄叶秋无颜。
青山绿水无花俏，悠得淡泊万千年。

10.几度红

红尘邪恶睡不香，明里看破暗恋想。
精神高尚物欲脏，心存丑陋阴风寒。
黄花金灿风卷阳，秋霜残叶鲜黑干。
一恍流年几度春，浊世淡泊无限光。

11.良辰

油菜伴溪靠青山，芳芬饱籽生活香。
淡橙悠清非金黄，雅致纯净不浊浪。
历渡寒劫迎暖阳，春风吹拂游人畅。
暖意融融鼾声长，莫负良辰贪婪享。

12.珍惜

芳菲转眼落秋寒，黄叶朔风悬空颤。
桃花再见岂当年，衰草倒地冷冬长。
儿时笑容床头念，岁月几度銮蒙霜。
光阴箭飞折红英，珍惜华茂断悲叹。

冥来

傲雪苍梅一字排，踌躇大志满心怀。
历经沧桑多折英，经年托梦寄冥来。

缠纤

酒中九重情长流，旧朋友聚久青悠。
瞅眉帅气冷香游，山水缠纠树纤手。

月影诗

大梦渐入痴，心醉不言辞。
红尘几度春，樽杯月影滋。

晨语

双鸟对歌鸣晨曲，一把青伞托春雨。
四轮车奔前程驱，两眼早映传道语。
三尺讲台授业房，六轮乾坤尽在握。
花园桃李润甘霖，喜得金果灿天宇。

大唐英

红光融融春暖心，利剑寒寒横公平。
北斗明灯带一路，韬略昆仑富强兵。

党魂碧树青绿野，梁正端庄金銮挺。
愚公拓远前程海，国浪再耀大唐英。

川江红

春意盎然万物暖，秋寒潇煞芳草伤。
妖花之下有阴暗，莲心清苦荷馨香。
大海浪涛推远航，小碗水平防跌烂。
蜡梅坚挺寒雪化，良风有春红川江。

春笋鲜

蜡梅谢红让桃艳，紫蝶恋花吮心田。
苍云寒潇阳光颜，大雨过后春笋鲜。

自斟

明月时顾窗，清风侵心凉。
花落谁解意，起榻自斟觞。

吞天水

春雨绵绵月不香，漫空沥沥似泪汪。
我欲一口吞天水，满嘴喷向恶龙王。

雨过心晴

连日阴霾遮心帘，春分细雨始觉甜。
待到云开心明朗，笑语欢声萦世间。

红更芬

花开花落残随风，书中香叶存情温。

春来秋去寒梅冬，风霜雨雪红更芬。

月光流

幽曲小径醉徜徉，羞涩昙花夜半香。
树影婆娑对桌酒，不离月光身流淌。

泗影

岭上草绿青，蝶来燕飞影。
河中泗人游，梦已到瑶庭。

忆江南

小桥曾流浊水浪，临江无叶空凭栏。
绿波又来荡江南，秀水青山再润乡。

青山绿水

一山绿树布红樱，万草茵茵坠蝶情。
碧波笑纳白云入，莺歌鸟鸣飞兰亭。

真

写的无字念无声，心到云界无缰绳。
江河大地如来掌，乾坤人间空味真。

低头学习

抬头不见低头恋，井里尽涌水满天。
伸手攀岩有苍穹，心有乾坤世界宽。

冥红

倩涵香梦蔽月魂，春雨绕桃粉艳拢。
莫言清明泪如涌，冥里恋亲一枝红。

香扉

春梦夜游蟠桃园，秋寒茬苒沙指间。
枫叶飘雪虽无颜，那片香扉永心田。

空香愁

夜色难掣萧风肘，孤灯如豆伴酒酬。
沧海浮云飘苍狗，鹰护菩提屈佝偻。
红尘眉透奈桥断，黄埃沉沙五米斗。
南海翠青少滴漏，樽杯寡月空香愁。

玉指黑月

玉指冰曲弦如血，寒雨纷飞情韵绝。
秋霜萧瑟叶飘零，夜洗风光黑蔽月。

又修路

夜梦瑶池桃花开，欲建丝路搭天台。
鹤飞南山绕迷宫，天庭有门路待猜。

雨激雄鹰

漫雨如尘蒙三界，荷花无染出清洁。
狂风暴雨激雄鹰，乌云何时阻英杰。

清明祭祀

1

远山雨蒙冥界影，似亲淅沥身旁泣。
奈河两望江泪流，期待清明无水近。

2

青天代我流长泪，江水忧愁深海汇。
红樱垂头向黄土，烟纸载信盼灵飞。

3

骄阳闭门思英烈，青天布帘悼灵杰。
柳叶低头垂两岸，白花幽香寄冥界。
鱼哭大地满江海，鸟泣苍天漫空雨。
泪泥脚印沿山峦，片片纸鹤飘心叶。

光阴

光阴不刃折血寿，剃头无毛慧种收。
飘飘不觉沉海史，一恍春秋溜缝手。

早行

梦飞日来掀被衾，轻风飘香鸟鸣醒。
花儿点头迎新客，汽笛吹奏晨早行。

苍痕

满地金叶落庭院，又是一夜风雨卷。
青翠再绿非黄页，苍痕岁月刻一脸。

倒春寒

一夜萧风蓬荜响，满地金叶雨折伤。
红梅残落雪悲来，三春倒寒花止香。
朔风逆流谁曾想，朗朗乾坤有不祥。
多个铠甲套背上，以防不测身暗枪。

高傲

山高云抱腰，水柔石嬉娇。
水清鱼欢跳，目傲无人瞧。

梅家

三生蝶梦忘尘花，一惊春魂月犹她。
空杯无水满柔肠，枫嫁秋红雪梅家。

一线天

一刀过山间，光阴挤难前。
前世钻来玩，今生达阳天。

金塔

相栖网络醉虚幻，愧对英魂碧血脸。
慧怀诗书修路远，金句良言塔成天。

东流

桃花香艳一春红，松柏青翠万雪风。
红尘烟雨飘客匆，无声磐石笑流东。

蝶梦开

三春未去蝶梦在，一觉香扑桃揽怀。
手中玉书金言笑，抬头艳照道悟开。

三春风雨

雨喜翠绿风沾红，青伞花袖飘香浓。
涧溪黄鹂鸣桃韵，鸳鸯戏水蝶恋粉。

月夜

玉镜重开夜，苍茫又清洁。
浊酒入明辉，诗映天穹晔。

青翠

兰香桃粉随昙花，秋风霜露残红落。
沧桑松柏高立崖，青翠不老默无华。

学生

金男玉女眉梢花，书斋教堂寒作家。
抬头浴道低喝墨，灿秋满园黄金瓜。

在天

紫梦跃身凌霄殿，醒眼方知冷板凳。
经年沧桑一瞬老，回首猛悟已在天。

春桥

小桥跨碧搭，轻浪跳金沙。
风响舞柳叶，蝶飞追桃花。

滕王阁

迎风傲立浊世江，千古风流一笑看。
层层隽秀亭阁栏，翠翠绿沁山两岸。
云飘灿霞南昌光，天降灵龙凡鸟唱。
珠玑建塔墨浪华，青史文儒造滕王。

高铁行

天南地北寸指长，瞬间上月娶新娘。
东西挥手来回见，高山滑到涯海滩。
曾以似箭乱飞弹，哪知稳过钓鱼仓。
光阴追我庄公会，不及梦来已到站。

手掌间

削平泰山争霸天，踩断秋水挡红颜。
日月山河股中穿，瑶台御殿随心转。
抽刀断浪引坝流，借酒飘悠揽月球。
颠倒时光会周庄，旋扭乾坤手掌间。

崖台

欲借娥玉上仙台，笑揽浮云把岭裁。
不怕嚣雷击翠盖，只待对目秋波来。

泪光阴

未成名就不甘心，屈尊淫威从权鼎。
功负先辈何所寄，两行泪水付光阴。

春游

鱼跃破湖碧，鸟扇吹天青。
蝶飞醉桃园，花香敞菲心。
人行芬芳海，歌绕休闲亭。
慈心拂山水，映回满目馨。

心春

低眉心怡超，抬手眼界高。
藏身桃花春，何惧岁浪涛。

笔伤

墨田笔树空桃香，铜臭无芳蝇有馋。
红烛凤阙泪燃干，人海沧桑一身伤。

血撰经

岁月蹉跎融醉意，流年坎坷怅愁心。
成败悲欢烟飘灰，碎骨铸碑血撰经。

墨舟

其乐欲何求，诗词说自由。
浩然天地气，丹青养青眸。
行草随心意，柳颜浮幻钩。
闲来真痛快，墨海韵风流。

勤奋

没有无端落青睐，笨鸟寻觅赶先采。
阳光雨露催花开，勤劳付出有回待。
泪水涤去先前事，汗流挥洒为将来。
纵然命运苦成灾，奋起直追雄气概。

浪迎风

杯溶岁月花溢梦，刀下名山剑上龙。
沧桑流年火溅血，惊涛云涯浪迎风。

霜红犹

流酒消愁愁上秋，挥诗去忧心上悠。
三春已过夏更火，枫叶有寒霜红犹。

暴雨

人间有难天泪流，尘世悲怆掀江揪。
沉重灾难海之深，苍雨无情苦海忧。

酒雨

晶莹一粒亮心灵，哔哔一片启天庭。
瑶池满地悠桃园，银河入樽醉无尽。

红雨

春雨流情飘花裙，满街绚丽万婷芸。
难得天公一片心，红伞情侣喜天运。

歌雨

劲瀑垂流滔天河，沸水一横泻坎坷。
千古风流苍穹雨，万马啸鸣涛海歌。

香雨

点点激桃催花开，滴滴拂蕾飘芬来。
雨雾含情撒人间，遍山清香韵仙台。

吻雨

雨滴面流似倾诉，入口含情吻心呼。
天上之水载民舟，江涛滚滚绿岸油。

太阳

大千世界于心上，拥抱光辉灿明亮。
日月星辰轮天地，乾坤有阳世有善。

火阳

寒冬一火梅红山，霞光万射世无凉。
青史万马迎旭日，激情一喷胜火阳。

艳阳

雄鸡一声红四方，桑田沐浴肥沃广。
心中明亮天晴朗，胸存民上世艳阳。

骄阳

山花浪漫艳似火，最灿鲜红西施抹。
桃李芬芳骄阳颜，哪比靓女袖舞歌。

夕阳

红日落晖霞光芒，残花入泥果正香。
沧桑一路虽短暂，夕阳最美人生亮。

真经

莫对失意谈得意，勿以酒气消愁气。
政从正出财自才，有名不取无名经。

观学校九云峰鼎

蜿蜒曲上莺歌舞，红白艳花幽香扑。
极目天涯身宽远，手拨云转心悠浮。
吻青拂绿感地气，沁溪含露得慈润。
众岭丛中碑作帽，山顶总是情眼物。

相印

世界太大，人心却近，
彼此相印，岂能走离，
明月于心，何影寻亲？
幻中相印，已在心灵。

千百度

众里寻他千百度，你却灯火阑珊处。

小月一弯浩天空，奔流千江萤火中。

千峰灿

一波一折一花样，一登一岭一景山。
滚滚奔流淘金沙，芸芸人海涌倜傥。
流水横贯大海平，沧桑终身仙来静。
九曲黄河万里浪，一生泰山千峰灿。

母亲节祝福！

1.造人

盘古劈地开雷天，云水走影月光颜。
女娲仙气撒尘间，魄游山河人世脸。
藤条抖抖活灵现，马蹄踏香遍山峦。
鱼雁凤鹤拥龙座，火树银花苍穹艳。

2.抚养

一口奶水醒世来，百般呵护育心怀。
千里之行拉手护，万语叮嘱唠叨开。
望眼盼归凭栏观，牵肠挂肚辗转翻。
拜求保佑苦戒斋，一心儿女母爱海。

3.教育

三迁远墨忠国刺，画荻教子陶贤字。
催眠柔曲悠扬诗，坐钟站松行风驰。
咿呀学语含仁义，马前插翅励高飞。
政从正出财自才，廉洁莲清天酬勤。

4.沧桑

孤灯走线弹风寒，汗水心火温酒香。
黄河浪沙洗白衣，九盘泰山炊烟冉。

床前月光抬头望，游子身牵慈母心。
红颜秋霜脸蜡黄，青丝半百银发染。

5.祝福

桃花两岸香悠扬，溪流万里海蔚蓝。
春蚕丝尽温馨长，蜡炬成灰道悟亮。
跪乳羊恩鸦知哺，吃水不忘挖井难。
落红入泥花更香，福祝慈母安康祥。

英姿彩

飒爽英姿靓擂台，袖手舞动风光彩。
二寸粉笔通古今，三尺讲桌四洲海。
眉来眼去艺颠儒，口出黄河才震生。
巾帼余香留雅座，猜得裁判梦难开。

泰山迎客松

苍穹跌落一仙草，悬吊崖壁傲尘躁。
俯视大地不落俗，居顶远眺心目高。
手揽白云飘仙境，雾滴作酒青天潇。
不与凡草齐平身，独我峰顶仰天翘。

孤岭

凭栏望天星，秋叶落秃岭。
孤灯明我心，玉月伴我行。

风雨醉

风自南山雨从天，灵气福寿聚心间。
风芳清香雨奏曲，交相共鸣落玉溅。
风传雨意吹诗韵，雨借风情流墨河。

风幽沁心飘云雾，一肩雨酒醉糊仙。

小草

单瘦无力顶天桥，不惧狂风折细腰。
野火成灰又再生，没我山青岂有娇。
盘古毫毛宇灵气，哪是雷雨可劈杀。
不与鲜花争妍宠，草民只求浪无啸。

空流

虚度时光空白头，青葱岁月溜中走。
一生名利不放手，烟丝散去尘飘浮。
对月当歌醉梦圆，孤灯寒雨照影单。
一江春水奔泪流，千山黄叶落忧愁。
青葱枯黄落尘埃，红花凋谢催绿开。
一江春水万古泪，万众尘浮一烟飞。

青春脚步

——中学回忆

1.情缘

一朵祥云飘衡州，百年缘聚话长悠。
二人同桌牵梅竹，千里月娥春魂游。
三生情结一窗读，万古英名志当初。
四海为家再回首，忆长不断梦在犹。

2.渴求

笔挺雄峰铸大地，墨柔青绿流江河。
一字千金锤国策，百业万兴技高科。
天高地广芸窗屋，情深意长字中浮。
书当佳肴墨作酒，亢引经纶来高歌。

青葱岁月一朵花，要得人赞做学霸。

3.立志

嫩芽岩缝迎晨曦，劲松绝壁挺霜洗。
麻雀振翅鸿鹄冲，小鸭高飞天鹅衣。
铁棒磨针水穿石，心有诚志移泰山。
华茂力盛举昆仑，侠义剑破太岁椅。

4.挫折

一声霹雳心蹦出，一道闪电身卷缩。
惊涛骇浪船翻滚，风云蔽日沙满雾。
天有不测人有灾，祥云飘顶几多彩。
人生一跌大海颠，苍天有泪地抖哭。

5.情长

弹指一挥头发光，转瞬之间脸蜡黄。
名利成灰烟散尽，一世潇洒坟茔荒。
人去情长同日月，友谊地久不随风。
滚滚江河水不断，牵手之情永难忘。
光阴狂卷风尘土，大地尽埋人间骨。
物是人非月常睹，流水东去风在呼。
一江岸头松指路，晨曦日出驱浓雾。
溪水不带青柳去，浪情翻腾一路鼓。

6.梦

幽幽到衡州，知己满觞九。
高谈世事忧，阔论德行修。
嫦娥身边扭，携手桃园溜。
瑶池琼浆酒，冕旒皇袍绣。
权柄天意授，颐指拨地球。
一声炸雷醒，床上戏水游。

檀香集

168

7.长梦

春眠不觉桃花香，瓜田肚圆鼾声响。
碌碌无为空手返，枉对父母辛苦养。
黄粱美梦哪能爽，人生岂止梦一场。
冥冥之中雾蒙霜，豁然开朗光明亮。
移步循觉追灵感，前途风光彩无量。
悟空能将凌霄翻，吾辈敢建新天堂。
黄埃随飘狂风散，沙积金塔雁声荡。
中华长梦长城长，贞观康乾今世光。
南柯今来枕再享，醉有美酒伴鸡汤。
梦里有时终会有，人生一世为梦战。

8.机缘

飞来圆岩进悟空，仙女落英贵妃红。
天抛顽石人玩石，乾坤已赐一世钟。
苍穹不生无用物，世间人走各条路。
阡陌尽通罗马途，劲走天梯好升空。

9.奋进

号角借天风，豪气震雷轰。
强壮满张弓，行将火龙奔。
志在捅天空，昆仑脚下蹦。
一剑指苍穹，宙斯仓皇滚。

10.教师

一道灵光天庭来，万物启迪慧觉开。
二寸粉笔古今排，三尺讲台四洲海。
春分秧苗细心栽，秋果满香钓鱼台。
桃红李艳大地彩，柴门有才乐开怀。

11.心连

未见似曾见，那是不老天。
吾本同桌连，岂容光阴断。
斜阳碧波柳叶风，渔372满仓晚霞红。
流水匆匆山依旧，流连亭桌忆长空。
竹马桃园书斋屋，勾肩举杯风云路。
夜幕天空星闪烁，月影那边有心同。

12.忆往昔

一道电波月老夜，二地再牵红线约。
三碗桃园豪情义，五夜拳拳促膝叠。
四海云游各天命，六神依念一圆饼。
半世沧桑吹鬓白，百年缘分同度月。

13.青春

阳春白云飘蓝天，轻风柳絮舞河边。
黄莺鸣翠鱼接尾，斑斓光影撩树间。
百花簇拥人独花，蝶迷人彩香自华。
山峻水曲心陶醉，青春山色蟠桃园。

14.折腾

上蹿下跳为吊牢，左奔右跑为是好。
这边跑来那边翘，这山望着那山高。
人生道漫路颠簸，曲折暗礁处碰磕。
来回折腾九九回，痛苦磨砺难得绕。

15.情结伉俪

课桌鹊桥搭红线，书墨清香飘情缘。
西施回眸舞眼前，蝶醉桃花梦姣仙。
一日三秋望穿眼，五更六神思心间。
银河九天聚牛女，山水缘结美海天。

16.同学会

同桌友结前世缘，共窗梦飞今生愿。
长凳鹊桥搭红线，小路牵手笑景远。
沧桑风雨蚀容貌，春秋霜寒画天圆。
岁月不老情中人，荡杯再映青春颜。

17.再相见

捷报一声震天下，相隔数年刮目仰。
曾经携手共度日，沧桑奔波月两看。
有待明日何其多，也如临敌夜备火。
龟兔赛跑风雨见，毅力长来名亦长。

汨罗市——端午吟诵

江水蜿蜒丝带长，翠鸟枝头鸣对唱。
汨罗粽香绿两岸，奇花艳丽黛眉妆。
天来仙神名气响，车水马龙闹非凡。
屈子祠风灵气韵，小城悠扬九歌荡。

1.屈原

谪仙诗怀屈楚红，帽摘花翎汨泪涌。
一纵傲志随云风，千荡不羁浪头冲。
路漫求索天下道，丹心气节万古高。
犟骨橹滔激龙舟，粽情端午长久浓。

2.离骚

天灵气运舞星河，地魄风横海啸火。
硬笔苍劲松骨立，柔墨浓情江海阔。
诗流山水弹离骚，词飘云雨奏九歌。
浊酒不见清明月，清酒明月醉杯落。

3.汨罗江

千古诗仙一纵飞，一江汨水万人泪。
卧龙神游香留水，灵韵诗魂撒飘挥。
字字珠玑滴流江，滔滔浪晶涌华章。
蜿蜒曲折道漫长，奔腾横贯大地辉。

4.粽子

米过春秋叶霜侵，日月轮辉阴有晴。
风雨难拆枝连果，金瓜满树叶上辛。
粽子不忍屈原身，宁沉鱼腹保仙神。
一叶饱含万分情，万米紧抱一团亲。

5.龙舟赛
——离骚之曲九歌亢

卧龙不羡天庭悠，愿做载人水上舟。
两岸铜锣震天翻，救仙驱魔战浪头。
离弦之艇激水骤，九天云霄擂鼓歌。
百舸争勇不落俗，强我大国冲海洲。

6.悲壮

诗人落英苍天泪，黄河止水鸟停飞。
巨匠再骚又九歌，天公惊叹连轰雷。
红颜拒俗多薄命，丹心殉国气壮山。
英魂血溅长江流，山川大地花红辉。

7.磨砺

大浪淘沙金光闪，冰雪磨砺蜡梅香。
冰冻三尺非一日，铁棒成针经年难。
六盘泰山达峰顶，九曲黄河到大海。
纵横阡陌通罗马，久经磨难渡险滩。

8.文化

清明端午团圆年，阴晴圆生春节天。
皇朝西去佳节在，仙鹤南来闹欢颜。
诗人壮举造端午，粽情浓浓五月五。
甲骨竹简沉铅印，华夏辉煌流万千。

庆六一

1.坠地

呱呱天魂探奇来，忘带法宝空嘴开。
奶水是娘睁眼张，揽物不放紧揣怀。
鼠辈梦飞瑶池园，仙神腻甜挤苦海。
漫漫尘埃始初游，酸甜苦辣方上菜。

2.学步

蹒跚出屋摸春秋，星光眨眼爬楼求。
蚂蚁当米蚯作肉，抓鸟扑鱼喂朋友。
暴雨雷电惊心跳，山水风光不觉娇。
好奇村外信天翁，欲摘红叶飘云游。

3.启蒙

蝌蚪小字进眼帘，竹片书页入心间。
朗声传诵道德经，字墨流淌经纶田。
稚气脸挂灿烂史，樱桃口出唐诗词。
出蓝胜蓝少男强，山高人高心高远。

4.玩耍

竹马枝跳戏青梅，弹弓惊鸟鸳鸯飞。
树丫头上开鸟会，奔腾河里对鱼嘴。
上课学习打瞌睡，贪玩天黑不记回。

少年划动沉寂水，龙舟滚滚向前推。

5.立志

操动激光治蚂蚁，抖手滑出漂亮衣。
菜园长出人参果，自动飞行摩托艇。
万众随我修运河，南极冰面喷山火。
叱咤风云拨地球，翱翔太空随我心。

6.我的童年

开裆掏鸟捉泥鳅，竹马遛圈打酱油。
金鸡独立一只手，放声牧歌倒骑牛。
长流鼻涕笑红袖，一分捡钱跌脚扭。
蔚蓝天空白云悠，小草溪水无愁忧。

7.六一街景

红日大地布光彩，叽喳鸟鸣喧鼓来。
幼童彩旗灿烂街，父母爷奶尾随排。
花枝招展像圃园，蹦蹦跳跳如鱼跃。
童趣风景驻足迷，似梦竹马又骑开。

六一感触

1.时光

嫩粉转瞬蜡黄脸，童发弹指秃白颜。
昔日竹马蹦山间，今时拐杖颤巍巍。
光阴不饶岁月侵，岁月驻留光阴情。
日月轮回春秋转，智慧晚辈春又鲜。

2.珍惜

年轮逐多叶渐少，青葱愈稀峰越高。
头发短来智慧长，沧桑皱纹时光刀。

烛流长泪亮光明，溪刻江河没大海。
桃花已去春光老，留颗红豆忆时骚。

3.梦

少时梦将老辉煌，叱咤风云呼四方。
老来忆昔少春芳，幼稚天真青翠蓝。
一生两头相来梦，一叶春秋终随风。
朗朗玲笑长天仰，剑醉桃花梦一酣。

4.童心

老君须飘白云祥，哪吒回乡竹马枪。
月宫娥妹映池塘，悟空旋舞金箍棒。
千回万转三生荡，一颗童心万世香。
尘世混浊贪恋场，何不本意回家畅。

5.童趣

一根指头万花香，万水鱼跃江河畅。
方格井田跳乾坤，弹弓鸟下天空蓝。
爬山不知天有高，玩泥不懂地深厚。
心飘云飞苍穹我，时光止停流水长。

三日歌（童谣）

1.昨日歌

白日依山落，大海纳黄河。
昨日风雨过，往事难忘说。
成绩不多罗，曾是昔日歌。
礼让三分多，怨结一笑脱。
习惯好生活，身体健康多。
匆匆快步脚，光阴飞逝梭。
若把时光错，青春难焰火。
逆水行舟拨，不进退后落。
牢记教训错，成功明天坐。
往日少啰唆，今天多欢乐。

2.今日歌

今日阳光多，山花艳似火。
黄莺鸣翠娥，溪水婉转波。
撑篙渡宽河，喜迎晚霞落。
努力做功课，不贪享受坐。
逢人礼貌说，见义勇为做。
生活谁无错，切莫心里搁。
没有后悔药，只待向前挪。
栽树是快活，有苦才有乐。
昨日不放过，今日创新作。
天道酬勤果，明日凯旋歌。

3.明日歌

蓝图心中国，梦想明日托。
将为光彩说，不惜拼一搏。
天庭瑶池落，霓虹升乐歌。
美梦岂南柯，人皆自醉桌。
桃园人参果，天下何不乐。
禅院修行坐，夜无盗贼过。
一视同仁多，处处有巾帼。
一个筋斗拨，嫦娥牵手握。
鹤发童颜活，寿高南山佛。

动物世界

一箭肉弹射昆虫，万茸柳絮随轻风。
雄狮猛扑小羔羊，飞鱼夺命腾升空。
螳螂捕蝉黄雀后，你死我活尔虞诈。
转瞬即逝珍时光，来世龙虫换相红。

野兰花

岂羡庭院仰人芳，宁居幽谷傲自赏。
素颜不妖淡清雅，任风摇曳挺枝秆。
轻拉暖风报春华，坚顶霜露告寒衰。
遍缀山野亲大地，馥郁袭人第一香。

轮回

山川崎岖水弯流，鸿门肉臭白骨丢。
亭长一跃高祖皇，秦帝二代刀人手。
日月轮回山陷海，时光穿梭玉化尘。
留得汗水化龙池，将来好驾白云悠。

淬火

吾本天石岂雁荡，轰鸣即为落地响。
路见猛虎扫不平，斩掉妖魔为民祥。
风云不随我来挥，落寞非他属人谁。
丰碑已铸待炉炼，淬火震天尽辉煌。

龙腾——观4D龙跃动画有感

蒙蒙蛟龙腾空跃，樽里似我凌霄曳。
火眼金光扫雾黑，猛火狂对妖魔射。
电闪雷鸣赞英勇，黎民膜拜天道鸿。
霓虹散去醒眼来，不枉空醉畅一色。

棋

帝为将来民作卒，两军对垒相博弈。
三十六计儒墨道，万千兵法王在意。
棋道人道循天道，左杀右杀贪恋杀。
楚汉相争盘中棋，千古笑谈一场戏。

权

一杖千军万马挥，万人仰息一权位。
呼风唤得如意雨，指鹿竟然从马随。
人间官员觊权柄，天上晨辰望绿水。
权塔金币纸钱堆，轰然倒塌粉身碎。

心计

乾坤有道暗其中，心中有梦抱负冲。
罗马征途行驾术，光明黑暗各行风。
早将诡计抛史海，怎向阴谋创新纪。
光明正大沧桑路，风云榜上显威龙。

白云

云是帝须扫人间，据以善恶给脸面。
山清水秀白云悠，阳光灿烂大地艳。
血染江河尸横野，乌黑暴雨山洪淹。
心清洁白游四海，和谐纯净安天边。

科举与高考
——刻骨铭心的记忆

1.道

山盘道，水曲绕，人往高，循序找。
人有才，天眼睐，学优来，门路开。
十年窗，寒梅香，磨砺锋，水穿洞。
跳龙门，金榜中，百年风，祥云红。

2.制

天高梯有道，科举方能到。
面壁寒窗熬，红杏出墙娇。

3.识

滔滔史河书传流，篇篇故事文字游。
一栋亭楼万纸图，万算科技一律求。
兵法强军三国策，《论语》兴国一
部书。
秦皇汉武循天道，康乾盛世民心舟。

4.科举制

人间正道循天理，人往高处水朝低。
科举开来寒士喜，卑微有路升有梯。
天降人才天来选，唯才是举优则仕。
一张白纸墨千斤，看谁下笔最神奇。

5.苦读

朗声一开天下白，头悬梁中夜不寐。
红袖玉粉飘影过，鸟语花香不觉味。
夏泡水盆防蚊虫，冬披棉被熬夜困。
死读死书读书死，定叫书山低头畏。

6.拼搏

诵读催叫公鸡醒，太阳追学亮晨曦。
蚊虫叮咬不觉痛，快马撞来未受惊。
两眼不看青红柳，一心只读应试书。
汗水流满化龙池，书山淹成学海亭。

7.考场

一张考卷压心上，涓涓墨流十年汗。

沙沙笔磨刀剑响，满字千军万马张。
空白人生开始写，凤凰升腾就此揭。
句号跳完小池圈，铃声催龙跃门扬。
十年剑利挥沙场，一心只为国盛强。
春分花开不闻香，两耳不觉窗外响。
浓墨清香飘考场，沙沙刀剑万马扬。
只待金榜题名来，雄起气昂进殿堂。

8.中榜

柴门挑灯映明月，面壁思书昼连夜。
鲤鱼一跳金榜上，族人三叩拜天谢。
十年一开春花香，百里十乡拥来赞。
千锤百炼寒士血，一鸣惊人龙飞跃。

9.狂喜

春夏秋霜严寒冬，蜡梅傲雪香郁浓。
十年一剑挥长空，翻天覆地震天动。
状元绣球驸马爷，花翎头戴品位阶。
历代名望多官宦，从此风云芳又红。

10.愉悦

天上白云彩龙飞，杨柳飘逸仙女媚。
芒刺展藤热情握，黑玫笑迎花裙围。
熟人见面点头哈，路人抬手竖指夸。
宴席满座红酒对，是梦是醉今生谁?

11.家长——望子成龙

夜半炖锅熬学粥，挑灯摇扇驱蚊斗。
心中大鹏展翅飞，手上瓢勺赞歌奏。
青丝添银脸渐黄，儿郎身长志愈坚。
白龙金榜拜父母，举家南飞驾云游。

12.落榜

苍龙贬跌池水槽，鸿鹄折翅似雀掉。
昆仑开裂丹心碎，社稷花翎落红桃。
镇国强盛缺栋梁，千古风流少妙笔。
三春已去馨香尽，一片红叶落小桥。

13.失望

蔚蓝天空一片辉，太阳突遭雷电碎。
苍穹灰蒙天眼雨，风卷残叶伤愁堆。
书中颜玉飘落灰，蹒跚街边缩头睡。
无脸再回见家人，滚滚江河流泪水。

14.悲欢

东边晴来西边雨，几多欢乐几悲剧。
朱门肉臭路有骨，龙遮海天蚌遭鹬。
本是同根虎羊别，天道不公石砸天。
莫叹太阳西偏斜，醉杯镜月婵娟玉。

15.命运

春花秋月寒冬梅，浮云残红县花落。
百年长忧千年梦，浊世尘烟随风刮。
滚滚江河浪淘沙，真金不随泥水虾。
山沉海底玉成渣，灿烂光芒永芳华。

16.云台

泰山有径不入仙，一人得道鸡升天。
宫廷达官朱紫颜，翰林学士科举荐。
龙虎共操鸟虫生，凤凰台上国戏演。
一跃龙成上云台，鸿运高照丹霞艳。

17.信心

苍茫宇宙寄小心，眯眼光芒透辰星。
视界高低任眼抬，口中虚实随气进。
昆仑山下天老爷，崖顶云上手翻天。
心有乾坤梦飞翔，黄袍沾香驾光阴。

18.再奋斗

月半阴晴梦成圆，经年滴水穿石洞。
一波磨砺三折长，四书有知五经聪。
万里沙河九曲东，一条横心中国龙。
朝霞风雨晚霞晴，春秋寒露枫叶红。

19.祝愿

云托白龙翻江海，风推雄鹰震天开。
劳骨磨志挑大梁，苦练修行德贤才。
好鼓轻拍响空前，骏马扬鞭悠千里。
罗马征途勤作径，有志昆仑上云台。

20.生活

笑
春羞夏凉秋橘黄，行云走日夕阳灿。
条条大路通北京，行行状元自有强。
真仙天子出卧龙，山花最灿蜡梅红。
壶中月长酒自大，悠悠轻舟向东方。
酒
方圆聚桌好朋友，红樽满杯敬来手。
悲伤烦恼脚下溜，快心爽事涌上头。
名利虚荣随手丢，江湖天涯横贯悠。
今日酒去无忧愁，明日酒来天长久。

醉

一杯曲生轻松有，二碗醋畅叙情旧。
三酉迷痴通天地，四海玉液容地球。
醇香五脏瑶池会，琼沁六腑月婵游。
一壶浊酒万影虚，万般凡扰一醉休。

附：

唐杰：拜读了你的诗作，千余字，内容丰
富，涵盖了高考全过程，跳跃性的思维，
跌宕起伏。悲悲欢欢，让人心情激荡。
"条条大路通北京，行行状元自有
强""名利虚荣随手丢，江湖天涯横贯
悠"，抒发了胸臆，也对学子们寄予了
祝愿。
诗作值得品味，由衷地赞你，唐杰，强！
——高中语文老师谢玲的评语。

尘市

曾眺青山染杜鹃，拂花闻香观飞鸢。
鸟鸣蛙唱泉叮当，清江蜿蜒鱼水欢。
金灿尘市隔翠野，林立高楼挡碧空。
楼外高楼楼外楼，邻里相邻邻里远。

无知

日月星辰轮相辉，春花秋月寒冬梅。
六国争雄三国鼎，文景康乾灿烂瑰。
茹毛饮血摘玉蟾，英雄坟茔草又堆。
借问沧桑哪世年，河伯痴笑悠悠流水。

岁月

樱红吹雪桃引蜂，清流含云鱼龙腾。
禅钟声响静心石，书恋情眸烛长灯。
刀破山川剑泛水，名利殿堂烟飘灰。
人情冷暖春秋风，历史沧桑岁月痕。

哭

山洪卷草冲泥土，狂风愁煞撕叶呼。
天雨泽国水深路，条条蝎蛇口剑毒。
朱门肉臭路有骨，惶惶丧犬孔老夫。
乌鸦旋顶满呜咽，江水带泪一路哭。

泪

沧桑石乳饱含泪，欲滴无泪苦上堆。
溪泉不忍山压累，逃离家乡免遭罪。
宦海沉浮潸然下，尘魂呜咽抽泣悔。
啸风号啕雨大哭，滚滚江河血泪水。

光阴（其一）

童趣光阴辫脑后，青春火焰超晨曦。
盛壮韶华己非他，星辰绕他神采奕。
晚年岁月让后生，健康悠悠换时光。
暮老将具长远光，爱心人间永存世。

光阴（其二）

日月星辰山沉海，春花秋月玉碎埃。
始皇康乾同月人，百岁人梦万年彩。

削发刻纹志磨黄，脱牙失聪节缩骨。
光阴拔毛射雁鹤，欲阻时光刀剑来。
眨眼额头几层皱，弹指秃头鬓发少。
转身山峦沦落海，棋间万年几步脚。
青春只待秋还早，瞬间已是白头老。
光阴箭穿心血泪，欲断时钟指针掉。

余晖

霜风黄叶冷余晖，枯草蚱蜢叹秋泪。
沧桑年轮皱纹堆，深情意长玉华灰。
残烛孤影相依偎，松鹤南去梦相随。
怒断无情光阴箭，折回童年竹马飞。

时机

觉事忘记前世知，时光有钱好奶汁。
老来不觉光阴少，梦里岁月转几世。
常忘昔日甜美滋，永记过去痛苦事。
有时不惜白流逝，珍惜可惜机少时。

声

雄鸡一叫大地醒，蟋蟀唧唧耀武吱。
雁过留音蛙噪井，花香无息蝶嗡翅。
十年寒窗待一震，一隐疾书晓万里。
轰隆雷鸣响神威，人吼一声天庭惊。

音

叮咚岩落清脆滴，溪水拂石奏琴音。
纤夫号荡逆水行，风沙跋涉响驼铃。
沧桑风雨水咆哮，命运交响悲壮曲。

红尘喧嚣嘈杂声，响泉天籁悠心灵。

一组相片题照

天空蔚蓝花絮飞，红袖拂香草甜醉。
岁月悠悠情长久，丹心一片红石榴。
山花烂漫风景美，仙女一飘天地瑰。
远眺花园心怡媚，人入花中花羡美。
桃园三结鼎三国，四姐连心四季春。
清水蜿蜒九曲河，英姿飒爽风伴歌。
梅花香自傲雪来，风韵彩自心花开。
芬芳只为有情香，情人眼里迷酒觞。
人入镜中人自美，花入人中人自香。
千年修来缘分结，万般牵手好妹姐。
片片碧玉纯洁心，点点幽香兰草清。
拈得香花蝶来追，人在花中轻如飞。
昂首阔步风随我，一枝红杏众眼多。
人入花丛人是花，人在美中影是画。
天高云淡风飘忽，身轻鹤悠心飞舞。

三书诗

1.有字书

黑白天地万物灵，阴阳两通千古今。
茫茫大地辉煌城，滔滔江河墨浪吟。
刻骨造纸心声字，离骚飞酒李白诗。
贞观丝路康乾走，孔子桌放马列经。

2.无字书

神农百草长中医，鲁班桥架月宫廷。
爱迪生出小鸡仔，长征万里得真知。
赵括兵书葬卒马，马谡高谈失街亭。

唐僧取经八十难，白纸无字明真谛。

3.心灵书

回眸一笑西施红，花香只为蜂情浓。
羽毛借得东风来，知己灵犀杯一碰。
牛顿有心坐地球，爱因斯坦翱太空。
老子会晤黑格尔，绝对天道心有门。

傲竹

脱颖露尖春风绕，挺上青云节节高。
同心谦虚话直来，傲立狂啸风不倒。
默立幽静挡烈日，悠扬笛曲翠鸟跳。
一剑直指苍穹怒，万节不屈冷对刀。

渺

小蛙自鸣井眼天，大鹏展翅俯地拍。
针眼四方天下大，宏观六合小心怀。
山水乾坤沙成塔，风云变幻烟灰散。
苍茫宇宙一尘埃，大小由心任风摆。

醉佳的家

思绪飞花漫飘滑，桃园醉酒语无话。
得道仙人拉一下，穿过红尘安新家。

父亲节

1.父亲

脊隆岱宗火焰红，屹立崖壁傲天空。
日月风雨两肩担，火海刀山俯身冲。

长城蜿蜒守大地，黄河翻腾穿九州。
滚滚江流势破竹，叱咤风云飞长龙。

2.父亲

石狮不语沧桑颜，栋梁默矗经流年。
百鸟栖树海纳川，万果大地金闪艳。
巍巍山峦树雄风，滔滔江河润花香。
教尺断鞭四书朗，法度道化五经念。

3.父亲

竹马树下乘风凉，书斋烛光学经唱。
随船经风顶雨浪，跟剑江湖斗虎狼。
饭菜香自稻田汗，屋稳心安栋梁强。
家书千里寄嘱咐，信札万金情义含。
每逢月圆背影身，再见苍纹慧愈深。
沧桑奔波鬓发霜，家丁富庶贺满堂。

4.龙父

巍巍山峦长城长，滔滔黄沙浪打浪。
东岳昂首南岳摆，九州洪流四海翻。
血破苍天太阳红，汗注大地江河东。
二龙戏珠地球蓝，神龙斗蛇中国唐。

5.山

不屈苍天压脊柱，深海隆起珠玛峰。
寒积白雪流清泉，势压浪涛水朝东。
慈母天下润花香，养育万物默无张。
拂云坐天藐尘世，晨曦托起太阳红。

6.父亲英魂

雄峰沉海玉碎尘，英魂远去名誉升。
墓碑字糊史记鲜，大江东去金沙铮。

7.龙

天神下凡巡视游，降魔除怪恶不留。
王子庶民法同一，龙腾一跃翻九州。
真火一喷妖草烧，暴雨狂打尘污掉。
昆仑挺立仰天笑，一壶浊酒仙逍遥。

8.松柏

傲视山岭耸云空，秋叶萧黄独青葱。
十年风霜百年雨，一抹浓荫清凉风。
翠绿才映梅花红，日月轮换守如钟。
万里长城一条龙，千里雪飘一青松。

诗河

自古文人心有歌，辞赋醉美花万朵。
血诗万首千里河，不及富翁半斗阔。

骨花

落花有意随流东，流水不恋花残红。
有心白云花无骨，借风送情香一路。

2017年庆七一

1.血

萧风寒露落叶风，泪雨山川黄河东。
刀光剑闪威武身，昆仑戈壁白骨冢。
赤丹雄峰映绿水，满腔火热荐轩辕。
万马啸鸣轰乌云，一剑血破苍天红。

2.母亲

青山褴褓育儿围，黄河长江乳汁喂。
沧海桑田炊烟袅，鲜花香草绿衣卉。
昆仑山顶黑云压，长城坚挡利剑刺。
秀美山川人入画，我添一笔来增辉。

3.山水美——党的领导

金花香醉入碧池，红鲫羞跃浪媚姿。
鹊桥联理对鸟鸣，曲水柳舞飘柔枝。
舟行清波入云天，蝉叫幽梦绕莲池。
絮飘轻风孤零落，根着大地叶茂滋。

4.航灯

北斗闪烁夜明珠，航灯招手浪涛渡。
五指不见疑无处，灯火阑珊又一路。

5.路

滔滔黄河长江长，巍巍昆仑禅道香。
世间书叶勤览尽，刀山火海照义胆。
云宫剑梯栖凤凰，紫燕武跃入殿堂。
雄峰崛起绿草茵，江水奔腾向东阳。

6.腥风转春雨

轻风飘香紫燕飞，树唱草摆花姿媚。
细雨芳醇醉绿水，涟漪波光鱼溅辉。
桥头巷尾红伞浮，花瓣下闪西施腿。
鹰抓虎啸烟云逝，腥风血雨化碧桂。

7.党的光

晨曦东升映辉煌，春风吹拂百花香。
莺鸟鸣翠对歌唱，人间瑶池游苏杭。

囊萤白雪映文亮，儒道幽曲禅钟响。
夜阑搭星摘玉轮，日月酒会照天堂。

长沙暴雨

1.暴雨

暴雨狂箭利刺穿，天王痛泪尘世咸。
老君酒杯倒银河，人间桃园江海翻。
悟空棒扫妖魔怪，龙王助威海水来。
浪冲浊流不平田，苍穹见清方开颜。

2.暴雨

一条紫带云飘来，盛唐一路重振开。
祥龙降喜喷甘露，世界望湘湘水海。
满城水雾笼仙气，瑶池香醇醉沙水。
滔滔洪流灵润之，冲向大海翻天台。

3.忧愁

阴云愁面雨水泪，寒风孤灯冷衾被。
幽亭香菊梦蝶绕，井蛙鸣月空音回。
雷声难掩蟋蟀曲，溪水琴流浪花鱼。
苍穹繁星眨眼笑，心有婵娟飘云飞。

4.龙王会湘

敖广梦娟飘芙蓉，四海情水五洲风。
辛追移出牌里殿，龙王泪流马王宫。
怒放海滔灌湘水，暴雷霹雳震湖南。
夫人魂迎龙王心，醇海酒敬沙水涌。

5.湘水之殇

赤龙梦游长沙城，酒醉湘江翻雨身。

水漫岳麓泡街巷，芙蓉泽国寒水冷。
箭雨穿房洪溃堤，浊流扫顶阁楼倒。
军民身挡洪水虐，降龙驯化金鱼成。

6.星城大水

瑶池庆宴歌舞跳，樽觞雷碰山崩摇。
老君醉杯入银河，三湘江水翻浪涛。
龙闻婵音喷海水，星城汪洋泽国岛。
悟空捅天甘露流，雨过天晴沃土耀。

7.水淹三湘

龙伯狂啸房屋倒，巨滔激荡瑶池漏。
螃蟹横街鼓气泡，鲤鱼四处游阁楼。
一夜湘流黄江河，百万水民哭洪魔。
天地混浊云雨浪，日月无光星城抖。

岁月

光梭卷发霜侵容，思念故土影入梦。
竹马叠双青梅葱，荷婷碧波涟漪风。
华茂直落鬓毛白，乡气萦绕杜鹃红。
千言无猜杯中碰，一醉圆月枫叶浓。

纪念七七事变

1.七七事变

九天银河牛女桥，卢沟鹊架蝶花娇。
倭寇践踏民族脊，华夏屈辱山河焦。
抗击魔兽奋砥砺，草木为枪八年熬。
越王冷剑再寒光，雄狮怒吼旌旗飘。

2.卢沟桥抗战

长城蜿蜒踞雄峰，黄河浪涛涌儒风。
婀娜旖旎胜天堂，云楼绸缎炫世隆。
卢沟桥头炮火轰，金銮宝殿玉玺落。
威武华夏蝼蚁辱，勿忘国耻一剑红。

3.卢沟桥

八百燕蓟风云吐，一心横跨沧桑伏。
微妙雄狮人生态，尽览史河岁月路。
殷红血洗碧玉白，刀光剑挺脊梁坚。
一带彩虹紫金城，一路凯歌百鸟呼。

香衣情

不远风驰归婵衣，咫尺娓娓熏香玉。
重挂霓彩仙女来，眉里媚外美人鱼。
瓷杯红酒天地久，觞灯圆月红尘悠。
汪伦不舍玉盘偏，梦入娥宫随影趋。
注：为续缘祝贺：高中老同学还女同
学衣服。

庆八一

1.天庭

玉帝瞌睡老君醉，群妖乱舞满天飞。
怪兽挡道草菅命，孽畜箭刺流血泪。
电闪雷鸣暴雨打，生灵涂炭白骨堆。
合久又分军阀斗，南昌剑光劈魔鬼。

2.天神

傲视乌云压头顶，昆仑昂首脊梁挺。

怒横亮剑挥铁戈，折断枷锁孽罗颈。
南昌城头炮火轰，九州星火燎原风。
咆哮碎裂腐朽楼，雄风高扬红旌旗。

3.首红

远山尖顶傲雄峰，近水突艳耀春浓。
星火燎原第一闪，震撼天地第一冲。
天地南昌首先亮，八一武装始揭竿。
风云沧桑求索路，始为天下最是红。

4.英雄

鹰击乌云蘸长空，梅挺白雪傲临风。
顶雨直冲凌霄殿，踏火贯穿龙王宫。

5.沧桑

云遮天黑箭雨射，国破山裂河曲折。
群魔吞噬黎民灾，八一燃起星光热。
长征路漫索道难，前赴先列后继抗。
新民崛起半世醒，擎天高楼百年业。

6.显赫

庐山脊背婺源圃，三奏九江长流歌。
华宝灵杰赫王勃，江南昌盛滕王阁。
八一广场雄风踞，开国雄鹰第一飞。
红谷滩头娇姿媚，军号凯旋琴又拨。

7.铁翼

铁翼翻飞云峰上，雄鹰展翅高飞翔。
插羽劲拍跃九霄，嫦娥奔月苍穹香。
俯视黄河长江水，保卫南海神州土。
燕雀安知鸿鹄志，群雄逐鹿弓上膛。

8.剑刺

拔地而起入凌霄，剑指苍穹万马啸。
提刀越岭山峰震，一飞冲天江海摇。
横眉冷对千夫指，斩杀妖魔鬼怪叫。
刀柄在手镇虎狼，寒光闪耀振国翘。

9.雄风

文韬天下武略智，剑扫不平民琴心。
岂容阎罗勾良庶，挥刀除霸斩妖精。
沧桑峥嵘长征漫，巍然屹立中华强。
长城雄踞华夏魂，国门飘舞鲜红旗。

诗琴润贫弹富曲
——马院扶贫特色诗歌

2017年7月16日，湖南省扶贫办安排长沙理工大学对邵阳新宁县进行扶贫调查，长沙理工大学马克思主义学院唐杰老师在带领学生深入农村，扶贫调研，感受生活的过程中，用诗歌来体现党的扶贫助富政策对促进乡村经济发展，村民的真正脱贫致富起到了积极有效作用。

一、激情征途

激情昂扬的序曲为启动和扶贫行程注入了活力，充满了希望。

1.出征

蜀道心绳系青天，云驾东风貌丘峦。
蹄出猛口世道短，鞍跨祁山路漫远。

黄河九曲浪沙清，长江奔腾梦海圆。
千山只待插翅来，瑶池会师尽开颜。

2.热浪行

风火轮上火焰山，哪吒乞求龙王善。
阴屋卷缩忧愁脸，向日葵笑景蔚蓝。
无超苍穹太阳热，郁闷心沉哪云悠。
借得一粒盐汗水，悟得热道善有凉。

3.一路云飘

云随心移游山河，景过耳目随风落。
牛女月娥飘身来，天堂美奂流琴歌。
才闹天宫砸瑶池，即幽鹊桥鸳鸯雨。
红尘今日热上火，如来国里人情多。

4.穿隧道

一道阴气突袭来，万渊深黑笼罩埋。
阎王掏心魂飞散，流泪少歌凤凰台。
人情不欠砸小鬼，奈河断桥难分开。
一道阳光亲人在，千般美好人间彩。

5.晚霞落山

一抹红霞吻青山，万峰遍闪金光灿。
蓝天翠绿连成片，鹭鸣蟋曲共欢唱。
炊烟直上树入云，夜风轻来凉透窗。
天山一色墨绿染，思绪飘飞夜波澜。

二、韵化地名

一个地方的地理名称不仅是历史沧桑的反映，也折射当地经济发展和文化的渊源。由于偏远家村文化的落后，我们有必要用新的形式去开创当地的新文化，概括和创造社会主义新中国历史地域的新文化，用嵌名诗的形式来表现地名的深刻文化内涵，提高地名的品位。

1.一渡水镇

鸡鸣一声天下辉，喜气祥光渡山水。
骑云跨岭翠绿晖，奇峰异彩流霞蔚。
几度蜿蜒碧波随，脊梁横亘沧桑魁。
一路旖旎醉美飞，万峰情深百鸟汇。

2.潘家村

盘山旋曲马蹄踏，攀峰远眺红尘落。
盼首翘望旭日霞，潘家美景乐园家。
槐树青翠滴浓情，彩蝶迷恋郁香花。
帮贫互助百姓夸，翻身鱼跃欣喜佳。

3.槐乡

一眼青山满槐花，万绿叠韵浓情夏。
石径蜿蜒入天庭，村宅幽落浓荫峡。
山高水低流溪曲，盘峰绕岭缀槐影。
紫水九曲东篱下，潘家紫燕不离家。

4.烟山村

漫峰翠绿红花间，青烟袅娜霞光颜。
清溪蜿蜒琵琶曲，碧湖涟漪风琴恋。
雾笼青松蟠桃园，茂密林涛浩长空。
氤氲缭绕仙山海，春魂梦醉香云天。

5.烟云

烟雾笼罩楠竹青，峻山高耸凌空近。
林间紫气东来韵，峰峦氤氲仙阁岭。

金辉鹭唱燕鸟飞，树影斑驳蝉欢鸣。
溪水流琴鱼游曲，亭坐悠云与天行。

6.香榧村

丛林峻峰茅草屋，袅娜炊烟青山出。
紫燕鸣曲鸡欢跳，泥砖柴门卧龙伏。
挥手舞动轻风飘，举目尽览天下路。
清凉翠绿无红尘，仙阁亭坐云雾浮。

7.香榧树

山溪蜿蜒榧林直，峰峦耸立连岭长。
魁梧挺拔千年雄，情怀柔枝一绿伞。
山路弯弯路漫漫，心闻馥郁不惜难。
榧子青绿羞芬芳，激情烤出温馨香。

三、诗化经济

潘家村的槐米是他们的传统山林，通过创新思想，用槐花、槐米提炼芦丁，可用于保健品。我们将产业扶贫、经济扶贫带入乡村，潘家村今年槐花满山，金米满村。

1.国槐

峰峦岭连万青山，槐立圆丘一高昂。
劲枝凌空挺苍穹，金花玉粉蝶恋香。
轻渺红尘披绿纱，满怀碧情纳鸟家。
静观沧桑风云幻，圆满年轮道佛禅。

2.金槐花

青山碧草绿大地，金灿槐花香满堤。
黄袍花身含金蕾，魁梧博大昂天庭。
溪水轻曲唱花运，蝴蝶迷走醉彩气。

满篓金米笑眼眯，仓堆火热盛夏季。

3.槐山

青龙脊梁走资水，绿毛树衣铠甲随。
凰鸟跃空伴岭曲，蝶飞蜂舞醉花蕾。
母乳山泉流碧醇，虾弹风琴鱼击鼓。
峰高天远人渺小，槐树香飘漫情飞。

4.槐米

晨曦红晕泛霞肤，甘露润水青山绿。
石岭飘香漫薄雾，燕去蝉来鸣幽谷。
一担槐菊随风下，满心喜笑上脸来。
流淌春秋沧桑雨，饱囊槐米情满腹。

5.槐香

墨绿青山亮彩光，洁白云飘祥气姗。
玉花飞粉蝶舞曲，鸟鸣悠扬荡雾山。
瑶池甘露滴醇醉，风吹婆娑飘馨韵。
入眼滴翠槐情流，满口清香腹中享。

四、扶贫工作艰辛

脱贫的具体工作如同酷暑一样艰难。

1.三伏酷热

火焰山情吹激箫，大地热拥万马叫。
西湖煮蛋烤干鱼，黄河晒沙淘金条。
烈日吻草黄烟起，光剑划沟填海岛。
热浪蒸汗血澎湃，梦落瑶池嬉仙笑。

2.盘山

凰卵石丘缀绿岭，翻山爬岭入南山。

蜿蜒盘旋沿崖边，曲折蛇舞穿峰峦。
茂密树枝伸触手，陡峭绝壁突兀挡。
万丈深渊脚下雾，一侧苍穹云上茫。

3.山路

陡直圆滚各显姿，峰峦起伏脊成岭。
蛇路靠山盘旋上，溪水好飘绕道径。
眼光直达路形弯，飞鸟停坐再仰天。
心有直梯易达云，看遍天下曲山行。

五、致富喜悦

村民脱贫高唱致富歌，大山也激情满怀。

1.山曲

远山尖峰入云帘，近身花香迷蝶恋。
绿水涟漪荡蜻蜓，林间悠曲飘飞燕。
幽庭蝉鸣催春梦，星夜空杯觅月圆。
岭上风云随心起，流青碧波映清禅。

2.溪曲

汩汩泉涌高山情，潺潺溪流绿水青。
鸭荡涟漪鱼钻洞，碧溅浪花弹石琴。
滴滴清澈透明心，哗哗激荡峻雄峰。
溪曲长欢长江长，涧韵常响浪海兴。

3.槐风

日升轻风卷云飘，溪流琴曲吹花摇。
轻曼流韵拂山田，托蜻点水荡碧瑶。
紫燕舞翅旋翻飞，虫鸣和风交响曲。
稻穗清香徐熏醉，沧海桑田随风娇。

4.槐曲

日照槐乡腾紫烟，凰卵青山翠绿连。
风摇树摆拉胡悠，岩滴泉流弹溪颜。
鹭放豪嗓晨谷响，紫燕亲昵柴门香。
无语槐树静醉曲，尽享风情悠扬闲。

5.槐香

青山翠叠槐满山，白花点缀金米灿。
香飘绿坡蝶起舞，醇流碧水鱼欢畅。

六、赞美山水

1.晨曲

一声鸡鸣震天下，晨曦苍穹金光撒。
百鸟欢唱交响曲，溪流水泡吹喇叭。
蜻蜓点水荡涟漪，虾跳绿波鱼浪打。
蝉鸣柳舞轻风拂，悠扬山曲遍地花。

2.云山

绿浪涛涌触天庭，白纱雾笼隐峰顶。
红樱羞闪升峦尖，玉带漫飘滑谷底。
鹅似鹤舞南山池，鸟如雀跃桃花源。
山高人渺苍茫重，身浮烟空随云轻。

3.山姿

远景天山共一色，近似神鬼聚凌霄。
波浪圆丘溪水曲，八仙醉酒憨态笑。
尖峰嶙峋突兀石，妖魔鬼怪阎王殿。
芸芸众生各灵性，茫茫大山自风骚。

4.涧水

汩汩泉水涌碧情，潺潺溪水流琴韵。
九曲蜿蜒乡思恋，一泻长奔东海云。
独木桥下浪花鱼，鹅卵石奏交响曲。
绿水轻柔绕雄峰，大海青山长情隽。

5.楠竹

风过隙间琴曲悠，楠竹摇摆舞姿优。
剑指苍穹铁面青，担负江湖一肩游。
顶天立地节节高，横扫妖魔曲身弹。
风吹雨打笛声扬，内心无私响神州。

6.蟋曲

银河牛女鹊桥晤，九州蟋蟀田园逐。
狂啸鸣响振雄风，悠扬曼妙荡情抒。
锵锵尖刺斗高低，阵阵波涛嬉味趣。
短笛扬琴漂碧流，长夜幽曲梦春树。

七、感受生活

悟道得于感受，艺术源于生活。

1.山路

一条玉带飘山岭，万峰泥丸脚下轻。
蜿蜒曲折凌空跃，左右摇摆舞蛇径。
上下求索路漫漫，马蹄踏花香飘飘。
腾跃云雾渺苍茫，心飞天宇悠曲行。

2.山云

红彤骄阳照峰岭，洁白幔帐飘青山。
风吹轻雾龙蛇幻，气托凡体灵光闪。

影是苍鹭鸟成云，云随心变心随云。
烟漫缭绕仙山海，心驾白鹤任飞翔。

3.山情

雄浑大山劲松挺，轻柔细泉蜿蜒行。
沧桑皱纹炙热手，蝉鸣尖锐紫燕昵。
寥寥少语情蕴深，溪流远久涧水浅。
山风凉爽阳光灿，碧翠常青长绿心。

4.民风

漫山翠绿青烟直，阳光普照东风驰。
歪枣甜蜜苦瓜良，田泥园果香浓紫。
茅屋漏雨心口实，柴门寒窗卧龙伺。
乌云暴雨无莺歌，天地和风良有诗。
一路诗来一路扶，一路歌声一路富。

立秋

1.暴雨

姜女哭墙泪水海，龙王怜悯悲雨来。
倾盆罩头瀑布倒，满地脚下水花开。
条条刺穿透衣裳，滴滴硬砸碎玉兰。
黄河浪冲九霄云，泽国水淹凤凰台。

2.立秋

晨曦笼雾甘露酣，翠鸟鸣曲溪水凉。
树影婆娑茵草弹，悠风入窗不舞扇。
银河凝凌结牛女，鹊桥清波荡鸳鸯。
青蛙息鼓蝉鸣金，月夜冰轮沁杯爽。

3.悠扬

天苍野茫碧空蓝，茵草牦牛蹄儿香。
敞开情怀拥大地，心悠轻云任飘扬。

4.立秋

秋风一扫万叶黄，泪水万入一海伤。
寒啸枯草望来年，光秃荒岭满目霜。
矗立岸头流水漫，苍白树枝月影长。
庭院菊落失芬芳，孤灯梦里玉娥香。

5.秋

寒气一扫凝霜露，翠绿万叶落地伏。
秋风冷月流沙黄，白花残红青草枯。
大雁飞去鸳鸯散，巾沾泪珠含雨呼。
呼啸山林光枝突，肃静寺庙空灵鼓。

寒露

秋夜啸风凝寒露，飘零黄叶落泥土。
紫燕东去蝉息鼓，霜冻北来明月孤。
春绿秋黄残红伤，雾气渐冷黑夜长。
魂牵桃花芬芳艳，风流梦当冷香呼。

八瓣花——配图

踏蹄遍光露纤玉，绣脚芳香引蝶趣。
八瓣桃花结蜜芯，交肢鹊桥鸳戏鱼。

七夕

1

明月千山白，碧水万里来。
红线飘五湖，情分结四海。
无情不相知，有缘难离辞。
玉婵众星绕，只投篮球怀。

2

秋风瑶池蟠桃香，浩宇蔚蓝心飞翔。
菊黄鲜艳千里远，碧水清澈一江长。
银河鹊桥牛女会，蛙鼓蝉曲群星辉。
灯笼霓虹鸳鸯戏，酒樽月影翩跹澜。

3

金花秋月夜明朗，鹊桥柳曲桂幽香。
条条扁舟缀花篮，双双情缘对歌唱。
百年修渡风雨船，千年缘偕白头老。
七夕善结十五圆，深情眷属地久长。

4

一根红线牵两心，千里路途偕一行。
蝴蝶彩虹搭鹊桥，银河青水凝冰清。
不惧宽阔浪涛打，扁舟两橹合力齐。
鸳鸯何恐飞棒来，情缘天线强力筋。

5

每逢七夕怜牛女，最恨银河波浪多。
今日天庭降人间，银河入海民权觉。
玉婵漂流众蟹求，何惧夜叉剪刀手。

藕丝红线连天地，七夕总是仙女落。

红楼梦

1

鲜艳蔷薇掩怡红，淡雅幽香绕庭松。
鸳鸯桥上对鹊碰，胭脂闺房朗笑涌。
碧水池畔泣落花，青柳来春换新霞。
一壶浊酒迷魂楼，云烟无了笑谈梦。

2

春魂香梦红楼怡，碧波鸳鸯蝶花嬉。
曲径幽藏绯闻丑，大道光天强夺意。
春花红艳秋月黄，迷彩红尘烟云散。
痴人酒话禅玄机，功名情爱风月戏。

3

春花秋月碧水荷，望鸭成鹏飞天鹅。
胭脂闺房情长多，光阴虚度岁蹉跎。
几多钟情成眷属，百年岂靠萍水露。
万花镜媚池月娥，一樽酒梦凌霄阁。

4.黛玉葬花

桃红秋伤啸风嗦，柳绿枯黄青丝落。
蔷薇飘零魄游西，混浊不见入沙河。
青山依旧碧水流，浮云飘去蓝天悠。
白花入泥埋情种，春风吹拂蝶绕果。

5.红楼梦

石头不语故事多，天方夜谭又一说。
宝玉天赐禅道含，万物皆抛悟空佛。

胭脂芬芳待情郎，蜂绕桃花殷勤歌。
百花绽开含羞卧，彩蝶点香尽洒脱。
天上掉下林妹妹，恩爱有情无缘着。
翠枝红艳蝴蝶追，三秋飘零黄颜抹。
兰花褪色紫艳香，残红入泥青枝沃。
百花绯红方成园，世有姑娘风流灼。
胭点翠玉添红叶，墨入碧波情长多。
魂销碧春桃花源，瑶池莲蓬幔帐窝。
香囊吐艳待蝴蝶，岂能朵朵挂金蛾。
甄土贾玉红尘泥，鸳鸯戏水灾自躲。
怡红花园钱楼阁，趋炎宠信锦衣阔。
阁楼香庭读圣书，紫薇芳熏烛情火。
早夕阴阳两地隔，一柱烟云灵魂脱。
嘴上四书高调唱，心里五经低流过。
碗里水平手来托，明镜高悬看嫦娥。
笑里含刀剑难料，人心隔肚险过河。
薄命倔贵拗大树，红梅傲雪遭冷落。
美出西施妖生情，红白风流孽缘烙。
日月相辉天地协，男女交心世间和。
自带醋坛酸苦心，随云轻飘逍遥泼。
风过庭院闲言响，彩云飘来情雨落。
岭上桃花粉艳红，谷底溪水败叶堕。
山顶慧眼识时务，小井水蛙夜郎窝。
剑舞寒光万马齐，群龙无首鸟散伙。
中秋荷月映故乡，莲花玉婷梦影梭。
崇山激泉鼓碧波，柔水轻悠风流拨。
月光好入杯中酒，书山竟得寒宫火。
尊卑台阶纲常理，梯上云宫道坎坷。
颐指气使昨日挥，阶下囚徒今遭戳。
钱财身外粪土物，金银需时贵高坐。
大眼难容细沙粒，宰相肚船也翻锅。
刘姥穷酸丑态出，荣国富贵风韵抹。
白云寺庙红尘山，禅中有经人身佛。

文化精粹诗词赋，对联唱来展智卓。
秋风挑灯留玉卷，黄金功名出书桌。
风雨凌枝磨青石，日月激涌智慧果。
鄙人批人恐毙己，饶人救人恕己错。
不测风云晴天雷，旦夕祸福难料夺。
流水岂非万千愁，浪花溅飞万彩波。
烦恼皆因要求高，忧愁都是愿未磨。
青烟散去云丝留，情牵不断万世活。
人间繁忙本无忧，轻闲无事自发愁。
浊酒好梦怡红香，大观园里花婆娑。
一了百了万无扰，权钱情爱皆无惹。
两手空空宝玉丢，醒眼黄昏日暮落。
无得彩蝶绕香枝，自落桃花葬魂魄。

永州行

1.奔驰

浩宇蔚蓝心飞翔，车轮奔驰冲锋响。
两旁翠林甩脑后，正面雄峰扑前窗。
山坡菊花点头笑，车内欢歌玲声朗。
滚滚前程无限远，颠簸上下求索炼。

2.心云

天上骄阳火焰扑，脚下车道曲蛇路。
云马行空走天涯，仙女散花飘雨雾。
千姿白云随心出，万紫彩虹任意呼。
艳阳天下洁云飘，黑心恐怖乌云布。

3.暑拜柳宗元庙

蓝天阳照柳宗庙，潇水浪涌豪文飘。
柳蝉鸣诗迎香客，扬琴狂曲怀素草。
汉白玉师寒江雪，祠堂酷热流江消。

零陵青史一览尽，翁公妙语千古耀。

4.宁远文庙

石狮威武高龙凤，师长尊仪盛庙隆。
书中金屋藏娇玉，静寺禅佛道悟通。
潜心修炼十寒窗，三登元宝一鸣红。
扶摇龙柱通天灵，金榜开来大成颂。

5.醉酒

一杯浊酒千兄弟，千樽满杯一盅情。
壶中日大月影长，酒里人高话语亲。
酒不醉人人自醉，人不醉酒酒醉心。
红尘酒过烟云散，酒中玉婵醉不醒。

6.盘山路

蜿蜒陡峭盘山路，岭下石径沉迷雾。
上下颠簸踏蹄响，左右旋转青蛇舞。
凤卵山峦青绿石，脚下地球浪涛史。
山高水低流琴韵，曲折人生荡激鼓。

7.九嶷山

一脉群山紫气悠，千里绵延神龙游。
浮云揽月跨岭川，百鹤齐归众灵求。
凌空尖峰铁骨铮，蜿蜒溶洞娥美优。
天子坐守镇九州，举目四海尽掌手。

8.舜帝陵

舜帝始祖开人文，厚德廉政安国稳。
布道施教巡华夏，身殉江南九嶷峰。
苍穹之高民为上，微尘之渺自卑微。
水载民舟四海行，禅让力作九州风。

9.祝蓝蓝，蔡蔡同生快乐！

七夕情缘双拥欢，一路永州共渡船。
篮彩华诞女书篇，舜帝亦贺快乐天。

10.紫霞岩溶洞

赤龙卧底守陵宫，潜心美化帝溶洞。
天庭瑶池藏海底，桃源仙境布幻空。
悟空金棒顶天地，阎王魔鬼修灵魂。
霓虹彩灯广寒艳，碧波流水婵娟红。

11.江永女书

九经麻姑造女字，婀娜多姿仙飘逸。
郁闷苦辣诉心酸，悲惨不幸吐肠疾。
意形相协一体融，自创文化旷世绝。
若得孟姜有天经，长城墙头女儿奇。

12.古上甘棠村

一条古道悠远来，千年文明享誉海。
蜿蜒曲折沧桑路，光网微信今铺开。
马嘶炮鸣犹耳畔，驿道商铺又眼前。
裂桥不断瑶族情，华夏古宅重光彩。

13.道

九曲黄沙浪涛涌，百折长流史长钟。
上下高升恐窟窿，左右逢源人道懂。
道可道亦难上道，头头是道总绯红。
道长道短何共同，道道长来道道通。

14.永州游

永州异蛇柳宗手，舜帝开祖文庙悠。
九嶷峦峰彰德显，紫岩溶洞藏锦绣。

甘棠石桥承古今，斑竹泪痕女书忧。
驾得雅兴狂此游，豪笔一挥诗一袖。

15.马院永州考

华夏九嶷壮唐风，舜德廉政后人颂。
柳宗奇才蛇也异，怀素狂草墨情浓。
沧桑女书斑竹泪，黄盖在此谁敢横。
李达传播马列观，马院调研追史红。

16.甜瓜香豆

傻瓜种瓜东瓜南瓜西瓜北瓜瓜瓜有；
阿豆撒豆春豆夏豆秋豆冬豆豆豆香。

17.山水风光

上山下山前山后山进山出山行好善；
香水臭水顺水逆水好水坏水誓有为。

18.酸甜苦辣

好事坏事有事无事喜事丧事都要死；
为了好了算了离了罢了一了百了去。

19.病一场
——永州游来集体腹泻

梦游仙飘幽南山，好似天上月娥房。
转眼跌入阎王殿，魔鬼麻绳把身缠。
阴曹隔雾窥残阳，有泪无水手冰冷。
泰山压身如来掌，黑暗地狱梦天堂。

橘子洲

凭栏遥望橘子洲，犹见伟人立江首。
长江滔滔拍两岸，浊浪滚滚涌风流。

沧桑路

漫漫史河千年路，啸啸寒窗十载悟。
刀光炮灰剑下骨，唇枪舌剑坑文儒。
孤灯长影远离乡，望月低头床前霜。
沧桑阁楼泥成灰，红尘谱写悲欢书。

豪情志

滔滔江水众生流，无为涕洒泪堪忧。
蛙跳三尺可上树，空将光阴负白头。
誓言鸿鹄鹏程飞，以此来写豪情志。
黄金时光好磨砺，莫负人生争遨游。

孔方兄

铜板小有世界大，方圆天地无不它。
轻巧压死活人山，沉重累到一生涯。
别人手里总嫌臭，自己身上总是香。
死不带去活要命，尘烟散去梦里花。

山

天山一色水墨云，凌空万碟粉香熏。
红花满坡缀绿草，黄鹂溪谷荡曲韵。
峰高人渺乾坤大，心高丘小顶天塌。
山气名人来造访，峦美激情梦仙运。

马上

马头一仰千军上，练兵千日一举扬。
百花争艳春满园，群龙有首方远航。

生日

一生讲台浑身白，半世桑田桃花海。
玉案桌上风云过，黄金书屋娇月来。
烛光透视苍穹密，墨笔挥洒雀屏开。
神州扬鞭奋蹄远，旷宇遨游腾空迈。

毛泽东逝世纪念

骄阳下山余晖热，峰间犹存红光灯。
昨日火焰地球神，今宵明月依恋人。
星移斗转围恒星，沧海桑田绕人心。
春来秋去花落水，杨木坚挺万年根。

教师节

1.树人

十年树木百年人，一匠红心千花盛。
文字格里长城长，黑板框内蓝图生。
一席授道传文明，促膝交心师生情。
金秋硕果自幼苗，园丁呵护壮花神。

2.粉笔

一寸粉笔指头长，百年英才磨刀枪。
洁白不语默默练，奥秘谜团解答案。
纤细身段饱学问，条条是道指方向。
孔孟牛顿经手来，栋梁人才青史芳。

3.讲台

小桌大智盛天地，案板面上展奇迹。
四方刚直挺威严，一拍座下肃起敬。

战火叱咤风云过，硝烟迷雾尽解说。
平台奋激鸿鹄志，青蓝胜蓝创新机。

4.教鞭

一手挥出江山画，众下谁不仰头夸。
指挥棒耀儒将才，严师高徒状元花。
乾坤轮回禅道出，日月交辉指引路。
威响惊座震四方，孺子策马奔腾踏。

5.教室

一杯清茶香案台，两目切盼孺子孩。
仰思有情课桌床，夜灯幽香明月菜。
四书激情桃花张，五经畅享悠南山。
教室儒家温馨怀，书声琅琅快乐海。

6.学府

白鹿洞藏卧龙虎，岳麓书院凤凰舞。
黉门烛光照学子，桃李满园香花都。
清华荷塘月色清，明斋课堂灯火明。
三千太学栋梁才，一脉儒道华夏路。

7.知识

骨文启亮华夏明，哈勃苍穹摘星花。
红楼梦结万世缘，命运交响曲一家。
道达仁义得天下，知有技能走天涯。
富贵贫贱岂天命，腹有才学气自华。

8.智者

满腹墨汁头闪经，一道运筹蓝天晴。
身轻肩瘦忧国重，侧目俗世红尘净。
妙手撩春花粉红，静观风云不刃血。
策马霜露鬓毛白，路漫远修奔蹄进。

9.孔子

一部《论语》定天下，三人同行靠儒家。
诗书天纵誉九州，礼乐铃铎响华夏。
兴学助教修身齐，大成师表治国强。
九州盛世儒道花，圣德仁义万古嘉。

10.儒学

百花齐放争红艳，一枝独秀露墙边。
仁义礼智信德先，忠诚孝悌恕后鞭。
武帝儒尊贞观唐，丝绸新路华夏强。
和贵有谐容乃大，文明有道善作天。

11.教师乐！

花翎有戴梦里装，兰娟相伴书中藏。
晨曦追阳赶学苑，夜读窗台飘月婵。
手上教鞭盼高徒，嘴上是道心里善。
携带教材进课堂，怀抱玉书入梦乡。

12.佳节乐！

白露秋霜枫叶浓，金瓜果黄蜜枣红。
教师中秋庆国庆，九州欢腾举杯盅。
佳佳三节欢喜嘉，家家可乐悠长假。
鲜花彩信送温情，盛世安康飘飞鸿。

路

峰峦陡峭叠书路，群山迷漫禅道悟。
九盘曲折恒意直，万里波浪信心鼓。
昆仑坎坷无暗箭，南海险滩少人祸。
明知有虎偏要行，峻岭越过彩旗舞。

雷雨

一声惊雷天劈鼓，山崩地裂龙王哭。
尘世何须煎太急，天公不忍泪满湖。
杜鹃啼红枝折伏，江水血流满山谷。
滔滔奔腾浊浪打，芸芸熙攘后继扑。

湖南女子学院美景

1.女子学院

玉莲鹤婷郁香风，芙蓉国里巾帼雄。
琴棋书画曲调韵，墨点江山歌舞凤。
孝悌儒道懿德美，卓艺非凡众人颂。
姣丽招展满园春，校花国花九州红。

2.玉姣校园

两门慧眼矜风流，懿德臻美尽儒优。
幽径蜿蜒曲蛇舞，楼宇挺立丘峦秀。
仙女飘逸碧荷亭，桃花芬芳香溢馨。
披红挂绿缀花圃，芙蓉国里丝湘绣。

3.仙女飘花

银河奔放落开花，仙女飘飞留彩霞。
红袖飘逸诱蜂迷，胭脂芬芳引蝶搭。
举目羞月流暗香，拂手柳丝绕情缠。
庭院桃花醉飞鸟，玉娥裙幔作新家。

4.女儿国

鲜花婀娜缀芳庭，扬琴曼妙流曲径。
婷立玉枝校花旗，飘柔丝带园中景。
满眼青绿衣贴红，充耳清脆笑玲珑。

圃园馥郁教室馨，课堂香熏师酩酊。

5.玉女

柳眉蛋脸马尾辫，樱唇笛鼻水灵眼。
细腰丰胸云悠挪，纤手玉肌秋波点。
回眸西施圆酒窝，掠影媚娘香楼阁。
玉兔跳云撩眼翘，香粉飘春蝶舞圈。

6.芬芳

脸放春风嘴有情，风行举止拱手礼。
懿德品格心善育，臻美端庄靓妆仪。
眉间笑融千里雪，携手相提万重山。
飘逸芬芳醉人品，光彩诚信最仁义。

7.女生

春花含羞露绯晕，柳拂涟漪碧水情。
玉荷婷立蜻蜓点，杜鹃飘红翠鸟鸣。
灵珠一眸千波荡，桃园百香万蝶扬。
高山流水绿草茵，庭苑花蜜馥郁馨。

2017年纪念"九一八"

横刀铁马践中华，国破流离失无家。
坎井小蛙狂自大，屈辱无能遭欺压。
圆周无限断后early，九章算术难预料。
智能儒道再盛唐，重现康乾振华夏。

美丽女神
——为初中同学北京照赋诗

天安门前彩霞飞，英姿绰约春光蔚。
红心走遍江南北，长城中华炎黄魁。
福星高照前程美，风韵飘逸京生辉。

阳光灿烂心融暖，金水桥畔芬芳醉。

莺歌燕舞
——赞美中学同学悠扬琴曲

纤手拂波涟漪荡，倩影飘逸琴声扬。
高山流水玉珠弹，沧海桑田稻花香。
锵锵不屈命运响，叮当悠闲荷池祥。
红袖芬芳情来曲，仙舞蹁跹莺歌澜。
老师的精彩课堂赢得一致好评：
靓丽、精彩、飞扬。

美女施教

纤手轻舞悠蔷薇，鹂莺鸣翠百鸟围。
珠玑吐字金良言，婷姿闭月羞花愧。
抑扬瀑布泻碧水，顿挫海涛浪花飞。
书中颜玉立学堂，枯草青绿红玫瑰。

祭孔子

1.孔子颂

星移斗转岁月老，史河滔滔情长啸。
天道仁义于心含，德信礼智行为操。
凡尘俗气抛云霄，传道授业乐逍遥。
桃李代代遍五洲，芬芳世世流香骄。

2.追求——孔子精神

寒风怒卷枯叶掉，沧桑风云人生熬。
水中明月镜中花，一往情深春不老。
笔墨挥洒横来刀，劲松傲立迎风笑。
书卷紫气灵光通，红尘烟飞道闪耀。

3.企盼

果园芬芳桃李香，不眠烛灯洒泪长。
芸芸众鸟遍山飞，几多大雁回头望。
点滴浇灌细呵护，园丁蹒跚佝偻骨。
不求跪拜谢恩师，但得青草花满乡。

秋分（其一）

天宇酒缸醉瑶池，对饮李白银河诗。
清溪茶庄梦蝶飞，貂蝉闭月羞花姿。
凌云峰拜李耳道，登高人渺悟禅寺。
秋潇枯黄扫落叶，迎霜红枫挺傲枝。

秋分（其二）

一剑秋寒百树光，千山白露万草凉。
金果地落残红伤，枯叶随风飘他乡。
天高无彩空碧蓝，两地对月泪潸然。
芬芳粉黛蝶梦享，秋分秋寒念春香。

秋分（其三）

天水一色泛孤舟，草木万枯雁单游。
漫野白露盖秋黄，乌鸦哀号驱蝉悠。
秃林空枝茧束蝶，荷花萎靡莲苦守。
峰峦漫雾寒风萧，河水哗啦泪长流。

国庆颂

1

一轮红彤海上升，万灵沐浴紫气腾。
骄火激奋骏马奔，烈焰当午血气盛。
斜晖映山花烂漫，百舸浪海竞相争。
夕阳峰顶抛绣球，晚霞流彩飘风筝。

2

昆仑及天脊背躬，黄河奔海浪花涌。
黄橙金山松鹤腾，马跃蹄飞高铁隆。
唐宗长梦丝绸路，周庄亦游紫禁宫。
日照京城銮殿辉，金秋桂香枫叶红。

3

慈母成人圣女娲，尧舜炎帝建国家。
黄河浪头骨文花，塞北峰峦长城画。
火药威震世界响，指南针导北斗向。
一路丝绸大国盛，一带儒道伟华夏。

4

日照天安门生辉，长城蜿蜒腾壮伟。
黄河浪涛冲大海，五岳立国势峨巍。
春蚕丝延千路情，香桂金橘万山媚。
雄鹰振飞高铁梭，天堑儒道人间美。

5

青青江山美如画，朗朗乾坤天下家。
红运车道火箭架，国泰天堑桥梁架。
孔子周游四海拜，中国智造走天涯。
沉睡雄狮跃昆仑，大国华人脸上挂。

6

巍峨昆仑撑世界，浪涛黄河育人杰。
桂林山水甲天下，张家仙界蟠桃撷。
塞北蓝天绵羊白，江南鱼米绿水清。

泱泱大国气势磅，巨龙腾空再奋崛。

7

迢遥千里瓷远洋，丝路一开大唐响。
四大发明国民富，海纳百川华夏强。
秦皇汉武又康乾，璀璨明珠东方亮。
桃源艳丽盛世香，儒道和贵天下仰。

山

昆仑及天鼎中华，秦岭南北横冬夏。
五岳龙脉架神州，九寨沟海瑶池花。
高山陡峭道长流，圆丘水柔诗曲悠。
岭松挺立硝烟狂，雄峰高耸国魂崖。

水

黄河九曲浊海浪，长江一泻清流长。
五湖稻米民生粮，四海丝绸强盛唐。
八百洞庭鱼满舱，九江鄱阳上庐山。
珠江泪水不轻弹，黄浦江飘国旗扬。

州

盘古虎斧启天下，繁衍生息圣女娲。
剑分蚕食沧桑颜，玉碎不破儒道霞。
分久必合镜重圆，仁义礼智一根花。
九州方圆一个家，中华儿女共华夏。

国

夏启一家天定夺，九州共主高赞歌。
秦皇汉武叱咤风，贞观大唐辉煌果。

民心一点烛光亮，金玉方圆国成全。
精忠报效舍身仁，红运富强重盛火。

民

长江汗水沃桑田，黄河浊浪染血颜。
昆仑脊梁坚骨顶，泰山压顶愚公掀。
长城万里一意诚，运河千远万心水。
星辰难识今沧海，子孙不变炎黄天。

权

尧舜禅让五岳尊，秦皇剑扫天下蹲。
水载轻舟王权远，洪兽搅浪龙船滚。
权杖无刺割手指，长河滔滔血泪史。
身正松直江山稳，殿堂光明黎民崇。

路

蜀道通灵登天难，弹丸鼎国天堑坎。
长江滔水隔南北，丝路西域半世长。
铁轮一日遍九州，铁鹰二翅四海游。
一带旖旎收眼里，一路中华翘眉扬。

丝路

玉门关外天涯远，马蹄驼铃近眼前。
轻丝云飘载春雨，唐风翻山结情缘。
沧海桑田驿道断，丝路不绝续又沿。
千山万水岭间隔，一带一路心相连。

花

玉兰瓣开春飞扬，碧水两岸悠飘香。
蝴入蓓蕾沁芬芳，鸟鸣蝶舞为国唱。
绚丽彩过艳貂蝉，倾城之美赛江南。
神州大地添桃园，祖国花朵红遍山。

2017年中秋

1.中秋

春花夏艳金秋橙，风情海上明珠升。
山峦弹球枫叶欢，流水逐玉长江奔。
婵娟仙飘情缘怀，皓月当空天下白。
一轮沧桑世界圆，万人仰望玉娥腾。

2.中秋

一盘银镜照千里，两颗红心映万情。
苍茫大地月光明，前程远大天涯行。
春花秋果缺满圆，沧海轮回又桑田。
双手举杯向天公，白玉浊酒见真心。

3.中秋

羁旅他乡望故乡，荷池莲花碧水澜。
墨浪汹涌笔头尖，峰峦险峻高山寒。
慈母针缝游子衣，儿女月饼长辈前。
玉盘空悬已是圆，嘴里甜蜜月梦香。

4.中秋

萧风冷月遍地霜，枯叶落地一身瘫。
溪水曲流春秋泪，秃鹫萎缩哀鸣丧。
圆月不满温暖愿，枫叶红来草愈伤。

残灯孤身夜风长，明镜阴影佝偻寒。

5.中秋夜

蟋蟀对唱风情调，月明清池嫦娥笑。
虫鸣夜莺撩溪曲，星光眨眼弹心跳。
蛙鼓擂震万马蹄，挥戈戎马一丹心。
萤火飘来春魂梦，婵娟眸含西施娇。

6.逍遥

青山苍老雪白头，绿水浊浪风波皱。
孔兄钱脸无情面，鸳鸯大限各东洲。
风云叱咤坟茔堆，沧桑浪漫尘烟飞。
梦里醉酒不辞杯，春光逍遥几度游。

7.明月

皓月当空一地银，人间恋人双眸亲。
蟋蟀起伏鸣夜笛，流水涟荡漾风琴。
轻风吹拂身心飘，靓影相伴玉娥娇。
明镜光芒照千里，天下灯笼红万亭。

8.雾月

玉娥羞涩隐云后，飘纱舞裙靓影娇。
柳叶入水弹悠曲，情侣相拥伴拱桥。
青山白雾缀金橘，绿伞红灯藏灯谜。
玉珠荷池拂月娥，烟雨朦胧醉情眸。

9.雨月

细雨轻霏润月情，荷池清莲见碧心。
滴滴落下牵挂泪，丝丝相连家人亲。
广寒宫怀玉兔搂，柴门烛灯作月明。
举头仰望云涯暖，心中已是彩蝶晴。

10.云月

彩虹绣球落崖边，晚霞送日迎婵娟。
一轮玉盘飘芳来，万众目光循香转。
狂风骤起云逐月，蛟龙戏珠翻雾海。
杯中若隐闪秋波，酣梦醉春共情缘。

11.圆月

日月相辉竞相艳，婵娟美景月老缘。
彩云戏娥飘逸醉，溪水逐玉浪花添。
心有明月天涯暖，五洲四海近眼前。
沧海轮回又桑田，春花秋月总是圆。

12.双节

国庆中秋双临门，明月当空映桂宫。
锦绣河山桃花源，华夏强盛举世颂。
餐桌鱼跳肚皮鼓，高楼别墅满城铺。
异域他客仙境游，江山何处不乡浓。

13.中秋焰火

天女羞涩散天花，满地金银手无抓。
霓虹青黄桃源境，丰硕两岸红豆瓜。
万箭冲天凌霄红，千珠吊坠葡萄酸。
飞蛾绣球突落头，硝烟飘去留漫画。

14.杯中月

一轮玉盘入酒窝，千杯言情冲天歌。
琼浆光彩映苍穹，小肚盛装五洲国。
秋波天下夜色明，回眸人间广寒暖。
一圆心月含乾坤，三界通融随洒脱。

15.醉月

一盘圆月入酒窝，千杯豪情抛眉落。
粉黛红绿琼浆味，裙罗扬逸飘酒歌。
粼光涟漪秋波荡，黄醇弥漫西施香。
冰玉圆润正好酣，滑爽入口甜心娥。

16.中秋晚会

心月钓眼上天台，秋波共目亲玉来。
秦岭黄河一道儒，藏江珠水共扑海。
天涯有边月来圆，星移蹄奔轮回还。
桂宫映月婵娟媚，玉兔有爱广寒开。

伟人

叱咤风云浪历史，股掌翻转扭乾坤。
挥毫信手画江山，抬脚顿足地球蹲。
水载皇船渡洲海，民构长城筑中华。
洪流奔海民意顺，五岳鼎天人心尊。

母亲八十大寿

八十针线彩虹衣，一碗清粥儿女奇。
灯下纳鞋送亲远，窗前望眼思游子。
相夫家美众邻羡，教子成龙国感恩。
一辈操劳佝偻形，百年安康福寿吉。

金秋

漫山金箔飘扬飞，雄浑大地铠甲佩。
满坡桂香挡不住，一头彩梦迷魂醉。
大雁南来玄音乐，鱼儿跳跃丰收歌。
月老手下风情缘，浓霜暗露枫叶绯。

秋辉

浩瀚碧空泛蔚蓝，金秋大地阳光灿。
溪水顽石浪琴曲，桂花摇曳喷幽香。
沉甸稻穗点头笑，庭院池畔美人蕉。
三秋艳阳不褪色，五岳龙山被袍黄。

秋意

秋风不刀落叶萧，萧风怒号鸟不叫。
悬丝干茧随风绕，突岩崖顶孤老雕。
枯草点缀绿青台，丹桂飘香金黄开。
夕阳余晖彩虹桥，红枫愈浓叶更娇。

一叶知秋

青翠绿叶枯黄灰，日落西山夜早归。
萧风剃刀断叶飞，凝珠霜露埋叶泪。
漫山箔片随风曳，遍地金纸铺荒野。
一叶零落秋寒吹，大雁人字暖来晖。

叶落秋高

黄叶禅让青翠绿，激扬傲梅红雪域。
归根作料助参天，入泥化花催春雨。
一叶小舟东流去，千里画景长留情。
不遮云雾秋高爽，虚怀博大空有余。

寒露

萧风西横青山黄，蜡烛幽灯冷夜长。
残红落水无声响，江涛东流刺骨寒。
凝露霜冻枫叶浓，蜡梅挺枝待风红。
炕头案桌玉烛香，线书曲字舞波澜。

凝露

晶莹凝露结枫叶，迷雾漫山画景泻。
微小有天银遍山，清白纯情揽怀撷。
细珠含月娥欲出，结流水映婵奔月。
枯草噙泪伏地倒，广寒宫闭冷风夜。

桂花

一盘青伞撑天下，万点黄珠坠地花。
芬芳引来贵妃闻，多彩惊起貂蝉夸。
艳丽点缀桃源景，天女锦绣人间撒。
把酒拈花邀明月，醉美仙境瑶池家。

庆祝十九大召开

1.庆贺

一声扬鞭振天下，九州擂鼓吹喇叭。
紫气升腾苍穹浩，金秋遍地香桂花。
大雁南来红运昌，硕果满园芬芳扬。
五湖彩旗向京城，四海仰望昆仑华。

2.鸟鸣

一行白鹭指青天，对鸟雀跃翠枝间。
百灵悠曲叶动琴，孔雀屏闪大地颜。
黄莺欢歌山川美，鹦鹉学唱共产党。
大雁声声传捷报，百鸟朝凤聚銮殿。

3.花艳

春花凌寒秋果灿，紫鹃百合映天蓝。
碧波绿莲鸳鸯唱，青翠蓬莱松鹤扬。
喜上枝头鸟鸣翠，柳叶姿舞水欢畅。
十步芳草缀红樱，神州大地桂花香。

4.山腾

昆仑举手彰天禧，巍峨雄峰飘旌旗。
华山一剑指苍穹，南岳雁来紫烟起。
桂林旖旎甲天下，张家仙界香世界。
峰峦突显华夏峻，川岭洞穿铁马骑。

5.浪涛

长江一泻千万里，黄河浪冲四海气。
溪涌沧海巨涛雄，涓入桑田稻花喜。
碧波长流儒道远，浊浪山川唐风姿。
瑶池琼浆醉神州，二龙戏海翻江奇。

6.丝路

玉门关春开西域，罗马路断锦绣续。
波浪沙涛奏驼铃，迎风绫罗暖身躯。
春蚕娇小丝情长，普天友谊绸相许。
一带新丝铺儒道，一路铁马撒彩菊。

7.风

暖流葱绿江南青，兰花香溢桃源景。
萧寒枯叶霜雾浓，冷飕蜡梅红雪顶。
风吹东西暖由情，冰窟温泉热气腾。
人流风波心佛静，足蹈巨浪身正行。

8.风情

春风一绿百里香，秋光满园千金山。
和煦暖意鸭知先，枫叶浓情深雾霜。
江水浪花九曲琴，巍峨英姿雄伟立。
京城彩旗耀天下，九州簇拥巨龙翔。

9.马列扬

鲜红锦旗马上扬，康庄大道奔远狂。
涓涓细汩冲流长，滚滚浊浪击水黄。
波涛浪涌桅引路，四海有涯马列航。
九盘脊顶雪莲秀，一泻喷海天高仰。

10.紫梦

紫幻彩云腾苍穹，凌霄蟠桃飘香风。
天马长空跨海角，瑶池琼浆醉酣浓。
摘星摇月渡星际，驾龙浩宇游乾坤。
牛女梦回西湖桥，仙姑杭州作寝宫。

11.腾越

长江滋润神州地，黄河浪冲四海洋。
铁马腾越昆仑山，儒学道波五洲乡。
雄鹰展翅苍穹翔，龙腾虎跃惊涛浪。
春风翠绿江南灿，百鸟朝凤天下仰。

12.醉福

轻风翠柳碧波漾，兰草绿枝蝶飞双。
紫燕飞门送喜字，鲤鱼戏莲荷叶伞。
白龙夜游凤凰城，嫦娥喜迎神舟灯。
蟠桃结满花果山，春城滇池醉芬芳。

13.特色

张家界峰九寨水，漓江清秀黄山巍。
汴京罗马东西道，南橘北枳各乡味。
龙凤天地各风采，车马兵卒占府帅。
仁心炽放春光暖，天涯海角花嫣媚。

14.强盛

云杉挺拔凌云傲，雄狮威仪百兽翘。
秦帝称雄六国拜，富商敌国城头耀。
空仰马头腿力弱，矮小贫穷胯下辱。
昔日贞观大唐极，当今华夏强盛骄。

马上花

马下麻花马上花，蚂蚁攀高沿銮驾。
虾夹鱼虫后有牙，兰花岂如狗窝家。
远如玉兔近视麻，情眼西施可冬瓜。
为得高飞屈地爬，无钱牵手长脸拉。

重阳节

1.重阳

九天浩宇焰火闪，一抹夕阳彩虹淡。
山重水复路漫长，青葱南山松鹤翔。
红尘迷雾眼光短，清风浊流浪波荡。
佛祖慈悲一心含，岁月娇火千秋阳。

2.重阳

日晒肤黑月染发，秋扫枯黄霜寒花。
鸟鸣蛙噪声渐远，残红飘零溪落崖。
经年重阳桂花香，萧风凝露枫叶浓。

春江已过黄河浪，入海宽阔映晚霞。

3.重阳

金秋大地菊满山，丹桂芬芳四溢扬。
溪拂石琴鸟鸣曲，鱼跳寺钟禅声喃。
橙橘笑招银发手，春花秋果勤满收。
夕阳晚霞彩虹烧，激情火热九重燃。

4.重阳

一剑横刀斩妖魔，九重青天奏凯歌。
茱萸骑风绕山过，黄酒映玉邀婵喝。
菊花香幽满山坡，月台池水娟飘落。
天高云淡鹤远翔，清风吹拂悠闲乐。

5.重阳九——游

九天云霄蔚蓝娇，一揽群山泥丸小。
细鱼浅滩尾巴摇，大雁人字东南飘。
袅袅炊烟直云上，汩汩溪水沿崖流。
远看紫气霞光耀，梦飞桃源自逍遥。

6.重阳恩情

万丈光芒生灵涌，一泉清水润花红。
春花夏艳秋果灿，凝露风雨桂香浓。
江河儒道唐流奔，雪域点滴汇海宏。
九霄云殿天台高，巍峨泰山恩情重。

7.重阳游

潇湘美景麓山秀，携老登高重阳游。
蓝天云随秋风起，闲情心向江水流。
遥望彩虹紫梦烟，幽远菊香飘满天。
来日再举觞杯醉，兰亭处有管弦悠。

风雨路

东厂宝剑悬心吊，西厂马鞭响身跳。
梦里床下狼号叫，阳光大道蛇来咬。
明枪难躲暗箭刀，人隔肚皮心不透。
心上九天凌霄阁，任凭风雨睡好觉。

秋游春意

秋波红枫漫天铺，金叶弹琴风奏鼓。
鱼飘浮云凌霄游，菊花点头幽香扑。
海棠胭脂妆青山，蔚蓝浩宇鸟飞翔。
雀跃脚下凝露寒，挥手春风应心舞。

获"优秀扶贫教师"感慨

新宁碧江东离去，翠绿青松槐香留。
蝉鸣虫叫声渐远，紫燕呢喃耳畔悠。
山路脚印随雨水，诗词雕刻村庄亭。
每有香榧嘴中含，一股温馨心里流。

评建掠影

1.挑灯

秋风侵窗柴门寒，烛灯蜡流夜漫长。
文字小国碧空荡，龙笔凤舞浩宇灿。
玉案蓝图山水秀，书斋紫梦桃源悠。
辰星会意眨天书，晨曦苍穹旭光阳。

2.千金字

白纸黑字天道花，夜以继日书密麻。
字里韬略神州海，句中儒学天宇开。
甲骨铅印华夏史，黄河浪涛唐人诗。
一字千金神笔重，九书万言鼎天下。

3.美容花

一盆绿叶山水蓝，几朵红花温馨香。
长廊静道笔划声，清水芙蓉淡雅镶。
窄小庭院学府深，恩师明灯光辉长。
一路口号振容光，两旁红旗金辉煌。

4.蓝图

曲径幽香桃源境，翠鸟欢歌醉仙亭。
智慧光芒照桃李，伯乐牵马天涯邻。
挥手墨染张家界，吟咏诗绣花桂林。
一张蓝图盖田园，九州山川天庭景。

5.教笛催苗

三尺讲台儒海宽，英姿飒爽智慧光。
知识滔滔天河流，学子芸芸桃李芳。
玉案挑灯月娥伴，书斋燃烛光明亮。
教鞭万马腾凌云，柴门伯乐喜鸿翔。

6.马啸

一声长鸣破夜空，四轮驱动迎阳红。
两旁插翅虎添翼，万里鹏程放蹄奔。
铁蹄荡平坎坷道，昂首阔步迎霜风。
喜玛山顶翘尾巴，扬鞭策马跃长龙。

7.备战

蛙绷弓腿潜水待，磨刀利刃锋砍柴。
积沙成塔细无小，垒石筑台山靠沙。
心有正气仗侠剑，人正影正身不歪。

一池碧水墨染黑，九鼎天书夜灯白。

8.搏击

泰山重压脊梁顶，巨浪拍打搏击行。
苍鹰展翅凌长空，骏马放蹄奔千里。
墨迹江山大地绿，诗润史河人间情。
高铁穿梭舞长龙，摩登大楼破天晴。

9.凯旋

九曲蜿蜒浪海宽，一路盘旋凌霄殿。
昆仑脊梁顶天庭，蜀道恒心驾云端。
经霜风雨枫叶浓，战旗红缨飘扬远。
凯旋门前马蹄欢，载誉喜报频相传。

10.迎评添金——新玉娥

仙女云梦醉芳亭，悠姿惹眼众神惊。
一展彩绣月愧羞，九州新添娥玉婷。
唇动谢母十月怀，口呼呢喃天语来。
手摇花丝千金舞，脚蹬风光廿载矜。

11.寝室火光

一点红光恶龙眼，几条黑影毒狼烟。
观音南来善心润，烈火燥心慈水淹。

考试

一声铃响命运路，万马奔腾前程赴。
沙沙笔绘描蓝图，滴滴钟敲步进鼓。
行云流水飘思绪，快马加鞭催墨撒。
十载挑灯寒雨夜，一炮鸣响长街呼。

脸面

远山风光近身人，五官面孔透心神。
明珠照亮大地艳，话语温暖人情真。
风雨吹打脸上影，枪林弹痕面上印。
善恶美丑灵魂像，春风红光懿德臻。

史诗

紫气灵光慧根绕，气宇轩昂凌云啸。
诗润山川花妖娆，墨涌江流史河滔。
迎风飞翔临高坐，浪迹天涯任逍遥。
来时微尘去时烟，流星闪过嫣一笑。

秋红

微风金叶坠枫林，桂枝芬芳熏香浓。
蝶落菊头摇枝曲，鱼吐水泡吹笛颂。
纸鸢情飞荡秋波，身影流连碧波河。
春意岂止暖面来，有情天地醉满红。

秋风红潮

秋风黄叶吹春昭，红枫舞动山姿娇。
黄河金沙血脉涌，玉娥琴弹浪花涛。
潮涨潮落红人起，欢呼雀跃美人翘。
兰月掀起浪海波，阳光高照水东朝。

笑

面带春风化寒雨，话出暖意融雪落。
笑铃飘向山水歌，蓓蕾绽放艳丽朵。

辛酸泪水溅彩虹，风雨雷电结蜜果。
缤纷花脸笑世界，人间红尘尽抖脱。

笑铃

啾啾鸟鸣田野翠，蝈蝈蟀演夜宵会。
鸳鸯荡漾交响乐，蜻蜓点波舞姿媚。
诗赋韵律唱悠曲，爽朗铃旋艳蔷薇。
嬉笑朝阳满脸光，放歌浩宇任心飞。

山石

千年山石不动心，静观风云情飘影。
星移斗转轮相辉，春去秋来生又新。
残红入水东流逝，后浪推前沙滩止。
稳坐天宇钓日月，风雨不屑醉梦亭。

风波

凤霞转身乌龙狂，蜻蜓点波青蛙挡。
雄鹰高飞雷劈翅，梦飞天鹅鸡落汤。
月下老人错对口，红花蝶恋遭插手。
泰山顶上劲松曲，呼啸风暴迎沧桑。

立冬

三秋凝露枫红浓，黄叶朔风迎雪拢。
青台寻道山雾重，崖顶白雪裹苍松。
远处灰雁白点花，眼前薄冰镜月画。
口气冰凌腾气化，心暖寒冬蜡梅红。

双十一

1.说一

一轮红日东方升，一片光明喜气腾。
一派风光山水美，一番情趣由心生。
一双巧手织蓝图，一心一意磨铁针。
一马当先扬鞭策，一帆风顺功到成。

2.狂购

一年一度双11到，一甩阔袖狂购潮。
一路采集喜自沾，一边盘算惠多少。
一条长龙物流忙，一脸彩带收货喜。
一十九大富裕路，一展新图唐鸿娇。

3.一振

一马平川摩托飞，一路快递你我追。
一扫支付货币流，一点触屏喜事汇。
一条彩带丝绸铺，一路高铁东西呼。
一手劳动华夏唐，一振雄风中国伟。

4.争

一条绳索过天堑，一道羊肠万马险。
一夫当勇史书载，一箭冲天技领先。
败絮破袄遭淘汰，袈裟玉衣受人爱。
一路兼程风雨顶，新颖出奇世人前。

5.唯利

趋利而来鸟为食，欢乐而奔连理枝。
闹里有钱聚一樽，静中天伦温馨滋。
月夜玉婵西施颜，花圃无缘天涯远。

名利长河黄沙浊，南海碧空仙鹤驶。

6.孔方

孔方心内鸡眼小，元宝外空世界大。
金戈铁马铜板下，唇枪舌剑餐桌划。
江河黄染情含币，山川大地金银花。
在世不遗两手抓，阴间冥币烧红塔。

7.光杆

乾坤星辰轮流转，你方唱罢我上场。
流寇草莽座上皇，谁暖高祖昔日凉。
光杆司令变凤凰，人间何处不芬芳。
我把黄河酒壶装，乘风醉月任天翻。

8.新绿

饱含天灵凝白露，薄喷山川青葱绿。
娇姿丽色春意盎，叶映红梅彩虹雨。
情添碧绿流清泉，松放劲枝顶苍穹。
一幅蓝图见桃源，万花浮翠天翔鹭。

扬鞭

一路扬鞭奔蹄狂，千里策马峰头昂。
回溯尘土硝烟在，披荆斩棘坡路坎。
展望远景蓝图亮，励精图治磨针忙。
路漫远兮修道远，风雨过后彩虹灿。
注：恭喜我院喜获哲学一级学科博士
点授予权

腾跃

悍马嘶鸣乌江翻，大雨倾盆雷电闪。
急行峰峦走泥丸，登越蜀道跨天堑。

风雨穿行战袍挂，泥泞蹚过浪花拈。
鞭炮齐鸣奔蹄腾，提马舞剑跃泰山。

同事蒋显荣老师对我的赞誉

马院藏骄超李白，哲理诗人渡英才。
唯物辩证七字连，真谛在胸活教材。
李白颂娇恋山水，唐杰咏志励青年。
今生不读圣贤书，只捧杰作醉酒菜。

槟榔情

南海碧波泛青苔，仙鹤翩跹心舞来。
高山溪流绿水琴，翠枝露红春意开。
阿婆担挑天涯角，满篓儿女情长怀。
一颗槟榔汪洋海，一口咀嚼万心慨。

律道

天意灵光道符闪，乾坤有序律令含。
寂静山川春秋转，华茂光阴苍老憾。
石射天宫砸头顶，愿者上钩坐收利。
城长岁短年有余，酒中笑脸见药方。

双十——千龙湖郊游

1.欢车

红衣朗笑欢车跑，两旁枫叶引眼眺。
梅溪湖畔青葱翠，雷锋故居山峦娇。
心随车驰奔桃源，滚滚红尘甩身后。
寒冬凝露涌春潮，满目旖旎喜人笑。

2.人娇

玉案讲台素衣教，红衣绿装芙蓉娇。
授有学道妆有巧，胜山美水妩媚翘。
教师风范阳光道，英姿飒爽招人瞧。
山水有景人有情，浓枫金叶美人蕉。

3.龙耀

千龙湖畔龙头招，花枝婀娜迎客笑。
龙殿辉煌金銮艳，亭台碧绿潺洒潇。
水上南山鹤跃腾，金屋芬芳香逸飘。
漫步凌霄回廊曲，流连瑶池醉逍遥。

4.千龙湖

瑶池琼浆入蓉城，仙姑下凡秀美臻。
金鱼探春吐珍珠，灰鹭驾云飘风筝。
群龙戏玉浪涛白，小舟桨橹情侣花。
银湖镜月嫦娥倩，碧波荡漾万情深。

5.寒风

凛冬嘶叫北风呼，烟波雾霾扫冰湖。
浪水拍岸惊鸟光，浊流漩涡翻鱼腹。
洋湖映月广寒冷，黄叶飘零漫天舞。
一眼素白空旷野，万纷红尘满愁苦。

6.花影

金花蝶晓云雾开，碧波荡漾激情海。
异域风情南国花，仙女姿展凤凰台。

7.追月

紫梦香魂带春来，辗转抚光天眼白。
驾云天宫闻胭脂，娥漂流水溪曲开。

夜幻桃花无香粉，水中镜娥空裙风。
心有江山月随我，呼风唤雨尽月海。

8.梦幻

醉云空梦乌鸡国，春花插绿对鸟歌。
青柳摇身露桃花，玉肤脂香月光落。
轻身飘荡嫦娥宫，酣梦入缸瑶池酒。
箭雨穿身问霹雷，山石无语梦幻多。

9.冬云

天山一色灰朦胧，情冷千刀凉心海。
黑风横扫枯叶卷，黄沙浊流青苔埋。
苍岚雾漫地霜寒，波涛汹涌浪滚翻。
玉案砚台酒不来，碧水乌云天难开。

人

1

顽石不安人间闹，月娥花开鸳鸯桥。
青山龙骨凤凰岛，戈壁荒冢黄枯草。
樽酒杯向金元宝，路骨冻死尘烟扫。
溪水不尽绕峰娇，禅寺静观风云笑。

2

仙玉花开世间耀，灵龙飞舞恋蝶绕。
秋风枯叶残红掉，水漫金山大树倒。
金戈铁马挥舞刀，寒风冷衾长灯挑。
沧海青葱绿娇娆，桑田花开人影老。

3

青绿秋黄冬蜡白，青柳残红随流漂。

绣球驸马探花娇，雪花银仕挤独桥。
剑舞江山金枝挑，血溅金鸾棺殿倒。
笑里有钱笙歌啸，静处安身乐逍遥。

寒暖

霜露映红旭日笑，枫叶翩跹惹人招。
涧水流琴弹溪曲，鱼跃碧波跳舞蹈。
林间翠鸟对鸣叫，雄鹰飞翔苍穹绕。
释刀热酒去寒凉，温馨火热暖身烧。

寒雨

萧风冷露寒袭来，迷雾朦胧天远外。
水冲残叶流溪谷，江卷忧愁入大海。
烟雨巷下伞飘红，激浪涛上舟行峰。
暴淋正值枫叶浓，霜冻恰傲蜡梅开。

春花秋寒

春风百艳扬眉笑，桃艳香溢蝶恋娇。
秋寒一夜黄金落，残红万耀幕谢凋。
青绿何念苍叶白，岁月不饶红花老。
瓶中翠绿易枯萎，梦里桃花酒来浇。

长沙理工大学校运会

1.征程

梦里跨栏一跃起，晨星云蔽路灯齐。
一路风行球场奔，百舸争流追赶急。
莫道君行早更早，战旗招展迎风飘。
戎装雄威展英姿，红缨枪下挥拳誓。

2.备战

演武坪上战旗耀，飒爽英姿斗志骄。
摩拳擦掌跃跃试，张弓越步腾腾跳。
进行曲激步伐快，红旗招引跃凤台。
红伞绿衣迎风雨，气球彩带放飞飘。

3.方队

雄赳赳兮气昂昂，战马嘶鸣腾蹄响。
红旗迎风开征路，军号激昂队浩荡。
武将雄纠振臂挥，靓女舞姿彩带扬。
校运观众群欢唱，中国路线红太阳。

4.英姿

响马场飘尘雾茫，锦旗招展擂鼓喊。
撑高点水跨波栏，铁饼飞旋操舞亮。
龙腾虎跃悟空赞，巾帼姿美玉娥叹。
日月相辉竞追赶，拉弓搭箭长鞭扬。

5.健将——徐鑫

序幕微开半遮面，煦日笑脸春光盈。
栩生武媚艳小乔，絮飘芬芳娇蝉钦。
迎风破浪舟行峰，矫健英姿挺红缨。
须眉堪敬巾帼媚，笔墨刀枪全是金。

6.呐喊

彩旗波涛鼓海浪，翻江口号震天响。
加油一呼跨百步，助威千浪过高杆。
激如离弦跳似马，荡动泳波旋飞饼。
锣鼓敲打弹簧腿，掌声雷鸣冠军扬。

7.雨中火

细雨霏霏浸身落，凝霜湿地水上火。
星光闪闪映天边，熊熊燃烧大地锅。
红缨跃马腾蹄跳，激情猛战冷酷魔。
寒雨浇头油上焰，添水压火火上火。
注：祝贺马院，祝贺施老师、刘老师！

马院喜事连连

寒冬凛冽嘉讯来，峰峦顶上旗舞开。
龙马一跃凤凰台，红蛋双黄彩花戴。
蜀道越过天亦近，祥云飘飘仙福海。
东方红潮浪博彩，樽杯桌上酒缸抬。

龙凤彩

日月生辉龙凤来，福星高照祥云排。
山威水柔万物性，乾坤灵气大地怀。
雄剑青山垂伟名，墨润史河流芳香。
黄河龙脉九曲海，长江凤飘神州彩。

喜得贵子

十月革命一声响，一杆红旗万国香。
南湖碧波孕神气，浴血奋战出头扬。
沧海姻缘桑田育，春花秋月仙仁果。
幼苗花园成茁壮，后浪推前青胜蓝。

同日生中学同学

同日缘来衡州阳，共桌渡水情湘缠。
一方天地各风光，两颗赤心聚一堂。

山水连理绘风光，长江黄河铸华夏。
齐与天高唱宏响，与风驾云醉梦享。

淋巴炎肿吊水

凌云腾升遭恶魔，妖气缠身云雾落。
天昏地暗千深渊，五脏六腑万箭戳。
一滴观音甘泉沁，双眼南海蔚蓝青。
敢有虫蝎再入侵，心有仁心毒难过。

心怡情姬（手机）

洁玉小兔暖手握，天涯芳珠随心呼。
日月相伴情生缘，绚丽彩波畅飞舞。
入眼生添几分颜，挥手香飘春娇艳。
腕拥黛眉不看月，杯映桃花醉琼雾。

南京三十万难祭

大唐儒道扶桑日，东瀛文笔炎黄字。
元清黄河浊浪哭，倭侵长江血流逝。
一叶飘零十指痛，三十万难千史悲。
九龙壁记沧桑痕，祭奠国殇华强势。

平安

啸风寒露夜冰凌，雪玉霜面冷沁心。
秋蛹冬蝶双飞梅，扶岭越峰鸳鸯亲。
情投巢窝安树稳，搀携相随不倒翁。
心含明珠任乌云，风高漆黑月舟行。

伟人身影

稻穗梦见魁梧身，破墙深刻革命印。
铁索见证长征路，卫星铭刻飞天行。
落花无影香犹在，江水东逝卵石圆。
青史芳名功记簿，灰飞烟味心脾沁。

上山下乡

双脚泥田稻花香，天酬勤劳双手强。
粉黛素雅心花放，土豆佳肴邻里祥。

长沙理工大学"学习十九大精神唱响新时代强音"教职工合唱比赛

1.歌咏十九大

弦悠碧波涌长江，歌激海涛越昆山。
轻音漫曲蜿蜒路，擂鼓振动山川撼。
一挥共鸣党旗扬，万马齐跃腾蹄响。
凤台绚丽舞影飘，热烈掌声沸海洋。

2.（国）曲

笛飘翠波滴甘露，唢呐厚道情深呼。
琵琶声声弹情话，钟琴潺潺流意露。
二胡幽拉月影恋，铜锣喧嚣喜气鼓。
杯酒瓶乐醉涅池，长号吹奏求索（强
国）路。

3.歌颂（党）

喉飘丽音唱亲人，心涌激昂情爱深。

舞扭曼妙亮山姿，雄壮高亢引航灯。
唐诗宋词元曲悠，儒道禅乐国府韵。
歌舞升平国运昌，笛啸波响黎民声。

2017年终曲回荡

1.寒雪

空山素白啸风泣，涧水跌落溪谷底。
雀鸟冻骨衰草埋，傲雪蜡梅雪没顶。
歌台舞榭卷帘闭，红灯绿巷车马稀。
玉月凝泪江流冷，白浪横洲海花凄。

2.沧桑

花艳妖娆秋红谢，鸳鸯双飞棒打跌。
沧海宽阔桑道窄，蜀道青天难上车。
溪流蜿蜒成大海，浪涛翻滚华夏采。
天降大伤磨筋骨，宏伟大业行曲折。

3.风

轻柔拂面醉桃韵，啸寒刺骨颤身巍。
狂暴横扫千军马，暗香销魂英雄萎。
掀波射雨倒懦弱，飘摇折枝吹梅辉。
不测风云挺身正，呼入禅音仁心美。

4.雨

凝珠跳玉醉琼海，淋身落汤搏天开。
稻穗饱满甘露来，浊水满肚滥成灾。
细雨霏霏清明雾，奈何桥头流痛哭。
悲哀仇恨心血怀，绝望伤痛泪雨埋。

5.霜

山川素裹纯天地，露珠晶结凝冰沁。
吉语桃花醉酒晕，直言冷面头脑醒。
一抹简妆远红尘，万山雄浑厚沉实。
霜重雾漫枫叶浓，白衣淡雅洁玉清。

6.寒

丘壑素白雪纷扬，豪门肴热路骨寒。
乌云啸风红尘暗，箭雨冷面世态凉。
静山有钱铜锣响，闹市无银空壁伤。
万花红艳霜露老，一江秋水东流长。

7.伤寒

浪翻九曲静海洋，红花落黄尽消香。
鸳鸯桥穿各远方，秋风萧雨蜡梅单。
墨韵桃源涸纸干，磨刀利剑手指伤。
滴水终飘浮云轻，苍穹浩荡天蔚蓝。

8.曲折

罗马迢迢天涯远，蜀道青云难上天。
秦岭南北玉门外，满汉狭路山海关。
仕途刀山商海火，蛇毒鸦黑人遭祸。
柴门孤影冷风飕，婵月羞风闭广寒。

9.水

泉泪甘露河泛滥，水清无鱼浊风浪。
流水无形滴石穿，顺水无影逆波澜。
水载国舟行民运，天伦乐于水中央。
小路羊肠宽海洋，柔情似水浩宇蓝。

10.手

钻木腾火升飞船，破枷乌托邦国建。
华夏贞观双手托，山崩国裂失手间。
留有余香人情暖，沾满血腥臂刀剑。
苍穹心高手来撑，金棒敢挑神掌天。

11.笔

涓涓细韵留情怀，浓浓汁绘銮殿彩。
笔小尖利枪难还，滴流浪翻淹天台。
一笔挥出江山图，万墨掀起滔天海。
千军万马不夺刀，独木桥争笔斗来。

12.毛笔

一笔横扫千军马，几滴墨倾一国家。
轻如鸿毛压泰山，软似柳枝切肉麻。
铁杆枪身软嘴滑，图纸利箭硬穿划。
挥毫指点江山曲，扬笔儒道礼仪花。

13.云

鹅云荡悠浩宇蓝，无视浊水曲流长。
摇摆不定飘浮轻，居无归属风吹烂。
磐石仰望身无翅，雾漫寻家志不实。
鸟盼凌云云向水，青山沃野花远香。

14.海

汇聚江河精髓盐，吮吸天地灵气蓝。
平静胸怀容洪涛，汹涌侠义澎巨浪。
五洲浊流染瑶池，四海涤荡碧波扬。
万物入海不见底，一心仁慈腹海洋。

15.路

逶迤盘旋蜀道天，坎坷曲折京城殿。
泉溪奔海一心意，书山慧觉万物言。
脚印道通灵意景，手挥横开征程路。
荆棘暗礁漫行远，玉门关过花草艳。

16.崖松

风雨沧桑立如钟，傲视天下挺崖峰。
借鸟港湾香馨松，磐稳扎根任狂风。
坐引鹏程南雁归，蜿蜒盘旋依勤助。
凌云苍穹探景远，山峦迷漫心开路。

17.红梅

凝露凛冽烟朦胧，劲枝挺立任啸风。
千山雪熬一枝红，万般坚韧一情钟。
不图春光暖柔枝，竞选严酷傲意志。
寒冷刺骨银粟舞，蜡梅迎霜化雾凇。

18.山扬

春花秋艳蜡梅香，彩蝶对依眠拥长。
大雁南飞人字张，雪峰溪水大海浪。
膝下儿女多一对，凤凰台景添几新。
磐石不动洪流冲，江山楼起松枝扬。

19.心高

早起晨光旭日娇，镜里眉开脸上笑。
脚下丘陵泥丸走，身上雪花朔风掉。
风云寒霜梅红傲，路遇不平侠客刀。
山峰崎岖海阔平，情怀浩宇心天高。

20.卓越

春花红艳夏日火，秋果香甜冬梅婀。
柳拂涟漪鸳鸯对，天鹅大雁双双落。
长江蜿蜒神州欢，黄河九曲大海歌。
贞观康乾不停波，今日盛景举世卓。

21.喜悦

溪水叮咚入海唱，雄鹰展翅翱蔚蓝。
稻浪田野橘黄灿，对蝶双绕拥馨香。
童颜喜悦鹤发彩，青山摇枝绿水畅。
闹市喧嚣气球飘，酒杯乐碰划拳扬。

22.团圆

雪花漫飞火热炕，寒风凛冽酒芬芳。
铁马须臾南北家，一路横贯东西方。
佳肴满桌人满堂，红酒碰杯歌声唱。
沧桑风雨团桌圆，神采喜悦挂脸庞。

23.丰收

松子满洞任雪吹，情恋桃花蝶双飞。
沧海青绿桑田沃，香稻满载丰收归。
笔绘山川桃源跃，墨润江流南海媚。
蛟龙飞架东西贯，天鹅南来春将回。

24.功成

挑灯玉娥近前拥，修身香溢蜜引蜂。
鹏程万里千山横，凤凰一鸣百鸟躬。
行程漫漫霜雾浓，冰雪寒露梅正红。
有得才艺扬飞龙，大江南北任指东。

25.光阴

人看花有笑，镜看人生老。
春花不觉艳，寒梅惹眼招。
日月轮相辉，光阴追不回。
新春桃韵多，人过年年少。

26.痛

十指穿针连心疼，一句辱骂羞脸痛。
笔筒纸箭暗中射，骨髓浆喷殷血红。
刀剑皮肉不死心，情伤灵魂活死难。
欲乘轻风南海悠，观音爱民忧心忡。

2018年诗歌

新春诗

道

乾坤物韵律运怀，万物有生道行开。
天降大任磨意志，酬勤扬德重知才。

新

添枝重孕新生命，烈火永烧终不停。
春暖花开蝶双飞，雏鸟凌云翱天星。
青蓝胜蓝后浪推，少年当强国盛金。
旭日东升万花红，心蕴骄阳千日晴。

一

一生万物终归一，动物皆夺强大极。
山中不留二虎狼，林里无霸猴王觊。

元旦

新年伊始元首旦，蜡梅探春诱花香。
行程拉锚扬帆起，整装出发跃马鞍。
四季初开福彩兆，百事吉祥东方红。
万里长征首告捷，一路顺风前景蓝。

庆元旦

对鸟吹春枝头拢，鲫鱼涟漪荡泉涌。
楹联对亲灯笼长，锦绣亭楼喜气浓。
花拥凤台人沾粉，脂胭黛眉女儿红。
笛悠街巷流曲唱，彩带横幅旗飘风。

元旦颂

雪花入泥梅艳红，万芽待春欲冲动。
啸寒西去暖来东，街巷摩肩喧闹哄。
游园儿童登山翁，亭楼满座响酒樽。
寻觅新春桃源景，谜底灯笼红火中。

钟启

一声春雷响洪钟，万物喜迎暖春风。
笔蘸海墨铺蓝图，剑指浩宇探苍穹。
沙漏悠潺闹钟响，旭日东升又一轮。
幽古皇历乘飞骑，重登泰山新劲松。

启程

扬鞭放蹄腾汴州，墨韵桃源任挥手。
启明夜灯探苍穹，悟道乾坤路中由。
鲜花满香赠亲友，漫漫风尘后无忧。
剑出侠义公平正，冲锋献身强国优。

起征

山巅托日接晨曦，展翅鹏程凌云骑。
打开星图向五洲，扬帆冲浪四海行。
挥笔描绘桃源景，挑灯探究罗马路。
整装攀登蜀山道，昆仑雪莲招手旎。

剑挥

侠肝义胆利柄操，道行不平刀出鞘。
寒光闪闪颤妖魔，利刃尖尖刺鬼叫。
横渡天堑摆公平，竖向苍穹立正义。
挥刀不惧流血泪，剑仗人心青天骄。

奔蹄

东风起兮战鼓擂，腾越放奔竞相追。
昂首挺跃泰山顶，扬鞭赴向霞光蔚。
涉水不屑金鱼贴，流血岂惧荆棘挂。
凯旋之时长街堵，马蹄踏花十里辉。

马跃

横扫千里漫天雪，腾空一跳新世跃。
蜿蜒九曲黄河滔，奔腾万里长江倔。
凌云峰岭脚下丸，志阔海洋肚里船。
跨步风行五指山，昂首挺向岱宗越。

腾蹄

缰绳紧绷昂头跃，扬尘点水追日月。
一嘶长鸣腾空起，万里狂蹄跨峰岳。
始于足下千里蹬，横山跨海五洲远。
不惧刀剑蚊虫叮，一马当先志长越。

悠曲

溪流石琴追白云，鸟鸣翠笛绿波韵。
风曳寺钟敲禅音，鸳鸯碧拨情调蕴。
浪拍崖岸铿锵搏，央水静观红尘云。
漫雾吹拂人生曲，雁荡天空响红运。

浪歌

黄鹂鸣翠吹春潮，泉水叮咚大海滔。
离骚唱起龙舟摇，史河浪拍曲折绕。
诸子百家桌论道，三国演义六都朝。
羌笛长曲昆仑憾，高歌一声山河倒。

翩舞

雪花纷绕蜡梅逐，紫燕翻飞引春姑。
风摇树曳催芽蕾，羞娥裙摆叹君呼。
娇妹翩跹止流水，红飘情侣鹊桥拢。
车灯闪耀沉夜浮，长城凌空神龙舞。

灯笼

家家门前挂灯笼，十里长街一片红。
霓虹摇曳舞姿飘，罗裙桃含羞涩浓。
秋波月娥冬婵拢，佳节吉兆天祥风。
赤肚丹心貂蝉旋，朱降神州玉阙鸿。

楹联

一串桃符金字嵌，两颊脸面喜盈门。
正中横批冲天气，红袖婷立骄庭萌。
引灵聚福集香韵，飘柔洒脱开豁达。
仙逸腰带落人间，楹联入杯醉楼梦。

幽梦

桃源芬芳醉醑酒，灵思出窍翱幽州。
庭院荷池碧水流，铁骑罗马闲情游。
蓝洋鸟岛鲸鱼钓，月舟浩宇星花收。
佳肴满桌书房香，鹤发常青南海悠。

新娇

放眼金山洁玉耀，白雪绵羊峰岭娇。
铁梭洞穿秦岭挡，高架横跨天堑桥。
天庭楼宇降人间，月娥广寒冷宫萧。
今唐三彩花艳妖，新春盛世喜盈笑。

仙境

玉门关外丝路春，南国疆内一水纯。
黄河浊浪清流海，长江入京建功勋。
人是物非不识路，惊问梦游哪家屯。
王母桃宴滇池会，玉娥下凡月亮村。

新年快乐

雪花入泥润春晖，新年来临暖流回。
张灯吉兆一年景，结彩艳丽四季美。
热闹对联开门吉，喜庆灯笼团圆归。
微信红包流星雨，樽杯流酒歌声飞。

狗年

聪慧伶俐贴身偎，天涯海角紧相随。
凶悍果敢猛扑虎，吠敌御外冲锋追。
残羹冷炙了一生，且以慰藉骨一根。
敏鼻嗅微寻真迹，保驾献身勇无畏。

悠闲

功名不忘追逐老，荒冢一堆草没了。
利禄满肚尽草包，金山银纸留人烧。
桃花香韵引蝴绕，彩蝶漫野拈芳草。
我盼凌云云笑我，佛音禅钟乐逍遥。

安康

战马啸啸血泊倒，磨刀霍霍伤指掉。
笔剑墨鸠催人憔，桃色香韵欲煎熬。
劲武体衰情忧心，劳筋伤神骨髓焦。
鹤发童颜身姿娇，留得青山福寿高。

新春对联

（1）冬去春来
玉门寒霜关蜡梅，南海佛音送温馨。
霜寒枫浓梅愈红，雪花入泥暖阳东。

（2）新春香远
花香远山山远香，年来景新新年景。
黄河九曲浊海洋，长江一泻碧野清。

（3）正气凛然

黄河九曲浊海洋，长江一泻清碧野。
横眉剑闪刀出鞘，身正影直魔鬼逃。

（4）日月如梭

月舟渡年添一岁，脚迈新春增百景。
日月轮辉增一日，人类迈步跨一年。

雪封露草青

弥天漫雪雅素装，蜡梅傲雪凌霜红。
啸风卷叶金嵌白，银絮激扬桀骜风。
空山鸦雀响呼啸，秃枝黄坡点翠芽。
衰草丛里一点绿，谁说苍白无青葱。

仰天

一卧横天乾坤蓝，万草身下绿茵香。
紫梦春魂绕桃韵，悠扬诗歌醉苍茫。
白云龙马幻影变，翠鸟丽歌轻曲荡。
徜徉江山抱绵鹅，大地托我任飞翔。

梦游

凉亭静观浮云悠，春魂飘洒荡幽州。
凌霄宝殿桃花韵，玉娥罗裙香留手。
瑶池琼浆醉翻天，冕旒在头玩地球。
霹雳电闪雨淋头，荒山秃枝鸟鸣啾。

为中山市作新春对联

黄龙腾飞昂首挺，五岳巍峨中山奇。
花香远山一平川，中山灵光九州宣。
橄榄枝曲九道弯，心向大海一蓝天。

孟春

雪化潺涓流溪曲，春暖碧水染山绿。

尖笋出头顶世界，鸿雁鹏程鸣欢语。
柳动萌心拂清波，丘陵雾飘滋润雨。
马蹄放响幽空谷，牧童横破炊烟路。

十九大春风

细芽探春露尖角，竹笋招手迎暖风。
涧水柔美山姿雄，蔚蓝天空信天翁。
玉门关外驼铃响，秦岭山脉蛟龙翻。
一泻长江奔海冲，九曲黄河浪涛涌。

十九大春风化雨

暖风吹拂冰晶松，寒冷慈化凝固融。
泉溪曲伴翠鸟鸣，雪衣绿装春雁鸿。
碧波峰映水朝东，一泻长流奔海冲。
僵化铁树解缠缚，蜡梅寒来桃花红。

十九大春节一带一路

一派银装蜡梅艳，两条对联拱福门。
十里长街九条龙，一路彩带一路红。
琳琅眼花陶芳怡，绿袖香幽醉青鸟。
亭台凤乐绕圆桌，酒杯舞影荡淳风。

欢度春节

银装绿化铁马梭，车厢荡漾故乡歌。
尘土千里扬鞭响，归心一射早箭落。
相拥难抱大肚圆，一年未见福胖脸。
十桌九醉春风熏，喜盈佳肴满酒窝。

小年

灶爷佳肴空运采，电波入宅鱼肉菜。
车水马龙年货派，糖果点心满桌台。
窗花红飘雪中彩，挂历年画福倒来。

霓虹灯笼星光闪，喜迎大年钟声开。

情人节

蝴蝶翩跹围桃舞，绿柳拂波荡轻风。
青葱苍白风雨吹，峰凌绝壁挺劲松。
霜露黄叶离根去，江水匆匆石守东。
春花秋月腊冬梅，傲寒护情飘樱红。

新年钟声——新时代

光阴箭穿两年墙，马蹄一踏新年响。
星辰凝固日月旋，物是人变又新样。
跨前一步新时代，转瞬一眼强国来。
五十知命七老行，百岁方知时光银。
有信渡河快马道，钟声如鞭箭飞弹。

团聚

梦幻老宅影无踪，骨髓乡馨激情涌。
飞鸟回巢箭飞到，游子携手心联通。
浊世风雨霜露寒，清莲荷叶抚身香。
红酒杯闪昨时憬，叮当曲奏今日憧。

团圆

阴晴圆缺轮一圈，游子归乡深情念。
无论海角天涯远，大年团聚亲见面。
满满行囊一车情，匆匆驰骋往家赶。
千里风尘似箭飞，浓郁乡馨归心回。
两眼汪汪诉衷肠，两手紧紧抱团圆。

归心

异乡他客孤鸟寂，漂泊无助缺友情。
天涯遥遥望乡近，海角无边心连亲。
相聚相亲像一家，团圆团结团圆座。

守岁守家守温馨，过年过节过欢欣。

包饺

洁白粉面结团圆，人生树木来直面。
脸面含心月牙姿，双手合十佛心愿。
玉娇跳水珍珠起，上下翻滚丹心炼。
温馨入口香味回，凝情包饺沁心甜。

春晚

一张荧屏锁时光，十亿双眼盯台看。
恢宏国势振丹心，精彩曲艺惊奇览。
山沟星城同敲钟，举世华人春晚笑。
万人空巷围电视，团圆守岁欢庆享。

守岁

碧水东流青山守，光阴飞逝挂历留。
长城苍老国魂铸，孔子仙飘儒学悠。
红花落去泥香在，春风玉树桃花开。
旧岁辞掉昔日忧，新年杯迎将来酒。

除夕

爆竹电光魔头缩，游子风尘赴家途。
一家团圆年夜饭，万家电视春晚舞。
长城麻将黄河茶，红包飘来接不暇。
新年钟响开封寺，一夜横跨一年路。
年年岁岁花相似，岁岁年年人添福。

焰火

一声雷霆天开花，万朵彩艳仙境画。
花果山里桃花开，月娥下凡牵手拉。
红橙黄绿扮西施，青蓝紫气演貂蝉。
余音未尽梦里响，伸手不见佳人霞。

初一

爆竹一声天光红，寿桃仙鹤桌上供。
人是物非仙游叹，禅韵沁心香火浓。
牛女回家不识路，月嫦秦淮看花灯。
百鸟出山庙会香，万人空巷仰腾龙。

拜年

出门出彩出风光，进门进喜进财宝。
拱手一举良言到，福寿康禄舒心耀。
恭喜贯耳红包飞，吉祥满街马儿跳。
寒冬春心喜鹊叫，红雪回眸百艳笑。

爆竹

一声爆竹炸天响，万籁平息威震撼。
凌空飞旋霓虹闪，落地开花喇叭喊。
千姿百态七仙女，百花齐放万名堂。
焰火耀亮天边红，声声开启新吉祥。

红包

芳心盛开情意来，鸿雁入手金菊怀。
福星笑盈跟前闪，亲手倾囊红包袋。
恒心滴水金石开，秋波回眸红花采。
未有元宝压身沉，但有电暖热心海。

走亲

红衣淌过雪花印，车马响彻山川歌。
南北探亲东西走，天涯咫尺海角过。
丰盛佳肴共一桌，笑脸绽放影像合。
有缘携手人间聚，情丝脉连神州河。

年宴

酒楼门前雪印花，餐桌圆满团一家。

东西天涯聚一起，南北海角共述话。
啸寒尘风窗外刮，热腾佳肴温馨暖。
杯响叮当欢乐曲，红酒映射桃源画。

天饮

飞泉瀑布天酒来，歌喉一放肚船开。
悠闲飘云清水流，天涯处处甘醇海。

喝酒

一坛白酒上红桌，几双竹筷敲铜锣。
抬头举手碗底干，杯响划拳吆酒歌。
对影三人闪月娥，席地放厥好龙座。
壶空人重跟头翻，仰天朝上瑶池喝。

乡梦

一杯米酒甜心坎，万里梦飞游家乡。
竹马跨岭绿碧野，青梅韵粉花满山。
沧海嘉禾富桑田，芳草茁壮宏大厦。
心随月影拂泥土，天涯浪花飘清香。

望乡

每登峰峦面乡山，伸手漆黑有荧光。
波光粼粼弹情波，风云雨后彩虹灿。
耳旁熟语猛回头，骨髓乡音共鸣唱。
天涯遥远穿作镜，海角偏隅月传香。

乡味

饺子皮肉包温馨，年糕永结恩爱心。
花生粒小馥香屋，米饼颗颗脾胃沁。
吃遍世界乡菜甜，走尽天涯乡音亲。
千里随身品佳肴，一味只醉浓郁情。

灯笼

摇曳闪耀暖春风，纸包旺火透心红。
罗裙底下人们望，灯楼顶上翘飞龙。
冷风难灭激昂焰，热情高照漆黑白。
飘逸禅符朦胧谜，明耀光芒方圆虹。

对联

福门脸庞挂彩虹，开门见山迎春风。
左联黄河曲迷宫，右联长江直泻通。
龙眼点睛额头亮，泰山横批展天门。
一部《论语》走天下，一副佳联江
山红。

福到

福从天降门前飘，头撞贴倒吉祥兆。
柴门龙飞乌纱帽，艳遇香伴桃花招。
沧海桑田禾苗壮，丰衣足食天年老。
梦里仙境身边找，天道酬勤福来到。

窗花

白雪粉窗格外浓，寒门温馨渺霜风。
鱼虾闲逸游涛海，龙凤飞彩翱苍穹。
漫天寒絮红杏屋，半遮帘面春意露。
玉尘纷落影无踪，心花赤艳亮隆中。

花城

雪花飞扬蜡梅香，楼台霓虹霞光闪。
灯笼艳丽夜城红，繁街青叶翠绿染。
琳琅耀眼不暇接，姹紫苑林流连返。
夜阑星光天宫降，桃源逸情花脸绽。

春游

寒冬暖阳霞光蔚，蜡梅红艳招睥回。
北国边陲雪印花，南疆天涯芳草辉。
峨眉山脉人成线，黄河浪尖人满珠。
春回大地何时到，且看脸上笑盈晖。

西游

异域风情迷陶醉，西游取经梦竺飞。
天涯揽收五指山，桃源鸿雁抚情慰。
白马四洲踏花香，女儿国韵唐僧留。
洋葱味有心领会，醉美人间家乡归。

舞龙

锣鼓喧天腾龙越，街头巷尾万人拥。
昂首凌空霸王势，摆尾儒道挺身雄。
口喷真火烧恶魔，雨降甘霖润沃野。
一条彩带中国龙，九州共舞强国风。

狮舞

石狮越起腾空舞，威仪天下百兽伏。
吼声雷鸣黄河浪，挺身纵跃长江鼓。
双目火睛透红尘，一口撕碎妖魔哭。
铃铛强响震撼呼，雄狮昂首世瞩目。

咏雪

千里冰飘霜寒絮，万山素妆嫦娥月。
天女逸情撒银圆，峰岭江河白玉叠。
冰珠落花寒门暖，湖上跑马天地越。
雪花溶人人成雪，人入雾雪雪无人。
飞溜直滑三千尺，银河落地万无色。

观雪

天女散花冰絮飞，仰望素娥秋波回。
柴门雾入广寒宫，仙娇下凡万山媚。
柳条凝脂孤岛钓，水上跑马鱼影杳。
烟花巷里紫气消，红尘尽染雪白梅。

雪松

晶玉附枝凝香脂，絮棉抚地深厚积。
羽绒服上加棉袄，房屋顶层盖冰籽。
人入雪地影无踪，雪卷小人踪影无。
呼啸狂卷软绵风，雪松被窝暖心智。

蜡梅

万籁啸寒百草萎，千里雪飘一树梅。
斜坡陡岭蜡白滑，直杆挺拔貌苍灰。
衰草惧倒雪底伏，劲枝昂迎数九风。
傲骨凌空英姿绰，蜡梅霜红娇艳媚。

赏梅

千里雪飘一点红，枝骨挺立傲霜冻。
玉带束腰粉黛娇，啸风扫蕾画眉颂。
冰絮跌落影无踪，赤卉怒放艳丽浓。
酷寒凝练芳香醇，梅花红艳招春风。

元宵

太上老君香丸汤，迷倒百姓醉仙山。
天灵仁义熬人心，包容团圆甜蜜糖。
十分深情流水长，五谷丰登开并祥。
沸水翻滚见真挚，晶莹白玉红心含。

春露

梨花未到雪月白，黄莺鸣春吹暖来。

蜡梅昂挺红樱头，彩蝶探香破茧开。

立春

一声春雷细雨霏，万草滋润露芽锥。
黄鹂对歌荡翠枝，桃花引蝶亮彩媚。
雪化溪水绕青山，江河流歌浪波唱。
轻拂柔草划碧波，心驾白云天鹅飞。

春晓

冰晶融雪滴笋尖，鹅掌划波碧珠溅。
蜡梅招春一片红，山川大地万葱鲜。
暖风拂柳弹清波，翠鸟对唱鸣枝间。
炊烟冉冉白鹅飞，春风徐徐绿桑田。

早春——梅红招春

山衣白帽逐青葱，溪谷泉流渐滴钟。
新芽几棵露荒坡，翠鸟几声鸣东风。
玉花含羞藏枝间，雁鸭伏岸待水暖。
阳春白雪依风寒，红梅回眸春魂动。

仙春妹

柳眉朱唇凝珠颜，蓦然回首兰灯艳。
仙姿飘逸山仰头，芬芳四溢婵娟䐃。
眸流情波溪水欢，裙飘彩带蝶缠绵。
菊容笑貌万朵花，手出温情香满天。

立春

梅红化雪香融冰，青葱招羊桃引蝶。
泉滴溪曲流石琴，鸟鸣翠枝乐音谐。
旭阳暖意花心开，碧波激荡鱼跃来。
柳枝绿水撩春魂，神怡湖畔天际邂。

看春

晨曦撩草芽尖冒，绿叶争宠缠红绕。
彩蝶醉香舞媚姿，柔水亲山曲蛇妖。
碧流直下岭分边，炊烟冉上天地连。
仙女散花满人间，村姑红袄春艳飘。

听春

芽冒尖尖嚓嚓响，蓓蕾呼呼吐艳香。
白鹭引吭空谷荡，鱼跃泉溪涟漪弹。
暖风融融吹胸爽，细雨悄悄流佛禅。
春蚕丝丝为蛾飞，静夜虫鸣心曲唱。

闻春

翠芽清新诱鼻仰，碧波玉泡吐芬芳。
残红泥息润绿叶，紫鹃粉韵蝶迷兰。
古村杏子漫馥郁，新城圃园百草馨。
美酒甘醇飘窗外，田野归来花姑香。

感春

脱帽驱寒接霞光，迎面暖风热胸膛。
满怀鲜花笑盈盈，一身粉馥陶梦澜。
手捧碧江醉瑶池，脚拂嫩草轻行云。
阳光普照肤肌热，心含春意四季香。

悟春

千山素白一暖红，一飘红心万情风。
山青碧野流水清，桃枝芬芳蝶飞梦。
脸挂彩花心暖融，手留余香情长悠。
兰眉百日惜粉脂，勤播春籽秋果丰。

春草

一声惊雷小草醒，翠嫩尖芽挺头立。
啸风秋黄埋名隐，霜露寒雪积聚凝。
不慕虚空高挂枝，绿染大地遍山青。
火烧不尽春又生，天涯处有芳草情。

春风

西曲散尽东风来，一路化雪缀茵彩。
惹枝吐芽山野绿，催花粉韵蝶舞迈。
轻拂碧波荡雁鸭，推波助流润青山。
馥郁青葱大地美，馨香人间温情怀。

春花

百草迎春吹喇叭，凝脂绽开艳丽画。
兰草紫晖霞光落，梨白洁云轻风划。
胭粉迷蝶醉仙舞，桃红香诱销魂飞。
一眼望去花万物，一股清香馨万家。

春雨

仙姑香珠撒人间，晶莹弥漫润山田。
青草翠嫩绿大地，香花芬芳馨情缘。
古城雨披神秘雾，红伞紧拥伴侣情。
甘露良醇醉轻风，涓涓长流江河远。

春雷

破冰吹风带雨来，击鼓推芽催花开。
劈腐断朽锤骨炼，掌声欢迎笋尖彩。
撕云裂天送天水，江河滚滚向东海。
炸开黑暗亮世界，激励步伐梦想迈。

春夜

夜阑拂柳荡涟漪，暗香浸梦春魂拨。
露珠贴芽悄声话，蓓蕾含艳待蝶落。
柴门烛影透玉带，星光眨眼闪秋波。
车亮长龙不夜城，心灯温馨风中火。

春苑

寒雪凝练一朝发，春光吐艳万朵花。
唇樱蓝媚眼缭乱，粉黛招蝶妖娆佳。
院内棠红紫亦灿，墙外红杏飘远香。
美姿招展园丁扶，颜玉风采青草架。

串门

福门彩联百货花，穿红戴绿笑脸挂。
车欢马跃鸟儿叫，杏子树跳布年画。
翠绿随行笑随身，吉言贯耳脚步轻。
海量杯中见英雄，泪花喜出女儿家。

祭祀

香烟腾起高圣贤，烛光指向儒道远。
白酒敬上祈青天，黄河澈下华夏延。
各路神仙赴年会，福禄吉祥拜祭为。
八方香客烧火红，一心安康遂意愿。

掸尘

红尘纷纷杂念染，浊世漫漫污渍沾。
贪婪入心斑麻脸，黑道上身衣服脏。
横帚一扫毒蝎掉，佛音一弹邪念消。
旧岁洁玉除晦气，新春洗新披红装。

沐浴

落入水中知冷暖，淋的甘露报恩泉。
碧波净心除污染，儒道教化德智全。
包庇藏垢名声败，敞开心扉去埋怨。
积重腐身轻浮云，荡涤红尘清香远。

开门红

开门一推喜气祥，爆竹万彩满街响。
焰珠鲜花遍地红，芬芳紫气盈高堂。
对联吉言福来到，大道福星阳光照。
炸出阴暗晦气缠，接入欢歌笑语香。

开市

推窗迎春青草红，开市逢年生意隆。
店铺酒楼挂灯笼，鸿门彩带喜盈门。
琳琅满目不暇接，香客络绎排长龙。
酒坛年糕熏香路，铜锣笑嘴合不拢。

春竹

擂鼓披甲破岩开，迎风茁壮上高台。
青翠流碧绿山野，笛声悠扬招鸟来。
淡雅素菁去粉饰，侠肝剑指锋利待。
竹无花果人喜爱，刚直不阿虚胸怀。

腰鼓

腰鼓震撼响天霄，彩带飞飘止云耀。
轻抚蜓点拨涟漪，宫妃拂袖悠舞骄。
雷击马嘶放蹄狂，天女散花满春旺。
点点荡起心灵曲，碧波巨浪轻弹笑。

秧歌

披红挂绿花枝展，摇摆扭曲蝶扑闪。
西游走过封神榜，红楼醉梦飘西厢。
天神凡人尽歌舞，八仙过海各风骚。
丰收喜悦人间唱，天地共演桃源祥。

春流水

春江暖滴天上来，涓溪碧波绿青苔。
滔滔拍击长江澜，滚滚浊染黄河埃。
遂波浪花亮晶星，逆流云登高峰台。
青山斜视东逝水，滔滔沉没平静海。

过钱年

红楼结彩灯笼艳，寒门孤灯单影间。
绫罗绸缎坐花轿，布衣素巾低三言。
杯杯相敬上品座，句句相好财富主。
闹里有钱欢歌笑，心满意足喜过年。

班会情

浓浓情上海升月，纷纷张彩醉梦夜。
神仙月娥蟠桃会，瑶池碧水春光色。
青梅香韵竹马跳，同窗牵手天地笑。
一票红包融班会，万朵礼花师恩谢。

庙会

恢宏寺庙轩宇昂，祈求福运烟火香。
满汉大全引天鸟，琳琅满目惹神望。
云龙飘来人间乐，牛女下凡娘家安。
人间天堂月娥飘，唐寅不胜樽酒享。

灯市

姹紫嫣红天女花，艳丽醉蝶桃珠挂。
市井百街千盏灯，亭台楼角万幅画。
对对谜语迷智才，条条楹联悟贤达。
徜徉胭脂紫气酣，流连禅道忘归家。

年宴

千里迢迢聚桃园，一醉方休瑶池宴。
对对相依携手连，杯杯相碰前世牵。
一桌团圆年夜饭，十分亲密聚友餐。
牛女娘家情芳心，女婿月宫酣酒缘。

度岁

霜雪寒梅凝傲红，星辰轮转炼劲松。
红尘玉染瑕疵孔，青翠铺满绿草茸。
黄叶落水东散去，春风拂柳碧波涌。
转眼抬头一年度，惜时鬓毛春万浓。

春晚

一声锣响乾坤开，浩宇舞台华夏彩。
天马凌空腾苍穹，骄姿柔曲芳香怀。
九州巍峨巨龙飞，长江黄河缤纷蔚。
举世弹唱炎黄春，中国风韵荡四海。

开春

一声霹雳春风开，万响爆竹百花来。
紫气幔帐润香芬，星火燎原草绿台。
凝冰粹化笋尖冒，蓓蕾芳心半掩桃。
滴水穿石山移海，心鼓澎湃万花彩。

春梦

春晚暖意熏香风，酣醉广寒幽蓝梦。
桃红秋李硕果园，自造飞艇游冬宫。
翰林佩带斜身挎，诺贝奖台挂金花。
待到秋霜枫叶浓，长悠紫气蜃楼红。

春香

一家团圆热气汤，佳肴甜酒醉酣畅。
春晚流光舒心赏，礼花紫气东来祥。
轻风杨柳荡芬芳，福气满街悠清享。
姑娘温馨彩灯亮，心馥春花手飘香。

春游

春风掀柳搔枝痒，桃花胭粉诱蝶荡。
百鸟飞舞树叶扬，碧波涟漪鱼摆杆。
灯笼逗喜福跳倒，高铁飞梭穿云飘。
狗踩嫩草尾巴响，人抚杏子手留香。

春享

盘古开天女娲忙，炎黄春秋沧海桑。
春风又绿马蹄香，今日太平好梦享。

春情

春风轻抚绿草芽，蝴蝶扑闪香桃花。
千里迢迢乡土味，一桌团圆乐融家。
春晚华人大合唱，走亲访友述家常。
牛女回村望月醉，天地春意情长话。

吃春

民食为天春光鲜，青葱花香滋味添。
团圆佳肴聚友情，醇酒香槟贵客颜。
耳濡得道智慧聪，目染红尘感悟灵。
鸿雁电波慰情结，儒道仁义德高贤。

红包拜年

除夕压岁小孩钱，新春红包开万艳。
铜板飞出惹春眼，接入欢喜眉心颜。

新年好！祝2018年！

春风得意马蹄狂，生活阳光海天蓝。
万事如意处有香，康乐有佳梦飞翔。

春红

桃花香艳蝶恋红，杨柳拂波鸳鸯拢。
黄莺鸣翠对鸟飞，水暖激鱼跳龙门。
大街小巷布彩虹，亭台楼阁挂灯笼。
团圆酒醋醉意浓，苹果脸蛋飘春风。

望春

朝看东流水，暮看斜阳归。

万花飘逝去，一厢情生辉。

春晖

红枣鸡蛋回田边，红包雨飘逍遥园。
瑶池婵娟醉眼前，桃源牛女宝马牵。
夫子庙会西游观，谜语灯市手机演。
玉帝梦回人间天，不知猴年是哪年？

海南岛

一钩弯月浸南疆，九州翼翅鹏展开。
仙鹤舞姿飘蓝天，祥龙雨露荡碧海。
观音普度众生劫，五指山揽天地怀。
盛世华夏璀璨星，黄岩宝岛珠玑彩。

海南香

海角椰馨飘千里，黎族风情一槟榔。
文昌鸡甜菠萝蜜，添加积鸭乐蟹香。
琼州公仔儋腔调，苗家竹饭胡椒味。
换花节庆三月三，那大狗肉清补凉。

海角情

天涯有路海角边，碧波真挚见龙眼。
椰岛风情波罗蜜，芳草清香甘蔗甜。
天地磨难万重劫，南海慈悲一观音。
五指山挡前行路，携手同载槟榔船。

情长樽

一樽红酒倒肚肠，万景波澜映脸上。
杯中青翠桃花妹，汤中红枣甜蜜郎。

同桌拉手畅梦想，同杯勾手拉家常。
梅来春红绿海棠，桃花源里醉梦乡。

雨

晶莹绒毛沾叶面，剔透白玉缀肩边。
涓涓泉滴汇湖泊，霏霏细流润稻田。
碧水丹心洗尘世，瑶池琼浆沁心园。
银河珍珠细筛撒，绿野山峦花果鲜。

江

一滴甘醇解干渴，万方暴雨淹山河。
淅沥漫漫碧青绿，倾倒哗哗红尘脱。
腾云浇灌沧海地，驾雾滋润心灵窝。
浪涛江水天淋落，曲折人生泪水歌。

湖

广寒宫亮北国灯，玉轮下凡醉滨城。
冰湖跑马人行欢，两岸闹市彩旗升。
镜面红衣飘婵娟，银装绿袖舞翩跹。
人间仙境胜瑶池，月娥懒作天庭神。

团圆宴

八方来客一桌圆，一同共坐八副脸。
甜蜜酸辣南北味，愁眉笑容苦乐面。
蓝黄绿紫溶一锅，敌友恩仇融一桌。
菜盘旋转风水轮，樽杯喜酒红觞满。

诗律

欢歌乐曲诗豪挥，激情话语笔头绘。
玉带礼帽墨水肚，文章书籍珠玑汇。
手铐脚镣文字绕，金缕玉衣砚台堆。
一句白言窗纸破，百无胭脂荷花辉。

生命

精灵入俗仙帝惊，百般变化神顶礼。
花草遍地牛羊奔，鱼畅大海鸟云凌。
八方磨难争地盘，一心演化驾天庭。
地心本是如来胎，山川何处无生机。

岁月

山陷海隆皇冢平，王侯榜眼列传停。
风云璀璨刀光影，流水芬芳禅静亭。
墨浸桃源花蕾紫，笔撩怡院媚红娇。
牛郎织女两相望，星月婵娟笑蝶婷。

元宵节

1.元宵节

梅艳招春绣茵草，杏红含情露花边。
鸳鸯戏水对双荡，雏鸟展翅浩宇翩。
霓虹灯辉喜门庆，长龙翻滚跃空跶。
一粒元宵瑶池落，万福吉祥醉天年。

2.元宵会

夫子庙堂蟠桃会，嫦娥袖带璨星飞。

长江龙套烟花吐，黄河浪涛萤火围。
漫雾霓虹星际浩，蜿蜒车流烛光摇。
灯笼飘逸谜条彩，笑脸绽开艳丽辉。

惊蛰

1

暖流带雨拽雷公，撩枝揭蕾撒胭粉。
雨润芬芳萌心冲，伞盖鸳鸯交织拢。
阵阵香梦闪鸿雁，频频秋波暗送媚。
半掩花开雷打动，春花秋月蜡梅红。

2

惊雷号角震伏龙，沉睡雄狮昂首东。
春暖枝红杏花村，雨润青翠绿泉涌。
晨风吹竹笛曲早，旭日点灯朗声高。
岱松仰空天迎笑，举目辽阔彩霞浓。

3

一声惊雷抖山崩，万紫蓓蕾吐春红。
蝴蝶恋香双双飞，鸳鸯戏水对对碰。
笋破岩石剑指天，鹰击长空藐浮云。
烂桶一敲骨架松，好鼓一击震天动。

4

玩石酣醉红尘梦，雾里迷恋花粉浓。
镜玉寒宫月娥空，蒲园暖枝杏香红。
霜秋枯叶残伤去，素白冰封热情冻。
春雷再击梦花火，心眼佛翠绿透虹。

5

出师未捷断战戟，虾挑霸王泪别姬。
傲龙浅水淹尘泥，雄虎平阳飖狗骑。
蟠桃园醉弼马温，聊斋鬼迷遥无期。
天公抖擞激雄风，一鞭雷惊战马蹄。

三八节

1.春姑

细腰千斤齐云峰，身立半天红樱冲。
秋波电晕英豪杰，芬芳迷倒霸王龙。
贵妃颦蹙峰烟火，貂蝉迁怒倾国尘。
南海慈水点仁心，山川大地绿葱茏。

2.春花

春姑返家撒馨香，江南青葱绿翠山。
鱼游碧波涟漪荡，莺拍金翅悠曲扬。
玉坠园林馥郁染，蝶赴桃源梦月嫦。
阡陌紫袖丽彩光，长安红樱醉酒坛。

3.春香

春姑婷立荷池画，暖风吹拂碧水划。
桃脸粉黛映春霞，樱唇香喷迷蝶花。
绿袖飘舞山峦翠，紫裙翩跹罗兰魁。
一颗春心暖天下，万紫千红馨华夏。

4.春红

长江黄河两袖绿，峰峦碧流肚海鱼。
千丘雪帽金枝开，一身青衣缀花雨。
陵肩翠鸟鸣悠笛，岩脚泉溪响琴曲。

心怀春意锦衣辉， 眼出春光山葱郁。

5.春绿

轻风送爽大地绿， 山花浪漫羞含蓄。
黄莺鸣欢跳翠枝， 柳叶拂水逗鲫鱼。
碧波荡漾清浊流， 嫩草青新净凡尘。
梦里粉桃婷黛青， 茵茵已露绯红玉。

6.笑花

长江蜿蜒浪漫绕， 黄河波流晶沙涛。
罗兰裙立青茵草， 香杏枝展翠婷娇。
怡红芬芳蝶恋桃， 媚姿海棠蜂迷妖。
天下何处无人画， 人间何处花不笑。

7.娇花

杏自娇美婷绿草， 蝶唲蜜汁拍花翘。
枝托叶衬风信子， 树抬红凤挡焰烧。
珠玑颜玉君子兰， 瑶池仙境蟠桃园。
花吸眼目昙花影， 馨香情悦舒心撩。

踏青赏花

你览东陵我游神， 沐浴三月春风盛。

1.踏青

一抹朝霞碧泛红， 万株芸菜引蜂疯。
粉香千里心怡醉， 马奔一腾凌云风。
绿柳婷婷虞美树， 芳容茵茵贵妃丛。
醅醇引路飘飞去， 桃菲含羞半掩拢。

2.山美

峰顶雄姿迎朝阳， 丘陵拱手待春光。

举目青翠黛青染， 放眼绿油葱郁香。
层峦叠嶂贵妃裙， 百花簇拥月娥衣。
蜿蜒路曲山姿美， 马腾心跳琴乐扬。

3.人娇

轻风吹拂山茶兰， 暖流热心人彩光。
红缨金甲绿戎装， 紫袖蓝裙黛眉扮。
鬓白遇春青丝发， 黄脸润香粉红花。
瑶池蟠桃仙丹醉， 哪如世间美人灿。

4.轻风

轻风吹拂柳枝摇， 彩蝶迷芬缠芳绕。
翠鸟鸣欢对对跳， 鸳鸯戏水双双翘。
旖旎景色招眼眺， 紫气馥郁醉酣倒。
春风得意马蹄狂， 椿红得恋香花飘。

5.油菜花

一片金黄冲天黄， 万方馥郁阡陌香。
绿秆扶枝托冕旒， 青山映丽芳悠扬。
层层争艳呈娇姿， 粒粒饱满透丰腴。
含苞欲滴清油翠， 颜展芬馨醉醇尝。

6.惬意

枯黄逢春又绽红， 山川大地再葱茏。
柳枝拂波花迎笑， 鸳鸯戏水鱼跃龙。
杜康醉酒东坡倒， 春风润色美人娇。
一缕轻风月娥香， 万般醇情胜月宫。

7.醉情

暖流润绿草翠微， 彩蝶迷粉绕香围。
雏鸟翔空天鹅飞， 鸳鸯撩水成双对。
冰泉流溪暖长江， 熬雪落叶绿变红。

凡城秋残浊气腐，春风酒花迷魂醉。

8.茵草

一缕轻风江岸扫，千山万水碧翠涛。
光添热水青山地，未得赞誉芳草娇。
默无艳丽展绿化，不攀树高托红花。
秋霜枯萎春又长，生机盎然朝天笑。

9.花殃

烟花三月下江南，翠绿一片漫野山。
桃香引蝶芽虫蛀，雁飞高翔倒寒拦。
红杏出墙牵牛拽，玉颜丽容泪浸衫。
春光明媚阴影暗，通天大道尽高墙。

10.惜春

阳春三月粉脂流，伸手一挥香满袖。
翠绿青山黄鹂鸣，羞容兰草迷蜂求。
红颜霜凝阴云多，枯草秋萧残叶憔。
恰有莺歌笙曲随，惜时珠玑玉盘绣。

11.花红

千里冰封一梅树，万花丛里一红彤。
青山碧水遍茸绿，大地几楼香榧松。
封神榜前殿血剑，龙椅背后铁缨枪。
衰枝熬雪朱梅赤，涛史描来赭焰浓。

看好吃烂永吃烂

看着好的吃烂的，吃着烂的烂好的。
看好吃烂烂不好，吃烂坏好好又烂。
看烂不好好又烂，吃好不吃烂不好。
看好吃烂总吃烂，吃烂好烂烂心好。

命运

苍穹浩宇律行轩，日月星辰道运旋。
冥冥之中前世定，茫茫尘世概因缘。
岱山桃粉皆攀附，矫健彩蝴方得婵。
信得天生才价值，强身傲骨殿台前。

蝶诱

一缕幽香飘碧野，百蜂迷倒伏馨前。
曼姿优雅晕花眼，杏眼樱唇醉娇鲜。
羞涩绯红为哪艳，温馨柔曲为蝴翩。
花蕊蜜汁献情蝶，相恋甜滋美缔缘。

春雷

激鼓隆隆惊蛰动，噼啪阵阵暖春冲。
点燃烛火照书海，催绿扬花碧翠浓。
夜半敲门试清正，五雷轰顶劈妖头。
雷公抖擞一番振，呐喊声冲天庭龙。

逝（其一）

溪任自流落榭台，浮云游手尘烟殆。
晚霞落雁红樱消，江水东浪牛入海。
琅琅书声常回堂，葱葱馥郁春风彩。
鬓毛苍白飘冥空，珠玉芳名青史载。

逝（其二）

桃粉温馨三月香，雨燕离巢啸愁肠。
昙花一眼再难望，醉梦红尘风卷茫。

枯叶沉泥柳春荡，长江东逝浪涛扬。
鬓毛白笔写青史，苍骨精髓悠久长。

眼光

蜃楼云闪霞光蔚，池水玉轮花脸灰。
远景桃源迷醉人，近身床虱恶心畏。
旁观博弈笑棋盲，漠视僭奸龙椅翻。
登顶岱山天亦低，仰望浩宇婵娟辉。

清明祭

1.清明

冥纸青烟直云上，断魂路队泪人长。
蓝房绿轿送前辈，霏雨泞泥伴哭觞。
庙宇祠堂英烈灿，枭狼土冢草丛荒。
玫瑰白菊祭先故，姹紫嫣红展企望。

2.飘逝

绿柳春香桃粉阳，海棠秋冷凝寒霜。
残红飘落草衰伏，孤雁独飞落影伤。
岁月沧桑青发白，风云荆棘额纹黄。
青烟直上红尘散，波浪横流东逝洋。

3.飘雨

浩宇繁星一轮玉，幽径孤影千思绪。
月老随手搭丝桥，斑竹一枝潸然雨。

4.阴雨天

乌云黑袍横灿烂，遍山无影雾浓茫。
绵绵浸入浑身颤，细细针穿刺骨伤。
酸楚脸庞苦涩嘴，摔跤滑脚陷泥塘。

遮天蔽日阴沉挡，外冷内寒伤心长。

5.泥路

悲雨泪流泥泞汤，摔跤跌撞痛心肠。
昨天小径骑跳马，今日冢眠观草伤。
步履蹒跚陡峭路，坟茔仰卧泪茵茵。
生生息息羊肠道，一路坎坷绊脚难。

6.不复还

十月孕怀千岁欲，一朝出世百年路。
老夫竹骑梦云龙，烈马回头干草苦。
月玉裂痕万难圆，鹏飞苍宇翼浮空。
醺然驾鹤悠南山，灵向西游泪雨雾。

春分

1.花艳

一缕轻风千里香，百花绽放遍茵芳。
寒梅换彩樱争艳，月季耀眉妆紫裳。
蝴蝶恋依橙菊瓣，牡丹羞拢粉脂黄。
杏红兰翠桃浪漫，李白醋春万古长。

2.春风

三春紫气柳青岸，十里梨花白河畔。
蜂蝶沾香蘂粉眉，鸳鸯戏水曲波澜。
妙龄花蕾胭脂橙，燕侣莺俦映菊漫。
霓虹琳琅商铺长，国车畅运马蹄弹。

3.咏春

江冰一化绿山葱，粉黛百眉招蝶拢。
杨柳拂波池水荡，鸳鸯情韵鹧莺烘。

雨燕飞跃禾欢笑，黄菊姿容蝶恋拢。
紫袖轻风掀闹市，杏香飘逸诱红梦。

4.春雨

极乐而来春雨哗，晶莹剔透玉丝麻。
雷公鼓动风婆舞，牵牛迎阳吹喇叭。
天阙瑶琼翻浪海，苍茫山野润甘茶。
诗仙胭晕春魂绕，霏雨醇醅桃醉花。

5.人香

踏草拈花宝马香，暖流蓝梦轻飘翔。
朱衫窈窕钗裙娇，福彩红楼热闹狂。
脸挂春风双手热，身舒碧绿沁心香。
一丝馥郁樱唇出，遍岭氤氲紫气祥。

6.鸣曲

几声布谷破星空，一片曙光旭日红。
叽叽悠调柔绿叶，嘤嘤长笛扬山风。
树跟啾呖乐章响，花与画眉黛艳融。
身驾莺波渡涛浪，心共鸣曲弹霓虹。

7.夜阑

夜波柔抚绿茵草，月影轻撩柳叶窈。
竹笋闻风吐嫩芽，地虫暖和出泥沼。
粉花飘逸撒情趣，蛙曲荡漾碧翠袅。
星空无声听有声，心灵不说天知晓。

8.花红

经霜熬雪翠青浓，涂脂抹粉羞涩拢。
暖意热流掀绿草，莺歌悠曲紫鹃虹。
风搔枝痒菊漫野，蜂吻蕾唇尊礼隆。
不枉天公配姿色，花香情蝶笑颜红。

9.春香

红杏飘香漫坡野，天山孜然暗羞含。
兰芝馥郁诱蜂恋，桃粉胭脂引蝶忙。
雨润清芬碧水湛，醺然玉兔忘寒宫。
逸馨酣醉一春韵，不梦流芳万古长。

10.夜莺

月光斜弹翠枝柳，莺笛直升云隐亭。
村里吠声惊夜阑，田间蛙叫扰池宁。
窗风悠曲柴门入，蟋蟀伴音翻汗青。
万籁俱停心乐大，殿堂喧旨响天庭。

11.咏桃

蝶欢春逸嫣然求，月影花前牛女悠。
吉木驱邪迎新兆，红楼鸳鸯碧池游。
南柯幽思紫魂绕，陶圣明光仙庭娇。
一叶桃红藏玉案，万年青史写风流。

12.酸桃

春光艳丽桃当颂，嫩粉黛眉引蝶蜂。
雾里紫晕蓝艳润，芬芳香韵情相拥。
秋瑟枯黄桃先去，核果坚硬苦涩浓。
春梦魂牵桃树绕，媚颜霜重桃落红。

梦缘

玉娥夜夜空头转，阴云天天泪雨酸。
紫梦颜玉香忱热，柴门烛灯孤衾冷。
兰花含笑彩蝶飞，一纸珠玑沁脾醉。
心高情长水不断，海角有花天涯缘。

夜班女工

玉影柔波心曲舞，青蛙鸣鼓伴机呼。
辰星眨眼灵犀点，夜阑风铃聊斋悟。
莺鸟催眠曦作烛，杜鹃引道返馨途。
白日美梦醉嫦月，红尘视无荡乐都。

浮云

蜡梅傲寒迎雪红，枯枝春发翠青浓。
竹尖脱颖顶天立，雏鸟鹏程势如冲。
长江碧流茵旷野，黄河九曲奔朝东。
烟消尘散紫烟梦，苍宇幻云新彩虹。

笔试

柴门幽烛霜露寒，啸风雪月孤影长。
战场刀枪纷纷扬，独木桥过路茫茫。
斧戟千斤一毫毛，竹丝一撇重万两。
砚台利磨剑光闪，笔头灵气冲天响。

愚人节

花粉远飞诱蝶载，色龙眉黛引虫栽。
暗中罗网捕飞蛾，缩头乌龟寿南海。
民女涂脂俨贵妃，石雕金贴闪如来。
愚人一节露原形，红尘天天蒙异彩。

容貌

风云变幻天公脸，沧海桑田地母颜。
苍浩深沉道无度，桃源仙境路行艰。
芸芸人海千容貌，薄薄肚皮万种心。
眼摆雍容华丽面，身藏几许泪禾田。

月夜

秀才不出门，萦梦竹马乘。
抬头星光夜，已飘月娥神。

牡丹

竺国牡丹开笑脸，青山绿水碧蓝颜。
回眸粉黛眨一眼，心花怒放万芳甜。
美色娇姿喜庆典，丹眉婷玉吉祥年。
人头攒动叶裙下，城满艳春红一遍。

阳春游

煦风渡春开牡丹，红粉吐情迷蝶缠。
菩萨满身慈佛韵，少林遍地金刚男。
千年古刹万年华，一口佳肴百世夸。
黄河九曲浪浓墨，神州一国中洛阳。

宁乡一日游

1.春韵

身飘轻风随云悠，眼收黛眉香入手。
茵草浮身花醉魂，碧流漪涟春心游。
鹂莺鸣曲柳撩波，蜂蝶弹琴桃耀红。
秀岭蜃楼嫦玉姿，馥芳迷漫酣芬酒。

2018.4.15

2.揽春

一路轻风觅香袖，两旁翠艳尽眼收。
绿枝红杏拦不住，马尾拈花不回头。
回首樱漂流水老，新兰亮丽舞姿招。
国盛草木似貂蝉，馥郁神怡酣醉悠。

3.拈花

梨花雪飘疑春寒，杏红桃艳溢馨香。
蝶恋氤粉紫气缠，人醉芳熏不禁拈。
凌云远眺峰顶站，黄河浪打长江长。
旖旎山水乾坤画，九州晶莹珠玑喃。

4.沩山——密印寺

一缕香烟直云天，千佛金碧横峰前。
红尘朦胧沧海浊，斋庙悠浮凡俗烟。

5.宁乡炭河碧情长

碧河编钟情悠扬，山岭绿茵芳草香。
妲己幽灵吸魂血，炭灰烽火戟锋寒。
羊鼎神道得天下，牧野剑挥统九州。
礼乐诗经德黎庶，安宁乡韵耀华章。

5.炭火恋

宁为武王殉情殇，不甘屈膝纣王伤。
妖孽蛊惑山河塌，炮烙忠臣家国难。
一滴泪花千殷血，万众一心斩魔王。
乡魂青绿碧流长，炭火雄雄千古燃。

评议

竹尖苍宇志鹏冲，花粉蝶迷情画浓。

虎斗雄雌墨润红，楚汉旗舞笔来风。
珠玑叱咤又惟妙，人道司马不晓史。
挥剑奔驰殷血溅，事后诸葛更英雄？

丹东凤凰山

1.凤凰山

王母新园落凤凰，海波琼液润仙山。
一胧紫雾天庭气，满目翠茵花果香。
旖旎峰峦娇姿飒，叮当溪水伴莺锵。
人间圣地太宗拜，华夏秀丽盛世祥。

2.凤凰花

石开悟觉灵芝长，仙子许身霞衣裳。
横岭胭脂千卉艳，陡峰花袖百姿昂。
远观云海青莲冒，近拢紫鹃脾沁香。
黛粉桃源馥馨醉，涅槃蝶化凤凰山。

3.龙凤山舞

东海潜龙出凤头，凌云川脉昊空游。
角峰耸立向天庭，满面春风山绿油。
口出悬河瀑布溅，发丝葱郁茂林悠。
鹏程耀世正时日，展翅凤凰誉满洲。

4.凤凰佛水

祥云紫气笼仙凰，晶莹凝珠翠绿山。
溪水哗啦奔马弹，泉流叮当奏琴扬。
蜿蜒涧水绕峰岭，直泻瀑布落琼浆。
灵慧碧流聚佛池，道禅钟荡鸭绿江。

5.凤凰紫气

心随凤鸟驾祥云，身入雾都神逸蕴。
挥手袖沾芬馥香，脚移茵草绿醇熏。
氤氲紫雾似桃源，缭绕弥霾胜仙境。
禅道和气漫世间，凌空迎风浩气永。

庆五一

1.劳动史曲

盘古神力开天地，尧舜抗洪救庶黎。
百万卒兵长城石，一河浊酒炎黄堤。
离骚诗赋乐华夏，道德经书润长江。
揭竿剑挥妖孽怪，碧蓝世宇换新庭。

2.伟大创世

鲁班精湛造殿堂，道婆心织霓衣裳。
井田富庶炎黄统，车水犁花贞观唐。
天道运河南北贯，都江堰泽蜀川乡。
铮铮铁骨铸华夏，水载国舟纪运昌。

3.精神花朵

一吟离骚美娆姬，九经论语儒道齐。
笔刻蜀道天庭近，墨描山岭水流旖。
珠玑乐弹华章曲，竹简美煊仙境琦。
华润中芯升火箭，全球遍插五星旗。

4.劳动辉煌

石击火花闪智慧，鲁班巧匠阿房伟。
纸鸢鸿雁天涯传，航远针帮海角回。
赵周桥弓凌水腾，圆明灿烂绝琦玮。

万山城扬华威旗，一浪黄河惊世绯。

5.天道酬勤

蝶恋蛹飞双拥翅，雁鸿情窦梅红枝。
越王苦胆雪前耻，嬴政强兵统后齐。
孙子三思胜数敌，羲之几墨世夸奇。
柴门烛火青龙跃，万里长城千古诗。

6.节日气氛

江南春色人添景，塞北人潮旷野挤。
威海蜃楼幻香阁，昆仑绝顶梦游西。
酒楼梁上爬君子，岱岳茅蒿挂览游。
龙回海宫不识路，直将都府作天庭。

五四青年节

华茂傲然昆岳山，青春活力掀狂浪。
天威神劲挡秦关，搅动黄河凯捷唱。
牛犊敢横虎豹狼，青年挥剑更胜将。
红缨立马跃沙场，鸿志丹心壮国强。

纪念马克思诞辰

1.马克思主义

诸子百家儒学东，世间一夜马恩红。
霓虹霞彩蜃楼幻，天道神挥舟载龙。
黄河浊金黎庶淘，长江蜿蜒向洋冲。
殿堂腐朽轰然塌，灿烂桃源分外隆。

2.中国特色社会主义

辉煌圆明鸦片烧，黎明旭日东方找。
三千儒道金銮倒，一响炮声马列到。

山川均平水难跑，有容肚大海酒饱。
红旗飘扬山姿雄，雪岭越过挥手高。

乡魂

梦醒追思踏归途，相见泪巾执手握。
儿伴惊诧苍颜老，邻里长短福寿禄。
亲友念叨康寿长，山川笑我鬓毛疏。
故土育子不留魂，游子异乡为它哭。

骨肉

近岭山丸远峰美，贴身烦扰隔来追。
相依唇齿牙咬嘴，手指目标脚紧随。
一刻拥怀春夏恋，回眸无笑泪双飞。
留予一块心头肉，悠扬千年情长辉。

雨（其一）

忽如云汉玉浆来，夏雨倾盆瑶池开。
银河漏流天网筛，九州遍地碧醇海。
水珠弥漫苍穹彩，气浪横冲凤凰台。
落汤并非冷被盖，一杯春液满香怀。

雨（其二）

一响霹雷天庭炸，万支雨箭穿杨花。
神威震慑魔巢塌，水载龙舟顺势划。
天雨苍帘蜃楼醉，眼前涟池叶舟飘。
雨弹珠玑人生曲，洪涌奔腾涛史霞。

母亲节

洋葱心长绿叶上，雌鸡孵蛋饿空腔。
枝头鸟出叶秋黄，大雁南回新草香。
豆蔻安知吐哺经，待年方晓育儿辛。
世间儿女最高天，慈母爱仁不求赏。

520

1.痴爱

硬石无肠感人场，宝玉贾府配鸳鸯。
千年修获一人缘，百世有得几愿偿。
江山不及红颜婀，叱咤英雄情郎哥。
烟火阑珊霓凤凰，梦里痴笑对月婵。

2.情殇

红唇玉牙吐春丝，彩蝶殷花菊媚娘。
一姿舞妞百枝伏，千鹤万鸣朝凤凰。
梦里红颜醉玉冠，苍穹婵月空影跟。
两行热泪付东流，一江情沉东海凉。

3.空美

竹马载梅尘风吹，萍水飘过空蓝水。
缘自天仙抛绣球，情依门户高低偎。
月媒信手搭红桥，百世婚姻乱线飞。
峰岳傲雄争凤眉，碧波直下不仰美。

趣味校运会

热腾云雾激温情，雄岳妖娆蓝草茵。
三千天兵沙场载，一通锣响弩枪拼。

彩旗脚马竞先后，弓线弹跳比高低。
额颊汗珠当酒滴，脚酸人跃乐开心。

广州

1.天河美

广袤昊空星点布，天河飘逸神州路。
南来鸿雁不离飞，牛女回门喜鹊呼。
昔日大烟翠绿熏，今时琳琅满街铺。
珠江九曲金沙留，霓彩一虹双塔露。

2.天河秀

玉树尖峰望天河，吉山雄狮比越秀。
永福康庄登峰顶，羊城双塔珠江悠。
五山学府石碑座，肠粉叉包香广州。
南番一禺龙眼洞，今时名响誉全球。

六一节

1.童乐

迎风浪上立年少，摇曳枝头驾鹏跳。
花粉飘吹小妹香，棍枪仗对顽童挑。
朗声震倒桌台灯，夜半狼嚎戏羊叫。
添足绿蛇凌空飞，定为童趣逗来笑。

2.童趣

一把竹竿挑天地，几枝红杏映山琦。
蹦跟蟋蟀做兄弟，倒卧毛驴笛乐旖。
江底龙宫翻浪海，树杈舞袖比山旗。
开裆裤里飞麻雀，涕泗横流桃殷嬉。

3.童心

洁云轻逸天边远，莲玉悠婷碧池婉。
晶莹珠玑透童心，浓稠墨汁浮桃源。
幼儿心境不藏污，博大胸怀浩宇宽。
一叶嫩芽盖小眼，万千世界乾坤蓝。

4.牛犊

蓝天白鹭草茵青，鹂鸟鸣欢物韵情。
猛兽一声凶恶吼，绵羊四散躲丛菁。
犊牛怒目横狼虎，勇敢冲撞残暴奴。
年少方刚压妖孽，茂华激荡逆流行。

5.梦想

梦中海市跑龙驾，云雾红楼耀彩霞。
滴水珠玑龙殿妙，墨流山岭桃源家。
文曲星摘状元郎，哪吒轮飞封神榜。
苍宇天庭会太上，蟠桃瑶池醉仙花。

6.鸿志

笋芽剑指浩穹天，茵草芬芳海角边。
燕雀腾飞鹏志展，犊牛横向虎狼前。
侠游江海行豪气，凌越九州渡百姓。
及达昆仑摘雪莲，手挥日月舞轮盘。

7.探奇

月舟摇摆摘天星，仙鹤翱翔飞宇亭。
脚彩火轮飘五岳，手开水分坐龙椅。
原子曲径躲迷洞，霓彩琴弹游戏厅。
人生果红仙妃子，碧池莲蕊绽宫廷。

8.岁月

竹马身转拐杖遛，青梅回头蜡黄愁。
残红入泥扶翠绿，枯枝挺立卫家悠。
峭然雄岳涌泉水，飘逸嫦娥照赤心。
几片叶枝流远去，一湾影月麓山留。

9.老顽童

鬓白红巾上岱山，黄肤艳丽衬蓝天。
投笔舞圈强筋骨，墨澈桃源泳志坚。
苍纹笑开梨玉白，球场迈出华强盛。
竹马再拉青梅手，浦苑老桃最美甜。

10.玉面童心

舒飘白雾凌红尘，静坐禅斋悟道生。
宦海沉浮过岳览，风光旖旎将心乘。
笑声常响乌云散，情薄意深人亦轻。
晶莹玉心照人白，悠南鹤发童颜神。

大美罗平

1.油菜苑

瑶池玉液入甘田，油菜黄花金满天。
芳漫岭坡山动恋，蝶旋绿叶舞翩跹。
风过香逸涟漪荡，雀聚欢声觅伴飞。
花海流连醅馥郁，宫园紫梦落婵娟。

2.白腊山——峰海

白云山脉如来臂，那色峰陵鸾凤气。
绵亘千丘伏卧龙，陡崖一瀑银河滴。
蜿蜒盘转触天庭，顺水抚摸南海湾。

螺旋梯田登浩天，菜花金榭瑶池亭。

3.九龙瀑布

银河瑶池下罗平，醇碧琼浆醉黛屏。
九龙戏波蜿岭脉，一条飞瀑秀峰娉。
丝丝帘水闪银点，哗哗直流溅浪花。
彩霓映霞花果山，恢宏浩荡世乾缤。

4.多依河

仙女丝巾飘云桂，蜿蜒雅润逸山辉。
波光粼粼鸳鸯荡，鳞片闪闪照荷眉。
一月玉蟾游碧河，万晶浪点跳鱼虾。
涧溪泉涌罗平义，流淌族民旖旎瑰。

5.鲁布革三峡

哪吒降龙筋贯云，抽刀穿峡壑沟耘。
蝶蜂掠水觅桃粉，鸳鸯划波弹轻云。
两岸鬼岩千仞利，三门横挡一清娇。
洪峰劲吹烛光亮，碧水沧留鱼米蕴。

诸暨枫桥新貌

1.枫桥游

信步月随桥上遛，霓虹两岸路人悠。
寺钟禅乐琴波扬，船尾青娇婷碧流。
兰籽逸香枫醉摇，蜻蜓拍翅点红翘。
玉蟾跳水戏丹赤，香榧早怀情中留。

2.蜕变

游子返家惊诧变，人新物彩桃源鲜。
芝麻开出汴州郡，牛女回村沧海田。

别墅亭台山间布，火龙车马邑中穿。
国语横贯乡音调，云榭直升会月娟。

3.乡香

碧翠禾苗掩沃田，花红柳绿漫怡泉。
鱼跳龙坝招丽鸟，蛙待蜓降盘睡莲。
桃苑阡陌通四海，浦园瓜李逸香鲜。
青山绿水仙云境，昔日荒山今乐乾。

4.城盛

曲径蜿蜒入碧湖，高台亭榭观云姝。
霓虹灯闪琳琅目，车奔马跳桥上娱。
丽鸟鸣春杨柳拂，美颜飘逸树欢呼。
嫦娥移步月光岛，桃源鲜花新邑铺。

5.人欢

牡丹花妹芳贞礼，清水芙蓉儒玉婷。
伴侣悠闲碧池畔，鹤须童稚坐雅庭。
亭台楼榭贵香聚，别墅欢声馥郁馨。
朗朗乾坤游美景，霓虹柳拂醉兰亭。

端午节

1.端午

离骚珠玑窈窕求，九歌墨韵汨河流。
粽子馥郁漫漫路，丹心赤诚拳拳手。
儒道德经源远长，仁慈普度海南宽。
一条龙舟声呐喊，九州奔腾盖世旒。

2.屈原

一曲离骚窈窕美，九歌呐喊赤心飞。

凌云浩志苍穹荡，漫道路修贤德辉。
藐视奸邪诚上谏，英魂报国视如归。
坎坷曲折啸长号，鸿雁志折汨水泪。

3.粽香

晶莹剔透炎黄心，紧密温馨乡土亲。
一片清纯拢百姓，万颗团结强国筋。
稻芳香逸儒家道，粽情柔怀禅佛经。
糯米蕴含圣贤祭，汨罗长流华夏情。

4.赛舟

一浪千莹汗珠晶，万箭齐飞战马挺。
两岸欢声滔海振，一呼榜眼状元赢。
剑挥雄吼橹翻飞，飒爽助推红艳盏。
锣鼓雷霆中国强，龙腾虎跃炎黄鼎。

5.悬艾

葱茵柔和舒心畅，筋骨挺正刚毅铮。
一缕幽芳福飘临，百条艾草挡魔渗。
芬芳弥漫乡风正，洁洗垢除尘世清。
青翠纯净降馥郁，清香驱毒守门神。

6.飘筝

凌越尘霄展鸿志，横穿浓雾驾风驰。
俯瞰大地藐凡俗，仰望昊空悟道知。
冲向苍穹平宇庭，系牵大地寄恩思。
心随凤鸟驭仙鹤，身卧白云佛乐滋。

7.雄黄

横写额头王字伟，直流肠肚烈浆威。
同心圆桌聚香酒，高矮樽杯豪气恢。
红色琼浆壮雄岳，绞魔毒兽树妖黄。

杯弓蛇舞映婵月，霓虹酒涛荡舰飞。

8.追月——端午有感1

珠字梦楼婵窈窕，墨流宣纸桃源娇。
冕旒缝细蚁蜷小，剑柄寒光风雨萧。
莲出淤泥荷玉挺，沧桑正道路漫遥。
丹心一曲唱天道，汨水九村捞月飘。

9.红心——端午有感2

山河起伏心波旖，寒九蜡梅火热旗。
粉面朱唇窈窕娇，柴门燃烛蕊姿仪。
观音仁意渡难劫，蜃海丹霞紫梦奇。
赤卧青山茵草绿，红心华夏桃源琦。

10.涛河——端午有感3

一颗丹心垂陨落，九命修路国强锣。
比干魂魄寄民托，荣耀榜单姬发多。
周庄道通天地和，舟行民意顺水河。
长江不断道禅润，黄河长浪涛海歌。

镜中玉颜，触景生情

1.靓

凝眸浅笑绽春花，胭脂粉黛含情挂。
一脸红晕映丹霞，满山蜂蝶绕翠颊。

2.美

红唇圈圈樱桃美，粉颊圆圆春花媚。
刘海飘逸云霞飞，玉肤禅音红心辉。

3.香

清香绿荷睡莲婷，庞光红彩含温馨。
菊黄淡雅馥郁蕴，紫韵仁慈心脾沁。

4.甜

玉容洁齿飘珠玑，笑颜脸蛋逸西施。
清风携来酣醇甘，心窝暖流醉瑶池。

父亲节

1.父亲

宇宙灵魂春夏秋，浩天精气霸王旒。
阴阳黑白燃雄炬，风雨浪涛长情流。
笔横沧桑成泰岳，墨流苍龙润神州。
一杆竖起苍穹旗，九曲盘旋高舞手。

2.昆仑

傲立苍穹顶天庭，俯瞰天地蔽蝼蚁。
身承世界送溪泉，手入大洋荡浪琦。
绿水青山丽桃源，峰峦苍劲扬刚强。
一条脊柱承千心，满载金黄香四溢。

3.岱岳

如来手指插齐鲁，菩萨布教大地花。
周武昂头号海内，嬴皇指点骊山霞。
坐横南北观三国，道悟禅音悠汉华。
九曲先缘引信子，一支天香福千家。

4.大树

稳立神州傲苍宇，迎风招展任风雨。

脊梁笔直千承重，枝茂叶繁百鸟聚。
身正不忧影子斜，蛀虫风折苍松挺。
春花秋月蜡梅冬，经年霜寒金满钰。

5.父爱

炙烧当顶手遮阳，蘑艳花菇先品尝。
笔托犊牛攻猛兽，墨流茵草悟情长。
鬓灰让慧青丝长，苍柏峰峦芽满山。
人字梯头推日出，参天大树后人凉。

夏至

1.火热夏至

花粉三春温尔娇，夏来每日焰焦窑。
青苗妆换金黄貌，知鸟炫音长乐吆。
鱼鸭嬉游碧波跳，鸳鸯双拥幼雏飘。
热浪袭如酣淋畅，丹心赤红油火烧。

2.花萎

朝阳迷眼春花少，和煦芳茵婷玉娇。
空目胭脂雷暴躁，怒涛气焰张狂烧。
青衣枯萎低垂叶，棠谢无红英折天。
天色收心屏火气，金秋硕果月娥招。

3.火气

壮阳华茂红灯烧，枯草衰微伏地伤。
炙烤山林枝叶烙，依存苍柏挺身昂。
他人屋底曲窝藏，难挡热浪身火烫。
市井纷纷红尘热，庙堂心静自清凉。

世界杯足球赛

1.梦球

素布轻飘任风遛，火轮铁圈天宫游。
蜃楼红道浮云妃，柴门龙腾翎冕旒。
春花秋月空酒去，貂蝉小娇浊中流。
尽情抬腿一挥脚，紫梦不开酣满球。

2.飞球

一挥横贯苍穿跨，众望齐声拉天下。
巴掌蹴圆首脑嘉，寸方之地集兵家。
街头巷尾比拳划，黑白颠反酒瓶砸。
脚下小球飞宇心，洞穿门禁号雄霸。

3.悠球

一响令号两脚飞，全球足迷对眉追。
落花把酒映圆玉，傲战夜茫觅星辉。
街巷霓虹彩带扬，荧屏闪耀镜花晖。
嫦娥落地看球娇，熊武猛男俊美威。

4.醉球

玉露乘云观赛会，爆星趣料佐香随。
冰清碧月换魔鞠，亭榭疯歌琼浪吹。
杯起杯落红殷泼，球来球去哪期归。
樽中足影酒中嘴，球不醉人人自飞。

5.殇球

觞月泼池球入杯，瓢蚜满屏醉佳瑰。
夜阑鸡叫鼓号擂，晨旭鼾声震塌雷。
一宿无门冲劲犊，几多路横战车轱。

金杯殷酒映空玉，风雨吹过黄土灰。

（刊登于《长江诗刊》179期）

美丽丹东

1.丹东彩

长白雪肢抚碧海，春江水鸭绿茵恺。
东方明港一丹红，辽阔桑田万花彩。
甲午血流染赤城，抗倭骨化苍松铠。
臂连东友结家亲，面向五洋展风采。

2.鸭绿江

雪花冰溜长白下，绿鸭戏波东海霞。
清澈蜿蜒沿陡壁，湍流平缓待鱼虾。
隔江不断两厢会，紧密相连一祖娲。
城堡炮台秋水过，浪花入海馥馨家。

3.游大海

东海湾腹大肚海，龙王热酒款待来。
昂首东方日光亮，沉浮上下自情开。

（发表于长沙理工大学校报2018年6月27日，总第0444期）

庆七一

1.七一颂

南湖船舰启新航，昆岳山飘旗帜扬。
长江浪推奔马越，黄河涛入海共洋。
一刀魔去救黎庶，万里长征不畏伤。
丝路雨花今勃发，中华再鼎国盛强。

2.峥嵘

红船拨浪迎东日，星火燎原燃草曦。
万里长征龙角扬，一飞昊空闪惊奇。
乃容世界亮华夏，遍地花开汉制旗。
岱岳苍松连苍道，儒经马路写坤琦。

3.党魂

盘古挥刀天地开，晨曦腾跃紫霞来。
南湖星闪远航路，黎庶甘滋舞凤台。
十里春风千卉蝶，一飘丝带万情栽。
岱山党魄威仪耸，屋脊功勋云雾抬。

4.国强

昆仑山脊顶天地，南海碧波仙境旖。
火轮铁马昊空跃，潜艇深渊洋底嬉。

李白颂

1.安陆魂

一壶浊酒穿肠过，万朵诗花布草坡。
笔点龙睛宣纸活，袖飘川岭水云姿。
昆仑珠玉银空闪，龙海翰觞荡碧波。
苍史隽描仙太白，春江绝唱浪天歌。

2.李白

瑶池酝酿浪漫酒，银河奔腾诗意流。
飘雾点波珠玉撒，横江跨海翰川游。
妙言茵草花颜露，辞藻冰寒春暖留。
一句醉神精气韵，万灵兰翠长情悠。

人生

仙子空虚坠凡间，沉浮沧海品红尘。
闻香而去抱花藏，嗜血献殷酒可真。
一欲登天剑红殷，九岳浊浪旺洋深。
春兰梅艳叶飘远，城土喧嚣落悄声。

同学旧照情怀

沉箱鸿信冒幽思，藏书红豆飘春意。
印花隽秀纯真美，墨汁经年留倩影。
一句月下同桌语，百年耄耋不老须。
手怀心菊感沧桑，凝望苍松绿长青。

纪念七七事变

卢桥尊狮蒙硝烟，浑身弹痕哑口咽。
时光流年勿忘耻，站比天高富士前。

韩国风情

1.济州岛

银河入海屿星罗，仙子碧涛妆碧螺。
牛岛日峰辉海女，龙游瑶液抱嫦娥。
一幽花馥蝶樱绕，天帝瀑流万丈渊。
世界公园天下客，稻浪悠曲桃源歌。

2.韩国印象

东礁犄角跃蛟龙，儒道韩衣西学憧。
玉月慈心化长今，西施粉黛济州容。
福宫沧恸仁川灿，泡菜辛酸韩剧甜。

半岛临星辉北亚，三千黄海彩霞浓。

3.韩国泡菜

青衣白面酱殷红，屈膝娇姿簇拥丛。
潜伏醇醇香溢喷，雪花梅艳傲寒风。
鲜明洁玉直当了，辛辣干烧超烈蛊。
国粹入晴抛杂念，民魂入口蕴丹忠。

滇狂

1.滇情

举手天庭阁，步行屋脊国。
广寒逐月娇，滇水醉银河。

2.滇影

一望峰岭远冥冥，百里湖光小洞庭。
嫦玉戏波滇酒馥，山峦起伏探娇婷。

周庄情

1.周庄

瑶汁蜿蜒街巷龙，仙姑玉立石桥弓。
厅堂长瓦流涟碧，雾岭榭台浩宇融。
屋脊欢燕对双拥，凤亭仙鹤聚棋拢。
轻舟漫曲儒经史，鼓乐喧嚣尘世红。

2.钥匙桥

一弯水月卧弓桥，千盏霓灯星火燎。
蜂戏飞奔粉香洞，玉莲婷立碧波翘。
兵戈枪炮马鸣啸，儒法墨流涧水迢。
涛曲浪花东远去，善心桥结锁青娇。

3.周庄醇

绿水悠飘白云鹤，清波泛起紫双鸳。
游行龙廷点莲玉，穿插郊阡拂柳村。
影耀嫦娥飞彩蝶，泽丰桑泥璨周园。
瑶池人世天堂落，甜蜜蒲园醋醉坤。

轻风

鸿雁玄音空紫梦，深秋枫叶霜愈浓。
蜃楼幻影霞光东，红尘轻风无影踪。
亭楼玉立翠青红，蝶迷缠绕觅亲魂。
枕思香飘一随风，幽念已寄万情钟。

爱情——姻缘

月老红丝连理接，天公缘分凤凰台。
花候蝴蝶姿然放，蜂恋芬芳亲不猜。
一见青梅竹马跳，两眸凝望黛眉崃。
交杯一体度风雨，偕老百年飞蝶来。

庆八一

1.军魂

马负岱峰登蜀道，弩弹竹箭穿枝条。
剑头尖刺向魔兽，炮火弹投炸敌饶。
肩载民情承汉强，脚随潮势卫江桥。
铮铮铁骨铸民魄，碧血丹心造国娇。

2.峥嵘

八一剑挥天地震，九州星火燎原兹。
岂懦阎王淫威吓，勇向专横斗恶蚩。

赤袖章携志趣合，信仰旗引霓光随。
肩头高举红缨戟，华夏军魂振世奇。

3.军威

金鹫展鹏偻鼠逃，凤凰抖翅百禽朝。
蛟龙翻滚苍穹雾，威虎咆哮丘岭摇。
三国称雄剑划地，六侯争霸戟横潮。
一刀挥手水开路，万炮齐鸣草伏招。

4.利剑

白刃寒光凝冰雪，枪头尖利破巢穴。
金戈横水九州淹，烈马断桥碧海血。
火箭弓穿赤壁烧，长矛挑起冕旒跌。
剑随行侠走天涯，国逐民心强钢铁。

5.锋芒

弓穿长平戳棋纸，剑横赤壁划江立。
三雄旗帜鼎神州，六国鞅方统天集。
尖舰城墙破万烽，利炮清廷塌几袭。
炎黄火箭刺苍穹，锋刃出鞘华耀熠。

6.国强

鹰翼张扬百鸟藏，昆仑脊立众陵仰。
利刀开行穿秦岭，儒德墨经流远洋。
马列红船东海向，战戈挥舞鬼魔殇。
千年丝路驼铃响，一带中华今盛强。

7.军人

昂立苍松保桥卫，身蹲峰岭守香酣。
殷红枫叶长坡满，铁骨脊梁山岳巍。
一介戎装亮国强，双枪出击凯旋归。
俑将不倒时光老，功就榜单青史飞。

8.沙场

敲锣跃马射胡杨，身戴娥瑜戍北疆。
秦岭刀寒梦香榾，戟拼枪热雾沙场。
剑挥叶落孤烟散，槐树断枝迎雪昂。
白骨黄泥松柏翠，丹青霞岳谧山祥。

9.雄立

弓起脊梁尖刃锋，雷鸣肺腑炮声隆。
雄狮千岁沉旧梦，猛醒一声震宇穹。
浪打金沙碧血殷，横桥铁索跨凶洪。
八方雀鸟凤凰拜，四海龙王敬汉鸿。

10.凯旋

威虎何堪虱子搔，挥戈怒吼出狠招。
弓飞苍空射鹰鹫，剑舞丛林斩豹猫。
儒道心攻欺凌伏，戟刀横扫霸权佬。
三千骁勇远征返，一杆红旗浩宇飘。

云游虎跳
——云南诗歌行

1.飞驰

浩宇思飘霞彩红，山川蹄漫醉怡风。
牛车悠曲千年梦，高铁蓝图一箭冲。
丘蜿蛇行弓弩弹，浪波起伏马驰匆。
龟爬孤岛夜郎国，雁翅远振南海宫。

2.昆山

一路西行峦岭高，众山云雾峻姿潇。
卧龙脊背南连北，琼液涓流环绕骄。

峰谷起沉浪涛世，悬崖陡直沧桑雕。
凌霄跳马心飘荡，涧水碧滋禅佛浇。

3.醉滇池

王母慧眼识春城，一汪碧池瑶琼晟。
白鹭点波涟漪泛，荷蛙鸣欢双拥争。
叶舟圆划婵玉灯，玉莲婷立黛眉生。
杯中娟月荡春心，滇浆酣醉紫梦升。

4.抚仙湖

蛟龙百里卧清泉，杨柳两岸拂眉阡。
云游湖底万花艳，鱼驾仙雾浮蓝天。
雁横抚仙翅扇累，寺钟回响隔空远。
飘逸月影瑶池媚，好似龙宫置身前。

5.春城

晨曦霞光迎仙客，晌午黑云满天遮。
百草盛开缀山川，一手触来满花雪。
黑白种人布街巷，各族彩帽城邑叶。
寒霜黄尘侵昆明，春城四季脸绯色。

6.四季美

东边彩虹西雨乌，长袍短袖映蘑菇。
旭日暖流驱寒气，夜幕冷雾卷霜露。
阳公龙王对桌酒，高山湖泊天地睹。
驿道水泻几春秋，世间幻象一日呼。

7.洱海

傣族鱼肉迎香客，海市蜃楼醉梦歌。
王母滴水恩城春，仙鹤运泽慈善鸽。
山川湖镜映心月，平洋碧绿净凡和。
手掬清流捧貂蝉，醐闻芬芳舍身河。

8.大理古城

火炉紫烟花饼香，傣族装束银饰亮。
乳洱银菌芬芳街，琉瓦海边牙白墙。
亭台阁楼古铜锈，摩登大厦展新秀。
千年槐树看沧海，一日风云见桑田。

9.茶马古道

雪水蜿蜒绕峰山，西行栈道蜀路难。
肩上盐巴补汗水，脚下耕田出谷仓。
东西走廊传丝绸，乡邑儒盲汇文化。
茶马驿道沧桑断，青山泉溪碧流长。

10.玉龙雪山

千回路转一突兀，百峦仰卧玉雪峰。
白帽顶盖凌霄云，绿茵花香满坡芬。
丘峦透迤卧云龙，涓流飘逸琴石凤。
山高人渺浩宇空，洁白穹顶独青风。

11.泸沽湖

仙姑情媚牛郎舞，凝泪天山泸沽湖。
碧波蜿蜒摆长龙，清澈涟漪荡野鸬。
走婚桥结尊母寨，大地琼浆泉涌鼓。
喜得一景千里涉，山川百花竞相露。

12.篝火晚会

一堆情窦篝火添，拉手聚会月牙圆。
脚跳旋舞跑马欢，手勾爱心结婚缘。
高歌雄浑山震荡，丽音纤柔水绕船。
队队联岭一族亲，双双结姻一家团。

13.香格里拉——云雾

远山仙雾绕峰岭，近丘霾漫斜坡亭。
身驾浮云游蜃楼，心飞凌霄荡天庭。
棉朵转瞬驸马骑，薄烟即时暴雨淋。
身轻鹤远随云悠，慈佛大地红尘轻。

14.盘山

山腰盘蛇蜿蜒绕，祥云托凤丘岭飘。
身边沟壑千丈深，前头峰峦万马啸。
近山招手绕一圈，崇山越岭翻浪头。
起伏险峰到珠玛，曲折人生达佛道。

15.虎跳峡

金沙江吼龙虎威，气势磅礴黄河水。
浊浪击石银珠闪，柔水涮岩梳岸瑰。
峡激藏豪推洪高，涡旋柔情抛浪花。
碧落低俗鸣佛禅，冲向远方欢歌随。

16.香格里拉——泽国

一片汪洋天池瑶，九曲庭廊幽儒道。
山脊卧龙结华夏，黛眉粉妆云彩朝。
白鹭振翅天鹅湖，泉溪奔流长江滔。
流连月海梦春魂，墨润南国桃花笑。

17.藏族宴

一盆火锅点天灯，些许牛肉圆桌盘。
脚响红毯乾坤旋，手沁春心世间缘。
奶酒晶莹透岭峻，青稞肉饼含藏豪。
哈达脖上挂山川，酥油流淌金沙田。

18.旋佛塔

如来金指立苍穹，神柱天梁福海东。
鸿光奕奕耀人间，矗立山峦引路中。
呼风唤雨旋巨龙，慈悲沧桑众生供。
手拂真金得禅悟，人逐命运顺道风。

19.白塔寺

白塔方尊圆顶穹，虎踞横卧擎天冲。
纯洁冰清兀青山，虔诚佛禅独世诵。
刚毅菱角藏侠直，圆润苍盖慈道通。
一柱青烟净化升，众生红尘玉洁空。

20.山水情

山刚水柔眼处娇，雄浑黛眉情怀绕。
西施蹙眉脸来笑，歪枣矮树落钱摇。
草木无心人有意，及到愿处皆景招。
好山好水好心情，好心好境好风调。

生日自勉

青丝白发光环圈，麻肌酥骨腿脚软。
梦浮岱岳身沉海，志高云天更无缘。
蜀道蜿蜒千峰险，万里长征一唐卷。
志在珠玛催老骥，不枉佛祖赠天年。

教师节

1.教师颂

三尺桌熏儒道礼，一教戒引烈驹驰。
玉台灯映德才识，砚板墨流瀚海池。
蓬室栋梁天地脊，书斋彩绘汉华姿。
春风桃艳满园溢，秋叶红枫遍地诗。

2.书斋

一道弯穹天地通，四方清壁博书鸿。
骨刀竹简电波曲，枷锁揭竿烽火冲。
翠庭悠茵禅韵空，砚台儒墨长情凤。
柴门陋室卧龙凤，青史芬芳莲玉红。

3.做学

无知恐惧畏龙怒，潜意炼丹天理悟。
蜀道陡涯苦作梯，刀山火海志来铺。
淡清名利真修行，上下禅求终得路。
千载梦游玉月宫，一飞昊空锣喧呼。

4.课堂

琅琅书声响课堂，铿锵励志激滔昂。
循循善诱礼知信，絮絮植培翰学章。
会意灵犀轻拨悟，慧通新创划番样。
奇思巧问气氛热，花蕾绽红馨馥香。

5.挑灯

婵娟飘牖入书卷，薄雾幽香漫庭院。
霓烛婷茵映翰林，虫鸣悠扬嬉儒殿。
籍中珠玉美天仙，字间墨流山海甸。
孤影长情留学斋，盈亏风月丹心绚。

6.人梯

滴水千迢汇海东，逶迤众岭玛峰隆。
诗书知礼诚信德，九品中正国盛鸿。
粒粒沙铺罗马路，层层儒道会元躬。
大江东去青山驻，云鹤高飞映山红。

7.粉笔彩

纤指一飘洒锦绣，幽香四溢满堂酽。
寸金泉滴仕途长，隽秀妙花贯宇宙。
灵慧点睛龙凌飞，箭行横穿奥洲究。
千晶百结玉莲纯，粉身碎骨青史留。

8.园丁

一播二苗三字经，四书五知六藏传。
晨曦沐浴德信礼，夜幕蜃楼紫梦翩。
墨润桑田沁儒道，慧喻稻穗结仁贤。
背驼顶起参天树，辉夕丹红望旭鲜。

9.蛀书

昊空沧海禅经言，金箔珠玑道释缘。
书籍腹充儒果鲜，琦诗睿智凤仪妍。
眼随论语游轩宇，心漫学洲醉月船。
九冕难移隐翰苑，一腔丹玉植桑田。

10.奋蹄

枝萎枯黄枫叶姿，青峰雪漫红梅帜。
西陲尘啸激枭雄，南岭逐车竞仕义。
羽扇经纶横四洲，孙吴兵法绝碑记。
昆仑山脊通天途，奔马奋蹄凌云志。

赠罗月婵

——恭喜贵子福祥

桂蕾清香碧宇蓝，嫦娥圆润黛眉灿。
一轮秋月天狗馋，二虎凤凰嬉玉翰。

咏中秋

——明月清风把酒歌

1.中秋浓

一菊圆盘婷昊空，万人头仰恋乡梦。
风云散去玉红耀，八月桂香遍岭东。
丝路雨花鸳语长，书斋墨竹喜春逢。
沧桑浊浪奔腾涌，大海情深鸥曲鸿。

2.玉月

弯眉圆脸躲云猫，婀娜玉姿婷空逍。
青薄雾纱笼伴侣，洁光柔柳拂心聊。
两厢同望乾坤圈，一月红媒眷属桥。
风雪不移情意笑，尘沙过后夜阑娇。

3.月圆

风雨沧桑绿海田，春花秋月果盛筵。
床前明月两相思，破茧蝶飞仙境圆。
碧血丹心国州合，九折河曲海情渊。
桂香玉影岱山秀，天地乾坤共玉娟。

4.月饼

芝麻菊脆暖流烘，鸡蛋桂花情馅融。
天狗蛋吞飘彩雾，儒生梦幻帛书红。
圆晶赤兔落银碟，碧水鱼跳浪横风。
芳饼芬酥脸庞笑，婵娟香色入心中。

5.月馨

春绿秋红蜡梅火，长江奔涌哮黄河。
百年寄旅相逢坐，九曲回肠港泊呵。

千古沧桑悲怆合，一轮明镜照心窝。
天涯蜀道月舟渡，玉揽憬憧横浪波。

6.清风

桂蕾清芬浩宇蓝，风和日丽马蹄扬。
蜻蜓点水荷婷芳，知了琴弹蛙曲唱。
一碗茗茶秋爽凉，万葱花样月明亮。
烛光曳影雅儒兰，诗逸珠玑漫云浪。

7.酣酒月

千山静谧玉娇舞，两镜相辉蟾跳娱。
金酌荡波摇仙兔，芬芳弥入钓鱼俘。
雾漫馥郁沁心脾，觞醉春魂飘碧湖。
渭水杜康倾酒鼎，清风明月拂龙须。

8.广寒热

浩宇灵仙映天灿，众星捧月聚广寒。
一根红线姻缘长，千户鸳鸯携手安。
高老庄前仰婵赏，烛灯珠字砚台兰。
低头水榭娥香揽，举目玉娟乡韵槃。

9.天涯圆

女娲人传共神裔，洪袭兽追分散零。
大地七雄狮虎斗，秦皇一统霸争停。
丹心映玉满州赤，四海同船家国宁。
长江月舟载华夏，黄河儒道运恒星。

10.尝月

一口乾坤情韵含，无遗风土飘零憾。
芬芳不抑望东方，月影相随樽玉澹。

爱有三

红尘飘去空杯觞，浮世万千仅有三。
白昼日曦暖身畅，夜阑月梦躲迷藏。
墨流珠玉灵原碧，身染炊烟魂污伤。
风雨沧桑石碎渣，史波流逝尽清香。

祭孔子

一部圣论人世循，千般风雨儒经运。
春秋诸子鸣天禅，高祖孔尊汉魂酝。
秦岭东西狮虎龙，长城南北国共郡。
黄河浊浪中华灵，天堑奔腾炎帝韵。

国庆颂歌

1.庆国歌

春翠金秋梅蜡火，长江儒道浪黄河。
秦皇汉武中华卓，嘉兴红船旌激波。
瓷达七丘唐强盛，绵辉京邑世高歌。
昆仑脊起九州跃，马列扬帆中国峨。

2.国庆颂

铁车横穿岭南北，秦岭两河腾日湃。
鸿雁电联阡陌通，雄鹰翱跃保疆寨。
霓虹夜阑凌霄廷，蛛网天桥八仙迈。
一带丝途万里长，九州齐聚飞龙快。

3.祖国美

岱岳青松绕禅阁，西湖碧柳拂仙鹅。
悠亭爱晚湘江焰，高瞰雁台鸣放歌。

乘凤凌云鸿鹄志，长江东扬道经河。
金城秋爽万花艳，五彩缤纷眉喜婆。

4.祖国强

源远流芳九派唐，泱泱大国浊河浪。
昆仑脉络地球脊，南海鹤波蓝水祥。
饕餮风驰迅涯角，网联指点卧天堂。
宇航月兔迷藏捉，翱向太空任志翔。

5.云海游

长江龙舞浪波岭，塞北草香欢马羚。
城垛烽台飘绿袖，西湖鸳鸟荡涟婷。
敦煌三峡古流丽，岱岳凌云文曲星。
揽月捉龟山入海，苏杭慧觉漫仙庭。

6.欢天喜地度国庆

北疆信子经风飘，南国秋高金橘娇。
岱岳雄姿引香客，西湖碧绿鹊飞桥。
陕西秩舞炎黄笑，黔岭啸歌奔马跳。
李白再狂盛世酒，银河又击浪涛潮。

7.一带一路

茶馥清幽飘远彩，丝丽华贵七丘抬。
玉门关外春风暖，仙鹤迢迢南凤台。
驼马西陲响华韵，郑和浪海汉华来。
一绸绵带友情送，一路儒经仁德开。

8.脱贫致富

柴屋小窗烛影瘦，陋房雨泡佝偻老。
江南清碧鲫鱼跳，塞北草原牛马浩。
绿水青山金耀辉，平川大地耕成宝。
鹏程志远乾坤高，沧海桑田幸福道。

9.四十年改革

一龙高铁纵横飞，四海丝绸儒学薇。
仓满佳肴果香远，富超天下虎狮威。
长城内外梨花白，南北平川大厦巍。
百岁砺途钢石强，千年梦想盛琦辉。

10.四十年发展

四十韬光潜伏养，一鸣惊迹世人昂。
卧龙驰骋箭东海，逐兔广寒腾宇苍。

四十年改革开放

荣获2019第五届中国诗歌春晚征稿大
赛三等奖

殷商竹简一直在等待响彻苍宇
兵马俑将士再候一睹昔日秦皇雄风
华夏贞观再盼辉煌显彰

1978年，一股春风吹拂大江南北
神州大地，百花盛开，改革开放，重
振中国

四十年，弹指一挥又鼎强
黄河浪冲江河海，富已敌国傲彼岸
钱塘江引西方潮，回浪高过西洋墙

港珠澳天堑一路桥搭郑和南
玉门丝路驼铃乐曲唱响悠远
西昌火箭凌云奔月游天堂

南湖红船引浪高歌今已响彻云霄
国产大飞机飞翔蓝天，向世人招手

高铁驰骋，长龙续载儒家文化又辉煌
青山蓝天桃源仙
碧水鱼跃托舟欢
华夏大地笑开颜

雨

飘雨横飞落霜天，汤鸡纵淋楚凄颜。
泥泞小道沉深印，翻滚大川泛桑田。
离骚九歌苍宇泪，汩井一曲丹心虔。
直面疯婆雷公脸，银河入杯酣正甜。

秋雨

远山朦胧凝雾茫，近前残枝泪流淌。
秋雨一浸万枯霜，广厦千间白烟寒。
刺骨针肌铭心凉，雁去叶飘杳无返。
满地天池冰海洋，春暖花开梦企盼。

长沙铜官窑游

1.瓷都

碧空暑景耀铜窑，满地花瓷映岭娇。
白雾燎升阡陌道，瓦璃点缀半弧桥。
牡丹枝摇招人笑，游士徘徊今昔遥。
小巷醇迷香客聚，大丘磅礴古城朝。

2.陶园

湘水舟行铜窑镇，瓷都艳丽彩虹腾。
湖周香釉马蹄响，池上艺陶高塔灯。
脚踏瓦砖寻史迹，手扶琉璃榭台登。
九龙电闪激光霓，星点灯笼映月升。

3.铜窑街

一口酒坛盛釉彩，万花皿器艳丽台。
人头浮动龙蛇巷，铜面黛眉陶脸开。
厚瓦砖墙掩神秘，阡陌琳琅闪瓷胎。
脚跟石板独行冷，两侧炉膛温暖来。

4.惜字塔

一箭扬鞘向宫廷，五层神塔护生灵。
雷公霹雳除妖孽，菩萨朴枝山翠婷。
珠玉字留沧海史，板砖镌刻稻田青。
苍穹根系庶民地，天伞葱茏百姓馨。

理工大第十六届校运会诗絮

1.表演式

翠绿操场缀鲜花，凤台鸣掌凌霄哗。
天鹅舞曲瑶池荡，白马雄姿豪气嘉。
云絮霓虹映盛会，红旗摇摆醉丽葩。
群山浩宇辉浪漫，气势恢宏秋彩霞。

2.摩拳擦掌

一阵鸣炮旌帜扬，三军播鼓闪缨枪。
晨曦催马蹄欢响，风旋战袍英俊昂。
遍地簇花将士娇，满场喝彩气球翔。
绿衫翩舞曲悠弹，腾跃飞奔健硕强。

3.拼搏奋发

战马嘶嘶沙淑啸，撑杆闪闪对垒挑。
一番逐鹿后先进，几度跃飞高下瞧。
激荡浪尖彰勇猛，雪凝峰顶显雄枭。

腾空跳出凌云志，接力传承儒道遥。

祝贺钟芙蓉获得师德师风演讲比赛一等奖

1.钟儒凤扬

礼仪钟毓浩天响，蓉国府台芙玉香。
手舞教鞭儒凤扬，胸怀正气宇轩昂。
揽娟洁月霓幽暗，浴旭辉生耀日光。
大雁旗航鼓姿漾，北京大道闪和祥。

2.紫燕

蓝苍白云寰宇祥，紫鸾津暖燕窝房。
拂花飘馥山浪漫，点水飞珠碧绿乡。

3.巾女耀蓉

——恭喜四位女老师全省示范教学获奖

唱曲一开百鸟呼，蜡梅几度万枝红。
四千金玉耀蓉国，众眼羡慕马院鸿。
李耳道经贞女卓，孟轲欲赶激流洪。
杏花墙外马蹄奔，长理英姿巾帼风。

马院之歌

一路蹄铃笙啸歌，万丛樱赤燎原波。
九回弯曲路漫磨，百折盘旋蜀道坡。
镰锯草菅妖孽怪，锤头砸碎阎王魔。
丝花新雨今唐盛，马列光辉世界和。

同桌唱律

同窗朗朗道儒佛，连座默默凝目梭。

天各他方独门唱，日光枫叶共婆娑。
江南春暖玉门热，浩宇红桥心过河。
暴雨洪流几波曲，琴台伉俪一情歌。

圣诞逍遥

1.平安夜

灵光树缀仙苹果，圣诞老人赠玳瑁。
雪域冰城怒啸号，温馨小屋霓虹蹈。
千山素白银花飘，一夜朗丽娥月到。
春绿秋黄梅傲寒，鹤须童颊青葱耄。

2.逍遥

焰火辉煌不夜城，笙箫激荡鸳鸯声。
黛眉妖艳街坊靓，华茂风姿楼宇峥。
圣诞礼花遮小丑，琳琅珠玉闪晖盈。
觞樽琼汁涟婵月，鸟卉喜喷金蛋生。

3.狂欢

喇叭尖刺夜空破，礼炮焰阑遍地婆。
驴背东施插花艳，拥怀飘雪梦桃娥。
驾飞宝马天堂跑，终曲难眠达旦歌。
银月端来伴海参，酒坛掀倒灌江河。

4.圣诞

啸风寒夜冷飕飐，刀剑横锋圣道难。
耶稣丹心苍宇亮，仁慈普度世间安。
正邪风雨波涛激，魔道峥嵘岁月漫。
碧血热腾冲浊水，桃源滋润鲜花兰。

5.新生

仙骨凡胎血气扬，肉身奢欲饱私囊。
百年风雨沧桑老，千载逸思黄土荒。
春意暖流绿江岸，粗皮双手摘桃香。
荡除污垢洁清荷，白净绵云浩宇祥。

纪念毛泽东诞辰

1.人民翻身

昔日苛衙猛如虎，朱门肉臭路寒肚。
今时銮殿庶金旒，寒族琉璃怡苑坞。
剑仗刀枪铸宝盆，风云霞彩黎民舞。
千年山压白丁匍，一载民舟锦旗鼓。

2.中华强

春融碧雪绿江岸，马列激冲黄河浪。
儒道今辉旭东亮，雄狮怒吼挺胸昂。

3.毛泽东诗词

字里金珠耀思想，行间玑玉美山隆。
身蕴儒经道深邃，壮语豪言脊骨雄。
川岭春光翠文绿，千丘飞雪蜡彰红。
诗歌万古观今绝，词曲一弹东旭风。

4.人民公社

秃鹫空旋云兽狰，孤山清寺远星城。
鸳鸯比翼蝶双彩，金灿果丰连理成。
百鸟飞林舞凰旋，公社夜阑荡瑶琼。
乾坤天地一家亲，华夏炎黄共族荣。

马扬飞雪腾旗红

感谢郭石专退休老教授对马院的爱心与奉献！

瑞雪纷飞映蜡梅，丹心紫气热香甜。
墨流阡陌桑田润，笔澈盎然春意挥。
玉案瀚河苍宇道，课堂儒经朗声威。
桃红天下中华强，学府马扬旗帜辉。

丹霞

瀚墨入泥蕴绿兰，蜡梅丹赤唤春盎。
纲枝挺拔茂华扬，柔润曲流儒道畅。
黛粉柳眉怡娇悠，青葱翠染鹤亭亮。
寸心天地乾坤禅，情结凝脂浩宇旷。

云山

蜿曲盘旋云雾洋，高低颠簸冕旒堂。
仰望峦脊凤台险，俯瞰红尘途渺茫。
巍峨由心径随愿，昆仑路远雪莲香。
道经坎坷禅无岭，岱岳青松仙鹤祥。

长理元旦联欢会

1.瑞兆

鹅毛纷扬乐融堂，春将探花聚一场。
雪片飘飞绸带舞，彩虹翼扇霓衣裳。
春花秋月蜡梅艳，大海红船东旭航。
理大德高丰雪兆，彩虹丽曲喷幽香。

2.艳舞

梨花雪苑凤台红，婵月情倾山映鸿。
绿袖遮羞露桃粉，玉莲出水绿青葱。
昆仑秦岭舞姿华，九派黄河海浪隆。
理大雄冠岱松岭，玉蟾飘逸云塘风。

3.儒风

古风儒墨理工流，孔圣仙飘学府留。
堂桌明经朗声响，书斋知海击涛游。
亭楼天象展鹏志，玉案埋头探道悠。
孔孟德信师风范，满园硕果学人秋。

4.浪响

悠悠远道马蹄声，阵阵嘶鸣枪炮铿。
黎庶城头锣鼓响，钟敲国立吼狮铮。
旋波浪击史涛盛，轻曲漫流华和成。
丝路奔驰赞口称，民舟旗载扬琴征。

5.丽音——钟芙蓉

钟鼓一开花苑响，雷鸣千呼掌声荡。
柔飘蛇舞鸳鸯戏，悠扬碧波红鲤浪。
婷唱芙蓉蛙舌噪，袖流琴澜鹂莺仰。
风云山水和谐曲，銮殿凯歌华盛强。

6.激昂

锦旗横越湍流河，鼓乐腾升陡岭坷。
星点燎原烧旧都，拍辰击宇姿新娜。
仙娥舞蹈花园怡，儒道雅诗学海朵。
理大笛扬奔马歌，红楼高耸激昂火。

2018年尾声

1.匆匆

春酣未醒雪姑到，香蕾又缠梅馥到。
天马苍穹銮殿辉，龟爬夜世途难道。
秋橙甜蜜鬓霜愁，腊月梅开皮皱毫。
沧海风云刻脸刀，睿信仁义铭心导。

2.蹉跎

春恋蜂桃冬抱梅，案台娥逸寺空随。
字间蝶鸟鹤仙梦，人世景都銮殿嵋。
尘世苍生追孔币，史浪涛涌逝东垂。
镜中花月枯黄萎，琴溢潸然白发悲。

3.风雨

春爽夏烦冬冷寒，风撕云裂掀翻幔。
玉门关外沙卷狂，黔岭山洪毁绿岸。
矮木丛间流碎言，庭堂大殿庇绸缎。
红尘渺小任风戏，暴雨水冲淹海澜。

4.坎坷

秦岭万山南北横，乌江一剑两堤罐。
望峰跑马几重坎，丝路波涛大海风。
背对刀枪暗遭箭，面堆菊笑后弯弓。
征途漫漫峰峦坷，世道心桥天堑通。

5.征程

尖笋破岩提剑横，腾跳昆岳迎曦东。
墨淹傲广鹤亭美，笔斩北熊旗锦红。
山陡水浪沟壑深，几经波折梦楼空。

鬃灰马瘦心殷赤，披甲搭弓峰顶冲。

6.寒香

春润霜熬梅绽香，寒泥泽蕴翠青芳。
笋芽一剑立天地，鸿雁万迁情鹤乡。
黄水凝脂抵污浊，长江千驶海涛浪。
雪松玉液流儒墨，北国冰城玉浩苍。

7.天道

百燕朝凤众星拱，苍浩人间一道风。
凰鸟祥云鼠穿洞，卧龙飞宇自翔穹。
冕旒柴屋共殷血，銮殿茅房两嗣种。
尘世梦萦同土冢，天公有眼柏长葱。

8.硕果

春花秋果蜡梅浓，腾越岱山迎旭东。
道字金光苍宇亮，书斋学海玉珠红。
乌云暴雨泰然处，冷眼横眉浊世风。
银发稀疏儒智溢，马蹄飞扬彩霞虹。

瑞雪迎新

1.雪飘

昆岳雪娥飘逸来，山川银浪梨花海。
梅红洁玉霜风昂，翠柏凌枝劲松载。
桃面白狐寒柳姿，赤身壮士披冰铠。
欲吹一气化凝脂，灯暖万家霓虹彩。

2.雪飞——云鼎雪梦

银龙臂拥芳琼媚，黄液凝脂冰凌徽。
銮殿红旗霜冷逸，凤楼粉黛舞花挥。

道径雪印登川岭，云鼎峰峦鸿梦辉。
冻土血丹开紫翠，傲寒勇士展鹏飞。

3.雪逸

飘飘蝶玉舞姿来，阵阵戏嬉银粟恺。
一望山川犁白清，万花羞素梅红彩。
孤舟鱼竿钓珠娥，胭粉融冰润碧苣。
浊酒凌晶云榭台，茫茫尘世醉雪海。

4.雪情

银河仙妹逸飘来，寰宇丘陵洁粟皑。
天地浩苍梅独殷，西施情窦雪花开。
寒眸热吻化晶莹，冰凌斩妖玉碎胎。
白月入心融碧血，红冠云跃会娟台。

5.雪黄梅

遥迢芳馥诱魂魄，迎面金光铠旋波。
羞涩胭脂拢粉黛，露眉俏丽舞婆娑。
一心吐艳钟情暖，几瓣花膜傲酷磨。
颜橙引曦招翠绿，黄梅戏弄蝶痴歌。

悠情常青——敬献退休老师

艳阳池畔柳青浓，溢彩凰城翠滴松。
鬃白华嵩威武岳，殷衫婀娜绛唇雍。
光梭荏苒玳胭粉，闲逸鹤颜庞润肜。
皓月千悠黛眉秀，童心老骥远蹄钟。

2019年诗歌

元旦——新年启迪

1.新年

尖笋穿岩冒剑芽，雪莲透艳玉姿葩。
天鹅旋舞茵河畔，莺鸟琴流月季花。
黄酒融凝奔海曲，长城龙翠向朝霞。
万家灯笼桃符启，一菊晨曦大地华。

2.元旦

一步迈登紫梦台，万花脚印承誉载。
春雷阵阵激蹄抬，芳草丝丝冒绿海。
孔孟儒经传袭来，马恩理论新时苞。
鹏程展翅迎风翔，旭日金銮霓虹彩。

3.新心

梅红沧海圃田清，雪玉人间浩宇宁。
元旦复初万象鲜，千枝翠叶百花婷。
血殷江长黄河浪，富庶禾香芳史铭。
儒道川流大洋激，金凰新跃翰文星。

4.迎新

千里雪飘吉瑞来，九冬开泰福猪亥。
厚冰灭蛊洁净深，青翠怡春碧山海。

大同乾坤破啸寒，峦丘枝暖桃花彩。
五千滔史腾鸿浪，四十峥嵘凯旋载。

5.新章

雪泥喷卉万红梅，冬笋刺青一剑挥。
珠海天桥苍横秀，金枪铁马箭梭飞。
城楼徽标镇邪恶，银邑珠光紫气辉。
世界珠联同璧合，雨花丝路凤春晖。

6.蓝图

喜鹊鸣春绿陌阡，马良手起鹤桃妍。
川江润色唐三彩，习气芳怡鸾凤仙。
山野草房琉瓦换，月娥闺室露蹁跹。
丝绸花雨地球苑，华夏品牌遐迩宣。

7.姿美

婀娜黛眉笼雪松，香樟傲立迎寒风。
蜿蜒碧水流龙脉，尖笋探春布绿绒。
梅鹤清祠入冰白，村姑绿袖发簪红。
龙蛇凤舞城楼娇，江曲山雄霞彩虹。

8.号角

战鼓隆咚斗牛叫，角号声震腾蹄跳。
刀枪铿当剑来鞘，铁马飞梭山岳摇。
夜半钟敲烛光挑，卫星悠曲珠玑妙。

红船汽笛自强醒，金水浪涛冲海啸。

9.笃行

千行马跃遇伯乐，二万长征火种播。
民族翻身革命磨，脱胎变法峥嵘坷。
温州雁起挺先锋，深圳破浪凯旋贺。
门户敞开激奔蹄，中华艳绽惊邻座。

10.奔蹄

翠滴融冰绿岭葱，鹰飞岱岳傲苍穹。
嬴皇挥剑裂分统，贞观长歌唐世隆。
甲午风云奋蹄起，新民载火燎原鸿。
雨花丝路共同体，南水红船挺旭东。

11.争雄

红杏枝头墙外香，苍松崖立众生仰。
列侯楚汉一高下，风雨枭雄百世扬。
船利炮坚占江海，百家争辩举儒尚。
沉舟断戟后无路，曲折升腾岱岳昂。

12.扬凤

芳心唤得耀蔷薇，金蛋众望扬凤飞。
六国统秦嬴政仰，贞唐盛世太宗威。
银山富国填渊壑，珠海横桥泰岳巍。
一带丝绸苏锦缎，四洲龙廷华为辉。

寒战

1.小寒

寒剑啸呼枯树号，晶银飞舞漫天飘。
雪松压顶栋梁倒，残烛暗光折蝶天。

玉案李冰凝蜀道，昆山悲泪断江桥。
雁鸿忧曲闺房冷，幕望翠红春发烧。

2.大寒

啸风折翼冷飕骨，千里疆域银素裹。
冬笋锋尖指寒苍，天鹅霄凌越霜舸。
寒光鞘出秦划圆，罢黜百家儒礼坐。
玉月冰眉雪夜皑，蜡梅仰傲樱红火。

对联

看山看水看心境，好风好景好怡情。
梅红寒冬霜白香，柳青蝶春翠绿悠。
祝舅舅七十华诞，健康快乐寿长！

欢聚

——祝同学聚会快乐！

春风拂柳燕来暖，热聚燃心霓彩焰。
一桌浓情充雁城，千杯醐畅醉缘念。

战马啸

——祝马院综合评比前三名

南湖红舰锦旗飘，岱岳雄巍奔马跳。
江曲千迢儒墨远，黄浪万卷激洪潮。
殿台三甲凤才傲，蜀道九蜿峰岭陶。
披铠挥矛又鸣啸，昆仑脊顶托曦娇。

蛰伏

1.挑灯

摇曳烛光落玉玑，谧然圃苑响钟笛。
长江翰墨典章漫，秦岭山川砚璞砾。
啸号乌云蒙烁星，玉台锦帛闪娥觌。
蜡光辉耀晨曦蒸，香榧书舟遥梦迪。

2.阅卷

五鼓剑光赤帻鄂，琵琶终曲日西落。
云霄飞墨山川醺，帷幄点樱桃李乐。

3.禅悟

凤凰囚困宠香笼，关羽九叹难张飞。
诸葛帐帷天国梦，八戒俗念悟空扉。
桃园觞醉凉茶冷，司马几刀魏冕挥。
碧血无痕山寺静，春秋黄翠草泥归。

蜀国新

1.蜀道变

一望峰岭蜿蜒道，千里遥迢走到老。
脚踩天边身凌云，心觊瑶殿山圈套。
陈仓暗度铁车驰，阡陌路桥蜀国昊。
江堰碧流稻穗嬉，昆仑曦领乾坤早。

2.蜀国娇

昆仑脊舞星辰转，九寨花招娥月圆。
彩峨眉林双蝶伴，乐山慈佛逐人缘。
黄龙洞卧碧波逸，憨态熊猫倾国妍。

蜀道蜿蜒通玉殿，川江墨润世间贤。

3.蜀国桥

卧龙盛世涌新潮，盘水蜿山曲径摇。
蓊岭过乡红运绕，穿峰飞洞彩图描。
撒花拂绿碧波点，横雾跨云霞梦逍。
蜀道难于上苍廷，天桥好跃凌霄瑶。

4.蜀道昌

小夜郎，傲天堂，高青藏，贫瘠寒。
蜀道难，青云上，暗度仓，笃盛强。
国分三，黎庶难，鸦片枪，邑熏亡。
农旗张，銮殿扬，民富商，国吉祥。
昆鼎山，隆四方，华夏昌，震世撼。

2019年春节

1.除夕

春花秋月蜡梅红，落叶飘零远返终。
羁旅游尘千里路，归途阡陌万奔骢。
异乡銮殿辛酸泪，己屋柴门温馥笼。
星日圆天三十聚，举家围桌一团隆。

2.初一

一鼎始初千象启，九寒梅引万春琦。
北疆冰凌化茵翠，东海蜃楼辉旭熙。
川水墨流儒道朗，阡陌陌地露珠丽。
昆仑弯曲通天路，珠岭旗飘旷世奇。

3.拜年

鞠躬前辈青山水，作揖先生基业辉。

敬国一圆华夏统，仰唐九鼎强盛威。
拜崇儒墨珠玑美，惊叹金銮雄伟徽。
礼数他人留佛吉，回香自己浩坤菲。

4.猪年

（1）八戒

一晃酣杯碎玉月，唉叹白兔孤单竭。
悲怆长嘴恋春梦，贪逸恶劳恐血钺。
箍紧锁心八戒铭，长征路漫九番越。
天瑶虚幻浮云空，情寄高庄共婵玥。

（2）猪年

二郎去月天蓬来，兰恋投胎慕粉黛。
远古饲豚进化开，今宵桂冠福猪戴。
毛囊骨饰映丹心，红白喜庆碧血溉。
桃苑富盛圆满牌，山川庭院宠佳爱。

（3）亥猪年

亥豕一躬秦岭舞，长城九荡激昆雄。
玉门雪漫蜡梅傲，南海波涛掀浪冲。
华夏脉流甘酒馥，寒霜银粟火炉红。
万家灯火一龙跃，南北五洲霓彩虹。

5.川姿

玉门雪妹撒天娇，南国鹤仙云逸飘。
珠玛旗峰招月兔，龙宫锦鲤逐星撩。
长城一跃腾乌岭，黄浊九蜿醮海瑶。
泰岳粉眉迎香客，漓江旖旎秀虹桥。

6.澜曲

夜澜金曲荡宁静，元宝扁舟飞苍林。
银月飘窗婵玉立，幽香脾沁谢芳琴。

7.情咏流

水萦峰岭长江长，酒醉橙乡黄浊浪。
华夏炎黄九州浩，昆仑东海同宗唐。
德儒渊远众家亲，珠联璧合共聚堂。
南北佳肴汉满齐，万民携手国盛强。

春酒——寒天醉热酒

1.闻香

一缕幽香红线缠，榧芳婵月霓衣虹。
天涯悠远琼瑶近，蜂蝶萦身倩影朦。
未吻樱唇先脾沁，梦魂绫袖油灵躬。
含融腾漫胭脂袭，紫气氤氲万簇红。

2.醉醇

幽馥入脾飘碎步，钟杯回荡奏军鼓。
一盅甘酊醮心丹，五味酸甜交响谱。
殿椅婵娟伴冕旒，玺章元宝风云雨。
卧龙醒眼落泥滩，酒海鸳鸯泡影舞。

3.喷酒

瑶满丹心碧血张，烈醇燃烧激情昂。
景阳三碗虎王趴，金棒一挥龙冕慌。
元宝横舟穿海浪，玺瑰落殷盖天苍。
酒中浩宇圆囹吞，樽影貂蝉绿袖香。

4.挥酒

银河入肚浪黄河，南海苍觞荡浩波。
坛舞罐旋天地转，瑶流金洒笑梨涡。
一腔豪语惊邻座，满鼎雷霆震戟戈。

醇榭钓誉鱼跃殿，红樽对影会嫦娥。

5.醉酒——醉猪梦桃

砚台纤笔蝶依偎，仰苍桃红彩绣彗。
江水滑梯游墨园，海滔云雾腾龟寐。
如来佛手莲蓬浮，仙老丹丸冕旒坠。
一灌浊觞冲脑门，两人茅屋抱猪醉。

6.甜酒

幽香飘逸月娥来，浓馥弥漫婵羽开。
琼汁撩心情窦拔，辣浆穿腹道喻剀。
碧流江水贵妃色，酣畅黄河桃苑苔。
对影三人聊缘梦，一樽五味醉真才。

7.酣酒

蓝汁蝶光对影三，红樽波澜鸳鸯荡。
碧流华夏长江清，馥润神州黄浊醢。
酒醉心花人喜夸，豪言惊座知音唱。
梦醇桃苑瑶池香，觞蜜聊斋酣艳畅。

8.四君仙酒悠远醇——单县一带一路

玉门绸缎飘罗马，中夏圣贤酣单庄。
李杜诗辉唐汉极，高陶才艺翰林彰。
琼瑶儒墨天涯馥，觞酌雅词海角香。
一路带醇誉洋外，四君仙酒盛名扬。

9.瑶酣

悠香仙妹逸悠来，芬闻沁脾盛鼎待。
几滴丹珠撩佛禅，六根聪慧灵光彩。
身浮玉液旋天宫，口蜜琼浆功庆凯。
一灌酣醇闪月娥，九龙神醉瑶池海。

10.对影三

入坛酣瓮恰随流，觞溢湖漫心绪收。
手握琉璃鼎浩苍，口含仙汁吞寰球。
汾琼碧月银河隔，浪海青波蜃幻楼。
对影三人娥中舞，碧酣一鼎娇婵游。

11.酣觞

李白酒香银汉落，高山知己碧流歌。
三生有幸今缘结，四海瑶池真话多。
一入喉咙竹马跳，九流眼色青梅婀。
云坛琼罐浮酣酊，宴廷樱桃醉玉娥。

2019年春欢

1.春喜

乌云蔽日寒霜霾，梅殷艳招暖绿海。
莺鸟鸣青芽探头，天鹅浮碧蝶飞彩。
窗花卸雪露胭脂，亭榭抖冰闪琉铠。
长巷龙狮戏谜灯，昊空焰放春情凯。

2.春欢

锣鼓旗摇山海闹，龙腾狮跃灯笼耀。
桃符菊迎胭脂娇，爆竹烟花逸空烧。
霓虹绿裳佳品肴，喧嚣集市戏迷笑。
长壶对眼月娥飘，红日醉湖姜老钓。

3.春联

玉珠红颊含樱唇，朱羽花翎盖顶帽。
墨道蜿蜒长远江，翰儒咏浪黄河滔。
除邪言善字飞扬，祈运鸿盛贴福祷。

世上千玑脸面颜，楹联万吉桃源好。

4.春焰

梅艳招风雪里红，桃符赤展吉祥宫。
鞭炮鸣彩苍穹苑，霓虹蔚蓝南海东。
陌室荧光闪儒道，汉銮金殿耀乾空。
龙腾炫灼黎民福，狮舞炬燃华夏鸿。

5.春福

冰花落幕翠芽露，走狗去邪猪运渡。
莺鸟鸣春万物来，神龙腾越彩虹布。
长江蜿曲绿茵铺，黄河浊涛碧海驻。
经啸傲寒梅艳红，天酬勤苦脚长路。

6.春晖

雪荷翠青卸白袍，鸳鸯戏水碧波撩。
回廊蜿曲龙狮舞，盛世富康鱼跃跳。
箭向月宫晖浩宇，车横南北一江遥。
长城起伏昆山造，儒墨流芳华夏骄。

7.春露

北岳山隆抖冰雪，南江雨润催芽醒。
黄鹂悠曲翠青枝，溪水蜿蜓碧海莹。
幽巷龙灯楹贴暖，花城紫卉飘边廷。
朱门褪色琉璃茵，儒墨流芳德礼兴。

8.春雨

银河洒珠沧海川，晶莹弥漫蓬莱苑。
露醇入泥催青芽，苍柏发株绿枝婉。
牛女撒花润沃田，涓流琴水曲江远。
浩丽琼液天坛杯，一羽觥芳满宇烜。

9.春寒

阵阵啸风弯翠枝，蒙蒙细雨泣珠丝。
笋芽折戟鸟横地，龟鳖缩头蜂落池。
绿袖琵琶寒泪曲，霓虹素色雪淹祠。
柴门烛焰鸿儒火，旭日高升红煦滋。

10.春光

黄鹂鸣翠旭红耀，霞彩呼风旗帜飘。
花笑云怡溪曲绕，鱼跳鳞闪碧波摇。
桥头吟赋珠玑冒，庭院墨流儒道迢。
城殿轩辉蓝宇熠，熙攘车马霓虹娇。

钟情——情人节

1.情开知音

共桌比肩化蝶仙，同船修渡蛇人幻。
英雄城邑送貂蝉，陌妻车书诸葛宦。
管鲍席聊十载稀，有缘一夕百恩间。
峦峰溪曲知音歌，笙笛绿波荡山涧。

2.情钟所爱

柴屋卧龙驸马封，翰儒香史顶冠红。
横刀驾驭立昆岳，西战东征紫禁宫。
珠宝金银贵妃拥，山川大地舞东风。
揽星捉鳖桃源咏，南海逍遥醉鹤翁。

3.情为永生

枯枝落叶丧花艳，蛹化桃源彩蝶程。
鸿雁翔云人队乘，鸳鸯戏水曲同笙。
别姬鸟散乌江冷，蛇女姻亲宠贡生。

红酒醇生情长醉，碧流沃野翠常盛。

4.情愿所痛

春花秋月蜡梅红，翻岭越峰衰马骢。
十载伏灯翰学士，一番磨难史书通。
情殇化蝶双飞拥，蛇献恩人困塔笼。
碧血丹心千古留，愿为紫梦深渊冲。

5.情殇丝长

玉门寒啸扫南洋，鸳鸟霜风比翼翔。
梁祝红尘错云驾，蝶花虹彩入天堂。
天蓬凡间恋兰妹，不羡宫廷虚空房。
丹血泪涟东逝去，山青柏翠日辰长。

元宵佳节

1.元宵

正月梅香盛红艳，梨花飞雪旋方圆。
千山银粟冰天冷，一碗元宵温馥筵。
富态菊眉慈福脸，酣醇甜蜜庆嘉年。
墨融珠语熬儒味，长道黄汤阔海渊。

2.花灯

雪夜斑斓霓彩耀，潋湖旖旎玉人娇。
九华仙袂云中布，六彩芳期月下挑。
龙舞狮腾游艇摇，人欢鼓乐紫烟飘。
徐徐焰火娥星落，阵阵雨花春起潮。

3.元宵节

雪玉嫦娥飘逸来，银花瑶滚热芯开。
墨珠谜海朦纱雾，霓虹笼灯透悟猜。

景苑采香怡乐趣，高歌丽曲洒戏台。
觞杯殷酒醉温馥，焰卉入泥青翠苔。

4.久酒缘

久久不见久久见，久久相见久久眼。
羞羞拢脸羞羞现，羞羞樱唇羞羞脸。
悠悠不远悠悠愿，悠悠远来悠悠圆。
酒酒不添酒酒恋，酒酒醉缘酒酒甜。

开学——儒学新姿

1.伏枥

梦开紫耀春光熠，翠露菲红灿烂琦。
千里归心国子监，一飙川岭铁飞骑。
学斋貌焕怡雅苑，儒经才尊珍宝颐。
琅琅书声萦耳畔，沙沙翰墨撰豪词。

2.挑灯

庭园幽雅书扉响，砚桌静候流墨香。
斋屋烛灯灵慧闪，玉台红雾袅情长。
史书涌动黄河浪，贵纸蕴含佛道章。
寒雪红梅唤明媚，夜阑明亮虹心光。

3.扬鞭

炎黄汉字神州集，贞观翰文唐盛奇。
四大发明闻古国，九龙得道赋儒知。
驱除鞑虏推銮殿，崛起中华科学旗。
老骥蹄腾昂白首，青春鞭扬展雄姿。

4.传道

三威讲桌翰林怀，一鼎禅茶天道来。

琅琅书声昊宇扬，谆谆儒学德贤开。
圃园青草壮花朵，斋屋鲐翁乐鬓腮。
桃李硕丽华夏彩，不徒沥血赤心栽。

5.释禅

春秋秋落蜡梅香，秦国消亡汉代昌。
生老病离谁做主，乾坤律令道规扬。
周庄黑格同相尔，山岭碧流共乐章。
慧觉天灵聚妙思，玄机禅佛舞穹苍。

6.展新

楹俪媚开嬉幅招，云霞湖畔翠鹂叫。
凌霄方鼎竖旗飘，运动健将横杆绕。
曲径百花馨馥怡，弓桥双雁戏鱼跳。
帷台翰墨流蓝图，骏马腾蹄仰天啸。

三春花色——贺三八

1.春花

绿袖丹心紫黛眉，樱唇粉颊翠丛晖。
身随鹂鸟舞婀娜，步同泉溪流馥菲。
红蕊羞含月娥玉，兰芳春撒蝶蜂飞。
一幽昙艳暗香喷，百日炫丽情窦薇。

2.春艳

兰芳胭粉闪桃颊，翠鸟聚光瞄菊花。
云雾风停献甘露，泉溪曲伴悦林哗。
赤梅招眼幻春色，樱馥诱蜂弹凤笆。
红杏浮墙逸情窦，紫蝴恋爱绕香霞。

3.春姑——三春花蝶

三春花蝶细肢窈，八彩锦衣殷袖朝。
田径仙姑紫燕跳，穹苍空姐月娥飘。
峰裙阡发神州黛，碧乳柔禾华夏娇。
一缕幽胭弥凤阁，百眸酣醉杏红乔。

4.春华

苍穹人化女娲圣，国色天香寰宇花。
娥月世间锦缎华，王母瑶液馥馨家。
山川旖旎黛眉画，巾帼木兰钦佩夸。
仁义柔心孺子教，满园桃李彩虹霞。

5.春欢

鹂莺鸣翠绿枝跳，彩蝶双飞蓓蕾绕。
山水秀姿婀娜招，仙姑飒爽美人俏。
载歌翩舞月娥娇，香逸迷酣梦幻漂。
三昧春怡百艳芳，八方娱悦万家笑。

6.春心

旭日暖风情窦发，牵牛表白喇叭哗。
缘分相续接连理，生世间修蝴恋花。
一朵红茶万重蝶，千杯殷酒几浪葩。
山川黄翠心扉露，浩梦龙凰任舞霞。

7.春情

乾坤龙凤舞春秋，蜂拥兰香绿翠油。
斑蝶迎曦彩霞荡，鸳鸯戏水碧池游。
孤舟蓑笠鱼篓空，苍浩银蟾倩影留。
牛女银河两相望，白蛇有毒许仙收。

8.春梦

红旭东升腾彩鹤，梨花飞雪落嫦娥。
紫棠幽喷闻香粉，黄菊艳拢撩酒窝。
绿翠芳菲冕旖拨，莺琴燕曲御台峨。
凤鸡一振百鸣拥，春梦几辉千呼歌。

9.春怡

旭日蓝天和煦暖，鲜花灿烂蝶蜂晖。
胭脂飘巷亭台馥，绿袖拂街楼宇薇。
闲赋漫悠荷池畔，龙车铁鸟比云飞。
轻舟杨柳夕阳美，氤郁山川紫气辉。

10.春风梅

漫天雪扬凝脂红，阡陌冰封渺冷风。
腊月披霜寒玉娇，元阳抹绿耀苍空。
化冰招翠引兰艳，催紫诱蜂迎旭东。
几缕幽香飘卉粉，众蝴花恋扑春梦。

11.春暖梅

漫天雪地一飘红，妩媚雅姿万情风。
娥月霜被殷唇黛，贵妃清馥岭恋笼。
冬凌刺骨傲凝冻，春暖花开朱启东。
寒啸拥梅丹血热，温馨相伴福禧鸿。

12.春情梅

桃唇胭粉凝霜玉，纤树雅姿妃子媛。
千里冰凌封川岭，几丝清馥弥香园。
一冬菱骨为红艳，九蕾芬芳情意暖。
经冻熬寒鸿雁到，梅花池畔对双鸳。

13.寒香梅

千岭冰蒙逸香馥，万川凝结蜡脂浓。
横枝利剑乌云顶，蓓蕾幽芬情趣憧。
春翠秋黄梅腊鲜，天寒地冷傲霜封。
经风冒雪为红艳，粉黛胭眉醉蝶蜂。

14.春桃香

蓓蕾霓虹闪玉娥，纤枝婀娜舞婆娑。
幽香蕴藏羞情窦，绿叶琴哗思慕歌。
粉撒田园酣梦苑，朱丹沃野涌蜂波。
千姿独荡三春浪，百日樱红一恋婀。

15.春桃醉

三春大地桃花笑，五岳彩蝴霓羽飘。
蓓蕾羞笼金屋娇，瓣芯绽放玉婷娆。
红唇粉黛貂蝉艳，绿叶纤枝嫔贵腰。
百紫千兰情她拢，一番蓝梦醉魂销。

16.春樱红

三春荆挑彩霞虹，千蝶花拢九巷空。
雍福瓣珠飘华贵，妖娆粉黛透嫣红。
绿枝额顶冒朱卉，殷膏眉间闪玉瞳。
百媚瑰丽独姿傲，一旬流艳万年珑。

17.春樱情

瑰丽霞笼碧粼畔，绯衫嫔聚凤凰台。
纵横芬馥貂蝉袖，圆润雅姿妃子腮。
蜂拥闻香添彩缎，俊投斑蝶恋花来。
樱红不语黛眉拢，只待情缘粉蕾开。

18.春樱媚

眉梢朱冠蝶蜂招，粉瓣殷腮诱引邀。
红颊玉茎貂妹色，樱唇彤蕊贵妃娇。
翠青柔臂凤腰扭，飘逸罗裙风韵潇。
蓓蕾芳心拢不住，姝丹香艳耀姿娆。

19.春牡丹

一片粉腮天上落，万株花妹舞婆娑。
淡雅玉蕊凝唇膏，浓艳王妃耀酒窝。
黛墨儒风仪母国，仁慈妩媚娇嫦娥。
九嫣丹瓣桃源馥，百卉桂冠莺鸟歌。
注：此诗荣获第六届中外诗歌散文邀
请赛一等奖。

20.春满花

旭日璀璨苍宇霞，牵牛彤蕊喇叭哗。
玉兰羞涩拢丹颊，梨雪絮飞抛艳华。
街巷仙姑飘雅态，田园蜂蝶拥朱葩。
杏花汾酒醉楼榭，庭院芬芳怡满家。

逍遥游

1.龙游花都——马拉松赛

一龙赛队游花海，万马腾蹄桂冠争。
昂首中山扬广粤，凌超孙小港桥征。
霞云摇帜推风劲，锣鼓喧嚣助呼声。
一路奔跑华夏势，一带仪展美羊城。

2.雁城马拉松——为家加油

雾锁雁峰晨旭迟，马奔衡府道光金。
环城赛圈绕山卉，阡陌兰樱舞蝶琴。
虎帅飞驰冲凤榭，簇花夹道助丹芯。
志迢千里梅红迎，路漫万程犒韧心。

3.孤舟泽畔

断壁残城半际天，孤舟银海浩坤乾。
九龙墙印沧桑史，一泽浊愁风雨泉。
烽火乌烟那萧景，花容月俏此欢筵。
行云盛世流溪乐，春煦绿枝燕舞翩。

4.镜月

一叶弯舟苍宇挂，两厢粉颊镜中花。
黛眉锁珏樱唇扬，蚕缎舞姿霓羽华。
幽馥弥斋红烛醉，罗裙翻页妙珠霞。
荷苞蕊露斑蝴笑，杏眼回眸桃苑嘉。

5.楼兰曲

骆曲波涛丝路弦，张骞马跃绸缎翩。
九州共脉炎黎族，一鼎同宗华夏天。
黄雾卷楼娥月黑，银河西去碧池烟。
春风又度玉门坎，唐汉重盛耀苍乾。

6.凌云桂林（幻游）

一禅扁帆昊空飘，万慧青峰云雾峣。
人入水帘舟凌昊，泉流山涧穿弓桥。
纵横翰墨桂林画，盘曲婵娟漓水娇。
夕虹凉风瑶汁醒，懒回玉阙醉逍遥。

7.黄河水

一壶銮殿瑶池液，九曲蜿蜒风彩蝶。
横贯东西洒碧琼，扶摇南北飘春叶。
汗珠融雪源头来，浊酒酣情潮涌叠。
儒墨润滋涛水香，红船澎湃浪花烨。

8.黄河浪

巍巍河水灌江梭，阵阵浪花推凤舸。
蜿曲九折儒道远，咆哮一跃海滔波。
冰凌剑刺黑妖怪，汾酒激昂黄浊峨。
沧澥史河秦汉宋，绚丽华夏凯高歌。

9.黄龙游——导灌

苍虺咆哮奔旭东，风云雨露卷春风。
蜿蜒曲折滋山绿，左右盘旋灌水融。
黄缎染身为民呕，橙蒙浑厚沥肠忠。
丹心导翊游天道，回馈甘霖润华鸿。

10.青山绿水

鹂莺鸣翠漫坡青，黛岳浮霞桃苑馨。
儒曲墨浪瑶蕊醉，巍山柔水雅芳婷。
乌烟窒息蝴飞梦，污渍夭折茵草娉。
利剑破霾花卉笑，泉溪流碧鹤悠宁。

11.云或雨

似云或雨凭心情，是霞也霓得悟性。
山水自有灵角犀，尽把觞波看月旎。

三八——云逸霞飞环校跑

1.云逸

云影粼湖莺鸟叫，绿茵绒毯月娥娇。
艳阳高照旗辉耀，学府花开紫气霄。
一路英姿环校跑，一飘彩带雀呼嚣。
香喷蝶拥春风啸，方鼎霞飞昊宇遥。

2.霞飞

紫燕翻飞碧湖点，桃红云逸蔚蓝天。
女神凡间凤雅展，田径摇旗风舞妍。
貂蝉胭香熏绿草，贵妃仙袖诱蜂癫。
马承乔妹腾蹄奔，花舞莺歌凰彩旋。

清明祭

1.清明

荒丘杂草霜霾笼，魂魄涕零襄服冷。
冥币纸楼碑上留，紫花翠绿坟头整。
一时重聚忆当年，几番泣流噎语哽。
泪水奈何满断桥，阴阳两接岂能省。

2.祭祀

殿台炬鼎旭霞辉，鼓乐长龙祭拜随。
元祖高堂昆岳脊，汉唐伟业九州眉。
庙坛圣火熏香史，虔敬信徒承道为。
红日引航皓月思，山高水远尽丰碑。

3.扫墓

丛林迷雾阴霾笼，魂影泣珠浑身冻。

泥泞洼途奈何桥，蜿蜒峡谷天堂洞。
烛光冥火烧心焦，坟伯棘姑勾脖痛。
回府恐遭地狱坑，扭头迎鬼进幽峒。

4.流星

浩宇无垠波澜远，辰星熠烁霓帱妍。
微尘镜透苍穹阔，晶玉荧晖娥月翩。
划破夜空开悟道，眨飞媚眼闪情缘。
刹那灵现逸贤圣，瞬间箭穿耀史船。

5.游尘

游弋芸生穿眼过，迷霾尘世啸吟歌。
步移沧漭撞荒冢，身仰浮云梦缙跎。
儒道满心陋室空，柴门白烛泪涟河。
百蝴翩舞林风笑，孤子空弹浊水窝。

6.尘殇

飘忽红尘彩霓飞，旋回辰日玉娥陪。
横来人世兰花耀，纵与汗青香璀瑰。
几番逐名空叹去，一秋枯萎草丛堆。
狂风骤雨浊流淹，翅折苍穹落入灰。

7.踏青

轻风拂柳碧波漾，黄鸟鸣春绿林吹。
奇幻白云随趣飘，娇姿彩卉悦心魅。
丽山粉黛秀峦旖，涧水蜿蜒流曲媚。
丘当杏桃峰作杯，香溪玉液怡情醉。

8.缘分

乾坤造物形双两，尘世阴阳影只单。
彩蝶白蛇寻己半，天宫地狱护天圆。
溪围峻岭流琴曲，仙慕牛郎弹纺弦。

伉俪同船初识缘，鲐鲉共梦殿堂翩。

9.长情

春花秋落蜡梅香，柳絮飘零碧水长。
手足同心连理亲，肤肌相伴共鸳鸯。
牛姑激荡银河浪，梁祝比肩双拥翔。
秦纳诸侯融华夏，墨流儒道溢芬芳。

五一劳动颂

1.庆典

五一广场人彩兰，山川大地花红灿。
英台模范荣光辉，庆典堂皇美轮奂。
仙境瑶池汗水凝，黛眉风景怡情赞。
满腔热血创桃源，双手筑城金殿璨。

2.造国

汗润禾苗稻穗香，火烧钢铁造桥梁。
夜阑墨滴珠玑亮，丝路联姻贞观唐。
骠骑巡游戍边塞，鹅毛帷幄扇刀枪。
英雄叱咤风云唤，劳力江山社稷煌。

3.铸魂

丹心碧血浪涛涌，铁骨钢筋铸泰昆。
骠骑纵横三国统，长城阡陌九州坤。
梁山竿揭殿台换，地覆天翻兵俑掀。
南北运河流万古，汉化瓷玉冶唐魂。

4.庶国

浪涛江水丹心血，巍峨长城筋骨肋。
汗墨清明河上图，黎红銮殿紫辉色。

赵州桥顶脊梁横，科举状元优仕德。
贞观民舟载盛唐，锤镰旗扬新中国。

5.黎农

烈日锄禾汗水注，夜归漏屋狂风呼。
片砖长堑中华径，碧血黄河龙脉哺。
人耦千斤九鼎腾，春花秋果桃源布。
辛勤五谷佳肴丰，收获满仓沧海富。

6.劳工

一抡铁锤砸陈世，五彩红旗扬华姿。
高铁风驰穿沃野，吊桥横跨越瑶池。
凌云大厦瞰桑梓，飞箭波音渺玉墀。
铁骨钢筋民族脊，东方明塔九州琦。

7.翰学

三元优甲神州栋，九品翰林社稷梁。
墨入长江儒道远，书掀黄海浪涛扬。
一条鞭法兴朝政，百日维新推宪纲。
笔竖浊城仁义灿，砚池桃苑史河芳。

8.神思

中原一统彰嬴政，孟获七擒甘拜臣。
三十六谋天下策，百折不殆运筹神。
鹏飞鸿业长城远，义布良风浩气醇。
民水丹心舟驶畅，烛光灵慧蜃楼臻。

9.苍号

直向乌云啪火烧，横刀坎坷得蹄跳。
劲风啸毁糜枯殿，沙暴轰埋丑怪妖。
泣雨呜呼酸楚泪，雷鸣霹雳鬼魂销。
长江号子拉芳史，湟水咆哮激国潮。

10.圆梦

沧江蓑笠冷飕风，炉鼎锻锤星火红。
汗雨禾苗孵遍野，手编绸缎他身绒。
长城哭倒阿房殿，黄浊怒掀天庭宫。
瑶榭兰亭施法宝，乾坤如意任圆梦。

五四青年节

1.脊梁苍龙

凌云昆岳翠青松，昂首苍穹巍众峰。
缨穗枪头挺忠字，虎贲铠甲护华邕。
幔帷鹅扇顶巴蜀，竿竹锦旗挑鼎钟。
秦岭横刀挡寒啸，长城展翅跃飞龙。
注：此诗荣获浙江农林大学2019"诗颂中华，歌咏青春"诗歌节原创诗歌征集大赛一等奖。

2.丹心报国

翘首长城龙将姿，飘扬秦岭先锋旗。
精忠刺字铜墙臂，报国戟红缨紫羁。
千里边疆戎马绕，一丹心爱九州师。
巍峨峰岳雄兵脊，绿水江湖碧血滋。

3.民主斗士

群魔和会噬儒国，暗算瓜分任宰割。
洗雪百年胯下污，震惊一呼锁链脱。
持刀侠义曦东迎，敢向苍天不公沫。
飘扬红船镰锤旗，神州燎野波澜阔。

4.华茂青春

威武坚强泰岳雄，黛眉优美逸香风。
秦皇挥手诸侯附，昭女袖飘民族融。
彩蝶对双梁祝漫，仙蛇一恋地天通。
娇姿绿袄仁慈艳，健硕阳刚朝旭红。
注：此诗荣获中国百家文化网2019年
"翰墨风华"全国诗书画大展赛二
等奖。

牡蛎

黛墨姑娘闺女房，温馨宫殿紫星堂。
静林碧水观风雨，微露唇脂笑对鸯。
内裹珍珠修圣洁，外镶铠甲护丹香。
刚柔相济天禅道，游刃江湖自在航。

五一港澳行（抒情诗）

1.启程

一龙飞铁南海驰，众仙齐聚港桥诗。
百年耻辱游子归，一睹炎黄倔强奇。
飞轮滚滚太椅稳，山川匆匆风景怡。
窗外桃源瑶池香，眨眼碧波春梦醒。

2.飞驰

铁轮飞旋万马响，芬芳笑话满车厢。
丹心不随山河移，怡然静观风云战。
龙腾箭飞山河渺，翱翔天地梦幻蓝。
静雅思绪千年跨，游舟横穿浩宇霞。

3.怡景

两扇小窗关不住，一路鸿景扑面来。
巍峨山峦比云肩，娇柔卉草随风摆。
瑶湖漂漂流回眸，杏香漫漫渗香迈。
身在轩辕心在花，摇于轻舟醉丽海。

4.花城

花城菊笑迎香客，蛛网天桥镶景色。
擎天尖塔独枝秀，遍地轿车满玉荷。
粤味龙虾满腔腹，星海学府藉心慰。
黄埔浪涛潮头涌，繁华锦绣领头飞。

5.广州娇妃塔

铁骨柔曲独秀肢，窈窕妩媚五羊嬉。
凌云苍穹揽星辰，傲立黄埔藐虾子。
蜿蜒旋律高寒曲，雅芳孤赏马平驰。
洁玉华表云端昭，花城脱颖举世惊。

6.黄埔军校

黄浦江涌革命潮，先驱挺身迎敌刀。
投笔从戎揭竿起，儒墨法道文武操。
翰林将军一笔挥，羽毛横扫千军倒。
摇篮孕育三头臂，火种燃灼漫天啸。

7.梦游

驾鹤凌云南海游，山水碧荷怡人悠。
漫香芭蕉回眸瞧，天堑虹桥禅道溜。
紫梦锁开璀璨飘，阡陌景移醋醇流。
人间桃源心境逸，眼中红尘情调优。

8.澳门

濠江浪打白龙翘，海上明珠璀璨娇。
鳞次金堂栉轩宇，纵横桥臂揽花礁。
血红赌桌青烟绕，霓虹柜台绿酒瑶。
方寸桃园布天阙，掌中妈祖富丽饶。

9.港珠澳大桥——天虹

南海螭蛟冲亚洲，浮身显世吐珠球。
一抬龙首跃香港，几番浪涛震四周。
上下翻飞挺儒道，左右阻击挡污流。
长躯直载炎黄梦，横荡波澜扬玉旒。

10.港珠澳大桥——龙桥

汪洋黄虮觉知醒，激荡洪涛举世惊。
金冕昂头冲巨浪，紫薇凤尾蔓茵菁。
彩鳞片片闪霓虹，碧水粼粼嬉海鲸。
几蜿沉浮逐波澜，百年腾跃耀华英。

11.香港香

碧波荡漾浪东洋，明珠璀璨凤台煌。
先驱同盟揭旗杆，主权一统炎黄强。
万国世贸中心岛，满目琳琅小屿香。
鸦片烟火香港呛，华夏鼎盛香港祥。

12.香港辉

黄金大道珠玉坠，银富大厦海鸥飞。
山重路曲汪洋阔，碧波浪涤元宝辉。
殿堂绸缎窟窑蓑，凤台基石黎庶灰。
天涯玉枝芳草香，湾水琼浆酣觞醉。

13.香港媚

南海仙境宝地瑰，明珠灿烂金光辉。
玉洁黄道无尘灰，摩天大楼娇妩媚。
鲐背大仙布道为，人间沧桑福临堆。
吊坠迎风福气吹，海风金浪岛屿美。

14.乌鸡国——香蛋

贾堂庙里乌鸡国，牙谝磕来殷富歌。
杨戬慧根斜眼独，悟能便腹乞粮多。
骨魔娇气蒙僧佛，大圣金睛纸虎蓑。
菩萨仁慈凶狗恶，天庭普济苦难挪。

15.珠海

牡蛎晶凝珠海玉，凤城蕴含道德儒。
圆明山水画京城，滨江涛花黛春雨。
渔女情侣烂漫琴，生蚝歌剧悠扬曲。
海滔激荡奔潮涌，改革尖兵拨浪鼓。

红缨扬——研究学习风采兰

乐学殿堂轩宇煌，帼姿健步赤缨扬。
珠玑紫璞吐金玉，绚丽墨翰耀凤凰。
五曲波涛华茂谱，九歌豪放汉唐昌。
掌声鸣爆习风漾，黛媚铿锵女院强。
注：湖南女子学院举办学习竞赛。

为同学们的歌声陶醉，为同学们的友
情诗歌！祝你们嘹亮的歌声在同学们
中永久激荡！

合欢曲——同学聚会

千迢情曲歌声漾，万分激昂牵手馨。
紫梦花开南雁展，樱桃艳丽月娥婷。
高低顿挫弹青翠，起伏旋音唱茂玲。
霓虹灯辉梅娜娇，酊酣酒涌马奔娉。

人大——聚义堂

逐梦桃源呼声响，议行合一聚銮堂。
片缣千鼎托黎话，博采众生民主张。
四海争鸣共桌述，九州朝凤同圆方。
神州角色登台唱，红舰和弦歌远洋。

政协成就

1.珠玑箴言

心口天窗透昊穹，长方议鼎汗青红。
涓流翰墨滋身雅，金烁珠玑明脑聪。
三十六谋防不败，一扇鹅羽扫千虫。
舌卷利剑道儒国，笔洒桃源颐景鸿。

2.呕心竭虑

博学翰林儒义诚，民风庶耳侠肝铮。
襄舟笠雨知流向，鱼水相融悉浪声。
万里笃行荆棘路，一腔丹血殷山城。
呕心竭虑鞠躬瘁，呐喊天应德义正。

3.荣辱与共

合纵六国御秦扰，同策千船烧曹觑。
骨肉相连凝党魂，举家抗敌护仁义。

翰林笔墨绘山川，金玉珠玑参国事。
沥血殚精跨深渊，共荣华夏扬旗帜。

母亲节

1.母亲

心腹脐绳包爱儿，胸怀乳育抚樱姬。
线连游子天涯角，温馥柴门贤淑滋。
三哺灶台围夜烛，千迢盼返目追曦。
花枯叶茂容憔悴，黛粉肤黄发白丝。

2.母爱

孕怀十月昊穿魂，旭日一升腾苍神。
游子天涯手中线，夫君塞北衣暖身。
青丝沥血三迁子，白发沧桑九老椿。
鲐背脊梁儿岱岳，鹤仙南海留芳臻。

3.母心

萦梦卧龙胎腹蕴，细心孕育护苍生。
晨随朗读伴童幼，夜纳鞋针跟戍征。
展翅围雏挡鹰隼，抬头怒目虎狼狰。
昼时三哺灶台转，夜半呢喃唤子声。

爱·520

1.爱生

不酊玉阙续缘来，奋争奈河醒眼开。
仙廷桃花虚缥缈，人间情笃伴鲲鲐。
前生香袖萦头脑，今日粉苹芳杏腮。
破茧蝶翩比翼跃，鸳鸯碧荡凤亭台。

2.爱活

一番月翩投倩影，两厢蛙曲弹情荷。
孤舟鲫绕碧波漾，对鸟花飞柳叶娑。
霏雨廊桥等红伞，夕阳池畔待霞娥。
雄鸡唱白阳丽凤，松鹤南飞携娇歌。

3.爱恒

斋屋厢房多恋魄，缠绵厮守夜曦俜。
狂风大浪鸳鸯随，烟雨红尘耄寿徵。
圃匠怀珍花媚娇，牛郎爱长银河水。
百年伉俪枕香梭，一旭蝶飞常伴耳。

牯牛降、西黄山、九龙池楹联

九州龙卧西黄山，一池瑶醉牯牛降。

仙怡园——湘西地质园

黛眉湘苑馨宫阙，如梦玉廷醉瑶液。
手揽祥云脚踩峰，仙灵地气任君摘。
凌霄桃圃乾坤霞，茵草凤凰天色借。
一指轻沾清澈泉，浑身慧悟禅经策。

康百万庄园

万芳亭榭山坳城，九曲回廊桃苑笙。
宏磊牌坊金榜训，花雕玉榻鹤仙成。
镂空龟座脊梁鼎，遍岭殿钟歌舞声。
凤阙迷宫瑶汁醉，逍遥天庭乐园生。

青海湖游

1.香馥青海

王母瑶池一滴来，峪波细浪万花开。
鹅飘宫阙仙云鹤，鱼跃汪洋龙凤台。
咸馥神州千鸟聚，丝绸之路满商财。
碧琼荡漾轻风抚，亭榭清凉霞耀腮。

2.环湖赛车

几缕嫦丝围碧海，万骢逐月竞奔驰。
飞轮起伏腾龙越，湟翅划波挺浪姿。
小鸭兴风拍澜鼓，天鹅呼唤引航旗。
一圈圆梦娟回笑，黛岭黄莺鸣恋痴。

磁山

慈母恩爱降人间，孕育炎黄抚沃田。
妖孽兴浪毁堤坝，曲星横笔挡洪愆。
天门毫聿突峰鼎，飞瀑儒琼流慧泉。
溪竹翠林姑水黛，夕霞丽影醉神仙。

健硕

秦皇丹术阎王招，武帝强身国运朝。
元世祖鲐华夏大，弘历耄耋盛隆骁。
熊腰虎背城墙厚，心腹舒眉睿智超。
太极瑶琼童颜少，青山亭榭鹤悠遥。

六一童趣

1.童年

遇果闻香涎满长，仰望星空一头茫。
光阴凝固乌鸡国，飞竹横行白马狂。
墨撒同窗偷窃笑，难安书桌火山冈。
误撞茅厕掉泥滩，追逐蝈兄忘辘肠。

2.童趣

红缨竹马扬军旗，绿翠青梅舞风姿。
榕树枝头惊雀鸟，芬芳花簇旋蚕丝。
黄河浪顶坐顽子，碧水池边抚鲫嬉。
朗曲山林莺对唱，暖衣怀抱布娃滋。

3.童颜

粉蛋脸庞流稚气，晶莹慧眼透机灵。
樱桃小嘴曲心语，乌黑发丝冠凤翎。
鼻子立杆牛犊脊，肤肌纯洁玉荷婷。
一嫣风暴耳边过，百媚童颜醉世醒。

4.童言

幼孺小嘴吐珍珠，稚气脸庞天象图。
炮啸鼎冲箭竹扬，坦言婉durr蜜甜妹。
洁瑜无污透肝腹，日月风云随口呼。
鼓噪九擂牛犊猛，真心一语胜翰儒。

5.童心

玉洁晶星笑脸霞，含苞待放杏红花。
雪莲溪水碧黄浊，昆岳泉流浪海涯。
追蝶粘香嘴巴大，摘花涂画荡枝杈。

稚龙眼力探真谛，牛犊虎贲威汉华。

6.童真

稚来粉颊透纯洁，豆响竹筒心奔随。
葱翠笋芽苍剑鼎，红梅天饰自然为。
不谙肺腑吐真语，莫揣肚肠瞪直眉。
清白荷莲涤河淤，幼秧葵藿艳阳追。

7.童乐

眼中满溢霓辉霞，手上牵牛喇叭花。
书漂砚台跳竹马，鸡随蛙泳赛乌鸦。
内心嬉笑荡苍宇，肺腑澎湃阻夕斜。
追月逐星找玩伴，乾坤沙石概金娃。

8.童教

圃苗呵护鲜花兰，雏凤托飞翱泰峦。
甘参鸡汤知苦乐，扬鞭催马跨沟栏。
德信礼义仁儒拥，娱教睿聪佳趣欢。
云逸随风无踪影，枝修匡正壮坤乾。

9.童恋

荏苒光阴慕年少，脸庞稚气殷丹朝。
红尘色变唯童绿，春煦重生独幼骄。
天下纷争甩手过，凡间忧恼脚跟飘。
秧苗笑看风云散，耄老心轻人世逍。

10.童耋

三看风云七暮霞，百年一梦望回家。
仙尝人世多情果，欣赏凡间春夏花。
广识慧聪增苦恼，金山银海逐磨牙。
茫然懵懂睿禅道，谙熟红尘涩味茶。

11.童话

青梅萦绕襄翁梦，竹马腾蹄碧海东。
携手嫦娥闹宫廷，醉酣瑶液品桃红。
五行山压修正果，三国战争帷幄攻。
棋弈姜公钓池月，回望黛妹玉楼空。

端午曲

1.狂午

一龙横跃汨罗澜，千粽抛宫水庙潭。
虚媚妖娆离骚唱，艾香楚梦九歌喃。
钟馗坐镇鬼无影，雄酒聊斋幻玉醅。
祭祀榭台仙袂漾，彩灯井巷霓虹庵。

2.屈原

汨水江旋孤影长，丹心流落月悲怆。
离骚泣涕银河泪，天问乐章琴浪祥?
游弋如舟一箭穿，纵情沃野九歌狂。
路漫求索道修远，墨润汗珠渗史香。

3.粽情

荆楚汗珠结圣谷，湖湘碧叶青葱茗。
晶莹稻米凝亲缘，茵翠绿衣逸馥烆。
热气温馨融内心，膏脂甜蜜飘龙艇。
炎黄一合粽情醅，谪屈九溟汨水酪。

4.龙舟

卧龙浮碧载民舟，楚粽满仓仙乐悠。
两岸巉崖舞魔爪，一桨前行掌东流。
惊涛骇浪脚跟过，骤雨狂风旁后遛。

昂首苍穹奔红旭，伏身洪潲奋鬐游。

5.舟赛

两岸铜锣震天响，一蛟龙跃江湖涨。
彩旗飘舞舟舰扬，桨橹摇游紫梦上。
雷动掌声推巨涛，加油笛曲梭飞舫。
逐追鼎甲百舸争，心愿奏开千卉浪。

父亲节

1.天父

斧柄一挥天地造，苍穹万物律行道。
巍峨昆岳脊梁横，咆哮黄河浪海浩。
烽火长城威武雄，驰骋战马边疆保。
参天大树挡乌云，绿水青山桃苑岛。

2.阳父

一菊晨曦妆大地，万灵苏醒再香酣。
热腾娇焰百花媚，温馥霞光暮霭徽。
昼照桑田金橘笑，夜明沧海月折晖。
绚丽尘世桃源彩，寂默无声昭焯辉。

3.亲父

开天脊岭尊儒道，焰虹春娇雏鸟陶。
龙试千茎黎姓保，疏河一泻九州饶。
旭辉沧海殿堂耀，呵护圃苗翰墨浇。
丝路边陲玉门戍，智仁富国盛唐骄。

4.威父

虎背仙肌泰岳雄，凝眸肃穆曜仪隆。
翰池儒墨流韬略，沧海仁慈入骨融。

炙烤冰寒额纹皱，擎天立地白头翁。
老夫铠甲依骁健，苍柏崖峚迎劲风。

5.慈父

鸥鸟雪飞护稚雕，汪洋海马伴雏幼。
千番觅食喙含心，一展翅膀静候守。
短烛长谈月夜明，黄河细浪道儒厚。
蹒跚牵引孙前行，鲐背胸怀儿影留。

辉煌成就绮丽国（庆七一）

1.表彰大会

丹凤殿堂金碧煌，鲜颜旗帜焰飘扬。
红船航引大同路，镰锤挥戈霓虹光。
公仆为民受黎赞，楷模舞榭耀姿昂。
铿锵豪语鼓擂响，灯笼热浪激步长。

2.庆七一

红舰引航飞马梭，旌旗横卧跨州河。
墨流桃苑青峰绿，利剑殿堂正气峨。
一路丝绸全世丽，满山金果映千荷。
拍蝇灭鼠花城馥，振华扬儒再凯歌。

3.峥嵘岁月

嘉兴红船驶旭东，井冈星火燎韶风。
长征万里新民路，镰锤一挥旗耀鸿。
文革翻天留史鉴，振缙浪海奋髦雄。
揽辰捉鳖横洲壑，龙跃虎腾扬昊空。

4.先进思想

嘉兴红船黎庶道，港开华夏唐盛操。

仁儒拓展古今融，科技市场中外搞。
百鸟朝凤一统令，千钧举国万难扫。
铁车竞相冲全球，飞艇摘星奔美好。

5.改革发展

翰墨奔流入涛海，阳江河蟹迎翘待。
桃源深处洋亭台，揽月红楼儒风采。
丝路东西铁马梭，霓虹南北珠桥载。
卧龙腾越艳髦飞，天国须花世界彩。

6.卓越共产党

紫禁城头旗帜扬，毒烟雪耻布衣昂。
保家卫国戍新弹，逐月抛花傲空翔。
一路东西高铁唱，五洲舰远盛国彰。
降妖除虎地蛇斩，绿水青山亭酒香。

7.人民政党

民舟红舰旭东驶，洒血抛头信仰持。
紫禁城楼镰锤帜，制创世界史堪奇。
炎黄鸿梦腾华盛，唇齿相依同富丽。
打虎灭蝇山水绿，桃源瑶碧庶人怡。

8.鸿伟成就

儒义马恩鸿景铺，桃源瑶液乐民夫。
明珠高塔触天庭，粤港长桥跨海隅。
丝路梭车连内外，寰球北斗共蓝图。
国人智造遍全世，飞艇奔娥翱苍都。

9.辉煌大业

马列红船旭东路，民舟共济同甘苦。
前门城殿锦旗飘，开国强兵创财富。
高铁驰飞跨海洲，北辰航卫导征渡。

国人智造全球奇，炎汉重盛天下呼。

10.青山绿水

春煦茵涟一遍葱，阳光辉耀百花红。
戈滩旱地禾苗绿，青藏高原葡彩虹。
车尾香喷竞相逐，亭楼胜景奔城中。
机鸣琴曲圃园净，柳摆碧流天阙宫。

11.花城天阙

古镇门开卉草芳，新城眉黛菊花香。
龙桥横水跨峰岭，高铁箭梭穿涧冈。
大厦鳞比珠满目，秀姑簇拥览车航。
霓虹亭榭笙歌曲，林荫绿廊雅苑祥。

12.富饶乡村

一望沃畴万穗黄，满眸峰岭百花芳。
玉荷池畔亭楼逸，纤柳枝头翠鸟荡。
村妹来城做嘉礼，娇姑入圃找牛郎。
儿时乡野今高厦，鬓白归田桃苑香。

13.廉洁勤政

春暖习风绿大地，煦蒸浩荡松杉翠。
高悬利剑指狼萎，横圃光明射蝇坠。
降孽除虫庭院清，倡儒导德世间义。
苍天有眼人怀心，善恶报应公正锤。

14.力挽狂澜

不惧凶残恐怖难，井冈星火燎原扬。
百团抗日新民胜，三八斗美打虎狼。
明剑羽遮暗箭防，任狸狡猾拥谋囊。
妖魔鬼怪儒门挡，狂飓暴洪华夏长。

15.光荣大党

金銮城殿锦旗升，威猛雄狮醒眼腾。
原子弹惊地球响，国门开放富强增。
东方珠塔顶天庭，粤港巍桥越海乘。
一扫蚊蝇风气正，一扇纸虎自信胜。

16.雄韬伟略

天道人心和来贵，桃源仙境梦思追。
扶贫匡政公平护，梁竖端庄国运维。
勤俭富黎忠义德，礼尚交往利相随。
狂风暴雨民舟稳，百战不衰仁善为。

17.旭升航引

旭日高升引道路，人心所想航天向。
桃源花朵童叟观，孔圣马恩共叙畅。
民水东流舟舵行，儒传西借取精倡。
公私罗汉各神通，聚议大堂同乐唱。

18.扬儒祛庸

三千儒法一唐风，几度辉煌九鼎红。
孔子挑灯研马列，霍金翻席佛经躬。
仁慈礼智诚信德，百舰新桨竞旭东。
合璧中西古今用，人心天道和为公。

19.治党方略

百鸟朝凤飞有序，群龙从首及时雨。
雄才伟略咤风云，梁栋端庄殿浩宇。
丹蕊中原尽鞠躬，富黎御敌卫华府。
普天一法万民尊，翎羽千鸿两袖土。

20.党群融洽

浪逐黄龙冲大海，土繁紫菊馥芬开。
青山绿水铺桃苑，凤竹同林驱蛊灾。
唇齿相依咬万难，骨筋彼附峨峰来。
手牵情谊铜墙结，并蒂花辉仙鹤苔。

21.强党盛国

镰锤锦旗城殿扬，圆明耻辱洗除光。
招财进宝国门敞，挺入世豪内外强。
一带路桥承汉道，四洲五海遍华商。
腐清梁正民风朴，葱郁桃源亭阁祥。

22.祖国红

麒麟号角一吹风，解封开门四海通。
铁马穿梭奔丝路，神舟飞跃访娥宫。
弓桥跨涧越壕堑，龙轿盘山翻峨嵩。
眉黛亭楼九天落，桃源峰岭百花红。

23.中华强

二万征途锤炼党，九州开放睡狮昂。
横桥鼎起昆仑脊，骏马驰梭高铁长。
飞艇苍穹访娥殿，蛟龙深壑探瑜藏。
国人智造全球赞，世富民强儒道扬。

24.重振唐风

七十春秋霓彩红，一流舰速骋驰冲。
玉门丝缎结罗马，粤港虹桥腾海龙。
蛮剑横飞儒道挡，妖魔鬼怪送牢笼。
世间琅璧中华琢，悠远唐风又响钟。

25.天上人间

花桥朱塔映荷园，仙廷桃源落世间。
龙轿蜿蜒霓虹闪，玉房遍布绿茵湾。
铁镖隧道梭江殿，喜鹊枝头鸣碧寰。
珠玑琳琅车马穿，翠亭棋弈乐悠闲。

26.脱贫创阙

瘠土无毛勤绿草，扶贫黎庶汗浇稻。
陡坡腿长越荒丘，泛滥潜行跨洪涝。
网雁传情丝路通，依山顺水淘金宝。
举杯共映桃源图，携镐同创天阙岛。

27.助黎富凯

一夜习风吹拂来，万民滋润泽风采。
筑楼照耀引信心，入窖扶贫精准载。
走巷穿村公正查，孤残有助游闲改。
沃畴硕果闪金辉，雪炭襄寒感富凯。

28.精扶致富

一意为民勤做仆，千年荒瘠菊花馥。
东村把手育秧苗，西窖扶危建琉屋。
翻岭引旗丝路琦，行舟扑浪共洪福。
儿童朗曲耄耋悠，硕果金秋仓满谷。

29.桃源乡村

耸然峰岭巍峨势，清澈润流婀娜姿。
白鹭凌云高拍翅，金燕荷泽半空驰。
桃源花卉香芬溢，秀美风光丝路琦。
鸡犬相闻犁机舞，蜀园网雁逸情滋。

30.福寿安康

凤榭揽辰吹汉风，西湖地铁穿龙宫。
电旋香饪饭张口，自动航天翔浩穹。
一笑鞠尊花市美，千舸兴夏竞驰东。
琳琅酣品瑶池醉，耄耋鹤冠南海红。

31.德馨丽景

黄河浪曲钓鱼台，红枣汾醇声誉开。
三趾马腾西口谷，万千铜贝又辉来。
煤山粉黛秀丽景，有色金瑜放霓财。
保得一方鱼米馥，德馨四溢扬名魁。

浏阳石牛寨

左右盘旋入桃廷，高低上下伴珠玥。
天桥亮剑横三峰，磐固兀岩斜九阙。
万级台阶播鼓钟，一头倔强奔亭月。
石牛不语笑游尘，巍岳峭然悠逸歇。

荷花

百瑜羞蕾遮兰黛，一绽绯颜天眼开。
婀娜秀枝随柳摆，彩虹对蝶抚姝腮。
青盘托玉笑屦灿，莲菊点头眸眷猜。
红瓣飘然追澜碧，藕丝连蕊再春来。

陶情

1.常州水韵

九曲流涛湾赤海，一轮旭虹江南彩。
兰亭围绕凤凰台，蝴蝶抚荷香馥载。
扁舫游街穿古风，红船大同唐雄在。
恐龙园圃乐天翻，茅岳运河涌滔凯。

2.惠安雕艺

树根春绽鲐纹笑，琼玉婀飘娟月娇。
一剑丰碑顶天地，九龙鹤壁结姻桥。
石花菊嫣彩蝴亲，雕虎威风狐乞饶。
珍藏瑜乔渺銮殿，卧横璜荷逸酣瑶。

医院——康复乐园赞

1.十字爱心

扁鹊灵丹妙手春，华佗不负太医神。
锋芒尖刃刮疮瘤，苦口良方补弱身。
挑烛玄宫探脉穴，煎熬百草凝甘珍。
十丫路径岂迷惘，一颗仁心佛万人。

2.神医大夫

一脉纠拿百蛊惑，千刀尽斩万妖覆。
慈悲菩萨恤伤痕，肩顶虚患立山麓。
挑烛燃灯烧病菌，以身试毒救寒族。
稻梁世界充饥肠，扁鹊人间鹤康福。

3.白衣天使美

宫阙仙娥落虹桥，寰球病毒烬云霄。
柔慈纤指缝伤口，莞尔嫣容疼痛消。
洁玉涤清尘世浊，鹏琴悠逸健强骄。
白衣天使伴康乐，温馥中秋不看乔。

瓷都游

1.玉瓷

玲珑胭粉贵妃茜，晶莹凝膏娥月丽。
远见西施飘逸至，近看花卉妩媚姿。
红唇百黛娇嗔艳，怡院千斤婉秀仪。
墨染儒风留史册，把盅瑶玉醉神怡。

2.瓷都游

萤火炉膛迷眼赏，循声叮当达聪狂。
釉光街道鼎铛扬，不夜瓷都霓虹祥。
惟妙弥勒憨态笑，栩生娥月逸风裳。
跳身陶罐醉瑶殿，怀抱花瓶飘梦乡。

3.抚叶参天

秧芽子嗣寄情上，涉水爬山护细苗。
云雾烟熏除蛊害，扶枝营养挺然朝。
夜斜藤蔓守珍宠，昼送栋梁强国桥。
一叶心珠青翠染，十年树木郁葱娇。

韶山参观

1.韶山

千载卧龙横岭峦，一惊雷啸裂廷关。
赤髭大地腾昆岳，黄鹄神州屹屼间。
金穗稻含天道米，青峰山指苍情寰。
柴房烛曳霓辉闪，玉荷史芬翠绿湾。

2.故居

龙盘湘水踞韶峰，堂阙晨辉迎旭东。

品字脊梁儒礼载，墨兰莲荷玉花红。
镰锤横戟挥戈马，碾机旋轮乾道同。
放眼一望川岭收，路漫九曲汴京鸿。

3.铜像

四十一轮风雨啸，十一开国新民号。
巍然挺拔比昆仑，微笑慈光桃苑造。
书卷持怀汉儒传，目睛瞩远大同导。
金身永固史留芳，思想常辉旭日道。

咏龙

1.龙

威仪天下翱沧海，金甲荣身穿雾埃。
颜喜晴和蹙阴暗，脊横正直鬼妖哀。
三烽真火烧糜窟，一捋鬓须桃卉开。
怒目虚嚣扬浩气，风云雨水绿桑来。

2.腾龙

凌云翱骜跃苍穹，伏卧昆仑引旭东。
一抖髯须汪濊震，双瞳熊火蛊烧空。
横吹霸焰及时雨，舟载黎民赤胆忠。
九曲黄河冲大海，五千奔放扬威风。

3.黄龙

横局大地岱嵩恢，屹立平川銮殿巍。
游泳长江翰墨淌，浪莹黄浊汉华辉。
躬身儒礼丝绵远，菊笑仁和四海薇。
载庶飞奔铁梭骋，直冲天阙月娥挥。

4.威龙

昂头岱岳蕤沙丘，横扫乌云霜雾游。
犄角灵霄划公道，尾鳍天际侠神州。
怒瞳熊火烧邪怪，满腹墨囊淹佞獬。
剑斩霸凌拦路虎，翱飞寰宇拨星球。

5.祥龙

激荡长江华道远，润滋黄河馥馨香。
昂头銮殿神州岳，蜿曲长城汉夏强。
载福龙舟驶桃苑，漾波墨海浩儒航。
腾空驾雾祥云瑞，俯卧山川贞观唐。

酷暑茶凉

1.心静

百鸟喧嚣大限飞，对鸯涟碧互依围。
芸生闹市铜钱啸，禅悟静山灵德晖。
众踏独桥心悸跳，自悠柴屋妙珠挥。
红尘纷纠干戈火，人世正途清爽徽。

2.云爽

尘世烽烟云阙凉，一诗蒲扇凌霄翔。
瑶池蟠果悟空会，寒廷冰娥喜二郎。
玺墨银河九州雨，马良桃苑百花香。
柴门幽静入兰殿，书卷风帆逸梦乡。

心怡茶道

1.茶清

一串妖蛾溜滑盅，万飘窈窕逸澜风。

激昂灼沸波涛跃，静仰碧清四海红。
畅豁心肠脾气爽，洁净肮脏耳眸聪。
馥雅尘世德儒礼，荡漾涟漪吉友鸿。

2.茶韵

玉珠旋舞碧波池，热浪翻腾婀娜姿。
馥郁飘香迎友客，绿茵葱翠润身滋。
春芬四季贯芳史，声誉五洋举世知。
咀嚼浮生淡泊长，黛山茶韵鹤音痴。

3.茶道

蓄蕴天灵荡春意，舞飞云鹤任舒张。
红尘滚滚青葱绿，黄土漫漫清雅堂。
飘逸诚芬迎香客，礼恭泉碧敬仁筋。
流芳天下羞花隐，德润身心儒义扬。

八一戟扬

1.剑魂

丹焰火炉锤战斧，仁儒德礼碎刀争。
戟横南北布衣荡，帜立昆仑蓑笠撑。
旒冕霸权遭剑侠，恶魔侵略遇红缨。
手无寸箭胞千万，三策几招百姓赢。

2.国魄

八一竿帜屹神州，二万长征天道求。
黎庶煎熬挣苦海，红军浴血战魔貅。
镰锤旗杆占銮殿，戎甲丹心强国畴。
蓑挂铠袍华夏稳，安宁社稷圃园悠。

3.载辉

南昌烽戍帜飘扬，星火燎原迅猛威。
卧虎长征昂国立，黄河咆哮马蹄飞。
揽辰捉鳖神戈器，儒笔从戎珍宝薇。
北域雄兵守疆土，海洋航母锦旗辉。

4.国威

长城龙首仰天昂，湟水浪涛冲海洋。
战马啸鸣戈戟横，镰锤旗帜九州扬。
丹心利器富饶殷，国盛兵强任帝狂。
昆岳殿堂星月绕，齐乾托塔恶魔殇。

5.谋略

不刃屈从仁义施，礼贤恭敬胜弓好。
一张面孔两庞样，三十六谋见机造。
捭阖纵横恐过桥，未雨绸缪先通脑。
心思百姓勤丰饶，策略自循黎庶道。

沈阳研修风情芳

1.飞翔

朝旭东升凤北翔，腾龙载梦仰天昂。
头方艳日招嬉笑，脚下山川漾碧光。
苍史风云飘逸韵，灰蒙尘世尽消禳。
桃源屋阁彩霞霓，小鸭凌霄阙廷航。

2.云逸

百态浮云托梦乡，一梭大同箭驰翔。
辉煌銮殿甲虫渺，绿水青山沧海桑。
三国烽烟雾霭空，九州跌宕翠茵场。

腾嵩越岱驾心鹤，渡月揽星悠浩苍。

3.北域风情

俊秀枫杨挺高拔，婉容导播引蝴拢。
敦重楼宇御寒雪，钢铁都城炉火红。
纤柳面丝春卉绕，浓参鸡汁馥身融。
日温月润气仁和，凉爽山庄德顺风。

4.东北大学

岁月峥嵘儒学求，抗倭跌宕合分留。
圃园文雅状元聚，府院声望鼎甲优。
昂首苍穹卫星舞，俯身渊壑海宫游。
汉卿欣慰李桃耀，墨衬白山晖浩洲。

5.东北大学校训

东海白山雄立起，北疆黑水丽花琦。
大都才子甲元娇，学府高攀强不羁。
明德礼贤诚守信，求是真务秉公持。
包容天地纳儒宝，笃行律规施道知。

6.东北大学思政研修

白山黑水引骚客，汉卿会堂聚雅儒。
镰锤红旗导航向，研修思政构蓝图。
峥嵘岁月史难忘，雷锋精神德礼输。
鸭绿断桥延抗辱，满盈心得启新途。

7.张氏帅府

割占东北独家主，明哲保身丢国土。
老将抗倭华夏挣，少卿易帜丹心谱。
戎装气魄儒柔含，外强中干禁幽府。
一段风流曲乐琴，百年沧海空锣鼓。

8.沈阳故宫

金碧殿堂清满煌，冕旒鹿座史留长。
八旗铁马横欧亚，一标金戈鼎乾康。
禁锢皇城紫星陨，开帷国祚夏华芳。
风云跌宕沧桑雨，銮宇落缨空寂凉。

9.抚顺雷锋纪念馆

清菊芬情馥群众，浓琼挚友简单己。
秋风落叶扫魔妖，寒冷炭炉馨暖绮。
精悍戎装藏博恩，点微螺钉冒鸿义。
未遑翎带封神榜，但得流芳碧汗青。

10.抚顺平顶山纪念馆

平顶山烽狼火起，辱残烧杀鬼妖狂。
长刀刺进肉心脏，妇孺老儿皆倒亡。
三千冤魂呼呐喊，还来性命日倭殇。
穷矛耻覆前车鉴，振兴中华国盛强。

11.中共满洲省委旧址

箭雨腥风压满洲，灰色恐怖殷血流。
不屈毒刀争自由，揭竿而起刮腐瘤。
白山烽烟星火燎，先贤引领锦帜手。
沧桑跌宕百年挣，红旗飘扬芬芳悠。

12.东北人

浓眉凤宇气轩昂，虎背雄威阔步长。
素面淡雅友谊重，热情大度馥馨香。
平川快马人言直，有要必应不畏戕。
敦厚诚信助人乐，昔时功业此宵煌。

13.劳模精神

工农武柄新民典，马达轰鸣跃进昂。
一吼石油输万户，长兄重器奠基场。
飞机航母自辽宁，东北大米遍四方。
勤奋汗珠流史久，手擎昆岳灿天堂。

14.田鹏颖（东北大学马院院长）

天就翰林英杰俊，眼穿浩瀚透苍垠。
言之确凿释真理，甜语诙谐沁惠津。
恬淡功名雅书苑，添枝接叶润桃春。
田间鸿鹄鹏千里，学院博儒瑰甲颖。

15.张满胜（东北大学马院书记）

长涉艰途负大任，放飞紫梦畅风筝。
战骑蜀道攀岩壁，仗义江湖公理争。
站屹珠峰藐沧海，绽飘精彩玉锵声。
张开鹏翼腾昆岳，满载蟠桃凯捷胜。

16.丹东鸭绿江断桥

虎狼剑齿拦千甲，魂落奈河苍泪愁。
碧血绿江峰岭翠，芬芳丹水蜜瑶酬。
松涛花浪万鸥舞，虹霓断桥一澥流。
白鹤青蛟伉俪参，山川交灿鸭飘悠。

17．"九一八"事件纪念馆

一把刺刀挑沈阳，三省沦陷民涂炭。
欲盖弥彰假借口，东北青山遭毒蝗。
元清抗日国史辱，中华民族空前难。
百团大战搞日寇，新民锦旗城头扬。

18.正邪之战

践蹄茵绿鲜花烂，焚塌民房失昊苍。
草芥生灵丧己食，横刀黎庶断凶戕。
如来佛手盖虫蛊，小丑岂翻正义梁。
蛮族狂骢跌崖惨，德儒恭礼共樽觞。

19.沈阳城市风情

经纬金街大饼芳，银蛇胡同酒香长。
凌霄楼宇恢宏势，平圃居民乐舞祥。
岳背魁梧诛恶寇，丽音柔美溢容光。
宫陵帅府史辉灿，博馆遍城今激昂。

20.研修体会

雁荡北疆凉飒爽，研修儒德悟心堂。
凌霄楼敦宫廷灿，素面粗豪宽大方。
不屈倭侵戍边邑，铁钢雄国劳模煌。
断桥碧血长流馥，携手同窗久恋香。

兰州理工大学

岁月峥嵘儒学求，尘沙跌宕合分留。
圃园文雅状元聚，府院声望鼎甲优。
昂首苍穹卫星舞，俯身渊壑海宫游。
栋梁桃李汉华耀，墨韵黄河晖浩洲。
兰州理工大学校训：奋进求是
兰圃俊儒朝气灿，州城墨润道篇香。
理喻深邃苍穹浩，大海纳川浪骛扬。
奋首龙髯九天阙，进身展翼四洲彰。
求经解惑漫修远，是否辨明真谛强。

七夕情

1.七夕夜

风琴蟀曲向天吹，月朵柳条娑色飞。
银汉飘招众星舞，荷池蛙配碧波徽。
幽踪随影霓光澜，牛女鹊桥霞彩围。
日日相携渡涛浪，时时苍浩共婵辉。

2.银河长

荷池蛙曲笙连偶，寰宇郎姑望断愁。
破茧蝶成依相守，星辰轮转空探头。
昨宵云散馨香夜，来日虹桥鹊搭牛。
俗世缘分飘苍浩，银河情韵碧长流。

3.苍穹爱

梅竹无猜耄耋偎，邂逅眸望慕难挥。
灵犀通彻爱其所，鸳侣嬉波青柳围。
怒发冲冠护知己，宁怀嫔贵弃江畿。
银河水隔鹊桥会，化作蝴蝶寰宇飞。

4.银河泪

日舞东西月影随，苍穹霞皓互交辉。
乾坤一体高低分，仙俗同家贵贱违。
配偶本为比翼鸟，婚姻却作户门归。
蝶飞雨打银河泪，鹊虹鹰叼云散飞。

5.比翼飞

蛇炼千年委许配，林姑两泪报恩成。
飘飞桃苑续前侣，相会鹊桥圆梦生。
缘分天姻藕莲合，红绳连理伴途征。

今宵鸾凤比翩舞，来世蝴蝶共曲笙。

孟秋

酷热骄阳碧空挂，蝉虫尖笛伴鸣蛙。
满园金果草衰败，阡陌蟀声悲抖牙。
枯叶一飘霜露扫，花红百日褪芳华。
惜时燃烛探迷惑，凉爽书斋悟道茶。

教师——传道授业夫子魂

1.为师

明镜丹眸透灵慧，经纶袍袖墨兰葳。
手持金帛撒红蕾，口放悬河珠雨挥。
月影风笙拌宵夜，桃香学府雁家归。
花翎垫座仰天笑，梨枣悠园馥郁飞。

2.传道

三千华夏悠脩长，一幅墨林秦汉唐。
柴屋烛灯蓬室暗，金卷珠字博儒光。
砚台方寸书云阔，朗曲鸿涛昊空航。
浩宇慧知天阙灿，深渊道悟海龙浪。

3.授业

才高满斗虚怀谷，倾伏深情辅道悟。
三尺讲台学海宽，百厘黑板凌霄骛。
闻鸡乘旭摆云坛，随蟋带灯探水路。
沥血翰林流德儒，呕心沃野育桃树。

4.园丁

身驾霞云引晨旭，手施翰墨沃霖浇。
横遮炙烤翠茵绿，鞠护兰香抚幼苗。

肩托雀燕鸿鹄志，指笙仁笛绕芳椒。
春花秋果桃红满，鲐背园丁喜悦骄。

5.粉笔

八分老衲傲云台，一指昙花淡泊腮。
桑海翰林描雅丽，桃源美景绘龙来。
默然清净伴风月，碎骨粉身芳玉开。
渺小苍支添史柱，无薇晶莹世间皑。

6.师德讲坛

青衫儒礼德馨院，锦绣殿旗扬蓉苑。
粉笔香飘梨雪花，宝书霓耀乾坤烜。
柴门烛火灵光华，金殿洪钟鹄志远。
圊囿墨妆荷蕾辉，学斋卉绽樱桃琬。

中秋佳节

1.中秋之夜

玉兔高悬九州照，山川大地众仰头。
羁栖匆促归巢穴，彩蝶蹁跹伴挈眸。
南国灯笼霓虹耀，北疆芳草逸香悠。
天涯鸿雁微信暖，海角眼光共月球。

2.圆满苍穹

一轮玉桂划琼宇，千岳伸枝响凤弦。
荷叶对蛙鸣扬曲，鹊桥鸳偶比蹁跹。
西湖青柳伴情侣，海角羁游共月船。
春绿秋黄金果满，乾坤万物概经圆。

3.中秋月色

雪兔徐徐爬岱顶，莲荷悄悄冒芯头。

月流洁雾夜阑白，昙露甘情羞靥眸。
蛾侣蹁跹闪萤火，鸳鸯戏水荡扁舟。
雁鸿满载郁金饼，浩宇飞娥云逸悠。

4.月饼芳芬

羁旅他山磨玉石，漂流异域亲缘分。
滴滴汗水结金穗，粒粒稻粱凝膜馥。
日暮行舟绕家苑，莲荷蓬伞绽乡裙。
天涯遥遥共圆月，海角芳花逸饼芬。

5.盈亏圆道

春绿秋黄轮换转，月牙摆渡荡人生。
愁颜半藏乌云雨，喜色蝶双红线程。
边塞羁单举头望，柴房团桌桂馨成。
阴晴圆缺由天意，心有阳明随我盛。

6.苍穹浑圆

苍穹弧浩星辰旋，春绿秋黄梅艳红。
云雨江湖浪涛涌，流沙砾石聚峦隆。
柴门智烛殿堂耀，翰墨桃源鸿梦融。
九曲黄河入洋阔，万重起伏泰山雄。

7.杯中明月

云上碧霄寰玉浩，亭台共仰情生长。
廷宫金佩瑶池光，尘世银花青翠盘。
心腹圆蟾醉仲秋，口中芳饼融乾旷。
天涯倩影随亲身，海角同樽尽酣畅。

8.一轮圆心

寰宇苍茫一轮玉，纵横山水万人接。
月粘身影走天涯，心向嫦娥聚思睫。
羁旅漂流圆饼随，异城梦幻咀乡叶。

昊空星汉绕银盘，海角瑶池共暮惬。

古夏新颜——国庆颂

1.国庆欢

蟠龙昂首彩球腾，凤榭花芳亭阁灯。
陕北秧歌绫绣逸，岭南黎曲碧云蒸。
轮飞电掣燕翩舞，桥顺霓虹跃水鹏。
四海炎黄阙廷乐，五洋觞庆瑞霞升。

2.华夏昌

巍峨岱峰覆莽茫，雄威山脊顶天堂。
九州沃野藏龙虎，四海丝丽耀玉唐。
揽月捉龟战戟强，丹心城固庶民康。
富隆榜单金元甲，华夏中原誉世昌。

3.昆仑强

仁义礼智信德祥，红旗飘引畅汪洋。
桑田开拓九州粟，沧海横桥鱼米乡。
铁骑穿梭丝路捷，神舟揽月阙廷昂。
昆仑大厦寰球鼎，粤港珠联金道长。

4.古槐新枝

悠远敦煌璀璨丽，秦唐康雍汗青琦。
一飘丝带缎绸艳，四大发明韶媚姿。
红舰洋航拓西域，长江冲海快骢驰。
沃饶丹道神龙奔，寰宇高楼华夏旗。

5.山水旖旎

长城蜿蜒青峰扬，秦岭横弓南北冈。
阳朔山川誉世上，张家仙界胜天堂。

翰林墨润故宫亮，儒学回廊绕浙杭。
江水一流华夏响，黄河九曲大洋浪。

6.儒墨泼彩

大同天宫旗帜摇，桃源莲境凌云霄。
骨文宣纸汗青远，书院翰林贞观韶。
九品中正科举召，三省六部妙门调。
西游三国红楼梦，水浒八仙山海潇。

7.金城银殿

巍峨紫城金玉砌，耸云珠塔霓霞艳。
富饶山水博畿疆，南北大江沃土黑。
翰墨儒滔心海宽，知仁桃苑硕隆德。
仓盈马壮龙头昂，殷甲四方眉喜色。

8.金秋硕果

峥嵘岁月菊霜浓，春绿秋黄硕果红。
碧血山川青翠滴，轮锤挥铲卷尘风。
铧花阡陌稻香穗，网贯寰球驰雁鸿。
断壁九龙昂屹首，昆仑脊鼎迎曦东。

9.国泰安康

岳峻肩膀鼎銮殿，灵根头脑悟南禅。
身正影直良民气，心海浩宽涵百川。
绿草鲜花丽山水，功勋卓著史芳篇。
大同王国瑶池醉，桃苑仙翁舞凤翩。

礼赞国庆70周年阅兵游行及晚会

1.国盛

氤氲紫气托黄龙，金灿鸾缨和煦风。
冕摆旗扬烽岱岳，飞鹰铁骑贯江空。

丹心炯目忠华夏，镰锤威贲战戟冲。
一呼崛奇腾汉武，百黎鼎力浪峰洪。

2.飞箭

神熠鸾台傲碧空，黄龙横贯紫坛风。
虎贲雄纠威仪振，戎旆铠装丹殷红。
凤鸟飞翔划浩宇，战车戟荡响轰隆。
金戈银箭护江海，铁马驰奔华夏鸿。

3.焰火晚会

霓虹氤烟拥銮殿，金沙桥顶凤旗昂。
城头烽火照苍浩，红舰桅灯导棹洋。
仙女撒花京邑彩，银河流瀑白蛟长。
炬龙朱塔阙廷灿，国艳人英礼炮扬。

4.人间天堂

皓月飘摇莲碧塘，银河花雨戏鸳鸯。
蝴蝶慕恋桃源卉，黛玉欢愉囻冷香。
亭榭瑶酣丰茂享，蟠桃聚会庶黎狂。
人间天阙灿辉邑，今夕盛平璀璨唐。

5.普天同庆

霓虹灯丽亮天阙，笛曲黎笙昼夜歌。
峰岭平原旗帜扬，亭台楼阁遍红波。
九州图贴丹心脸，童叟匹夫助力多。
祖国富强垂泪喜，恰逢盛世泰山峨。

银川市文明公约

银川魅，好行为，文明辉。
爱国伟，公正威，法治维。
循道规，序有轨，诚信推。
进步催，互助惠，公德美。

礼貌会，遵教诲，义勇为。
爱心瑰，孝长辈，幼儿陪。
珍物贵，惜花卉，失物归。
车勿追，行排队，宠物随。
食无霉，废分类，健康卫。
和谐追，山水翠，桃源蔚。

银川宝

水洞沟，镇北堡，西夏遥。
凤凰城，王陵楼，丝路桥。
兰山宝，马鹿跑，天鹅啸。
贺砚翘，岩画漂，黄河涛。
朱枸杞，滩羊毛，灵武枣。
蒸羊羔，螺丝条，五菜宝。
戈壁萧，秋寒早，人宽厚。
清真寺，轻羊裘，伊兰教。
德丰夏，亘元豪，银川骄。
赛江南，鸣翠鸟，沙湖道。

勇猛英雄

1.挺身

头当泰峰迎秃鹫，躯成大地碾蛇虫。
脊椎城堡守山岭，碧血江河淹共工。
怒目歹徒骁勇捉，手持利剑侠包公。
胸封枪眼舍身义，忠骨丹心霹雳风。

2.英魂

丹心铁骨铸昆岳，铠甲虎贲耀威弋。
骏马越飞山海关，红缨枪向恶魔贼。
青松仰立忠魂姿，翠草绿生英飒色。

碧血奔腾长水流，铿锵澎湃黄河国。

3.义勇

头顶乌云脚横岭，凛然信义武威随。
一峰当立百山矮，万箭独拦千马垂。
两肋迎刀肝胆照，三生度外大同追。
挺身出戟斩凶虎，正气人间号角吹。

4.舍身

铁骨丹心铸公正，手持利剑护仁儒。
呕肝沥泣倾诚意，挥戟横戈侠气呼。
蹈火投躯炼金玉，赴汤灵净积埃都。
粉身凝义结华夏，碧血浓醇碧海湖。

百果园

仙岭瑶池绿草泽，阙廷云彩锦霞晔。
红苹艳灿招玄蜂，黄菊嫣然展媚靥。
抚玉沾香不释怀，沁脾醉魄幻飞蝶。
回眸芳牵悠倄飘，梦境桃源此景叠。

灿果

灿果仙丹灯笼火，香飘十里树间娑。
圆融朱艳笑靥媚，粉黛妍庞露酒窝。
开豁沁脾酣梦谶，馥芬泽润凤池歌。
悟空怀抱醉花苑，陶令桃源新貌婀。

沧桑历史

1.丹心汗青

春翠秋黄盈大地，红尘云雾映霞光。

丹心仁义旌旗扬，碧血泽山青史长。
柴屋烛灯脩道律，铁锤抡起凌霄堂。
汗滋沧海国强富，墨润桑田桃苑乡。

2.人民史河

荒漠桑田黎庶锄，天桥云厦匠工铺。
翰林沃野桃源秀，铠甲栋梁銮殿扶。
舟顺民风鹏浩远，海容江水碧蓝图。
奋蹄大同康庄路，凤榭共酣瑶液湖。

3.涛史

山城起伏鼎铭昂，江水曲折华夏长。
英杰榜单威武耀，俊儒才子甲元香。
丹心报国丰碑闪，翰墨桑田桃苑芳。
银汉恒流飘浩苍，繁星眨眼留霓光。

4.春秋

唐盛清衰旒碎冢，春生秋谢朽龙钟。
笔材梁栋他梯脔，翰墨桃源缥缈峰。
云榜英雄东逝去，战骢血累困囚笼。
香消人散闺房空，尘世烟灰影失踪。

5.泪史

白骨城墙旒旆扬，血肠碧野汗青芳。
腐儒墨鹄功名毒，头脑丹心献帝王。
骸骼殿堂人肉宴，腥风箭雨草蜣殃。
春花秋谢一生短，曲折江河九泪长。

6.苍史

碧血黄河泪，骨骸长懋磊。
人梯銮殿堂，枯草春茵回。

秋游开慧馆

1.迎飞金阳

一叶舢舟满金色，百灵翩眇树婆娑。
阳公引耀腾云阙，桃李嫣窝闪蝶蛾。
两岸翠茵舸远摇，千姿青柳抚天鹅。
马蹄香郁人陶醉，峰岭眉飞撩碧歌。

2.碧血青山

灵慧板仓钟毓秀，英姿巾帼紫貔貅。
书香翰墨桃源绘，碧血松山奔涌流。
火种燎原九州炬，绵绫抖擞万迢脩。
深情蓝海悲苍恸，千古长青芳史悠。

3.不忘初心

峥嵘跌宕挥镰锤，炮戟冕旒戈殿畿。
蓑笠翻身红旆殿，圆明雪耻汉华晖。
秦皇贞观唐宗盛，康邑阔疆赍铠威。
儒礼柔风穿岱岳，炎黄隆泰猛狮辉。

鼓浪屿

1.鼓浪屿

桃源珠阙嵌涛海，浪涌爱琴弹绿苔。
远霓白鸥浮碧澜，近滩游客醉瑶台。
登亭迎雾吸灵气，攀屿成功梦帜开。
牡蛎香醋蜃楼幻，轻风逸景月娥来。

2.浪屿

阵阵清云携水涌，哗哗洪泽卷雄风。

方舟磐石镶汪漾，桃苑阙宫朱屿红。
琴曲涛声迎雾雨，粼波花澜馥酣疯。
成功浪迹天涯亲，蜃市滔骚海月拢。

3.花屿

桃苑新畿海母眛，菊兰媚笑浪晶挥。
荷扇莲岛蝶蛾舞，蓓蕾鳝丝芳郁霏。
万国琦窗镶圃院，一尊魂卉郑公辉。
花芬看醉景熙曜，仙鹤禅栖月兔围。

悠悠同桌情

1.萌蕾

懵童挽臂搭长桌，梅竹跨骢腾黛峨。
朗曲回旋催鼎甲，莺枝联袂荡青波。
睫眉一闪蝶蛾笑，双手相携弟子歌。
山雀共鸣结花伴，柳堤池畔与霞娑。

2.情窦

粉脂丽圃马蹄响，牙玉书斋莺柳缠。
梁祝绸绡案台舞，竹媒珠豆雁鸿牵。
嫣然眸瞟电波澜，龙虎心耘妙婧田。
日耀红厢升霓雾，月招紫燕梦乡缘。

3.蝶花

胸蕴蝶魂赴梓州，身扛梅竹搏洪流。
龙翔凤舞四方耀，红豆香囊随相游。
海角同窗欣握手，天涯芳草伴音悠。
灵犀一点风华茂，良酒经年馥郁稠。

4.悠念

春绿秋黄管鲍遇，山重溪曲许蛇慕。
梁英蝶舞岱峰丽，牛女银河彩虹雨。
眉眼西施爱屋乌，沧桑浪漫鸳鸯路。
桃园义结红楼怡，寒雪风霜梅艳煦。

5.情瑶

竹马腾蹄荷池畔，青梅荡漾卧龙田。
桌台肩并旋吟曲，海角花飞旅雁笺。
鬓白须弹霓红线，鲐肌腰挺懋良缘。
一坛瑶液酣襟友，五岳芳情悠鹤年。

6.鸿雁

红豆香囊伴羁旅，月圆孤寂夜思裾。
秋波电掣涯邻比，嫣闪回眸海妹鱼。
珠字弹琴鸾影逸，掌中荧溢大千庐。
微信霓彩家天下，探亲寒宫箭入闾。

7.长情

管鲍山水相携手，梁祝蝶翎琴曲悠。
梅竹新桥马腾跃，怡亭紫黛俊才求。
北陲香帛弥时馥，南岭痴心玉佩收。
风卷纸鸢红线系，滋熙丹蕊福慈酬。

8.思念

三秋枫叶收书斋，四海羁途红豆栽。
雁荡峰峦厢阁绕，泪涟锦帛恋绯腮。
院槐孤影诗肩瘦，蜃阙倩妆娥月来。
一鼎瑶樽映衫袂，满腔情窦蕾花开。

9.共聚

一眸辨析回眸笑，瞬间点燃昔日朝。
牵手共聊离别绪，并肩重蕴同窗韶。
弹冠挥袂须花白，海角路迢痴恋招。
酬对蜂梅昨天影，琴笙康乐未来遥。

监考遐想

1.寒窗

春花珠字金秋玑，梅殿白皑傲霜刺。
陋室风飕烛泪潸，寒窗弦月伴孤弮。
四书五部增灵根，仁义礼忠凌鸿志。
纸鹤船山南海怡，墨图峰岭神州骥。

2.殿试

孺子登科济殿堂，金书玉石试刀枪。
墨儒龙阁桃源灿，珠琲凤台鸿四方。
眉宇目波沧海澜，六根慧悟禅灵光。
双肩拜授花翎带，一路青云九际翔。

3.鼎元

荧光白雪映珠玑，刺骨悬梁磨苍螭。
文院书丹融汗水，柴门烛焰亮唐诗。
笔头古邈乾坤道，帷幄经盈瑶碧池。
扬帛横榜画沧海，挥毫逸馥史芳姿。

4.祭仲尼

论语春秋道统周，六经天下翰林悠。
高堂贤圣煦阳导，国监孺童涛海游。
帷运红尘襄笠福，丹心克己富腴求。

儒尊汉鼎康乾长，杏院汗青千古流。

考研

1.挑灯

春花寒梅几度秋，莺歌燕舞无心游。
萤火雪莉借书光，悬梁刺股醒闲手。
砚台墨兰幻芳月，籍中金玉映冕旒。
滴水穿石循儒道，积沙成塔功名修。

2.鏖战

啸吼寒风裹削肩，砚台冷墨冻肌生。
沙沙笔戟儒刀剑，嘚嘚纸兵翰士争。
九品中正唯才举，百将挑鼎仕优征。
千军万马挤桥道，一跃龙门金榜成。

3.功成

人攀岱岳水流海，忠国献才须鼎成。
磨砺剑锋梅雪馥，墨花涟碧酿瑶瑛。
离骚珠玉灿芳史，算术九章园率精。
金榜题名马蹄响，状元銮殿浩唐英。

4.才学

蜜蜂巢构自然美，华夏殿堂智劳垒。
慧跃穹空摘月花，深谋壑海捉鳖龟。
浩宽知识乾坤拥，渊博智慧珠玑瑰。
一笔千斤横万军，三言九鼎金銮辉。

5.遴选

心胸乾宇任高下，秤杆世间大海平。
一视同仁纸墨笔，万骢齐奔桥头挤。

大浪淘尘雄才出，滥竽充数庸夫弃。
白雪囊萤辉仕道，刀山火海见精英。
注：祝贺李雨燕院长入选国家2019年文化名家暨“四个一批”人才、宣传思想文化青年英才名单。

燕舞霓彩

雨燕翩眇紫云彩，马蹴捷音凤凰台。
掠影桑田橙穗馥，点波碧液玉莲开。
呢喃雏幼抚心羽，振激鸿鸾翔俊才。
金水桥头佩嘉卉，荣辉殿宇喜红腮。

庐山游

1.征程

长龙驰骋贯山沟，峰岭飘移车后流。
兰草弯躬菊喷馥，村烟袅娜鸟歌喉。
身骑快马奔迢远，心凌碧空翱凤鸥。
千古汗青随绪引，桃源蓝景展眉头。

2.庐山恋

牛郎恋女银河隔，李白挥毫瀑布络。
东岭紫氤托日辉，南渊瑶海馨香灼。
仙娥绿袖拂身飘，霞雾蒸腾心凤鹤。
月老石嬉三世缘，峨峰波曲万山乐。

3.望庐山

虎蹲匡脉撩鄱湖，触手长江瞭远目。
蜿岳霞蒸滕阁楼，盘根跌宕卧龙伏。
五云峰掩沧桑径，瀑布泄洪庐涧谷。
李白飞流九天飏，红尘蜂拥一生逐。

4.鄱阳西海湖

鄱阳瑶池澜熳湖，寰空大地满霞腴。
蝶绸联袂碧中岛，虎岭熊峰蛇虺途。
凤榭鸳波流水曲，哪吒火圈戏龙须。
凌霄玉殿观苍浩，花果桃源云阙都。

5.云海之星——玻璃穹顶

嫦娥娇媚婷花岛，霓袂羽衣心透朝。
直上青云寒阙榭，琼瑶蟠果冕旒摇。
浮游天庭揽蝼蚁，日月托身仙逸飘。
雾霭丘陵鹅卵石，红尘俗世渺尘消。

巾辉堂

芙笼幽香雨燕翔，秋高銮殿娉群芳。
鹂歌莺曲骢蹄响，钟鼓风笙琴啸扬。
仙子珠玑灿廷阙，月娥媚袂耀华堂。
仲尼惊诧青蓝秀，马列赞叹巾帼强。
注：热烈祝贺钟芙蓉老师、李雨燕老师在首届全国高校思想政治理论课教学展示大赛中分别获得一等奖、二等奖！

张家仙界

1.张家界

苍蛟驾鹤驻湘岭，权杖宸旒屹峨山。
凤骨凰仪阙廷俊，太玄袍袂带春颜。
天门洞穿龙髯扬，云霭雁携桃苑间。
阳朔江川甲沧海，张家仙界胜尘寰。

2.凤凰山

凤岭巍峨玲梵塔，凰花黛丽羿妃仪。
峰岑天阙蟠桃苑，枝袂娥裙贵髻熙。
风卷霞云笙洞曲，溪流岳汗淌瑶卮。
山郎卉妹赏蜂舞，莺鸟玉蟾琴荷池。

秋收起义馆参观

1.山松地形——胡耀邦故居

稚童风剑舞乾东，均富同樽赤旆冲。
人小旗高顶天庭，少年儒雅笔戎锋。
鞠躬黎庶蓑襟戴，尽瘁华嵩丹血浓。
老骥驰骎腾骛奔，光辉璀璨汗青松。

2.义旗燎原——文家市秋收起

义纪念馆

霆笼苍茫陵满松，青山碧血烛花红。
镰锤戟斧驱魔兽，桃苑雍容激鹄风。
揭竿挥旗千淬炼，造羹后世万秋功。
跋峰涉水寻真理，坎坷曲折民道通。

晨风笛曲

晨悠

兰榭悠香鹂曲风，妙招梨诱不酣翁。
一杯翰墨映苍浩，三尺围台心海鸿。

晨曦

拨云驱雾照神州，东旭西霞催虎貅。

花草沐熏芬蕾艳，岱峰辉耀虹翎旒。
开明乾朗炙虫蝎，落幕山川晚夕悠。
怀揣骄阳丹蕊殷，融身朝曦史芳流。

晨光

晨曦莺曲剑歌操，南岭芬芳彩蝶骚。
枝摇溪欢马横野，鹰飞銮耀殿旗高。
州官灯笼引航舸，柴屋窗明儒雅豪。
和煦馥香霞日丽，春花冬啸殷梅髦。

晨曲

雄鸡高亢乾坤白，百鸟凤朝蝶香采。
紫燕呢喃迎旭霞，风波涛动漾蓝海。
朗声阵浪翻书扉，剑舞戟挥拍贲铠。
老骥嘚蹄蜀道盘，鸾旗哗扬神州彩。

晨风

一阵雾绡脾沁爽，六根禅慧道宗开。
仲尼教导朗声早，程朱气候心运来。
翰墨儒风大同圣，陶公桃德云才。
凌霄鹏浩藐尘世，紫府蒸旎耀凤台。

晨朝

晨霞霓彩紫烟笼，山冕昂头龙旋风。
大雁驾云鹏浩远，鲤鱼嬉喜碧波冲。
莺歌马奔花枝摇，车笛飞骑芸众洪。
黛色红尘耀廷阙，小桥涟水逸鲐翁。

晨安

雄鸡鹂曲碧空阳，马尾拈香雁荡飏。
胭卉娇姿蝴恋馥，葱茏波浪荷池祥。
春风复润千丘绿，花艳百时人万觞。

剑舞强肌华茂早，安康丹蕊汗青长。

晨步1

晨旭东西天下亮，腾蹄桃苑菊骢香。
雁横南北鸳鸯俪，牛女银河情系长。
嬴政戟挥秦一统，黎涛舟济太宗唐。
墨浪青史汉华奔，鸾锦新飘龙虎昂。

晨步2

翠鸟桦林跃碧空，葵眉嫣笑煦阳风。
手摸绿柳馨青黛，踱步荷塘对蕾红。
戎马鸾铃帷箭骋，雄关漫道雾霾蒙。
案台宣纸泼翰墨，灵慧钟鸣禅寺东。

晨饮

晨气入胸神逸爽，红尘浊瘴呼排光。
芽丝蕾绽蝶芬恋，岱岳鹂莺水舞飏。
阳暖沸腾热血张，风鸣号笛弩弓膛。
饮溪纳墨盈江海，含雾凌云天阙翔。

晨笛

一曲鹂莺百鸟嚣，万枝琴摇满霞招。
和风细雨唤香梦，蓓蕾丝丝春气朝。
蛙鼓蟋鸣鸳舞羽，雁鹏岱岳号云霄。
砚台墨滴千斤响，蹄嘚轮咚驰骋遥。

晨钟

古刹寺经禅佛钟，周庄播响慧灵咚。
耳旁嘀嗒剑挥舞，子监朗声荡岳峰。
晨笛殿堂鸾凤唱，晚风号泣averages情浓。
启鸣人道舟涛扬，湟水咆哮万马冲。

晨霞

挣离黑暗吐丹蕊，婀娜优姿飒爽扬。
碧血赤城红海岸，氤氲紫雾兆祯祥。
荡波春梦殷绯脸，激越华裾舞四方。
千种风流霞彩霓，万般情气昊空飏。

晨阳九九——重阳节

秋爽风和金菊黄，登高赏景马蹄香。
凤凰飞舞枝腰扭，江水绮丽彩带扬。
婚宴佳肴酣美酒，鹤悠耄耋寿山祥。
苍龙伏枥奋髯仰，千古编钟器乐长。

晨妆

掀翻乌黑启光明，笼罩红霞灿彩祯。
芽绿花鲜盎春气，鹂莺溪曲对歌鸣。
梳云扫地清糟粕，妆黛洗心迎旭晴。
仁貌慈容施礼义，芳姿嫣靥笑新旌。

晨烟

一股炊烟飘苍宇，九旋袅舞迎曦蒸。
火熏墨炼喷清郁，伏枥沧桑髯奋腾。
黑白风争晨雾摆，乌霾尘散洁云胜。
碧留浊世芳芬气，凌跃昊空霞彩升。

晨遐

一夜梦花烟匿迹，万茵覆盖雀翎裾。
墨兰秋啸湟江逐，銮殿香衰败草虚。
九品骨梯悬蜀道，中正丹蕊血淋玙。
风云神榜随埃霭，莺鸟龙门笑鲤鱼。
悠亭莺鸟跳枝柳，碧绿涟波戏鲤鱼。

晨露

历经风云蒸翠练，凝怀仙气润芳茵。
晶莹细小甘坤袤，剔透瑛瑜皓颢津。
夜伏苍茫碧桑海，昼羞眉眼藏娇嫔。
一姝微滴见寰宇，遍地滋濡留馥亲。

晨雨

银汉凄沥牛女恋，涕零哗语鹊桥渠。
甘霖沧海山河泽，滋润心头酸楚除。
箭雨妖魔净茵绿，柔流蓑笠洗憔裾。
挥霜瑶液醅黎庶，穿石洪涛嬉宕鱼。

晨夜

朝霞追烛耀朱墨，萤火垂辉流蜡红。
晨扬鸡鸣夜蛙曲，旭晖珠籍月灵空。
周公鞭策催骞舞，孟德马蹄卷啸风。
晷曜乾坤心划宇，日星兼济扈行宫。

晨珠

鹂莺琴曲翠林漾，红杏丽株彩蝶芸。
禅佛凡间沧海绿，天机人道妙珠氤。
凌霄宫阙流瑶碧，贾府厢房醉酩君。
手菊晶姝涵浩宇，清悠紫梦墨兰裙。

晨萧

霜露瑟寒飕飗呼，琼枝玉叶蝶黄枯。
鹤鹅凄唳北寻侣，涟碧秋萧凊涕鸣。
空涧无人飞鸟绝，浩穹银雪蜡梅朱。
苍茫篝火一红艳，众绿待茵千紫苏。

晨暑

一厢紫梦雾飘无，万象浮云翎戴呼。
艳日重辉依火焰，青丝鬓白苍纹肤。
阳公金撒山川绿，黎庶汗滋禾硕珠。
鸿雁不停中沚岛，老骢岂瞰远程途。

晨香

馥芬茉莉醒天公，馨逸瑶茵唤日彤。
昙黛梦乡潮润叠，嫣桃芳霭掩羞容。
荷池蜻鸟婷莲蕾，峰岭蝴蝶相郁逢。
珠玑奏弹厢凤曲，书香庭院墨兰浓。

晨霾

浓雾迷霾笼红谕，黑云压旆暗廷台。
艳阳失色飞禽绝，丽卉垂珠蝶倒栽。
奸佞蒙茏銮殿褐，壑沟箭雨暴洪灾。
丹心碧血溅乌鹭，天问离骚汩水来。

晨心

凌烁菩珠耀殿旭，苍生醒目纵恬娱。
莺歌溪曲风云逸，朗啸笛鸣鸿鹄衢。
李耳道经千古长，赵正丹药万年瑜。
金衣镂空墨兰翠，滕阁江门红鲤孚。

27.晨情

旭霁春兰鸾凤拥，翠茵娑拖蝶花融。
管公携鲍留情德，山岳溪喧润绿葱。
义结桃园乾象畅，舟行民水史河通。
慧根道悟南洋禅，鸳侣戏波鹤舞风。

晨光

一夜梦消星匿迹，万坤极地调旌旗。
沉香桃艳黛丽鲜，醒眼髯须添白丝。
青骑放蹄尘世扬，乌巾蹒躄老牛迟。
北辰闪耀引航向，墨滴珠玑芳史琦。

晨香

香梦藕丝莲照续，晨光艳卉紫星姝。
鹊桥南海升蟾月，芬榧柴门落雁株。
书页蝶翩红豆嫣，燕窝呢语蕙房瑜。
碧流霞彩飘胭粉，纵入龙宫嫦伴虞。

晨道

道衍苍穹浮万象，纠纷乾宇燮阴阳。
山威水曲汗青澜，蝶恋花芬华黛妆。
仙阙梦乡翎戴傲，翰林绸缎鹤南洋。
五行生克星辰转，圆缺悲欢香嫣长。

晨旦

伊始初乾启新迪，旦晨光霁耀蓝青。
鼎元及第翰林俊，百舸争驰翎戴铭。
桥垸勇骁横戟劫，前锋不惜血流廷。
先皇后羿逐曦日，早艳红梅蝶绕娉。

神帝

一指吹弹苍宇旋，万端衍绎道从天。
风云桑梓雨田浦，生老病仙前世缘。
仁化刀山驱魔兽，爱冰火海救熬煎。
凡胎尘露超神我，真主凤鸾人冕巅。

凡人

怡园宝玉感凡庚，倜傥风流潇洒生。
梁祝蝶绡桃苑伴，鼎元翎戴百舸争。
蓑襟汗雨盘中馔，蜀道荆榛路远征。
福禄殿堂戈剑铸，翠茵兰榭幻云甍。

晨仰望

聃老阳阴衍乾阙，船山氤霭漫桑垣。
茧穿蝶缎黛香苑，鹊跃银河搭馥轩。
越岭琴泉采绯杏，墨兰大同灿桃源。
雁南千里觅红艳，溪曲九江浪海掀。

晨俯瞰

红尘旷野笼霾雾，丘陵泥丸覆罂粟。
恃强凌穷苛虎凶，朱门肉臭路骸躅。
州官烟火柴房萤，蓑笠汗流漏屋缛。
菩萨碧心滋庶黎，哪吒入海驱鸩毒。

晨世浊

清风醺逸凌云殿，醐雨流觥瘫泥牛。
湟水入心真话语，湘江沁腹世凉愁。
金波酒肉穿肠过，谈笑功成杯碰头。
对影月姝桃艳媚，满觞浊酹竺乾游。

晨酒清

贵妃香麝逸飘来，紫梦芳情两臂开。
细细涓流入心坎，熊熊焰火暴龙腮。
诗仙挥酒银河落，王勃瑶醺滕阁魁。
壶缶星辰乾象大，对樽三影广寒台。

晨望船山

船山横渡纵春夏，浩气乾坤丹鹤骑。
纷舛乱云昂泰岳，挥戈抗霸不挠辞。
道经涵盖苍穹理，珠字霞辉壮丽诗。
湘水衡峰儒雁展，汗青长脉浪花琦。

晨望麓山

三秋霜白雁横荡，万麓枫红纵殿长。
雁鹜昂望东旭日，佛僧盘坐静斋堂。
雄山涧壑经风雨，湘水萦涟拂沧桑。
杜甫亭楼观宇象，铜羊怡笑幻云光。

春梦

满夜春魂漾月波，一朝曦曜入心窝。
怡红氤霭暗澜虹，胭粉芳醲枯叶娑。
娥袂柔情软荆棘，贵妃香馥驱妖魔。
西施及屋黑光耀，极目芬闻祥瑞歌。

46.晨星唤

星斗敖倪蓊矡球，嫣然微醽耀花头。
千迢启迪慧根悟，一道灵光通道由。
朝驾晨曦驭云朵，腾蹄鹏跃挣阁收。
纵身紫曜追霞日，随凤遨游浩宇悠。

善恶

睁眼禅成恶，闭瞳蛾笼芴。
疯云狂卷波，萤雪夜明佛。

善恶论

虎牛对峙力分合，善恶狮羊黑白罗。
否极泰来左右荡，苍穹钟摆旋回过。

优差大小各殊禀，富贵贫穷缘定何。
圆寂菩提天竺梦，饿狼借兔理由多。

善恶报

孔孟儒经天运道，仁慈礼智德信高。
程朱理学心基善，荀子贪肴恶色操。
牛鬼魔山悟空出，凌霄宝殿悟能骚。
横刀母虎伤孤幼，农友救蛇恩恨遭。

碧流长——爱永恒

高山溪曲羽衣扬，管鲍对觞茵翠堂。
破茧蝶绡青鬓葆，银河喜鹊渡牛郎。
怡庭黛玉月荷嫣，聊斋娇霓梦紫裳。
樱卉入泥春馥郁，鸳鸯戏水碧流长。

晨霜——霜降

寒阙妍姝伏茵草，巍峨山麓挺枫招。
洁悄仙袂扫秋黑，狂啸飕飗折败条。
漫雾轻纱净尘世，刺肤凉气降矜骄。
风行南北玉随驾，挥手珠玑添墨瑶。

琼雨

银汉瀑流天慧酌，谪仙墨醉满红腮。
一觥醇汁救枯草，漫潲琼浆醅秀才。
片雨兰池映乾像，洪涔瑶澜瀚诗来。
甘霖桑梓盈仓谷，浪涌长江输华材。

晨斋

鸟觅食亡人敛财，相生互克概迤灾。
骨梁銮殿汗青血，骸横凤凰神榜台。
手抚桑榆牛马宁，腹容江水浩洋来。
清觞佛粥心肠入，春煦桃源艳卉开。

红晨（尘）

凡愤陋庐萱草亲，红尘冕绂孔方重。
桃花芬馥蝶翩舞，龙凤朝珠耀列宗。
铜板喧哗功盖鼓，缘来贵贱命相从。
鲐黄炼汞春魂梦，风雨碎碑荒稗笼。

晨梦

觥盏飘飞月色澜，黄粱宵夜饱魂翔。
鼎元金榜翰林伯，尊品花翎龙冕堂。
妃妾簇围巡华夏，瑜珠元宝殿台光。
乘风驾鹤摘星朵，鸡唤怵醒掉豕场。

蜃楼——晨空

春花秋月冬消匿，草卉凋零耄耋辞。
竹马托梅空蝶舞，同林大限鸟飞离。
寒窗暗烛孤衾冷，蓑笠汗牛荒骨遗。
元宝渡河林黛葬，红楼梦散焰灰弥。

晨辉——无中生有

苍茫混浊南宗藏，虚豁生辉道衍芳。
盘古掀天女娲育，西周崩裂又团央。
方圆大小相包缠，起始动停反复荡。
风雨悲欢阴旭转，酸甜得失各轮觞。

晨爱

紫宸梦散迎曦东，桃娑蝶翩荡煦风。
登麓尝蟠会溪曲，浇桑灌梓翠青融。
挥弓修性强丹道，撒墨江山顶戴红。
元宝舫船游四海，鹤悠岱岳伴松翁。

晨烛

一夜红霓驱黑暗，遍身燃尽迎光明。
洁株婷立藐乌霭，纤玉婆娑逸嫣晴。
泪洒莲台惜儒博，坚贞瘦骨伴耕氓。
瑜姝热血化兰墨，寸蕊垂辉延旭睛。

60.晨早

翠鸟枝间荡芭蕾，鲜花嫣笑摇霓辉。
剑操鹤舞练丹桂，晨读歌吟逸韵薇。
汽笛欢愉风城奔，铁车驰骋穿梭机。
挥毫撒墨绘江海，展翅腾蹄华夏飞。

晨门

馨屋娇肢软龙骨，闭门冥思缺车辖。
鲤鱼腾跃鼎元甲，凤鹤鹏程海角途。
春翠玉门丝路阔，郑和远舰际涯呼。
开门驾日游乾宇，风袂随岚揽秀姑。

晨星

天樽仙子羞瞳眨，莲盏嫦娥飘雾纱。
夜阑风声聊斋起，织姑泪水御河哗。
悠庭萤火弥幽馥，摇曳蜡光霓影霞。
珠琲莺乔汗青逸，墨兰桃卉媲星花。

晨诵

莺笛悠扬凤管筝，溪流婉转翠琴声。
金戈铿越三都沸，铁骑腾蹄万马争。
珠玉落盘仙鹤唳，梨花和乐廷钟盛。
吞云吐雾翻乾宇，吸露放心鹏远笙。

晨启

苍昊圆轮金曜启，雄鸡歌唱旭光滋。
周王挥戟乾坤朗，嬴政统戎华夏琦。
千里之行修足下，九层銮殿垒台基。
昙花一夜梦香短，曦驭五更骢蹴驰。

晨朝

一轮朝日唤灵慧，百鸟鸣鸾穿枫树。
去病除匈丝路通，骆宾张口流诗赋。
竹君腾马舞梅枝，哪吒挥绳抽阙蠹。
炙热朱潮红大逮，晨晖弥漫紫云布。

晨光

晨霁霞辉照苍灵，万骢驰骋只朝争。
闻鸡驾鹤追仙慧，萤火冰雾引祚成。
日落鬓霜怀豆蔻，逐云腾雾展鹏程。
犊牛盛气艳阳烈，老骥奔蹄蜀道征。

天乾

天生万物蕴禅佛，操行乾坤默无语。
春绿秋黄蝶舞飞，功名贵贱欢悲雨。
幻神挥戟舞雷霆，牲畜恐惶屈蝼鼠。
水淹火烧春再茵，风吹浪打榭婷渚。
天衍万般蕴禅道，操行乾象幻神舞。
阴阳分合钟回旋，大小相含滴中宇。
沙岳沉渊荒露魂，阴晴圆缺风携雨。
有无长短情河长，灵卉终成寰昊主。

地坤

春紫秋黄梅艳香，山峨泉澈碧流长。
圆旋方稳日东夕，风雨阴晴否极返。

蝶恋卉芬鸳戏浪，顽磐灵慧泪花囊。
五洲分合人悲喜，一翠春来情绿常。

凡人

元宝舸船渡利人，刀风箭雨屈微身。
鼎成金榜笔腰佝，仁义芸生慈母真。
闹市钱嚣柴房静，姻缘悲喜任玄神。
鬓霜伏枥马蹄失，怡苑霞消散渺尘。

汗青

纤枝细叶傲尖挺，气宇高轩顶殿堂。
直节掏心真挚响，翠葱旷野绿桑沧。
脊梁戟剑挥苍浩，筋缕纸文镂翰章。
浴火汗珠流汉水，烤熏不朽留芳香。

沉浮

日蒸紫气托銮殿，虬伏桑田卧梦乡。
胯下辱谋三国策，汗青阄割五千长。
莲浮污淤孤芳赏，鸢堕黄流搅泥塘。
西极雁凰争凌岳，云霄神榜封鸾将。

光明

一夜蛰居幽暗埋，万方光曜霓曦开。
萤灯玉雪耀金榜，烛火娥晖逸凤台。
翰墨郲光闪儒道，汗青珠滴悟禅来。
碧河晶浪凝乾象，夕暮霞辉映慧腮。

春

人形鸿雁荡春波，鹂曲和泉绿浪歌。
红杏嫣绵绽珠蕾，彩蝴飞舞跃清河。
黛眉豆蔻婷兰榭，柳岸茵堤游凤鹅。
景铄蹄香碧瑶醉，情瞳连理蝶婆娑。

夏

嫌憎稀粥清油锅，贪恋金砖浴烈火。
炙烤肌肤汗水流，烽熏龙果血红朵。
焰烧丹灶淬金身，盐卤骨筋虎脊峨。
盛夏煎熬蟠御桃，砚熔墨泽汗青舸。

飘雪

梨絮飞花人放情，月舒轻袂自怡形。
六边旋帛漾仙子，九嬖翩跹缠妙伶。
瑶化凝晶腾玉蝶，心珠桑海洁苍灵。
闪飘吉兆映梅艳，融入山川澈汗青。

晨兴夜寐

惊鸟鸣阳招旭灿，唤山舞水入江湟。
鲤跳涟碧朗声漾，蜂绕鲜花采蜜忙。
当午锄禾培硕果，暮烟晚景映牛郎。
万音俱静沉酣梦，摇曳烛星飞夜光。

夕阳

西岭斜阳热浩穹，东湖莲碧映霞东。
静斋呢语唱禅道，南海氲氛荡鹤风。
鸳雁鹊桥悠翠柳，麓山阔叶舞丹枫。
夕烽柔煦含情脉，泰岳金辉晚霭红。

晚霞

龙袂丝绸飘宇际，朱颜绯锦逸荣缨。
苍穹辉曜金光艳，碧海映云霓彩情。
鸿鹄翔鹏速天越，鲜花怒放惜霞明。
柏松斜影劲姿长，浓霭氤氲耀晔英。

国家公祭日

莺笛长鸣哀长号，风停雨止忆英豪。
亻聆默佑崇魁士，泣泪珠清屈辱臊。
恩怨仇矛殷红海，仁慈礼让化屠刀。
戟挥江泪骨垒塔，松柏常青銮殿高。

霜寒

知了无声青草消，败枝枯叶任流漂。
魇庞暗黛鲜花谢，英俊鬓灰苍柏憔。
翰墨干巴桑梓裂，翎袍宽带玉骢萧。
霜寒泥地一茵绿，或是朱丹沥血浇。

雪红

弹指风磨鬓毛白，转身半百式微哀。
回眸嫣笑他乡梦，飞逝彩蝴浮世来。
英冢青茵春再发，桃源涸墨墨梨腮。
红梅雪霁点心火，枫暗朱樱翠绿苔。

光阴

萤虫微渺觑星月，飞蚁扑灯头碎黑。
春卉艳阳年似样，彩蝴霜雪落寒勒。
血流青史黄河长，七尺骷髅短坟侧。
辰卯点眉昊空宽，白须难得郁金色。

春辉

翠鸟曲吹芳蕙吐，梨花絮舞雪戎飞。
眼亲旭雾开曦曜，指抚青梅启蕊扉。
玉蝶翩跹庭院逸，梦春萦绕彩蝴围。
一枝红杏窗头露，两袖拨风招手挥。

幽院

三禅慧院思玄开，一跃情窗凌云海。
墨卉翩跹玳玉辉，书香幽逸姻姬在。
身浮觉雾醉灵根，笔入悟墙绘史彩。
车马寂寥芬菊恬，心扉蝶曲凤凰载。

幽曲

细雨霏蒙芽吱尖，紫莺翩舞呢喃唱。
羲之墨曲汗青芳，管鲍笛笙情婉漾。
妙语金铿憾帝灵，泉溪琴谱史风浪。
丹心起伏乾隆荡，血脉波腾华夏盎。

幽思

一丝幽绪断肠腾，俩缕心灵缠绕升。

对月叙情千岁渡，把杯飘馥桂馨朋。
天生姻眷醉蝴梦，地合竹梅寒蝶崩。
两串金珠小乔泪，满觞浊酒潸然增。

幽静

一片漆瞳笼鹤亭，万呼俱寂雀无声。
蟋蛙酣梦馨风月，蛇鼬冬眠昏噩生。
叶落孙山鹄翔启，针锥海底卧龙惊。
蜡珠噼啪响铿锵，心跳咚锵号角铮。

幽寺

林麓翠莺觅蕙思，谷间溪碧漂云松。
寒山孤寺独禅衲，陋室清幽单烛恭。
菩萨闭瞳万众过，竺经静卧六尘浓。
木鱼叮脆醒灵慧，呼啸旋风响佛钟。

2020年诗歌

庆2020新年元旦

1.元

无极寰埏蕴天象，有形乾昺律宗禅。
未浮霓彩春光嫣，将现骊珠云圃田。
曲尽方初元始首，雾绡仙露靥娇妍。
缘来圆去蝶花见，几度梅红续凤弦。

2.一

一元复始鸿蒙开，万象更新绮丽来。
泉水涓流汇渊海，尘沙垒土构銮台。
甲文竹简字符刷，孺子启教儒俊才。
本体丹心涵浩宇，江山碧血绿茵苔。

3.道

晨曦日暮东西曲，钟摆来回循律圆。
瑶液酝醪花瓣子，沧桑贵贱概由缘。

云开雾散露寰禅，滴映虚空透象玄。
道衍阴阳芸众妙，浩苍灵慧运坤乾。

4.初心

拳头心小拥寰宇，形单凝芸豪苍空。
盘古一挥天地裂，蛟龙一跃九州鸿。
大唐贞观盛华夏，元极清扬乾帝隆。
昆岳峰梁撑瀚浩，炎黄脊立世间梦。

5.首行

睡莲绽蕾碧荷美，春蛹霞绡蝶梦飞。
童子朗声儒学导，汗青墨浪汉华薇。
玉琼穿石通禅道，雪雹洁梅红艳辉。
万里长征腾首步，启蹄大同稷功徽。

6.开拓

去病拓宽汉域国，昭君远亲开梅朵。
师徒天竺获玄经，郑和西洋威德舸。
霞客云袍跃翠峰，聊斋毛笔燃春火。
乌鸡国殿捞皇金，贾府言真好了果。

7.姿新

兰茝新妆蜂蝶拥，窈姿琦丽引君求。
商鞅井策秦淮振，安石一鞭财税油。
眉眼只缘銮佛殿，秋波荡向霓霞眸。
桃花异彩康庄路，大同颢园招众游。

8.鹏飞

雏莺振翅雁鹅跃，鸿鹄龙鹏冲殿庭。
朗曲破窗旋凌霅，墨珠漫野翠桃亭。
箭车驰骋东西贯，铁鸟遨游南北径。
驾驭丹阳跨寰宇，腾云天阙摘辰星。

9.风顺

扬雾龙航借御风，腾云直上盛昌鸿。
车梭南北顺天路，黎富东西良策功。
珠墨流霞乾道畅，稻花香远玉渠通。
放蹄疾骋托祥凤，烛焰耀寰尘世红。

10.精灵鼠

嘴小吞空世界馐，身机钻遍宇寰球。
尖牙黑脸披星月，利爪细刀穿涧沟。
天地精灵同楬兴，绝伦巧妙溜屠谋。
佝偻肮脏何其苦，繁衍不亡任自游。

11.新月

悠邈瑶华柳叶飘，蜡梅香逸黛眉桥。
红枫情载蝶心月，雪漫絮拢洁皙乔。
觞液弓娥趿绿袂，砚台玉笔撒桃娇。
芬扉扑面春风醉，翠笋笑迎寒露道。

春节——春风紫气

1.春节

殿堂金铄彩云霞，秦苑灯笼映庶家。
游凤归乡团聚鼎，尊长高坐受香茶。
鞭炮夜艳霓虹闪，集贸喧腾城市花。
辞旧迎新旭日眩，神州喜庆强盛华。

2.春光

寒去蜡梅依冷艳，春潮华茂已增年。
光阴透射风云榜，苍史奔流大同天。
梨雪蕾苞飞蝶卉，稻香蓑笠沃桑田。

青葱翠发绿珠华，乘煦腾曦艳媚妍。

3.春靥

媚眼黛丽披紫袂，秀庞胭粉贵妃鬟。
一张香帕掩羞色，两片樱唇露玉颜。
亭阁戏嬉莺笛喜，花池涟碧漾鸳鹇。
不衰幽馥怡红院，芳馆潇湘梅竹寰。

4.春风

春风拂柳茵湘岸，和煦蒸腾鹄凤翔。
鹇鸟珠飞溪绕石，翠枝摇曳映鸳鸯。
茁新涤陈拓嵩呼，儒礼包公正气扬。
接纳飘花醉月梦，乘盛国馥耀洲洋。

5.春气

雁鹭南归跃秦岭，樱情羞露绽红霞。
黛峦青绿氤氲霁，曲道浪漫抛水花。
胭粉仙姝香四海，喧愉街巷融千家。
墨翰苍柏春熙翠，銮殿旌旗耀汉华。

6.春暖

一夜春风吹大地，万方冻土蓦姑滋。
笋芽尖刺破冰封，融雪化珠穿石狮。
长江漾波挥绿绮，黄河翻浪酕瑶池。
轻盈秀妹逸婀娜，热血奔蹄扬赤旗。

7.春花

寒霜雨雪卉香浓，艳会前生情约盅。
阡陌绿茵托黛丽，神州胭粉逸芳风。
琼苞凝锦涵羞晕，彩凤蹁跹扑蕾融。
姝靥嫣颜牡丹秀，山川銮殿满堂红。

8.春绿

千山雪域冒茵苔，一点翠青春意来。
峰岭起殇葱草荡，长河波曲碧涟赅。
墨兰翰苑儒风兴，紫殿杏红新政开。
煦雾香林心豁达，桃源绿衬果绯腮。

9.春红

旭日霓霞耀海州，牡丹红艳蝶情流。
颢丽怡目风光悦，盛世国强康裕悠。
粉黛朱唇华茂美，桑田硕果富丰收。
翰池鸿景桃源媚，銮殿殷旗扬地球。

10.春香

峰岭黄橙逸馥郁，蕙兰娇瓣婷枝叶。
黛峦霁雾芬氤氲，碧浪曲流绿波叠。
胭粉玉庞情窦开，扉间书籍绽芳靥。
巍峨山麓春生华，蓓蕾羞花香有蝶。

11.春景

雀鸟枝头对双呼，兰茵绿野幽香缕。
泉溪琴石风笙箫，芳草争奇艳旷宇。
柳拂碧波荡两莺，蝶思蕙菊扇情羽。
绮丽山水鹤翩悠，阙榭庭楼仙子舞。
人似花来花似人，路成花卉花成岵。

12.春华

芽笋冒尖探浩穹，杜鹃慕恋绽绯红。
溪流琴石绕山曲，蝶扑鲜花情意衷。
长水蜿蜒冲大海，黄河涛浪啸乾空。
汉唐狮吼远天际，銮殿旌旗扬飓风。

13.春梦

一缕幽香入学斋，微尘梦寐逸凰台。
圃园芳蕙蝶蛾采，山水绮丽姑艳腮。
黎庶瑶池共觞醉，车辕浩宇任由开。
称心法宝随仙荡，大同逍遥松鹤来。

14.春蝶

风雨雪霜茵翠来，茧穿蝴化会英台。
前生共桌修儒道，今世同林霓羽开。
顶戴朱门拦竹马，瑶池碧宇畅无猜。
春花秋月红尘尽，几度梅飞蝶舞苔。

15.春游

铁骢南北冰花火，金雁东西琴曲歌。
旖旎风光春妹颊，民间情趣月舟梭。
长江飘带舞龙帜，黄水醇醇醉玉娥。
桃苑张家手中览，大同仙界眼前波。

16.春姑

柳眉凤眼唇殷浓，婀娜飘花春煦风。
五岳姝丽发钗翠，两江秀佩锦衣红。
瞩望蓑笠百灵拜，桂馥柴门儒幻疯。
纤手山川施绛缎，葱茵大地暖馨中。

17.春怡

晨曦山岭蒸霞雾，煦润翠堤青柳抚。
鹂鸟对歌溪水琴，樱姿娇艳彩蝴舞。
手揽香霭驾轻云，脚踏涟波撒碧缕。
头顶蝶蜂融蕙丛，口含馥郁醉芳宇。

18.春酒

手端瑶液蟠桃酒，脚踏云霄玉殿台。
头戴鸾旒蔽峰小，眼观雾卉月娥腮。
纵身龙阙翻琼浩，伸臂天堂浆汁来。
九曲黄河半肠肚，一樽汪海满腔莱。

19.春醉

一盏玉琼婵月来，二樽对喝大缸抬。
三盅拳划烂泥菜，四鼎热醋湖水开。
桑梓蜜醇甜嘴亲，友朋尊敬旱河赊。
知心畅饮几人影，灼烧海干龙王哀。

20.立春

鹊飞翠黛伴郎呼，蝶恋芬芳振翅鼓。
溪绕高山碧水笙，兰茵靥嫣粉绒妖。
胭脂街巷亭楼摇，香卉厅堂醉盏舞。
煦拂红扉婵妹跳，帛流珠玉莹春乳。

二十四节气歌

1.立春

春煦招青芽冒脸，鹂莺鸣笛跳林阡。
泉溪琴石嬉朱鲫，红杏枝头蝶羽旋。
融雪江河浪沧海，绿油秧稚翠桑田。
万家桃印庆新岁，纤婉仙姑舞凤跹。

2.雨水

灵姝仙子降凡间，融雪玉珠开世道。
汇聚江河浪海洋，洒流甘露泽金稻。
细丝山岳润青葱，柔抚黎民涤污潦。

碧入荷池莲洁香，滂沱瑶液酣劳稿。

3.惊蛰

一乍春雷万物醒，百花彩蝶唯芳痴。
金蝉鸣笛一知己，蛙蛤曲荷双岸思。
牛马腾蹄粹虫蛊，秧苗茁壮斗蛄蟖。
煦风暖雾卧龙起，蚊腿难横鹏翼驰。

4.春分

晨旭渐霞鹤舞羽，黄莺鹂啸仙姑曲。
山峦碧水乳泉溪，枝草髻绸肤翠玉。
胭粉香飘熏紫梦，罗裙月伴勾魂欲。
喜闻鸣凤酣鸳琴，娱阅彩蝴幻厢烛。

5.清明

凝霏细雨寒霜露，泪涕溪鸣魄隐雾。
冥纸漫坡烟霭消，幽魂直上青天呼。
英雄鬼杰荒茔平，后浪汹呶不停步。
芸草众生追先灵，汩湟泪水作归路。

6.谷雨

绵绮雨丝铺锦冈，细涓溪碧入禾塘。
旭辉秸脊强青壮，淋润沃腴盈硕黄。
一滴甘霖凝谷粒，几身汗水渗田香。
稻秧酣畅饱金穗，川岭泽鸿丰满仓。

7.立夏

春风不舍留香去，初夏腼颜红面来。
蝶恋双双围树绕，鸳鸯对对拥雏抬。
殷花尖顶托黄果，白皙妍姝露粉腮。
额上汗珠浇稻穗，艳阳催熟热情开。

8.小满

旭辉笑靥葵倾嫣，鹧鸟稻枝荡秋千。
蛙曲蝉鸣荷蕾艳，柳枝碧水雁翩跹。
蓑翁浇灌初凝穗，彩蝶羽飞秋朵前。
稻傲枯洪藐虫患，躬酬汗水饱丰年。

9.芒种

梅雨霁辉暖霭霞，燕莺欢羽寄农家。
阡绵芳麦遍桑梓，错落田头蓑笠斜。
汗水甘醇酣幼嫩，青蛙助长鼓箫叭。
及时季节乘风势，事半功高硕果华。

10.夏至

九醉炙炱犬舌长，百花日宴伴鸣蝉。
白兰殷朵结圆籽，紫菊虹辉绽蕊妍。
鲜卉琼瑶溺春梦，哪吒轮火舞风旋。
满身汗水凝珠玉，一炬燃弓弹彩弦。

11.小暑

炙热焰阳枯草烧，荷花池烫泥蛙跳。
青江柳荫绿林道，棋弈琴笙朗曲朝。
知了振缨泄火叫，画工汗水阙廷描。
一挥点睛卧龙啸，千岭甘霖烦躁消。

12.大暑

西湖骄阳煮鱼跳，麓林暴晒烈辉焦。
稻田酷暑汗油掉，崖壁炙憔知了饶。
瑶廷裂墙沧海旱，羿英搭箭对天飙。
冰轮入鼎化朱液，月夜热情狂舞招。

13.立秋

嫉俗暴龙息火舌，感恩仁世涕零泄。
兔归寒殿风飕霜，逊焰红尘日垂热。
一叶落秋万盅衰，百花凋谢三青竭。
春馨雪瑟冷飙涨，凉爽宜人惜香缬。

14.处暑

北疆狂雾喷凉气，南岭门开雁入齐。
黄菊东川嬉玉兔，秋葵月影闭花枝。
叶流露水琴儒道，琼凝冰醇醉翰诗。
风呼亭台飘妙语，轻舟史浪荡涟漪。

15.白露

一飕凌啸落花流，万木凋零虫盅忧。
红卉彩蝴东逝水，枯黄大地布寒秋。
髯灰鲐偻黛颜尽，失魄骚经泪渚愁。
孤烛冷衾残梦碎，霜风乱鬓露侵虬。

16.秋分

阵阵凉波飘榭苔，青青碧日朗晴开。
秋棠嬉笑迎香客，鹂鸟琴笙吹凤台。
风揭书扉明苍浩，珠浮雅兴露豪才。
欲乘云朵阙廷醉，畅快西游紫梦来。

17.寒露

一宵飕啸断残枝，万户冰封横道驰。
哀鹄遭雷泪涟雨，卧龙蛰伏鬓垂池。
墨渠凝冻烛光颤，蓑笠任澜撕裂离。
企盼阳公霞灿热，普天黎庶暖心滋。

18.霜降

冰冷飕风钻衣袖，枯黄落叶任漂流。
残蝉呜咽树枝抖，衰草屈尊蝴蝶愁。
暴雨射来万箭穿，艳花凋谢泪漫洲。
霜棱肤革孤寥寂，尘世寒心冻苍虬。

19.立冬

冷月凉漪风雨啸，独槐空屹旷夷凋。
雁鹅驾雪横苍莽，梅萼迎飕紫艳娇。
朱殿灯辉红火笼，柴门烛曳笔孤寥。
寒霜鬓白心头热，陌室温馨墨沸潮。

20.小雪

粒粒仙丹落凡间，颗颗晶米入桑田。
脱离乌霭追梅艳，厌恶虚浮结实坚。
雅素山川枯树洁，冷凌尖刺蛰虫穿。
凝冰桥渡横江海，清白一身宽昊天。

21.大雪

一冬梨卉亮天苍，万顷银圆覆海田。
娥月胭花千树白，瑶池珠玉醉梅嫣。
口含瑜雪清心腑，手掬晶莹洁浊寰。
碧血凝冰刺蛰豸，仙姑莲瓣兆丰年。

22.冬至

飕啸冰寒疯雹打，枯枝断树倒头栽。
魔云箭雨霾笼殿，黎庶护城棉铠来。
风扫东西跨秦岭，雪寒北域冷南苔。
雀鸡颤抖缩巢穴，苍柏傲倪鸢阙台。

23.小寒

漫天梨卉弥苍穹，宽厚凝晶覆玉葱。
鸟雀兔龟消影迹，蜡梅绿叶吐颜红。
银河鸳鹭荡粼碧，雪烛幽光映道童。
霜冻桑田芽露翠，冰凌止水雁旋风。

24.大寒

雾遐冰蝉笼蓑笠，漫荒白毯覆袒裈。
红尘冷面鲜菇谢，浊世灰心阴霭飞。
碧血汗青凝泣露，殷旗素布裹尸衣。
林姑香屑雪花泪，贾宝怀瑜禅偈皈。

彭红（嵌名诗）

捧出朱颜露嫣蓉，逢人靥笑暖阳融。
蓬蒿才女跃龙洞，纤指抚忧神气通。
彭湃四洲三昧送，鹏程万里一仁风。
蓬莱琉岛仙飘凤，扁鹊飞来医苑红。

春雨——雨水节气

细雨翠茵归，煦风暖日回。
田中苗叶黛，阡上柳芽催。
绿岸少蓑钓，朱楼满酒杯。
梦春千里远，搭箭一枝梅。

三八花

盘古开天乾瓣夏，世间情韵茝披霞。
蝴蝶迷彩扑芳蕾，君子痴求揭蓓芽。
风卷雷鸣蛾影单，馥芬春梦碎寒华。
茫霜晴霁茵兰卉，一粒泪珠飞雨花。

晨星

日耀黄冈云逸彩，夜羞红杏仰春开。
海棠蕾绽草熏粉，梨卉雪飘茵被皑。
藤蔓曲池悠梵道，鸳鸯碧水喜连腮。
桂芬娟月醉酣酒，紫绶妙珠凌阙台。

晨曲

一通剑舞唤鸡唱，百曲鹂莺伴朗吟。
阵阵轻幽涓妙耳，潺潺流水述花心。
戟戈铿当蛙轰鼓，卉蕾摇铃梦语林。
郁引蝶跹拍瓣嫣，风翻珠玉落琴音。

万经颂

1.书旗

横作经纶侧当墙，立为标杆凤旗扬。
丹心碧血染扉页，雨露墨花凝字香。
书写舞台登角色，流金禅佛翰儒装。
玑沙成塔凌云殿，籍垒天宫黄道昌。

2.五百真经

五百真经砌学堂，万千金字铸辉煌。
文中隽绣翠枝柳，行里红喷桃李芳。
春煦墨滋茵茗草，秋风扬菊耀东方。
荷花莲碧德仁映，书府殿台龙凤翔。

3.十万珠玑

万珠金贝落书院，一曲春风玉树喧。
佳句良词醇学子，龙飞凤舞撰轩辕。

妙诗雅苑蓬茅灿，儒教翰林道礼言。
洁璞灵光陶睿智，朱玑璀璨黛桃源。

4.一部《论语》

精深博大纳乾宇，绝妙珠联天地通。
儒气翻卷传道礼，墨香熏翰德信隆。
书山蟠果增才智，学海浪涛励志冲。
心页苍穹任绪张，身文霞浩跃衡嵩。

5.学府桃源

寸方云舫黛桃源，旷达学斋颐乐天。
树做笔描花嫣媚，池当瑶润海桑田。
纸窗透射圃园趣，文格满铺鸿志传。
墨泽青莲醉翰苑，儒风梨雪馥山川。

6.翰林儒伯

饱翰滋濡岳书院，艳旗飞舞扬红色。
无声文字肝肠言，铿越励钟翔凤国。
学府瑶池映苑桃，雀台雁鸟演凰德。
行云载睿启天门，流水甘霖倾腹墨。

湘潭

想象湘乡缘饷香，
淌潭棠坛叹唐檀。

石燕湖五一游览

1.石燕湖

翠竹松林浮鹤雾，鹅包峦麓聚瑶池。
黛山桥线连峰理，蓝碧涟漪荡鲤嬉。
游乐佳肴香榧馥，魔宫梁索卉霞琦。

游乐佳肴香榧馥，满郁清风醉绿滋。

2.游醉

风和日丽游人攒，石燕湖光胜景醉。
霞朵靥然飘紫裙，鹂莺悠笛穿林翠。
起沉峦岭腾情跳，蜿转碧流旋曲魅。
融入百花春梦酣，浮漂山水凌云寐。

3.怡情

暖日煦风丽景逸，棠香馥郁沁脾馨。
黛山翠绿莺歌伴，嶂涧瑶芳花卉婷。
彩蝶缠芯醅酹醉，柳枝拂水点鸳星。
红尘纷扰九霄外，兰苑蔓径翰墨庭。

母亲节

1.母亲

春秋孕育凤凰脉，一旦娩身几辈连。
引烛过针纳鞋底，借娥纺布织衫棉。
天涯掏馔温馨暖，海角雁鸿游子牵。
桑植风烟暗红脸，烹熬炉燋黝庞妍。

2.思念

一腔胎卵幻龙凤，双手柔怀揽热胸。
眼注佳儿慕飞将，臂搂爱女想妃容。
望穿千里盼游子，密织细丝繁嗣宗。
六甲孕珠叩挂齿，满头银髻企孙丰。

六一节

1.童趣

青岭溪波童稚颊，乾坤床被海霄家。
舞云挥旭荡寰宇，腾马飞鹰翻彩霞。
凤鸟随行穿涧嶂，浪花涛激长萌牙。
井田阡陌秋歌跳，岱岳雄峰武少华。

2.童心

苍穹碧宇拓云梦，绿麓瑶池逸鹄灵。
卉鸟蝶蜂妆锦绣，鲤鱼雁鹭跃风亭。
霓裳翎带悠情曲，花月秋波馥郁馨。
鹤发童颜骑龙虎，沧瀛桑梓粟山青。

苏南行

1.启程

山岳摇头茵草跳，榭台躲藏白云狂。
铁梭一穿光阴凝，思绪古今寰宇翔。
沧海桑田映梅苑，江河浪涌奔东方。
心随韵律飘霞彩，身驾骏骢横浩苍。

2.南京

六代古都樟又春，两街淮馆墨肴熏。
鼓楼钟响长江浪，陵郡峦辉华夏勋。
满目琳琅车马奔，遍城兰阁绣裙纷。
钗香琴曲漫悠韵，云榭旋星抚翠芸。

3.南京大学——母校

文曲星光晖建邺，翰林鼎甲耀金陵。

秦豪淮砚应天撼，虎踞石头龙跃宁。
贤伯儒知育苗圃，李桃芬郁汉华兴。
百年风雨府钟毓，满牍琼书慧眼鹰。

4.姑苏

泽国瑶池映华夏，怡园笔砚蕴诗葩。
小桥纤线幽香阁，涟碧曲缠庭院花。
谪黜墨兰江浙水，珠玑玉塑凤銮衙。
运河荡漾姑苏脉，亭榭词辉儒翰霞。

5.东吴大学

苍松掩映东吴翰，绿草绒鞍助玉章。
阡陌茵场华茂跃，纵横史册秀才扬。
学斋朗朗荡波澜，睿智潺潺漾海洋。
百世跌跄积厚蕴，一翻重浪运河狂。

6.沧浪亭

曜日穿林投璀璨，渊蟾荡碧喷幽香。
柔枝曲径舒尘闷，箭竹冈磐挺脊梁。
花牖兰鸾唤春梦，篆镂镌刻省寒怆。
沧浪雅苑仙亭小，鸿鹄昆嵩浩宇堂。

7.山塘街

卧虺浮瑶横阖苑，嫦娥散卉艳波涟。
玉眉胭道风流穿，酣酒醉亭豪士弦。
口蜜心飘花馈沾，身绫嫔贵缎香缠。
叶舟评弹笙红豆，柳拂鸳嬉逸霁烟。

8.拙政园

樟梁挺竹昂亭立，红蕊绿荷瑶碧清。
幽径回廊导大同，牡丹潋滟灿人情。
徽茵梧桢围雄殿，高榭低泉排九卿。

拙篆正词述沧海，逸园飞鹄胜宫莺。

9.苏州博物馆

方兄馔宴鬼趋鹜，戟弩鸣金败将卒。
翰迹蜀嵬仕道途，英雄荒冢俑兵窟。
飓卷顶戴落花翎，淤污侠肝脱白发。
简牍汗青泣古今，风云尘土镂空骨。

10.旺山村

花果桑田海市降，茶茵芳草鲤鱼塘。
醇糖逸馥旺山郁，黛岳橘甘蜂拥冈。
禅寺宝山满雾漫，西施香涧九龙荡。
物非人是茅成殿，桃苑蜃楼今眼眶。

11.同德里

垂冕曲身龙伏苏，披襄戴笠过街井。
吴州炒饭凝津芬，绸缎胭妆淑红杏。
宝玉落凡裹素仙，黛姑还愿泪河冥。
碧池娟兔缠螭宫，游客芳扇飘靓影。

12.甪里

佛祖云扇遮古镇，观音河碧泛情茶。
弓桥连理柳评弹，梅牖透唇房耀霞。
走马扬沙翻史卷，拈香裹绣黛山花。
亭中亭酌映娇月，画里画屏春夏划。
千载银衫睹风雨，一条简牍衍中华。

13.阳澄湖

菩萨慈悲一泉滴，银河泽惠万灵甜。
聚瑶天眼乾坤察，断孽吴刀蟹斧钳。
世外桃源莲瓣岛，红尘沧海碧波恬。
鹊桥鸳侣荡卢卉，牛女梓桑观月蟾。

14.沙家浜

阳澄湖畔碧波荡，抗日旌旗芦苇扬。
铿夏高歌击侵略，青纱帐里捉迷藏。
丹心忠魄沙洲坝，碧血河川守故乡。
革命榜样传大地，妇孺英武斗雄强。

15.吴州河

赤龙入俗泽姑苏，瑶翠滋熙富阖吴。
煦拂金鱼翻碧浪，柳摇荷瓣引鸿凫。
叶舟鸳侣划香水，簇卉鹂莺夹道呼。
风雨鹨波蜿鹊转，桃源仙境布扬都。

16.苏绣

肺腑倾情绫缎画，娥钩缠线黛眉霞。
银河针穿浪擎柱，凤岭凰勾蝶恋花。
卉草评弹红豆跳，槐榆彩釉霓虹划。
一帘薄帛仙庭挂，九阙云英日月华。

17.耦园——情苑

并蒂连枝林茂繁，鸳鸯共舞醉瑶池。
对联横批拜高殿，红鲫耦莲蜓吻嬉。
梁祝蝶翩牵伴侣，牛姑鹊虹会相思。
无孤有偶双飞鹤，知己相濡耄耋诗。

18.盘门

一水两邦风断肠，枝矛草箭鸿鹄殇。
浪涛汹涌碎銮殿，花卉焚烧鱼水荒。
瑞寺酬恩守千古，黎江国舰驶遐方。
狼烟熄灭黑灰尽，桥越红尘碧道长。

19.重返母校——南京大学

学府藤萝青凤长，顽孺秃髻发髯霜。
身淤忧虑寻师道，笔短材枯忆母吭。
喜见李桃芳四溢，庭闱高冠紫香房。
重温教诲骥潜思，老树新芽墨彩章。

20.道行概——总结

日耀蜃楼生紫烟，景招霞思飘云舫。
桥通三世正邪途，花郁五洲情窦漾。
岱岳隆峰青草茵，涧流沉浊峡湾畅。
蜻停红荷护莲池，驿道曲折蜀顶旷。

21.汗晶彩

岱岳不留光影客，江涛只奏澎铿曲。
丹心脊骨筑鸢台，碧血墨梅流史录。
荷卉蕾苞情蝶开，煦风汗结梨花玉。
黄河蜿转冲汪洋，鸿鹄翱翔宫阙旭。

教师国庆中秋节

1.玉案

三尺桌几盛简牍，四方天地道经儒。
弹文珠字落琴曲，扬意妙诗漫睿符。
游走蛟龙江水路，平铺黛色大同图。
红尘抹去存青汗，先圣离坛留笔芦。

2.烛光

儒袂未戎金甲装，身躯肩被李仙白。
冰清玉洁燃丹芯，脊骨刚棱傲苍柏。
节节鲐文银髻垂，潺潺流淌睿聪脉。

心扉世界夜光明，烧尽红尘香学宅。

3.滋慧

一道烛光书阁耀，蓬茅简牍汗青来。
四方玉案托云慧，九叠竹卷藏德材。
雅苑悠漫沧史踱，窗台挥笔雾霾开。
抚裾弟子冠仁睿，点润蟠桃俊色才。

4.鬓霜桃红——赞离休

飒爽英姿进儒院，鬓霜银发别翰林。
墨瑶浓黛春秋色，粉笔轻梳德雅娉。
烛烬灼光辉睿智，思潺芬水润桃婷。
岁华丹火烤青汗，文曲霓霞壮浩星。

5.祝儒

茂林青翠拓蚕桑，霓虹彩飘衬烛光。
学府辉煌宽翰苑，李桃酣美醉儒长。

中秋节

1.中秋月影

一嫣蟾眉勾万目，四洲炎裔共婵娟。
黛峰托玉流青汗，碧海融天纳矩圆。
婷荷芳芯迷彩蝶，喜樽红线结鸳缘。
觞飞羁鸟宴云旋，霞入夜阑霓虹翩。

2.中秋圆桌——同学聚

娥月青纱飘鸳峰，羁翁归棹聚桑梓
红觞泡沫消芳华，夜阑琴笙扬鬓紫。
风卷孤舟海角遥，樽联同桌臂膀咫。
霜寒黄叶腊脂香，鲐背殷丹鹤颜子。

3.衡阳金甲水师

绿拢金甲翠山岭，水响铿锵忆战场。
一杆红缨旗帜，三潭印月对长廊。
玉萝脆郁驰中外，鹤豕佳肴酣醉香。
殷血刀光成碧沼，流连卜馥卉花装。

4.湘潭万楼——文昌阁

潭麓钟灵卧虎昂，文昌砚塔扬风光。
登楼望岳明禅眼，伸手端霞悟道行。
斋殿书橱蕴宇象，幄帏棋弈运穹苍。
云烟翻滚亭台换，翰墨波涛青汗湘。

5.湘潭窖湾夜灯

玉女霓裳铺水畔，花池萤火逐嫦娥。
天宫灯笼映人宇，瑶汁蟠桃酣窖河。
远见貂蝉亭榭舞，近瞧嫔贵雅姿婀。
手持七彩旋苍昊，把酒与仙飘虹波。

影珠山
——抗倭保湘岳

1.赴漫道

金戟铿锵招骏骢，铁轮悍马骋飞戎。
江汀芳草铠边搁，关隘旌旗九字冲。
曲折浮沉穿云海，盘山横水逸仙风。
荷池闭月橙禾静，驿道驼铃战擂雄。

2.追战影

寒啸催骢云压肩，雾霾崇鬼探幽邃。
林哗沙蟀似铿锵，花草斑斓如血媚。

泪雨流溪滴汗青，沧桑透绿映英萃。
日倭身甲垫潇城，壮士脊梁扬湘瑞。

3.战珠山

英武红缨鼎霄霁，壮猷玉带绕戎壕。
凌云叱咤保湘麓，虎踞巍然守岳涛。
天柱铜炉拦日魅，狮喉烈火驱倭逃。
三千刀士镇潇北，一代骁兵青史豪。

2021年29名"七一勋章"获得者事迹

1.马毛姐

哪容脊骨遭磨干，豆蔻稚肩助解放。
十四翠花托战船，六番横水越江防。
不怜碧血洒川流，岂惧飞弹落颈上。
华茂青春丹恳掏，功勋风采芳名唱。

2.王书茂——沧海一砂

浩涛南海九州水，微粒云砂万夏瑰。
一棵渺沙辉玉烁，众仇来犯作弹雷。
浮江结稻满仓谷，入海凝礁守土陪。
炉火丹心坚如铁，不匍蹂躏宁瑜灰。

3.王占山

一身戎甲精神抖，百战皆胜挫敌饶。
除恶猛狮江海跨，保疆威虎刺魔跳。
四天肉搏挡炮火，肆佰敌尸横麓腰。
几载荣誉登阁召，满胸勋带俊雄骄。

4.王兰花

兰蕙花开纯气鲜，慈母佛手百灵筵。

荷盘青翠遍波绿，挚友温馨四海联。
一棵爱苗千万卉，众人捡柴火星延。
满车好事雷锋现，水乳交融族相绵。

5.艾爱国

钢花迸溅火星闪，大地霓霞耀霓光。
巧手匠成凌雾柱，坚筋牢固远轮刚。
一涔汗水银晶凝，两焊同根连理裳。
铁马铜鹰名技吹，飞船潜艇掌心航。

6.石光银

黄尘狂舞乱方圆，绿梓溪苔镇火乾。
一滴汗珠几片叶，一条脚步遍桑田。
植株百卉万花郁，葱翠阡陌漫野鲜。
青穗油油脂玉溢，金沙粒粒满粮筵。

7.吕其明

激壮澎锵铜雀场，丹心荡漾碧天冈。
烛光闪烁音符跳，煦气吹笙莺笛扬。
简牍条条交响舞，谱台页页雾云狂。
励琴轰烈翻乾象，眠曲柔波悠宇苍。

8.廷·巴特尔

深入蒙包促膝言，敞开胸府抱草原。
东乡跑马黎民助，西市牵驼贫困援。
草地作床牢固实，大山为殿华桃源。
丹心付众鬓毛白，掏肺惠群共乐园。

9.刘贵今

昔日张骞今贵今，非洲千里为和晁。
天涯路远存朋友，海角无边情搭桥。
一辈赤诚传亲善，全身青褐义难消。

遥迢彼岸比邻睦，近黑不阴丹愈娇。

10.孙景坤

解放枪林腾猛虎，援朝弹雨显英雄。
身被佩戴挂勋奖，荣耀云堂授爵功。
解甲归田丹奉续，戎装素裹梓情崇。
钢刀成铲增禾穗，鱼水交融富裕鸿。

11.买买提江·吾买尔

天岳雪莲乾象朗，昆仑屋脊地球梁。
哈瓜芳馥四方客，瑶汁酣醺各族郎。
冬不拉中歌嘹亮，葡萄架下舞跰扬。
丝绸之路风光带，西域遥村和睦香。

12.李宏塔

晨曦引道启迢程，月色伴行踏路宿。
老当父母幼作儿，寡为亲戚孤成叔。
春秋身影入桑乡，雷雨蹒跚泥泞谷。
霜冻千重炭化冰，红辉众庶烛干伏。

13.吴天一

天山旖旎雾云薄，瑶玉醋甜氧吝啬。
西域华佗丹药掏，昆仑妖怪闷胸克。
妙医春煦吹仙风，凌绝飘宫醉梦国。
铁马飞奔阿尔昂，游人逸袂蓝天色。

14.辛育龄

刀口两边非同手，抗争铿戛雪深仇。
一挥利刃病魔斩，众怪低头屁滚流。
舞剑行云划脉水，推心共研友情悠。
春风妙手新生喜，扁鹊惊叹柳叶优。

15.张桂梅

不忍求知空叹切，呕肝孺子付心血。
晨曦朗朗绿林荡，星夜烛光童趣阅。
春卉盛开授信心，金秋硕果教勤哲。
青丝白发留书园，桃李芬芳慰藉悦。

16.陆元九

鸿鹄凌云跃昊穹，鼎元回国报丹忠。
日辰游舰翱苍霭，烛影摇红乾象风。
陀摆蹁跹蕴妙道，飞船腾宇任心梦。
两星一艇凤台越，万里逍遥弹指冲。

17.陈红军（已故）

文才儒虎愿红军，喀喇龙峰志凌云。
头鼎蓝天扬华脊，脚行冻土力耕耘。
挺身赤手撕来犯，碧血丹心护众群。
忠烈伟魂垂雪岭，英名不朽卓奇勋。

18.林丹

龙巷凤坊烦事多，说长道理琐张罗。
东街融洽家庭纠，西屋解铃调解过。
恭敬尊先当孝父，爱仁恳切里邻和。
匾文民字乾坤朗，心系衣粮群众歌。

19.卓嘎

华夏九州民族根，守山护土匹夫责。
青青草地牧人家，片片树林梁栋宅。
春煦界碑缀菊花，秋高畛域挂金麦。
一朱丹寸扎边疆，千里国防党帜奕。

20.周永开

潜入虎窝碎贼心，丹怀碧血汗青映。
草鞋书记护林王，绿袂峰峦山水净。
崖刻党徽闪霓辉，手抄宣言忠诚敬。
身正除恶浩然扬，富庶桑榆老革命。

21.柴云振（已故）

跨越天河灭白蒋，丹心献国付忠肠。
鸭绿江畔猛将奔，一击擂瘫百美狂。
解甲隐居融翠梓，现身沧海富盈仓。
英雄无我只为汝，江山是民肩负昌。

22.郭瑞祥

舞象横刀驱日寇，袒怀扬戟劈狼狗。
星辰烛火读宣言，汉马喧萧赢锤斗。
碧血朱红延赤旗，骨椎刚毅仍雄肘。
一生信念丹心虹，百世丰功七一赳。

23.黄大发

绝涯峭壁荡愚公，山鬼恐慌掉海宫。
春暖蝶蜂茹汗水，寒霜冰雪锻筋功。
青丝滴水润桑梓，鲐背穿磐银汉通。
蜀道水蛟蜿曲舞，芳花醑醉拜青龙。

24.黄文秀（已故）

荒岭秃岩飘翠绿，龟田瘠土降麻姑。
溪泉汗水乳交融，星火萤光促膝图。
峰岳茶花开烂漫，蓬蒿琉瓦富街衢。
洪流无义卷仁姐，山谷桃源婷玉芙。

25.黄宝妹

帐幔温馨纤指手，紫袍灿烂细裁缝。
条条相结慈母念，缕缕蝉联雪炭诚。
昼织夜编描颢景，呕丝凝血续长城。
轰机梭舞鬓霜白，蚕线连绵衍九生。

26.崔道植

战火熔炉凝火眼，精忠丹寸闪睛奕。
红心朗朗识蛛丝，浊世睁睁辨劣迹。
罪恶污斑神目明，鬼魅难躲道公戟。
正身压魅除蟪蛉，扫帚驱虫清垢积。

27.蓝天野

隐隐帷帏呈骑士，翩翩英俊跨铜台。

兰亭香榭魁梧耀，京府茶楼朗啸来。
袂态风流空万巷，嗓雷叱咤震天开。
仙姿卓绝彰神艺，凤骨雅俊旷世才。

28.魏德友

万峰国境千重雪，一颗朱丹亮长夜。
春夏戍疆悠牧铃，秋冬巡岭入云榭。
蚊嗡曲伴无孤聊，天地敞篷有景舍。
鬓角霜灰边草茵，界碑磐稳山河华。

29.瞿独伊

连接星光远重洋，天涯异域话桥梁。
黑囚牢狱坚贞志，朱赤丹心拼搏张。
开国大典俄语享，新华成就四洲扬。
烈辉火种徐徐递，旗帜飘飘永炜煌。

2021年诗歌

2021元旦颂

1.元旦

一番轮回夕霭落，众灵黛貌耀初日。
无中生有乾坤创，盘古开天星象秩。
神女造人血脉承，甲文简牍汗青述。
枯枝翠叶红花鲜，新标腾蹄元旦吉。

2.初升

沙尘垒石尖峰鼎，棱角磨圆原始初。
霜雪枯萎春蝶窭，耄鲐仙逸幼儿余。
将王坟冢凤雄起，裂国合拢良策疏。
百水归洋升霓霁，九折波浪凌霄庐。

3.文始

秦皇汉武雄基业，贞观盛隆桃苑墨。
独荐儒风仁义和，顶峰华貌辉煌色。

新疆拓域炎黄豪，銮殿抬头瞩目侧。
明园鸦烟朽木焚，赤龙昂首乾坤得。

4.拓展

雄鸡昂首苍穹白，蓬岛阳升万景莱。
芽吐蝶迷情窦缠，佛新人扮黛妆来。
蜡梅尽扬春光颢，荷瓣才辉蜻拢苔。
百舸急流龙王耀，一驰当领独骚开。

5.新生

黄叶淬冰尖笋绿，啸风弹曲蜡梅橙。
珠峰巍峨众人瞩，皓月圆辉俗世惊。
萤火雪光藏旭日，墨池青汗润芳声。
厚蕴薄发腾蹄起，一跃凌云竺道生。

平安夜

金戈横飞裂九省，万骨功堆一将成。
碧血润翠情蝶花，将相坟冢枯草冷。
灯红酒绿绕宫阙，萤火雪光熬烛灯。
惊涛骇浪洋中宁，苍穹眼花静仙神。
年年波涛浪起伏，岁岁跌宕脉消声。
蛀虫潜沉简牍乐，墨字无音趣永生。

牛年颂

1.倔强气

麒俊入尘翻绿翠，皮装厚甲抗豺狼。
春秋犁卉万重岭，冬月草料空寂房。
力拔千钧泥淖浪，夯歌四脚稻盈仓。
身心碎石换金谷，南北驱行无怨吭。

2.稳蹄远

井田耕定秦乾统，汉轻徭耘旷世功。
纵邑四平怀凤冕，横纶八稳驷西东。
佛神尊贱和苍莽，儒德厚仁宗稷通。
青汗续流南海阔，神州圆合俗间融。

春节情赋

1.春光嫣红

寒萧退北暖姑来，尖杏探头嫣粉腮。
梅艳绽红春蝶恋，柳枝旋舞丽琴开。
两堤翠绿衬銮殿，一曲碧瑶穿鹿台。
驹扫兰花人逸虹，桃园灏影煦风裁。

2.春妆紫气

乌云散尽笋芽露，寒冻消融苔藓覆。
玉雪凝妆梅艳红，冰晶尘洗兰芳菊。
袄包现脸心声呼，冗牍简书桑梓仆。
乔妹彩装花亦香，身轻洁净乾坤幅。

3.春风满面

一团暖煦入心窝，满面春风万物和。
手把玉樽瑶海纳，身浮尘世鹤悠过。
指涂成彩喜来乐，激荡增情翻浪波。
顺势长江推华夏，醋觞黄酒汉唐歌。

4.春暖沁脾

阳煦拂枝撩蝶舞，暖流沁腹润肌肤。
西厢红杏触骢辔，南国枫窗呼雁鸪。
踏绿桃源醣玉汁，挥毫山水大同图。

兰亭花瓣待滋蔓，细雨和风馨紫荬。

5.春波鸿程

铁马驰风凌赤霄，紫蛟奔越九州遥。
昆仑山顶添顽石，东海龙宫金棒撬。
长辔鞭头过泰岳，黄河鸿浪达洋桥。
横卷霾雾开霞霁，竖劈妖魔拓曙潮。

党日辉苑

1.党日

红舰驾浪开旭旦，镰锤挥舞破苍乾。
百年雄阔圆初梦，世纪腾蹄鼎甲前。
铁马驰光延陆海，莺歌凤阁续唐弦。
习风吹拂神州绿，牛气千秋耀霁天。

2.校辉

长沙翰府理高斾，工致剑梅穿洞玄。
云鼎苍穹旋娇月，塘蕴乾象纳金砖。
大寰栋宇耀龙榜，学海芙蓉甲水莲。
园伯颜开桃李紫，苑花灏景霓霞连。

3.翰林煦风

子监府门殷斾飘，翠茵桃苑宝书招。
五星团簇文堂拢，二丽光芒雅院朝。
党煦春波云影绿，学风夏焰鼎台骄。
红楼似册映辉焯，花鸟乐曦翰草摇。

4.雅园红景

灯笼高悬红翰院，青葱翠拢赤砖路。
绛旗飘逸鸟儿朝，殷肤绽嫣彩蝶赋。

课诵儒风黄道长，讲坛云榜乌江渡。
桃园粉黛党辉鎏，学子丹心碧血镀。

5.儒采

昔日匍跄仰鼻息，今时扬首坐头席。
胸怀赤忱同舟行，腹蕴诗书酌醴碧。
凌雾揽星惊如来，入洋捉鳖创龙籍。
手持技法越山川，身驾德车风采绎。

元宵融

溶身玉雪暖融甜，敞开心扉迎旭嫣。
一步两季鼠牛变，三春百卉万物鲜。

同桌聚

山水岂隔同袂窗，酣桌又聚幻影仨。
紫鹃绿醇荡莲波，管鲍同笛鸿雁航。
三秋弹指笑红尘，四季一心日暑阳。
乾坤风云拂袖过，天地兰亭悠南觞。

清明祭

雨丝淅沥奈河泪，兰草匍跄白菊萎。
碧血丹心坟冢茵，刚椎风骨桑腴美。
先贤流墨隐仙西，后辈承经扬玉蕊。
灵岳匿形鞭雳雷，苍穹云榜映雄晷。

端午

翠叶拢怀晶莹玉，柔情缠绕汨波鱼。
团团粽结忠丹蕊，密密缀连华夏誉。
青叶吟琴离骚调，绿涟浮舫穿龙间。

九歌天问红星闪，遍地禾苗金穗储。

袁隆平——撒玉饱苍生

文星潜土梓桑绿，苍莽沃腴穗满席。
泥沼浮身乾象明，龟田挥汗金山积。
晨曦驾日焙禾娇，夜幕摘萤耀谷碧。
风骨嶙峋饱庶情，逸仙云榜芳遥夕。

六一酣孺

忽记六辰还老童，南山九鹤舞青松。
开裆破涕抓鸢剑，竹马携梅驾玉龙。
海角驰光标虎柄，天涯追蝶窦情踪。
青丝霜白桃源路，今日歇鞍酣孺浓。

汝城——半条被子

1.驾风

紫燕翻飞挑虹曦，呢喃长笛悠扬序。
蜗居斋室鹏莺孤，游弋山川汗马抒。
脚迈驼峰云雾流，手接裙草花蕊语。
麓容青涩开怀拢，心绪随风天地侣。

2.飘云

书香引路拜贤翁，鞭马腾蹄濂苑宫。
骄日描经人穿道，青峦默语佛横空。
车辉金霓扬罡气，身越霞虹悟世风。
嶂涧蜿蜒盘曲陡，灵云已过竺莲蓬。
注：濂苑，指汝城濂溪书院。

3.半条被子

乌云笼罩潇湘冷，碧血长流东江泪。
闪烁红星穿汝城，燎原炬火霓虹魅。
霹雷箭雨山风寒，甘苦均田桃苑寐。
半块衾被双手暖，一湾沙水同江醉。

4.汝城风光

凤爪落湘形汝城，瑶池蜜灌石生藤。
浪山梳雾笙鹏曲，东击碧鹨沙水澄。
桥绕青峰流穗玉，楼升云雾竺宫乘。
车龙熙攘琳琅满，裙袂缤纷街彩灯。

5.湘南起义纪念馆

同盟操刃血流泊，不屈湖南高亢歌。
星火燎原初烧炬，揭竿起义始湘河。
脊梁竖立红殷旆，筋肉结联黎庶哥。
镰锤横刀创革命，汗青从此漾新波。

6.飞天山

飞客仙基垫脚高，顶穹立地扬头翘。
陡然攀越仕途峭，蜿曲盘旋寺庙招。
菩萨妙姑皆命道，鹿台酒宴概云韶。
天公问我何时到，已鼎尊前吓一跳。

高考

元甲锦云呼骏马，秀才驾牍跃霓霞。
雪灯萤火燃聪慧，悬发刺肤开墨花。
殿宇龙头翎羽耀，光宗荣祖榜名华。
十年红烛锻钢笔，百炼丹成万事嘉。

血战湘江

啸风泪雨吹折桥，血水烽烟绿草烧。
骨碎肉飞阎王恐，兵消将失党心焦。
苍天闭眼垂龙冕，江岳颤摇哀鸟跳。
粼碧澈清桃苑路，长征义帜大同招。

时光

时箭飞梭尘俗烧，春秋转瞬暮冬憔。
孺鲐一世千经积，幻霓九霄万物飘。
蓬阁温馨瑶碧乐，凡间纹刃刻聪骄。
马凌虹旭腾云榜，风旋慧光舞蝶绡。

时光：闪烁的智慧光芒

逝者如斯东流去，旭日东升虹再来。
层层峰峦门第排，芸芸众生浪击海。
分合一统二世衰，马鹿任指剑下菜。
叱咤英豪登骨楼，奸佞逸言黄土埋。
跳出红尘三界外，黛玉难舍贾宝爱。
涟泪难平门第台，葬花蝶恋来世开。
火耀光明闪星彩，雀台紫辉铜镜抬。
兰亭绿卉神龙栽，后人乘风渡书海。

子曰（其一）

子曰：何为人彩？何时再来？
仲尼答：丹炉炼红心。
情窦初开桃绯红，竹马缠枝揽梅怀。
朝向旭阳绽红蕾，夜幕明月荷池待。
风雨雷电梅花折，寒月枝萎葬兰花。

春夏艳阳催玉红，秋冬冰雪满馆塌。
红尘泪涟报滴恩，光阴箭透情窦怀。

子曰（其二）

子曰：红尘苦海何时了？
佛答：万物皆空春光骄！
顽石品尝人间味，真心贾府纲伦拜。
手翻天下嘴掀海，脚迈大地黎庶抬。
鼎元驸马何等殿，红翎只缘血脉彩。
蓑笠扶桑路骨冻，绫罗绸缎富贵戴。
尊卑贵贱手心翻，难扳佛祖仙如来。
黎家眼光桑梓田，鸿鹄鹏程天智开。

千年辉煌百诗歌
——庆祝建党百年伟业

1.百年华诞

红船破浪驶东方，星火燎原镰锤锵。
蜀道陡趄风骨跃，黄河蜿涧碧血长。
揭竿浴铁新楼立，桑梓亭台玉液觞。
上下求途桃苑里，一飘丝带诞辰昌。

2.世纪党辉

大同蟠桃霓颢穹，神州翰札启新篆。
卧龙翻跃震昆仑，春煦翠禾融庶缱。
云凌泰山逐月辰，海容江水映唐冕。
群峰崎岖鼎元巅，百世沧桑华梦衍。

3.千载盛世

桃源胜景耀阡陌，蜃阁摩云屹紫东。
仙凤揽辰天羿怵，神龙捉鳖海王躬。

绿茵亭榭双鸳逸，春煦寰球共昊融。
龙马飞驰穿经纬，丝辉今古万盛鸿。

4.龙腾星灿

三鬼魑魅抛西山，九夏凤凰扬羽翰。
龙跨汪洋开国门，虎奔岱岳震坤悍。
仙驰铁马贯云霄，神逸飞船荡昊澜。
蜃海桃源绿百川，旷奇彰玉耀青汗。

5.雄狮崛起

红舰南湖翻巨浪，赤旌弹雨峥嵘战。
长征漫道响铿銮，颢景桃源富庶宴。
铁马腾蹄跨海洲，雄狮开放震云殿。
浩穹飞箭圆鸿梦，丝路华旗翠锦炫。

6.蛟龙威风

尘沙积石垒天墩，桑梓碎花重凝魂。
德泽海州滋庶泥，凤翻蜀道跃秦昆。
血殷沧漭山川绿，汗润碧流长水奔。
华厦殿堂云岳顶，蛟龙威武耀乾坤。

7.雄狮怒吼

憩恬遭受圆明烧，冷眼怒号魔鬼妖。
横戟铿锵残殿摇，揭竿呼啸旆旗飘。
轰隆重器昆岳岳，翱响神舟荡碧霄。
儒雅唐装还抖擞，雄狮震撼卷云遥。

8.神龙昂首

镰锤城头挺龙角，霓珠东方闪辉蛟。
黎庶昂首红旗摇，神舟翱翔霞光朝。
摘星揽月翻乾坤，横江穿海掀浪潮。
飞驰寰球率百鸟，高耸华厦炎黄骄。

9.国势山威

巍峨长城横岳岭，浪涛江水涌云天。
镰锤屹立挺龙角，重器盖穹封黑烟。
雅礼儒风折敌从，雄威猛虎碾炮扁。
擎寰大同照人世，丝路脉流圆苍乾。

10.举世瞩目

昔日匍跄今峨耸，雄狮昂首扬飞鸿。
金银岱岳衡南海，大同光芒霓旭红。
铁马箭驰横陆岛，高桥虹彩舞云风。
桃源瑶液九天嫉，巍麓芳茵百鸟拢。

11.民心似春

冷啸败亡梅艳露，习风拂柳碧波舒。
清贪除污匡梁栋，扶翠锄禾满海鱼。
寒冽炭暖携手热，雨雷天伞同檐居。
水欢鲤跃舫流畅，桑沃梓兰怡燕纾。

12.伟大的党

沧漭神州隆泰岳，民潮澎湃托红船。
啸寒风雨农锤舞，星火燎原烽火卷。
金马腾蹄昆麓越，蛟龙飞翼宇舟翻。
东方珠玉鼎乾昊，长水奔流阔海渊。

13.光荣的党

浩瀚霞光云榜灿，澎旋大海浪头扬。
桃园绛旆红缨黛，碧水玉荷朱蕾香。
华表朝阳寰宇瞩，港珠桥垛长龙昂。
城楼霓虹殿旗耀，翠绿神州凤阁煌。

14.不屈的党

三鬼鬼魑岂屈服，一尊龙伯翻身武。
两戈镰锤斩阎罗，亿万黎民銮殿主。
头顶红缨筑暖巢，手持利剑挡凶虎。
丹心碧血黄河浪，脊骨长城丝路舞。

15.团结的党

信仰霞霁结苍云，大同景辉聚翠茵。
一片丹心红旆集，众材镶铆栋梁伸。
雄关漫道携提渡，铁马横州飞越真。
碧血凝沙桃苑筑，炎黄鼎助汉华神。

16.坚强的党

难忘一纸盖中华，犄角巨龙掀敌驾。
怒目火喷魔鬼凶，镰锤横扫独裁霸。
上下求索桃源径，左右探寻大同夏。
城阁旌旗銮殿威，雄狮咆哮风云咤。

17.真理的党

拨云扫雾启晨霞，穿水过河树瑞塔。
儒道经纶优劣比，中西思想精华纳。
马恩旗帜插銮轩，习煦神州绿翠搭。
真理瑶琼黎庶酣，桃源大同炎黄踏。

18.奋进的党

三擂魑魅入深壑，一往无前勇向冈。
两把镰锤摧朽殿，百家开放弄潮浪。
铁车驰骋飘丝带，飞艇月游翱宇苍。
红舫迎风成巨舰，旗挥华夏万年昌。

19.人民的党

鱼水交融映霁颜，藕丝不断结香莲。
血肯一体山峦夯，手足互携华夏连。
围桌共觞聊大同，风霜接济穿烽烟。
翠花相衬桃源丽，葵蕊向阳天地圆。

20.卓越的党

揭竿破宇亮晨辉，横竖镰锤扫厉鬼。
傲屹东方纸虎撕，腾升昆岳旭宏伟。
铁车丝路驰东西，飞艇浩空逸蝶娓。
马列光芒世界仰，千秋卓越留芳卉。

21.辉煌的党

镰锤铿锵碎腐堂，红旗呼叱换秋苍。
一挥昆岳擎天柱，九熠黄龙辉耀煌。
金穗泰山隆浩宇，银浪长水激汪洋。
神舟月阙蟠桃会，铁马飞驰丝路扬。

22.启明北斗

一片黑霾苍宇颢，众星拱北循天道。
蜿蜒小路星光华，陡峭山崖方向导。
静谧荷池映瑞星，泰昆楼阙启明靠。
辰移斗转引罗盘，仙境桃源腾越到。

23.大同桥梁

躬曲作桥连大同，引申桃苑绿滨东。
俯身亲吻黄河汁，豁敞拱门鱼水融。
珂护鸳鸯青渚守，阻拦河伯浊流冲。
默蹲山岳看潮戏，龙跨长江四海通。

24.七一授勋

肃穆殿堂颁国礼，为民功绩载荣誉。
佩环无案霓虹闪，顶戴羽除鸿章疏。
黎庶英雄登紫阁，素衣锦绣放光玙。
汗流碧血九州沃，青史流芳满锦书。
注：热烈祝贺马院党委荣获先进党组
织称号。

贡院菜

小子本无才，老儒逼擂台。
棘闱干瞪眼，鸭蛋滚球来。

中秋节

1.弦月曲

一声丽曲玉波迈，五脏膨胀血沸开。
呼呼夜莺云袂彩，涟涟天籁窦情腮。
百鸪闻凤舞翩眇，千鹤翘翎仰榭台。
肺腑琴笙澜日月，指间鸿雁弹红来。

2.月影

人觅彩云天竺际，兔随仙步翠枝亭。
闺房花朵皆成月，娥影娇姿露媚婷。
苍宇银盘飘知己，镜中蓓瓣逸娟伶。
眼眸总盼寒宫袂，身旁时跟鸳侣形。

3.中秋月

雁鸿驾兔转衷肠，明夜银盘映梓桑。
梁祝蝶蜂澜鹤岭，桃源蟠果胖阿房。
关公铁菟驰涯洞，银汉曲桥翩蕙缠。

圆饼香弦琴电鹭，羁游玉梦拥骊乡。

4.荷池月

轻纱薄雾透妍容，重岭芳汀顾苊逢。
荷畔蝙儿嬉雪兔，花坛鸳侣舞丹衷。
莲摇玉曳眨嫣笑，鱼穿水母吻蕊红。
鸿雁风波琴桂魄，天涯桑梓月花融。

5.寒月

一弦清碧千悲水，四目对空两岸泪。
雾霭镜花洁玉娇，兰亭鸿雁孤零悴。
冷星落卉鸳鸯离，秋瑟寒烟枯叶坠。
牛女鹊桥苍幻圆，霜湖粼浪碎娥媚。

6.圆月

春花秋月菊芬芳，红萼金瓜满富桑。
浩空银盘煦麓海，荷池鸳鹭绕莲妆。
岳台江渚灯笼圈，楼阁宾朋举馥觞。
慈母游鸿共凭牖，天涯海角同圆光。

钱刀

戈壁苍茫刀剑横，尘寰瑶苑脊梁空。
孔兄浊气腐良正，方片浮文压傲鸿。
圆鼓钱缯枷脖颈，薄情纸币俗庸蒙。
红心污化肝肠黑，粉脸邪妆厚绿铜。

翰战

砚磨霍霍纸沙扬，筴管咚咚刀剑飞。
鹅扇轻风掀万马，簿卷薄片封千扉。
斑簧滴墨红涔泪，简牍沉浮飘是非。
毛刺瞎眸天地暗，笔梁銮殿汗青辉。

梅花爱雪雪不知，开在雪中做情痴。
芳心醉落三千瓣，片片香魂皆相思。

月花情

怡院宝兄描黛色，竹笺字中滴情墨。
贾风错搭连芯枝，寒月萱花蝶化得。

2021年国庆

1.江山花

秋波眨眼华山枫，金叶京城烁彩红。
苹果脸庞含嫣笑，西瓜芯子绽殷宫。
琉房蝶汇双羞喜，铁马约飞飘旋风。
朱牖芳萱千鸟逐，明珠霓蕙昊苍虹。

2.华夏红

岱岳兰波绽殷枫，摩楼月树舞春风。
赤龙游史穿宫殿，铁雁翱翔飞太空。
长水蜿蜒流翰墨，黄河澎湃衍唐雄。
纵观寰宇四州海，华夏山川一遍红。

冬游靖港古镇

冬阳暖旭虹成桥，靖港古城兴致招。
昔岁谷鱼跳啸码，今时手臂擦街嚣。
石碑王道贯华夏，鎏瓦镂雕映颢朝。
停坐侧船浮夕霁，仰天云树醉香瑶。

田汉文化园

凸凹青石鼓铿锵，阡陌古槐橄羽捍。

话剧诗词戟弩扬，红卷玉墨飞银弹。
口诛笔伐驱倭魔，琴曲横江扫磨难。
百载征途义勇前，一鸣惊世中华灿。

情何老

弓竹跳，青梅笑，无猜小，毛鬓老。
前配娇，今妖娆，鹊虹桥，牛女瞧。
梁祝交，阴阳遥，破茧条，蝶彩飘。
泪恩报，门第高，黛花涧，梦红楼。
蛇修道，许生缘，峰塔造，终归好。
钱花轿，币纸桥，铜板照，元宝笑。
情香窦，秋水逅，伊人漂，虑心憔。
善恶交，正邪啸，圈地牢，泪雨号。
嫣牖招，媚向宝，铜圈套，异梦颢。
鸳鸯绕，瑶池泡，醉梦潇，缠绵遥。

雪

1.花雪

春涩秋沉寒雪飞，乾坤云袖素袍袂。
经年凝坚银沙，百态红尘概白丽。
皑皑茫茫简易妆，洋洋洒洒精心际。
六轮玉佩天花翔，冰水碧清涤浊世。

2.雪妹

不恋瑶宫虚虹霁，眷情乡井返桑枝。
凝脂泪润还恩滴，催熟红梅黛妹滋。
天女散花融菊意，英雄破凌鹿台思。
几番跌宕凡尘坠，玉洁冰清入藕池。

3.寒风刀

狂飕怒啸霜刀横，断指伤肌冰凌冲。
呼叱铿锵千马吼，雪崩摇动万炮攻。
寒心刺骨悄无息，破腹折英废狗熊。
天降我材钢铁脊，双弓飞舞碎寒风。

4.雪光映红袍——考研

日逐晨曦观苍道，夜请文曲教儒昭。
烛辉丹炼脊椎强，萤火金明剑舞晁。
满屋天书孵凤鸟，一扇空牖般翎飘。
沙场白纸衬翰墨，纷扬雪光映绛寮。

2022年诗歌

元旦

1.首一

九曲蜿蜒归大海，一腾霞雾又宵台。
鸡鸣剑舞绿林闹，晨旭蝶翩桃股腮。
青汗涓流千古远，滔天不绝首浪垓。
聚分尘世硝烟黑，新统诸侯乾朗开。
凌霁驾云扬一旆，万迢征雁霓虹来。

2.元旦

万物寂寥沉睡去，一轮新啸复苏来。
卜辞粉合墨留馥，诸子碎言儒翰才。
金棒意如灵机幻，汗青稻秆蜃楼开。
长城砖铺丝绸路，悍马腾云飞月台。

3.新年

春花秋月寒股梅，红白星辰交相辉。
霜玉涤尘翩绿袂，冰锥丹火喜春归。
蜿蜒丝路雨霞虹，凌雾天涯锦旆挥。
养晦韬光彰鼎甲，大唐重现汉华威。

4.启程

盘古开天乾道来，女娲造血凡人彩。
龟文形象祛茹毛，翰院墨流儒佛海。
马穿西陲丝路花，苍穹飞箭广寒凯。
心升晨旭蜃楼光，跬步山川桃苑在。

5.新生

羁栖狂奔慕回首，蜿曲盘旋何处东。
寸烛余晖虽暗華，花须得雨犹春风。
案台青汗流香桌，圃院李桃培艳红。
伏枥不驼坚脊骨，蜀峰亦见苍髯翁。

十二生肖

1.子鼠

贼眼盗眉幽径爬，冥间龌龊丑当家。
暗中鬼祟策奸计，黑夜偷摸窃菊花。
阡陌苍头咬空穗，纵横粮库瘟菌搽。
贪馋诬陷风波血，胆小卑微骗宠嘉。
偷懒好肴施狡猾，过街老鼠众人枷。

2.丑牛

前征黑淤后翻天，承载贫黎稼沃田。
沧海肥腴浑璞泥，金梁满库九牛骈。
汗香喜得仙姑宠，青草奶成桑梓缘。
利角横刀冲恶虎，埋头甘为庶鞍鞯。

3.寅虎！ 虎！！虎！！！

昂首苍穹描昊象，盘云泰顶率坤当。
王符第一雄风范，威武九州寰宇扬。
百兽朝参凌雾海，冕旒剑摆镇廷堂。
咆哮巨浪黄河涌，横划道通江水长。

4.卯兔

公主飘摇下世间，端庄娴静靥容妍。
仙姑粉化貂蝉面，菩萨慈兰飞燕嫣。
西域文成缘亲戚，凌云寒阙伴娥圆。
杏瞳尘市圃园殷，白玉雪净茵翠鲜。

5.辰龙

黄被金旒轩宇昂，紫城龙椅坐圆方。
凌霄挥手划乾象，潜海平滔稳巨飔。
三甲云梯横九品，百翎朝冕竖雄堂。
摇钟鳞曲长江远，旋毂墨流湟水狂。

6.巳蛇

卧龙暂住蓬莱岛，萍水许仙云海漂。
蜷曲竹林弹如剑，潜心洞穴酿琼瑶。
妖柔姿态迷凰鸟，无腿兰亭待雀招。
一滴血鸩瘫百兽，一樽浊酒醒弓挑。

7.午马

汗血沸腾万里远，朱骢蹄放五洋贯。
天涯一纵转身间，海角飞鸿鸳侣宴。
藐视蜗牛懒惰虫，俯蹲爱主驮奔唤。
千山只是脚跟泥，四水同驰红旭旦。

8.未羊

漫游崖壁行天道，享受青葱迁徙迢。
砍掉臁肥饕餮席，剥开皮袄嫁妆娇。
羔羊幼稚外婆贼，亡窟补牢前事苗。
娴静憨萌周面稳，悠怡南岳尽逍遥。

9.申猴

先祖老爷齐宇贤，大翻天庭法超神。
金箍擎柱顶天地，岂有笔毫如意生。
马月茹毛无挑烛，猴年饮血雪霜渗。
西行漫道坚脊炼，铁骨钢肌终成仁。

10.酉鸡

雄冠扇动火山焰，独立枝梢傲世扁。
鸣令太阳晖俗界，闻其起舞拓新天。
小头不如凤凰尾，尖嘴任钻绿野翻。
搁下卵红添喜子，哪无吉鸟岂开年？

11.戌狗

聪明伶俐贴身偎，海角天涯紧后随。
威武凶魁冲猛虎，吠仇御外扑前追。
残羹冷炙一生淡，且以安绥一骨委。
敏鼻嗅微寻马迹，躬身保驾勇无垂。

12.亥猪

赶来人世享洪福，吃喝梦酣长嘴呼。
尘宇污糟唯醉粥，闹街纷扰独宁颅。
无躬昆岳献横脊，勿有多言奉绛珠。
祭挂肺肝纯道礼，尽流碧血贡身躯。

鹅毛雪

仙姑玉坠窦牛痴，天女飞花大地诗。
千里冰封贞素裹，万梅傲骨绛嫣姿。
心花荡荡纯情逸，坦道徐徐春旭知。
鹅絮灵珠头顶冠，银装山麓兆金芝。
昔日共桌金兰挂，花甲同舟济水跨。
绵薄细软顶泰岳，挚诚衾被厚馨厦。

同窗情

为2821班老师同学们无限深情的友爱
而赋

四水漂萍聚学斋，三湘血脉浓情海。
天涯羁旅青春华，海角远迢昆季载。
金鼎岂惟朱酌欢，红尘更艳牡丹彩。
案台泼墨划潇湘，同牖耄鲐挥袂恺。
水刻石花，笔飞龙夏。

长理格言警句

1. 长剑高悬雅苑洁，理气豪翰宏伟学。
2. 长剑高悬儒园洁，理功大业鸿科学。
3. 长鞭翻飞驱魍魉，理公道义兴翰学。
4. 长坡曲折甘苦怡，理苗护花园丁香。
5. 金盆满岭国富山，云海蜃楼映墨塘。
6. 三尺讲台浩学海，一支粉笔洁身材。
7. 九台文鼎镇云塘，一玄鄱池氤碧荷。
8. 两袖清风翰林春，一身臃肿学斋寒。
9. 眼观六路察臭虫，耳听八方纳民风。
10. 鄱波碧湖莲荷清，年轮广场团心圆。
11. 笔头尖利刻青史，嘴甜手软狗腿拜。
12. 简牍厚重立青山，薄币重金浮云散。
13. 春风翻扉开天道，浊流呛水沉乌江。
14. 甜言蜜语醉酒缸，苦口良药祛病肓。
15. 蜃楼缥缈白云间，朱门自封断送台。
16. 手蕴余香人间馨，嘴舔鼠油贼窝臭。
17. 日晷挺直天地正，柳草随风秋枯歪。
18. 裂缝臭蛋苍蝇随，黑脸包公魔鬼退。
19. 青衫风骨脊大梁，贼眉鼠眼阴沟藏。
20. 雏羽莫腐一身轻，华茂鹏程万里云。

长理廉政

红楼旭日光辉照，雾散霾开浊气消。
铁锤铿锵驱恶虎，教鞭横扫蚁蟒妖。
课堂内外正邪辨，字里行间黑白昭。
云鼎坚磬维学府，桃花湖畔雅园骄。

浏阳小河乡游

1.奔望

东施游览觅骊妃，卵岭髻林鬼玉巍。
牛女虹桥青袂娇，梁祝蝶卉窦丝薇。
香河孂碧飘婵妹，梅竹鸳鸯宝黛闺。
手揽云姑驰汗马，心随孙悟顺风飞。

2.融景

银汉瀑花桃水烟，两峰莺燕笛天弦。
一条云雾逸山涧，九曲清波白鹭翩。
龙跃坝桥挥宝玉，观音滴沥翠禾鲜。
手拈湘水浏灵气，融入蓬莱醉此缘。

3.触颢

跌宕浮沉马跃霄，蜿蜒曲返羽翎飘。
雀台三甲鼎元耀，宦海双龙玉玺潇。
鹏展云榜鹰鸶啄，蝼蝼凡世细沙焦。
风尘迷雾哪村亮，梨卉桃源梦寐遥。

嘉兴考

1.蝶念

书斋墨气瞄虫重，窗外媚丽心鲜红。
日月乾图逢老子，楼兰漫道会悟空。
奈河桥断泪金寺，鹊虹窦通蝶化融。
金屋魅狐虚馥蕙，马蹄青草浴香风。

2.驰往

彩云随我轻飘飞，铁马奔驰与雁遂。

黛岭睡姿引蝶狂，稻花迷鸟沁脾醉。
碧流九曲绕巍山，村瓦独红露郁翠。
雅座悠笙荡宇苍，绿窗尽逸天堂魅。

3.奇观

孔雀东南沿海飞，潇河涛卉输将谁。
红船驰骋朝丹日，湘水舰头缔造奇。
华夏汴京腾马馥，星城卧虎岳山师。
笔翻孂碧描洪浪，载立苍穹天地支。

4.嘉兴夜

星降嘉兴探奇观，晚霭悠宜醉殿堂。
萤烛夕辉阡陌路，月姑银耀射江郎。
霓虹街巷逸烟火，迷你酒樽吞宇苍。
粉黛珠光招夜鸟，阳公暮恋玉河香。

5.南湖红船

泱泱南湖国运风，澜澜轻叶浪涛中。
九州血脉鄰波激，大同桃源共享融。
木板身材钢铁骨，纤肢薄橹渡仙虹。
汉华鸿雁启嘉兴，朱舫殷旗指旭东。

6.南湖

樟榆招手柳旋腰，茵草躬迎萼蕾飘。
烟雨朦胧风骨挺，红船破浊海云骄。
九折碧水史声淌，一塔雄楼担六朝。
蝶拂花儿生荷玉，人酣瑶湖落香乔。

7.乌镇古润

龙仰遴头太水扬，雀台铜阁此辉煌。
季昆两岸桥难断，妯娌绿衫丝路长。
青巷乌房辉昊宇，窄坊薄饼世间香。

花姑颜丽胜琳玉，鸳侣摩肩多宅房。

8.乌镇

乌瓦青房蹲两岸，碧荷莲玉袅波央。
门窗虚掩圣贤像，闺阁羞拢紫绮裳。
水上叶舟漂闹市，石街攒动马蹄当。
潺湲流淌汗青滴，敦厚民居悠久香。

9.嘉兴古城

七塔钢梁鼎古城，八寺文气袅烟升。
炮台烽火映矛盾，方椭双魁伯仲朋。
静弄小桥浮荷玉，闹街攒动紫氲腾。
丝绸河道流青史，水巷竹竿连理增。

10.流津香菜

滋糯粽香鼻窦通，碧荷舞媚蝶情衷。
晏球娇粉鸳鸯转，锅肉朱颜睡美红。
菱角葱炝天道破，顺口豆腐老牛冲。
筷伸锦馅蛇姑急，醉倒宁缸八戒疯。

11.蝶蛹迷香

婵姑入俗玉莲逊，耀眼盖乡芸草氲。
手划苍穹岚霭虹，香弥大地万枝春。
夜莺绕美笙丽曲，蝶蛹迷芳贴紫裙。
西施趋行傍靓艳，黄娟回眼勾龙云。

12.安吉余村

环山笑脸迎香客，碧池荷蕾点头招。
旎香逸圣万物春，醉翁似仙上蜃楼。

13.海宁（皮革）云衣

聊屋狐香扑鼻来，绮装异彩遇妖怪？
虎皮云榜鹦歌鸣，狐媚尾巴冕髻迈。
海鳄涕零花紫衫，麻被锦缎美丽卖。
鱼珠幻影识心仪，华气牛皮痴妹拜。

14.嘉兴学院

两鼎天尊守子监，一弯桥月跨虹湖。
翰林楼栋拥书馆，雅院芳茵托学徒。
破浪红船彰校貌，古风亭阁蕴鸿儒。
曲廊幽径李桃艳，南国嘉园金榜图。

15.杭州

天堂竺国西游梦，人世尘寰花样红。
摩宇手摸仙乐顶，鸿桥挥袖玉娥风。
铁车逐雁翱苍浩，木屐香弥街巷虹。
绿绮兰亭儒德经，胭脂靥笑海云融。

16.西湖景

双峰云聚鹂莺绕，曲院风荷粉蕾娇。
苏仙长堤漂雾晓，柳浪卉拂颊红潮。
平湖秋月蝶双舞，高耸雷峰映夕霄。
花港鲫鱼凌雨跃，断桥残臂渡蛇迢。
三潭印月围珠拢，南岸晚钟霓虹遥。

17.白蛇传

尘世曲蜒鸳对圆，西湖桥上续恩年。
观音一滴滋情窦，法海两翻鹅侣煎。
酒漫金山清浊宇，蛇翻雷塔筑心田。
千秋望眼今生拥，百将磨难终满缘。

18.西湖游

絮云娇粉影斑驳，热艳鄰光浪沫花。
雄酌壮阳雷塔峨，白蛇涕泗漾湖沙。

群山怀酒酣龙卧，浩渺烟波瑶醉霞。
不断段桥浮玉女，三潭抱月戏珠葩。
观音一粒慈悲水，鱼米丰腴杭越华。

华夏党辉
——二十大赞歌

1.人民江山

脊骨巍峨壮剑峰，兰冈旖旎翠茵浓。
蝶花相伴庶黎舞，溪曲莺鸣碧月钟。
桃苑炊烟悠袅逸，摩楼邻比冉霞彤。
青山雄伟人民树，绿水江河百姓龙。

2.华夏文明

源远流长昊九州，昆仑巍峨桂林幽。
黄河涛酒华夏孕，长水墨江儒道流。
蜿转长城丝路逸，威龙銮殿颢清悠。
四星火纸昂翘指，千载羲唐万世优。

3.繁荣昌盛

火箭昂头凌雾霄，铁车电骋海洋飘。
摩云吊塔巍昆岳，毫发机灵穿窦桥。
龙轿蜿蜒霓虹乐，琳琅街巷黛姑娇。
金鹰展翅护山水，飞舰天涯震宇遥。

翰林银盘——中秋

浩空玉轮翰府圆，夹芯月饼沁脾娟。
一星两酷对共目，同藕一丝天地连。
桑梓灏虹鸿雁舞，乾坤银汉鹊桥缘。
瑶池荷卉酣蝴蝶，盏中银盘酌鬓筵。

成语诗歌

A

安步当车
手撸晨曦舞彩霞，身浮轻雾摘星花。
凌霄宝殿不沾霈，桃苑云台有酒家。
撩拂翠茵酣百卉，畅游碧海戏鱼虾。
圃园信步脚跟馥，兰阁墨瑶书伴茶。

哀兵必胜
乌云翻滚凤台摧，烽火燃城黎庶悲。
嬴政坑兵天苍泪，河流碧血赤龙垂。
不堪屈辱揭竿起，破釜沉舟振虎师。
哀卒怒号冲浩宇，绝生反击胜而追。

哀鸿遍野
一阵魔风大地瑟，遍山落鹄霾醺黑。
乌云笼罩金銮阴，稻粟干枯花褪色。
奸佞横行虎政苛，庶黎粮失窃旒贼。
春滋芳翠雀飞凰，舟顺洪潮航伟德。

安于现状
马尾沾香舞翠松，金钩飞鲫橹清风。
妙珠诗赋伴鹦诵，书籍画图缠蛀虫。
红米南瓜肴食美，花翎顶戴懒求功。
悠骑驴子灏西旅，兰阁碧瑶春色梦。

唉声叹气
乌云遮雁折鸿翅，雷雨射枭湍猛狮。
悲喜无常酸苦惨，阴晴难测涕秋辞。
长吁屈辱伤尊等，短叹荆榛痛腹肌。
呜咽人生忧泪楚，怒号浊俗佞诬欺。

爱不释手
砚台荷玉夜藏枕，笺馥烛婷遐想真。
日日书香熏智慧，句句丽语熠珠螨。
羲之挥笔写冬夏，墨润长江芳史春。
心醉宝瑛难释手，舒怀奇妙赛仙神。

安邦治国
构栋建梁社稷圆，消蚊灭鼠风尘洁。
仁信礼智崇雅儒，冕庶同觞共议决。
九品中正德厚担，三纲六部精诚结。
戟戈入库牛羊肥，邻邑敬仰盛世杰。

安分守己
日出东昆降蜃海，鹦鹂序奏乐凰台。
人心似铁官炉火，鸡蛋撞墙碎壳开。
仁义智信雅礼德，纵横循律月圆来。
云溪和颂高山曲，克己熙平国泰徕。

安居乐业
蓝空白云嵩岳美，鲜花茵草彩蝴飞。
鹂莺溪曲绕亭榭，绿岸葱悠牛马肥。
銮殿灿然风水阔，街坊琳碧玉金晖。
墨挥袖舞纷华彩，菏泽琼瑶醉馥酣。

安然无恙
暴雷怎碎金身甲，箭雨难穿铁骨铮。
污佞岂乌丹国赤，歪斜无奈脊梁正。

五粮杂疾不伤腹，百毒百瑜愈洁贞。
信步青山舒气爽，心宽苍浩鹤仙生。

安身立命
春煦两江梨雪花，蝶飞凤旋卉茵霞。
烛灯光耀珠辉屋，銮殿梁正长鬓华。
沧海桑田欢百姓，歌钟升泰乐瑶琶。
青山绿树翠忠骨，志在四方天下家。

按部就班
终生蜀道半山坡，一世西游漫蹉跎。
愚伯猴年移泰岳，精卫马月填洋魔。
青云直上凌霄傲，连晋鼎元銮殿歌。
龟步鬓衰花卉谢，腾蹄昂首跃天河。

黯然失色
立伴西施垂蹙脸，侧旁翡翠失瑜璃。
滥竽掩面逃之夭，羞愧难容缺鼎成。
琴艺诗书超世绝，拙生暗淡辱沽名。
慕花循赫人强学，声色厉精勤日耕。

碍手碍脚
春花蝶恋黄蜂扰，皓空赏灯蠹蛀骚。
蜀道榛荆拦马蹶，天梯涯路横霜刀。
歌谣升擢夹谗诽，大海旭航阴碛搔。
鸿展鹏程何惧怯，飞矛断缠昊天高。

昂首挺胸
一樽湟水托江海，仰面苍天舞彩霞。
傲立昆仑侔旭日，驾飞祥瑞跨中华。
垂髫砚沼吮儒墨，鄙视奸谀毒鸩茶。
俯首臣为憨老牯，横眉冷对霸夫牙。

B

八面玲珑
窗明庭灿悦心爽，鹦鹉舌簧嬉笑拢。
墙草风吹两边倒，白杨挺拔叶枝蓬。
和珅圆嘴贪清国，魏徵直言稷富隆。

磐岳江山稳千古，顽石浊浪碎沙空。

拔苗助长

三天拔翠谢秧禾，一步登云恐跌坡。
吴起戮妻贪仕道，杀鸡取卵弄玄讹。
九楼銮殿层垒土，千里之行循渐过。
磨利锋生砍柴劲，滴珠穿石扩山河。

跋山涉水

蜀道苍崖登阙堂，涯垠迢遐卉清香。
翻坡越麓西经取，远涉汪洋罗马航。
山陡浪湍迷径路，槐荫花灿又望庄。
一麾披沥长城跨，九曲黄河大海觞。

白驹过隙

白驹狂奔骥毛衰，英俊流年鬓雪腮。
弹指一挥头顶耀，昙花过夜风纹开。
竹梅蝶舞忆春梦，蛇许遐游记苍鲐。
晨兴扬鞭追旭日，蹄腾黄道鹤仙来。

百废俱兴

血雨腥霾銮殿摧，破亭烂谷濯痍灾。
一场雷电春风拂，百卉探头蓓蕾开。
苍废重兴馨圃苑，阡绵茵翠绿心苔。
不堪魂魄遭涂炭，但盼缤纷日日来。

百感交集

兴得蝶窥花怒放，悟明浩宇雁鹏翔。
灵犀魂魄深情唱，金榜鸿名蹄卉香。
莫测风云翎色喜，阴晴圆缺聚高亢。
鸳鸯伉俪金婚庆，耄耋仙翁醉鹤觞。

百步穿杨

闻鸡起舞拉弦弓，晨兴夜阑追雾风。
百步箭飞穿杨柳，一挥弩起雁魂空。
千锤淬炼铁钢强，万里长征傲立东。
羲之墨流池满馥，汗青江水亘年红。

百花齐放

鹂莺翠竹笛笙曲，春煦轻绡茵绿澜。
千眼蕾丽蝴醉馥，百花蓓黛竞争兰。
晨樱招手海棠艳，夕莉扭姿昙曼蟠。
琵呐编钟琴凤榭，黄梅花旦柳河欢。

百家争鸣

分合乾坤雷电鸣，诸君百子舌剑拼。
儒庄佳酿珍馐馥，墨法醒醐头脑清。
主客人神争冕绂，仁邪善恶辨心旌。
奇霞异彩皆勖色，吹荡乌霾见日明。

百无聊赖

阿斗嬉鸡丢蜀道，糊涂失志横折腰。
醉生芳鬓伏罗袖，梦幻西游浮蚁漂。
九鼎銮轩强脊柱，千年松柏血津浇。
挑灯润墨绘桃苑，驰骋疆场旗帜飘。

不遗余力

浩宇瑶堂攀陡岸，功名路远骋征行。
举天托塔扶鸾稷，伏虎挥戈降佞精。
寒雪经年元甲翰，流芳千古许身拼。
呕心沥血妆江海，吝啬脊梁坍凤京。

百依百顺

百顺爱儿沉海渊，千依娥娑上刀山。
摘星捉鳖为心膂，斩棘披荆从玉鬟。
钢脊难扶蝼蚁志，兰花岂娈东施颜。
溺壶水淹弱孺子，放鞚驰腾万岳关。

百折不挠

孟母三迁翰墨浓，赤河四渡远征功。
七纵孟获得民亲，九殒比干忠国公。
铁棒磨针翁挖麓，悬梁刺股雪梅红。
层峦起伏昆仑岳，蜿道曲折湟水东。

半斤八两

红旌招展马蹄响，沙地健将磨利掌。
百步穿杨对靶枪，三千鼎举比弓放。
不相上下鼓旗当，棋遇对家竞志强。
天阔任飞鱼跃河，万珠争艳繁花盎。

半信半疑

狼戴羊皮冒亲热，鳄鱼流泪藏瞒昧。

荆轲暗箭秦王惊，黄盖诈降曹操溃。

真作假时假亦真，毋庸全付丹心对。

色龙百变混英徽，戟剑一麾留后背。

包罗万象

西游天竺佛经驮，凌迈瑶池笙九歌。

春夏翻书群士耀，紫城赏艳黛娇多。

江河民舫载盈鲤，鸿盛旺街琳满罗。

野卉万芳空炫目，汗晶百果蜜心窝。

饱经风霜

江川泽绿急流冲，苍莽琦葩梅雪红。

蜀道六盘天帜扬，黄河九曲海洋东。

慈母纳线青丝白，纤脚船行鲐背弓。

苍老皱纹涵睿智，风霜霾散耀霞虹。

抱头鼠窜

妖孽卷沙哀鹄号，乾坤共愤怒铢算。

天烽燃炬鬼婆钻，神塔剑横魔女窜。

不惜戈刀斩佞臣，无情杀绝邪淫断。

宾朋至到琼瑶酬，豺貉侵占猎铳弹。

卑鄙无耻

变颜龙掩虚庞孔，狐凭虎头似啸风。

借卉献桃披假段，妄加罪刁陷良忠。

人前夸耀张亲善，他后诽言暗箭拢。

揭露耻卑阴险毒，光明正大殿堂公。

背井离乡

寻芳觅草奔边域，羁旅他乡背井离。

海角路遥霜雪冷，天涯荒陋玉琼奇。

两厢世界一弦望，四目泪涟共恋痴。

慈母线麻游子衣，孝儿鸿雁暖流滋。

瑶液芬芳云阁缈，桃源天竺浪游长。

羁游他井村音留，漂泊天涯桑梓望。

野草艳丽庭苑美，阙旒华殿浊醇香。

一轮镜月两相看，五海四方共月光。

比肩继踵

街巷热腾肩比拱，沙场戎马脚跟冲。

盛车旺市人攒动，天下公平才辈风。

长夏滚滂推汉演，汗青滔溇翰林鸿。

川流不息黄河水，斗艳争奇百卉红。

毕恭毕敬

鸳鸯相敬两厢舞，礼宪神州八达路。

恭迎儒才座上宾，运筹社稷盛华富。

友仁士卒端香茶，卫国保家强国戍。

携手庶黎共举觞，苍茫桑梓粟盈裕。

必由之路

蜡梅香艳寒霜冻，鸳鹭翩跹犀慧通。

鼎鼐旒冠熬夜烛，英豪神榜血江红。

昆仑傲视攀髯道，海角花芳情寄东。

桃苑瑶池黎庶酿，大同世界九州融。

闭门造车

充耳不闻窗外事，两瞳只注籍中词。

冥思苦想臆拼接，纸上飞车奔马驰。

躬履田塍沧海粟，践行尘世得心知。

画蛇添足笑天下，实事求真鸿业诗。

敝帚自珍

扫帚稀疏难舍弃，糟糠枯菀伴身依。

黑珠砚贴脊雄骨，苍笔由心写道机。

鸿羽渺毛情义重，物随人事自轻威。

不求珍璧上刀俎，有得月余花好薇。

鞭长莫及

鞭长未中戎马腹，有求无奈空欢场。

梅香熬经秋霜冻，榜眼风光昔日凉。

力不从心非浪谑，好高骛远跌悲伤。

十年功就磨锋历，百岁树人名瞬扬。

变化无穷

风雪极玄寰宇奇，花姿无限岳河丽。

三灵朝凤林纷彩，九隶恭候万国旗。
一泼珠玑史浪卉，千金媚笑众求痴。
人生百态映天象，乾竺星辰多旖琦。

变幻莫测

莫算煦风飘蒻笠，岂料彩蝶遇寒霜。
春天孩面摇三变，同枕反唇遍体伤。
伴驾虎狼难揣测，遭谗奸佞落悲怆。
世棋车马随云雾，流水鸿磐爱永长。

表里如一

情寄天涯上蜀山，雪莲绽艳迎蜂恋。
勿需粉饰半遮帘，倒豆直肠敞直面。
狼套羊皮终露妆，变颜龙假难逃变。
涟波芺月透清芬，碧血丹心光耀殿。

别具匠心

马良挥毫飘紫凤，画龙点睛跃飞天。
西游红梦墨添锦，神榜聊斋心匠篇。
开府彩霞瞠目望，归家凰馥醉馨筵。
俊豪及第花鼎元，婵婉浊流云水鲜。

别具一格

静谧夜莺丽曲开，暮阴灿烂茉花来。
紫星闪耀禁宫殿，倾国妃姝贵粉腮。
流水行云书圣墨，水天一色子安才。
桂林山水甲天下，仙界张家胜阙台。

别有天地——桃花源

蜿绕隔限穿洞洞，豁然开朗别隆穹。
晨曦鸟啸挥锄草，晚夕怡酣稻馥风。
鸡犬相宁无戟剑，颢天自乐邑民融。
庶黎殿宇共觥爵，兄弟社崙悠大同。

彬彬有礼

莺笛悠扬星眨眼，春潮绿翠岱峦葱。
鞠身有礼菊香报，躬贵髛嫣山海红。
儒敬神州民意顺，翰雅德乐兴唐风。
双携恭祝化寒载，一罐好瑶花月融。

兵荒马乱

狼烟烽起乌云黑，魔鬼龇牙飞鸟悲。
箭雨桑田黎庶泪，洪淹旷野马临危。
九层銮殿瞬间毁，千载汗青功一亏。
碧血横溅妖怪塔，舍生社稷太平为。

兵精粮足

漓漓草地马羊遥，恐有狼熊猛吼嚎。
傲藐妖魔凶恶嘴，实城仓满强兵刀。
彪身长剑对豺狗，蝼蚁短须冲象嚣？
心拥仁慈强国盛，胸怀黎庶利矛高。

屏气凝神

道蕴玄纲云海间，律施万物合分扬。
凝神鸿洞穿乾象，屏气尘寰透佛光。
诗海豪情浪日月，翰林箴谏耀心膛。
聪灵霓虹始终烁，碧血殷红千古芳。

拨乱反正

天竺佛门牛鬼横，鸳鸯翩舞暴霜倾。
香莲出淤洁身白，碧血绿峰山翠盈。
翎羽翰林奸佞险，精忠报国玉皇明。
乌云一散雾辉晴，湟水千折大海清。

勃然大怒

三气周瑜血喷冠，一句嘲笑落江澜。
怒肠狭窄闷心炸，轻逸朗开天地宽。
愤淤肝脾凝血脉，乐观豁达去灾难。
流言污语耳旁过，意奔瑶池浪海欢。

博闻强记

妙慧云光明苍象，聪知灵性得坤图。
星辰日月蕴天道，草卉鲜花含彩珠。
滴滴汗青涵睿智，句句箴训禅宗儒。
博闻春夏至梅馥，广识苍穹达佛都。

捕风捉影

晴旭暴雷虹彩恐，无中生有空来风。
杯弓蛇影自惊扰，草木皆兵箭竹蒙。

谎报实情浮吹唬，欲加罪过陷良忠。
乌鸡国度南柯幻，贾府怡亭红蝶梦。

不遗余力

后羿强弓消烈日，愚公劲臂削昆山。
鱼跳龙阁鼎元凯，烽火长城筑海关。
饱墨一潭流万古，吐珠百串誉人间。
断鸾除瘤良风尚，勇鸷蜀川腾阙寰。

不成体统

月浮法春西厢缘，鹤艳朱丹南海香。
仁烧礼焚崩社稷，民安国泰史流长。
阴阳软硬万衡克，佛禅天规一律纲。
黑白正邪良恶腹，曲折江水畅心航。

不分皂白

不甄真伪遭迷惑，不辨善邪恐陷落。
百卉丛中藏毒花，千芸众庶有良恶。
汗青金帛缀瑕珠，罗马征途布坎壑。
六路眼观八耳方，一心多识万难度。

不攻自破

包医神丹消匿迹，得仙道术遁无形。
妖言惑众不堪击，迷信欺蒙法失灵。
纣王自残姬发挺，紫金銮殿布衣亭。
真心为庶阁楼固，大同桃源天阙庭。

不稼不穑

不稼桑田耕植苦，懒虫四体莫分株。
劳心治众藐寒庶，銮殿歌路骨孤。
水泊梁山齐好汉，揭竿而起义旗呼。
盘中三顿汗珠付，民水载舟航远途。

不经之谈

海市蜃楼天阙宫，无中生有空旋蓬。
封建迷信歪逻辑，惑众妖言蒙骗哄。
谗佞诬贤任定罪，暗刀伤肉捏名攻。
玉兰亭立直腰杆，纯洁无瑕笑对风。

不绝如缕

莺乐琵琶交凤响，悠琴钟鼎逸书房。
春姑绿袖青岳，川水琼瑶润两廊。
襄汗莹晶凝橙穗，匠工砖瓦磊銮堂。
古诗今吟时豪曲，翰墨珠玑长史芳。

不可救药

魔王暴淫銮殿塌，病深骨髓冒救药。
鸠瑶止渴放纵姿，事到临头佛莫度。
作孽多端罪难饶，苦甜报应自仁恶。
为人不做亏心魂，邪念凶贪小命落。

不可胜数

一望乾象茫然天，繁点晶星笑眨眼。
风信拂茵岱岳青，樱花吐蕾紫城睆。
墙头银杏百蜂缠，翰墨瑶琼千古盏。
芸草红尘几美梦，一腔仁爱卉无限。

不可一世

纣王暴虐烙忠骨，周武宾臣拥邑都。
始帝挥戈奴众郡，二皇悬首李斯诛。
君侯躬盏待黎庶，民水载舟东远途。
春煦雨花滋万物，青山碧叶永千株。

不蔓不枝

画蛇添足横肢拙，滴墨点睛灵眼珠。
明了精词防空洞，意赅言简少繁芜。
拖泥带水混鱼目，落笔生辉龙凤图。
对面无缘烦半句，天涯知己酒千壶。

不毛之地

銮殿高檐胡杨尽，楼兰戈壁草荒芜。
大兴土木凤台立，翠竹沧桑金穗无。
贪得无厌贫绿地，卸磨杀驴受天诛。
相生相克自然合，万物有灵和睦娱。

不谋而合

心有灵犀一点通，英雄所见两相同。
贤豪帷幄弈棋策，诸葛周瑜共火攻。

苍浩仙瞳抛慧镜，人间佛眼跃乾穹。
禅宗南北皆慈念，幻象风云道妙中。

不期而会（遇）

思绪凌霄逢老子，大同仙径遇牟尼。
未曾预约探星月，却有同时品酒诗。
寰宇禅心浮苍象，红尘缘分绎苍羁。
卧龙常主朝天阙，圣胤不邀觞会期。

不求甚解

蜻蝶点波探墨海，浮光掠影上书冈。
浅尝辄止未脾沁，表面骊珠绣锦章。
项羽修文空卷册，四周楚啸满凄凉。
深沉渊壑得龟鳖，高越泰山迎旭阳。

不屈不挠

泰山压顶傲头挺，恶虎横身藐暴残。
比干捐躯冲烙炮，岳飞忠国献朱丹。
悬梁刺股鼎元榜，大义灭亲黎庶安。
碧血江河绿寰界，呕心社稷朗坤乾。

百折不挠

惊莺飞尽留葱岭，兰蓼折枝新绿秋。
野火不销春又翠，雄鹰展翅借风张。
被柳无奈上梁山，绝处逢生青柳扬。
尊爵何惶瑜碎响，杏红出色满街香。

不相上下

势均力敌鼎三国，旗鼓相当抵六和。
天道阴阳寰宇圈，世间万物倚衡磨。
相生相克共君同，平等融昌社稷歌。
吸纳甘霖感恩赐，呼吁智慧泛灵波。

不学无术

猿猴空啸茹毛血，肥腯梦游蹉茂华。
项羽无知离爱妻，张良饱墨润盛华。
前车史鉴师来事，青史珠玑乾象花。
一柱蜡灯追古往，一书《论语》走
天涯。

不由分说

不凭你划寰宇卷，红尘属象自成缘。
春花秋月寒梅艳，圆缺阴晴黑白绵。
岂待舌尖刀剑利，公婆评理殿台权。
天规酬劳无须辩，仁德苍生共玉娟。

不由自主

旭日东升鸿鹄扬，煦风雨露紫鹃昂。
兰花开瓣蝶缠蜜，淑女窈悠君觅芳。
湖畔龙门金鲤跳，孔兄顶戴付衷肠。
春光明媚马蹄馥，桃阙韶丽鹤奋翔。

不约而同

竹梅不约并肩行，梁祝化蝶共舞起。
宝黛丹亭花葬陪，牛姑七夕鹊桥倚。
英雄所见同谋猷，心印灵犀意合指。
芸庶众生陌路多，茫茫人海存知己。

不择手段

狼披假套混羊圈，狐借虎威持仗图。
纣王暴横忠相烙，佞臣得宠岳飞诛。
口甜腹剑功名禄，脚踩人梯爬仕途。
百计千方唯己利，一奸诬就万良奴。

不足为奇（怪）

人间铜珺珍稀贵，尘世芸生竞艳唯。
和璞寸辉六国争，爱妃一宠九州毁。
身基岱岳不知山，浪驾洋宫非觉水。
崖陡渊深云卷舒，清心淡泊万芳美。

不以为然

鄙夷翎羽扇千里，纸上兵营碎陇亭。
纣帝凶残荒野吻，霸王偏激墨江冥。
民河轻舫唐宗盛，鱼水交融泽润馨。
天阙红尘藏海垠，明眸睿智越寒汀。

步步为营

五步安营扎实垒，六奔祁岭战无颓。
道经阡陌走天下，墨字点金重泰嵬。

崎岭仕途荆棘路，书山宝塔强身材。
粗心敷衍栋梁坠，高耸殿堂坚柱魁。

C

才疏学浅

霸王学疏败将殇，张良才博汉辉煌。
珠玑玳瑁筑銮殿，翰墨长河聚海舫。
青史瑶琼聪睿智，镜瑜明烛泰嵩光。
萤灯雪霁启星月，火海刀山达玉堂。

残羹冷炙

浩宇花枝同日月，红尘福乐异时馐。
朱亭富炙喂凶狗，柴屋残粮空望楼。
黎庶残羹难饱腹，豪门樽馔冷糜丢。
天公衡称不偏倚，世道犒劳终等酬。

惨不忍睹

马分车裂难投视，炮烙侧翻称快赋。
抛首捐躯恐直观，蓬莱仙岛浮霞雾。
丹心碧血洗污泥，脊柱栋梁鼎国度。
坎坷荆榛刺玉肤，脚花铺就桃源路。

仓皇失措

措败连船慌择路，曹操逃遁华容道。
风雷卜测乌云翻，仓促应承遭困捣。
勤手仁心对万难，妖刀魔障一并扫。
镇安沉稳宽怀居，成竹在胸丽景颢。

沧海一粟

浩浩粟粮微粒渺，芸芸众庶絮霞飘。
登高远眺群峰小，纵观长河浪卉消。
春绿秋黄冬萎缩，山崩石碎任风摇。
樽杯利禄浮云过，星火闪辉青史骄。

操之过急

切盼昂头竹竿虚，云藤曼妙花枝细。
拔苗春长天折，河运急通淹炀帝。
同室相煎七步刀，杀鸡取卵一朝毙。

好高骛远速难鹏，厚积薄施精彩丽。

恻隐之心

羊谢乳恩鸦哺义，人蕴恻隐同情心。
鸿鸾折翅鸳鸯殉，亲友遭难痛苦侵。
天下众兄同手足，世间一院共苍岑。
天涯洪涝江河泪，海角相携抗雨淋。

层出不穷

缕缕旭辉山叠翠，暖暖春煦草幽香。
乾坤盛世鸾高宇，华夏宽怀城浩疆。
翰墨珠玑盈大海，桃源花卉遍林芳。
长江后浪推前浪，青绿添枝蓝上苍。

层峦叠嶂

蜿蜒曲折穿叠峦，高低盘绕越层嶂。
峰尖一览众山丸，绝壁九天浮宇旷。
脚下絮云月兔飘，身旁桃苑蕙兰荡。
坐仰苍昊超凡庸，侧拉阙门龙椅上。

差之毫厘，谬以千里

差以毫厘谬千里，弓偏一线丢良机。
错挪半步毁人生，误走微兵碎玉玺。
金琢刀刀活佛雕，珠玑字字酌斟理。
深思帷幄胜群魔，熟虑鸾宫福庶子。

长篇累牍

洋洋洒洒万铅字，密密麻麻一禅赅。
酸腐繁辞堆冗幅，陈词滥调离题开。
竹书砖作长城垒，文字骨牌游戏来。
精炼苗条儒雅俊，眉清目秀笑言腮。

长吁短叹

刀风箭雨痛肤指，合散悲欢伤腹肝。
潇馆涕流花葬泪，乌江姬别桀雄残。
叱咤显赫落荒冢，骨肉奈河分离难。
忧梦湿巾怆世吁，红尘煎悴仰天叹。

车水马龙

繁华街道众攒动，人如涌潮车似龙。

鳞次商铺比瑁串，摩天大厦耸云峰。
琳琅满目难应暇，眉黛飘过路馥浓。
亭阁笙嚣醇酒溢，桃源姹紫鹤怡松。

趁火打劫

浓烟乱火劫袈裟，虎落平阳拔武牙。
浑水摸鱼乌贼瞎，乘虚而入占他家。
掩其不备易歼敌，跌井下砖憎嫉邪。
借难损人遭恶报，雪中送炭得恩嘉。

成年累月

辉旭沐芳茵草葱，雨霖滋润苍灵鸿。
春花秋月蝶双舞，寒雪冰霜梅艳红。
儒墨翰林江水丽，珠玑青史黛鸾隆。
滴流穿石累沧海，风刮经年雕蜃宫。

成群结队

旭日晨辉鸟笛呼，蝴蝶结队成群舞。
百花争艳九州香，如织游人万彩圃。
柳拂青波鸳戏荷，鲤跳涟碧雁歌谱。
晚霞霓空布仙都，月上梢头酒荡鼓。

诚惶诚恐

伴君如虎战兢抖，惶恐难眠辗转愁。
少敬恭维家族灭，卑微奴从屈身忧。
金迷纸醉皇权享，黎庶凄零似水流。
破碎轩辕折冕绂，民旗高举扬城头。

诚心诚意

甘霖滴渴润心肺，热袄御寒温暖馨。
吴蜀诚盟烧魏舰，昭君姻亲睦邦宁。
芬花醇酒敬香客，大度宽怀容过听。
一笑怨消泯隔阂，双恭好搭佛云亭。

乘风破浪

闻鸡起舞鹏腾志，笑傲雪寒梅夙罗。
星火萤光燃睿智，悬梁刺股鼎元科。
丹心道骨筑昆岳，碧血墨花瑶史河。
昂首船头朝旭日，乘风破浪扬高歌。

惩前毖后

溅血恐猴训服从，斩头吓唬儆身尤。
吴将点操严寒剑，强国铁军无患忧。
前事不忘来事知，风云动向早绸缪。
歪苗修整栋梁正，刮骨疗伤疾可救。

吃一堑，长一智

黄河未到心难泯，渊海跌翻生佛崇。
一番蛇咬惶井索，复离坑底幼鹅鸿。
儒书用鼎方嫌少，鬓雪挑灯不老翁。
贾黛真情葬花泪，红楼看破俗尘梦。

痴人说梦

顽琨落俗感欢趣，企慕荣华富贵宫。
梅竹葬花荷雨泪，凤姑英折雪霜隆。
玳瑜逐水浊觞浪，翎羽飘浮任啸风。
尘世朱门鸿宴乐，痴人说梦一场空。

驰名中外

文明甲骨炎黄启，秦帝统侯天下齐。
汉武儒风扬四海，唐宗盛景五洋丽。
丝绸瓷器惊罗马，火药指针芳誉奇。
思汗康乾疆域阔，新华崛起德声驰。

迟疑不决

迟进空城溃败军，优柔放虎归山穴。
当机不断麻纱卷，当决不行堤坝缺。
国策猷为民愿施，匹夫卑作人梯设。
丹心华夏不容思，翠绿青山洒碧血。

赤膊上阵

猛狼恶扑百钧力，灵兔敏瞻三窟家。
赤膊上场尤为勇，多谋睿智更堪夸。
风云变幻难先料，草率冲锋易中邪。
帷幄一挥千里制，仁慈德胜万民嘉。

赤胆忠心

良驹驮主驰千里，爱犬相随守一己。
比干忠臣赴烙台，天祥捐命献丹髓。

桃园结义三金兰，梁祝连心双蝶起。
肝胆相通管鲍携，荣枯与共同舟驶。

叱咤风云

项羽洪声雾气散，张飞号啸乌云溃。
怒咆魔鬼歪门消，呵斥陋规邪道退。
威力无穷掀海涛，气吞山水破冰碎。
叱咤风云英豪奇，建立功勋世界佩。

重整旗鼓

不甘屈膝落他后，重竖旌旗又战鼓。
六越祁山抗魏吴，三雄鼎立强豪主。
一朝失败成功母，再出堑坑红冕舞。
坎坷路漫时有跤，披天戴地仍英武。

崇山峻岭

巍峨挺拔藐尘世，浑厚磅塘鄙海洋。
陡峭绝崖寅畏竖，高天峰岭鼎铭扬。
甘泉碧水出心府，山卉浪漫耀海桑。
清水眷缠双蝶舞，层峦叠嶂重凝冈。

踌躇满志

洞房花烛喜开颜，金榜题名乐极颠。
羁旅遇知天际亲，春风得意马蹄弦。
老来贵子眉翘扬，久旱逢甘贺庆筵。
管鲍千杯酣鹤雾，鹤飞南国寿怡然。

出人头地

不甘屈膝篱根草，奋作轩辕銮顶凤。
迎旭拉弓强体魄，挑灯夜战鼎元王。
横刀立马城头上，儒墨江河青史芳。
滴水穿璜雕美玉，经年汗渍聚汪洋。

出人意料

晴空霹雳一雷炸，平静碧瑶千叠浪。
纣王更弦恫大地，奸胥反尔吓忠良。
逆徒悔改惊人喜，晚节无终惋惜伤。
不管风云何转向，丹心执着护城昌。

初生之犊不惧虎

自古英雄少年出，初生牛犊敢撞虎。
哪吒挥戟断龙筋，去病横刀斩匈蛊。
巾帼木兰胜剑眉，岳飞刺字精忠甫。
天高地厚任青虹，血气方刚展鸿羽。

穿凿附会

牵强附穿硬串通，无中生有瞎联结。
文人墨客好遐思，奸吏佞言故谗舌。
迷雾蓬莱当阙宫，道听途说撰修撷。
断章取义歪谣妖，实事求真儒雅洁。

窗明几净

明牖迎曦闻鸟曲，洁几泼墨点珠玑。
一杯清水蕴瑶碧，四壁文橱叠圣书。
玉案坐花馨籍玉，烛光浮影醉华胥。
寸斋窗豁苍穹浩，帏幄陋庐天道居。

垂头丧气

名落孙山垂懊头，花翎谪坠沮丧畏。
风云莫测岂能料，圆缺阴晴恐佞诽。
红杏折英当药方，大江洪潆壮身魏。
胸含丹火驰东南，腹有诗书浪经纬。

捶胸顿足

逆孙不孝怒拳胸，朋友逝离哀顿足。
奸佞诬谋悲怆凄，歪风邪气愤贪妒。
捐躯救难亲人殇，呕血莫消黎庶苦。
威武刚强冲刺榛，放蹄驰骋桃源路。

绰绰有余

粟米盈仓福泰康，熊腰鹤寿比峰冈。
胸怀成竹画山水，腹藏诗书登殿堂。
马壮兵精战敌胜，千锤百炼好穿杨。
高人筹码稳操算，天道酬勤汗有粮。

此起彼伏

水向低流眼往高，山峦起伏碧缠腰。
此林对鸟枝间唱，那渚鸳鸯共舞谣。

东麓花香未闻尽，西堤柳媚又招邀。
不能遍赏鼾声奏，梦幻重游再叠潮。

从容不迫

狼烟四起鸿鸾难，英杰挺身救庶伤。
效国从容赴烙炮，丹心不迫向刑场。
凛然正气面屠戮，视死如归奔信仰。
唯有牺牲换乾朗，岂辞碧血洒川冈。

从谏如流

人逊圣贤皆有过，虚心求教睿资多。
恭身纳谏及时橹，戴笠行舟渡浪河。
一剂良方并九邑，几尊诸葛鼎三戈。
集思广益聚才海，兼听闻明八路歌。

从天而降

鼎元顶戴天鸿降，实为汗凝桂冠红。
百步贯杨晨练早，磨刀不误砍柴工。
滴流穿石默无息，豁达洞开锥刺通。
神委重任锻其志，仙飘翎羽历年功。

粗枝大叶

粗枝大叶好遮阳，敷衍随便恐祸殃。
毫发差厘谬千里，几句忌讳五分亡。
关公大意荆州失，赵括纸兵长平殇。
一字千金应斟酌，万钱难买入微香。

粗制滥造

唯亲粗制本周崩，拙笔滥充礼数乱。
简帛陋堂帝国殇，无章亵法乾坤换。
精雕和璧诸侯争，观止妙文绝世冠。
敷衍劣碑毁素誉，认真细琢琦瑜粲。

摧眉折腰

奸佞弯腰奉权贵，奴颜屈膝狗从随。
莲英下四躬皇帝，宦吏低三仰富眉。
岳将风嚎斩秦桧，天祥丹火傲微卑。
为人正直岂匍首，个性张扬不乞靡。

寸步不离

鸳鸯相伴影跟飞，翩蹈不离共盏杯。
梁祝桃源双蝶舞，牛姑桥上互依偎。
前世修德此生渡，今日时常牵手陪。
缘结方来一峦鸟，风云兼行并红梅。

寸步难行

霸王空恨困乌江，寸步难行自刎别。
人没远虑有近忧，树仇众怒茧缠灭。
搭桥铺路至南洋，设井布坑穷道绝。
一副柔肠待庶生，四通八达多方决。

错落有致——张家界

黛色桂林赛苏杭，张家仙界胜天堂。
石锋错落擎梁立，溪水蜿蜒玉带扬。
云雾天门通御阙，黄龙神洞喷瑶浆。
巍峨峦岭布弥勒，莲碧银池闪月光。

错综复杂

圃苑鲜花芥草搭，龙塘碧水鱼虾杂。
长江蜿曲黄河浑，青史辉煌丑陋纳。
奸贼谗言殿堂污，丹心陷落红缨飒。
马腾扬尾卷风沙，仑凌岳正顶天塌。

措手不及

仁德慈悲根本胜，运筹帷幄建功立。
战无定数堪神兵，变化多端敌难及。
明箭容拦暗难防，声东击西晕他急。
弈棋策略随风云，天道民心屈人揖。

D

大地春回

蜡梅傲雪寒消退，大地煦阳春又来。
笋露尖芽草妆绿，蝶黏芬馥卉芯开。
对莺鸣翠荡枝蔓，溪碧缠峰抚藓苔。
山水暖融亭榭闹，妙龄眉黛嫣香腮。

大公无私

尧舜禅权为百姓，比干捐命献朝廷。
岳飞碧血洒江碧，宋瑞丹心奉汗青。
秦桧奸谀被唾弃，和珅贪赃受严刑。
谋财危国遭天谴，公益无私芳史铭。

大惊失色

舟筏处遭狂骇浪，红尘时有乌云黑。
傲睨骤雨莫惊慌，笑对灾难非失色。
送炭何求金馈贻，赶曦少探前程得。
挑灯流汗鞠躬桑，心静豁然服孔墨。

大快人心

霾雾罩笼銮殿暗，紫星迷惑辅臣忡。
奸邪当道贤良泪，猛兽横淫儒礼冲。
包拯怒号戡乱党，乾坤清朗世风鸿。
逆谋荡涤人心快，天下欢腾国庆隆。

大名鼎鼎

十年寒牖无人问，一跃龙门天下晓。
世上都明神圣骄，唯然功利最宣昭。
光宗耀祖庭楼高，福禄双收翎羽兆。
风雅匾牌血肉凝，英豪茔没梦魂缥。

大模大样

赵高颐指鹿为马，趾晃敖倪裂虎牙。
一副无人狂嘴脸，四周嫉恨困擒拿。
奸徒媚上欺黎下，贤德尊君礼庶家。
同渡携扶共酌盏，煦嫣茵笑蝶拢花。

大失所望

绛玉绢投怡苑窗，潇湘风韵郎心漾。
蝴蝶荷瓣荡青波，梅竹桃源结莲帐。
两小无猜情窦春，一厢连理毫蛤傍。
惊闻门第配鸳鸯，寒月葬花泣所望。

大有径庭

奸佞话来反尔变，径庭大小概心精。
欲加之罪何无字，信口雌黄任性情。

行与不行随酒兴，好非不好按眉迎。
一句既出马难赶，言行相同君子名。

大有作为

闻鸡起舞箭穿杨，彻夜挥毫绘典章。
滴水成河通骥北，春耕夏汗蜡梅香。
经年寒牖三元翰，满苑珠玑辉黉堂。
千锻百锤为强干，一番功德鼎隆昌。

大智若愚

三匠有师尼父躬，千般兵圣子孙贱。
目中无主祢衡亡，恣意妄行许攸碾。
明者自谦愚者豪，恃才藐物大灾卷。
居功高傲落深渊，礼敬下层上阙殿。

单枪匹马

孤雁匹骢撞五关，千岑独履走单骑。
生来赤脚觅功名，仙逸只身空手弃。
好汉三帮创瑞图，红尘自我骋风驷。
云扃沧海存知音，寒月一枝梅馥醉。

胆大妄为

胆敢妄言鹿作马，竟然谋反篡皇假。
奸臣秦桧污辞谗，忠田岳飞惨遭剐。
强盗光天公劫持，英雄除霸血流洒。
蚍蜉撼树笑人间，逆溯浪潮受浪打。

弹丸之地

巴掌礁汀香世港，弹丸渚玉耀辉煌。
摩天大厦栉鳞比，珠宝满矶商贸昌。
铁鸟驰飞五洲国，巨轮远驶四周洋。
黛山旖旎嫣眉笑，璀璨瑶岑闪焰光。

当局者迷，旁观者清

身处峦岚无觉巍，浮于凌辇未仙飞。
峰回路转花沟旋，不识庐山只闻薇。
楚汉棋盘浓雾漫，帅将迷惑敌军围。
脱离三界看荣贵，尘世一轮空梦徽。

当之无愧

儒家始祖仲尼佩，贞观伟人唐主位。
慈爱庶黎世界尊，福康民众功勋遂。
百霜寒冻一梅香，千锤业成万古魅。
天道酬勤名实符，桂冠顶戴当无愧。

党同伐异

结党营私排异己，狐朋狗友鬼谋齐。
宫廷派系争权贵，仕道帮僚夺位椅。
同室操戈兄弟噬，指鹿为马挟君持。
一城命运奸谀掌，七步诗行悲怆辞。

荡然无存

甄士身隐贾政来，荣宁二府上戏台。
春华林苑冬枯草，凤韵辣姑牢狱栽。
怡宝多情湘玉媚，月花寒葬泪流腮。
宦游浮没翎枝谪，荡失红楼梦散埃。

倒海翻江

乌云密布罩华夏，清廷式微弱国哀。
航舰迎浪旌帜举，镰锤猛击溃銮台。
三番战役定乾宇，一扫朽堂浓雾开。
倒海翻江摧腐败，红旗遍地旭辉来。

道路以目

纣王残苛乌帻布，路人侧恐无声诉。
畜生疼痛尚能唉，黎庶冤伤哑巴苦。
官话铿锵衙税收，襄襟汗劳稻交赋。
横征暴敛殿楼倾，天下自由欢曲呼。

道听途说

一闻青碧跃飞鱼，十传白龙穿阙闾。
三个裨将顶诸葛，三人成虎信毛驴。
唐寅柴屋点秋菊，挖井得人空穴居。
谣止于聪辨真伪，眼看为实耳听虚。
无道纣王烙谏相，凶残霸帝自焚尸。
秦皇苛政猛于虎，陈胜揭竿众叛离。
民水洪涛载舟远，钢梁耿直鼎銮旗。

礼贤下士获儒宝，鞠拱贫黎夯殿基。

得过且过

功利名誉烦恼多，悠哉游衍逍遥乐。
一杯清茗映春秋，二两浊觞醉情酌。
迎旭翩跹超脱腾，挑灯欣赏珠玑落。
寒来暑往添鲐纹，智鹞霜鬓衬红萼。

得胜回朝

千张弓弩射斑鹫，百步穿杨敌眼摧。
露宿风餐戍疆域，挺身冒死吓狮颓。
血流山岳江河长，骨肉城墙銮殿巍。
一番拼争功绩卓，三胜凯捷载誉回。

得意忘形

惊闻中举发癫姿，范进舞衫歪嘴腮。
赤膊鼓锣讥孟德，祢衡名裂秃颅开。
栋梁失态倾銮殿，酒盏翻飞月影栽。
欢乐有章文雅礼，举觞愉悦互尊才。

得意扬扬

金榜题名眉睫舞，洞房花烛笑颜开。
乔迁晋级乐盈嘴，欢续宗承宴凤台。
久旱甘霖逢故友，寿高南岳福康来。
春风得意马蹄跃，喜溢脸庞嫣靥腮。

德高望重

白袂仙风荡俗尘，良言精髓改庸貌。
孔丘高品创儒门，老子名望成道教。
圣祖鸿俦奠礼仁，先贤美德后人效。
遵循天意崇前修，启迪未来扬伟玟。

灯火辉煌

紫城璀璨煦风祥，银树烟花夜艳光。
銮殿辉煌灯火灿，炎黄英杰聚金堂。
楷模奉献祖家强，佩带授勋荣誉扬。
中国脊梁群庶鼎，丹心汗水九州昌。

登高望远

春煦明晖丹地暖，山清水秀逸情徽。

登高望远心豪达，拂卉闻香爽碧扉。
一览众丘銮殿渺，万般幻霭俗间微。
骑驰岱岳舞霞彩，飘漾瑶宫放梦飞。

等闲视之

烽火戏侯等闲视，褒妃嘲笑幽王刺。
莫看善小不为之，勿以恶轻无在意。
千里长堤溃蚁巢，一时疏忽酿灾事。
积沙成塔水穿山，逐渐步趋到竺寺。

地大物博

华夏文明源远长，地遥物庶金山富。
北南冰火两重天，东西海空云水路。
甲骨丝瓷遐迩名，满肴全席世人慕。
纵横千里万风情，昂首一扬百鸟呼。

地动山摇

英雄虎背峁然峨，威猛刚强鼎国脊。
怒吼一声岱岳摇，敌军万马匿无迹。
力摧堡垒扫狐狼，气壮山河扬天戟。
骨作柏梁定泰嵩，血流川水清江碧。

颠沛流离

纣王苛征庶黎哭，布衣颠沛伴霜露。
朱门肉臭田饥殍，沃土衰民承重赋。
胥吏衙堂金口开，白丁何处诉贫苦。
苍天有眼识闲勤，奖罚终应善恶付。

雕梁画栋

紫禁恢宏金璀璨，梁雕画栋镂镵煌。
屏风红杏逸香粉，玉璧飞黄腾上苍。
正大光明牌刻魄，庭园斑竹泪含沧。
瑜珠翡翠充瑶殿，华表龙头傲气昂。

调兵遣将

仁国君王翻大地，明争暗斗夺銮旗。
运筹帷幄决千里，遣将调兵胜一奇。
曹贼万军衰赤壁，卧龙三气帅郎辞。
诸侯掠邑摄珠宝，黎庶草菅遭戮欺。

掉以轻心

关公大意失荆州，曹操蔑瞧丢赤壁。
赵括纸兵败长平，孔明疏忽街亭戚。
藐仇重术道高谋，滋德润民化寇敌。
谬以毫厘误百余，堵堤蚁穴挡洪击。

顶天立地

男子刚强威岱岳，顶天立地猛狮昂。
凌云仙阙酣瑶玉，入海龙宫巨浪扬。
胸腹桑田胰薄痹，心含苍浩鹤程翔。
翰儒汗滴流青史，挺拔金椎鼎殿堂。

丢盔弃甲

曹操赤壁大军败，丢甲弃盔狼狈逃。
麻痹藐瞧遭惨祸，疏慵失算妄风骚。
三番六计幻为策，七十二谋无作高。
兵不血刃头等政，民心归属最强豪。

东拉西扯

作赋编书沙垒砌，离题杜撰烂宣张。
东拖冗语垒长著，西扯秩闻充牍章。
范稿修辞清晰亮，好句逻辑理论当。
一编典籍缩饥腹，几颗珠玑闪璀光。

动人心弦

珠玉琴弦弹肺腑，激情荡漾泛波光。
书斝金字引人目，翰牍绝句吟咏亢。
娓娓文辞盈腹经，滔滔青史涌衷肠。
红楼言笑勾春梦，仙语禅机逸佛堂。

栋梁之材

姜公谋略助周武，子姓丹心忠国君。
商鞅井田秦鹿强，孔丘儒德礼经熏。
魏徵民水荣贞观，诸葛睿聪三鼎军。
李白云诗珠玉灿，华佗妙手技超群。
长城万里独无二，甲骨契文唯殷商。
四大发明寰宇叹，九章算术八方扬。
华佗神医救黎庶，火药助推经济昌。

雅礼古先儒学善，桃源大同看炎黄。

断瓦残垣

军哗混斗世涂炭，瓦碎墙翻尸鹄遍。
嘉兴红船启曙灯，工农戟箭向妖穿。
四横赤水脱围剿，三役猛攻胜敌战。
黎庶旌旗插殿堂，人民执掌华新面。

堆积如山

风调雨滋沧海沃，汗流泉碧谷堆山。
蜡灯滴沥珠玑馥，翰墨润涓青史潺。
沙聚塔成銮殿峨，跬加细步九州环。
千溪江涌洪潮澜，万马奔腾华夏寰。

对答如流

伶牙俐齿速回应，对答如流迅敏捷。
上晓天文史地儒，下知物化医工烨。
单刀会战群妖魔，三寸簧言一剑慑。
夜纳晨收苍智谋，珠玑飞弹惊奸谍。

对牛弹琴

高山流水波蝉乐，冲犊弹琴岂入耳。
霓袂羽衣飘美人，伯牙弦曲知音视。
有缘千里话难休，无份咫台莫搭理。
无的放炮空射弓，对症下药治膏靡。

E

阿谀奉承

不恭廉耻低三秕，屈膝卑躬下四稗。
阳奉阴违事主公，溜须拍马盼高迈。
奸谗讨好阿谀媚，觊夺陷坑忠厚喟。
两面三刀终恶遭，光明磊落众人拜。

峨冠博带

春秋孤影倚楼台，萤火雪光添睿思。
十载寒窗无个问，一鸣中榜众人知。
高冠舞霓耀嘉誉，长袂沾花马馥滋。
鼎元羽翎云佩艳，九华民吏鞠躬痴。

尔虞我诈

嫉贵争怜明剑扎，你抢我夺暗勾下。
明吹阴损隐獠刃，两面三刀背后假。
结派拉班窝里讧，狐朋狗友陷良马。
阿谀迎奉害贤臣，作孽多端恶报打。

耳目一新

沧桑富裕物非是，蓬荜妆围耳目新。
阳朔碧山添黛岳，张家仙界接天姻。
千年日暮今飞表，一夜紫城辉白银。
朗朗乾坤盛世福，汗珠滋润阙台春。

耳闻目睹

耳闻目睹千般幻，风雪洪霖一佛禅。
怡苑竹梅情窦艳，潇湘绛玉泪潸然。
红尘蝶恋几多舞，仕道沉浮三梦眠。
观院春晖秋雨冷，喧嚣岁月空欢烟。

F

发号施令

赵高鹿号挟私亡，嬴政暴施陵冢荒。
颐指傲睨尊等抗，脚划凌辱泰和伤。
贵卑同为苍灵魄，贫富共樽沧海桑。
双手相恭仇恨泯，满嫣笑脸佛心香。

翻来覆去

难料风雨压楼堂，狗跳鸡飞乱碧筋。
接连折磨焦黝黑，频繁噩梦辗忧伤。
心如止水任云卷，胸卸玄思紫禁香。
莫惧狂沙寒雹下，碎冰破浪远程昌。

翻天覆地——大闹天宫

岂容弼马温翎藐，齐宇高旌顶紫穹。
桃果进肠超万岁，瑶池入口胜神翁。
金箍横扫乾坤圈，棒杖穿通托塔虫。
一脚踢翻仙帝殿，匹夫能匠与天同。

烦冗拖沓

快剑一挥除乱麻，蜗牛碎步梦攀花。
繁文垒字虚丽靥，拖沓蹒跚困井蛙。
干练迅驰冲岱岳，风行雷厉快鞭加。
光阴似箭莫蹉跎，朝夕只争追旭华。

反唇相讥

善道几声数九暖，恶言一句十春冷。
儒林刀剑封奸逸，巧舌弹弓射佞哽。
讽刺反唇傲横蛮，揶揄讥笑偏颇顷。
珠玑佳茗馈知音，鸩汁檄文烫蝎饼。

泛滥成灾

洪潇决堤漫岱山，流言泛滥污金栏。
浪来土掩横沧澥，谣惑擒拿祸水难。
大禹治涝黎庶乐，圣贤礼待百民安。
身正影直任风刮，闲话骚音自息澜。

防不胜防

风云莫测难猜料，圆缺阴晴何得晓。
奸佞陷坑不胜防，天灾人祸岂能绕。
胸充旭日驱乌霾，腹蕴厚诚跨深沼。
朱赤丹心应万端，德仁铜臂挡侵扰。

飞沙走石

西极蜿蜒荆棘挡，天都曲折兽虫横。
坎途狂飚沙尘卷，漫路山洪飞石生。
血字真经铺驿道，白椎砖土筑长城。
纵然塔落烟灰烬，不惜朱丹铸殿盛。

废寝忘食

为然翎羽冕旒红，奋力攀登泰顶峰。
萤火雪光当夜日，汗珠墨汁作肴封。
夏挥阳暑冬操凌，少赶晨曦老驾龙。
春绿滴流穿岳岭，秋黄结果馥芳浓。

沸沸扬扬

京城热闹马车梭，沸扬人群接踵过。
鳞次栉然高阁立，灯红酒绿霓虹歌。
机龙旋舞铁鹰穿，琳玉满眸珠树婆。
庭苑鸟鸣花卉艳，鲐颜悠逸翠荷波。

分崩离析

纣王暴淫礼乐崩，奸朋树倒猢狲散。
山川不合九州分，纲理失伦三国乱。
黑白混淆儒士流，乾坤颠置阙梁断。
躬身庶族凝炎黄，丹绕紫星碧宇灿。

粉身碎骨

大任降临意志磨，英名芬郁胆肝浇。
盘元肤脊化乾宇，神祖汗流成海瑶。
报国精忠朱荨献，护鸾保驾虑心憔。
宴池酣馥血浆灼，銮殿龙威碎骨雕。

粉饰太平

哀鸿遍野粉山美，马乱兵荒吹太平。
朽木梁装金玉壁，糠糟基托阙楼旌。
掩妆瑕垢心虚暗，隐匿矛戈割友情。
碧水芙蓉胜绮饰，胸襟坦荡浩沧清。

奋不顾身

墨雾压城黎庶恐，英雄挺立箭弦翼。
不辞伤痛斗魔妖，奉献巍躯救社稷。
侠义朱丹撒凤川，叱咤魂魄豺狼匿。
爱心天下累民崇，风骨豪魁世界识。

愤愤不平

不满仙神关德眼，愤然淫暴篡公廷。
汗凝谷粟羹翁饿，手织锦衣寒女泠。
奸佞污泥囚品爵，翰林道礼空悲翎。
蓝天碧水终祛垢，金玉诗书华汗青。

丰功伟绩

禹神治水泽沧桑，贞观荣盛汉华彩。
南北河通川岭腴，东西马骋景光恺。
墨流穿石泛玑珠，笔横泰山浪大海。
惠庶安康利吉时，醇正儒礼功千载。

丰衣足食

热袄暖窝容昊宇，香粮鼓肚鼎乾旗。
融身灵活舒情意，饱腹筋强创世琦。
贞观钵盈三彩艳，康乾仓满五行熙。
大同温煦无寒冻，桃苑蟠芬不畏饥。

风驰电掣

克敌迁兵贵神速，迅雷不及耳遮掣。
飙风雨箭穿仇喉，闪电寒矛分寇髻。
驰骋东西一日旋，横飞九域眨眸际。
截云天象帷堂谋，挥戟沙场同棋势。

风吹雨打

顶踏薄纱跃凌霄，倔冲冰雹驰东垲。
飓腾英杰跨龙椅，滂霈威魂扬国恺。
正气不容庸俗尘，碧波莫浸腐糜苣。
迎风撒卉绿神州，挥雨滋山泽大海。

风和日丽

和煦风吹柳摇翠，丽阳辉射花嫣媚。
蜓飞芙蕊点秋波，蛙鼓恋琴倾慕魅。
梅竹曲桥走缠绵，岭峦起伏睡姑瑞。
梨棠碧浪灿飞花，黛岳莺歌怡景醉。

风流人物

寰宇星罗辰彩耀，人间芸众杰雄辉。
封神榜单龙功显，青史芳名政绩徽。
佛祖禅宗仁冠世，圣贤儒礼德心皈。
豪魁威武泰垂伏，凤舞风云簇鸟围。

风平浪静

南征北战血流河，墨迹史书冰冷字。
寒啸飓风摧赞誉，烟消云散枯茎帜。
和风细雨润桑田，平静海洋汇鱼翅。
泰岳山峦同日辉，苑庭花草翠天植。

风调雨顺

天公作美好光景，五谷丰登风雨顺。
神遂人心春绿波，龙恩慈世霖茵舜。

梨花阡陌穗金丹，硕果桑田橙橘润。
仁义礼信隆福腴，辛勤耕稼厚酬隽。

风烛残年

红尘漫漫霄云幻，生计沧沧耄智呆。
豆蔻风华成鬓白，青梅竹马退戏台。
光阴似箭须珍惜，莫让玉颜江水鲐。
晨旭追阳齐日同，丰碑铸造共天徕。

扶老携幼

刘备走城难弃庶，扶鲐携幼助黎行。
未曾百姓同胞耳，却与寒民共雍鸣。
九曲黄河汗滋酌，七层銮殿脊云缨。
匹夫并举中原鼎，官众一家鱼水情。

扶危济困

宁丢阿斗要黎庶，仁厚怜贫蜀国灿。
仗义疏财小旋风，抑强扶弱梁山汉。
慈施乐善助穷荒，共苦同甘渡厄难。
恤闵济孤贤济公，诚信积德美誉赞。

扶摇直上

琦丽禀赋超凡俗，伯乐赏心缘机佐。
一片霄霞鸿鹄升，九天直上云楼坐。
蜿蜒曲折苦曾磨，腾达飞黄厚积破。
数载寒窗夜继阳，一鸣绝唱惊龙座。

负荆请罪

惭惶偏道乞宽迈，不耻尊严请恕错。
身负荆榛承认过，磕头凤阙赐鞭落。
千秋少差勿随波，一失跌渊悔无药。
前鉴后师教训铭，补牢改陋拓新铄。

负屈衔冤

乌霾翻滚雨疯狂，金碧殿窗浊气挡。
奸佞谗言陷谏臣，精忠蒙屈困崖嶂。
沙场铠裂血浆流，密室篡权淫笑畅。
横戟竖戈驱毒烟，云开雾散青山亮。

赴汤蹈火

肌腹本源花泥土，自为桑富献胸腔。
赴汤化汁润汾水，蹈火铸桥飞峡江。
碧血浇淋山岳美，脊椎筑栋壮朝邦。
英姿武冠红缨耀，儒士戎袍华表厖。

富贵不淫

钱财宜腐朽，富贵不能淫。
穷弱易丧志，贫空莫坠沉。
遇狼患畏缩，威武岂流涔。
顶戴翎花傲，觞樽恭手心。

富丽堂皇

紫气殿堂金碧煌，银花火草霓虹光。
奇珍异宝充楼阁，稀世珠玑嵌满墙。
凤阙芳宫悠雅苑，龙鸾威武壮华强。
泱泱大国护黎小，众庶精忠社稷康。

G

改邪归正

周处幡醒骁国将，张良重振善书造。
金盆洗手去顽嚣，浪子回头改邪道。
弃暗投明晨旭辉，亡羊补圈夕日璟。
净心革面再旗飘，修过自新芳景颢。

甘拜下风

蒙瞳穿柳神弓赞，九鼎轻弹勇士强。
钦佩帷帏胜万里，惊叹墨润观园芳。
崇尊师伯恭请拜，自锻熔炉铁凝钢。
夏练伏天冬腊月，有朝一日四方扬。

甘之如饴

珠玑蜜枣甜心坎，墨汁醅醇醉玉澜。
蜀道陡崖天阙丽，悬梁头痛凤翎曼。
红灯绿酒松筋骨，咸海盐酸炼火丹。
苦口药斋愈后飧，汗晶稻穗美滋餐。

肝脑涂地

烽火霾卷倭寇入，琼楼玉宇黑烟殇。
脑肝涂地垫銮廷，筋骨投砖筑御墙。
铠甲钢盔包阙榭，长矛利剑射妖膛。
匹夫骁勇乌云驱，碧血山河华夏昌。

高不可攀

鸿鹄一腾岱岳矮，鲲鹏万里浩宇小。
意当山径翻巴陵，愿作航船横浩渺。
莫学霸王傲刎江，为人挺脊志高瞭。
十年面壁潜修身，三甲鼎元昂凤娇。

高谈阔论

鹏鹦高唱诗词曲，狐貉虎吹妙策决。
八戒大谈贞德维，唐僧禅释仁信哲。
街亭豪誓涓差津，上党纸兵流碧血。
沧海渔箫漾阙廷，悦黎玉笛莺歌舌。

高瞻远瞩

鸿鹄一腾苍宇高，鲲鹏万里昊乾迢。
英雄叱咤卷风雾，帷幄摇扇调海遥。
鲫跳龙门登宝殿，酒樽天下瘠田饶。
凌空舞旭耀山水，墨洒长河青史骄。

高枕无忧

高枕云簪遭飓吹，悠过吊索闪阴雷。
半途杀出咬金恐，贞观盛容安史灰。
微闭瞳瞳防盗贼，全戎国泰武雄魁。
德仁才干应千变，心净夜鼾香梦偎。

格格不入

恋鸳不许他三染，蝶粉情投融殿堂。
忠相难能奸吏挡，青天横扫篡虫殇。
软毛硬戟禅划道，黑白正邪直护墙。
荷卉哪容淤浊玷，洁云浮俗任舒扬。

各得其所

蝶花相吸共春艳，鸟兽同山享绿林。
鹬蚌竞争翁得利，竭瑶鱼尽涸天淋。

才能所用兴趣悦，车马守规谐和音。
三教九流兼补长，百花盛宴果香斟。

各抒己见

山昊鸿翔旋旭唱，海宽鱼跃浪箫彰。
圃园和煦蕾红艳，楼榭晴虹歌舞扬。
奸贼清除双耳畅，翰林佳座策肴香。
桃花源野琴笙曲，紫阁梦喃悬布狂。

攻无不克

霸王挥戟横秦敌，陈胜揭竿克汴师。
威武利刀攻虎豹，丹心銮帜碎倭夷。
运筹帷幄千迢制，纸上棋兵睿智奇。
鼎甲萤光雄殿达，滴淋穿石泰山移。

钩心斗角

红楼玉粉划春秋，曲径廊棱钩背带。
杨紫亮棠争宠嘉，隐讥暗损贬黄艾。
羽矛绾盾血霄堂，脂染胭熏黑雾霭。
泪葬黛瑜碎宝心，情殇翠炭空亭籁。

苟延残喘

额黄岂必睿才纹，鬓白非浮天庭云。
虚度青春花月空，蹉跎华茂紫辉耘。
不残骀背勺昂脊，莫喘衰微壮强勋。
萤火雪光聪慧炬，汗浇墨润史芳氲。

狗血喷头

毒蛇秦桧陷忠将，祇剔酆隆遗臭砣。
狗血淋头喷老贼，白条赤体下油锅。
为人莫做邪淫事，半夜敲门不哆嗦。
善恶到来终有报，仁信积德美名歌。

孤陋寡闻

一帘幽邃锁儒翰，十载闭门描墨车。
水底孤蟾傲苍井，海涯独草自欣好。
学斋小屋宽禅宇，片竹汗青厚史书。
满腹诗词骄泰岳，灵云霜鬓应天梳。

孤注一掷

赌鬼抛魂兑元宝，英雄掏肺垫銮殿。
沦丧德义铜钱馊，忠效捐躯名誉奠。
破釜沉舟豪杰魁，绝粮反胜后超先。
悬梁鼎甲儒林翰，凤鸟涅槃佳话传。

古色古香

古色故宫金碧煌，古香器皿醉悠芳。
戟枪铜剑顶梁柱，珠字墨描嵌紫墙。
方鼎盛装三涧水，圆銮闪耀五湖光。
九龙凤榭登贞观，一杆华轩挺夏强。

骨瘦如柴

仙女塑人共肉胴，皇城贵贱差峰谷。
肥头大耳贾商昂，骨瘦如柴弱卒伏。
豪宅舞歌黎汗田，朱门霓彩士寒屋。
挥毛射阙泻仓梁，天下饿夫饱粟腹。

顾名思义

醅脬芳茗醉蓝梦，痒耳雅亭慕碧春。
虽不貌论君有相，确非德性字如人。
名虚符实毁声誉，文过饰非臭嘴唇。
嫔贵仙容难颦黛，风云榜单凤飞神。

刮目相待

莫要孤意鄙他渺，士别三天刮目待。
蛟鲫跳台鼎甲翰，少年马到将军凯。
昨时屈膝田间翁，今日高升凤羽彩。
滴水穿江聚海潮，飞黄腾达德云载。
剑矛伤指可攻敌，蜜语甜言难励志。
委婉退蜷柔软忧，丹心直谏烙炮坠。
秦奸绥靖害忠良，魏相载舟助国利。
莫做怯懦龟缩头，掏肝勇呼战狼燧。

光彩夺目

风云榜单亮丽炫，青史流芳引世尊。
叱咤神州昂泰岳，血津碧野泽乡村。
翰林香墨润桃苑，帷幄羽毛卷凤门。

滴水川流翻瀚海，珠玑光彩照乾坤。

光辉灿烂

雪莲桂冠银辉灿，蜀道仁人踊跃昂。
萤火烛光增睿智，墨瑶饱腹补身强。
星辰日月伴征伐，春绿秋黄添雅章。
龙髻一挥三甲鼎，金牌翰牍史芳香。

光明正大

玉娥脱黑赴明光，青竹掏肝利剑扬。
秦桧阴奸群唾淹，岳飞忠国万崇仰。
包公清正乾坤朗，魏伯谏言贞观强。
坦荡相樽清水和，高风亮节惠风香。

光阴似箭

白驹过隙穿光箭，转眼抬头暮影飞。
寒暖几经霜鬓秃，昙花一夜黛眉挥。
蹉跎岁月鲐驼背，空度春秋耄耋微。
乘旭腾霄收紫气，抛瑜留慧汗青辉。

鬼哭狼嚎

天下兼并雄霸争，沧桑黎庶炮灰征。
诸侯侵占岚芸阁，民众流亡泥瓦城。
关羽刀横魔哭号，孔明翎扇敌哀笙。
运筹利器靠田沃，赤手屈兵于礼诚。

鬼使神差

鬼扳奶劲推钱磨，魔驱爱儿弑父皇。
梁祝阴差成蝶合，牛姑阳错汉河望。
天予蛇女配黎庶，世赠美人胜凤冈。
今日竹梅几蝶舞，前生缘分月媒娘。

国泰民安

乌云翻滚浩茫瘠，风调雨和稻穗香。
贞观盛时黎庶乐，兵荒安史鹭鸿伤。
昏君奸佞狼烟窜，包拯法正儒礼扬。
并桌共樽桃苑逸，乾坤朗朗大同阳。

过犹不及

纣王暴残自刎剑，唐宗淫悦稷纷乱。

酗杯醉陨喜成灾，乐极生悲否泰换。
矫枉过正物极反，越为已甚恶风绊。
酒囊鬓白空人名，不惜抛头做烈汉。

H

海中捞月

一轮皓璞挂苍穹，万籁俱沉玉海融。
猴夹蟠桃望银兔，手探碧浪吻娟红。
星嘲尘世凡心傲，婵鄢颓流素桂宫。
浮雾揽瑜花蝶梦，水中捞月竹篮空。

骇人听闻

黑雾笼罗魔鬼殿，骇人刑具听闻殇。
一刀断首魂飞苍，五马分尸身裂肠。
炮烙比干颠暴政，秦冤陈胜塌城墙。
揭竿横扫阎王窟，挥笔墨淹糜烂堂。
牢筑共樽乾朗稷，大同桃苑享醇觞。

含冤负屈

雪风呼啸血红热，北勇抗争懦后绥。
秦桧谗言寒箭射，岳飞殉国暗刀锥。
精忠魂陨天穹泪，冤屈不平零雨悲。
莫等白头空叹泣，惜时奋强祭英蕤。

汗流浃背

夏阳根植津珠润，数九成宫热血凝。
汗洒沧桑生稻穗，手横荆棘拍虫蝇。
汇流波浪托舟舰，脊立昆仑鼎阙徽。
湿背中衰粱米馥，呕心沥胆绿园兴。

汗牛充栋

甲文竹简堆成山，宣纸满浮墨汁海。
书苑真金霓虹晖，翰林锦绣蛟龙彩。
冗辞充栋陈灰黄，雅册一诗辉雀恺。
璀璨珠玑血泪凝，佛禅睿智呕心莒。

毫厘不差

十年寒暑练晨钟，两岸穿杨百发中。

满腹经纶浮慧雨，一招制胜谪仙聪。
业精于励荒于疏，滴水钻岩朝夕通。
近水识鱼扶鲤跃，胸蕴成竹卧青葱。

好高骛远

雏鸡软翅望鸿鹄，蛤蚧梦饕雁鹤肉。
蛮蜑夜郎井眼天，米虾鬼大嗤娥鹿。
积踌跬步至千迢，聚集细沙垒殿屋。
空竹昂头遭飓折，实樟长臂遮阳木。

好为人师

自以翰林儒伯富，趾高气傲舞轩昂。
纵然学识五车满，毕竟纸兵空一张。
三弟笃行藏教导，山鸡岭雁顶弯强。
为人师表率先范，鞠爱同樽谦让扬。
贤德礼诚伦理倡，博文睿智敬才郎。

浩浩荡荡

鲲鹏满苍凌云翔，骏马成群奔远方。
滚滚长江龙脉汇，滔滔黄海汉华昂。
虎贲铠甲城池稳，义勇揭竿銮殿亡。
民水轩然澜苍道，公平荡漾汗青香。

浩然正气

倾泻瀑流清浊浪，狂风暴雨洗红尘。
比干傲立赴炮烙，包拯威仪压贼臣。
赤勇魁然朝战火，丹心尽瘁换良辰。
火炉烤炼汗青翠，儒墨浇培桃李仁。

浩如烟海

凌越云书翔苍宇，深潜籍海探龙宫。
珠玑金砾垒诗府，简牍翰潮流水东。
浩瀚典章聪睿智，一池唐韵道玄通。
醉酣霞卷享乾览，沉浸墨瑶嘲雾空。

和蔼可亲

芬郁芙蓉不禁拢，迷人胜景自陶怡。
嫣然菊笑回眸顾，甜蜜语言心坎滋。
和蔼面庞亲可靠，春风佛手桂馨慈。

珠玑香粟饱饥腹，书馥扁舟醉玉池。

涸泽而渔

杀鸡取卵断根源，竭水待鱼空手获。
霸王别姬四楚歌，自戕后路独癫落。
极端鲁莽悬崖边，草木焚灰失焯烁。
谨慎细心三思行，灵机应变万难乐。

涸辙之鲋

不测风云翻唇阙，山洪暴雨凤鸾糜。
龙游浅水遭虾戏，虎落平阳受犬欺。
绝渡浪船逢援手，雪中送炭暖馨滋。
荆榛漫道何惶恐，同舰共谋更善时。

赫赫有名

宫阙瑶池虚幻景，人间名利实成禄。
风云榜单耀先宗，铁马英雄占帝屋。
权贵叱咤显赫威，贫穷屈膝空饥腹。
丹心碧血筑功誉，强国富民青史馥。

黑白分明

黑白清浑泾渭别，正邪对立势差同。
夏冬冷暖稷分合，昼夜龙蛇善恶攻。
当面后身心与箭，奸谀忠厚隔相融。
虚生两异阴阳竞，东岳旭云总耀红。

横七竖八

一夜秋飙扫菱荷，七零八落碎寒月。
昨天妖艳蝶蜂迷，现下枯黄凋谢猝。
日暮旋飞驹过缝，青丝转眼白头发。
早腾骏马冲云霄，风琢雨雕刻玉骨。

横行霸道

林野虎消猴霸王，海滩无魀蟹横道。
帝辛炮烙自身焚，嬴政峻刑阿房倒。
山外青山楼外楼，强中更有强人捣。
磨刀霍霍手头伤，仁德以柔康乐颢。

洪福齐天

慈禧梦寐齐天福，国破园烧哀雁哭。

桃苑妍花彩蝶迷，这边欢笑那厢蹙。
官商霸占世间肴，黎庶痛丧沧海谷。
巧取豪抢终被均，汗晶成果安心腹。

横征暴敛

苛政虎狼血口税，严刑峻法敛刀赋。
青苗榨汁草花枯，城堡骨垒黎庶苦。
揭竹竖旗掀恶旒，南湖红舰启鸿路。
桃源美景瑶池庭，大同人间天阙圃。

后顾之忧

螳斧捕蝉雀伺后，缺疑虎啸马遭忧。
过河拆渡断回路，负义忘恩埋怨仇。
心思淌流时念敌，高瞻远瞩立高楼。
腹蕴浓墨撞沙乱，身挂侠袍潇洒游。

胡说八道

指鹿为驹青白变，风波亭外雨淋呻。
痴人说梦颠三倒，奸佞诬谣罪满身。
无飓生浪虚幻吹，中伤捏造厥词申。
红楼疯语甄玄了，名利奢豪赛庙神。

囫囵吞枣

浮霭天兵葬长平，枯焦皮纸烧街亭。
霸王焚简落乌水，韩信熟研登阙庭。
胡咽墨翰丢性命，细咀禅经化贤灵。
蜉游书岳轻飘雾，镂美金卷蛀嚼形。

狐假虎威

狐窜虎前借暴威，众灵四散虎迷惑。
指鹿为马群皆惊，曹剑挥皇衰汉国。
宦武王权贤相残，贼施奸谗红英墨。
狡顽巧尾藏几时，妖孽毒邪终受勒。

虎背熊腰

虎背张飞横城碎，熊腰关羽敌翎围。
刘玄滋庶甘泉慰，诸葛帷谋扇智辉。
健硕刚强睿德驱，刀山火海布衣威。
良方利器黎民富，丹恳精忠鼎国徽。

花红柳绿

春旭艳阳纤草绿，和风暖煦百花红。
观园琉瓦金辉耀，怡苑妙姑葱朵融。
菁岭朱胭蝶心染，荷池翠玉碧情隆。
相恭丹蕊黛眉嫣，勤汗九州青史虹。

花天酒地

鸿阙天台角色戏，宴筵饕餮燕妖姿。
闻芳熏馥飘云雾，酣饫酬瑶浮酒池。
蝶湎芬脂沦蜜洞，蜂沉樽斝溺贪痴。
心花怒放于黎庶，把酌月圆芸众滋。

花团锦簇

春迎林姑燕客欢，绿茵髻漫大观园。
夏情梅竹缠连理，宝黛联诗结侣鸳。
秋啸凋零残锦落，葬花盼月泪无萱。
冬霜覆顶贾荣没，玉蚀尘蒙悟璞原。

花枝招展——霓裳羽衣曲

星烁天花霓阙苑，月翩长袂浪银河。
贵妃袖逸春光彩，唐王樽摇旋凯歌。
蝶舞蜂飞笙韵律，嫔娇姿扭闪仙娥。
心跳琴曲荡秋色，身摆绵绸展妙娑。

华而不实

海市蜃楼霞幻影，镜花水月空云烟。
纸长平飘摇坠，溪旱街亭干火煎。
薏芋充珠淘劣俗，弄虚作假黑清莲。
表芯如一心诚殿，脚踏实坚垒九天。

哗众取宠

鸡下卵凤咯炫耀，喇叭花吹春来啸。
纸兵浮漂坠长平，阿殿华銮霸王烧。
巫道作妖彰冥风，奸臣令色显旒曜。
半瓶水响酗狂徒，满腹经纶儒伯悄。

化为乌有

林姑报德降鸿府，宝黛眸瞳情窦呼。
梅竹鹊桥携伴侣，蝶蜂囤苑荡双姝。

怡园潇馆连桑梓，吟籁作诗同妙珠。
秋啸凋零埋艳卉，冬霜没顶贾荣乌。

画饼充饥

纸牌圈画幻妃嫱，胸口墨馍充玉粮。
海市蜃楼虚瑞景，黄粱美梦空欢场。
珠玑咀嚼流金油，扉页飘芳逸月香。
凝汗稻花温饱腹，书斋史卷慰情郎。

画蛇添足

蛇女报恩委许仙，西湖鸳侣伴姻缘。
千年修道同船渡，一足枷难法海鞭。
水漫金山淹落魄，雷峰塔寺锁心弦。
孝儿营救重团聚，浪漫爱情万古传。

怀瑾握瑜

头戴白辰祛夜魅，胸怀银玉洁红尘。
手持长戟刺凶觑，恭献丹心护苍生。
尊拜翰林论政理，高悬利剑斩奸臣。
与民同渡共涛浪，亲屈沧桑富庶人。

欢天喜地

春煦甘霖稻穗芳，鼎元金榜顶翎昌。
洞房花烛鸳鸯荡，翰苑墨流文史香。
琉瓦楼亭黎庶乐，端庄瑞府汉华强。
青山绿水碧空净，知己吟歌鹤舞祥。

缓兵之计

敌强我弱勿盲斗，帷幄韬谋刺贼身。
避锐锋芒佯退却，诱其孤进切长伸。
单迁碎整削狂慢，五马断肢降寇臣。
三十儒经仁为上，七奇二术义兵神。

患得患失

蝇蚋方兄贪啬握，紫袍玉玺手长拿。
只盯蝉食无防雀，捡得芝麻丢胖瓜。
大肚撑船容海志，鸿鸾鹏志浩天霞。
开怀畅饮空杯去，元宝粪渣英业华。

焕然一新

天道银河洗俗尘，山川楼阁焕然新。
良风市井邻居睦，碧浪浊流清水粼。
雅气芳亭儒墨馥，紫曦銮殿艳旗缤。
旭红沧海青葱绿，秋夜婵圆莲玉矜。

荒诞不经

一纸聊斋荒谬语，满篇怪诞红尘露。
人妖婚配蝶情缘，魔道交锋正疾路。
珠玉娟弹肺腑弦，墨筒龙喷倾盆雨。
眷歆长渡奈何桥，蜃阁幽门冥府遇。

恍然大悟

璞石鸿装感暖凉，大观园绎贾天堂。
春晖蜂蝶舞翩缱，夏艳鸳鸯戏荷塘。
秋谢葬花寒月曜，冬霜覆盖闰潇湘。
凤飞翎落人稀散，风浪浮沉恍悟沧。

挥汗如雨

艳阳火烤桑田灰，酷热炙烧黎庶黑。
汗雨甘泉润九州，稻粱丰富仓盈稽。
盘中粒粒津珠凝，宴席杯杯心血啬。
留有青山氤郁葱，舍予付出佳肴得。

诲人不倦——教师

晨曦朗朗开儒学，窗曜堂堂授礼科。
逐月揽星探秘阙，入洋捉鳖究龙窝。
挑灯烛泪留青汗，腾日云江倾墨河。
不倦斋教儒教道，李桃天下乐师歌。

讳莫如深

沙丘政变赵高毒，深匿鸾崩假诏书。
指鹿作驹残义士，颠翻黑白败秦虚。
聪明反被聪明误，算尽机关惨死驴。
天阙灵眸监善恶，正邪有报早迟予。

昏头昏脑

千只战舟飞赤壁，三侯鼎立竞雄枭。
草船借雾收弓箭，旱将逐波晕惑谣。

炬火燃江荆楚血，冕旒败落华容桥。
幄帷妙计胜夷寇，青汗涓流睿智瑶。

浑然一体——雅园

苍柏桑榛荫绣瓦，亭台楼阁缀芳萱。
小桥流水通琴榭，弯道璇廊绕桂园。
梅竹蝴蜂融瓣蕊，荷池莲玉点双鸯。
桃源天地浑然体，诗赋风光亮颢言。

魂飞魄散

长坡鏖战硝烟漫，曹帜压云城堡围。
一吼震天张猛挡，万军胆破鼠魂飞。
桃园侠气结兄义，茅草谋神振武威。
三国鼎台争俊杰，智能善恶刻宏徽。

魂飞魄散——聊斋

黑月无光幽气拢，尘沙天地概随风。
魂遭魔鬼飞灵窍，魄遇妖精寒夜恫。
薄纸画皮深吻厚，丑姑肺腑石犀通。
阴曹昙卉暗香馥，乌魅喧骚心鲜红。

混淆黑白

欲加之罪何无辞，搬弄是非除异腕。
指鹿为骢颠黑红，混淆视听陷良冠。
水池龟鳖遭鸬鹚，岱岳鸿鸾入佛幔。
清浊道魔泾渭途，邪难压正光明焕。

祸不单行

损兵折将遇洪水，落井下刀遭虎吞。
屋漏风穿连夜雨，围追堵截接冰魂。
福无双至祸相行，患难丛生天地跟。
物极必反回泰华，时来运转喜临门。

祸国殃民

指鹿为马颠红黑，虚诏弱秦衰败国。
奸佞谗言害岳飞，腥风血雨残桑穑。
螳螂挡道蚍摇枝，作恶多端自毙克。
青史不清碧血殷，春秋吟记义仁德。

祸起萧墙

一阙朋争朝势微，六雄称霸割城开。
二王觊玺扶苏戮，三国鼎分刘汉灾。
七步诗评皇族搏，同根相煮急刀裁。
脏伤病大表皮破，内得民心外御觗。

恍然大悟——同琴波

高山流水九折河，霓锦羽衣同月歌。
管鲍觞樽笙知曲，蝶花牛女慧秋波。
五湖四海寰球阔，八九烦尘一二和。
饕餮空囊黄耄耋，墨浪银汉荡星娥。

豁然开朗

春花秋月寒英单，青汗芳香风化干。
梅竹霜侵朽老山，鸳鸯鹊虹散坟断。
烛光熄灭蜡成灰，翰墨曲折随纸烂。
雄杰百年荒冢枯，宝瑜空梦吁长叹。

J

鸡毛蒜皮

尘砂细渺垒云树，芝叶卑官托阙宫。
鸡毛蒜皮窥市井，露珠滴水映苍穹。
勿嫌善小不慈德，岂有恶微胡作虫。
跬步千迢行罗马，墨浪万汇海洋鸿。

鸡犬不宁

倭寇犯疆侵宝岛，不宁鸡犬庶黎焦。
雄狮藐视狐猫扰，威虎慈悲让敌饶。
獬狗愚氓撑鼠胆，定将蛇蝎扑尖镖。
仁儒友待众邻邑，恩德诚信谐相调。
黑雾压城妖孽拢，寒风箭雨哀鸿祸。
鸡飞狗跳布衣惊，民不聊生黎庶躲。
苛政猛禽吐白骸，毒蛇奸吏放阴火。
揭竿而起挺刚梁，镰锤高扬斩锢锁。

鸡犬相闻

桃源蟠果芳鲜灿，鸡犬相闻人少往。

朝夕锄收鱼米香，春秋免赋乡琴响。
窗迎夜籁道无遗，市井和谐社稷朗。
黎庶盈亭榭悠，仁儒孝悌老终养。

饥寒交迫

魔云遮蔽草枯黄，桑梓冰霜稻穗荒。
苛政虎吞黎腹干，朱门肉臭路寒殇。
揭竿破阙得粮粟，扬臂登城受旭阳。
民水载舟冲巨浪，桃源饱暖大同昌。

急人之危

久旱枯禾逢澍霖，天寒地冻雪中炭。
急流旋沫得救绳，暗道迷途遇火璨。
饥馑羁灵稀粥汤，浪子棒槌回头岸。
虎苛刀下挽辞言，老树滋腴春卉焕。

急中生智

舞剑项庄意沛公，急中生智走谋策。
流涛旋沫翻灵浪，落水寒宫澎睿脉。
暗箭易弹脑洞开，明枪好引腹书赫。
临危来计空城军，诸葛玄琴冢虎坼。

家喻户晓——西游记

师徒坚毅西崇经，饱受风霜战魅魑。
玄奘乾坤慈义佛，悟空尘世泪情痴。
八思六欲俗难戒，沙土和浆概别辞。
仁勇笃行成圣道，家喻户晓善良施。

假公济私

家盗难防阴贼赃，公权歪作自私当。
房存硕鼠淘空屋，国藏贼臣换柱梁。
蛔入膏肓躯体腐，镂贪銮殿社基亡。
和珅跌倒嘉皇饱，白蚁清除鸢塔刚。

价值连城

一枚璧玉值城邦，两国戟争宁碎亡。
甄宓黛鬟倾岱岳，英雄抛掷揽丽香。
心怀黎庶得天阙，眸蕴慕情拥蕙芳。
海干石尘魂烬灭，佛禅无价永青长。

坚持不懈

泉水咚咚穿铁石，溪流汩汩聚江海。
竹篁节节顶天庭，芳草芸芸漫野苔。
春夏生辰衍众灵，经年沧澥寰球彩。
瑶沙积慧睿文明，摘月揽星舞苍恺。

坚定不移

晨曦朗诵荡嵩麓，夕霭珠琴弹韵腹。
萤火雪光增睿聪，皴纹银鬓添觚牍。
滴流穿石开江山，墨汁润川香汗竹。
春茂秋枯脊柱坚，冬茵寒蕊蜡梅独。

坚韧不拔

铁杵磨针志削山，滴流穿石海泡墨。
悬梁刺股蛀空书，吞竹饮觚熬毓德。
积砾学儒登鼎元，添枝加叶绿青色。
寒窗十载腹纶翰，鹏远千迢腾竺国。

坚贞不屈

宋瑞丹心捐国史，岳飞精武战旗挥。
铡刀血迹藐仇敌，刑戮炮雷伴院归。
身挡逸矛维御殿，胸怀黎庶斗奸非。
宁牺不屈抗倭寇，卫国保家消毒蕈。

艰苦卓绝

鸦片熏心烧肺腑，清廷衰弱猛禽围。
燃宫毁苑占銮殿，割地赔银朝失巍。
内外焦头强国压，艰辛卓绝锤镰挥。
南湖红舰引航向，浴血奋鬐龙崛飞。

见异思迁

牛女慕恋鹊桥会，梁祝蛹成凤蝶陪。
宝黛一心鸳侣伴，白蛇千番同船偎。
七姑董永天仙配，连理比肩双挽杯。
见异思迁丢己魄，三生今世自身回。

将信将疑

假钓蒋干作诱饵，曹操疑信蒲圻败。
举棋犹豫空城迷，司马奔逃恨不快。

战雨风云幻莫猜，谨防佯诈灵机迈。
三施六计于心头，七十二谋随手派。

交头接耳

青少高鸿壮国强，知书达礼技专长。
交头接耳无尊上，荒废科文懒奋翔。
刺股悬梁争旭日，腾蹄追赶乘骄阳。
功夫不负有心志，满腹经纶华夏昌。

娇生惯养

好贪懒做赖轻逸，悠躺肢肥马辨骡。
不学文盲蹉跎日，浪游纨绔缠花蛾。
大人溺爱惯优养，晚辈无能几孝何。
画饼充饥难动手，饲猪害子父母过。

骄傲自满

威虎昂头狐尾骗，低眉藐视狗遭烹。
一夫当勇乌江刎，满腹纸兵长堑坑。
名越巍峦浮紫雾，利金傲拜隔兄诚。
前功只挂先勋带，后誉仍需新锻成。

狡兔三窟

风雾难料晴或雨，人心叵测善歧豪。
碧空万里霹雷雳，蜂蝶征途恐祸遭。
狡兔几窝防鼹狗，贤将两手对三刀。
脑中警惕弓桥滑，兵不厌佯睿智韬。

矫揉造作

东施浓抹效颦拙，纶腹纸兵长堑烧。
充数滥竽逃泄漏，浮华銮殿黑烟焦。
黛眉不矫芳龄少，虚肿衰癃嶙骨条。
无病呻吟真切臂，烽霾戏友断援桥。

脚踏实地

金冠亢歌无实绩，枣花默语结甜成。
纸兵飘马失街隘，实卒钢盔大渡争。
项羽浮光空礼智，张良墨满助鸿征。
好高骛远空霄雾，耕稼苍茫桑海生。

绞尽脑汁

一色水天滕赋绝，红炉钢笔炼珠诗。
酒囊饭袋半杯响，刮肚搜肠空鸟知。
萤火冰光积灵睿，春花秋月蜡殿枝。
磨刀不误砍柴事，腹蕴海书信手词。

将功赎罪

火炬连船曹操跌，落逃华道过关羽。
一将功败蒙悲羞，九郡收回耀宫府。
雪耻风霜勇万夫，战勋卓著雄尊武。
金无足赤熟无瑕，加勉更弦重威虎。

接二连三

一跳龙门登紫殿，三元鼎甲榜单红。
十年修行终收获，接二连三灯彩笼。
翰墨满车儒伯响，领翎正直苍松蓬。
春花秋果寒梅殿，汗水凝珠芳史鸿。

接踵摩肩

太平盛世国民富，市井喧嚣街嵌铺。
满目琳琅暇不应，摩肩接踵缓行步。
雄鹰高跃东西穿，铁马驰腾南北度。
龙绕桃源醋福醇，黎悠亭阁乐雅趣。

嗟来之食

鸿鹄翱翔山远高，自耕沧海丰桑食。
残羹冷炙渺尊严，嗟使糜渣贬伏骥。
借烛鼎元翰学渊，闻鸡鞭舞武将帅。
汗凝荒野满粮仓，腹蕴典书开华邃。

竭泽而渔

涸泽捞鱼干幼鲫，杀鸡取卵断禽牲。
过河拆舫截回路，食蕨穷根斩缘生。
得失有无总量间，人情长短赠和坑。
峰峦翠翠富材烧，流水潺潺鹤远程。

竭智尽忠

砚墨自岩润国沃，身躯来母忠先辈。
圣贤辅导受书丰，弟子感崇馈智佩。

乳汁养材肝血凝，恩情反哺孝尊对。
鞠躬尽瘁燃丹心，满腹经纶奉海内。

孑然一身——七夕

窦情俩缘昙华闪，在水一方孑伫望。
三世缠绵蝶恋花，今生眷念泪涟长。
春怀秋盼晷盘轮，七夕鹊桥翩舞唱。
天地离拢人鬼缘，卯时魄附慰灵觇。

节衣缩食

烈焰燃烧沧海干，哀鸿遍地马憔悴。
钱分两半泰嵩重，梁嚼红尘千载寐。
沙子何充饥饱肠，海洋难省辛酸泪。
汗晶凝结朱蟠桃，碧血滋繁松柏翠。

斤斤计较

点滴油星当脉汁，一根稻草作金条。
样样寸利必争得，斤斤锱铢心计貂。
时拂冠尘何弹剑，常酣花酒怎熬瑶。
鸡肠小肚自蚊子，慷慨解囊仁义骄。

金榜题名

十载霜牖念智珠，一心虔悬藏经闾。
悬梁刺股挺坚脊，萤火雪光添睿储。
藐视萱花轻灌木，饱滋翰墨积贤书。
题名鼎甲耀桑梓，霞霭鹏程闪慧玙。

金碧辉煌

紫城宫阙雄豪璨，华夏殿台金碧煌。
一柱顶灯擎竺境，九龙壁画黛朱桑。
满瞳珠宝坐蓬岛，不暇花妍醉袂芳。
鎏凤玉觞蝶恋卉，霓裳钟鼎梦天堂。

金城汤池

碧血烫池维邑缘，铜墙铁壁护銮堂。
金戈盔甲裹身貌，侠义仁贤系德疆。
富国强兵垒铠堡，惜贫怜弱筑民房。
君慈黎庶荒莽沃，百姓保鸾生死当。

金戈铁马

金戈铁马奠江海，儒礼丹心守业成。
叱咤风云彰俊杰，阴谋诡计摄旒庚。
铜身富甲一刀破，贤圣翰林两断横。
民水仁慈柔利刃，血心凝石殿堂盛。

津津有味——书

蛀入芸编沁学房，春花秋月蜡梅香。
珠玑情弹点芳菊，墨酒娥杯醉影长。
脚踏睿梯登廷阙，畅游书海驶瑶疆。
风吹扉页胭脂拂，册垒金銮架殿堂。

筋疲力尽

灵瑜落俗享荣华，梦醉红楼金贾户。
春孕窦情盎观园，夏盛洪福宠臣府。
秋萧花葬鸳鸯魂，冬雪没檐怡院腐。
竭力筋疲尘世辛，逸悠绿野脱凡土。

襟怀坦白

比干坦谏翻炮烙，包拯青天敞宇阳。
奸佞毒刀藏暗室，雾霾箭雨隐危亡。
窗开明亮旭风朗，流水清波溪漾长。
心里无私乾空浩，丹芯碧血筑銮堂。

进退两难

羁旅俗尘辛楚泪，欲殇不愿葛仙难。
汗凝金岳驮鲐背，血铸琼楼冢骨残。
天地缘情奈河别，云江红线鹊桥寒。
丹砂饮鸩始皇卒，鹤逸瑶池梦竺峦。

尽善尽美

瑶池灿庭仙仁善，沧海风云鸿鹄殇。
美梦寒宫玉娥嫣，尘寰浊酒别愁伤。
蜃楼水月镜花颧，碧潋荷苞染淤浆。
璞石精雕镂金珏，汗青火烤炼华昌。

尽心竭力

蚍蜉团聚横沙水，松柏韧坚穿石矶。
萤火星光融睿智，书山墨海孕珠玑。

尽心天竺获禅道，竭力蜀径腾廷峤。
日夜锤炉龙剑立，乾坤鹏越麓峰飞。

经天纬地

茅房纳昊藏禅道，蒿草含芳蕴玉稷。
坤纬于胸舞紫云，乾经存腹倾翰墨。
轩帷谋略操千迢，鹅扇旋风弄三国。
卧虬翻飞天宇摇，英豪伟业山川刻。

惊弓之鸟

昨时箭镞擦身过，此刻弹绳惊鸟蹉。
败叶飘汀横虱蚁，萧风撩碧荡虾嗦。
杯弓蛇影贼匍鼠，草木皆兵懦渡河。
清唳扬冠貌奸佞，雄豪赤手向妖魔。

惊慌失措

空城琴曲一弦断，败将落英千卒逃。
火炬连船慌择路，华容辱道笑愚曹。
心虚缺德浪涛淹，肚空墨稀软笔毛。
黎庶于胸民舰骋，经纶社稷殿台高。

惊涛骇浪

三座大山盘大地，一鸿巨浪上云闾。
南湖红舰朝东旭，镰锤炉膛炼铁刚。
二万征途甩困剿，九州黎庶占銮堂。
卧龙髯奋重腾跃，举世诧奇新帜扬。

惊天动地

嬴政挥师吞六国，刘邦良策唱高歌。
呼风唤雨改云雾，劈日引流翻海河。
金甲黄骢坌凤殿，玉台砚墨造魁峨。
三番六计定乾象，道德儒经奠礼和。

惊心动魄

战地刀枪血肉飞，魑魅夜啸敛魂追。
晴天霹雳腿瘫软，生死孤悬身殆危。
西竺妖姬书上乐，聊斋鬼怪墨趣吹。
惊心噩梦昙花短，胜景怡情宁和随。

兢兢业业

随曦天地撒温暖，由水东西润潆桑。
晷轴春秋旋浩气，莺啼顿挫荡梁香。
丹心炉火炼金玉，脊骨刚梁鼎凤堂。
沧海阡塍汗水施，大江南北蕙兰香。

精兵简政

宽体肥衣耀晔煌，罗裙绊腿掉茅房。
紧身束袂英姿爽，简政化繁渠道昌。
一勇当关千卒溃，三省六部九州良。
恐龙虚霸飚风倒，薄羽鸿扇凌宇翔。

精益求精

千年雨刷桂林丽，万载风磨石斧刀。
灰璞精雕成翡翠，青铜细镂古钟鼗。
三登书岭聊斋造，六横翰江水浒熬。
大任千锤成道骨，丹炉百炼淬英豪。

精明强干——诸葛亮

萱卉隆中蕴道象，瘦肩瘪腹饱翰墨。
帷帱智策胜千迢，羽扇风波翻三国。
城阖断弦弹溃兵，草人借箭辱曹贼。
丹心青石蜀坡茵，碧血军山芳蕙稷。

井井有条——孔明

腹蕴乾象操山脉，手扇睿风运水道。
集卒挥麾拥凤凰，布禅施德桑腴稻。
绿茵石蜀上天宫，帷幄案酝远昊。
翰墨经纶纹府卷，礼宗琴曲悦孺老。

井然有序

旭辉珠耀蝶蜂舞，阡陌桑腴稻穗油。
九品中正梁直守，三书六部秩鸿俦。
百禽朝凤乾坤朗，文武双恭拥冕旒。
笔浪墨花舟逸畅，红尘煦沫翠亭悠。

井水不犯河水

江河蜿蜒入洋海，孤井幽冥自映昊。
无利缺交南北迢，勿争莫吵东西灏。

老孺不往桃源疏，极乐喧嚣鹤月岛。
佛祖手心孙悟微，蚍蜉眼界乾坤浩。

炯炯有神
关祠云长眼生辉，怒目圆睁藐鬼魅。
桃苑血盟添两兄，横刀单骑走千里。
忠心耿蜀扶刘公，刮骨疗伤耀俊帅。
失意荆州丢阖城，英豪陨落寺松翠。

九霄云外
宝玉落凡殷富享，喜怒哀乐楚酸尝。
春花秋月鸳鸯恋，寒雾葬香愁断肠。
翎羽轻飘虚熠耀，慕情付水雨流殇。
红尘浊秽抛云外，黛岳碧波悠逸芳。

久别重逢
春花秋月鸳鸯恋，啸侣寒衾阅霰雪。
彩蝶翼比风雨折，阴晴圆缺恨离别。
馨情累利功名憔，银汉鹊桥痴缕结。
久别重逢如始交，百年耄耋相扶挈。

居安思危
阴晴冷暖难猜揣，螳臂捕蝉黄雀筹。
叵测肝脾双面刃，绸缪未雨固高楼。
心心常似过桥日，念念有如临敌候。
尘世羁途御飞石，南山舞榭防萧飕。

居高临下
虎昂骄首遭狐戏，鸡扬红冠落草丛。
凌岳众峰飘雾霭，狂轩旒冕散鸾蓬。
旌旗顶戴笑癫醉，血剑之尖怒目冲。
熊踞龙盘才德铸，眼高手短蜃楼空。

鞠躬尽瘁
谋华崛起奋扬书，为夏强盛举剑戟。
投笔从戎竖虎竿，深潜魔穴插仇脊。
九州征战脱围剿，一片丹心献血役。
萤火晷旋理万机，鞠躬尽瘁烛辉夕。

举目无亲
羁栖他域远桑梓，天地衾被落海涯。
举目异装鸦语嘴，助财短袖脸霜花。
慈母髫发游儿衣，孝悌雁鸿连亲家。
苍莽山川同挂月，千迢洲际共弦划。

举世闻名
契文竹简启文化，铜鼎仁儒奠汉黄。
两水滋熙炎赤子，长城巍峨壮辉煌。
桂林山水甲天下，桑植秀峰胜阙堂。
紫禁圆明寰璀璨，金龙銮殿耀东方。

拒人于千里之外
碧岑蕾绽蕙兰芳，蝶骋洲缘折翅殇。
海角尊荣拦贵贱，天涯等级隔贫尪。
阙堂有路空瑶梦，冥府寻亲奈水凉。
霞霭连思金作道，稻花不拒汗滋香。

聚精会神
三心随意鱼逃网，两眼紧瞄箭射杨。
霸王飘浮乌水刎，张良致志壮鸿昌。
仰头侧耳明天籁，注目倾情品郁芳。
双睫聚焦燃睿火，全身投入指穿墙。

见风使舵
墙头茅草随吹摆，江面浮萍漂水遛。
听鹿指骢当走狗，见眉使色为奸酋。
叛徒投敌遭斜视，陆放坚贞丹玉留。
云雾任天左右横，航程由我掌风流。

K

开卷有益
读简识文须用意，行间章里藏幽香。
珠玑琴奏玉环跳，扉页翻飞芬郁扬。
一字千金重泰岳，一书论语九州航。
神经佛卷悟天道，儒礼仁慈社稷昌。

开门见山

推窗通气表明话，开户见山径呼唤。
直接了当中要令，转弯抹角自缠案。
鸿门宴席错良机，空邑假兵司马叹。
当即持竿掌钓钩，当裁不断理还乱。

开天辟地

秦皇统六聚炎黄，汉武尊儒扩邑疆。
贞观宗唐晖宇灿，康乾盛世美誉扬。
九卿中正典章稳，四大发明翰墨香。
镰锤旌旗龙踔跃，新华雄国海褰浪。

侃侃而谈

睿积乾坤文曲籍，辩台豪放慧溪长。
三弦卷舌弹珠玉，两片嘴唇琴赋簧。
侃侃史篇云雾逸，滔滔典册巨涛扬。
一经论语山川澜，四库全书撒靥黄。

慷慨激昂

激昂翘首向披靡，慷慨舌簧弹玉花。
正义于身开险棘，妙词蕴腹逸诗葩。
蜿蜒曲折纵驰骋，跌宕沉浮奋苫涯。
君子头盘尖羽冠，万重嶂岭一挥划。

慷慨就义——岳飞

八千云路斩金寇，一杆旌旗扬宋勇。
鸿鹄凌霄莫等闲，武文具备才诗涌。
精忠报国刺肌肤，托冠怀丹壮志汹。
碧血怆流风满亭，凛然横铡英豪耸。

苛捐杂税

风刀雪箭残蓑笠，硕鼠蠕虫偷稻谷。
如发赋缙噬骨筋，似山劳役压臣伏。
朱门肉臭路骸寒，遍野哀鸿天雨哭。
揭竿扬旗扫阙宫，明霞煦沫茵花馥。

可歌可泣

长城屹立挡烽火，华夏桑腴平浪河。
雄岳威仪撕黑雾，翠枝坚韧抗风魔。
富黎携手挥金甲，天地同仇斩罔罗。
碧血沙场山水泣，朱丹銮殿凯旋歌。

刻不容缓

烽火烟情快骢急，驿桥飞马凌霞驰。
眼观八面察霄雾，手运沙场捷足施。
兵速光梭岂延缓，稍纵迟滞机缘离。
电明乾象运帷幄，云驾飙风占阙池。

刻舟求剑

煦风莺曲碧波漾，黛色峰峦蕙草香。
游舫梦春惊碎澜，武夫佩剑坠黄浪。
刻舷待岸觅信物，轻棹早过几杏冈。
情窦玄思痴幻魇，奔腾流水汰愚僵。

空洞无物

赵将纸卒败长平，马谡厥词失街亭。
南竹呼虢空腹筲，云霞炫耀幻浮萍。
出师简表丹心照，六奔祁山振策翎。
桃蕾艳丽虚悦目，枣花素雅实甘馨。

空中楼阁

蓬莱仙阁桃源境，天竺宫廷美梦心。
西域虚都苍昊空，蜃楼幻影妄痴吟。
寰穹寺塔难凌霄，佛道禅卷轻薄衾。
稻粟木瓜充食腹，珠玑荣耀启聪琴。

L

来龙去脉

潺潺青汗泻江海，汩汩溪泉探杳蒙。
娓娓渊源道途经，纷纷斓彩细醅融。
竹龟黑白精刀刻，帛纸丽肮甄隽红。
人事麻纱龙脉缕，珠玑佳赋绝句鸿。

来日方长

懵懂飞鸟鬓霜黄，日薄天涯萤火光。
逊色孙山它处鼎，腾蹄老骥骋风狂。
阴晴圆缺事难料，祸福相依雀演凰。

青岭不枯绿水长，白冰化酌草花香。

来之不易

盘中粒粒皆辛苦，汗水淋淋凝稻谷。
烛泪墨汤珠玉熬，经年寒牖仕途逐。
丹心脊骨筑金銮，红羽花翎乞虎禄。
萤火雪光导睿聪，天公酬劳康庄福。

滥竽充数

鱼目渭珠充滥数，素餐尸位占茅房。
全堂竞技逐能手，半盏山醪响笑场。
蜻羽浮光轻弹水，雏毛虚耀跃飞墙。
十年面壁三元鼎，百世磨濡千古芳。

狼狈不堪

三国竞雄争霸主，云烟交战逐长江。
帷幄妙算借东霁，孤井愚痴弃甲降。
赤壁焰红烧贼舰，曹军狼狈丧家庬。
山川分合辰星旋，英杰风骚引唱腔。

狼狈为奸

狐朋狗友一丘貉，相互勾连作恶多。
奸佞同流图玉玺，贼蟊合污坠渊河。
浊流虫蝎毒风水，君子清交纯碧波。
捭阖纵横星象幻，珠联璧合防妖魔。

狼奔豕突——三元里抗英

三元里遇英魔爪，羊邑鳞伤黎难遭。
怒焰冲天燃积火，星光燎野扬风刀。
众民自发凝团勇，万剑横空纸虎嗃。
锣鼓喧嚣弓箭射，贼兵狼狈四方逃。

老当益壮

髯须灰白怀心殷，面颊枯黄脊骨刚。
披甲挥戈当日勇，开疆拓土同骁强。
苍松繁叶抚莲玉，鲐背犀尖锋利长。
廉老威仪餐斗米，曹骢伏枥雀台扬。

老态龙钟

春绿秋黄腊月霜，蝶情羽化茧灰苍。

尘风皱额刻聪智，箭雨疤痕记痛伤。
曲驿凡间青汗馥，沉浮墨海瘠田桑。
拖儿带女蹒跚腿，鲐背挺胸心骨刚。

雷霆万钧

三国鼎分麈赤壁，两军对垒扑刀钲。
一鞭令下云旗舞，千鼓轰鸣遍骨横。
帷幄谋攻船借箭，空城玄曲抖风声。
狼烟狂卷草枯竭，玉玺戟戈砂砾砗。

礼尚往来

草卉依依藤蔓结，蝶花眷眷馥相牵。
七姑郎俊鹊桥会，千载白蛇委许仙。
皓月楼兰邻国睦，惠恩得李赠桃先。
雁鸿回顾鸳鸯合，冬夏绵绵儒沫缠。

里应外合

木马入城践花园，蛔虫穿肠勾魂魄。
金甲霹雳催殿台，伪装破洞裂阙玻。
蒋干细探自乱阵，黄盖苦肉引船火。
兵不厌诈圈中套，里外串通断虎落。

理所当然

风雨散场双蝶舞，阴霾掠过皓盘当。
丹心脊骨筑銮殿，良策忠言社稷昌。
墨油星灯聪睿闪，鼎元儒翰凤翎昂。
汗滋沧海桑田沃，馥郁红尘松翠常。

理直气壮

沙场舌箭弓弦张，擂擂唇枪火药冲。
珠玉落盘儒礼当，牍书横腐扫禅宗。
平川侠胆豪情阔，正道沧桑义顶峰。
真理轩辕驱鼠蚁，丹心高塔霓霞浓。

立竿见影

一夜风云横阙廷，转身鸾殿换乾纲。
驱除鞑虏归炎汉，掀倒轩辕还庶房。
白话直呼心肺语，新文即闪魄灵光。
桑田均同共尊贵，义帜当时舞彩章。

历历可数

将相帝王多如缕，风云英杰指头数。
秦皇汉武凤毛稀，贞观康乾独角武。
百世老骢孟德狂，千年倜傥唐寅虎。
雄才大略与仙齐，绝代功勋盖万古。

励精图治

伏枥呕心腴岱柏，躬身沧海沃桑田。
攀登蜀道开华夏，耕稼纵横拓汉川。
帷幄烛光辉大地，翰林儒墨馥云巅。
白衣铠甲挡风雨，慧眼天书描绵天。

连绵不断——青汗

滔滔青史蜿蜒澜，滚滚车轮旋宇苍。
典腋扉开娥媚灿，竹简累智积天章。
墨瑶汩汩润桃李，汗字方方垒殿堂。
芸众漫滋兰草蕙，芳情缠挽碧波长。

恋恋不舍

啸寒刮面折枯叶，冷月葬花胭粉残。
春绿秋黄梅竹绕，荷池碧水两鸳欢。
潇湘空馆芬芳漫，萍泊天涯共玉盘。
怀揽帛巾思黛玉，鸾鸣凤和响坤乾。

良师益友

饱蕴经纶培学子，一支毛笔点龙睛。
呕心沥血吐真理，置腹推心授道明。
寸口悬河倾禅酌，翰林书海练游拼。
近看师友双盘膝，远似单人独掌旌。

良药苦口，忠言逆耳

灵丹楚舌祛菌毒，刮垢设矛防蝎荆。
善意刺聪针蛊弊，辛词揭短劈奸氓。
魏徵力谏水舟畅，扁鹊疗黄康庶生。
良药苦斋治疾病，忠言逆耳益于行。

两虎相斗

一岳难容双霸王，两狮相斗活亡争。
苍无二日群尊主，百鸟朝凤独笛笙。

军阀戟戈烽火起，黎民涂炭草营生。
叱咤云雾英豪立，大浪淘沙金石铿。

量体裁衣

削足适鞋跛足跌，守株待兔梦仙浒。
比山划水筑鸾宫，按翅展鸿飞廷府。
力当威风设卒将，书高九品佩翎羽。
以身戎甲耀雄豪，凭己经纶掌苍宇。

寥寥无几

百鸟朝攀唯锦凤，擎天梁棒独龙宫。
辉煌青史唐宗耀，叱咤风云项羽雄。
妙手脉探神扁鹊，狂诗倜傥谪仙翁。
磨筋练骨淘沙砾，炉火焙丹金玉红。

临阵磨枪

马圈南岭刀存库，麻木不仁睡呼噜。
兵至城墙急磨枪，仓忙应战乱敲鼓。
龙囚浅滩难腾飞，虎落平阳才耀武。
远水难浇近火焚，临时抱佛空安抚。

淋漓尽致——仙诗

九天诗曲籁音憾，满地钟笙灵气狂。
笔绘红尘奇丽彩，墨挥江岸柳条扬。
情倾心腹连枝蒂，酣畅梦嫣双蝶荡。
一阵仙霖滋沃野，五洲山岳尽茵长。

琳琅满目

风翻扉页敞心田，人纵娟情结簿缘。
满目珠玑青史灿，遍章萱草醉春妍。
口吟佳赋传鸿雁，眸闪霞诗慕俊贤。
投入书帷腾汗马，融身馥卷伴娥婵。

玲珑剔透——和氏璧

天灵素璞露凡俗，尘世淤荷暴嫣丑。
一石击流沧海澜，九州夺玺翻云手。
白珑瑕凝血丝嵌，碧孔剔镂祛佞垢。
玉绽落花浮月漂，经风尝雨归宗守。

令人神往

海市浮礁掩绿烟，秀山桃粉蝶翩跹。
梨花沧潆结金穗，柳拂涟漪荡玉鸢。
黎庶鸾台论社稷，布衣桑梓逸亭泉。
胸怀如意翻云雨，稻酒霞飘对弈仙。

流连忘返——橘子洲头

一愧羞娥潜绿水，两峰雄柏朔风扬。
翰林儒气拂涟碧，航母排涛挺旭阳。
英杰挥毫描锦绣，芙蓉绽蕾吐幽香。
回望毓秀钟灵岛，流连忘返战舰梁。

六神无主

火卷赤壁昊天红，曹败华容一泻落。
草木似兵勾鬼魂，雨丝如箭吓冥魄。
六神出窍云霄茫，满腹翻江焗酒灼。
刚胆精忠龙虎魁，奸臣猫鼠胆虚薄。

碌碌无为

春逐蝶花拈蕙兰，夏怡凉榭醉瓜摊。
秋浮青草览胜景，冬藏皮毛好逸安。
岁月蹉跎庸妄为，鬓霜白发空悲叹。
忘羊补栅非犹晚，快马腾蹄后首冠。

落花流水

宝黛初眸曾识小，蝶花连理竹梅挑。
燕呢幽馥鸿銮殿，俊柏豪搂翠柳腰。
冰雪残枝寒月冷，衰兰凋谢乱流消。
雀跳凤阁何鸳配，空寺禅钟伴梦遥。

落荒而逃

长江难救通天火，曹操失魂华县落。
慌莫择径陷泥塘，丢枪弃剑恨讹错。
落荒逃窜威风消，溃不成军将士削。
嘲笑千虑自以为，关公情刃刀饶恶。

落井下石

雄狮遇害陷深井，狐貉乘机埋乱石。
十八地牢锁冥渊，一支冷箭穿心脊。
百禽散去夜莺空，众草焚光鹰远僻。
借祸加难遭报应，雪中送炭暖琼液。

络绎不绝

古色北京辉赫灿，高楼鳞次栉比亭。
琳琅满目耀花眼，绿叶遍街喷桂馨。
游客熙然千马攘，人头攒动万灯荧。
黛丽台榭衬嫣妹，金色鸾桥导阙庭。

M

麻木不仁

云霞飘彩任舒卷，蓓蕾绽红钟蝶粉。
黎庶食天趋稻香，布衣温饱奔暖缊。
辛酸无味舌头麻，虐待鄙夷遭骨忿。
鸿泽民生高载舟，百禽朝凤尊鸾叠。

马不停蹄

白云飘荡扑胜景，鸿鹄鹏程高远翔。
江水滔滔奔大海，墨流字字饱篇章。
刀枪入库生铜锈，笔搁砚台思绪荒。
策马狂蹄行竺道，莫蹉老骥拐跚惶。

马首是瞻

投拜一人居众上，甘心匍匐狗儿爬。
马前仰首绝听从，唯诺垂头只应呀。
佝偻无椎摧媚脸，奸臣缺德暗磨牙。
笔杆刚正屹嵩岳，英杰坚强直面邪。

埋头苦干

彩霞炫丽浮虚霭，红薯埋头结实成。
十载寒窗登翰院，百年炉火德心生。
岳飞边塞斗凶虎，司马夜灯熬史宬。
水滴春秋滋浩潆，墨蕴渊海聚聪英。

买椟还珠

买盒弃珠逐劣末，但闻香艳不尝果。
佛尊金服套虚荣，华丽雍容掩丑瘰。
舍本求梢鼠目光，捡芝丢硕西瓜堕。

裸皇新被遭人讥，东妹效颦自曲娜。

满不在乎

不介风刀箭雨伤，腾云驾雾九霄狂。
夜来香毒酣几许，岱岳险峰修道光。
书上崎岖元甲耀，仕途荆棘凤翱昂。
枪林弹雨本生活，巨浪搏潮青史芳。

满城风雨

通宵飓澜扫金闾，满镇啸号雷雨狂。
见缝插针钻耳洞，逢场飞沫唾盈塘。
丽声琴曲止于嫉，丑女躲闺遭戏妆。
人渺言轻风细软，京师鸟羽扬天堂。

满面春风

贾家天降俏姑黛，梅竹相缠情窦遥。
林妹春晖吹玉苑，宝郎满脸笑迎娆。
柳条绿水荡鸳侣，桂树香枝托丽娇。
风雨不黄湘馆翠，红楼梦幻鹊连桥。

满腔热忱（情）

满腔激奋鸿龙志，倔将移山换阙天。
叱咤风雷降雨露，汗滋沧海茂桑田。
文星烛火明禅智，翰墨瑶琼染景妍。
林木拨成宫廷阁，茅萱妆就凌霄莲。

满招损，谦受益

霞霭轻狂风卷散，兰茵低匐绿山葱。
霸王倔傲乌江刎，武帝尊儒社稷融。
媖贵孤芳空傲老，张良拾履得经通。
岽中有岭强中强，刘备礼贤添卧骢。

漫不经心

熟读经书须用意，一词鼎重抵千金。
墨熬丹桂串珠字，情钻帛文通古今。
铅印芬芳如玉粉，喧哗悠漾似风吟。
象形帷幄蕴禅道，撇捺挥毫令羽歆。

漫无边际

乏文辞海漫洲际，滥字充章胡乱语。
东扯天涯竺国玄，西谈海角龙王雨。
叙情偏论远千迢，风马无干近难处。
言简意赅方扼要，珠玑琦丽堪佳著。

毛骨悚然

纣王烙台烙骨场，毫毛直立脊椎凉。
比干怒谏何栏火，岳帅精忠岂怕狼。
面临屠刀嘲厉鬼，昂髻气势盖山冈。
唯抛身首升凌志，自古云榜碧血妆。

毛遂自荐

天降玉珠将炫耀，自推佳俊报精忠。
翰林在手绘桃苑，韬略于胸运浩穹。
横戟刀矛能削岭，长音琴曲弹霞红。
莫因府小拒龙凤，卧虺腾飞华夏鸿。

冒天下之大不韪

逆民行舫独舟翻，苛政禽凶激揭竿。
敲骨饮浆遭掘墓，草菅人命自伤残。
奸臣当道忠良血，官逼民反水泊安。
蚍蚁撼槐淹深壑，螳螂挡路辙轮弹。

没精打采

斜视圣卷瞌睡深，玩争蟋斗眼来光。
讨厌史学乌江刎，拜教典章汉业昌。
书蕴金珠铅郁粉，墨飘翰院菊花芳。
挑灯提捉摘文曲，腾马挥缨旗帜扬。

眉开眼笑

范生中举眉开花，手舞足跳眼笑傻。
八股仕途爬牍书，九层官塔拜跬马。
抛除四旧埋糟糠，弘扬五经耀华夏。
才子状元文理兼，知情仁义睿聪雅。

美不胜收——怡景

艳阳煦影催驹马，脚下生风手拂花。
黛色云峰铜镜画，粉脂荷蕾沁心华。
鸟鸣溪曲柳戏鸭，卉笑蝶翩萍荡涯。
亭阁小桥醋绿水，清风翻卷逸辰霞。

美中不足

仙袂霓霞飘岳岭，紫云笼罩蜃楼生。
莺歌风笛溪流曲，蜓旋蝴翩鱼跃争。
树影婆娑花嫣闪，雀台燕舞榭鹂声。
美中不足难全览，来日重游更趣笙。

门庭若市

红楼怡院銮辉煌，贾府如街喧鼎沸。
车马穿梭门市攒，达官频往芬瑶贵。
庭园戏曲莺歌飘，荒野蓬蒿雪笠慰。
殿宇恢宏檐凤翘，路边寒丐乞怜畏。

迷途知返

迷惘彷徨心指竺，回头是岸脚逮路。
乱云化霭霓苍穹，箭雨凝珠泽青茹。
左想天规忠国旗，右思儒礼善黎布。
刀枪作笔墨山河，顺应民潮舟远渡。

弥天大罪

秦臣竟冒天庭魋，奸佞玷伤忠岳飞。
妥协保身分祖国，投降绥靖黑翎辉。
几番诡计添诬罪，长跪祠堂乞赎诽。
永世煎熬油条炸，万年遗臭脚跟蚩。

绵绵不绝

贾庭翠荫掩梅竹，黄菊摇枝对侣莺。
怡院宝哥恭蕙茝，潇湘黛妹蕴幽香。
绵延情窦流波澜，翩眇蝶花相凝望。
雪覆红楼梦烟散，绿芽新叶万年长。

面不改色

烽火肆淫草木焚，铁蹄践踏生灵恸。
乌云盖顶英山雄，寒剑架肩面勿恫。
蓑笠甲盔挡箭头，笔筒枪杆对狼铳。
丹心筑殿维旗红，碧血泽林保翠凤。

面黄肌瘦——苦读

春随暖煦翻扉页，冬揽寒梅伴牍陪。
日坐斋房探禅经，夜挑烛火砚台偎。
翰林儒墨汗青馥，四库中华礼知瑰。
不倦书山憔悴瘦，岂惘求学面黄灰。

面面相觑

鸿门宴筵藏杀气，项庄舞剑意刘公。
佳肴鸡鸭刀穿行，宾客惊惶相觑逢。
霸王得誉昏惘惑，刘邦巧计驾西风。
举杯不定错良机，枭杰别姬乌水冲。

面目可憎

一副面庞双角色，两重人格各灰黑。
刘墉佝偻儒才晖，秦桧俊相丑毒贼。
作恶多端魈目凶，仁贤和善慈容德。
獠牙毒辣遭仇憎，帅气珠辉谱丽墨。

面如土色

好贪懒作厌勤劳，摸狗偷鸡躲夜黑。
雷愤一声天网开，妖惊几滚面灰色。
奸臣佞党遭雷轰，老鼠过街众捉贼。
做事为人一善心，江湖仕道万难克。

民不聊生

乌云霾聚妖魔拢，大地罅开鬼作祟。
遍地哀鸿骸碎坑，红楼燕舞冠鬟坠。
虎狼苛政民匍跄，沧海浊流黎庶泪。
贫难立锥掀凤椅，轻舟顺水快云辔。

民怨沸腾

萧风寒雪柳条抖，乌霭轰雷雀鸟畏。
孟女泪流长江翻，州官烟火黄河沸。
雄峰伟殿凤凰骄，沧海桑田黎水贵。
大地云霞梨卉潇，南山鹤彩乾坤蔚。

名不虚传

饱浸风霜梅艳雪，久遭烈焰柏茵亭。
五辛真火耀金睛，八百云霄法竺廷。
满腹翰儒春茂华，九歌天问楚骚经。
滥竽充数落荒野，烟斗焚灰颐苑冥。

名副其实

红梅独艳傲寒雪，苍柏常青翠紫庐。
哪吒赤绳抽恶魃，朱熹挥笔撰天书。
谪仙李白逸神赋，字王羲之抛玉疏。
孙圣齐天金棍实，南郭鱼目滥竽虚。

明察秋毫

螮偏丝缕陷蛛网，蚁误伪花落避役。
赵括粗疏掉长平，孔明细察借风伯。
一蒿障眼迷前程，三句两言见状迹。
静观毫微辨假真，动望乾象识穿碧。

明眸善睐

牛郎汗雾逸穿阙，织女明眸灵雀飞。
阡陌沧桑腴土冒，茅棚连理素馨围。
冷冰银汉横情窦，天地山河隔贵微。
七夕鹊桥佳俪结，一条虹彩翼双辉。

明目张胆

天章落俗染尘血，金冕移魂剑出招。
指鹿为骢明椅占，斧声烛影直宫挑。
嗣孙手足奈河离，社稷穷黎炭火焦。
冰雪碧流清玉玺，人民殿院锦旗飘。

明哲保身

雷电霹峰藏大树，风云变幻两边摇。
烽烟压境单逃邑，洪水来临唯离漂。
独善其身空阁殿，青山不复哪柴烧？
同流合污遭抛弃，忠骨丹心凤德朝。

冥思苦想

雪光萤火思明颢，桃苑翰林探大同。
深吮汗青聪睿智，透穿浓墨悟迷宫。
寸笺文牍蕴乾象，点滴荷珠映昊穹。
洞眼可知风雾幻，推敲及达唇楼东。

摩肩接踵

荷花兰菊折人腰，密织游瞻醉紫酌。
雷寺塔旁肩并肩，西湖桥畔脚跟脚。

白蛇恋恋芯丝开，玉树频频情卉落。
碧水莲蓬渡逸云，桃红屭嫣春心鹊。

莫名其妙

一钩弯月照江水，万籁寂安赤壁息。
忽听鼓雷震地天，箭头齐射幽船翼。
草人不语卷风云，虚卒畏魈乱舞弋。
曹操莫名馈礼筵，孔明窃笑愚痴臆。

漠不关心

众禽大限各涯边，鸳侣丹心守凤缘。
暖日西游留冷夜，蜡梅傲雪吐芳妍。
熬龙独奔仙庭系，黎庶翻江海阙颠。
天宇佯装抛勇士，磨肌炼骨锻梁肩。

漠然置之——包拯

上方玉旨手中剑，漠视险危魔鬼跧。
横扫毒蛇埋诡佞，拨开云雾见青天。
蛛丝马迹揪邪筋，大义灭亲除孽缘。
黑面丹心呼正气，刚椎风骨垫人肩。

默默无闻——孔子

腹海经纶丹凤付，鸿翱诸国寒冰折。
默无声息盘修身，挥响教鞭醒世哲。
虎豹丛林开礼儒，腥风旷野恭仁节。
一书《论语》震寰球，千古名誉云榜列。

目不转睛——宝黛情

泪雨涟漴报滴恩，柔眸紧锁窦情人。
竹弹梅蕊开朱瓣，柳缠槐宸连理伸。
春夏红楼群卉艳，秋冬潇馆独花擘。
高低门第天渊距，无分今生化蝶身。

目瞪口呆——桃花源

陶公梦幻入桃源，仙境绚丽瞪目圆。
追日逐星随个性，官舟民水顺黎川。
乾坤浩瀚任鸿远，天地花间酒同筵。
孺教老尊悠月霁，绿波霞榭逸云骞。

目无全牛——庖丁解牛
庖丁单戟穿牛洞，冬夏磨研天地通。
昨日皮山难插缝，今时游刃洞中风。
初挑猛犸长枪折，现舞红缨碎骨空。
十载横戈金石透，一朝挥手破苍穹。

N

南来北往
徐婉习风吹汉夏，丝绸之路置新花。
南来铁马驰光达，北往雄鹰越际涯。
哈密瓜飞炎热岛，菠萝径到啸寒洼。
地球村宅神龙速，和睦交流共世家。

难以预料
尘烟变幻任云摆，圆缺阴晴随雾张。
熟脸哪料奸腹肚，相知难画黑心房。
狂风大浪千般幻，慈目善眉多热肠。
天道酬勤总有获，仁信辛劳路康庄。

能工巧匠
鲁班挥袂云飞阁，李春轻飘桥虹跨。
巧匠金锤锻棒箍，能工彩笔画绵姹。
水晶球里浮天宫，九寨沟中赤虺驾。
改宇换山一颗心，摘星捉鳖双刀把。

能屈能伸
朝霞夕霭又阳艳，弯月穿霾再玉圆。
落叶挥金生翠绿，蜷蚕化蝶续春弦。
子长伏桌立青史，勾践卧薪还辱鞭。
胯下龟头追狡兔，孙膑屈膝胜庞涓。
长征二万千折路，赤水四迂翻九天。

逆来顺受
八千云路忠愚冕，暗箭风波血溅衢。
林教战刀垂白虎，野猪林墓陷郊途。
孟姜泪水难熔铁，陈胜揭竿黎庶呼。
三座大山哪暖被，红船破浪碎糜都。

鸟语花香——大观园
徐步春风携朵卉，潺湲溪曲伴莺吟。
弓桥缘木通灵韵，碧水缠涟浪凤琴。
花牖斑斓辉蜃颢，澈池蟾月诱猿心。
洞宫庭阙漫芳气，亭榭瑶觞对同音。

拈轻怕重
攀枝附卉由风摆，蝼蚁撼雷卑小茔。
青草蓬蒿麻雀屋，鸿基磐石凤旗英。
关公龙戟走千里，蟋蟀阿斗他国茔。
肩负江山黎庶重，无亏百姓一身轻。

蹑手蹑脚
绿水池春清煦暖，圃园百艳尽芬芳。
蝶情翩眇绕兰卉，蕾瓣含羞喷郁香。
轻手轻移拢蓓蕊，徐张徐合迎幺郎。
太阳弦虹结圆枕，月色玉帷蕴幼凰。

弄虚作假
变色假龙披衮裳，猪笼洞眼散芬芳。
奸谀嘴脸笑藏虎，铜雀亭台血酒狂。
一野红桃几点黑，繁华锦缎病娇肠。
世间多少白兰蕙，纷落碧觞甜鸩汤。

怒发冲冠
灵犀通电连枝理，瞳眼凝眸结漂萍。
蝶恋心仪拢蓓蕾，花倾肺腑摆妍婷。
身躯知己半条命，丹寸归乡暖馨。
怒发红冠维伉俪，鸳鸯双舞慰流星。

怒气冲天
魔鬼狼烟笼国境，炎黄怒火直云霄。
明园碎石棱龙剑，辛丑条文废纸烧。
镰锤铿锵朝恶寇，红船哗啦破危礁。
百年崛起驱霾雾，一跃腾飞盛世骄。

怒不敢言
鹿做马嚣群愤怒，曹操挟汉众缄言。
纣威秦暴良方寂，文狱字牢廷息喧。

风散乌云雷劈恶，竹撑雾海抗霾髡。
默然爆发浪涛涌，谷底潮声震朽藩。

O

呕心沥血

春秋转瞬叶飘零，继昼惜阴昙夜婷。
腾马越峰追日月，伏台凝智刻真经。
呕心吐字垒雄殿，沥血化浪流汗青。
肝脏抹霞云彩秀，鬓丝霜白睿聪灵。

藕断丝连

阳光红艳西沉去，明月清风东上来。
海角羁游共皓玉，他乡音讯雁鸿徕。
今生未可鸳鸯伴，后世蝶成比翼腮。
寒啸断枝尖笋露，春晖又绿岸坡苔。

P

抛头露面

满灌无澜半桶当，孤蝉尖啸遍林唱。
欲加罪过招摇撞，都邑狂风哗树漾。
赵括纸兵好舞戏，卧龙城府茅庐藏。
寒窗十载潜修行，金榜一鸣天下扬。

披荆斩棘

烛光睿智闪文曲，笔杆彩旗耀紫轩。
牍字嚼书吞汗简，丹心凝石固疆垣。
披荆蜀顶醉银汉，斩棘横岭破倭藩。
春夏青黄瓜碧血，霜冬梅艳御花园。

平铺直叙

荒茫戈壁孤烟散，空荡苍穹独雁单。
贾府巧书林黛恋，聊斋妖孽虎皮寒。
西游怪诞迷仙客，三国青帷抖紫銮。
白纸平铺沉雨浪，蜀山陡峭绝峰峦。

平易近人

慈面春风飘蕙兰，芬芳蓓蕾蝶醋缠。

来如和煦花妍笑，去同雪城炭艳燃。
管鲍坦然乾昊朗，冕裳携袂九州圆。
亲临溪碧鱼融水，肺腑琴弦共渡船。

迫不得已——抗美援朝

鸭绿江滨烟火袭，神州边境遭蹂躏。
迫催披甲保桑田，不得挥戈灭鬼磷。
甘岭尖峰扬脊梁，津湖冰水凝刚瑾。
气昂横岛驱魑魔，雄赳踏碑携弟亲。

迫在眉睫

秋风卷叶人羲老，弹指一挥芳草憔。
莫待大难投佛脚，无丹鬼病拜仙饶。
借光映雪翻千册，滴水移山造鹊桥。
满鬓银丝盈睿智，双眸点翠万峰骄。

破镜重圆

寰宇浑然同体魄，日辰相拥两交辉。
蜂花大地共春舞，鸳侣浩空比翼飞。
碎镜虚华身幻影，月宫宝黛幔圆围。
千山沉水穿兰蝶，九曜鹊桥重合归。

扑朔迷离——红楼梦

贾府芸生惶扑朔，怡庭尘雾慌迷离。
雨村佩戴红翎雾，潇馆痴情花葬随。
辣凤尸横冰雪路，宠妃跌倒锦楼畸。
谁明寰世蝶花谢，殚竭空门悟道知。

Q

七手八脚——空城计

大军压镇雾霾扰，东窜西奔众哭嚎。
七手抬几墙阁上，八鞋慌乱掉沟槽。
孔明沉着扇云浪，悠扬琴旋狂啸号。
弦断空城清脆响，疑曹惊恐溃崩逃。

七嘴八舌

泪还泉水滴恩愿，天上掉下仙黛妹。
梅竹连心情窦拢，宝林鸳侣比肩对。

七言姑姐语门当，八舌丫鬟说缘配。
篱下悲怆蝶恋难，月寒葬卉靓姝退。

欺人太甚

徐徐鸦片烧长辫，阵阵枪炮炸御园。
一纸牍文横赤县，九重刀剑割城垣。
红船破浪迎朝旭，星火燎原焚朽辕。
铁马驰光丝路捷，铜膀华夏又开元。

漆黑一团

乌云笼罩天空黑，妖孽横行哀鸟遍。
苛政猛禽吐白骸，州官烟火墨民院。
暗无晴日衰枝枯，箭雨刀光败稻甸。
挥袂而昂掀冕旒，禁城殷帜插新殿。

杞人忧天

庸懦自忧天宇塌，惊心惶恐地球裂。
枝条皆箭和风咆，暴雨霹雷刀剑决。
学富五车渡梵船，经纶满腹乾坤哲。
手挥鹅扇叱乌霾，身驾雁鸿做俊杰。

气势磅礴

磅礴昆仑横世脊，中华气势屹霄云。
江河旖旎山川秀，悠久文明儒学熏。
甲骨纸书垒紫殿，九章珠算弹飞文。
黄河滚滚翻东海，长水曲折开世勋。

气势汹汹

虎豹握枪气势汹，强刀弱肉占中原。
大炮撕裂城墙口，烽火焚烧御殿园。
五四运筹龙伯起，三重巍麓锤掀翻。
一飘丝路马鞭扬，九海围拢珠穆轩。

气象万千

东西霞雾千差别，南北花容万紫妍。
大理春光芬馥驻，昆仑漫雪乱烟缠。
宫廷烛笼走灯观，宦海沉浮轮渡船。
流水无常苍昊幻，扎岩渺浊柏恒鲜。

气壮山河

百万雄师跨大江，气吞山岳武威扬。
镰锤横扫南方寇，敌匪溃逃垂死殇。
二万长征攻敌剿，九州沃土布衣康。
民心向背城楼耸，黎庶翻身华夏昌。

恰如其分

淡浓适度青莲粉，胸有成篁弦月圆。
东施效颦贻拙笑，画蛇添足赘疵填。
说来无意听猜虑，点到为要几念悬。
一碗水平端昊宇，三兄好汉九重天。

千变万化

春煦百花遍绿野，秋寒万木枯黄叶。
始皇一剑统神州，二世朱缨断刏折。
殿阁风云宫阙茔，红楼鸳侣化仙蝶。
黑丝鬓白凝磐峰，香骨山川碧永烨。

千方百计——赤壁之战

凶险枭鹰串赤壁，卧龙威虎阻刀鸭。
英雄口喷百炉丹，帷幄挥扇千计洽。
唤雨呼风借箭矛，苦肌离间迷魂夹。
一通真火焚连船，万马跌蹄华道峡。

千呼万唤

红花吐蕊迎兰蝶，青蔓抱枝心赏色。
绿野千呼比翼翻，蛙池万唤同濡墨。
蓬蒿雷电与甘鸪，海角羁途齐稼穑。
漭漭苍穹觅共鸣，芸芸众庶缘生默。

千回百折

抑扬婉曲动心唱，蜿绕奔流多旋浪。
江水百回汗马难，黄河千转戍边长。
春秋三国镰锤斾，阿殿焚销紫禁昌。
丝路跨岖寰世享，火苗点纸助天翔。

千军万马——赤壁大战

曹军万马腾赤壁，旱鸭浮舟驶浪船。
龙虎同心洪滂挡，英雄联手火神燃。

呼风唤雨借弓箭，苦肉离间迷晕眩。
睿智灼帷烧傲剑，金绳摇晃骥随牵。

千钧一发

千军沙雾遮天日，孤邑寒风吹阖鳞。
飘逸鹅毛拂鹤琴，悠扬鹂曲荡云榭。
亭台童子静含眸，楼下副将趺马下。
一哧断弦响空城，万蹄乱兔漫长夜。

千里之行，始于足下——西游记

天竺雷恩藏德经，仁怀玄奘披荆取。
一辞京郡远游羁，千里云山腾苍宇。
昼踏焰峰炼佛心，夜横魑魅碎魔府。
九重磨难悟渊禅，百世修行仙万古。

千奇百怪

天竺曲途千刺壑，云崖山雾百烽火。
三消白骨女妖精，七灭蜘蛛胭粉祸。
旖旎风光魑魅藏，太师龙椅蛇皮裹。
沧桑险道取真经，锤脊炼筋修正果。

千头万绪

千里长城山有敌，万芸尘世概闻香。
神州牍案满书阁，天地纷繁忙晕皇。
胡子眉毛胡乱扯，庖丁傻眼豕横堂。
积沙成塔首磐石，九品中正顺理章。

千言万语

门第高低错先姻，坚贞殉葬阴阳狱。
今生鸳侣棒槌驱，来世蝶花情窦续。
久别重逢千语言，相濡以沫万笙曲。
鹊虹搭结有缘人，爱笛所波石屡玉。

千载难逢

白素恩情报许仙，西湖桥畔断姻缘。
百年修得同船渡，千载炼成共枕眠。
邪恶法师安陷阱，善良郎主中魔圈。
雷峰寺塔难封愿，上辈知音今世传。

阡陌交通

盛世太平新时代，田园旖旎层楼来。
纵横桑梓排村落，交错琉砖并月台。
朗朗清风飘蝶卉，潺潺碧水映妍腮。
陶翁惊诧天宫降，把酒桃源醉绿苔。

牵肠挂肚

海角炭红爹妈心，天涯丝缕慈母线。
嗷嗷待哺乳瑶酣，跌跌蹒跚大手牵。
呕血沥肠子女胖，节衣缩食鸿孩宴。
将儿月影怀中搂，梦雨英雄秋水穿。

牵强附会

比干力谏作谋反，岳帅丹心成抗令。
附拥仇流碧血，牵驴做马控朝兵。
狐凭威虎混眸听，奸告忠良捏罪名。
骈字惊惶文字狱，雪光牛骥毳毛清。

前程万里

玄晖饮墨满朝华，晨旭腾峰冲曙霞。
提笔沙场元甲鼎，挥毫翰院独芳葩。
脚翻沧海生葱绿，手牵黎民越陡涯。
一点朱批红大地，万方山岳圃园花。

前功尽弃

赤壁落缨曹梦碎，街亭颠倒伐兵垂。
卧薪燃火深仇报，自刎乌江功绩亏。
滴水春秋穿虎石，细沙日月殿堂骊。
银河滚滚长江远，翰墨哗哗青汗诗。

前仆后继

秋瑟萧风残叶烬，寒冬霜白殿梅丰。
冷娥葬卉鸳鸯散，暖霭冰消蝶恋红。
英骨牺牲时有后，血流壑谷翠岚笼。
离离青草岁枯兴，野火焚灰春又葱。

潜移默化

大雄宝殿狔神态，桃苑荷池仙气浓。
孟母三迁朱玉近，鲜花遍野鹤山彤。

书香门第翰林茂，墨海卧龙诗兴重。
水浒侠豪腰插匕，官场品伪马前恭。

黔驴技穷
守宫丢尾溜之远，豺貉现形羊角穿。
赵括纸兵空唤爹，孟获老赖甘朝遣。
根深不惧风云掀，磐石稳基嘲雪卷。
一颗丹心行五洲，民心向背应千变。

强弩之末
千米弩弓鸟穿杨，空城弦断马骢溃。
三秋禾秆弯腰垂，满穗稻粱饱凤喙。
耄耋鲐皮蹒跛挪，额头银发睿聪倍。
惜珍华茂青春时，莫待眼花慢步悔。

巧夺天工

1. 故宫珍宝
禁阙骊瑜紫霭晖，苍穹星月逊恭卑。
栩扇如蝶巧天匠，楚粉同妃冕冠垂。
华夏汗珠凝和玉，能工巧琢史丰碑。
城门洞放桃源彩，璀璨霓虹举世随。

2. 乐山大佛
佛像高云乐气仙，如来慕侣结金兰。
神眸栩栩天工琢，身岳巍巍齐苍乾。
禅指昊穹施法道，雄居大地去磨难。
一尊坐镇守山水，四海升平幸福安。

巧妇难为无米之炊
一个刘公三虎将，千诏飞马伯乐弹。
雪云丰景金梁满，巧妇难烹无米餐。
逆水行舟遭浪淹，替天行道聚梁山。
海量大胆粮仓垒，搬石打天砸筛杆。

窃窃私语
威龙咆哮震寰宇，风雨泪流桑梓憔。
麻雀啾啾叹恐雳，兰芝默默嘀枯腰。

雄狮一跃剑苍昊，白马千蹄冲旭朝。
云散雾消蜂卉绕，山林欢唱玉莲骄。

锲而不舍
黄河滚滚穿山岭，简牍层层破雾苍。
春夏点萤辉鼎甲，秋冬流墨史卷芳。
卧薪燃火烧卑辱，羊子丢书断乐章。
精鸟啄缝清蛀蚁，金龙雕柱竖雄堂。

钦差大臣
一道寒光横大地，九州蛰豸缩蛇头。
天公宝剑走华夏，狐友狗朋罗网兜。
刚直不垂扬箭竹，金睛透雾察阴幽。
六亲不认莠民灭，皇亲国戚同庶舟。

亲密无间
春暖花开蝶恋花，寒冬腊月蔓缠丫。
红楼宝黛同啥玉，天地断桥连白蛇。
书屋聊斋人鬼叙，田园梁祝翼比画。
燕窝两小呢喃曲，蓬荜耄皤相沫茶。

沁人心脾
春光明媚百禽唱，贾府怡庭千卉香。
黛玉肌肤芳月榭，宝公逐馥蝶思娘。
妙姑沁润入脾脏，梅竹连枝鸳侣荡。
情窦初开山色秀，风华英武激昂张。

青出于蓝
暖煦春风吹凤冈，脆芽冒尖绿茵裳。
曹冲小孩称大象，司马智勇破水缸。
王勃辉煌滕王阁，卫青横扫恶匈狼。
长江后浪推前浪，一代更比一代强。

青黄不接
一阵雷炮儒像倒，千年宣纸毒芝烧。
唇枪白话唾翰墨，洪雅五经诗赋凋。
老子鲐纹孺发短，黄粱殆尽翠瓜寥。
古松刚毅昆仑脊，苍柏新花姿色骄。

轻举妄动

曹操大军横赤壁，蜀吴慎举按兵戎。
蛋飞顽石粉身碎，羚斗恶熊帷幄攻。
同掌火枪英智睿，草船借箭驾东风。
燃船红炬烧凫鸭，江水讥嘲灰烬空。

轻描淡写

雾云遥处入仙苑，世外桃源怡蝶园。
桑梓鹂琴围翠舍，花池莲玉弹飞鸳。
轻描淡出别愁绪，重彩眸悠鹤逸轩。
梦幻蜃楼蓬岛远，康庄大道马蹄喧。

倾家荡产

宁荣二府横长街，苍昊风云舞日月。
春夏怡庭黄菊鲜，秋冬潇馆金枝没。
倾心玉泪付鸳鸯，荡产红楼倒杇阙。
翎羽满堂花烛鸣，蝶绡宝玉暗凋竭。

情不自禁

涕零贾府报泉恩，黛妹落凡伴宝玉。
梅竹无猜促膝聊，蝶萱缠绕翩跹曲。
怡楼花烛洞房辉，潇馆兰枝门第辱。
不禁潸然泪雨倾，腑肝俱裂黄泉仆。

情理难容——油炸秦桧

绥靖求荣保狗头，污言良将诽折挫。
奸谀献媚溜须吹，秀美神州山海破。
结党营私敛横财，诬淫岳帅血风剁。
天理难容下油锅，跪拜世人谢罪过。

情随事迁——卧薪尝胆

乌云笼罩城楼摧，冕羽落英蹄下跪。
昔日万人之上皇，今时俘虏做奴婢。
卧薪尝胆图槐刚，埋首耕耘雪国耻。
炉火锻丹筋骨强，揭竿奋起再续史。

晴天霹雳——错鸳悲

玉珠泪泪付恩滴，丝帛绵绵待蝶笼。
诗意画情含粉窦，眉来眼去射飞鸿。

洞房花烛鞭炮响，潇馆霹雷脾脏忡。
床枕卿卿头白老，落花流水一场空。

请君入瓮——纸上谈兵

簿盏狂妄虚浮飘，长剑划渊待戟到。
赵括无谋入峡湾，白将诱敌落圈套。
左冲右突瓮中龟，弓箭天罗地网灶。
纸可渡军亦烧兵，乾穹有序云无道。

穷形尽相——贾雨村

雨村星眼儒风骨，直鼻福腮翎羽虹。
翻掌权椅攀爵贵，顺云贪宝藏娇红。
葫芦命案寒心杀，乌帽沉浮枷锁笼。
霓彩怡楼骸面映，栩生尽相笔刀功。

茕茕孑立，形影相吊——霸王别姬

沉舟破釜碎秦卒，旷古无双神勇荡。
力拔山兮横巨鹿，身威盖世烧阿房。
楚河汉水遭欺骗，霸王别姬泪断肠。
四面楚歌茕孑立，乌江流逝伟名扬。

琼楼玉宇

宁荣二府横京畿，雅阁千林遍郁院。
天阙瑶池入俗凡，琼楼玉宇布桃甸。
风流云雨满亭台，蟠果酸甜生就缘。
春艳笑花夏蝶跹，秋卷落叶冬寒殿。

取之不尽，用之不竭——仁爱

鹂音过耳清风梭，红萼飘瞳夕霭落。
天地日娥对相拢，蝶花千拥甍蛤寰。
苍穹烟灭灰飞消，慈德恒笙莺舞鹤。
仁衍万星鹊虹长，爱滋梅竹光阴灼。

全神贯注

一盏清茶逾大海，满几浓墨九州才。
聚精瑶殿雀无响，贯彻慧师求道来。
天地经纶蕴象塔，苍玄迷瘴黑云开。
十年寒牖沉竿牍，一举书山扬凤苔。

R

惹是生非——薛蟠

权杖横云蔽日月，薛蟠飞马践芳色。
无端惹是柳挥刀，特意生非淫间黑。
搅草拈花污纤枝，阳消阴爵臭翰墨。
夜阑竹箭射羔羊，弯弩回弹伤自刻。

热火朝天

百步穿杨靶露窗，千兵竞技赛场忙。
硝烟热火炮声响，呐喊朝天斗志昂。
虎甲金盔诛虎豹，龙威德礼屈仇殇。
五洲宁静蜃楼稳，四海富腴桑梓香。

热血沸腾

鸦片硝烟城阁碎，枪炮轰响雅园垂。
三鬼朽殿神州室，千百芳茵霸道推。
举国沸腾金甲挺，匹夫热血绿峨眉。
亿年黄河咆东海，源远长江大同追。

人才济济

九品腐堂门阀朽，一登科举俊花浮。
贡生济济栋梁聚，翰墨潺潺芳史流。
高矮树丛皆吐蕾，江湖龙乌概翎留。
三元盛盛人才扬，九派佛儒行行优。

人迹罕至

竺乾漫道炊烟稀，萱草遍坡人罕至。
白骨妖魔横洞峦，虎狼魑魅占峰寺。
火瞳金睛识邪云，赤胆忠心维笃志。
久经磨锤仙脊成，一番鸿就鹤翎骑。

人山人海

紫禁城楼锦旆开，广场圣地人如海。
一声鸣炮诞新华，百姓高呼青史载。
四渡赤河围剿甩，三奇战役敌军殂。
镰锤崛起砸牢笼，碧血长征摧朽苔。

人声鼎沸

子监学童济济堂，明窗咏读琅琅响。
孺孩默默聆听经，教授滔滔天道放。
课间少儿鼎沸喧，案前儒老沉思苍。
风云变幻律飞循，磐石静讥狂雨荡。

人心惟危

三国纷争乱黑云，遍山哀雁血红君。
纵横捭阖股间掌，东战西征合与分。
幕后居心难揣测，直眸仇敌坦诚芬。
红尘黄土匹夫拌，雄殿栋梁英骨勋。

人云亦云

暴雨狂风卷碎叶，洪江涛海带尘沙。
鹿当驴马跟鹦叫，鱼钓真龙随鸟喳。
柔弱蚁蝼无脊柱，匍跧躲避尾虫爬。
剑篁不任浮云摆，仙骨钢梁鼎中华。

任劳任怨——老黄牛

放奔四蹄震泰山，深耕五谷莫轩辕。
俯身沧海腴桑梓，蹲立银河守枕鸳。
角刺獠牙掀虎豹，足平荆棘莫衔冤。
草穿胃腹吐鲜奶，不屑风琴笑憨言。

任重道远

威虎小休犬拔毛，黄龙游滩鱼虾戏。
鸦烟乌黑紫禁城，武汉枪炮长辫弃。
黎庶镰锤重振旗，中华腾跃展鸿翅。
一飘丝路雨花新，四海桃源道远暨。

日理万机——诸葛亮

圣贤出旭循乾道，冕冠扶正鼎蜀汉。
鹅扇一挥韬略漫，神州三国掌心幹。
轻驰舟叶穿洪流，稳坐帷堂琴剑弹。
日理星辰梳海江，鞠躬天地碎骸断。

日新月异

昨日鸦烟宫阙火，今时台榭庶民歌。
一挥翰墨蓝图布，转瞬回头楼宇摩。

翠蝶绽开蟠粉果，黄骢幻影铁机梭。
天天刮目诧山水，岁岁鲜花新袂娑。

容光焕发
蝴蝶扑卉翩跹舞，蓓蕾迎蜂蕊瓣滋。
梅竹凝眸曾相识，鸳鸯鱼水就同池。
宝哥热血容光发，黛妹柔肠香粉怡。
喜上眉梢千彩焕，窦情肺腑一飘诗。

荣华富贵
荣光殿宇阿房火，华丽冕旒剑下落。
富满仓粮不附云，贵豪翎羽虚名壑。
纸袍纱帽政坛浮，醉卧酒池愁海虐。
金玉翻飞碎浊流，迷痴蝶梦南山鹤。

如出一辙——历史
秦汉三国晋历同，隋唐五代宋朝样。
陈桥兵变郭威榜，刘季斩蛇王莽尚。
分久必拢合必分，极衰大治循环荡。
正邪起伏汗青途，否定否之应道相。

如法炮制
天空哀号乌鸦黑，大地毒愁遭蝎蚣。
指鹿为驹刀横冤，许田打猎拜曹爷。
郭威挥剑篡权位，宋祖陈桥飘样画。
奸贼恶魔炮古法，罪魁难躲铡妖邪。

如狼似虎
边塞烽烟凶虎起，刚椎墙廓护都京。
同仇敌忾横夷寇，众志为城华盛名。
草木皆戈拦鼷狗，匹夫镰锤断魔旌。
鸿恩仁义泽黎庶，礼德无鞘屈铁兵。

如闻其声——武松打虎
九杯火酒入空腹，两脚轻飘沙石飞。
虎啸剥衣腥刺鼻，霸王怒目泰山巍。
英雄闪过血盆口，刚臂抡锤碎甲蜚。
书页翻风咆哮震，蚪文弹曲铁拳挥。

如意算盘——贾雨村
玉仰柜中待冲天，盘算青云腾达殿。
衙府墨梅贪白银，葫芦红酒敬官馔。
井池落石陷恩公，仕道轻袍枷锁圈。
宦海霞游乾象漂，蜃楼美梦空杯宴。

如愿以偿
梅蕊傲霜枝艳红，箭篁昂首紫云冲。
破蒙化蝶双蝴舞，经雪见浪鸳侣重。
跬伏银河逢鹊虹，窦情宝黛玉花浓。
西湖修道同船渡，桃苑金兰蜀汉彤。

入木三分——《道德经》
玄道飞沙分合漫，酣熏戟舞血殷红。
尘寰悲喜德宁静，舟叶珠流礼浪鸿。
字里行间行苍狗，竹卷翰苑曲弦风。
一支利剑划环宇，三界乾图禅佛通。

入情入理——泪斩马谡
孔明扬扇翻祁岳，马谡傲横屯土冈。
孤岭涸泉粮草绝，街亭失落蜀空墙。
负荆请赦难逃罪，挥泪折缨于理当。
眷顾人情收义子，手旗正法手心良。

若无其事——怒斩西门庆
秋雨涕零兄长泪，怒号血断淫花袂。
利矛急穿醉香楼，英武咆哮奸鬼泄。
两掌横挥恶霸爬，一刀结果狗头毙。
似无雷电飘然飞，水泊梁山霞彩雾。

弱不禁风——林黛玉
涕泪贾家酬惠滴，许身情赎伏他檐。
青梅竹马无猜结，宝黛鸳鸯濡沫添。
酸楚嗔呵甜蓓蕾，月寒凋卉暗瑜奁。
纤肢难御秋风折，莫忍她婚落冥阁。

弱肉强食——三国杀
狂风霾霭飞沙石，分合争雄烟火起。
弓箭戟戈划地盘，豺狼虎豹占廷椅。

纵横捭阖离间愉，暗算中伤帷幄喜。
铁马挥刀登殿堂，生灵茅草鸿如蚁。

S

塞翁失马

风雷难测苍云幻，水莫常形宦海颠。
马失前蹄尚避箭，沉舟破釜绝崖迁。
红尘漫漫何浮坠，有缺呼呼得失连。
舍弃羚羊擒猛虎，丢车打炮灭夷全。

三长两短——黛玉殇

泪水酬恩消娇悴，倾身蝶恋耗丹淴。
潇园碧血流情墨，怡院心诗朗爱琴。
纤袂承支门第重，薄脂腮托族卑阴。
三长唉叹天姻错，两短垂呼悲慕吟。

三顾茅庐

华州分合枭雄起，利剑争池儒上珍。
桃苑结豪三义汉，隆中求道七星臻。
一躬蓬莘鞠仙骨，二拜草房请圣臣。
三顾茅庐天眼惠，六韬帷幄鼎强神。

三人行必有我师

山外青山楼外阁，这峰还有那峰高。
青出于蓝胜于蓝，强中更将强中操。
人岂貌相任渺雀，愚公移岳石磨刀。
九流行行状元甲，三雁同飞有强韬。

三三两两

百卉遍芳潇粉馆，七仙飘逸大观园。
蝶蜂三两戏兰荷，梅竹双双许恋言。
枝蔓蟠桃悬慕赋，柳条叶下荡秋原。
风云雷电折萱蕾，落蕚化蝴共舞骞。

三头六臂——哪吒

天地圆球诞玉童，无边法力纵苍穹。
三头睿智擒蛟鼍，六臂钢拳破海宫。
风火轮烧虾蟹卒，混天绫覆鳖龟梦。
真身佛化莲花子，小将大刀斩巨蚣。

三心二意——宝玉读书

白菊无声诗窦锦，贤仁满口雌黄垢。
三心四籍恋厢卷，二意五经钟爱友。
香髻根根睿翰林，紫袍件件墨兰厚。
鸳鸯错配红楼空，埃世沉浮情赋久。

三言两语——黛玉言

泪雨淋淋诉衷肠，珠玑串串慕诗香。
三言辛辣激情窦，两语尖酸刻爱膛。
水玉明眸开蕊字，轻纱兰袂逸雅章。
无声寒月葬花骨，万绣红楼梦话凉。

杀鸡儆猴

身挺影正雄殿堂，乾坤朗朗如来将。
尚方宝剑寒光闪，贪赃奸邪狱锁当。
扬剪断鸡猴跪倒，挥毫横戟万驹样。
六亲不别皆同法，九夏有朝共合张。

山清水秀——丽景

五指山头松柏绿，一缝涧里弥霞旭。
虎山巍峨溪蛇翻，峦岭涟漪鹂瑞曲。
瀑布飞流鸿鹄昂，碧波旋舞戏莲玉。
树摇花笑草飘浪，蝶恋荷嫣翁钓趣。

山穷水尽——霸王绝

力横巨鹿荡秦国，破釜抢锤碎殿粉。
叱咤风云焚阿房，坑埋降卒仇冤忿。
鸿门毒宴反残遭，众叛亲离孤立坟。
四面楚歌投绝亡，霸王别爱乌江刎。

伤天害理

苛政虎咆卷活骨，州官放火竹茅寒。
朱门肉臭雀鸠饿，贾府尊卑碧玉残。
鸿宇殿堂蝼蚁垒，蓬蒿空壁冷羹餐。
难容天理揭竿起，逼上梁山圃苑安。

赏心悦目——史辉

夜阑横拂揭心扉，幽梦萦萦涟竹简晖。

霞客轻云飘雁荡，骠将大漠赤缨挥。
九州风雾幻分合，三国悬琴弹马飞。
怡院胭脂忧卉谢，南柯悠逸汗青辉。

舍本逐末——美骊情

冕旒窥觊仙姑艳，銮旆仰望杨妃颜。
日夜枕香丢玉玺，春秋蝶恋殿朝闲。
独酣佳丽激民愤，孤享珍肴刺邈蛮。
迷昧花容安史乱，倾城美女倒江山。

舍己为人——雷锋

苦难解脱返饴糖，短暂人生好事长。
朋友来宾春煦和，豺狼侵袭箭穿膛。
火车一路温情暖，沧海九州滋助香。
足行山川留爱卉，手摸绿浪逸仁芳。

舍生取义——夏明翰

揭竿何惧刃，只要义旗真。
杀了夏明翰，还延后续人。
云入苦难救众生，心融百姓血拼峥。
粉身肝胆维公理，碎骨筋椎为义正。
只要脊梁天地直，砍头不过逸冥城。
前冲火海战苛政，后继刀山事业成。

身败名裂——唐玄宗

持灯描景丽城乡，挥仗横甿稳殿堂。
盛世长安车马贯，开元京郡宇寰昂。
夕阳落暮好霞色，扬玉雍姿倾国殇。
安史乱刀身败惨，老皇幽阙裂名伤。

身不由己

秦帝吞丹暴病亡，霸王叱咤楚歌殇。
国妃爱冕鬼坡吊，三桂丧忠崇殿殃。
溥仪少年遭退位，倭夷傀儡失椎刚。
苍穹乾象七星横，长翅火龙寰宇扬。

身临其境

蜃楼蓬岛南柯夜，身临张家入竺舍。
云卷雾缭五指山，莺歌燕舞百花夏。

黄龙洞里穿鸳凤，翠竹峭崖瀑布泻。
手横荆榛知路难，足登绝顶风流写。

深居简出

贾宝宠儿花妹多，林姑醋妒生窝火。
薛钗缠俊献殷勤，黛玉退门含泪躲。
简出闺房思旧情，深居潇馆忧愁锁。
寒宵葬卉痴魂伤，婚礼场边娇殒朵。

深谋远虑——诸葛亮

茅屋经纶论古今，满怀翰墨划天下。
运筹心火攻连船，帷幄东风借箭华。
五略计谋强蜀山，六韬鸿策兴川夏。
空城琴弩弹惊兵，尽瘁沥肝无己暇。

深恶痛绝——秦桧

婢肢颤惧虎狼吼，夹尾垂头绥靖抖。
低首弯腰仰鼻毛，暗中投降奴颜丑。
奸谀媚上害英雄，忠良良将冤谗手。
作恶炸成黄油条，遭枷屈跪拜恒久。

神采奕奕——开国大典

一星霓虹镰锤枪，万里长征新旆灿。
紫禁城宫登阁楼，英豪神采容光焕。
轰鸣四海诞华生，宣告百黎天地换。
盛典国开青史创，人民万岁兴唐汉。

神机妙算——草船借箭

轻逸悠舟荡夕阳，乌霾江岸渐迷茫。
草人摇舞鼓翻浪，众弩齐飞进货舱。
一夜漾波空手去，万千弓箭满回航。
曹兵哀叹懊悲悔，公瑾惊呼神妙方。

神气活现——取经成仙

九九磨难风骨锻，一翻云阙德功圆。
唐僧佛手化甘露，大圣金枪刺孽穿。
八戒眼中皆色馔，沙尚脚步竭忠连。
师徒神气腾苍宇，禅道真经灵活仙。

神通广大——孙悟空
石头缝里诞风骨，云竺闹翻齐昊府。
一指禅掀天将兵，五行山下抗元祖。
宁成血水救师公，不企苟存退橘圃。
九九大难炼苍擎，三番功德留千古。

审时度势——孔明策
蓬荜窗台察宇象，草船借箭驾清醒。
叱咤曹贼挟皇天，崇拜德公黎庶拯。
挑烛摇扇描蜀红，耕耘沧海腴桑茗。
空城弦曲弹千军，帷幄运筹三国鼎。

升堂入室——升腾
昆仑雪崤雁迷乘，天际霓虹蝶舞征。
戈壁金沙神秘漫，苍穹乾象海迷澄。
学洲彼岸勤划橹，书岭山巅苦读升。
火影刀光登殿室，脱胎换骨紫云腾。

生而知之——宝黛情
春煦撩红梅竹跳，夏池荷嫣粉莲娇。
秋波犀扫金枫殿，冬旭融枝白雪烧。
蝶卉缠绡连理拥，鸳鸯戏水穿弓桥。
贾瑜碎化同林鸟，黛妹心含宝玉天。

生龙活虎——长津湖战役
敌寇炮弹侵汉界，保家卫国甚豪雄。
疾如龙电津湖闪，威似虎贲碉堡攻。
英骨傲冰迎利刺，岿然挺立死难躬。
浑身融雪磐坚石，魂魄他乡碧血红。

生杀予夺——纣王
拥髻抱妃迷黛色，挥戈舞剑淫天下。
利刀挖出比干心，炮烙烧焦忠烈马。
抛血撕筋喂狗狼，砍椎削骨盆銮瓦。
瑶池糜酒泡江山，鹿苑擂琴碎国夏。

生死关头——董存瑞
毒蛇弹焰射红斾，英杰挺胸攻敌城。
左右蜿蜒波折进，升沉腾跃驾烟征。
桥头堡下空悬野，勇士心中满义生。
千载一时身鼎昊，乾坤万分夏新成。

生吞活剥
枳貌橘同酸楚味，东施效艳丑歪美。
削筋适履臭鞋香，吞枣囵囵尖刺嘴。
鹦鹉舌簧乱拉琴，人云亦雾殿堂毁。
照葫画勺囊膜描，按纸索骢见死鬼。

生于忧患，死于安乐
梅傲寒风红蕾艳，猪贪肴馈俎砧休。
沉舟绝境死还活，醉倒罗裙山海丢。
翱翥长空雏展鹄，缩头龟鳖瓮中球。
优胜劣汰强威立，搏击苍穹方自由。

声名狼藉——赵高
觊觎皇冕谋邪计，假拟旨麾篡王位。
排挤忠良杀子苏，指魔为马施淫伪。
挟持傀儡任挥戈，脚下生风冥府坠。
丑陋脸皮千古扇，声名遗臭万年邃。

省吃俭用——黎农俭
秋风卷叶锦川荒，草木深藏饿虎狼。
财阀绫罗蚕不养，朱门肉臭乞骸霜。
盘中粒粒泪含血，饥腹咕咕省稗粮。
汗水瑶池金穗饱，脊梁挺直顶天房。

盛气凌人——纣王
贪恋酒肴迷黛色，听信妖孽杀良将。
尖刀刺向比干腹，炮烙烤焦忠国梁。
吐沫火星烧庶舍，怒喉雷炸塌民房。
傲狼狂野亡巨鹿，疯舞金戈毁宇堂。

十拿九稳——草船借箭
百万雄师横赤壁，一条毒计脊梁伤。
抬头望穿苍乾象，挥扇帷韬弥霭扬。
擂鼓咚咚恫贼寇，弩弓飕飗晃虚枪。
九天风雾诸公稳，十万箭支拿满仓。

实事求是
云翔磐跱水循流，驾鹤顺风南海悠。
青昊乾坤明黑白，长江碧浪洗悲愁。
羞花闭月藏红蕾，慈目朱妍隐吊钩。
打破砂锅开苍象，刨根究底得金猴。

拾金不昧
飞来碧石宝哥贾，横亘金珠试苟欲。
瑜见好仁回屋馨，贝收贼手蒸笼浴。
失而复得天公慈，归物留香荒野绿。
恭乎上苍济庶黎，还交原主满心足。

世外桃源
一帘幽梦桃源挂，百字满卷皆墨花。
林野兽禽争美味，红尘俗子夺王家。
骨筋血肉筑銮殿，沧海酸甜汗水华。
蓬岛梨云净世界，象牙塔里逸虹霞。

事半功倍——反义事倍功半
娇藤攀枝入青天，鸿鹄驾雾翱云翔。
都江堰分水泽民，扇来东风船借箭。
兵不血刃战敌寇，水载轻舟航海远。
暴政始皇二世灭，仁义高祖长朝汉。

事与愿违
鹬蚌相争渔者利，螳螂捕蝉雀相后。
出师未捷身先亡，忠将遭污剑失手。
美梦千秋二世殇，玉环江海一时否。
聪明反被聪明嘲，算尽机关套己肘。

事在人为
积沙成塔入天昊，滴水穿山浩八方。
翻越蜀峰承禅慧，横驰戈壁驾骊黄。
汗珠沧海腴桑梓，墨卉神州弥道香。
风雨莫候苍狗幻，英名榜单嵌筋钢。

势不可当——历史潮流
九夏合分诸国乱，一堂天下汉华强。
指鹿为马遭腰斩，陷害忠良炸油汤。

鱼水浪欢舟舫远，清风朗霁月风光。
冕旒素布同幂乐，桃苑佳肴美酒香。

势不两立
一山难纳二狮王，龙爪剑挥金凤凰。
三国对垒曹相横，六雄混战始皇强。
明眸岂许黑针蛰，忠将除奸炸桧肠。
美丑善邪千古斗，阴阳魔道碧空苍。

视而不见
书里风光天竺妙，哪瞧山水与芳娇。
卷宗霞霁扬金榜，茅屋笔筒纤细乔。
宝黛文章情窦逸，墨流尘世字为桥。
无闲当眼贵妃貌，但有蓬莱蝶舞潇。

视死如归
十月揭竿枪炮响，一飘旗帜赤船扬。
镰锤挥舞对妖魍，星火燎原燃四方。
白色恐吓霾雾压，举头家往凛然昂。
明翰洒血同心继，正义终摧邪恶狼。

视为畏途——张骞
何惶西域火山途，汗水骢蹄丝路铺。
深入虎窝谋勇斗，纵横捭阖制匈奴。
十年囚禁非人痛，一番荆榛醉竺壶。
带进香葡牵动佛，远扬罗马欧洲都。

手忙脚乱——元妃省亲
贵妃省亲皇德浩，贾家攀凤霓灯高。
亭娇榭摇百花笑，鹤舞鸳飘千蝶翔。
王母袂缠双脚乱，辣婆嘶哑众厮劳。
大街小巷观流彩，骨肉分离别泪嚎。

手无寸铁——南京大屠杀
凶龟倭寇喷铅弹，铁铳钢炮建邺殃。
赤手空盏被蹂躏，男诛女剥血城殇。
尸横遍地乌鸦泣，人世阴曹烈火烫。
三十万民遭杀戮，千秋罪孽史难忘。

手舞足蹈——范进中举

浮云霞彩空愉目，翎羽紫袍实利禄。
翠鸟红花窗外虚，金书缃缥埋头牍。
珠玑百字陶香卷，铜板三元摧老读。
一举成名手舞狂，万元飘逸足腾竺。

手足无措——宝黛初识

上天掉下林珠娘，贾府旁门真迎住。
宝玉憨诚直礼恭，黛姑羞涩手无措。
似曾相识熟眸缘，破碧敞心投目注。
神俊仙娥对眼波，窦情痴恋同船渡。

守株待兔

偶遇兔撞株下待，经年寡守木鸡呆。
天飘馅饼黄粱梦，坐享其成空美哉。
末路蜗虫牛角葬，苍穹鸿雁喜风来。
汗珠滋润凝金果，走出偏隅霓虹开。

首屈一指

软弱柔枝风摺倒，雄威猛虎岱山翘。
翰林深入三元鼎，聪慧超群九教娇。
泼墨黛桃飞雁鹭，划刀游刃碎牛妖。
强胜六国统华夏，绝顶全球贞观骄。

寿终正寝——封建退位

几番风流封建溃，千疮百孔晚清退。
君权神授苍穹鸟，泥匠凡尘渺草秽。
八股骈文才子囚，四周闭国夏华碎。
一声炮响武昌昂，九世朽台銮殿废。

束手就擒——华容道上拜关公

火烧赤壁催魔跑，曹操溃逃华容道。
两侧峭崖草木兵，一条泥路陷蹄套。
关公吆喝云刀横，孟德将擒恭手讨。
红脸厚恩剑柄垂，放过贼寇旧情保。

束手无策——长平之战

赵括纸兵落深壑，两边崖壁入危厄。
书中战马任驰驱，峡谷困狮手莫策。

前缺援军后少将，左旁刀刺右划脉。
蜃楼云彩空飘浮，文岭荆峰得竺册。

水落石出——狄仁杰断案

血溅屏画扑离跳，乞丐秀才迷眼杳。
微服乔装入黑巢，睿聪帷幄判凶兆。
抽丝剥茧抓蜗虫，顺线摸瓜揭伪表。
水落石浮真相来，世间神探家喻晓。

水深火热——旧社会

州官放火黎灯暗，衙府南开钱进场。
身穿绫罗非织布，朱门肉臭乞骸凉。
苛捐杂税海深苦，君法铜炉烈焰烫。
虎迫梁山挥剑起，镰锤砸碎玉銮堂。

水泄不通——四面楚歌

破釜挺身危境起，沙场大捷斩秦将。
阿宫烟倒降兵泪，冥府闻风魔鬼惶。
四面楚歌围傲兀，滴流不漏困凶王。
乌江自刎别姬去，旷世英豪残暴殇。

顺水推舟

懿将借风淹同侔，孔明顺水摇浪舟。
蜀奸北伐迟粮草，诸葛抽身设伏流。
张郃追兵圈套困，山倾箭石大军丢。
魏家宫阙无羁绊，司马专权任所由。

瞬息万变

红尘脚步飞奔急，流水行云难念枝。
高铁驰光纵九陌，银鹰翱翥五洲怡。
摩楼鳞次布京邑，车虹火蛇城卉丽。
人是物非山海幻，目难暇接万观琦。

说长道短

哪个人前不说人，哪儿人后无人说。
说三道四辨真人，有则改之无畏拙。
说我有过知我心，奉吾者望吾成鳖。
轻飘悠逸风言河，人岂圣贤熟少缺。

硕大无朋——萤光

硕寰无比苍穹中，一点萤光望闪电。
小草矮微绿石峦，茅燕喃曲悦城甸。
英雄炬火耀神州，蛾子笼辉灿宝殿。
不枉血虹逸紫霞，岂怨灰烬曾眩战。

死得其所

万芳皆萎叶枯黄，一草烈烟戈壁扬。
比子丹心萤华夏，岳飞碧血殷桑乡。
明翰抛首信仰正，秦桧偷生油火丧。
脊骨可为銮殿栋，身留大地魄天堂。

死于非命

生魂本是灵珠草，苍宇之间任荡摇。
不测风云折脊骨，旦昏祸福横荆条。
旋风突扫蚁迢远，枝箭偶穿威虎天。
苦辣酸甜身体煎，红尘珍惜乘逍遥。

四海为家

暖衾芳枕好温馨，驰骋沙场耀火荣。
温室花枝萎靡谢，苍穹鸿鹄扬翎鸣。
不惊荆棘风雷雨，天被地床戈笔横。
四海为家呼华气，一番盛业伟名宏。

四通八达——书

纤纤片纸厚悠今，点点墨兰凝蝶心。
甲骨慢游驮古殷，竹卷弹奏响戈琴。
翰林字达百家观，雅院书通四海箴。
一部论经穿华夏，八方鸿雁会知音。

似是而非——真理

苍宇繁星似乱麻，日辰轮换绽春华。
天规有律佛经诵，尘世相濡缘结花。
銮殿戟戈乎强理，翰林柔墨沸情茶。
磐岩稳固风霜蚀，水性杨花岂舍家。

肃然起敬——岳飞

八千云路黄沙啸，一杆红缨挑敌寇。
脊背精忠付上苍，脚飞尘土扫匈兽。

怒眸横对狡猱狐，长笑风波昂挺首。
后辈肃然崇拜仰，英雄榜单万千寿。

素不相识——宝黛恋

兄妹两江无相识，观园初见似曾知。
竹梅缠绕结连理，鸳侣戏波波巫碧池。
泪水还恩身体许，难融门第贵卑歧。
月寒葬卉叹悲楚，投入来生天竺痴。

随波逐流

枯叶随波东逝水，鲤鱼迎浪跳龙门。
三军无帅游兵散，天下失君诸子浑。
萤火雪光元甲鼎，春眠夏爽老难温。
大任劳骨磨鸿志，叱咤风云主昊坤。

随机应变——智取威虎山

外合里应灭土匪，子荣独撞擒枭克。
山雕毒辣狡狼凶，勇士巧言对手黑。
暗号口令行话逢，魔巢诡计遇红色。
尖刀后插冥妖心，一网尽除魑魅贼。

随声附和——和珅做官

幽阒应虫潜紫殿，轩辕鼻息传天雷。
任何圣旨皆为诺，哪里龙挥磕响回。
贴耳垂头崇万岁，颐划气使抖黎催。
溜须拍马奴颜婢，贪赃枉规尸骨灰。

随遇而安

莫弃茅房漏黑雨，蓬蒿或有卧龙伏。
天山床被拥乾坤，冰雪电雷鸿志沐。
四壁空空修养身，粗茶淡淡虔诚读。
心蕴桃苑陌庐辉，霞火炼丹真道煜。

损人利己

青青草地虎狼凶，肉弱强吞欺小童。
十万箭含杀戮，满船借箭气周公。
污伤忠烈下油火，引敌入关奸贼虫。
同室相煎兄弟噬，善邪报应早迟逢。

索然寡味

白蜡嚼咀索乏味，烛红开慧增聪睿。
墨丸入肚浑身酸，腹有诗书气自丽。
佳品醇香汗水熬，珠玑霓彩火虫励。
盘修枯燥悟禅机，蛀竹苦钻功耀世。

T

泰然处之——空城计

大军压境小邦黑，孤戍卒徒虚汗生。
诸葛泰然城阃坐，懿公谨慎察云旌。
指尖轻拂霓霞曲，马足焦虑将落英。
一缕断弦弹剑雾，万千铁骑溃逃兵。

贪生怕死——秦桧

七尺男儿疴偻背，一张奴貌婢躬相。
贪生怕死匍凶寇，奸佞污言害岳将。
绥靖求和丢华夏，数典忘祖弃家乡。
风波亭下遭油炸，跪拜人间臭万长。

谈笑风生——红楼诗会

红楼诗社聚英才，雅院吟怀绽餍腮。
一纸芳香灵睿逸，几条珠字窦情开。
翰林墨肚喷诗粉，闺屋幽思奔月台。
荡漾风生梅竹跳，摩肩谈笑艳波来。

忐忑不安——马谡请罪

失守街亭脸面卑，羞臊难当跪军师。
负荆请罪求饶恕，忐忑不安诛罚施。
夸大其谈空纸演，骄矜偏见败逃辞。
令规如铁岂徇私，前事不忘须慎思。

滔滔不绝——诸葛亮舌战群儒

说服蜀吴瑜璧合，孔明只影战群儒。
滔滔不绝百家道，潺潺细流千智珠。
唇枪舌剑冲翰伯，羽毛挥洒扇愚夫。
一番天理封鸦嘴，众鸟朝凤殊同途。

逃之夭夭——滥竽充数

号入森林皆雀鸟，琴笙妙曲唯鹦乔。
轰隆交响隐蚊蚋，清脆鹂音莺韵箫。
鱼目混珠虚眼耳，荷枪实弹铁盔骄。
真才笃学走天地，假货空囊败溃夭。

桃李满天下——教之乐

一碧清茶妙道来，四方玉案海书开。
寸头白笔绘精彩，整板玄机展奥台。
口若悬河倾睿智，手携学子跃鸿才。
禾苗茁壮园丁汗，桃李连天喜乐哉。

腾云驾雾——荡天地

书籍如霞澜昊宇，遐思若霭古飘今。
舞文弄墨挥虹雨，儒道禅宗尘世金。
腹满诗词华紫雾，心存黎庶誉高岑。
绪烟仙竺真经惠，腾雾凌云掌苍林。

提心吊胆——败走华容

旱鸭溃逃赤壁火，慌张径走华容道。
草枝皆卒鬼兵冲，心如浮萍水井倒。
烈焰焚身恐未消，擂锵云戟又横扫。
叶条石片都成刀，惨败投降方命保。

醍醐灌顶

竺乾蓝碧凡间雾，磐石无声玉兔茫。
文曲星辉山海颢，菩提树绿俗尘祥。
佛禅布道人寰晓，儒学施教桃李芳。
一席膝交胜十载，九言肺腑醒渔郎。

天崩地裂——孙悟空

石破天惊猴出动，山崩地裂闹仙宫。
五行峰下养仁性，千里西游踏险丛。
三打白妖金睛辨，九拼一劫斗魔虫。
披裟斩魍渡峦海，头顶光环正果功。

天兵天将——大闹天宫

不辱卑微弼马温，齐云大旆搅乾坤。
天兵可凌小喽卒，天将难承金棒抡。

旗卷瑶池崩阙廷，掀翻丹鼎碎仙樽。
神针穿火烂铜塔，正义无拦挺禁门。

天长地久——梁祝蝶花恋

梅竹相缠玉案香，鸳鸯结伴碧空翔。
藤枝连理花园拥，门第隔墙尘世凉。
一炸惊雷棺木裂，二人合体共衾裳。
破囊化蝶舞翩眇，情窦绵绵天地长。

天花乱坠——纸兵花撒

玄云蜃阙颢穹美，匹士媚言冕冠醉。
大嘴一吹默武飘，牛腩九屁天花坠。
滔滔不绝墨河浑，洒洒唾星蝌蚪魅。
纸卒血躯百里流，自吞苦果千秋泪。

天昏地暗

风沙四起天昏暗，白骨三形骗俗僧。
妖气缠身贤圣晕，美颜迷惘靡淫登。
火光金睛辨狐怪，肉体凡胎惑鬼灯。
一棒打翻阴魍魉，百般挑拨恶刀绳。

天经地义——忠国匹夫有责

狼烟四起恶魔撞，哀雁遍荒黎庶伤。
二万云途殷血洒，一缨丹旆紊城扬。
刀诛笔伐墨浪海，镰锤戟挥男士当。
赤膊刺忠峰岭背，脊椎梁栋竖山冈。

天南海北

南国桃源天卉坠，北河蜃阁蓬莱媚。
开呵银汉滔滔来，挥墨江山刷刷翠。
西域竺乾魍魉妖，东聊斋屋狐精魅。
夸夸吹嘘纸兵灰，马失街亭海口泪。

天壤之别——睿与盲

甲骨硬生儒道佛，戕戈横草乌江刿。
禅宗仁教腾乾坤，蝼蚁凡尘爬地吻。
飘逸霓霞天竺恒，醉醺瑶瓮蚯虫坟。
心无杂念苍穹宽，腹树财油燃自焚。
老鼠过街百姓撺，功名芳史千秋殷。

天网恢恢，疏而不漏

螳臂捕蝉黄雀后，寒刀高挂劈邪魑。
人心似铁官炉火，蛾蚁扑雷蛛网居。
秦桧陷良油煎炸，和珅贪赃紫翎除。
钢绳飞鼠落便桶，龙子搅浑成丑鱼。

天无绝人之路

蜀崖陡峭陈仓度，翎羽沉浮鼎甲升。
四横赤河撕封剿，万迢征旅庶民胜。
张骞西域陷匈笼，脱骨换筋振汉兴。
五指困囚锤百载，九殇得道悟空能。

天涯海角——寰宇情

南北鸿书红豆芳，高山流水羽霓裳。
天涯凤树连枝理，海角鸳鸯比翼翔。
贾府红楼真玉恋，聊斋人鬼配情场。
脱囊化蝶穿年代，仙女牛郎天地镶。

天涯海角

身体本来钢铁墙，血流洒为紫缨光。
勇夫枯骨搭阿殿，嫔妾绿衫柔丽裳。
风雨榜单功烈血，凤台瑶玉贵妃亡。
天涯何处无芳草，海角鲜花拢帅将。

甜言蜜语

醋醉馋猫煎膘肉，溜髯拍屁下金钩。
几钱樽酒升三级，一口蜜痰粘凤楼。
鼓掌掀翻龙王椅，甜河溺没骏雄头。
鼠贪无厌油锅落，宠信妃言山海丢。

挑拨离间

阴魂白骨离间计，挑拨师徒内闹辞。
三影幻形迷碧水，一腔怒火紧箍施。
忠精反受休书弃，棍棒千钧碎怪姬。
除魍误詟真伪试，西行漫道凝知来。

铁面无私

钨钢脊骨锻天任，官法炉熏铁面黑。
一柄上方镇宝刀，六亲不认斜瞳侧。

龙孙乱草断青丝，翎羽逆风顶戴勒。
轻弹蛛丝揭秘机，横挥浊气清乾色。

听之任之

杂茅疯长花园乱，放任山羊游离藩。
孺子顽嚣茹黑血，金钟点拨凤台喧。
一条裙带近亲病，九品中正栋宇轩。
淫酒浸旒骊岳倒，巧骑骏马驶桃源。

亭亭玉立——荷池

轻霭拂波粼铄闪，蕾芯嫣笑迎辉光。
荷花亭立招蝴蝶，红鲤缠莲迷纤仰。
珠玉落盘摇绿伞，青蛙荡碧擂鸣狂。
人间桃苑如仙境，往返瑶池醉馥香。

挺身而出——刘胡兰

白色恐慌笼华夏，腥风血雨鬼狼嚎。
手拦枪弹护群众，昂首投身向铡刀。
离别如归奔大同，丹心付国献春桃。
生来伟大重山岳，死的光荣巾帼高。

同甘共苦——长征

蜃景大同奔海市，蓬莱星火远征歌。
四横赤水戏蛇蝎，一纵铁链登蜀坡。
身下雪山浮白雾，脚跟沼泽拨青波。
乾坤床被共暖手，会旆延安合鼎锅。

同日而语

天地万般差迥异，莫衷牵强聚同庭。
百花齐放彩斑驳，百语争鸣儒道经。
今古伟卑红黑别，东西中外远乡听。
武文刀笔口炮弹，玉石贵微神鬼冥。
蛙蛤郎装拢月兔，黄粱美梦笑人惺。
木鱼岂当珍珠宝，顽劣何能芳汗青。

同心同德

蚍蜉团聚横涛江，牛马连排战虎狼。
一个好皇三个将，桃园结义蜀旗扬。
众心成塔铜墙壁，独断交讧毁纣商。

拧就乾坤钢铁索，鞭挥日月换新苍。

同心协力——西游行

漫漫雾霞高万丈，层层云坎剑横梁。
山间磷石蹿阴火，海底浑流翻恶浪。
白骨魂销肝胆照，紧箍咒紧圣徒伤。
同舟共济渡凶水，协力齐心达竺堂。

痛心疾首

钢铁不浮霞彩殿，惊涛骇浪丹心炼。
身姿雄纠跨寒江，碧血殷山红异绚。
骨作长城泰岳鸣，肌成青翠绿雅院。
魂殇他国河流零，风采榜单英烈传。

头破血流

智威双冠叱风雨，钢铁枭雄殿殿梁。
头破洞开明禅睿，殷红洒就慧聪光。
金瓜迸裂飞仙子，翰墨流华掀海洋。
挥首功名青史赫，血书宣纸烈辉煌。

投桃报李

蝶吻瓣芯酣草蜜，反刍哺育孝回肠。
管鲍相荐汗青郁，桃李互芳儒礼尚。
三拜茅庐收蜀国，四横赤水达康庄。
躬耕桑土銮台稳，抚沫滋濡鸳侣香。

图穷匕见——荆轲刺秦王

遮羞布道弥天谎，匕首冒尖露本像。
口蜜腹刀为义当，佳肴倒刺金钩幌。
男儿直面恶豺狼，岂惧阎王弓驽杖。
唯有牺牲多浩然，丹心红殷史芳长。

荼毒生灵

鬼火四溅霾雾罩，哀鸿遍地野蒿烧。
草菅人命血流瀑，涂炭生灵黎庶憔。
温顺牛羊何俎肉，锋芒尖角刺阎妖。
脊椎城堡阻凶虎，仁义儒教良狗招。

徒劳无功

乾坤有序一禅中，量力而行万路通。

螳臂当车无济事，蚍蜉撼树枉劳功。
搬砖投霭砸头破，一石三禽巧弹弓。
点滴墨流芳青汗，满头睿发洒苍穹。

徒有虚名

元妃失宠红楼倒，繁荣贾府实萧条。
门庭冷落车马散，海棠凋谢灯笼消。
寒月葬花春泪潸，梅竹鸳鸯萍水飘。
投入绸缎馨紫阁，玉碎魂泊云庙桥。

推陈出新

一出长鞭去冗税，百天戊戌乾坤瑞。
甲符牍纸富文明，诗赋曲弹丰雅魅。
万卉丛中别样红，独枝朱杏云端媚。
长江后浪推前浪，青绿胜蓝新更翠。

推心置腹——隆中会

寒冬三顾草庐开，促膝一聊天道来。
躬礼拜请文曲闪，满车学富蜀都财。
推心置腹灌江海，洗耳恭听韬略猜。
头顶羽毛挥两剑，三强鼎立竞铜台。

吞吞吐吐

街亭轰塌蜀门倒，祁岳洞开霜雪号。
马谡支吾怨石涧，孔明怒火烧巾袍。
斩钉截铁雌黄吼，有勇无谋兵败逃。
军法不容虚纸卒，乾图浮霭地含韬。

拖泥带水——诗歌如莲不拖淤

天机佛道精禅妙，文曲珠玑缀黛裙。
藕断拖泥藏泪水，莲花婷立脱灰淤。
红尘纷扰诸多染，辞赋概云镂琢玙。
大浪淘沙金玉闪，世人吟诵唯诗书。

完璧归赵

顽石霞装诱诡随，周游列国看刀飞。
宝瑜沉寂尘寰吵，黛玉红装觊觎围。
圆滑滚来元宝欲，琢磨智慧璧全归。
非分之念一场空，德义诚信千古晖。

玩物丧志

景色宜人黛丽娆，拈花扑蝶激情投。
躺于蟋盒度华茂，酗酊庭园伴耍猴。
虿子咬光牛犊角，绿鹦撕破绛缨绸。
莫将韶岁付流水，榜单成于逆溯游。

万不得已——张骞西行

宏图大展扩疆土，鸿鹄凌云戈壁徒。
天地床被云露饮，鹰弓狼剑穿匈奴。
万般无奈红缨折，不得煎熬沙漠炉。
一颗丹心终返国，九蜿丝路汗青铺。

万古长青——崖柏

头顶蓝天脚踩云，身横啸号引乾坤。
静观尘世雾霾幻，窃笑皇旒白骨魂。
不羡枯枝红焰烬，但留绿树柴薪温。
任凭艳丽百花诱，持着青山万古存。

万籁俱寂

明月高悬天地静，怀心羁绊汗青涛。
墨汤汩汩衍文化，钢笔圆圆绘蜜桃。
烛火哗啦金凤唱，聊斋翻页亲妖飍。
谧宁画卷人情曲，夜澜波光思绪滔。

万马奔腾——空城计

万马奔腾扑独城，几丝尘雾止蹄声。
悠扬旋曲舞风霭，惶恐兵将后背惊。
城阁扬琴藏奥妙，间前牲口晕玄笙。
一咚弦崩天雳，千骥无缰腿乱挣。

万事如意

聃老醒来乾宇朗，大同颢景桃源亮。
青山绿袂金禾香，黄菊瓦房桑梓壮。
铁马纵横南北穿，雄鹰凌雾寰瀛畅。
千迢返舍看娘母，万事顺心如意望。

万无一失

差之毫厘谬千里，错失良机功缺篑。
长平纸兵赵国亡，街亭败北祁山粹。

满腔经卷行浪涛，千里九州史留魅。
百炼丹心铁骨龙，万无一失殿堂瑞。

万紫千红

凡俗霜秋枯叶卷，蓬莱千紫万红鲜。
阴阳两隔化双蝶，银汉横拦鹊鹊连。
寒月葬花聊屋叙，百年修得共摇船。
心存仁义青山绿，眼里黛岑漫野妍。

汪洋大海——黎水

汩汩溪泉滋玉稻，源源汪涌海洋器。
一珠汗滴映乾象，八百洞庭鱼米瑶。
黄水九蜿华夏颢，长江直泻衍天骄。
青山绿碧桑榆苑，黎水载舟东旺潮。

亡羊补牢

亡羊丢失前车鉴，后事补牢犹未晚。
学疏漏文重墨浓，袋赊金币富京苑。
晨光虽过夕阳红，春娇易飘枫叶婉。
宫廷泄丹忠国填，城砖跌落民心挽。

枉费心机

历史车轮滚滚前，循规开拓换新天。
螳螂挡道不量力，枉费心机缚茧缠。
黄水蜿蜒浪大海，长江一泻汗青传。
汗流润泽九州绿，瀚墨浓描桃苑鲜。

妄自菲薄

江海云榜英伟出，尘间更是贱微鸣。
勿悲鼠辈蕊卑小，相信凤凰来俗夫。
破釜沉舟昂霸王，荧光文曲烛灯呼。
挥刀泼墨划青史，天造我材功必殊。

望穿秋水——七夕情

乾坤有恋紫兰牵，天地姻亲牛女连。
风雨彩虹翻黑雾，洪涛汹涌隔银川。
碧波红鲫游欢畅，茵翠柳堤望眼穿。
七夕朱翎弓鹊羽，鸳鸯相会伉香缘。

望而生畏

一次蛇咬怕井绳，杯弓蛇影望生畏。
虎门风雨输西夷，碧眼洋人当刺猬。
草木皆兵吓自家，大惊小怪石金贵。
腹蕴诗赋气中华，心里无私天地蔚。

望风而逃——败走华容道

诸葛草船韬借箭，黄公苦肉骗愚曹。
火烧连坞鸭飞跑，烟雾缠身拼命逃。
草木皆兵惊魍魉，风声鹤唳魄煎熬。
一扇谋略扫千马，百战成功于策高。

威风凛凛——关羽

红脸高头威凛苍，青龙飞舞横军杖。
千山单骑侠风行，万卒莫前一剑挡。
桃苑结兄三国图，华容搭道回恩让。
荆州泪别春秋叹，刮骨割邦心痛胀。

威武不屈

天予重任劳其累，磨炼钢筋锻志坚。
富贵勿要淫杂念，贫卑不可丧尊贤。
威雄岂会屈强暴，翎羽怎能挥霸权。
大丈夫擎天立地，挑山护土杰英前。

为非作歹

潇湘洁净一飘红，贾府脏园狮唯白。
公子剑挥血水溅，葫芦酒盏权钱益。
高低门第斥鸳鸯，裙带羞遮云雨宅。
作歹为非倒阁楼，恶邪因果终来厄。

为富不仁

骨骸粉凝白银碗，碧血染成红将王。
身穿绫罗非布纺，莺歌宫阙没工帮。
金山楼满黑心眼，殿塔九层枯脊梁。
富室凶龙咆乞丐，兰亭瑶乐熊黎忙。
庸人懒稼阴刀策，邪恶奸商盗血光。

韦编三绝

竹牍默言乾象封，思维三穿贯苍穹。

烛光萤火耀文慧，雪映娥辉启睿聪。
点滴墨弹儒道禅，片张书构殿堂鸿。

惟妙惟肖
春兰过眼秋枯黄，情窦花开四季倩。
梦寐伊人栩栩生，天仙颐态妙飞燕。
雾中金菊西施晖，朦郁彩蝴嫔贵现。
万物飘瞳轻蜃云，一嫣回望千年眷。

唯唯诺诺
一人之下万人上，千娇美醇奸佞妄。
弯脊卑躬暗箭藏，低头屈膝龙轩望。
应声虫咬断肝肠，狐假权威社稷荡。
笑虎挥鞭鹿马嘶，禄山之乱哀鸿丧。

为民除害——包拯
乌云笼罩苍穹黑，遍野哀鸿大地煎。
叛党横行违法礼，奸臣霸道污忠贤。
包公明镜竖华夏，利剑挥戈魑魅颠。
九品端庄三道净，万家欢乐朗青天。

为民请命
白龙惊恐霸王虎，不忍哀鸿流浪呼。
霜发冲冠顶火炮，兰袍横袖阻弹雨。
怀心化屋作民房，呐肺斥疵于众富。
碧血飞溅轩冕红，汗青芳誉康庄路。

未卜先知
龟纹蜿曲走迷宫，蠡卜旋翻掉黑窿。
白被飘然来俗世，扇毛轻摆出隆中。
无钩长线钓金鲤，空舫行云满载弓。
霞彩本形乾象衣，心犀苍昊驾东风。

蔚为壮观——大观园
远观蜃阙浮南海，近看桃源醉靥腮。
月舫波廊蜿十里，莺歌燕舞漫瀛台。
怡园湘馆蝶桥结，翎带红湖粉茉皑。
石牍白猊磐万古，诗花情卉澜东莱。

畏首畏尾
上惊雷电下慌蜈，前怕狼豺后怕虎。
缩首乌龟任宰生，屈身叛佞碎疆土。
卑弓刀剑鼠窝爬，跪叩花翎脚狗俯。
腹有诗书气自华，丹心火焰骨筋武。

温故知新
悟能一口吞仙品，岂得红尘酸楚味。
反嚼回甘酣畅淋，老牛津道慧孺纬。
一条鞭法王安聪，百日维新康有为。
前事不忘后事师，千秋青汗万年蔚。

文过饰非
磐岩寂静雾吹仙，篁片刚正云扰妍。
笔下蚯虫飞赤凤，口流银汉溢穹天。
墨浓粉饰朱门黑，白纸金书禅道玄。
蛇套百鞋冥府钻，珠笙万乐伯琴弦。

纹丝不动——石头记
仙神难耐太虚臻，化作灵瑜享贵人。
春旭怡园飘锦缎，秋霜枯叶烛光沦。
贾家十里风流极，真窦双鸳许蝶身。
冰碎红楼饶乐梦，磐狮不动笑凡尘。

闻鸡起舞
雄鸡一唱天空白，闻曲戈旋鸿满才。
一世之成于伟志，一天之计在阳开。
晨曦高照艳丽灿，百鸟争鸣万景来。
全力拉弓能跨俗，滴流汗水史河魁。

闻所未闻
未闻奇异怪哉多，楼外青峰岭外国。
天马行空凌紫霄，火龙潜海金龟得。
巨鲸张嘴血流江，侏儒乾争烟雾黑。
一部山经知苍坤，万花世界掌云色。

刎颈之交
翻山跨岭共携手，狂啸大浪同渡舟。
桃苑三兄凝侠义，管公一曲叔牙俦。

破丝化蝶舞翩眇，鸳侣戏波伴旅游。
唯有乾坤丹颈绕，三生魂魄苍寰悠。

问心无愧

不负苍天诞此生，敞开胸宇问无愧。
雄鸡闻我唱天光，文曲挑灯同我缒。
脊骨刚椎鼎甲元，丹心碧血红忠瑞。
霜眉流睿传青丝，枫叶化泥妆绿魅。

我行我素

自诩神通斗兽王，万军碎卒扎枯冈。
纸兵浮彩轻风落，莽将埋头剑雨慌。
牛犊依母挨虎口，飞蛾亲火有光芒。
乱挥棍棒散鸳侣，死钻金瓶唯利殇。

卧薪尝胆

温房花朵委风雨，安乐窝猪曲利刀。
卧柴刺肌思楚痛，胆汤清苦忆煎熬。
闻鸡剑舞强筋骨，挑烛夜红雄豹韬。
勾箭飞龙祛耻辱，践踏仇敌玺重操。

无边无际——漫雪

千里冰封大地净，万迢雪逸苍花梨。
晶莹凌柱鼎茅屋，剔透珠玑映洁颐。
浩莽霜雾蓬岛阙，指尖白玉雅仪姬。
啸风卷蝶月牙冷，寒絮窝中热气滋。

无的放矢，有的放矢

三日有风驾草船，一梭乱箭送诸葛。
必拿空响惊飞禽，盲目捞针海底斡。
对犊弹琴弦曲殇，道禅中肯乾坤阔。
一针见血切膏肓，万马颠奔泾水遏。

无动于衷——抗金

狼烟迭起硝烟漫，乌霭笼罗阁凤呛。
紫冠垂头轩冕降，朱门肉臭路骸凉。
赤身刺字忠精火，血水雾云旋舞枪。
泪雨风波鸣战甲，江河破碎鸿鹄殇。

无法无天

圆直经纶旋日晷，乾坤道法筑纲常。
纣王烙炮向天炸，比叔丹心蛇穿膛。
妲己妖精迷社稷，姜翁金钓诱狐狼。
黎民揭竹横盔甲，周武旌旗竖殿堂。

无关紧要

春芬蝶卉溢情窦，狐彩妖雾幻苍狗。
斋院念歪俗气庸，翰林风乱儒人朽。
一心磨铁棒成针，九犊续推泰岳抖。
不负旭光结学缘，方将才子鼎元首。

无济于事

春晖舞蝶痴芳蜓，秋气浮霞恋媚婭。
光景游嬉蹉华茂，泪零何染白头青。
悬梁刺股揽文曲，引雪挑灯映阙庭。
舍得一身风骨剐，敢咤日月行吾令。

无家可归

烽燧弥漫剑雨狂，铁蹄肆掠鹿台荒。
江河破碎牛羊散，遍野哀鸿何处乡。
赤子丹心身献国，匹夫盔甲挺胸昂。
天矛地盾驱魔魍，笔岭墨浪维梓桑。

无价之宝——情义无价

百岁人生千万念，苍茫尘俗价何昂。
金元船漂东流水，酒肉囊穿梦幻场。
蝶化双飞三世伴，鹊桥一聚昊坤长。
窥情风雨同舟渡，侠义雷光共铁肠。

无精打采

一心不在圣贤篇，万事蹉跎空茂年。
春暖花开嬉雀蝶，夏炎困顿好休眠。
人生有如碧蓝玉，风雨雕修晖彩眩。
剑舞笔挥强道骨，书华诗火甲榜传。

无可厚非

人岂圣贤谁少过，横加指责自来错。
鸭翻赤壁毛烧飞，羽轻祁山街亭落。

大斧割疣伤指头，后弓破祖古今壑。
金无足赤非完人，拇指短拳臂力博。

无可奈何

百年尘世千秋梦，弹指一挥牙齿凶。
昨早梅竿嬉蝶卉，今宵耄耋守禅宗。
牛姑天地泪银浦，宝黛葬花寒月痈。
诗逸豪情留万古，笔流兰墨映青松。

无穷无尽

鸿鸾高达似人排，杳靥峰峦绽艳腮。
黛岳汗泉飞瀑布，碧流蛇曲出茵苔。
蝶翩蜂舞绕芬馥，粼闪鱼腾凤羽开。
苍狗随云轻逸散，青葱翠绿滚将来。

无人问津

春煦拂窗贾府红，夏炎情窦悠蝉韵。
秋霜瑟瑟枯枝漂，冬雪漫漫黄道隐。
突入风云三甲衰，旦昏祸福九姻分。
樱花香粉鹜群趋，败叶朽门无有问。

无所不为

金元膨胀吞天下，权杖乱飞茅屋危。
手向冕旒占太椅，口咬香玉揽娇眉。
税租瑶役枷黎庶，暴敛横征无不为。
苛政虎狼遭剑刺，枯骸朽殿恶徒碑。

无微不至

银汉横蛮月老牵，鸳鸯慕恋脖脐偎。
雨烟雷电守温凊，冷暖酸甜细品杯。
春夏秋冬枝叶伴，天涯海角北南陪。
乾坤床被茅房度，同苑共翩彩蝶瑰。

无以复加

宫廷妖霾冕冠迷，纣王暴虐登峰极。
红光炮烙硝烟浓，黑暗蛇池血污黑。
比叔丹心狼狗叼，姜公钓竿魍鬼勒。
鹿台烽火焚邪魔，黎庶竿旗新殿直。

无影无踪

灯红酒绿胭脂薰，苑圃娥宫蝶梦豫。
弹指一挥青鬓银，镜中花月随烟去。
蹉跎春色空悲伤，诗腹书身诱惑御。
烛焰珠玑肴馔酣，墨兰山水璀芳誉。

无忧无虑——桃花源

绿茵山涧隐桃源，红雨凡间洞外天。
日出耕耘霞夕歇，鸡龙相舞袅炊烟。
金禾翩眇梨飞雪，百卉琳琅碧酒鲜。
不见戟戈撑顶戴，但游亭院享天年。

五彩缤纷——桃源

一帘牍画绛桃开，五彩缤纷玉粉来。
梁祝蝶双林涧舞，牛姑相会鹊桥抬。
管鲍弦笛山悠曲，宝黛珠诗缀鹿台。
绿绮峰峦亭榭逸，雁鸿寰宇展天才。

五湖四海

万端兴起随心动，寰宇生情遥远亲。
四海墨流飘汉酌，五湖纳腹溶华津。
纤江脉道连天下，敖广龙宫结比邻。
九曲汪洋平浊浪，一经论语厚坤臻。

五颜六色

喜形于表粉花心，城府儒师笼簿衾。
绫缎五颜诗腹泻，素雅六色赋兰金。
宝哥纨绔逐蝴蝶，林黛咏歌寒月吟。
浓墨淡妆翰院丽，珠玑灿烂耀来今。

X

稀世之珍

和氏璧瑜碎大周，卧龙出御蜀峰起。
国难当顶儒为珍，安逸阙廷酣酒喜。
一口悬河淹乱夷，千斤方鼎压妖靡。
倒腾顽石闹天宫，灿烂珠玑青史绮。

稀奇古怪

聊斋幽屋青烟袅，窗牖隙缝渗夜妖。
牡艳花开梁祝脸，墙飘兰墨蝶魂招。
纤姿白骨迎玄奘，宝黛鸳鸯会鹊桥。
南柯酣嬉桃缘运，蒲公云梦绮怀逍。

息事宁人——玄奘

三藏慈书走海涯，双垂作揖躬乡霸。
屈从骨杖躲魔窿，匍匐利刀匿鬼罅。
事事都安笑点头，人人皆好保裟华。
阿弥陀佛哪禅经，幸有金箍护汉厦。

熙来攘往——贾府

贾庄真富门庭市，顶戴招摇领绮枝。
车水马龙三里鼓，熙来攘往万蹄吱。
绫罗天盖贵香阁，美女云飘鸳鹭池。
一夜秋风横匾落，九重雪覆玉楼罹。

嬉皮笑脸——西门荡

金娇西门搭孽缘，淫窝绮梦伴缠绵。
嬉皮剑插桃花蕊，笑脸魂迷极乐眠。
云雨雷光风雾急，纲常伦理转身颠。
快心事过遭殃果，奸狗狐妖受毒鞭。

习以为常

饱撑易入暖被睡，酒足易飞虚蜃逍。
见到棺材方掉泪，刀横脖颈醒知饶。
习常泪水作燃料，惯以碾压猛弹跳。
亡羖补牢时不晚，闻鸡起舞战矛挑。

洗耳恭听

霾雾墨笼金玺暗，世尘蒙垢耳根聋。
一晨春雨山川绿，百日维新浊道通。
偏听侧翻兼听直，忠言逆耳铁心红。
涤祛污秽清灰野，沐浴净身洁昊空。

喜出望外——范进中举

笔管挥毫当顶戴，蜡灯红蕊映花翎。
春秋挑烛梦元甲，冬夏酣游飞阙廷。
十载寒窗空面壁，一弹须白独身伶。
突然金榜从天降，喜泣癫疯嘴兔形。

喜气洋洋

闻鸡起舞画苍虬，驾驭晨光照四周。
朝蕴露珠明禅道，夜随星火梦乡游。
脚划彩霁翻云史，手拂心弦穿海州。
喜有诗书芳世界，洋洋得意馥春秋。

下笔千言

千盘砚磨浓翰墨，一粒绸浆凝玉玑。
蜡烛潺潺流睿水，星光闪闪映文徽。
春秋简牍挂窗牖，南北程朱布桌几。
腹蕴诗书佳句喷，挥毫生卉万铅辉。

下车伊始——新官上任

一轿上坐威风山，三把炬龙大地颤。
顶戴红珠炽焰腾，花翎利剑血光扇。
墨头子弹穿昆仑，杖椅座磐镇馆殿。
横竖有因咆哮雷，喉咙火气乌云卷。

先斩后奏——包拯

乌容心绛精忠国，白被剑锋除魍魉。
先斩毒瘤割恶徒，后书皇帝刚坚掌。
一身正气凛然尊，六戚不偏唯义仗。
明察秋毫辨细丝，同仁臣子乾坤朗。

先知先觉

文曲星光照圣贤，乾图天道入心田。
先知云雾借弓箭，预感鸿门杀气旋。
滕阁鹏飞王勃雁，曹冲稳坐象军船。
一句佛禅十春牍，老子廪生千古年。

显而易见

夕曜隐峦青色浓，遐思腾跃凌苍穹。
星罗棋子北南布，易见玄机乾象通。
牛女银河拢鹊翼，云山连理窦情融。
雾雾辨杏红尘弥，风雨雷光酸楚中。

相提并论

世界浩繁天各异，飞禽走兽语难通。

驹奔伯乐千迢远，牛对扬琴双耳聋。

尘市何为尊贱相，仕途怎论机缘同。

三生轮转哪将福，一曲缠绵蝴蝶梦。

相依为命——万恶旧社会

黑云笼罩神州黑，猛虎咆哮箭雨夜。

枯骨堆山垒古城，饿殍臭肉遍茅舍。

兵荒戈戟碎銮轩，马乱铁蹄花朵谢。

乌血炮灰草命悲，寒风蓬屋空依嫁。

项庄舞剑，意在沛公

恐怖鸿门起旋风，项庄舞剑向刘公。

指鹿为马明刀晃，笑面妖魑暗箭攻。

声北击南孙膑法，醉翁迷蝶借醺疯。

兵如厌诈何知彼，百战不亡弦紧弓。

销声匿迹

尘寰污浊苛征恶，桃苑消沦牡菊枯。

玉兔躲藏寒月笼，蝶花飞往蜃楼孤。

观音慈露洒人世，情窦腾空驱老乌。

绿水青山融大地，鸳鸯翻舞白鹅湖。

小巧玲珑——林黛玉

宝贝厌烦寂寞仙，下凡荣府享华筵。

玲珑精致招人喜，小巧窈然图凤缘。

情窦深深浓黛色，寒霜楚楚葬花年。

红尘何处泪涟值，风雨蝶花缠相绵。

小题大做——虚浮

蝌蚪字符镶凤桐，墨缸蛆卵跳龙宫。

芝麻浮眼彭瓜果，蜡烛青光灯笼红。

抓住尾巴邀爵赏，轻舟掀起大浪风。

小猴终是萝蒿子，昆岳雄才世界隆。

心安理得

灵星入世何将为，殷曜霓辉莫负行。

文曲烛灯晖鼎甲，精忠报国献丹诚。

满腔香墨芳青汗，双手擎天雄壮横。

无枉亏骞潇洒渡，心安理得慰人生。

心潮澎湃——激情涌

题名金榜心花放，婚轿梦欢贵子降。

碧血沸腾山火喷，窦情奔涌蝶衫绛。

胸如海浪翻乾坤，身似赤龙舞九江。

百载沧桑几许奇，一杯酌酒万难降。

心驰神往——梦乡

猛虎蝎蛇潜陋室，不堪困扰梦蓬莱。

春光灿烂百花艳，鸳侣戏波蝶舞来。

日出而耕霞落息，稻鱼飘馥蕙肴开。

窗明几净书声朗，翁老琴悠铜雀台。

心甘情愿

风云榜单显荣耀，英雄不惜攀蜀道。

烛火燃眉旺元鼎，晨光啸风磨寒刀。

腹胀浓墨喷珠玑，背刺血字精忠报。

脊髓作梯凌云霄，脑袋花开红樱桃。

铁索桥上走毫武，风雨雷电见英豪。

唯有牺牲多斗志，敢叫日月换新韶。

心慌意乱——弦风碎马（空城计）

乌霭压头楼欲摧，孤竿残旆雾烟靡。

高台笙曲镇风云，匹士颤巍小腿跪。

城阁丽歌飘逸悠，墙门曹魏恐惶死。

一钟琴啸雷咆哮，万马嘶鸣兵卒毁。

心灰意冷

万夫拥挤独绳桥，孤马落汤垂首叹。

烛夜书刊飞纸鸢，晨光刀剑睡银汉。

落花流水歇兰亭，柳暗花明又一岸。

墨罐醉酣幻聊斋，观园铺竹红楼灿。

心口如一

乌云密布乾坤暗，浑水搅泥红鲤映。

碧血丹心唇舌绛，直肠倒豆里边荡。

比干谏疏冲天阙，黑脸包公白刃锵。

两面三刀油煎待，肺怀春煦锦旗扬。

心旷神怡——美景

手掌尖头悬紫阙，脚跟底下弥宫怡。
如来五指鼎苍宇，月姊青衫绿柳眉。
蛟蜃翻飞穿溶洞，鸳鸯翩舞戏天池。
泉酣风醉乾坤幻，人鸟旋峰逸鹤诗。

心满意足

百年人世千年梦，几番炼丹万古红。
晨旭驾光飞紫阁，挑灯摘月得珠珑。
龙门腾跃凌云榜，碧血风波青汗功。
脊髓架梁芳宝塔，肤肌烈焰映熙鸿。

心心相印——梁祝

两颗丹心共蔓窗，一条砚桌结金堂。
眉来电闪点灵火，眼去秋波情窦长。
春夏鸳鸯戏碧水，秋冬连理绕扶桑。
天姻缘分人间爱，地化蝶飞谐俪妆。

心悦诚服

心高不及圣贤德，刚毅何强睿智铁。
孟获七擒臣略谋，张飞一战服聪哲。
笔冲茅屋翰林誉，力拔山兮钦佩绝。
敬仰墨流壮海河，磨针穿岳碎冰雪。

欣喜若狂

金榜飞来长翅膀，红尘风雨逸仙堂。
三元鼎立花翎冒，九品云梯手舞狂。
花烛月圆芳酊馥，羁栖他国遇同乡。
泪珠不为伤心弹，醑酒只唯共曲仰。

欣欣向荣

陶令惊吁桃苑异，山川绿雾繁花绮。
车龙蜿旋弓波桥，摩塔凌霄齐鹤椅。
商品琳琅满眼霞，倩姑飘逸整街喜。
学斋书曲跳青春，亭阁老翁悠悦耳。

行将就木

春蚕临诀丝方尽，蜡烛将幽泪始干。

莫等青云全鬓白，蹉跎耄耋空悲寒。
挑灯星摘揽文曲，闻唱舞鞭唯国安。
两手余香留汉史，百年人世少遗叹。

行若无事——聊斋

冷风嗖嗖茅棚颤，幽僻频频灵火延。
妖怪飘然侵卧室，狐骚弥漫室休眠。
但行食宿似无见，只作爱妃冥府缘。
蝴蝶心仪妍荷馥，阴阳天地藕丝连。

形影不离

一月皓盘生二魄，两厢本我玉临风。
挥之不去灵和肉，结发连肢濡沫融。
滴滴汗珠粮满库，涓涓笔墨史河充。
同心日暮正天下，阴阳皆因向赤衷。

兴高采烈

绿茵红缎点春光，粉黛清芬学府香。
兰墨珠玑浓郁翰，朗风翻页奏佳章。
煦波伴曲鸟儿唱，碧树流萤耀阁房。
眉闪蝴蝶桃拢艳，象牙塔殿绽天堂。

兴致勃勃——传道解惑

晨旭引车奔学斋，思维回荡夜批改。
眼望学子兴趣昂，心里企怀知识载。
口若悬河倒睿聪，手挥足蹈浪诗海。
返程冥思放矢教，蜡烛又翻书卷彩。

凶多吉少——风波血

八百路程驰界关，一支令箭战旗断。
前方勇士死沙场，后殿奸臣苟且钻。
笑虎嘴张不吐飧，风波亭阁血流叹。
正邪因果皆符应，卑佞伏从英杰汉。

凶神恶煞——西游记

仁佛之途千里远，路漫行道一心建。
披荆斩棘山川汗，降怪除妖碧血献。
青面獠牙无所惶，凶神恶煞套箍圈。
正邪博弈精诚团，丹炼成仙得如愿。

汹涌澎湃
江水咆哮东海向，汗青汩汩启明航。
蚍蜉挡道车轮辗，蚂蚁摇枝叶压亡。
百舸争流千类竞，三元鼎立状元香。
梁正塔耸昂轩宇，朗朗乾坤粮满仓。

胸有成竹
云竹弥漫涵昊象，天簧挺立破天苍。
揭竿扬帜划江海，紧握权杆傲旭方。
心映尘烟收箭竹，手开玄妙火攻舱。
身披简牍观风雨，挥毫自如画宇航。

雄心壮志
燕雀安知鸿鹄志，鹏程寰宇恢宏史。
烛光摇曳映文星，晨旭舞戈云榜士。
一跃龙门三鼎元，绝尊翎羽万人旨。
夜磨铁杵昼移山，射日揽辰配玉玺。

袖手旁观——春秋战国
春雨无常秋焰焦，烽烟叠起国分立。
纵横捭阖离间划，和氏璧争玉碎粒。
卷袖腕交观岸烧，鹬蚌相竞翁收拾。
干戈连日虎狼牙，遍野哀鸿黎庶泣。

虚怀若谷
泉滴喧哗轻薄水，汪洋静谧映蓝天。
浮云傲气空飘荡，墨海谦怀纳史渊。
深草茅房藏卧虎，无声老子道经传。
十年寒牖潜心炼，一举成名耀榜单。

虚无缥缈——悟空
天高九宇任鹏飞，洋阔五洲凭鲫跃。
十载寒窗面壁修，一翻龙阁翰林乐。
旋挥顶带有恭迎，指点江山皆彩雀。
饱腹黄粱美梦多，苏醒南海胜仙鹤。

虚张声势
长坡尘雾万夫卒，独勇横桥众莫开。
一曲悠琴雷电炸，千兵曹贼跌鞍骇。
空篁哗响迎风折，实木清寥顶阙材。
纵有齐天浪得意，不如五指坐云台。

栩栩如生——清明上河图
人间大同靓神廷，惟肖逼真飞眼前。
旭日喧街朱气漫，夕霞妙女黛氲妍。
琳琅满目头攒动，楼阁林排香酒筵。
圆桌高杯笙曲溢，桃源颢景诱天仙。

絮絮叨叨
刀刀入耳利于病，絮絮暖被覆热馨。
叮嘱刺花威武壮，念叨游子健全翎。
舌簧啪啪倒肠直，宽嘴哗哗禅道经。
话语悠扬丝结远，长波琴曲荡心灵。

煊赫一时——元妃省亲
喜烛辉红半壁崖，铜锣惊响一条街。
挥衫遮苍霞波海，脚踏山平满地鞋。
百鸟朝凤翎羽错，千姿楼阁顺游排。
震天动地喧腾景，玉帝探头观宝钗。

血海深仇
千峰云路电驰程，满载忠情身刺绘。
前面虎狼迎面来，后跟奸佞暗刀胯。
苟安绥靖陷良将，风波亭台寒剑害。
似海深仇热血腾，化成焦油炸秦桧。

雪中送炭
霜风银雪吹茅兰，白素黄裳薄衣单。
一桶炭炉寒室煦，万番温慰暖心丹。
红光划破乌霾夜，炽火滚烫融隔栏。
赤絷及时驱冷冻，热乎余馥世间漫。

寻根究底
火瞳金睛探寰瀛，石破苍开天地明。
飞越南山寻禅道，下潜龙海觅根茎。
何来何去何生为，苦辣葬花风雨情。
一副目光趋顶戴，江湖元宝万舸争。

循序渐进
楼外青山峰上云，解元会元状元循。
墨盈江海曦之显，鼎甲登科九品臣。
溪水涓涓洋洋海浩，珠玑滴滴汗青醇。
百年编竹叠经道，千载耕耘华夏春。

徇私枉法——和珅
得道歪门奴狗宠，擅权贪赃腐乾隆。
应声磕拜响朝佩，伴帝溜须翎羽红。
两目炯神望宝玉，双勾荡玺任心风。
箭头有眼刺邪恶，鱼肉酒缸淹蛀虫。

Y

鸦雀无声——夜游
万籁俱眠花月夜，一形携影梦乡游。
娇昙纤纤招银兔，绿蔓徐徐升塔楼。
星领红尘翱洁宇，风牵霞绪逸神州。
萤辉闪耀灵光丽，暮色蓬莱心旷悠。

睚眦必报
瞪眸视作箭光咝，反观回应刀剑怼。
眼里莫容沙子钻，胸中难受半句刺。
鸡肠曲折不流情，鼠目睐扁菩萨义。
怒目利牙伤嘴唇，相公大肚飞船恣。

哑口无言
三载鼎烹争霸主，纵横捭阖珠连配。
引经据典晓禅真，动魄深情秉利喙。
满学悬河箭雨倾，群儒哑口目瞪对。
风云无语借弓矛，火口吞曹雄舌佩。

揠苗助长
春溪滋润秋瓜香，寒苦蜡梅傲冷雪。
十载树木百载人，千年松柏万锤铁。
拔苗催长断根源，扬鞭空响虚竹折。
杵杆磨针非一日，循序挖石移泰岳。

言简意赅
枝繁叶茂蔽天日，野草斑纹乱缠纱。
单指点眉疏禅道，众星密布幻云麻。
箭簧独傲顶霞际，墨水一麾涵万花。
百字隆中辉苍象，几划横赋咏诗华。

言近旨远——隆中对
珠玑佳句表思绪，妙语横生道理绝。
字里近身人本情，行间远达宏图杰。
血流滴下前车师，浓墨凝精真实切。
寥笔数言点衷肠，一腔肺腑睿聪哲。

言之有理——《增广贤文》
不信蜀栈曲霄路，跌堑陈仓离间悟。
天地阴阳德经论，红尘圆缺贤文谕。
血流滋养脑聪明，墨滴珠玑史海露。
苦乐酸甜入卷禅，风云据理旌旗呼。

言之无物——虚竹
哗哗直响引双瞳，嗖嗖剑光无浪风。
青面磨牙冲宇傲，肚圆诗瘪节高空。
滥竽充数无容地，纸卒长平碧血红。
秋枣实成丽卉落，经年杨木顶朝宫。

言行一致
孺孩直说赋贞童，众士皆厌变色虫。
赤腹朱颜豪率实，待人诚恳热心红。
苦瓜青涩治膏病，良语刺听情相融。
鱼目浮尘蒙混蔽，不虚掩面朗乾风。

掩耳盗铃
盗铃掩耳似无声，鸵鸟埋头欺自睁。
浊水效颦胜织女，红楼结彩赫煌生。
盲人摸象鸣遐意，打脸充胖幻影争。
锁国夜郎蛙井大，经纶满腹浪涛征。

偃旗息鼓
马谡街亭戕败落，孔明北伐折回怆。
半途而废退堂鼓，前绩尽抛旗偃慌。

臂可疗休心勿静，刀将横放志坚昂。
长城蔓蔓秦唐举，墨滴潺潺青史芳。

眼花缭乱

幽洞盘丝妖孽翩，蜘蛛花袖舞缭乱。
泳姿百态戏师徒，八戒几迷魂魄漫。
口口甜言醉圣僧，丝丝绵缠鸩盛宴。
金睛识鬼道高长，铁棒横飞魍魉散。

奄奄一息

行将就木奄然息，尘世酸甜何等义。
一路颠簸盲目徒，回光返照前因思。
红楼冷月葬花魂，和府金山坟冢睡。
风雨无妨赴火汤，云榜蜀道英雄志。

扬眉吐气

蓬荜沧流饿辘饥，朱门肉臭乞仰尸。
一身枷锁室呼吸，百姓揭竿群众师。
横扫朽堂倾怨气，掀翻腐局扬冠眉。
镰刀岂止生禾谷，昂首凌云竖锦旗。

洋洋洒洒

寒窗十载蕴经典，出笔万珠挥自如。
点粒米楷藏禅道，浩波海墨湃今初。
长长情谊西厢说，缠缠鸳鸯蝴蝶徐。
百岁人生千古梦，一编史记怎成书。

摇头摆尾

萌狗摇头祈宠爱，频频摆尾讨欢来。
奸臣叩首觊花羽，佞相哈腰觎横财。
可援挚诚温暖手，莫抛脏话恶魔灾。
鞠躬黎庶伏天地，悠漾春光展俊才。

摇摇欲坠

贾府朱堂气势煌，车水马龙凤脂芳。
宝瑜剔透红尘浊，冷月花焉泪雨床。
春贵根基微命浅，冬冰路滑骨折殇。
乌纱羽重栋梁塌，情纸寒楼玉坠亡。

咬文嚼字

推门不响敲门惊，绝句佳肴酣意境。
闻牍墨香嚼有嗞，文章珠耀黛妍景。
花魂冷月怨红楼，石刻隽词诧世颖。
独字霓光夜未明，通篇雅典翰言领。

要言不烦——文言文

两句诗歌飞紫云，九州江海绽儒翰。
三言赅意内涵丰，四库全书概所观。
五滴墨兰桃苑丽，六条简牍凝青汗。
一经论语走天涯，一字方正筑华汉。

夜阑人静

万声俱寂月随我，蓬岛蜃楼幽思浮。
昙卉芳漫飘蝶羽，鸳鸯相缠伴清流。
娥姑萤妹跟墨醮，风雾龙袍罩岳州。
乌国洞房身影落，聊斋热闹笼灯游。

一本正经

正襟危坐高师诵，捣蛋顽皮猴子动。
半夜三更得法门，一飞冲宇凌霄洞。
梵文佛手招妖魔，棍棒金箍魍魉痛。
禅教经书人事驮，竺乾漫道尘沙送。

一尘不染

任有雾云混浊浪，碧荷于泥岂浓黄。
红楼肮脏乌纱黑，林妹花枯黛愈芳。
孟母三迁离毒远，包公脸墨赤心房。
方兄套脖锁喉紧，蓑笠轻舟流水长。

一发千钧——荆轲刺秦王

画卷展开跳匕首，利刀直刺帝王旒。
说时迟钝皇忙退，说是快来兵空矛。
瞬间定神蹲马步，一挥寒剑向仇喉。
天扶华夏成泱国，英杰血光惊九州。

一帆风顺

十万学童挤独桥，三元鼎立状元娇。
春风得意马蹄响，一日看花京国娇。

泼墨挥毫成酌酒，舞袍指手笑颜朝。
紫城月阁莫狂妄，红烛高台恐折腰。

一夫当关，万夫莫开

长坂坡前尘雾缈，密林深处马鸣啸。
张飞双斧横风口，曹卒千军转背调。
一勇当关铜铁壁，万夫难破曲英骁。
磐峰灵睿国基强，泰岳拦洪社稷骄。

一概而论

天地不同风雨奇，南柑北枳酸甜异。
世间无有叶共形，李子难逢齐一致。
照瓠画瓢日月讥，东施效颦众人戏。
统而概论泯多样，文武英才皆得志。

一干二净

来欲满怀天地得，去时一切灰飞灭。
宝哥蝶舞热忱姑，黛色花枯寒月别。
泰岳粉尘海突峰，石碑沙空鼠虫穴。
金山银水随风飘，铅字墨香千古哲。

一鼓作气

百折不挠非止摆，一锵作气再而衰。
十年寒牖鼎元甲，二万长征銮殿禧。
江水奔腾冲大海，老驹伏枥捷音驰。
乘红打铁炼筋骨，挥笔呵成墨凤枝。

一哄而散

趋炎而傍无依跑，树倒猢消皆溜光。
百鸟朝凤沾领羽，千军心散鹿台殇。
元妃失宠红楼塌，兵败山崩銮殿荒。
为庶揭竿随呼应，同舟济渡迎浪行。

一挥而就——李白

文曲星吟銮殿辉，谪仙袖字神州美。
一挥而就山金黄，百诵红尘苍绛紫。
酒盏乾坤三影诗，骊山萱蕙书妃绮。
蓬蒿翰墨如来酬，绝赋风流千古唯。

一见如故——宝黛初识

一餍雪貂轻逸入，众人瞠目仰寒兔。
双瞳对视秋波澜，两窦梦萦见如故。
竹马豪情伸手携，青梅羞涩绯红露。
涓涓滋润干枯玫，汩汩濡沟融恋慕。

一举两得

江堰灌排水分畅，鱼兼掌得两全美。
一弓二鸟箭双雕，三气周瑜收郢姊。
好事成双天辅成，事如人意耕耘起。
烛光熬墨生秋香，竹简映辉翎羽紫。

一蹶不振——赤壁败北

老骥扬鞭横北魏，戟戈高舞向南挥。
浪涛不遂枭雄意，风骨草船借箭飞。
旱鸭岸边空拍叫，冲天熊火万军围。
华容败走跪求过，一蹶不振霜发稀。

一脉相承——文化传承

长江蜿蜒翰墨流，甲文简牍柳休优。
四书五理德经久，百姓九州华夏悠。
魔道千年仁入骨，正邪黑白有春秋。
黄河滚滚几弯曲，儒海知信永远游。

一毛不拔——铁公鸡

薄币轻飘重泰岳，头颅不及角票重。
一毛不拔铁鸡硬，百万银圆坟墓封。
红酒笑抛钱孔弟，滴流不漏外田农。
欲将手指点金石，朱阁肉糜哀乞冬。

一模一样

树枝同体不同叶，南橘北柑纷彩虹。
芸芸众生人相异，茫茫人海窦情同。
同窗共桌异门第，蝴蝶翩跹共渡东。
未要腾云骑紫鹤，但将如意凌长风。

一目了然

司马之心孩孺识，指鹿为马意淫施。
百般狡辩暗藏鬼，一目了然邪恶辞。

白骨三妖金睛烧，黑庞几眼透奸欺。
光天化日见胸境，朗朗乾坤天地知。

一曝十寒

三日打鱼戏锦鲤，两天晒网暇闲遥。
一时兴趣心潮湃，十步波折意志消。
滴水涓流终穿石，愚公坚锤泰山摇。
浅尝辄止半途废，不懈进舟宏伟骄。

一窍不通

井底蛙懵苍昊象，夜郎藐视汉华长。
天文不识跳梁慌，禅佛莫明光眼茫。
书页翻开天地牖，烛灯透过俗尘荒。
丹心凌雾破寰宇，墨渗江河蓝海洋。

一清二楚

葵藿仰嫣日晓喻，昙芯羞露月明白。
回眸一笑秋波推，耄耋百年濡沫惜。
竹马逗挑青眼柔，祝英台会梁山伯。
蝶花春梦红楼酣，无限风光醒目石。

一去不返——红楼衰

聊斋前世泽恩惠，梦幻今生鸳侣回。
怡院春花梨正殷，潇湘秋月绿衫灰。
元妃树倒观园散，寒黛凋零鲜卉颓。
朱阁坍崩灯笼灭，石头泪水落空杯？

一扫而光

独上高楼摘日辰，四周矮草拌经历。
月亭摩顶不胜寒，烛影摇光魔爪雳。
稳坐泰山傲蚁蝼，挥毫泼墨扫孤寂。
竹卷琴曲伴红尘，书彩绽开仙廷霓。

一视同仁

高峰低壑暴山洪，贵贱尊卑衍剑攻。
绫绢遮天遭竹刺，襄翁不立揭竿冲。
三躬茅屋得诸葛，九拜魏微丝路通。
相鞠百年濡沫馥，同台举盏共觞融。

一丝不苟

差之毫发谬千里，大意疏防失郢州。
马虎长平牛纸破，随便街亭败军遛。
精雕细琢金瑜灿，斟字酌句佳赋留。
缕缕细仁功德水，针针见穴雾穿悠。

一丝一毫——一尘不染

冰清玉洁还泉恩，满脸春风入贾族。
相见如初前世姻，青梅竹马窦情逐。
人间门第隔良缘，黛玉绝诗讽珍戮。
百陌俗氛难沾身，一尘不染荷花独。

一塌糊涂——石头梦

荣国梨云十里长，仕途车马三连翰。
元妃失宠折英台，一塌糊涂贾府散。
怡院秋风情窦凋，潇湘寒月玉花干。
石头福禄红楼梦，雨滴泪流江水澜。

一团和气

荒野萧风凛冽咆，陌蓬蒙幔暖氛抱。
众人合拢炭花红，一桌团圆和气好。
漫漫余香渗肺怀，微微烛火星光昊。
管兄共曲山川欢，水乳交融社稷保。

一团漆黑——《聊斋志异》

万籁寂寥风嗜睡，一团漆黑月羞美。
烛芯飘逸白蛄精，竹简蹦跳黑李鬼。
狐貉尾巴丝软被，鳄鱼泪滴香莲蕊。
南柯海市梦难醒，蒲老醋嬉鸳色水。

一往直前

九霄云外飞松鹤，四海深洋龙蛰渊。
道路蜿蜒威猛往，蜀崖攀越可摩天。
烛光摇曳辉文曲，翰墨洪流江水延。
火海刀山膀作翼，敢要日月换新乾。

一望无际

鸿鹄凌云鹏翅拍，腑望尘世尽跟前。
肩横苍宇担乾德，眼放浩茫无杂然。

竹简展开山水海，翰林牍立鼎天仙。
昆仑峰枕大同梦，瑶碧滇池泽庶泉。

一无是处——挑剔

横鼻竖眉看不惯，东西为难任由性。
说行就行非要行，行也不行不得令。
欲定罪囚何缺辞，风波亭里血流迸。
蛋中挑骨找碴儿，四面楚歌遭剑柄。

一无所得

顽石梦乡尝鲜果，纵身贾府喜嗞落。
怡楼胭粉熏香烟，潇馆黛梅曼妙乐。
秋冷枯枝辛姐凋，冬冰朱邸断桥鹊。
泪涟洗涮红尘灰，宝玉空蓝回寺阁。

一无所有

经纶满腹蓬蒿辉，气质华诗蓑笠蔚。
四壁空空牍册珠，寡肠辘辘墨瑶慰。
手无缚鸽铅书重，身没分文仁德贵。
枯骨烟灰化汗青，精灵佳思春秋卉。

一无所知

盲目苍穹迷道象，满腔饭菜惑天昌。
红尘霓虹仙神幻，酒瓮旋涡翎羽殇。
纤纸铅文生睿智，黑瑶墨翰透金光。
勤耕沧海翻珠贝，驾驭卫星寰宇翔。

一五一十——宝黛情

相逢似见迎天降，互拢话长忆旧缘。
对眼秋波情窦漾，触衫电跳闪灵弦。
一五一十倒红豆，百媚千姿露瓣妍。
柳下花前梅竹摇，鹊桥碧水伴鸳翩。

一心一意——西游

获取真经度众生，一心学法赴天竺。
负重忍辱面狰狞，智勇善谋与鬼逐。
火海刀山见铁肝，是非明辨保袈服。
千山万水达仙郡，修得金刚满载牍。

一言为定——驷马难追（尤三姐）

柳士一言订伉俪，尤姑贞守待情郎。
风云莫测人心幻，尘世难料亲热凉。
贾府石狮唯洁白，侠将岂染翠楼场。
佩刀本作寄身物，却葬青娥血泊殇。

一言蔽之

万物循规尊律道，奔潮扬卉蝶花好。
仁兹尘世春风和，勤作桑田秋满稻。
墨水江河泽九州，树撑苍宇遮阳烤。
总而言论顺流行，地利天时人运颢。

一针见血

华医一针破血瘤，孔明一字道玄机。
蝶花相拥连情窦，众鸟沓来元宝围。
掠影落英随夕去，汗青奔涌藕联辉。
老聃德经透苍像，尼父论文天地飞。

一知半解

满壶沉默蕴芬芳，半桶叮当乱晃荡。
纸上谈兵败长平，滥竽充数内心慌。
滴流穿石汇汪洋，愚伯子孙移泰荡。
老子一生道德经，孔丘九锤论语掌。

衣冠楚楚

绫罗绸缎掩肥腹，蓑笠麻衫现铁躯。
朱阁肉姐卑乞哭，霓裳歌舞鸩酖虞。
青楼紫袄流红泪，烈焰光膀禾汗珠。
温室牡丹容易谢，雄鹰振翅展宏图。

依依不舍

潇馆春红燕语唱，瞬间梨谢鸟空房。
昨晨伴蕾粉妍靥，今夕凋零何惜芳？
不舍玉兰污浊染，收魂埋魄保净堂。
幔惟青草牵丝挂，寒月葬花吟闵伤。

仪态万方——林黛玉

天降林姑贾府惊，仙姿仪态白云停。
杏眸娥靥樱桃嘴，纤手玉肤婀娜婷。

口出李诗挥柳墨，芳氛娇舞侧龙廷。
傲倪冷漠卑微草，纯洁融萱入卉冥。

怡然自乐——读书

轻风托意上云书，心绪翻开宇宙图。
水滴尘沙蕴浩瀚，乾坤几缕道规途。
有无动静情思幻，善恶正邪自得乎。
铅字森林穿梦寐，斋堂怡乐佛禅都。

贻笑大方

未有角尖何以翘，班门弄斧遭贻笑。
内行门道外行吤，独技绝招存活窍。
业湛于勤荒废嬉，雪光烛火催蹄跳。
梅花香自苦寒来，宝剑锋从磨砺鞘。

疑神疑鬼——白蛇情

本是天生配凤缘，许公疑惑蛇妖幻。
一杯黄酒试真情，伉俪合并斗法办。
水漫金山爱泪淋，脊昂峰塔坚贞绽。
断桥渡劫鸳鸯过，湖月泛舟千载盼。

以身殉国

八千里路云和月，一颗丹心彰义节。
舞剑挥毫练武文，精忠刺字向狼穴。
横刀策马扬红旗，怒发冲冠对敌泄。
奸佞投降陷虎将，风波亭外流殷血。

以牙还牙

横刀跃马任涂炭，四面楚歌镖如沙。
闻得余香还暖被，受撞风骨碎獠牙。
一心设计害诸葛，三气较量丧自家。
仁德苍生天地和，人民水载远航霞。

义愤填膺

烽烟四起狼侵关，掠夺城池占庶宅。
甲骨青铜遭掳抢，生灵涂炭花枯白。
积怨肺腑怒冲冠，民众皆兵同御迫。
笔阀刀铢向敌穿，风云箭雨贼人厄。

义正词严——相如舌战群儒

簧舌字弹穿木鸟，唇刀利索斩群驴。
兵家飞沫射奸佞，道义唾醇迷草鱼。
口若悬江倾汗史，顺身寰宇佛禅书。
正经走遍天涯路，华气撑开诸葛庐。

异乎寻常

嬴政昂头秦始皇，沛公挥手九州汉。
墨浆琼汁喷仙诗，顽石精雕正果翰。
一句狂言水曲折，百年开凿山移岸。
舍予身剖拉轩旎，茅屋新妆銮殿换。

异曲同工

昆仑巍峨众民脊，阳朔涟漪九牧荣。
黄河醍醐滋翰藻，长江儒道德花英。
唐诗元曲琴笙和，兰墨山川桃苑京。
文武双肩强国骨，蜀峰陇峭华愈精。

异想天开——美梦

鼾声曲奏脚尖遛，飘逸山川九牧游。
柳下花前蝴蝶舞，龙门跳跃盛名留。
翎缨佩带耀桑梓，权杖作筷沾满油。
元宝飞船奔月馆，轰隆雷炸枕头丢。

抑扬顿挫——诗歌

高山流水何涛欢，跌宕沉浮方得悟。
苍宇灵魂珠字呼，抑扬平仄荡心懔。
云波海浪莺歌琴，蝶舞花摇词彩赋。
顿挫铿锵汉史滔，唐诗元曲韵雅趣。

因地制宜

万物循规尊律道，蝶花别样独枝招。
南柑北枳异香味，东海西山分外娆。
缘木求鱼空手返，因材施教幼孺调。
对牛论语乱弹曲，有的箭飞中目标。

因祸得福

风云莫测事难料，圆缺阴晴轮相逐。
物极必反否泰来，塞翁失马祸还福。

孙将刖腿兵书成，吃堑长聪禅道读。
凤鸟涅槃绝处生，茅棚或有卧龙伏。

因势乘便——因势利导

万物有机皆可用，两江堰势利流导。
百家争辩百花颜，六国捭谋秦一造。
风雾随令树木兵，草船借箭合火操。
天时地利人和心，顺水推舟民水道。

阴谋诡计

当前笑语敬相迎，背后磨刀策诡计。
阳奉溜须拍屁躬，阴为觊觎篡权势。
指鹿为马遭横刀，陷害忠良受殄毙。
肮脏凶残莫要行，光明正大和盛世。

引以为戒

吃一堑来长一智，前车之鉴后行师。
炮烙蛇窟摧商王，民水载舟鸿远驰。
纸上谈兵常败涕，刻舟求剑臆空悲。
书中黑白蕴乾象，征道荆榛韬略奇。

饮鸩止渴

人世泪涟几许忧，一江春水向东流。
鸩醅止渴解酸楚，借酒消愁愁更愁。
宝玉悲怆情窦痛，黛姑葬ști洁身留。
泪珠本是金丹药，苦中甜滋韵魄悠。

应有尽有——梦乡

腾雾凌云逸汴州，天堂仙境掌中收。
桃源蝴蝶伴花舞，卧虎抬头昂冕旒。
剑杖旋挥山水转，佳香春弥醉红楼。
日星围绕恒春夏，菩萨敬杯东海悠。

英雄无用武之地

春夏寒窗如一日，经纶满腹无人问。
独桥唯过雕镂师，仕道蜀途脸色近。
乾象真论异禅宗，巧工愚脑好随员。
诗词灵气精华凝，珠字光辉千载韵。

鹦鹉学舌

他闹亦喧随应从，点头腰折附和唱。
卑躬屈膝一人鞋，飞扬傲昂万众上。
赵构溜须暗作皇，和珅膜拜饱私饷。
品当风骨柔心肠，事造精湛绝顶样。

迎刃而解

磨刀不误砍柴工，利刃尖锥开腐竹。
众庶揭竿破朽都，一针见血刺瘤蛆。
咸酸汗滴凝金粱，烛火雪光明睿目。
黑雾压城赤壁燃，东风在握运帷屋。

应接不暇——美不胜收

氤氲紫雾仙云颢，漫步飘摇宫廷招。
五指峰峦摩苍阙，百泉沄水绕山逍。
天门神凤腾空舞，黄洞卧龙溪谷翘。
蝶卉缠绵红绿草，情鸳忘返醉弓桥。

应接不暇——红楼梦

宝玉一心投贾胎，凡间万卉顾无暇。
竹梅情窦蝶绡缠，鸳侣鹊桥荷叶驾。
怡院白霜破镜分，湘房寒夜凋花娃。
秋风萧瑟红英残，冰雪覆蒙王府化。

雍容典雅——华诗

云步凌霄仙韵逸，绿衫挥舞岱茵妃。
烛幽妖魅香胭惑，墨滴江山大同薇。
蝶苑虹桥鸳对戏，铅文銮殿冕头辉。
竹签羽化金翎灿，茅屋凤凰天宇飞。

永垂不朽

万物随烟轻逸散，磐山风骨金瑜灿。
岳飞丹桂春秋扬，秦桧酸梅臭石烂。
论语乾象日月辉，道经遍走天涯岸。
铁盔横戟碎粉身，柔指雕玉云榜幹。

犹豫不决

寡断优柔失妙机，阴差阳错重难挽。
鸿门宴失绝佳时，自刎乌江后悔晚。

一鼓气冲再落衰，千军万马追逃很。
火烧赤壁莫迟疑，稍纵即消蹄跪寒。

油然而生：红楼泪——观园游

石廊块块布沧桑，柳树条条干瘿黄。
竹马青梅腾相拥，蝴蝶荷蕾绕池央。
鸳鸯瑶碧才戏水，贾府寒霜葬卉凉。
黛玉血花楼殷泪，油然涕泗空悲伤。

游目骋怀——阅读

浩瀚苍穹繁乱茫，掌中牍纸眉光畅。
长条竹片开渊源，方寸册书盛世上。
卷里纵横概古今，字间翰墨透天相。
眼珠一滴感情怀，双目九霄任意浪。

有的放矢——笃学

典籍雅趣最馈肴，笃脩细品醉云霄。
悬梁弹竹荡秋页，借烛炒玑拌夜宵。
书岳荆棘翰墨柴，书渊深邃海宫绡。
春开鸿卷妙龄馥，心结丽珠情窦遥。

有口难言—文字狱

咽喉通道乾坤理，饿虎跟前忍气吞。
焚竹坑儒诛异教，断章取义割咙言。
石头泪水红楼涕，妖魅情声文狱冤。
肺腑不平终出口，举樽共酌大同喧。

有气无力

秋风萧瑟蕊无彩，林黛血花垂榻台。
梨苑暗中门第配，潇房臆念海棠来。
蘅芜锣鼓接花轿，桃月夜残冥藓苔。
宝玉情深怀绿袖，红楼梦幻空悲哀。

有条不紊

矛挑肥水盾迎涛，秦晋铿锵汗血啸。
一霹炮声烈火冲，两山擂鼓战旗摇。
东军有序风云翻，北队紊淆盔甲掉。
泥卒蜂兵一碟沙，铁拳碎巢史奇妙。

有血有肉——《聊斋志异》

空髅狐媚雪肌香，无骨蜘蛛血性刚。
月黑风高人鬼缘，红尘冥界互衷肠。
奈河难阻牛姑会，银汉怎拦鸳侣墙。
蝴蝶珠玑梁祝舞，黛娥花魅观园芳。

有志不在年高——鸿鹄志

细芽破土参天树，春笋昂头达汴京。
和煦及时阳气沐，秋霜寒峭落黄英。
陈平忍辱苦书读，岳少刺青忠国精。
心志不论乌白发，老骢伏枥夕霞晴。

余音绕梁

唐诗开启神歌韵，平仄荡漾仙乐趣。
堪比管牙知己弦，胜过流水霓裳曲。
铿锵顿挫大军蹄，婉转悠扬碧浪浴。
天道律规珠字欣，余音缭绕千秋续。

鱼贯而行——火烧赤壁

贼鼠过江首尾连，高歌浩荡贯鱼穿。
东风横卷傲翘眉，顺水推舟借万箭。
吴蜀双雄共掌心，真宗三火烤鸡煎。
一毛鹅扇掀枭禽，千马佐料赤壁宴。

愚公移山

通竺路途拦巨麓，岂能螃蟹横钳撞。
铜锤砸岭碎山头，星火燎原烬杂退。
晨旭挥戈斧力威，月弯利刃草根废。
百年断指撼鬼心，千辈万摧顽石溃。

与日俱增

草长一春人一世，光阴逐少慧渐增。
皱纹密布青丝疏，头顶虚光墨海升。
单瘦佝偻银发长，满车学府华章腾。
老鲐花眼星辰暗，睿脑光环愈灏蒸。

与众不同

灵当别材鹤立鸡，魂高云榜杰魁奇。
汗凝浓墨江河碧，戟竖泰山旗帜师。

文武韬谋纵战国，三头六臂横蛮夷。
经纶精髓流青史，风骨乾坤神圣姿。

雨过天晴

瑶碧断桥红线续，滴泉恩情委身许。
平静碧水起波浪，嫉风狂浪雷电雨。
水漫金山救恩人，雷峰塔下承酸楚。
阳光丹蕊散云霾，雨过天晴同舫旅。

语无伦次

蝶迷花蕾扑嗤呼，人醉芬芳醅酒昏。
眷箭点投涟水荡，弦歌断续弹闺门。
黛丽胭粉呛言顺，情窦珠玑随喜喷。
肺腑次伦皆慕恋，爱鱼及刺概能吞。

语重心长

云飘仙气布天道，地冒桃符竖法宝。
克己乐州社稷谐，修身养性蠲烦恼。
千钧话语托重任，意味深长仁和好。
众学礼尊夫子躬，一经论语乾坤灏。

原原本本——石头记

密密麻麻石刻痕，原原本本泪流迹。
怡红竹马奔腾跳，潇馆青梅暗惋惜。
鸳鹭桥头出蝴蝶，观园柳下乱飞翻。
秋寒枯叶入黄泥，冬雪鹅毛卷烂席。

源源不断

阳光沐浴蝶儿欢，泉脉环山烟酒续。
花蕾荣枯总引蜂，森林火衍翠蓝绿。
源源墨水汗青潺，汩汩碧血后继仆。
冬去春来葱更茵，江山代有伟人旭。

缘木求鱼

守株待兔一厢愿，缘木求鱼空手哀。
纸上草兵罹陷阱，东风巧借草船开。
前车之鉴后师鉴，事半功佳高效来。
吃堑睿聪心着意，雄韬帷幄博纶才。

怨天尤人

金乾大路同桥过，跌入阴河莫怨天。
烙柱倒于残暴落，连船烧灭傲人烟。
正邪善恶天公道，汗水凝晶稻郁田。
留有余香收暖炭，清波红酒月愈圆。

云蒸霞蔚

心鼓铿咚震九霄，腹诗气华落虹桥。
云蒸风发众峦偻，霞蔚神榜銮殿道。
挥手墨琼山水绿，身卷浮雾洁身飘。
汗星凝滴人间雨，香袂苍穹大地瑶。

运用自如

滴水穿石天地通，磨刀不误砍柴工。
烛灯雪光睿灵智，月夜丹红舞剑风。
挥毫泼墨走龙蛇，游刃山水解牛空。
卧龙十载蕴天地，扬鞭一挥旷世红。

Z

杂乱无章——天道

乾辰密布百麻乱，禅佛顿开三昧章。
万物循规尊律道，一眸天地暗中光。
有无大小轮环复，山陷海隆情永长。
汗水凝华金稻满，荣卑穷富善邪尝。

载舟覆舟

昆岳巍峨隆苍宇，汪洋大海蕴瑶池。
黄河浑洒孕华夏，长水远波儒道滋。
湍急洪涛翻独木，圆荷深藕托莲枝。
宽怀阔肚千舰过，欢浪翔龙贞观奇。

葬身鱼腹

尾横牛马扫黎庶，口嚼龟虾吞水族。
大海不平翻巨涛，哪吒愤怒天挥镞。
傲头套入乾坤圈，鳞片焚灰利爪缩。
跋扈凶残遭报应，断筋碎骨落鱼腹。

责无旁贷——报国
身为父母心为国，肝胆精忠匹士责。
碧血黄河戈壁茵，墨流长碧山青麦。
刚强肌石隆昆仑，珠字铿锵奔马策。
烽火焦心腹水浇，雄威銮柱脊椎拆。

斩钉截铁
霹闪雷轰崩石啸，弹飞箭射刺魔妖。
钢牙铿戛碎铜板，玑字弹琴海浪潮。
赤壁怒号曹入火，岳飞剑舞狄求饶。
朝行夕至长城造，落笔生花桃苑娇。

展翅高飞
莫鄙雀燕钻灌木，雏鹰展翅远高飞。
烛灯萤火增聪慧，炉焰锤磨羽翼威。
蹒跚起跑加速逐，划波腾碧渐开扉。
十年寒牖满经学，一日鼎元云榜辉。

辗转反侧
身承千万恩情重，牵挂三生梦寐逢。
左思鸳鸯相吻沫，右担牛女鹊桥通。
阴晴圆转又边缺，寒月埋花玉泪红。
仰卧未开晨旭蝶，风尘何艳幻灯虹。

战战兢兢——聊斋
风高月墨鬼推门，战战兢兢抗羯羠。
妍靥狐眉似如初，骸形酒友豪情结。
鸳鸯俩侣尽翩跹，侠义三杯概酌悦。
红日黑心鸩毒酷，阴霾钢骨碧殷血。

张冠李戴
绿冠乱扣红翎羽，蛋骨做针挑恶语。
黑帖盖头遮赤心，骈词取义玷良龉。
风言噪喉裁鸿儒，道理禅符刀碎俎。
烈字岳飞血泗波，晚清肺腑涕零雨。

张牙舞爪——龙子跋扈
仗依敖广呼咆哮，身驾龙宫露爪牙。
血口吞咬殷血海，乌云密布蜃楼沙。

嘴喷箭雨殇黎庶，尾拍蓝波遍死虾。
跋扈跌跄风火卷，嚣张终究伏哪吒。

仗义执言——德公比干
手捧丹心献醒壶，身坚风骨傲炮烙。
不堪黎庶炭焦涂，是道仁信抗暴虐。
仗义执言顶恶龙，忠精倔强对刀削。
皮开肉绽魂飞云，笃定忠良天理托。

招摇撞骗
樱花可诱胡蜂陷，何必甲龟虾铁钳。
芳郁棠香迷蝶坠，蕊颜猪笼合贪拈。
巧言令色万人上，狼戴羊皮羔仔添。
火眼金睛妖蛊破，深坑终套己人淹。

朝不保夕
三生魂魄红尘脆，一缕云丝扫炭灰。
骄日酷炎焦土裂，夕寒黑鬼佞奸摧。
鸳鸯棒打蛱蝴蝶，牛女隔河难宅回。
转瞬秋黄冬鬓白，今朝有酒醉觞杯。

真凭实据
狼烟岂掩贼兵入，暴雨泥开翻谄骨。
白纸黑符张张据，蛛丝马迹斑斑兀。
骸痕深刻金莲汤，奸佞污言漏洞突。
铁证如山何遁形，绳之以法断髡刖。

真心实意——宝黛情
贾宝石瑜真窦心，灵姑实泪慕闺室。
荣堂初见春丝连，菊茂老槐秋蜡蜜。
梅月竹诗雅趣融，蝴萦蕊摇蹁跹逸。
观园两玉蝶花缘，楼艳一书红话溢。

震耳欲聋——张飞当关
长坂坡前雷劈吼，震天动地箭林戈。
敌将折脊红缨落，士卒蒙聋掉奈河。
风雾卷云沙弹暴，沫星浩荡镞头梭。
咆哮轰烈千军马，张勇一挥横万魔。

争奇斗艳——争宠

御苑龙津滋艾草，百花吐艳讨恩邀。
红唇杏眼妩媚娇，白粉浅窝纤细腰。
翘上冕旒倾列国，谢荽轩椅臭沟憔。
禁宫繁朵泪珠饰，竹笼翠囊梦寐遥。

争先恐后

菩萨哪如佳馔美，饕餮趋骛恐非跻。
蜀蜂翎羽耀宗祖，宫阙朱妍诱幻迷。
山水胭脂收袋袖，酌醅梦鹤松栖。
捡瓜丢豆唯铜板，见玉眉开众判凄。

正人君子——诸葛亮

书麓茅房文曲天，经纶雾海托刘玄。
情重昆岳系黎庶，正直蜀山于苍渊。
韬略帷帏胜万里，呕心沥血富桑田。
鞠躬尽瘁长江泪，名耀云榜华夏传。

郑重其事——梁祝

柳下蜜蜂绕蕙兰，窗前昆季朗书唱。
英姿飒爽郑情呈，山岳敦雄憨虹荡。
歪雨邪风鸳鹭离，阴魂阳魄泪瞳望。
红尘梅竹门闾拦，桃苑窦情蝴蝶漾。

知己知彼

昼有熊狮夜有狼，明枪易躲暗难防。
棋开黑白播公战，楚汉清浑憨厚殇。
补足短才挥他长，眼观天地耳圆方。
蓑遮云雨竹驱虺，知己识其无殆亡。

知无不言

知勿不言言不尽，各呈己见畅心言。
抒言无罪闻过戒，有则修正莫忤怨。
比老丹心谰冕冠，魏徵赤水颂民喧。
兼听则睿偏听暗，逆耳忠声利行辕。

执迷不悟

酒囊饭袋挂胸前，仁义道儒置脑后。
先世卑弓地府虫，今生匍匐哈巴狗。
见钱眼睁鬼磨推，鱼肉鼓喉醉莫西。
世世蜂挤刀下魔，代代枭桀倒裙口。

纸上谈兵

竹编翻页似琴钟，墨若悬河书海洪。
纸卒飘然长啸坠，字符悠逸马亭虫。
虚篁风响易折脊，云牍托驹天将空。
棋间擂台帷幄戏，沙场绘画雾朦胧。

指鹿为马

鹿昂尖角傲庭前，马脸幻形吾说算。
淫杀利矛唯诺甭，乌纱之保概从唤。
处心积虑暗谋划，玩火冒黎趑道观。
狐假虎威走九州，尾巴败露嚎头断。

指桑骂槐

妇嫂勃豀吵中妙，尖酸婉转豆当条。
指桑骂柳旁波击，东虹西乌夏雨浇。
震虎敲山施策略，杀鸡映血儆猴招。
弹花策马腾风骋，竖镜祛斑丽媚绡。

指手画脚

羽翎作笔易红骚，魔鬼桃符随意造。
山殿水宫筋骨垒，桑田沧海墨流稻。
挥毫江汉分三湘，行霭苍穹裂五道。
权杖做椎栋宇歪，官腔叭喇邪风燥。

智者千虑，必有一失

天降睿星诸葛亮，帷帏制胜云榜响。
呼风唤雨箭装船，妙拨弦丝军万杖。
隔岸观灯赤壁红，七擒孟获打薮莽。
街亭丢缺百重殇，智者千虑一失彷。

置之度外——岳飞

八千里路云和月，怒发冲冠横狄野。
刺字精忠旗帜扬，孔兄置外身心舍。
匈奴刀口英雄枭，金玉国荣宁碎瓦。
昂首挺胸向佞奸，风波亭下血红洒。

忠心耿耿

书斋茅屋盛天下，丹桂轩辕献衷肠。
借雾摇船收万箭，隔江观火烧曹王。
运筹帷幄胜千里，城阁琴弦挥汗霜。
病榻幽宫思遗训，鞠躬尽瘁付黎昌。

中流砥柱

滚滚浊涛横荡冲，铮铮铁骨御山洪。
闻鸡起舞铿刀剑，挑烛灯熏尖律戎。
腹有气华拦霸气，手中钢笔鼎乾穹。
岳家旌旆挡匈狄，诸葛龙燃赤壁红。

中庸之道

天分日月轮相环，祸福悲欢皆合圆。
前后折中纱帽缝，东西讨好概逢全。
软绵唯诺哈巴狗，笃定子禽飞啸鸢。
过犹不纵行有度，独坚自我勇峰巅。

终南捷径

范进一玄乌帽端，西游九蜿漫沙骞。
烛光萤火升文曲，磐石丹炉摁月坚。
蜀道盘旋腾鼎甲，脊梁刀舞拨銮弦。
满腔翰墨诗神圣，盈腹仁慈佛竺仙。

众口铄金，积毁销骨

洪涛泛滥一堤挡，唾沫横飞万难抗。
箭雨污言淹紫城，朋奸诽谤埋雄将。
唇枪珠弹穿丹胸，舌剑寒光裂内脏。
魔道燃銮熔鼎钟，翰林书骨战谗瘴。

众目睽睽

头上仙灵目察瞪，四周群众观能仁。
前临九品对翎色，后有千秋评树人。
儒德礼信仰竺国，经肠墨肚面朝神。
腹蕴诗赋走华夏，透彻心肝侠义真。

周而复始

日月星辰循相彩，阴晴圆缺紧随来。
盛衰更替合分演，春夏秋冬花又开。

云墨蒸凝葱岳碧，摩楼层阙逐蓬莱。
生生不息汗青郁，代代情蝴筑莹苔。

珠光宝气

贾府珠光蒸紫蔚，灵山宝气观园辉。
雍容太母掩浮胖，麻素丫鬟裹单围。
金佩银衫携黛妹，娇腮纤绮靠翎巍。
春红秋橙颜凋谢，花葬楼歪圃苑微。

蛛丝马迹

蛛飞浩宇荡银线，马奔轩辕跃帝迹。
三界魂过留窦情，百年人世耀瑜石。
汗凝金穗隆昆山，墨霁霞虹苍道碧。
丝路九州华夏绡，青骢万里长城奕。

专心致志

专志一心溪穿石，三捞二晒漏鱼嬉。
日连一日杵针磨，年复一年高岳移。
细琢精雕玲碧玉，东敲西学滥竽离。
老聃潜研道经誉，孔子儒家华夏思。

转败为胜

刀剑岂为泰岳石，民心伟略造时势。
揭竿而起匹夫天，破釜沉黎庶勇锐。
赤壁炬烧劣战优，空城一弹千狼逝。
四横赤水反围剿，万里长征新玮丽。

转悲为喜

宝哥竹马奔青梅，黛妹眉开绽少妃。
破涕而嗔朱靥粉，转悲为喜紫衫挥。
抑扬雅韵沁诗朵，鸳侣戏嬉彩蝶飞。
幽径曲廊情窦绕，红楼景灏观园辉。

转弯抹角

羞羞答答半遮面，吐吐吞吞半露牙。
抹角转弯藏窦锦，含沙射影绽殿华。
青葱梅竹翩跹舞，红粉鸳鸯偎暖家。
三世姻缘缠相结，二蝴比翼迎朝霞。

装模作样

满罐不喧虚桶晃,圣贤城府学童狂。
古诗现代翘天扬,七律当今沉韵锵。
诸葛默然三国鼎,杨修名噪傲空殇。
红翎岂是翰林抹,静谧墨流青汗芳。

装腔作势

指鹿为马装豪势,狐假虎威空吓人。
虚拟旨符蒙世界,皮囊败露血魔沦。
咆哮犬吠哈巴狗,奸贼佞词狂哑真。
春雨润茵漫静谧,轻声柔和乐融亲。

壮志凌云

不惧霜刀剑雨狂,鸿鸾凌昊九天阙。
晨曦逐日竞风云,晚夕挑灯追玉月。
立马横戈驱恶魔,墨巅碧海苫昆碣。
移山调水换乾坤,浓艳花翎青汗崒。

追亡逐北

鸿门佳味蜜慈软,放虎归山留后患。
猛打穷追何赋情,霸王别妻落河雁。
万千狮吼过长江,岂给败敌予空幻。
进退随机风雾更,莫埋遗憾悔来盼。

惴惴不安

霹雳风云奈我郎,刀光剑影怎吾强。
横描聊屋妖魔鬼,竖写天堂竺渡狂。
腹有诗书豪气华,心怀仁义史编长。
勤锤钢脊鼎摩塔,汗注禾秆坚挺刚。

卓有成效

千锤百隆钢脊就,精雕细琢美瑜娇。
上挥旗帜驱乌雾,下笔墨江桃苑桥。
烛焰睿聪方鼎甲,刀枯韬略虎狼挑。
心摇臂翼脚飞雾,手荡霓虹仙阙道。

孜孜不倦

磐石琢雕钢铁钻,雄巍摩塔鼎金梁。
春秋泉滴穿坚壁,经久凿开移泰冈。

墨水滋聪明禅道,汗珠润土稻盈仓。
蝴蝶翩眇花蕊绽,智焰朝阳大同光。

趑趄不前

前怕狼来忧惧虎,畏头缩脚哪前途。
书山路径竹卷行,銮殿阙台刚脊扶。
墨腹难掀丞相肚,翩跹横扫刺花狐。
舍身碧血骨肌刚,敢叫星辰换佛图。

子曰诗云

四书五经儒家学,子曰诗云夫子悦。
仁义尊伦礼智信,忠诚廉耻勇恭洁。
墨流川水神州河,笔绿桃源梨卉雪。
老子道经指苍纶,孔丘论语行江哲。

字斟句酌

一字千斤重泰山,三句夜话醒儒贤。
天斟万象布苍道,地酌红尘禅佛玄。
笔点龙晴飞昊宇,竹划川水殿桃渊。
梨花珠逸霓裳曲,墨海荡波戏月娟。

自暴自弃

瓦砾无颜何怨日,东施丑陌莫攀攀。
璞瑜木琢自卑黑,破罐悲哀摔碎沦。
成事在天谋事己,无怨情蝶涕残春。
自然不衍无情物,天赐鸿才必定神。

自不量力

蚊蚋掀风奸乱国,蚍蜉撼树蚓横车。
一厢情愿临天下,二世早殇銮废墟。
金甲铁骢英雄鼎,老弱秃驴何撞间。
腹有诗歌气自华,浪迹天涯论语书。

自惭形秽

东施何必效颦骚,范雎腿瘸助国高。
刖骨兵谋千里外,宫刑胯下史河涛。
五车学府雄魁殿,仁义菩提亮贵豪。
天予我材春有用,八仙过海各飞韬。

自得其乐——读书
墨奶弥漫蓬荜香，烛光睿智亮心膛。
笪罗远渡逸宫竺，竹殿咫苔馨窦鸯。
妍簿纤符花蝶舞，砚芳瑜页悦文章。
天书诗韵酣仙圣，地牍迷娥坠讲郎。

自高自大
跳梁小丑掀銮殿，蚍蚁自高撼大树。
纸卒飘然长平坑，狂兵峰顶街亭输。
铁砣掂量方横称，城阁悠弦击野鹭。
腹有诗书气自华，当将豪迈雄魁步。

自命不凡
一并天下秦皇始，二世早殇冕冠掉。
蓬荜儒生鼎国三，傲相曹操蒲圻烧。
长矛利刃横华州，霸王别姬乌水跳。
墨海书舟渡蕊榜，菩提树上真神耀。

自欺欺人
不学无知标翰圣，盗铃掩耳自欺人。
白狐妖气骚愁客，乌鬼淫心挑迤臣。
空首肥肠堆黑膘，歪门邪道毒净身。
谎言千遍岂真理，情窦一句濡毫臻。

自强不息
水往低洼人往高，奔腾江疾越峰豪。
岭峦砚璞磨成粉，乌黑墨流翻海涛。
穿石移山飞蕊榜，雁鸿鹏远昊穹翱。
秦皇汉武唐贞观，华夏辉煌再殿袍。

自私自利
只扫自家门口雪，莫瞧他屋瓦檐霜。
两危相较摄微轻，两利权衡取大强。
铜板酒囊胸口挂，国兴它事脑后荡。
世间唯有孔兄好，情窦概为虚雾光。

自投罗网
世间处处乾坤壑，天律人规套死跎。
烛烬幽烧牛啃竹，牌坊贞节禁瑜锅。

目空一切纸兵落，狂妄千曹赤壁嗦。
但愿孺瞳明苍象，手无思锁脚无罗。

自言自语
肺腑之言谁与聆，躬身侧目耳翘听。
近依眼睫感春脉，远靠脸庞拢绛翎。
昼闻红尘芸众窦，夜交天地佛禅经。
万音俱静同寰宇，一股心声共梦星。

自以为是——梦游
思绪飘浮逸华州，随心所欲自信游。
龙门一跳三才甲，摇扇一仰九品头。
元宝舟行汾酒水，霓裳羽曲舞翩悠。
蝶花缠窦濡相蠹，云海金銮荡冕旒。

自知之明
乾浮霞霁耀旻穹，坤凝红尘衍万众。
蛾仰苍天落蜇池，月垂青黛情郎动。
蚍蜉撼树未知微，鸿鹄应翱鹏博凤。
骛远好高恐跌渊，孺童不忘初心梦。

自作自受
善恶因缘终有报，邪淫苦难自遭受。
纸兵傲慢落长平，陷害忠良煎炸油。
马鹿调头身首丢，偷梁换柱妻财溜。
为人莫作亏心怀，手托黎民仙鹤寿。

恣意妄为
挥剑苍穹阻雁鸿，扫抽华夏青葱痛。
手横车马挡洪流，身坐龙椅压大众。
熊火百书烬史篇，草菅人命除根弄。
纣王怒焰焚天庭，武媚淫嚣大地恸。

走投无路
飞扬跋扈杀降军，嚣张怒号烧阙愤。
众叛亲离别爱姬，走投无路乌江刎。
纣王暴政咎由焚，武媚垂年泪洗粉。
留有余香八面通，失信寡助自埋坟。

作壁上观

坐视虎拼何得有，旁观袖手识英流。
六君捭阖相回避，全统神州秦帝收。
昆季连横三鼎国，二心一火烧曹虬。
珠联璧合搅风雨，诸郡争雄大地愁。

作奸犯科

歪门邪道进偷盗，云雾殿堂入阙蠹。
投米诱鸡吸血魔，顺便牵物捞淫富。

裙钗关系唯亲信，济己假公官相护。
元宝无香逗醉猫，鸩酖好色蚀瑜污。

坐井观天

自怜为是小含大，巴掌井窗寰宇苍。
面壁四周乌黑遍，深渊狭隘眼睛障。
浩瀄星砾乾坤阔，挥手绪飞任意长。
以管窥天蠡测海，孤琴寡曲罔知郎。

嵌名诗

本书嵌名诗特点：每句首尾都有姓、名谐音，根据性别、年龄、职业、个性、情景意结合情况，由远至近、由外向里、由浅入深、由形至意来撰写，最后两句一般以其实名点题，反映他的人物个性特点。

康震（北师大副校长）

瀚蕴乾纲灵睿生，匠心儒德浩然振。
兰亭翰秀雅文鸿，染笔熠辉诗锦阵。
侃侃而谈玑赋琴，张张妙墨神州润。
摊开史卷霓龙灯，康乐颢图天宇震。

付宏渊（长理大书记）

芙荷清湘馥雅园，赋予长理桂荣瑄。
腹蕴经纬飞霓虹，服务师生儒德贤。
负载党旗红旭奔，扶胥雏燕傲苍乾。

付之心血鞠躬颂，芳郁宏徽誉太渊。

曹一家（长理大校长）

朝云泰岳迎曦霞，滔海翰林鼎甲华。
昭懋仁儒书院灿，桃源硕果艳金花。
高坛博雅扬红锦，潮汐长江卷浪沙。
道悟乾坤九州远，曹溪一禅慧千家。
注：曹溪，六祖惠能曹溪宝林寺，意指佛法。

陈万球（其一）

陈古刺今痒，挑来万事畅。
乾坤随球转，飞奔尽朝阳。
注：马克思主义学院书记。

陈万球（其二）

陈兵于胸万事悠，尘世道悟尽掌手。

晨曦鸣唱王道由，随心所欲拨地球。

陈万球（其三）

阵阵东风激荡来，马院新喜万事开。
帅哥美男粉黛述，教学科研旖旎彩。

陈万述（其四）

乘风天道经纶游，法施学斋儒礼道。
生猛岱峰威虎帅，神胜杨戬赐恩求。
能挑峦岭移山走，挣得金珠黎庶留。
陈宴红樽万觞贺，幽香缠绕一厢述。

张明海（马克思主义学院院长）

奘蕴苍宇慈悲怀，鸣笛雄冠威武彩。
掌上宝书满案排，铭文儒学山河载。
将台挥墨龙腾来，亭苑德风高奏凯。
张举红旗鸿鹄翔，明灯天颢照南海。

2016年嵌名诗

亲爱的欧琼

偶见风采飘红来，常素淡雅美心怀。
鸥鹭忘机品天穹，哦诵德行赞誉开。

鲁芳

鲁班惊诧青胜蓝，亭亭玉立草仰望。
回眸一勾云下凡，芳香迷倒众神枪。

黄娟（其二）

黄鹂鸣翠知了唱，大雁南飞独自响。
青山黄袍不加衫，牛郎梦醒湿娟上。

黄娟（其三）

桂花飘香浓茶黄，沁入心脾情上翻。
金穗浪涛激心畅，红花簇拥华盖扬。
红灯笼里黄灯闪，黄道吉日喜花窗。
大风过京黄花散，满城风雨泪娟上。

黄娟（其三）

黄鹂鸣翠碧空远，晃眼亮丽红花鲜。
翻开薄纱妩媚脸，煌煌烨烨仙女卷。
方圆大地寻金砖，哪得美玉倾城钱。
皇家千金万福缘，凤鸾闪耀共婵娟。

黄娟（其四）

红袖拂流碧波欢，眉眼含情柳叶弯。
青山追飘高挺岩，江水香柔舒缓宽。
一路婀娜惊诧眼，百姿风采惹神眷。
黄山千年顶天险，仰慕望眼月婵娟。

黄娟（其五）

黄鹂鸣翠云舒卷，黄鹤含情舞翩翩。
黄山巍峨水潺转，黄河滔滔任道远。
黄流之水落九田，皇族儿女遍世间。
黄犁千年不色变，黄牛勤恳不畏倦。
黄金砌成金銮砖，黄袍加身百女圈。
黄兴捐躯血染遍，黄鹤楼护长江边。
黄历隐退公历现，黄昏彩霞映明天。
黄梅戏唱人生段，黄道吉日心中圆。
黄沙纷纷红尘缘，黄花夜香惜婵娟。

蔡学英

柴门紫云烟雨林，蔡锷路闪艳红樱。

才女学究巾帼英，采获鲜花美誉赢。
摘天雪棉布蓝景，钗头凤映靓女影。
猜它青丝背后云，彩虹一轮耀东京。

蓝茵茵（其一）

兰花紫艳靓，西江月曲兴。
流连绿草茵，河水止前行。
芙蓉莲花婷，三湘添倩影。
贤淑玉娇清，古人梦今吟。
蓝碧柴门低，广寒醉风琴。
滔滔风云卷，回味最温馨。

蓝茵茵（其二）

蓝天白云绿草茵，仙女恋花人间行。
婵娟下凡西施影，惊翻一片蛤蟆精。

蓝茵茵（其三）

蓝天仙女降草茵，岚峰翠绿秀盈盈。
烂漫山花黄鹂鸣，斓斑树景桃园境。
瑶眉颜面嘴红樱，浪发纤柔西施影。
染翰探究神韵精，兰桂腾芳赞誉音。
南国倾城看玉婷，崀山白云懒走停。
拦景观止赏美灵，揽梦不醒醉香亭。

月香
——贺蓝茵茵做电视嘉宾

婵翼展翅斑斓蝶，貂蝉羞愧掩面遮。
娓娓禅经儒家道，细细诠释马列哲。
眉光透射深奥理，轻口浅出温情暖。
蓝月仙飘香世界，马蹄欢腾响长街。

祝贺蓝茵茵春风波澜长理涛

蓝月秋波碧桂馨，幽远香飘醉凉庭。
绝色倾城西施慕，婀娜舞姿貂蝉钦。
红袖舞动春风潮，马列学堂歌咏涛。
南风扫过玉门关，芳草茵茵满兰亭。
注：祝贺美丽优秀的蓝茵茵老师！

蓝光

南佛光开宝玉亮，馥脂年经沉木香。
德礼英才慈风韵，杜鹃花开阳光灿。
马列锦旗旷宇红，赤菲桃李华夏艳。
三千弟子儒道长，一鸣天下风采扬。
注：祝贺茵茵！祝贺学院！祝贺长理！

多彩蓝茵

红缨飞舞德儒高，蓝凤霓虹紫气道。
江水谷涛晶莹浪，芙蓉天国玉姿娇。
手挥旗扬凯歌进，身仰书堂铭志招。
立马茵莲女红帼，庭园锦绣彩花飘。

蓝茵花红

蓝衣柳拂青莲拢，纤指琴弦儒道鸿。
珠玉耀辉庭卉溢，马蹄香奋杜鹃红。

南海观茵——蓝茵茵

南国海潮浪天庭，大雁南飞人字行。
马蹄得意跃草轻，天涯芬芳蓝草茵。

赖谋深

莱山谋士真不赖，翰林学府参国来。
烟圈伴随思泉开，两眼迸出桃花彩。

深谙学问栋梁才，心系天下众人抬。
辛勤园丁细心栽，桃李满天感恩怀。
肝胆侠义结友拜，助人为乐携手掰。
剑指妖魔仇敌忾，樽水豪情酒缸赛。
红袖莫欺诗肩窄，柴门有缘自英台。
潜心伏案探幽州，烹饪香甜诗酒菜。

孙汉

孙圣闹天奇伟汉，勋章满肩载誉罕。
熏风解愠待人憨，徇义无私不阿谀。
笋竹节高挺坚强，损人利己未曾想。
隼雕英猛无阻挡，迅捷出手不平喊。
寻觅真金不惜汗，训技强身为国捍。

黄道昌——黄河之水善道昌

黄河之水天倒来，圣道之悟心灵载。
人生漫漫前程开，和贵昌盛一路带。

邓国秀（其一）

登高望远祖国秀，灯火霓虹美人述。
端玉赏花不惜手，酒樽敬月醉香悠。

邓国秀（其二）

断桥有路缘接手，人迷江山祖国秀。
端庄玉婵凝地球，登山有月不再求。

邓国秀（其三）

腾云仙女舞彩袖，灯香人间毫不留。
登国珍宝灵毓秀，团团花迷盼绣球。
端庄迷人山愧羞，瞪眼结舌水停流。
等月下凡何年求，今宵献花红正优。

李雨燕（其一）

春风桃李雨燕飞，金秋硕果满园归。
冬寒蜡梅傲不悔，盛夏牡丹红玫瑰。

李雨燕（其二）

地雷惊天小燕飞，梨花百里春艳菲。
滴滴雨水大海汇，递送温暖人间美。

李雨燕（其三）

鱼行万里冲飞龙，春风化雨润兴隆。
礼仪善教桃李满，燕飞花园鸣彩虹。

李雨燕（其四）
——燕飞红福

马蹄奔腾托飞燕，紫凤拍翅展红颜。
一圆描绘马列梦，九歌高唱强国言。
指点学子教诲深，掌开经书智慧升。
云影湖闪轻盈鸟，理工巾帼飘虹嫣。

毛光华（其一）

冇有一点天光擦，茅山道悟世生花。
相貌堂堂亮光华，茂林好汉仗义侠。
矛开一剑寒光划，帽发冲冠千夫打。
毛笔指点江山画，冒头一露震华夏。
茅台广香天下家，毛家代代耀中华。

毛光华（其二）

毛飞清风春光华，霞光异彩云飘花。
广袤碧绿翠两岸，江河粼光鱼浪打。

陈卫军

曾想当年巾帼威，不让须眉娘子军。
争日妖红惊蔷薇，众草拜倒红罗裙。
阵阵狂风暴雨吹，伤红余香千万君。
趁绿护花好艳辉，尘世逍遥乐梦云。

文贵全

问鼎天下啸风旋，文儒强国席上圈。
呼风唤雨一字言，红头贵香万世远。

蔡锷

采吸宇宙天灵气，震撼中华世惊愕。
柴门奋发鸿鹄志，自强不息好男儿。
材高留洋民主意，追寻天道救饥饿。
塞关云疆护国旗，揭竿点燃革命火。
才貌双全凤仙依，戎马英雄携美娥。
彩挂信条举剑戟，普度黎民富生活。
拆帝反袁英勇奇，怒向魔鬼锋刀锷。
裁剪描绘理想图，不惜身躯报强国。

傅如良（其一）

福如东海寿南山，富足精神仁义善。
付心花园青胜蓝，阜昌学子天下香。
俯身探游学海浪，芙蓉国里名师享。
傅理于道如思亮，腹壶满酒桑田良。

傅如良（其二）

一路策马奔蹄远，四处飘香喜鹊喧。
银发洁身呕心血，红杏出墙怡满园。
学府阔海游天下，墨笔深刻划深渊。
笑仰道悟乐优哉，老骥焕发春光颜。

傅如良（其三）

柴门挑灯金榜选，牵马显赫众人言。
廉颇不老助无边，槐树依然绿春天。

傅如良（其四）

盘龙深山一卧虎，武大敬佩自不如。
端庄眼慈神光亮，众人拜山听威响。

易显飞

翼虎一声百鸟飞，易如反掌逐日辉。
一手云天显雄威，看我大鹏展翅挥。

唐叶萍

淡青荷碟展红嫔，塘波荡漾绿水萍。
谈笑风生艳来宾，淌媚芙蓉夜颜屏。
弹指一挥春不飞，昙花一眼心难回。
唐香玉叶醉国品，丹凤晔煜最美评。

成海鹰

乘风海浪任鹰飞，成功于勤天道酬。
盛誉学海育雏鹰，搏击功成醉美酒。
盛装海棠红吐颜，瞪目君士夜长久。
诚信伦理社会善，澄碧尘世天下良。
趁红海棠花正艳，承载梦想九州悠。

陈芬（其一）

眸情闪电震身颤，芬芳熏倒尘世男。
流海飘香花不长，美姿扭动神下凡。

陈芬（其二）

芦苇湖里雁声荡，蛙噪起伏天鹅唱。

一阵轻风云雨散，昤开金钩无鱼上。

陈芬（其三）

撑起绿幔红粉开，芬醇飘逸花愧栽。
枕香熏倒尘士拜，眸勾神癫投凡胎。
阵阵芬芳幽径来，睁眼惊诧西施在。
陈年老酒上仙台，醉死不枉夜香菜。

符艳红——湖光艳丽一飘红

扶花羞面颜难藏，呼之欲出半遮拢。
拂开青丝薄纱挡，湖光艳丽一飘红。
佛面观音莲花禅，普天唤雨甘露风。
护花冰玉闭广寒，哭杀唐寅长夜痛。

戴素芳

抬头一瞥素雅妆，定睛一瞧美艳放。
黛玉怡红宅院房，再眼难迷她香囊。
袋满财富助乐安，泰然自若福态康。
带书伦理家训讲，千家万户满粮仓。
戴懔雍容华贵芳，天下寒士尽仰望。

蒋显荣（其一）

将相大肚容乾坤，大手一挥开朦胧。
枪炮于肩往前冲，斩尽妖魔慰民众。
湘水淘沙见哲理，江洪滚滚现英雄。
江山美丽如此娇，尽显璀璨与繁荣。

蒋显荣（其二）

将相大肚海酒壶，翻江倒海探迷雾。
柳暗花明春风引，红道航标浪子路。

谢文成

学风见人温文声，谢人助乐真实诚。
榭台一站晕菊橙，鞋正路曲云顶登。
血性男儿舞剑申，射向奸佞钟馗神。
携带鸿志儒文阵，写就宏图问鼎成。

张承安

仗义豪侠舞剑扛，掌握道通大任担。
张开祥云承天安，展翅飞翔迎风扬。

郭华（其一）

歌声一路悠扬来，果然仙女一朵花。
夺目耀眼靓广厦，国人仰望绣球划。

郭华（其二）

裹绿缀红颜里挂，夺目耀眼闪广厦。
歌声缭绕扬中华，鸽飞和平融洽拉。
锅碗辣甜贤惠妈，胳膊撑起温暖家。
科学研究搏击踏，过秦论里探真话。
国品一色艳丽花，果香桃李满世夸。

郭华（其三）

——恭贺郭华载誉添光

果幽香溢蝶舞娜，多彩荣光校园哗。
三尺讲台学海倒，九天书板桃源画。
指间流淌儒家经，歌喉飘出马列花。
曼妙道曲教堂悠，泰山一剑鼎国华。

廖瑜

聊声朗朗真心语，撩枝花香美人鱼。
缭绕于心公益事，了别明辨热心予。

辽阔大地化春雨，料事细心受赞誉。
寥寥几笔画人生，精心雕琢璞成玉。

邓育红

灯光璀璨西施红，藤蔓青绕半掩拢。
端坐教堂受追捧，育人桃李八方颂。
腾云驾雾飘彩虹，瞠目结舌君哑聋。
登峰造极冰清玉，等月不如毓秀风。

高小枚

高处寒风红蜡梅，白雪红樱眉心美。
芸芸众生独一枚，出水芙蓉天下媚。

留凯

凯旋不少唐王酒，历经沧桑桀骜游。
黑云尘世青心浏，循天悟道助朋友。
磨刀不在此一手，厚积薄发功德鎏。
天生有才不会溜，青史留名芳香留。

李鲲

立愿展翅跃云昆，地震山摇动乾坤。
李世贞观耀世尊，今龙再红又一鲲。

刘红卫

柳叶舞姿灿烂蔚，榴莲香甜梦回味。
溜蹄青山雪红梅，流光溢彩喜盈飞。
流芳红袖众目追，妞身回眸飘情媚。
刘海一飘满红围，鎏金銮殿洪福归。

王晓红

挽玉捎红翠绿涌，旺灿翘妞枫叶浓。
望江远眺彩焰隆，黄花金菜香浪送。

往上笑仰对天碰，晚霞夕阳顺手拢。
万家灯火通晓红，王福悄来四喜风。

曾妍

撑开薄纱一片艳，曾是月宫玉兔苑。
回眸一笑百媚眼，尘世惊诧西施颜。
乘云慈爱撒天边，城乡尽得香满缘。
趁红驾绿好风光，晨曦借阳焕春妍。

吴娟

芜湖水面雁声传，蛙噪起伏天鹅旋。
抚开面纱惊天脸，无以形容胜天仙。
舞姿翩翩山河恋，雾里红花世人转。
吴起后代佳人现，武媚也望月婵娟。

2017年嵌名诗

谭继平

淌香溢彩旗袍嫔，潭水芙蓉奇靓影。
谭吐滔滔浪纷缤，唐人后继儒风行。
塘波碧水天镜平，弹指弦道公正琴。
谈笑风生骑云飘，淡雅人生最真品。

王志勇

万古滔滔江水涌，一字横贯大地龙。
望尽苍穹高低峰，旨意纳天翻海空。
蜿蜒曲折穿川洞，一路风云晚霞红。
万夫岂挡鸿鹄翅，王者志在江山勇。

张海生

蜡梅丛中一红帅，拱手一举万福来。

兰枝粉黛绕身排，沉浸馥郁兴高彩。
巍峨雄峰松挺拔，柔姿媚情半掩花。
秋波回眸对情深，意中仙玉尽揽怀。

谢玲

撷来几片棉花云，榭台坐于碧波亭。
斜看瑶池美玉立，接香闻玉观芳婷。
洁白兰花缀梢顶，蝶飞蜂舞清心灵。
谢得仙女飘人间，借给大地笑朗玲。
注：谢玲，中学语文老师。

自在悠鹤
——送中学语文老师谢玲

耄耋背鲐樱冠鹤，银丝金玳翠春绰。
川流碧血绿山葱，峰留汗青战戟烙。
圃苑芳桃幽远香，书斋朗朗依稀乐。
晚霞岱岳苍松姿，云雾兰亭逸悠阁。

仙仪

瑶廷雍容王母仪，飘凡鹤舞蹈丽琦。
香醺百鸟鸣朝凤，灿导浮云托媚姿。
注：中学老班长还是那般英姿飒爽。

蒋伟耘

将相肚里墨水河，一笔画出江山活。
一粒轻韵随心流，万重金字压倒国。
挥毫雨浪润大地，潇洒凌云冲天庭。
青山遍野翠油葱，墨点飘洒隽秀落。
注：敬佩伟哥龙飞凤舞之豪书。

钟晓燕

闻风起舞翩翩媚，香袖琴飘柳姿美。

红衣仙女下凡来，钟声箫曲紫燕飞。

送中学同桌邓石生

石崩大圣齐天宫，石生油火世界红。
石生柔肠感苍天，福蕴身心寿长年。

曾邵求

曾经寒窗十年守，腾龙功名一朝酒。
争华荣耀炼春秋，挥手乒乓展风流。
莫道有悟掌心手，路漫求索上下修。
震天动地响四方，宸宇韶光真知求。

陈云英（邵阳扶贫村主任）

腾云仙飘来桃园，盛妆香袖媚姿英。
阵阵清醇迷醉蝶，甜甜笑容韵蓍杏。
声轻腰柔西施美，生就婷立众君裘。
乘风馨香花红季，神女彩霞靓青茵。

陈明

晨曦东升照山岭，生灵飘游绿水清。
神曲悠扬荡田园，声乐琴韵流民间。
腾起鸿鹄雄心志，盛茂紫气霞光艳。
陈诚拳心映明月，乘风破浪挺红缨。

秦洁

晴朗青草绿水澈，芩茏芬芳荷玉撷。
沁园春光花引蝶，琴流溪曲月随携。
亲吻大地人世美，情窦山川江河媚。
秦女散花凡间香，清风碧波红尘洁。

唐仁华

弹指挥手山水间，但看风云锦绣华。

谈笑风生淡名利，禅道仁义万物花。

陈常国

神奇卧龙灿焰火，深山藏满金硕果。
陈兵于胸昌盛国，盛情满怀善有歌。

谭娜

藏玉楼出轻柔歌，旋曲悠扬荡彩霞。
张开双手挥桃瓣，掌出胭粉马蹄踏。
长舞红彩绿衣裳，谈吐清香亮优雅。
谭笑风声流袅娜，弹指飘洒仙女花。

湖南女子学院学生宋悦

其一

风过碧波荡青莲，松鹤悠然婷南岳。
红衣仙女飘逸落，绿海柳摆迎春跃。
闻香迷嫣蝶绕玉，鸳鸯桥下赏娥月。
宋词花底一声莺，凤舞悠曲千鸟悦。

其二——校花

雾里桃花随云开，天宫美女仙逸来。
眸含情丝温柔话，肤韵芬芳醉心怀。
亭亭玉立百花羞，翩翩舞姿貂蝉愧。
回眸绽笑艳九州，飘发轻波香四海。

其三——镜花

眸闪春光流暖融，姿扭桃艳蝶飞红。
脸庞透出西施容，樱唇飘来玉娥风。
珠玑一波醉瑶池，秀发千盘扫巷空。
手揽空月紫梦云，镜花流水樽雁鸿。

其四——风雀

风雀蕴含红玥玫，苍穹碧海任心飞。
凡尘纷纭放手挥，晶莹仁珠芙蓉媚。

其五——桌花

荷花婷绕玉案台，香脂浸润圣书怀。

舞动双手引眉来，珠玑吐玉对心开。
相视电闪月老光，低头暗恋音容采。
俯首磕头儒道天，情眸目投桃花彩。

湖南女子学院学生阚秋仟

雀越昆仑万里迁，决毅风行一心前。
跃入眼帘紫燕娇，夜来昙花幽梦缘。
撷来喜气桃花笑，月影相随鹊拱桥。
珏润春秋凝寒露，鲜色玉洁贞坤乾。

湖南女子学院学生吴悠

湖光艳丽碧水流，山川秀美天鹅游。
妩媚姿洒小草忧，呼风袖逸貂蝉羞。
壶里乾坤花瓣大，虎头王字花身挂。
吴江小乔倾三国，舞飘香溢桃源悠。

湖南女子学院学生蒋希希

香莲玉立碧波婷，酱溢芬芳醉兰亭。
墙头杏枝惹眼追，缰绳绿装红缨挺。
姜女相夫贤淑贞，骅倒长城巾帼奇。
将相翎头红羽骑，江山娇美花来旎。

湖南女子学院学生洪梦依

宫廷贵妃迈木屐，雍容华贵高轿椅。
风拂柔情草木旖，虹彩亮丽山水旎。
红花秀色蝴蝶恋，浓情温馨鸳鸯依。
凤舞秋波天神醉，洪涛激情蓝梦琦。

湖南女子学院学生蒋子薇

扬子江畔蛙鸣奏，香溢青莲碧流辉。
南国佳丽春风舞，神州大地桃花飞。
阳光娇艳眉黛浓，江流止水蝶恋追。

湘水柔情九州曲，绿岸姿展纤蔷薇。

湖南女子学院学生陈志铖

阵阵马蹄扬风尘，铮铮铁骨沙场征。
撑开乌云展鹏程，撼天动地敢为争。
秋霜凝露顶寒雪，蜀道昆仑脚下登。
乘风破浪挺红缨，凌云壮志銮殿震。

龙晖

浓眉一笑桃花跳，雄威千钧秋波回。
论公行道秉正义，红尘尽染雪白梅。
公孙儒德谦逊让，侠肝义胆真情为。
龙头一昂威仪堂，霞光万丈俊男晖。

林乐之

林苑喜鹊桃韵乐，横空墨澈激情歌。
儒学道礼走神州，挥手滔海扬诗说。

2018年嵌名诗

梁小林

昂首攀登蜀道顶，张臂拥抱友善情。
亮烛灯挑启明星，徜徉奥数神秘林。
扬帆起锚领百舸，航船满舰珍珠金。
梁渺红尘儒学林，南山桃李遍芳岭。

李晓明

袅袅烟云漫山弥，潇潇涛水拍湘汩。
筱筱细竹挺天命，小鸟展翅搏苍旻。
晓驶晨曦踏山顶，翘坐亭边托清茗。
瑶池蟠桃大圣品，飘逸云端赏彩霓。

桥头船直不偏进，遥指天下秋毫明。
烧烛夜读至清明，脚踏实地雷厉行。
笑看雄鸡天下拼，照亮天下谁最明。
销声匿迹不为名，宵衣旰食俯为民。
敲开酒瓶满口抿，逍遥世界不为饼。
晓明红尘纷冥冥，骁龙大任天下鸣。

吊唁李晓明老师

砺剑秋黄雪梅挺，鲤鱼龙井跳翰翎。
挑灯玉案琢珠玉，踱步书斋启慧灵。
提笔一挥陶板彩，蟠桃满苑百花馨。
红尘拂袖晓明破，烟雾霞光南海庭。

忆晓明

云雾仙肌藏道机，岱峰劲柏傲英姿。
雅儒偶傥芬芳仰，墨韵教堂学海知。
慈目春风山岭绿，暖心炭火近身痴。
亭楼碧酒筋樽少，萦梦醇醋管鲍滋。

王亦畈

望北浩荡宇苍茫，长城翘首龙踞蟠。
翻岱巍峨秦岭下，攀越蜀道天岭上。
揽月摘星太空翔，南海仙鹤悠徜徉。
王者归来一年壮，黄袍遍身万田畈。
或：王者归来依年壮，黄袍遍身沃田畈。

2019年嵌名诗

女子学院学生黄歆琛

广袤旷野月寒冷，万花丛中兰馨深。
翻身玉面惊天门，扬手慈佛润众生。

凰鸾鸣浩百鸟朝，芳心暗涌激龙笙。
黄袍千金回眸笑，歆动郎君春灵琛。

女子学院学生蒋湘云

扬袖一飘飞彩云，山野满春暖人蕴。
禅佛纤手琼汁澈，湘水两岸绿薹芸。
暗香庭院馥郁熏，江城怡流醉人晕。
将府仙女绣球抛，南国俊杰桃花运。

女子学院学生李丽君

提裙黛眉骑仙云，滴水观音澈绿春。
依山傍水汗香蕴，泥润芬芳花果缊。
礼仪风姿秀氤氲，骊山贵妃红骚群。
李后豪饮丽江水，刮目昂头天下君。

女子学院学生刘沛成

游弋蓝天彩云生，幽香沁脾媚黛成。
留香西湖龙井灯，柳映岱岳松柏峥。
鎏金銮殿凤凰辉，旒冕宠爱贵妃争。
刘邦裔承汉唐高，沛雨甘霖华夏盛。

女子学院学生李孟琦

低眉半掩玉容羞，提手芳怡醉帅骑。
莉灵眸含香脂凝，绿袖风飘东紫气。
骊山贵妃仙娥稀，漓江虞美赛西施。
李耳道经藏丽人，孟轲珠玑辉女琦。

女子学院学生李飞燕

梨花雪飞江南边，荔枝甜浸阡陌田。
俪人电波附鸿雁，心花蓝梦萦桃源。
伶牙俐齿抛珠玑，理论天地明道缘。
莉眉颜开倾岱岳，香飞枯枝笑紫燕。

女子学院学生李童

缇尼披肩映山红，旖旎身段秀山峰。
一媚绽开百花心，千姿百态卓越风。
时光不待岁月老，青春永驻稚气童。
李字人上草木繁，提裙盖世灿雍容。

女子学院学生鲁松婷

芦苇丛中半遮面，露珠晶莹透莲清。
撸发风韵秀英姿，扭肢摇摆曲美形。
呼风携云绘芳心，鼓浪屿头挺玉婷。
鲁班匠心构蓝图，松柏栋梁翠兰亭。

女子学院学生张婷

张纱露玉惊天庭，长袖飘逸婀娜婷。
蓝黛粉脂羡甘孜，常香琼绿宠元鼎。
唱曲一开百鸟朝，梅来几度千枝红。
香怡红尘洁贞娣，唐寅醉梦仰兰亭。

郑炳光

生就凌霄凤榭堂，乘风驾鹤倚骊央。
真丹碧玉慈心禅，赠馥玫瑰手佛香。
郑和脉流西海远，灯笼儒彩墨珠长。
撑开岱岳乌云罩，柄剑苍穹霓虹光。
注：祝舅七十华诞，健康快乐长寿！

石亚玄

织锦幔帐掩翠鲜，姿美娇娆玉婵颜。
师从贤德文承宣，智慧聪灵赞人前。
字字珠玑巾帼煊，丝丝飘带靓女仙。
识得庐山真面目，石破天惊亚迹炫。

陆群

芦笛莺喉绽艳春，妩眉粉黛颊红隽。
舞飘瀚墨滋桃芬，鼓翼凤凰轩宇俊。
鲁邑孔丘博学芸，儒贞仪礼佛慈润。
陆衢穹昊天酬勤，芙玉婀姿鹤立群。

许光达

徐风暖吹拂双颊，菊苑翠茵绿圃架。
旭日东升照万家，书台珠耀承儒化。
举旗挥剑追信仰，聚友戎装振华夏。
许得一丝星月霞，于心四海光明达。

周群飞——花样人生

绸缪缦帐藏羞徽，楼阁闺房露紫薇。
步入商圈华茂奉，手挥金闪璀霞辉。
筹划航舰碧蓝奔，昼夜波澜月色归。
奏响凯歌誉世美，周风群众跃蹄飞。

吴冰琍

呼之娥月寒宫逸，舞动娇姿骏马痴。
蝴蝶霓裳彩虹丽，虞人倾夏拥华骊。
鼓琴一曲莺澜醉，羽翼双挥蜂鸟齐。
吴后袖飘岱岳凝，妩纤晶玉耀红琍。

伍志纯

妩媚娜婀和煦春，舞姿翩逸鹤悠云。
无虑尘世狂风雨，朱颊绿衣罗凤裙。
吐墨桃源阡陌润，抒情诗赋圃园芬。
伍潮笔砚道经论，儒志诚信善义纯。

张红艳

张开荷叶露芯莲，红艳樱唇妃贵颜。

扬舫飞缨投剑标，茵场巾帼强人顽。
婵娟柔煦香瑜琏，揽佩仁慈贤惠鬘。
摊出雍容华丽锦，西施丹凤馥云间。

成松柳

生庚禀赋缙绅拥，争舸甲元云榜优。
灯火阑珊妙谛探，晨光红旭慧禅酬。
诚恭儒礼抛丹蕊，赠予玫瑰馥郁流。
成就鸿猷昂岱岳，松髯怡穆柳丝悠。

雨燕报春

雨燕呢喃报春喜，讲堂风采艳丽琦。
学斋丝缦透眉黛，红杏墙辉马跃篱。
注：热烈祝贺李雨燕老师荣获2019年
度教学奉献奖"教研教改突出奖"。

高中同学石军

巾帼红裳姿飒爽，沙丘紫霓碧空霞。
黛眉胭粉月悠落，鹂曲琴波岱乐斜。
佛手绿衫莲玉洁，慈容贤淑泽隆家。
石磬屹秀耀蜂蝶，军爵木兰扬夏华。

高中同学姚舜

浇灌圃园桃李韵，瑶琼儒墨汗青熏。
邀杯凤榭酣醇畅，笑仰苍穹渺潾芸。
啸咏旭东凌霄暑，翘髯轩宇立功勋。
姚黄魏紫芳于舜，遥望汉华奠德君。

高中同学李萍

梨雪仙飘翠凤廷，理开发髻露妃姬。
提裙携衬笑嘻迎，丽貌黛眉婀娜姿。
礼淑贤娇纤佛指，琴波墨润留芳诗。
李红玉面春鬓绿，卓雅雍容鹊拥萍。

刘林（2821班班主任）

悠遨雅儒屹山岭，六根灵慧禅宗领。
究刨律道畅乾坤，收纳仁慈阔海景。
游凌雾绡傲渺尘，柳摇雁影鹏仙境。
手心佛掌翻浮云，刘祖鼎华盛世林。

注：雁影，指电子网络。

九州出版社编辑杨鑫垚

蓝霄浩霏彩霞飘，阳暑乾坤文曲朝。
洋溢珠玑文字颢，泱澜辉熠雁声迢。
香薰翰墨儒林馥，嵌刻丰碑青史韶。
扬手鞭骢一鸣啸，金鑫灿烂九州垚。

欧阳武

少壮红图龙剑舞，早曦腾腿翻云羽。
悠驰车马横天涯，潜道经书盘禅宇。
柔夏冬刚太极拳，文韬武略怀胸肚。
欧攘岱岳雄功夫，投手抬肩精悍武。

徐明伟

旭日东升迎曙辉，煦婀沧海结朱苇。
书香悠苑雅趣浓，珠玳琴笙彩蝶娓。
许诺金兰白水君，须眉冷讽红尘丑。
徐风桑梓暖温馨，明月昊空留俊伟。

尹跃华

一对媚珠惊雀鹊，百鹂朝凤荡琵琶。
同窗面咏南宗悟，海角雁鸿穿霓霞。
尹妹跃飞寒阙寂，天公泪洒白梨花。

西岐奈苑桃源黛，尘世云霄极乐家。

肖海彪

遥岭巍峨挺苍松，骁骑威帅扬旌烽。
朝寒操笔墨池染，巧手挥毫舞凤龙。
笑貌慈仁香留手，潇湘风度麓威容。
肖如天将托峰塔，啸号飓风狂海彪。

万绍和

房心玉案红梅栽，方寸天台瑶墨泼。
望垅得云文曲辉，放鞭挥笔珠玑活。
梵音禅道尘寰扬，凡间悠然笑傲豁。
万籁俱瞻朝旭阳，绍华笛韵乾坤阔。

谢仁贵

撷秀文辰灵智睿，得喻翰牍儒冠魏。
携情山水舞风华，写就珠玑华夏翡。
血脉傇张刚毅魁，叶茵沧海桑田卉。
谢花泉滴馈虹霖，仁义行云和宇贵。

唐群英——中华民国缔造者之一

云髻飘飞卷雾霾，清风绿袖助梅槐。
罗裙横扫不平路，簪剑双飞枪响魁。
花刺封闺扬赤杏，鹤婷绣阁领燕来。
三掀议院超男武，一跃凤昂铜雀台。

唐群英

张开羞颊美嫣清，裙舞旋天娥月莹。
弹舌众儒维妇辩，军威灭帝辫新鸣。
枪飞两发轰强霸，唇呡均衡男女平。
扬我中华娇女烈，唐殷群武领巾英。